씰례
이야기
1

다시 차려진 '쌀레'의 밥상

안녕하세요?
새로 단장하고 나온 '쌀레' 덕에 다시 인사드립니다.
이 후기를 쓰고 있는 지금은 2015년 구정을 앞두고 있어요.
여러분은 추운 겨울 잘 견디고 계신가요? 차가운 날씨 덕분에 따뜻한 것들에 대한 고마움을 새삼 느끼면서 저도 그럭저럭 지내고 있습니다.
목이 칼칼할 때 마시게 되는 따뜻한 보리차 한 모금, 입이 심심하다 할 때 묵은 김치 종종 썰어 엄마가 지져 주신 따끈따끈한 김치전, 외출하다 들어온 동생이 건네주는 뜨뜻한 붕어빵 봉지, 종이컵에 받아 홀홀 마시면 속이 따뜻해지는 어묵 국물…… 모두 어찌나 고마운지요.
그중에서도 가장 반가운 것은 부엌에서 맡게 되는 밥 익어 가는 냄새가 아닐까 싶어요. 짜장면 냄새도, 된장찌개 냄새도 좋지만 밥이 익어 갈 때 풍기는 구수한 냄새는 정말이지 근사하다고 생각하거든요.
사실 밥은 좋아하지만 글쓴이는 밥을 잘 하진 못해요.
전자 밥솥이 아닌 그냥 압력솥 밥은 바람 불면 날아갈 만큼 되거나, 질거나, 밑바닥을 태우거나 하죠. 어쩌면 그래서 밥 잘 짓는 여자의 이야기가 생각났는지도 모르겠습니다.
밥 지을 때 쌀을 어느 만큼 넣어야 하는지 아직도 알쏭달쏭한 저와는 달리 커다란 무쇠솥에 척척 밥을 지어 사랑하는 사람들에게 먹이는 쌀례의 이야기를 쓰면서 나름 대리 만족을 느꼈지요.
  그리고 그녀가 커다란 솥에 딱 알맞게 지은 고슬고슬한 밥을 사람들에게 먹이는 만큼이나 쓰면서 즐거웠던 장면은 쌀례가 지은 밥을 행복하게 먹는 사람들의 모습을 대할 때였습니다.
  아무리 힘들고 고달파도 선재는, 그리고 찬경이는 쌀례가 지은 따뜻한 밥을 먹으며 기운을 찾아 갑니다. 별다른 위로의 말 없이 그저 그녀가 정성 들여 지은 밥 한 그릇에 그들은 다시 살아갈 용기를 얻습니다.
  허기와 함께 찾아온 슬픔은 따뜻한 밥 한 그릇에 완전히 사라지진 않더라도 분명 작은 위로는 될 것이라고 저는 믿습니다.
  따뜻한 밥 한 그릇이 주는 작은 위로. 그것이 제가 밥 잘 짓는 여자를 쓰면서 전하고 싶던 첫 번째 주제였는지도 모르겠어요.
  또 그 밥처럼 따뜻한 사랑 이야기도 쓰고 싶었습니다. 제가 어릴 때 접한 일제 강점기부터 6·25까지 근현대사 시대물을 보면 전쟁의 소용돌이 속에서 헤어지는 무수한 남녀들의 이야기를 볼 수 있었는데요. 가슴 아픈 이별도 좋지만, 그 어려운 시대에 기쁜 재회를 이루는 커플 이야기도 써 보고 싶었어요.
  사별이든 생이별이든 사랑하는데 본의 아닌 시대적 사정 때문에 평생 그리워만 하면서 늙어 가는 것보단 소설에서일망정 한 쌍 정도는 다시 만나 서로에게 설레고 따뜻한 밥상을 마주하게 되는 이야기도 괜찮지 않을까 하고요.
  그렇게 전쟁이 나도 무쇠솥에서 밥하길 멈출 수 없었고, 이별을 해도 사랑하길 멈추지 않았던 그 여자, 쌀례의 이야기를 다시 들고 왔습니다.
  갓 지은 밥 한 그릇 잘 퍼서 밥상에 내놓듯이, 저는 지금 설레고 있어요. 맛있게 드세요.

                                용인에서 수현 드립니다.

차례

1권

다시 차려진 '쌀례'의 밥상 · 4

혼인하러 가는 길 — 꽃가마 대신 기차? · 9

초례청(醮禮廳) 풍경 — 새색시는 소박데기 · 37

눈 오는 날의 불청객들 — 여우 선녀와 거렁뱅이 · 82

부부 비밀 협정 — 글을 배워 보지 않을래? · 112

님의 침묵 — 처음 배운 사랑 노래 · 124

푸른 새벽의 이별 — 지독한 고별사 · 172

연자죽 — 세상에서 가장 맛있는 똥물 · 196

쌀례 아닌 성례 — 빨간 구두 아가씨 · 224

두 번째 초야(初夜) — 삼월 봄비 내리던 밤 · 258

1950년, 숨 가쁜 여름 — 부산(釜山)에서 · 288

짐승들의 밤 — 늙은 야차 vs. 젊은 야차 · 324

달밤의 약속 — 다시 만나자 · 354

반갑지 않은 재회 — 미용사와 사장님 · 376

도깨비 소굴의 식모님 — 적과의 동거 · 408

영화(映畵) 같은 인생 — 한낮의 활극 · 451

산다는 것은 — 은빛 물결과 꿀꿀이죽 · 500

2권

말이 갈리는 자들의 연회 — 나무 그늘 아래 왈츠 · 7
지옥 꽃밭에서의 고백 — 악몽의 밤 · 39
쌀례, 성례, 밥순이 — 그 여자의 이름들 · 59
날벼락 — 갑자기 들이닥치는 것들 · 96
기묘한 약혼 — 얼음이 녹은 날에 · 112
재회(再會) — 꿈꿨던, 꿈과는 다른 · 142
이상한 선생님 — 목소리만 좋은 남자 · 174
둘만의 조조 관람 — 정체불명 그 남자와 · 228
불타는 둥지 — 절정의 다음 · 251
목련나무 정원의 사진들 — 내가 아는 당신 · 301
사랑 — 달콤하고 잔인한 것 · 340
두 남자 — 검사와 악당 · 373
상갓집 밥 — 세 사람의 만찬 · 398
심장에 핀 황금 꽃 — 쌀례를 찾아서 · 429
삶 — 멈출 수 없는 기도 · 462
안녕 — 눈물의 원천, 혹은 새로운 희망 · 503
조왕신을 위한 기도 — 어느 겨울 아침 부엌에서 · 521
작가의 말 · 524

혼인하러 가는 길

꽃가마 대신 기차?

"어떻게 아이를 가마도 없이 시집보낸답니까?"
혼사가 진행되는 동안 찍소리 않던 할머니가 처음으로
항의했을 때 할아버지는 말씀하셨다.
"세상이, 바뀌었소."

그날 저녁, 부엌에서 풍겨 오는 냄새에 쌀례는 깜짝 놀라고 말았다. 고소한 쌀밥 냄새. 거기다 비린내까지 함께 나고 있다.

"갈치다!"

이 집안의 안주인, 쌀례의 할머니께서 처음 곡간에서 쌀을 내어 오실 때만 해도 쌀례는 그 뽀얗게 맑은 쌀알들을 한꺼번에 그리도 많이 솥에 붓게 될 줄 몰랐었다.

거기다 얼마 전 소금 독에 묻어 두었던 비린 생선까지 꺼내시는 모습을 보니 그 놀라움은 의아함으로 바뀌었다.

'오늘이 무슨 날인가?'

쌀밥에 생선이라니. 일 년 열두 달 중 그 두 가지 냄새를 함께 맡기란 쉬운 일이 아니다. 이 가난한 싸릿골, 그중에서 더 가난한 축에 속하는 봉 초시 집에선 특히 그랬다.

그러니 분명 오늘은 무슨 특별한 날이어야 했다. 할아버지 생신? 큰 외삼촌 생신? 아니면 사촌인 상희 언니에게 부잣집에서 혼담이라도 와서 그 경사를 축하하기 위해서인가?

그렇지 않고서야 들어 본 적도 없는 머나먼 곳에서 치르고 있다는 전쟁으로 놋그릇, 제기까지 모두 징발당하고 살기 힘들다고 시름에 겨워하는 이 고난의 시기에 이런 호화판 먹거리를 준비하다니, 있을 수 없는 일이다.

쌀례는 조용히, 눈치채지 않게 상희 언니를 관찰했다.

봉 초시의 여섯 손녀들 중 가장 미모가 출중한 꽃 같은 상희 언니.

엄마 뱃속에서 나올 때부터 쌀알처럼 뽀오얀 낯빛을 가졌던 싸릿골 제일의 미녀.

언제나 조용조용 큰 소리 한 번 낸 적 없는 그녀가 지금 곤혹스러운 낯빛으로 비린 생선을 손질하고 있었다. 늘 새 모이만큼의 밥에 산나물이면 만족하는 언니. 비린 것이라면 질색인 언니에게 생선 손질은 쉽지 않은 고행일 터였다. 만약 지금의 이 대단한 만찬 준비가 정말 언니의 정혼을 축하하는 자리라면, 저런 힘든 일은 면제해 주어야 마땅하다.

그렇게 마음먹은 쌀례가 자신이 비린 것을 다듬겠다며 자원했지만, 열네 살 쌀례의 제안을 언니는 거부했다. 집안 여자들 중 서열이 가장 아래인 쌀례에게 이 귀한 생선을 맡길 수 없다는 것이다.

"밭에 가서 무나 뽑아 와."

싱싱한 무를 나박하게 썰어 비린 갈치와 섞어서 밥이 익어 가는 무쇠솥 안에 함께 넣고 은근한 불로 자작하게 조린다. 생각만 해도 입 안에 군침이 돌기 시작하고 있다. 그 생각만으로도 신이 나서 쌀례는 냉큼 소쿠리를 받아 들고 밭으로 향했다.

좁은 봉씨네 무밭에 파릇한 무청들이 하늘을 향해 고개를 치켜들고 있었다. 보통 때라면 그 무들은 김치나 쌀을 조금 섞어 넣은, 매큼하고 질척한 무밥이 될 평범한 채소들이겠으나, 오늘은 갈치조림에 더불어 들어가 무조림으로 다시 태어날 매우 중요한 재료가 된다.

쌀례는 엄격한 눈으로 좁은 밭 빽빽이 솟은 무청 중 가장 탐스럽고 맛있어 보이는 것을 뽑기로 마음먹었다. 그런데, 아뿔싸. 좀 전에 익어 가는 쌀 냄새를 맡았더니 갑자기 맹렬한 허기가 느껴졌다.

꾸르르르르르ㅡ.

순간 쌀례는 조심스레 주변을 살폈다. 소쿠리에는 이미 갈치조림에 넣을 무가 간택되어져 있었지만, 열네 살 한참 먹을 나이인 그녀에겐 다른 무가 필요했다. 원래 무는 하루에 한 개씩 꼭 필요할 때만 뽑아 쓴다는 봉씨네 주방의 암묵적인 규칙이 있었으나, 그 규칙을 상기하기에 쌀례는 무척 배가 고팠다. 아침에 소금 친 보리죽 한 그릇을 먹고 저녁때가 다 되어 가는 지금까지 아무것도 먹지 못했다.

결국 쌀례는 무 하나를 뽑아 흙을 대충 털어 내고 이빨로 무 껍질을 벗긴 뒤 한 입 가득 베어 물고 말았다. 와작, 흙의 날 비린내가 좀 풍기긴 했지만 매큼 달큼한 것이 제법 맛있었다. 반만 먹고 나머지 반은 상희 언니 먹으라고 가져다줄까? 속으로 그렇게 생각하면서 한 입 한 입 으적으적 씹고 있는데, 그때 어디선가 낯선 목소리가 들려왔다.

"얘야, 길 좀 묻자꾸나."

헉. 입가에 흙 묻히면서 무를 걸신들린 듯 먹고 있는 이 추한 모습을 누군가에게 보이고 말았다. 당황한 쌀례가 고개를 들고 보니 중절모를 쓴 양복 차림의 중년 신사 한 사람이 그녀를 보고 있었다. 곁에는 지게에 궤짝과 비단 보자기로 감싼 상자 등을 지고 선 젊은 짐꾼이 서 있었다. 둘 다 이 마을에서 처음 보는 사람들이었다. 그나마 식구들에게 들키지 않은 걸 다행으로 여겨야 하나? 속으로 가슴을 쓸어내리며 쌀례는 엉거주춤 흙바닥에서 일어섰다.
"예, 어르신."
40대 후반, 50대 초반 정도 되어 보이는 그 신사는 쌀례가 난생처음 보는 종류의 사람이었다. 머리에는 갓 대신 날렵해 보이는 중절모를 쓰고 있었고, 목에는 처음 보는 검은 끈 – 나중에야 그게 넥타이라는 것을 알았지만 – 을 매고 있었다. 읍내에서 양복쟁이들을 가끔 보긴 했지만 눈앞의 이 신사처럼 머리끝부터 발끝까지 귀티가 나 보이는 사람은 태어나서 처음 본다. 집안 남자들과는 달리 말끔하게 수염을 민 얼굴, 힘이 넘치는 눈빛의 그 낯선 어른이 쌀례에게 물었다.
"봉 초시 댁이 어디냐? 전에 살던 버드나무 집에서 나오셨다는 말씀은 들었다만."
믿을 수 없게도, 저 번쩍거리는 어르신은 외할아버지의 손님이었다. 지금 현재 봉 초시네가 살고 있는 낡은 초가집이 아니라 이전에 이 마을 제일 큰 부자로 이름을 떨쳤을 때의 버드나무 아래 기와집을 알고 있는 것을 보면 꽤 오래 알고 지내 오던 손님인 모양이다.
쌀례는 다급하게 허리를 숙이고 조신하게 대답했다. 손으로는 혹시 무 흙이 묻지 않았는지 입가를 훔치면서.
"바로 이 앞이어요. 제가 먼저 가서 외조부님께 손님이 오셨다고 전하겠습니다."
외조부. 그 소리에 노신사의 눈빛이 호기심으로 번뜩였다.
"호오, 그럼 네가 연이 아씨 딸이로구나?"
그때까지 허리를 굽히고 다소곳이 고개를 숙이던 쌀례의 눈에서 역시나 호기심이 무럭무럭 피어올랐다. 어머니 이름까지 알고 있는 이 어른은 도대체 누구란 말인가.

그날 저녁 밥상은 명절에도 보기 어려울 만큼 호사스러운 것이었다. 보리라곤 한 톨도 섞이지 않은 백옥 같은 하얀 쌀밥에 가마솥에서 밥과 함께 익힌 갈치조림이 자글자글 끓고 있었다. 생선과 함께 푸욱 조린 무에 반짝반짝 윤기가 흘렀다. 냄새는 또 어찌나 향기로운지 흙내 나는 매운 무를 씹었을 때와는 비교도 할 수 없이 입 안에 침이 고이고 창자에서 꾸르륵 소리가 났다.

쌀례의 시선이 저도 모르게 맞은편 할아버지, 봉 초시의 밥상 쪽을 향했다.

과거 그들의 영화를 증명하듯이 할아버지의 밥상 위는 놋그릇들이 반짝이고 있었다. 요즘 순사들이 공출해 간다고 집 뒤 광 속 깊숙한 곳에 숨겨 두었었는데, 그 그릇 안에 쌀밥과 생선, 무말랭이와 들기름 친 나물들이 소복하게 담겨 있었다.

"차린 건 없지만, 많이 드시게나."

할아버지의 위엄 있는 목소리를 신호로 손님이 수저를 드시면서 뒤이어 식솔들의 수저도 바쁘게 움직이기 시작했다. 사랑채가 있던 옛 호시절 때였다면 봉 초시는 그곳에서 손님을 맞았을 것이나 지금 그들이 묵고 있는 집은 방이 한 칸뿐이었다. 그곳에서 열다섯 식구가 하루를 시작하고 마치는 것이다. 그나마 달포 전 쌀례의 어머니 연이가 쌀례의 동생인 어린 아들을 데리고 옆 동네 기름 장수에게 재가를 하였기에 생활하는 데 여유가 생겼달까.
'엄마랑 균이가 있으면 같이 하얀 밥 먹고 좋을 텐데.'
부지런히 수저를 놀리면서 쌀례는 또 생각했다.
균이. 세 살짜리 쌀례의 남동생. 아버지가 돌아가시고 나서 태어난 아이. 쌀례 같이 다 큰 계집아이는 데려오기 저어되지만 그 정도 어린 아이는 괜찮을 것 같다며 새아버지가 받아들여 어머니와 함께 옆 동네로 간 막내. 입 안에 밥알을 넣어 주면 오물거리며 씹는 모습이 어찌나 귀여운지.
만약 균이가 여기 있다면 할머니는 벌써 당신의 밥상으로 불러들여 당신 몫의 생선을 나누어 주셨을 것이다. 균이보다 더 큰 열네 살 쌀례에겐 아직 생선 먹으러 오라는 신호가 보이지 않는다. 조린 갈치는 어떻게 안 되더라도 갈치랑 같이 조린 무는 기대할 수 없을까?
그런 기대감으로 쌀례는 할머니의 진짓상을 바라보다가 다시 할아버지와 손님상을 뚫어지게 바라보았다. 그러다가 아뿔싸, 그만 손님과 시선이 마주치고 말았다.
'아, 부끄러워라.'
열네 살 다 큰 처녀가 되어서 식탐에 불타는 눈빛을 손님에게 들키다니. 이 얼마나 민망한 일인가. 얼굴이 뜨끈해져서 재빨리 고개를 숙이는데 머리 위로 손님의 목소리가 날아들었다.
"저 애기씨가 아씨 따님이십니까?"
"음, 성례라고, 연이 딸일세."
"……많이 닮으셨습니다."
낯선 손님이 낯선 소리를 하고 있었다. 쌀례가 엄마를 닮다니. 달처럼 희고 고운 엄마를 닮은 건 딸인 쌀례가 아니라 조카딸인 상회 언

나라는데. 사람들은 모두 그렇다고 하는데.

처음 듣는 그 소리에 쌀례는 슬그머니 얼굴을 들고 손님을 응시했다. 새삼 그 좁고 초라한 방에 지독히도 어울리지 않아 보이는 양복쟁이 어르신을.

그리고 그때 손님 역시 쌀례를 보고 있었다.

몇 번을 뒤집어 입은 낡은 치마저고리 위로 피어 있는 동그란 얼굴을.

호기심과 수줍음이 적당히 섞인 동그란 눈동자를.

이전에 그가 알던 누군가와 많이 닮은 그 얼굴을.

조용히, 깊게, 홀린 듯이.

손님은 저녁을 몇 술 뜨고 난 뒤 그날 밤 길을 떠났다. 짐꾼에게 들려 온 선물 상자를 봉 초시네 마당 한편에 남겨 두고서.

마루에 걸터앉아 그 상자를 뚫어져라 내려다보던 외조부는 갑자기 손녀딸에게 물으셨다.

"성례야, 네 나이 올해 열다섯이렷다?"

쌀례는 내심 이상하다 싶었다.

'성례'는 분명히 그녀의 이름이었지만 집안사람들에게 그녀는 '쌀례'로 불린다. 사대부 여식으로 본명은 '성례'이나 쌀알이 주렁주렁 열리는 아명을 가지고 평생 배곯지 말라는 뜻에서 그녀는 일 년 365일 중 360일 정도는 '쌀례'였던 것이다. 나머지 5일, 쌀례가 '성례'로 칭해지는 날은 뭔가 껄끄러운 일이 생기는 날이었다.

가장 최근 '성례'로 불렸을 때, 쌀례는 어머니의 재가에 대해, 엄마와 동생과 이제는 이별이라는 사실을 함께 들어야 했었다. 이번엔 뭐지? 잔뜩 불안한 얼굴로 손녀가 답했다.

"아홉 달쯤 더 있어야 열다섯이 되어요."

순간, 늙은 선비의 주름진 얼굴에 곤혹스러움이 스쳤다. 손녀딸이 못 먹고 자라 또래보다 작은 줄만 알았는데 아직 어린아이였던 것이다. 하지만 얼마 안 가 노인은 망설임을 털어 버리고 단호한 얼굴로 고개를 끄덕였다.

"그럼 되었다. 열넷이건 열다섯이건 계집아이가 출가하기에 아주 적당한 나이니라. 네 할미도 그 나이 때 이 할아비에게 왔느니."

이 대목에 이르러서 쌀례는 고개를 발딱 들고 말았다.

열네 살이면 시집가기에 적당하다니, 이게 무슨 소리인가. 그러나 당장 입 밖으로 튀어나오려던 그 질문들은 조부의 엄한 눈초리에 입 안으로 삼켜졌다. 엉겁결에 치켜들었던 고개를 다시 공손히 숙이면서도 열네 살 소녀는 대체 자신에게 갑자기 왜 이런 날벼락이 떨어졌나 궁금하기 짝이 없었다.

잠시 후, 조부가 다시 말씀하셨다. 쓰디쓴 어조로, 혹은 탄식하듯이.

"세상이, 바뀌었다."

한때는 근동의 논밭이 모두 봉씨 가문의 것이었던 적이 있었다. 사시사철 거친 무명이 아니라 명주옷을 지어 입고 소작인들에게 굽실굽실 절 받으며 배고픔이라곤 모르고 지내 오던 시절이 그들에게도 있었다. 학처럼 꼿꼿하게 긍지를 긍지로 지킬 수 있었던 시절이 그들에게도 분명 있었다.

하지만 장남이었던 쌀례의 큰 외숙이 미두(米豆 : 현물 없이 쌀을 사고팔며 시세 차익으로 이득을 보는 일종의 투기)에 미쳐 그 많던 재산을 다 날리고 나서, 모든 것이 달라졌다. 앞서 밝혔듯이 이제 그들은 하루 두 끼, 그나마 한 끼는 물에 간장을 타서 먹는 배고픔을 견뎌 내야 하는 상황에 봉착하고 말았다. 오호통재라.

"세상이, 바뀌었다."

노인은 탄식하듯, 주문을 외우듯 거푸 그 소리를 중얼거렸다. 배고픔에는 장사가 없었다. 긍지도 소용없었다. 어른들은 어떻게든 버텨 냈지만 어린것들은 굶주림에 너무나 쉽게 목숨줄을 놓아 버렸다. 빈 젖만 쪽쪽 빨아 대던 어린 손자가 간장 물을 삼키지 못하고 죽어 버리자 늙은 선비는 패배를 인정했다.

어린것을 언 땅에 묻고 나서 노인은 즉시 식솔들이 더는 굶지 않을 방법을 생각해 냈다. 그는 우선 과부가 되어 남매를 데리고 친정으로 돌아와 있던 자신의 청상 딸, 쌀례의 어머니에게 명령하였다.

"개가하여라."

개가라니. 이전 같으면 어림 반 푼어치도 없을 일이었다. 꽃다운 나이에 남편을 잃은 박복한 사대부 집 아낙은 호호백발 노파가 될 때까지 박복한 사대부 집 미망으로 살다가 홀로 늙어 죽어야 했다. 그게 그들의 율법이었다. 하지만 율법이라는 것도 지키는 자가 있을 때에야 율법으로 남을 수 있는 것이다.

깨기로 마음먹자 너무나 쉽게 어머니는 혼처가 생겼고, 건너 마을 기름 장수 홀아비에게 훌쩍 떠나 버렸다. 자식이 셋이나 되는 기름 장수는 새 아내의 세 살짜리 어린 아들은 받아들여도 다 큰 처녀 아이인 쌀례까지는 책임을 질 수 없다 하였다.

그로부터 달포 뒤에 다시 할아버지는 쌀례에게 말하고 있는 것이다.

"열네 살, 혼인하기에 좋은 나이니라."

혼인하기 위해 경성으로 출발하던 날 아침, 쌀례가 일어나 처음으로 발걸음한 곳은 부엌이었다.

아침마다 부엌에 제일 먼저 들어온 여자는 성스러운 부엌의 신 조왕신(竈王神)을 위해 맑은 물을 조왕중발에 떠 놓고 절을 해야 한다. 아궁이에서 힘차게 타오르는 불처럼 집안이 번성하길 빌고, 이곳에서 빚어진 음식들이 집안사람들의 힘이 되길 빌고, 배곯지 않기를 빈다.

대부분 할머니나 상희 언니가 그 역할을 했지만 경성을 향해 출발하던 그날, 부엌에 처음 발을 디딘 것은 쌀례였다.

"비나이다, 비나이다……."

조심조심 맑은 샘물을 주발에 부어 놓고 손바닥을 비비면서 뭐든 빌려고 했는데 처음부터 말문이 막혀 버렸다. 뭘 빌어야 하나? 오늘 한 밥이 타지 않고 찰기 있게 해 달라고? 가족들 모두 무탈하라고? 곡간에 쌀이 그득하게 해 달라고?

아, 쌀섬. 그건 이미 곡간 안에 가득 쌓여 있었다.

혼담이 결정된 뒤로 어마어마한 양의 쌀섬이 봉 초시네 곡간으로 들어왔다.

혼례 예물이라고 했다. 귀한 집안에서 딸을 주신 것에 대한 감사의 선물로 경성에 있다는 쌀례의 시댁에선 논과 밭과 쌀섬을 보내왔던 것이다.

쌀섬이 들어오던 날, 사촌 중 하나인 영희는 입술을 비죽이며 이렇게 말했었다.

"아무래도 쌀례 신랑은 곰보거나 절름발이거나 늙은이일 거 같아."

"얘! 무슨 그런 말을!"
 새파랗게 질린 쌀례 대신 상희 언니가 영희의 심술궂은 감상에 고함을 쳐 주었다. 하지만 영희는 아랑곳하지 않고 계속 이죽거렸다.
 "그렇지 않으면 우리같이 망한 집에서, 더구나 쌀례 같은 못난이를 데려가면서 이렇게까지 할 이유가 있겠수? 바리바리 싸 보내는 거, 뭔가 켕기는 게 있어서라구. 곰보거나 절름발이거나 늙은이 아니라면…… 아편쟁이려나?"
 소름끼치는 예측이었다. 그러나 상당히 설득력 있는 소리이기도 했다. 쌀례는 당장 자신보다 이 혼담에 대해 더 많은 사실을 알고 있을 외할머니에게 달려가 도대체 지금 무슨 일이 벌어지고 있는 건지 물어보았다. 정말 내 신랑은 곰보 아니면 절름발이, 늙은이인가요?
 그런 손녀딸의 질문에 할머니는 다음과 같이 대답하셨다.
 "아니다. 어디서 그런 헛소리를 들은 게냐?"
 그 순간, 쌀례는 온몸으로 안도의 한숨을 내쉬었다. 하지만 얼마 안 가 궁금한 것이 꼬리에 꼬리를 물었다. 그렇다면 왜 이리 급히 혼담이 진행되는 걸까. 신랑 집은 뭐가 아쉬워서 쌀섬을 바리바리 보내면서 나 같은 걸 원하는 걸까.
 그런 손녀딸의 질문에 외할머니가 대답하셨다. 첫 번째, 혼담이 이리 급하게 진행될 수밖에 없는 이유를.
 "왜놈들이 우리 땅에서 쌀, 제기, 놋그릇까지 쓸어 가더니, 이제는 처녀애들까지 공출해 간다더구나. 지들 말로는 무슨 공장에 일꾼으로 보내거나 간호원인지 뭔지로 보낸다 하더라만 그보다 더 흉한 소문도 돌아서……."
 "흉한 소문이요?"

원래 동그란 눈을 더 동그랗게 뜨고 좁은 어깨를 부르르 떨며 묻는 손녀딸을 바라보는 외할머니의 얼굴은 침침한 등잔불 아래 더 침울해 보였다.

그녀는 차마 남편에게 전해 들은 그 끔찍한 소리 ― 처녀 공출 대상으로 주재소에서 발부한 붉은 딱지를 받고 한 번 끌려가면 전쟁통 왜놈들의 노리개가 된다는 ― 를 어린 손녀딸에게 들려줄 용기가 없었다. 때문에 쌀례의 외할머니 조씨는 조곤조곤한 어조로 외손녀에게 다른 말을 해 주었다.

"어쨌든 그래서 할아버님과 네 외숙이 의논하여 만든 혼사이니라. 네 시댁 될 그곳은 그 댁 조부님 때부터 우리 집과 인연이 있던 댁인데 정말 쌀례 네가 복이 많은 모양인지, 인품 후덕하고 살림이 넉넉하다 들었다. 신랑 될 이도 경성에서 제일 큰 학교 학생이라 하더구나."

그곳에 가면 지금처럼 굶주리지 않으리라. 하루 세 끼 양껏 먹게 되리라. 그것도 이곳에서처럼 좁쌀에 산나물 섞은 미음이나 술지게미, 쌀보다 무가 더 많이 들어간 풀죽 같은 무밥이 아닌 기름기 흐르는 쌀밥으로. 몇 번이나 기워 입은 낡은 옷 대신 화사한 비단 옷을 입을 수 있을지도 모른다. 땔나무가 없어서 얼음 같은 냉방에 사촌 동생들을 부둥켜안고 자야 하는 것도 이제 끝이다. 넌 외손이나마 뼈대 있는 봉씨 가문의 핏줄이고, 착하고, 바지런하고, 건강하니까 잘난 낭군에게 귀염 받고 행복하게 살리라.

노랫가락처럼 달콤한 외할머니의 말에 쌀례는 조용히 귀 기울였다. 그대로만 된다면 얼마나 좋을까 싶게 달콤한 소리였다. 믿어야 한다. 하지만 그때 쌀례는 사실 외할머니에게 묻고 싶었다.

'그걸 할머니가 어떻게 아세요? 그 집에 가 보셨어요? 그 사람이 어떻게 생겼는지 한 번이라도 보셨어요? 제가 그곳에 가면 지금 말씀대로 행복해질 수 있다고 누가 그러던가요?'

묻고 싶었다. 하지만 물을 수는 없었다.

자신과 마찬가지로 열네 살에 시집왔다던 할머니처럼, 엄마처럼, 사촌 언니들처럼 자신도 어른들이 시키는 대로, 가라는 대로 시집이라는 걸 가야 한다는 것을 열네 살의 그녀는 이미 알고 있었던 것이다. 그래서 소녀는 다른 것을 물었다.

"엄마하고 균이, 한 번이라도 보고 갈 수 없을까요?"

경성까지 가면 더더욱 얼굴 보기 어려울 것 같아 물은 것이었지만 외할아버지와 할머니는 곤란한 표정만 지을 뿐이었다. 그쪽도 혼인한 지 얼마 되지 않아 이곳까지 들르기가 쉬운 일이 아니라고 했다. 더구나 세상이 흉흉해서 이곳처럼 인적 드문 시골은 젊은 여자가 아이를 안고 집을 떠났다가는 흉한 것들에게 걸려 아이는 길바닥에 내던져지고 엄마만 어딘가로 끌려갈 수도 있다는 소리에 쌀례는 마지막 희망을 접었다.

소녀는 잠자코 시집가겠다고 했고, 얼마 안 가 드디어 혼인하기 위해 떠나야 할 날이 다가왔다.

신랑 집으로 떠나기 전날, 쌀례를 위해서 부엌 아궁이 무쇠솥은 한참을 끓었다.

이 겨울에 한 솥이나 되는 뜨거운 물을 전부 써서 목욕을 할 수 있다는 건 엄청난 호사다. 비록 부엌 문틈으로 찬바람이 들어와 추웠지만 기분은 상쾌했다.

바가지에 녹두 가루를 풀어 얼굴에 대고 문지르기도 했다. 그렇게 하면 피부가 좋아진다나? 먹는 곡식 가지고 무슨 짓인가 싶기도 하지만, 일생에 한 번뿐이니까. 곧 혼례를 올릴 여자아이는 조금 급하게 예뻐져야 했다. 그러나 아직 채 피어오르지 않은 젖가슴에 앙상한 어린 몸을 보고 사촌 영희는 또 입을 비죽인다.

"에그, 어쩐지 쌀례 신랑 될 이가 불쌍타. 저걸 언제 키워 언제 신방 차리나?"

녹두 가루를 얼굴에 펴 바르던 쌀례 대신, 이번에도 상희 언니가 강하게 소리쳐 주었다.

"얘! 너, 나가!"

툴툴거리며 영희가 나가고 상희는 계속해서 쌀례의 얼굴에 녹두 가루를 펴 발랐다. 열네 살 쌀례보다 세 살 많은 열일곱 상희가 빙긋이 웃으며 말해 주었다.

"곱다."

"정말?"

"응. 이렇게 고우니까 쌀례 낭군 되실 그분도 좋아할 거야."

언니는 쌀례의 시댁에서 보내온 옷감으로 급하게 쌀례의 새 옷을 지었다. 새로 지은 그 옷을 하룻밤 바깥에 내어놓고 새벽이슬을 머금게 하고는, 발갛게 달아오른 화로에 지진 인두로 곱게 다려서 경성 가는 날 입고 가라고 했다.

마침내 시댁으로 출발하는 그날 새벽, 머리맡에 곱게 개어 있는 새 옷을 바라보다가 쌀례는 슬그머니 일어나 부엌으로 갔다. 조왕신에게 정안수를 바치고, 절을 하고, 어젯밤 몰래 챙겨 놓은 할머니의 곡간 열쇠를 열고 쌀을 꺼내어 밥을 지었다. 보리라곤 한 톨도 들어가지 않은 고슬고슬한 쌀밥이다. 온전히 쌀로만 밥을 지은 것은 처음이라 실패하지 않을까 싶어 두려웠는데 다행히도 성공적이었다.

밥이 익어 가는 동안 아궁이 불을 보면서 눈에 연기가 들어갔는지 눈물이 조금씩 났지만, 다행히도 가족들과 따뜻한 쌀밥을 나누어 먹으면서 쌀례의 눈가에서 눈물은 조금씩 멎어 갔다.

"쌀례야, 쌀밥 많이 먹어라. 갈 길이 먼데, 속이라도 든든해야지."

상희 언니가 남은 밥으로 주먹밥을 만들어 쌀례의 보퉁이에 넣었다. 무쇠솥 바닥을 박박 긁어서 누룽지를 뭉치고 깊숙이 숨겨 둔 하얀 설탕 가루를 솔솔 뿌린 간식도 넣어 주었다.

"기차에서 먹어."

기차! 그렇다. 쌀례는 꽃가마가 아닌 기차를 타고 시댁이 있는 경성으로 가게 되었다.

이 점에 있어선 이 혼사를 묵묵히 지켜보기만 했던 외할머니 조씨도 처음으로 남편에게 분노를 터뜨렸다.

"세상에, 아무리 그렇기로 어떻게 가마도 없이 아이를 보낸답니까!"

벌써 옆 마을 앵화골까지 처녀 공출, 아니 처녀 약탈이 번지고 있었기 때문에 내일이라도 당장 이 싸릿골까지 주재소 순사나 면장이 들이닥쳐 여자아이를 내놓으라 할지도 모른다는 것, 그래서 손녀딸을 급히 시집보내야 한다는 것을 모르는 바는 아니었다.

하지만 새색시에게 있어서 꽃가마란 긍지다. 물론 사돈이 될 한씨 댁에서 과할 만큼 푸짐한 혼수를 보내와 이제부터 살림이 조금은 피게 된 것은 고마운 일이었지만, 그래도 그렇지. 가뜩이나 혼례식도 친정에서 못 올리는 것이 불쌍하고 미안한 손녀딸인데(전통 혼례에선 '친영이라

하여 신랑이 신부 집에 가서 혼례를 치르고 신부를 데려온다) 천한 여자처럼 가마도 못 태우다니. 그러나 이번에도 외할아버지는 말씀하셨다.
"세상이, 바뀌었소."
이제 이별의 시간이 다가왔다. 경성까지 쌀례와 동행할 창녕댁이 마당에서 기다리는 동안 쌀례는 집안 어른들에게 절을 올렸다. 외할머니는 옆 마을 쌀례 엄마가 보내왔다는 은비녀 하나를, 외할아버지는 한씨 댁에서 혼수와 함께 보내온 혼서를 정성껏 싸 주었다.
혼서(婚書 : 결혼 증서). 금전지(金箋紙)가 달린 검정 비단 겹보자기에 싸인 그것은 쌀례가 이제부터 한선재라는 남자의 아내라는 증서였다. 평생 그에게 일부종사하고 죽어서 그녀의 관까지 가지고 들어가야만 하는 증명서였다.
그걸 넘겨주면서 조씨는 눈물 젖은 눈으로 손녀에게 말했다.
"잘 살아야 한다. 그저 몸 아끼지 말고 일도 열심히 거들고, 집에서처럼만 해. 아이도 될 수 있는 한 많이 낳고. 그럼 귀염받고 잘 살 게다."
아마도 외조모의 어머니 역시 시집가던 딸에게 그렇게 말했을 것이다. 일 열심히 하고, 아이도 많이 낳고, 그래서 사랑받고 살라고. 그게 체면 빼곤 아무것도 없는 집 딸들이 사랑받을 수 있는 그나마의 방법이라는 것을 여자들은 알고 있었기 때문에.
사실 쌀례는 그 순간 할머니의 치맛자락을 붙들고 사정하고 싶었다.
'할머니, 난 아직 어려요. 아직 준비가 안 됐어. 나쁜 사람이면 어떻게 해? 무서운 사람이면 어떻게 해? 나를 싫어하면 난 어떻게 해?'
하지만 그럴 수 없다는 것을 알기에 쌀례는 그저 고개를 끄덕이고 주먹밥과 누룽지와 헌 옷가지가 든 보통이를 집어 들었다. 그리고 꽃가마 대신 기차를 타기 위해 집을 나섰다.

"그래도 명색이 새색시인데 꽃가마는 못 탈망정 기차가 다 무어람! 에그! 추워라!"

1943년 12월의 겨울, 싸릿골 봉 초시 댁 쌀레가 서울 안국동 한씨 댁으로 시집이라는 것을 가게 된 그날의 아침은 몹시도 추웠다.

지난밤에 내린 엄청난 눈으로 세상이 온통 은백색이었다.

까치도 허옇게 얼어 죽었고 냇가는 꽁꽁 얼어붙고 처마 끝마다 고드름이 줄줄이 열릴 만큼 추운 날씨였다. 입을 열 때마다 새하얀 입김이 뿜어 나온다. 머릿수건과 낡은 목도리로 얼굴을 꼭꼭 눌러 싼 중년 아낙의 투덜거림에 그 곁에 서 있던 소녀는 피식 쑥스러운 웃음을 내비쳤다.

진갈색 털실로 짠 낡은 목도리로 반쯤 가려진, 추위에 발갛게 달아오른 얼굴, 그 위에 쌍꺼풀 없이 검고 커다란 눈동자가 꽃처럼 웃었다.

새색시라니. 이제 겨우 열네 살, 얼마 안 있으면 열다섯 살이 되는 그녀에겐 아직도 낯설기만 한 소리였다.

"뭐, 가마에 흔들려 가느니 이게 나을지도 모르지. 가마로 가면 족히 사나흘은 걸리겠지만 이 기차라는 건 하루면 경성까지 간단다. 세상 참 좋아졌지."

새색시를 경성까지 무사히 데려다 주는 조건으로 몇 푼의 돈을 받게 된 아낙네의 그 소리에 쌀레 역시 동감했다.

전에 딱 한 번 가마를 빌려 타고 장거리 여행을 한 일이 있었다. 다망한 양반이더라도 반가의 여식이면 먼 길을 걸어갈 순 없는 법이라고 없는 살림에 겨우 융통해서 처음으로 가마라는 것에 올라탔었다. 이틀이나 다리를 구부린 채 흔들리는 가마 안에서 속이 울렁거려 혼이 났었다. 정말 끔찍했었다. 그러고 보면 꽃가마 대신 기차 타고 시집이라는 걸 가는 게 다행이란 생각도 든다.

멀쩡한 처녀들이 놋그릇과 함께 남의 나라로 끌려가고, 새색시가 가마 대신 기차를 타고 시집을 가는 세상. 참으로 좋은 세상이었다.

뺨을 스치는 칼바람이 따갑게 느껴져 목도리를 깊숙이 눌러쓰면서 순간 쌀례는 조그마한 손거울이라도 있었으면 싶었다.

'목욕도 하고 새 옷도 입었는데, 나…… 조금쯤은 예뻐졌을까?'

현실적인 고민이 무럭무럭 쌀례의 머리에서 돋아나기 시작했다.

'예뻐 보여야 하는데, 그래서 잘난 낭군이라는 그 사람이 나를 좋아해 주면 좋을 텐데. 그이는 몇 살이나 되었을까? 설마 나보다 어리거나 우리 아버지만큼 나이를 먹진 않았겠지. 그럼. 경성 큰 학교 학생이라잖아.'

신랑 쪽에서 보내온 사주단자를 보면 나이를 알 수 있었겠지만, 아쉽게도, 정말로 아쉽게도 쌀례는 글을 모른다.

계집이 문자 속을 깨우치면 되바라지고 집안에 분란을 일으킨다는 꼬장꼬장한 조부의 생각을 그대로 반영하여 집안 여자들은 전부 까막눈이었다. 쌀례 역시 그 전통을 충실히 따라 종이는 흰색, 글자는 검은색인 것만 알아보는 형편이었다. 글자를 알아볼 수 없으니 그의 나이가 몇인지 알아볼 수도 없었고, 차마 어른들에게 신랑 될 이에 대해 물어보기도 부끄러웠다.

그래서 쌀례가 현재 자기 정혼자에 대해 아는 거라곤 그의 이름 석 자와 학생이라는 것뿐이었다. 불안이 모락모락 쌀례의 가슴에서 연기를 피워 올리고 있었다.

'영희 언니 말처럼 곰보라거나 성격이 흉폭한 사람이라면 어쩌지? 팔다리 중 하나가 없는 사람이면? 전에 보름골로 시집간 언년이도 신랑이 잘났다고 중매쟁이가 거짓말을 했었다는데. 나도 만약 그렇게 되면 어쩌나.'

집의 좁은 광에 가득 쌓인 쌀섬들이 떠올랐다. 보고 먹을 때는 좋았던 쌀들이 현재는 쌀례의 가슴을 무겁게 짓누르는 돌덩이들로 둔갑했다.

정말로 할머니 말씀처럼 잘난 사람이라면 그런 사람이 그녀같이 어린 계집아이와 결혼을 하기 위해 바리바리 혼수를 싸 보낸 것은 무언가 이상했다.

하지만 어쩌랴. 이미 박쌀례는 한선재, 혹은 그의 아버지가 보낸 쌀을 먹었고, 그가 보낸 비단으로 옷을 지어 입었다.

그에게 혼서를 받았다. 이제 그가 곰보건, 주정뱅이건, 어렸건, 늙었건 어쩔 수 없다.

'그래도 부처님! 조왕할매! 엄마!'

소녀는 추워서 꽁꽁 언 발을 동동거리며 마음속으로 기원했다. 지금 당장 빌어서 그나마 효험을 볼 수 있을 것만 같은 상대들에게.

'제발 제 신랑이 곰보도, 주정뱅이도, 어린애도, 늙은이도 아니게 해 주세요! 다른 건 욕심내지 않을게요. 그저 사지 멀쩡하고 좋은 사람이기를! 제발!'

막 눈을 감고 기도하는 사이 '꽤애액!' 하고 시끄러운 기적 소리가 그녀의 귓가에 들려왔다.

마침내 눈이 소복이 쌓인 역전에 기차가 도착했다. 열네 살 박성례,

쌀례를 경성의 시댁으로, 혹은 그녀가 알 수 없는 새로운 미래로 데려다 줄 그 기차가.

쾌애액—! 덜컹—! 덜컹—!
"우엑! 우에에에엑!"
"아, 처녀애가 입덧은! 어때? 속이 여즉 안 좋은가?"
옆에서 등을 두들겨 주는 창녕댁에겐 미안했지만 기차가 흔들릴 때마다 쌀례의 속도 같이 흔들거렸다.
맙소사. 가마 타고 흔들리며 가지 않게 되었다고 좋아했는데 이 기차라는, 쇠붙이로 만든 괴물 지네도 흔들거리는 것으로 치면 가마 못지않았다. 견디다 못해 성에가 껴서 열기 어려운 창문을 가까스로 열고 토해 보았지만 아침에 먹은 쌀밥은 속 시원하게 나와 주지 않았다. 찬 공기가 들어오니 춥다며 빨리 문을 닫으라는 주변 사람들의 성화에 그나마 창문마저 얼마 안 가 닫아야만 했다.
쌀례는 돈을 아끼기 위해 말리는 창녕댁을 제치고 3등 칸으로 자리를 끊은 것이 슬그머니 후회가 되었다.
자리가 꽉 차다 못해 바닥까지 주저앉은 사람들이 부지기수였다. 촉수 낮은 전등불 아래 갓을 쓴 노인, 봇짐을 든 장사치 사내들, 빽빽 우는 아이를 달래는 데 정신이 없는 젊은 아낙 등등의 모습이 보였다. 심지어 어떤 사람은 푸드득거리는 산 닭까지 닭털을 날리며 들고 있었다. 그들이 내뿜는 시큼털털하고도 미묘한 냄새들이 쌀례의 코를 사정없이 자극했다.

어제 부엌에서 목욕을 하기 전까지만 해도 자신 역시 그들과 별반 다를 것 없을 행색이었겠지만, 어떻든 지금 그녀는 그 냄새들이 몹시 역겨웠다. 계속해서 헛구역질을 하고 싶을 만큼 말이다.

"안 되겠네. 나가서 찬바람 좀 쐬지."

갈수록 얼굴이 노랗게 질리는 쌀례를 보며 창녕댁은 제안했고, 쌀례는 그 제안을 기쁘게 받아들였다. 이제 천안이라 경성까지 거의 다 온 상황이기 때문에 좀 춥더라도 차 칸 밖에 가 있는 것이 나을 것 같았다. 그래서 그들은 별 망설임 없이 자신들의 보퉁이를 들고 차 칸 밖으로 나섰다.

세상에 태어나서 처음 기차를 타 본 쌀례나 두 번째로 타 본 창녕댁은 그때만 해도 몰랐었다. 아무리 시큼털털한 냄새가 나고 답답하다고 해도 차 칸 안이 차 칸 밖에 비해서 훨씬 안전하다는 사실을. 그 옹색한 3등 칸에서 쌀례가 입고 있는 비단옷은 어떤 남자들에게 위험한 생각을 품게 할 정도로 눈에 띈다는 것도.

언제부터 그 남자들이 두 여자를 따라왔는지 그건 모를 일이었다. 시원한 공기를 마시고 속을 가라앉히는 것도 잠깐, 언제 빨아 입었는지 짐작도 가지 않을 만큼 때가 엊어져 번들거리는 솜옷을 걸친 건장한 사내 둘이 여자들에게 바짝 다가서서 윽박질렀다.

"살고 싶으면 그 보따리 이리 내! 너희 둘 다 기차 밖으로 던져 버리기 전에!"

덜컹덜컹 달리는 기차. 차 칸과 차 칸이 이어진 그 통로에는 뺨을 할

퀴는 것같이 날카로운 칼바람만 불어올 뿐 그들 넷을 제외한 다른 사람은 없었다. 정말로 남자들이 그들을 기차 밖으로 던져 버린다고 해도 누구도 모를 것이다.

냉큼 보통이를 내주어야 하나 말아야 하나 마음은 고민하고 있는데 쌀례의 입에선 저도 모르게 목소리가 튀어나오고 있었다.

"안 돼요! 이, 이런 짓 하면 벌 받아요!"

낡은 옷가지 두어 벌, 상희 언니가 싸 준 주먹밥에 설탕 묻힌 누룽지, 달걀 하나. 어머니가 보내 주신, 이제부터 그녀가 머리에 꽂아야 하는 오래된 은비녀, 그리고 혼서(婚書).

그것이 지금 그녀가 가진 전부였다.

전부이기 때문에 내놓을 수가 없었다.

그래서 그녀의 바른 소리에 코웃음을 친 강도들이 억지로 보통이를 뺏으려 했을 때, 소녀는 있는 힘껏 그 손을 깨물어 버렸다.

"아아악! 이, 이, 이것이!"

손을 물린 남자가 그녀의 작은 얼굴을 주먹으로 후려쳤다. 주먹질에 넘어진 쌀례에게서 남자는 보통이를 빼앗으려 했다. 그런데 계집아이는 보통이를 내놓지 않았다. 화가 치민 강도가 그녀의 뺨을 후려치고 등에 발길질을 해 대도.

퍽—! 퍽—! 퍽—!

"이 독한 것! 이래도 안 내놔! 이래도! 이래도! 응? 이래도!"

다른 한 놈에게 잡힌 창녕댁은 그놈의 더러운 손에 입이 틀어 막혔기 때문에 쌀례에게 차라리 보통이를 줘 버리라고 소리를 지를 수도 없었다.

바로 그때였다. 네 사람뿐이던 그곳에서 이제껏 닫혀져 있던 문이 열리고 한 사람이 그 강도들의 모습을 발견한 것은.

3등 칸과 연결된 2등 칸에서 나온 그 남자는 검은 교복에 망토를 두른, 학생 복장을 하고 있었다.

나이가 스무 살쯤 되었을까. 6척(180센티미터 정도)은 되어 보일 만큼 키가 큰 사람이었다. 입고 있는 검은 교복과 대조되는 하얀 얼굴, 단정한 이목구비를 가진 청년은 굳은 얼굴로 눈앞에 있는 네 사람을 지켜보고 있었다. 네 사람이 한눈에 그가 학생이라는 것을 알아보았듯이, 그도 한눈에 사내들이 강도라는 것을 알아본 모양이었다.

"당신들, 지금 무엇 하는 거요?"

강도들의 얼굴에 노골적으로 낭패한 표정이 떠올랐다. 하지만 그것도 잠시, 그 청년이 체구가 좀 크다 한들 한 명이고, 저희는 둘이라 안심을 한 것인지 그들 중 한 놈이 얼굴에서 낭패감을 치우고 야비한 웃음을 흘리며 말했다.

"괜한 일에 참견 말고 학생은 가던 길이나 가시우. 이 계집들이 우리 봇짐을 훔쳐 도망가는 걸 겨우 잡았으니. 이리 내놔! 이년아!"

남자의 주먹이 소녀의 얼굴을 다시 내리치려는 그 순간, 청년의 팔이 강도의 손목을 강하게 움켜잡았다. 보따리만 움켜잡은 채로 바닥에 엎어져 있던 쌀레로선 그 뒤 일이 어떻게 되었는지 정확히 볼 수 없었다. 몇 차례 투닥거리는 소리가 나더니 그녀가 엎어져 있는 옆에 그 강도들이 쓰러지는 것만 어렴풋이 알 수 있었을 뿐이다.

'덜컹덜컹' 기차 흔들리는 소리와 함께 청년의 목소리가 쌀레의 귓가에 윙윙 울려왔다.
 "이봐! 괜찮니? 일어설 수 있겠어?"
 괜찮지 않았다. 발길질 당한 등허리가 견딜 수 없이 아팠다. 그래서 눈물이 났다. 꽃가마를 타고 시집가는 것까진 바라지도 않았다. 하지만 가는 길에 이렇게 두들겨 맞아야 하다니 서러워 눈물이 났다.
 그래도 눈물을 생전 처음 보는 남정네에게 보일 수는 없어서 쌀례는 손바닥으로 슥슥 눈물을 닦아 내고 꾸벅 허리를 구부리며 인사했다.
 "괜찮아요. 은혜를 입었습니다."
 몇 대를 맞았는지 입술이 터지고 눈가에도 퍼렇게 멍이 든 괜찮지 않은 얼굴의 계집아이가 괜찮다 말을 했다. 크고 맑은, 또랑한 눈동자로 그를 똑바로 쳐다보면서.
 하지만 그 눈동자는 얼마 안 가 초점을 잃었고, 소녀는 청년의 가슴에 쓰러지고 말았다. 그리고 그 순간 그녀의 손에 쥐어져 있던 보퉁이가 힘없이 바닥에 떨어졌다.
 "쌀례야!"
 창녕댁의 외침과 기차의 덜컹거림이 뒤섞인 가운데 청년은 망토를 벗어 쌀례를 감싸 안았다. 그리고 무얼 하려는 거냐는 눈빛으로 자신을 쳐다보는 중년의 아낙네에게 한숨 섞인 목소리로 대답했다.
 "따라와요. 우선 의사한테 보여야 할 것 같으니까."

 "음, 맥박이나 심장박동이나 다 정상이야. 뼈가 부러진 것 같지도 않고. 손발이 차고 저 아주머니 말씀이 계속 토하고 있었다니까 그전부터 컨디션이 안 좋았나 보이. 지금은 피곤해서 잠이 든 상태랄까."
"그나마 다행이로군."
여전히 덜컹거리는 기차 소리와 함께 두런두런 말소리가 들려왔다. 그 소리에 쌀례는 눈을 떴다. 천장에 달린 전등의 불빛에 눈이 부셨지만 그녀는 자신을 내려다보는 사람들의 얼굴을 알아볼 수 있었다.
"에구! 정신이 드나 보네! 쌀례야! 괜찮니? 응?"
걱정스런 얼굴로 자신을 내려다보는 창녕댁과 자신을 구해 주었던 청년과 똑같은 교복을 입고 안경을 쓴 또 다른 청년의 얼굴이 그 밝은 전등 불빛 아래 보였다. 막 괜찮다고 일어서려 했던 쌀례는 자신의 가슴 위에 무언가 섬뜩한 것이 올려져 있음을 깨닫고 당황했다.
"청진기야. 심장 고동 소리 듣고 몸에 이상이 있나 알아보는 거지. 처음 보는 거니?"
안경을 쓴 선한 인상의 청년은 청진기를 처음 본 사람들의, 낯선 것을 처음 대할 때 짓게 되는 경계심 어린 표정에 이미 익숙해져 있었다. 그래서 저 귀여운 소녀의 굳은 얼굴도 그 때문이려니 했다.
적어도 여자아이의 터진 입술에서 다음과 같은 비명이 터져 나오기 전까지는.
"아아아악! 가, 강도야! 이, 이, 이 날도적이 감히!"
강도? 강도로부터 그녀를 구해 준 청년과 청진기를 든 청년, 두 사람 모두 의아한 시선으로 자그마한 체구에 어울리지 않게 우람한 비명을 내지르는 어린 소녀를 지켜보았다.
그렇게 멀거니 자신을 보는 두 남정네 앞에서 여자아이는 풀어헤쳐진 옷고름을 수습하며 매서운 목소리로 질책을 계속했다.
"이, 이게 무슨 짓이냐! 어, 어떻게 감히 남정네가 남의 처녀 오, 옷고름을!"
 하긴. 아이의 보호자라던 중년 아낙도 당장 소녀의 옷고름을 풀어 봐야겠다는 청년들의 소리를 처음 들었을 때, 저 비슷하게 소리를 질러 대긴 했었다. 하지만 키가 자신들 팔꿈치에 겨우 닿는 자그마한 계집아이의 입에서 나온 '처녀' 소리는 아무래도 좀 우스웠다. 강도들과 싸웠던 키 큰 청년 쪽이 입가 가득 쓴웃음을 머금고 말했다.
 "매를 심하게 맞고 정신을 놓아 버려서 급한 대로 결례를 저질렀소. 하지만 목숨 귀한 줄 모르는 아가씨로군. 그렇게 죽을 고생을 하면서도 놓지 않길래 무에 대단한 거라도 있나 했더니, 겨우 이것 하나 때문에 그 고생을 한 거요?"
 소녀가 주장하는 것처럼 다 큰 처녀를 대하는 듯한 단정한 말투였다. 하지만 어쩐지 몹시 비꼬는 것처럼 들리기도 했다.

 ―겨우 이것 하나 때문에.

 특히 그 부분이 쌀례의 마음을 몹시도 상하게 만들었다.
 "남의 짐을 열어 봤군요! 예의도 없이!"
 "매듭이 거의 풀려 있었소. 주먹밥 쉬는 냄새가 코를 찌르던걸."
 차고 오만한 목소리로 말하는 그의 지적에 쌀례는 다급하게 창녕댁에게서 자신의 보따리를 넘겨받고 그 안을 살펴보았다. 그의 말대로 벌써 쉰 냄새가 풍기는 주먹밥과 누룽지 덩이, 옷가지, 은비녀와 혼서가 무사히 그 안에 있었다. 다행이다.
 별것 아닌 그 모든 것에 안도의 한숨을 내쉬는 여자아이의 모습이 청년의 눈에는 이상해 보였다.

"중요한 건가? 목숨 걸고 지킬 만큼?"

그렇게 묻는 남자에게 열서너 살쯤 되어 보이는 그 계집아이가 쌍꺼풀 없이 맑고 커다란 눈동자로 또렷하게 그를 응시한 채 대답했다.

"혼약을 나눈 제 서방님이 보내 주신 혼서입니다. 지금 제겐 전부예요."

그제서야 청년은 그녀가 손에 들고 있는 그것이 검은색 비단 결보로 싸여진 혼서라는 것을 알아보았다.

결보를 싼 두 개의 흰 띠에는 '근봉(謹封)'이라는 두 글자가 써져 있었다. 도착할 때까지 안전한 이곳에 있으라는 그의 제의를 정중히 사양하고 일행인 중년 아낙과 자신들의 3등 칸으로 돌아가는 소녀의 뒷모습을 보면서 청년은 나직한 한숨을 내쉬었다.

"제법 개명한 세상이라고 생각해 왔는데 아직도 저렇게 어린 계집아이가 혼인이라는 걸 하다니. 어처구니가 없구만."

얼굴을 맞대고 있을 때는 사정없이 비꼬면서도 막상 그 계집아이에게 동정을 표시하는 친구에게 안경을 끼고 있던 청년, 경성제국대학에서 의학을 공부하고 있는 정승규는 부드러운 미소를 지으며 말했다.

"뭐, 조혼 풍습이야 어제오늘 일도 아니니까 하루아침에 없어질 수도 없겠지. 전쟁통에 여자들까지 끌려간다고 오히려 전보다 더 기승이라던데. 금주나 은재같이 고등 교육을 받을 수 있는 여자가 이 조선 땅에 몇이나 된다고 보나. 아직도 대부분의 여자는 아까 그 여자아이같이 살아. 한심한 노릇이네만."

얼굴도 모르는 누군가와 시키는 대로 일생을 보내야 하는 것만큼 한심한 것도 없다.

엄연히 이 땅의 주인인 우리가 섬나라 왜인들의 지배를 받고 사는 지금만큼이나 한심한 일이다.

조금이라도 이 한심한 세상을 바꿔 보겠다고 노력도 했었지만, 스무 살인 그가 할 수 있는 일이란 아무것도 없었다. 당장 그가 열의를 가지고 했던 야학조차 일경에게 들키지 않았던가.

돈 많은 아버지 덕에 동료들과는 달리 체포 직전에 풀려나 방학 중 여행이라는 신선놀음을 하고 온 지금도 세상은 여전히 한심했다.

부친의 전보를 받고 급히 집으로 돌아가는 길, 덜컹거리는 기차 안에서 청년은 갑자기 피로함을 느꼈다. 조금 전 갑자기 벌였던 주먹질의 후유증이 한 발 늦게 나타난 것일까.

그런 친구의 안색을 쳐다보던 승규가 말했다.

"잠깐이나마 눈 좀 붙이지 그래? 도착하면 깨워 줄 테니, 선재."

친우의 조언을 받아들여 선재는 망토 자락을 덮고 모자를 깊게 눌러쓰고 잠을 청했다.

덜컹―. 덜컹―. 덜컹―. 쫴애애액―.

어둠을 헤치고 달려가는 기차의 기적 소리와 바퀴 소리가 간간이 청년 한선재의 귓가에 맴을 돌았다.

머리라도 식히라며 뜬금없이 아들을 타지로 여행 보냈다가 다시 급하게 집으로 불러들이는 아버지의 속셈을 알 수가 없어 불안했지만 그래도 선재에게는 지금 당장 잠이 필요했다.

그런데 정말 지금 안국동 집에서는 무슨 일이 벌어지고 있는 걸까.

초례청(醮禮廳) 풍경

새색시는 소박데기

"내가 네게 해 줄 수 있는 것은 여기까지다.
더 이상은 기대하지 마. 알아들었지?"
그 말만 남기고 신랑은 신방에서 나가 버렸다.

안국동은 조선 초기에는 한성부 북부 안국방(安國坊)이라 불렸고, 1915년 6월에 경성부 안국동이 되었다. 쌀례가 처음 그 동네에 발을 들여놓은 1943년에는 일제의 구제(區制) 실시로 종로구 안국정이 되어 있었다.

쌀례가 창녕댁의 손에 이끌려 시댁이 있다는 종로 안국동에 도착했을 때는 이미 해가 져서 사방이 어두웠다. 쌀례나 창녕댁 둘 다 글을 몰라서 봉 초시가 적어 준 그 주소를 읽을 수는 없었지만 그들을 이곳까지 데려다 준 인력거꾼이 다른 손님에게 물어본 결과 그 고래 등 같이 넓은 한옥은 쌀례의 시댁이 분명했다.

"세상에! 고래 등같이 넓다는 소리 듣기는 했지만 내 눈으로 보는 건 처음이네! 이런 집에 시집오다니! 넌 좋겠다, 쌀례야!"

얼떨떨한 얼굴로 한참을 그 집 대문만 쳐다보고 있던 여자아이에게 창녕댁은 들뜬 목소리로 말하고는 문을 두들겼다. 하지만 문이 열릴 때까지, 문이 열리고 그 안에 들어갈 때까지, 바깥의 차가운 날씨가 터무니없을 정도로 훈훈한 온돌방에서 기다리고 있는 동안, 쌀레는 그저 어리둥절하기만 했다.

밤인데도 그곳은 너무 밝고, 너무 넓었다.

길지 않은 14년, 거의 15년을 살아오면서 쌀레는 그렇게 밝은 곳은 본 적이 없었다. 싸릿골 집은 해가 떨어지면 방 안을 밝히는 것이라곤 침침한 등잔불 하나였다. 그나마 등잔 기름을 조금씩 아껴 가며 쓰느라 방 안은 더 어두웠다. 기차를 타면서도 촉수 낮은 등불이 몹시 신기했는데 이곳의 불빛은 그보다 더 밝았다. 마치 대낮 같았다. 그 대낮같이 밝은 방은 눈부신 자개로 장식한 농과 달덩이 같은 도자기로 꾸며져 있었다.

집까지 함께 왔던 창녕댁은 행랑어멈의 안내를 받아 쉴 곳을 찾아갔고 그 너른 방에는 쌀레뿐이었다. 여자아이는 서울 구경 온 촌닭처럼 방 안을 두리번거리며 구경했다. 방 밖 미닫이문 틈 사이로 작은 웃음소리가 들려오기 전까지.

"킥킥, 뭐야? 선재 오라버니 색시라더니 아직 어린애잖아. 나보다도 어리겠다. 그런데 쟤, 얼굴은 또 왜 저런다니? 눈가가 퍼런 게 꼭 얼룩강아지 같잖아."

"그만둬, 은재야! 어머님 아시면 혼나!"

"아니! 얘들이! 뭐 하는 짓들이야! 은재, 준재! 너희들 어서 나가 보지 못하니!"

"아이, 어머님! 우리도 함께 볼래요! 뭐니 해도 선재 오라버니 색시면 내 올케인걸."

조금쯤 날이 선 중년 부인의 목소리와 함께 어린 목소리들이 오가고 이윽고 미닫이문이 열렸다.

 그것은 일종의 첫 선이었다.
 신랑을 제외한 식구들 거의 전원이 나와서 시골에서 온 화제의 새색시를 영접이라는 이름으로 구경했다.
 이 집의 주인인 시아버지, 고운 옥색 저고리와 남치마를 입고 있는 우아한 모습의 부인, 그리고 그녀를 닮은 십오륙 세 정도의 여자아이 하나와 남자아이 하나. 아직 얼굴을 구경하지 못한 그녀의 신랑까지 치면 모두 다섯 식구인 모양이다.
 옆에 서 있는 행랑어멈의 도움도 없이, 그 작은 새색시는 혼자서도 완벽하게 큰절을 올릴 줄 알고 있었다. 사실 절하면서 하마터면 치맛자락을 밟고 쓰러질 뻔하였으나, 어찌되었든 성공이다.
 절을 마치자 중년 남자의 목소리가 들려왔다.
 "먼 길 오느라 고생했다, 아가."
 아마도 시아버지로 추정되는 어르신의 목소리에 쌀례는 조심스레 고개를 들었다.
 학과 거북이 등등 십장생을 수놓은 호사스런 병풍 앞 보료 위에 시아버지로 추정되는 어르신이 앉아 계셨다. 외할아버지처럼 상투를 튼 것이 아니라 단발을 하고 깔끔한 콧수염을 기른 미중년.
 어디서 본 것처럼 낯이 익었다. 쌀례는 머릿속에서 그다지 길지 않은 인명부를 뒤지다 그가 누구인지 기억했다.
 "아."

하필이면 첫 대면 때 밭에서 갓 뽑은 무를 입에 흙까지 묻혀 가며 우적우적 게걸스레 씹는 모습을 들켰던 바로 그 손님이었다.

'부처님, 조왕할매, 어머니. 저는 미래의 시아버지 앞에서 그런 추한 몰골을 선보였던 것이란 말입니까?'

그렇게 막 고개를 든 쌀례의 얼굴이 곤혹감으로 굳어진 것처럼, 시아버지와 시어머니 김씨 부인의 얼굴 표정 역시 굳어졌다. 그녀의 옆에 앉아 있던 양장 차림 소녀의 입에선 '풋!' 하고 웃음소리가 터져 나왔고, 소녀의 옆에 앉아 있는 소년 역시 차마 웃기까진 못해도 황망해하는 표정이 역력했다.

"아하하하하! 아무리 봐도 꼭 우리 집 바둑이 닮았어! 크크."

"입 다물거라! 어디서 버릇없이!"

경박하게 웃음을 흘리는 딸에게 엄한 눈초리로 주의를 준 후, 한상민은 자신이 간택한 며느리에게 인자한 목소리로 말을 건넸다.

"그런 일을 당할 줄 알았다면 사람이라도 따로 보내는 것인데, 데리고 올 사람을 구했다는 연락을 받고 그냥 안심했더랬지. 역으로 마중을 보냈는데 길이 엇갈렸던 모양이다. 첫날부터 고생했다, 아가. 좀 이따 방에 가서 푹 쉬렴. 이제부터 예가 네 집이란다."

"예, 아버님."

다정스런 어조로 빚어진 '아가' 소리도 낯설었고, 낳아 주신 아버지를 제외하곤 누구에게도 한 적 없는 소리를 오늘 처음 본 아저씨께 하는 것이 조금 이상했지만, 쌀례는 배운 대로 또박또박 대답했다.

그런 그녀를 가소롭다는 듯 보던 시어머니는 코웃음을 쳤다.

"열다섯이 다 되었다고 들었는데 열둘도 안 되어 보이는걸. 저래 가지고 어느 세월에 선재에게서 손자를 보겠수? 거기다 저 차림새 좀 보라지. 어휴, 난 당신 속을 정말 모르겠어요. 경성에도 며느릿감은 얼마든지 구할 수 있는데 어찌 저런……."

"입 다물지 못하겠소?"

한상민은 얼굴에 띠우던 미소를 거두고 냉혹한 어조로 꾸중했다. 분한 마음에 고개를 치켜들고 남편을 노려보던 김씨도 그의 엄한 눈초리에 마침내는 고개를 돌리고 말았다.

그 뒤에 어떻게 시간이 지나갔는지 쌀례는 기억할 수가 없었다. 시아버지, 시어머니에게 각기 절을 올리고, 시동생이라는 사람들과 인사를 나누고, 무어라무어라 물어 오시는 소리에 무어라무어라 대답을 하고. 그러는 동안에도 혹시 신랑이라는 사람 얼굴이라도 볼까 해서 등 뒤의 문에 자꾸 신경이 쓰이고.

하지만 자리가 파하고, 통영산(統營産) 소반에 넘치는 음식들로 늦은 저녁을 다 먹고, 하녀가 안내해 준 그녀의 방 잠자리에 들어가는 그 순간까지도 쌀례의 신랑은 코빼기도 비치지 않았다.

처음엔 자리에 없는 그이 때문에 긴장으로 가슴이 벌렁거리고, 그 다음엔 아무리 기다려도 오지 않는 그 때문에 곤혹스러웠고, 그다음은 그 자리에 없다는 자체로 어쩐지 남편이라는 그가 쌀쌀맞게 느껴졌다. 그래서 그런가. 잠은 오지 않고 속만 답답하다.

"갑자기 쌀밥에 기름진 것만 먹어서 그런가."

자리에서 일어나 쌀례는 자신의 방이라는 낯설고 어두운 방을 둘러보았다.

언제나 열다섯 넘는 식구가 한방에서 복작거리고 살았는데 처음으로 갖게 된 그녀만의 방이다. 화각(畵角)으로 장식된 화사한 경대와 장롱이 있는 아담하지만 깨끗하고 어여쁜 곳이었다. 잠자리에 들기 위해 전등불을 끈 그 어둠 속에서 고운 화각장, 경대, 장롱이 우두커니 앉아 새 주인을 지켜보고 있었다. 혼례를 코앞에 두고 있으나 아직 열네 살인 쌀례는 어둠 속에서 그 낯설고 아름다운 방이 조금 무서웠다.
'저 장롱 위에서 산발머리 처녀 귀신이라도 튀어나오는 건 아니겠지?'
결국, 어둠을 참지 못하고 쌀례는 하녀가 가르쳐 준 대로 전등불을 켜 버리고 말았다. 싸릿골 집에서라면 등잔 기름을 한 방울이라도 아껴야 하기 때문에 아무리 어둠이 무서워도 밤에 불을 밝힌다는 건 불가능했지만, 여기선 기름이 없어도 불을 밝힐 수 있다.
그렇게 밝아진 방에서 쌀례는 귀신이 튀어나올 만한 곳을 구석구석 살폈으나 장롱 위, 경대 뒤, 화각장 어디에도 귀신은 없었다.
그러다가 앉게 된 경대 앞. 이렇게 큰 거울로 자기 얼굴을 보기는 처음이었다. 어머니의 손거울이나 샘물에 비추어 보아 왔었던 그 얼굴은 지금 눈가가 멍이 들고 입술은 터져 있었다. 엉망이었다.
"이런 꼴을 서방님께 처음으로 보일 바엔 오늘 못 뵌 게 더 나을 수도 있어."
거울 속 멍든 얼굴의 자신에게 쌀례가 말을 걸었다.
그런데 이상하다. 거울 속 쌀례도 자기 말이 맞다고 고개는 끄덕이는데, 가슴이 물 먹은 솜처럼 먹먹하다. 결국 가슴 속 물 먹은 솜에서 물기가 차오르고 차올라 눈에서 눈물방울이 새어 나오고 말았다.
"바보같이 눈물은 왜 자꾸 나오고 그래."
절대로 얼굴도 보이지 않는 남편이라는 사람에게 섭섭하거나 열두 살도 안 되어 보인다는 시어머니의 투덜거림이 가슴에 사무쳐서는 아니었다.
그저 발길질 당한 몸이 아프고, 엄마가 보고 싶고, 이 낯선 방이 너무 넓어 무섭기 때문이다. 그저 그뿐이다.
 남의 집에서 울음소리를 들킬세라 쌀례는 이불을 뒤집어쓰고 소리 죽여 울었다.

 "난 아무래도 그 애가 마음에 안 들어요. 열넷? 아무리 봐도 열두 살짜리 같습디다. 세상이 어느 때인데 저런 코흘리개를 며느리로 들이나요?"
 찻잔을 건네며 말하는 아내의 걱정에 한상민은 별소리를 다 한다는 듯한 말투로 대답했다.
 "선재 녀석 못된 성격에 지금 당장 신방 차리고 사내구실 할 만큼 숙성한 처녀를 맡겨 보았자 더 도리질 칠 게 뻔하지 않소. 얼마 안 가 성례 그 아이도 열다섯이 될 테고 선재는 스물하나. 여섯이면 딱 좋은 차이지. 며느리 될 아이 관상도 좋고 지금은 가세가 기울었지만 뼈대 있는 가문 출신이니 더는 말 말아요."
 남편의 단호한 어조로 빚어진 '뼈대 있는 가문' 소리에 아내는 곧 냉소를 지으며 대꾸했다.
 "어련하시겠어요. 뼈대 있는 집안, 그토록 오래 생각하고 있던 그 집안 고운 따님의 따님이시니. 그렇게라도 해서 연이인지 뭔지 그 여자 닮은 얼굴 가까이 두고 싶은 마음이시겠죠?"
 남편은 당장은 긍정도 부정도 하지 않았다. 그저 높지도 낮지도 않은 목소리로 이렇게만 말했을 뿐이다.
 "어째 그 나이 먹도록 여전히 아이 같은가, 당신이란 여자는. 나잇값 좀 하시게."
 그 조용한 비난에 김씨 부인은 내심 치가 떨렸다. 누가 할 소릴 하는 겐가. 나이를 그렇게 먹고 자식을 셋이나 두었는데도, 경성에서 소문난 거부 소리를 듣고 사는 지금도 마음은 여전히 스물둘. 아비가 마름(지주로부터 소작지의 관리와 감독을 위임받은 사람) 살던 주인댁 곱디 고운 아가씨에게 품던 연모의 마음을 아직 가슴속에 품고 사는 것이 당신 아니던가. 남편이 어느 날 큰아들 혼처를 구했다며 그 여자의 딸을 며느리로 삼겠다더니 결국 마음먹은 대로 하고야 말았다. 그래 놓고 뭐? 나보고 나잇값을 하라고?
 '당신이야말로 나이를 어데로 자셨소!'
 그러나 김씨는 입술을 악물고 하마터면 튀어나왔을 그 소리를 눌러 삼켰다.
 '그래. 내가 언제 저이한테 계집이었던 적이 있었던가. 새삼스럽게. 그래도 아이들 어미, 이 집안 안주인은 나란 말이지.'
 불편한 침묵을 마시고 있던 차 향기에 흘려보내면서 남편은 다시 입을 열었다.
 "마음이 모질지는 않은 녀석이니 성례 그 아이의 형편을 들으면 당장 내치자 소린 안 할 게고, 그러다 세월 흐르면 정도 들겠지. 우선 이런 식으로라도 가정을 가지게 되면 지금 하고 다니는 위험한 짓도 조금은 삼가게 될 거고."
 남편의 쓰디쓴 어조로 나오는 '위험한 짓' 소리에 김씨는 한숨을 내쉬었다.
 총명하고 훤칠한 큰아들은 그녀의 자랑이었다. 수재들만 다닌다는 경성제국대학에 다니고 있고, 불쌍한 사람들을 보면 불쌍하다 생각할 줄 알 만큼 마음도 바르고, 지나가던 여인네들이 한 번쯤 흘끔거릴 정도로 잘났다.

하지만 성질이 불같아서 남편의 말대로 이 위험한 시국에 너무나 위험한 짓을 저지르고 다닌다. 어려운 사람들 불쌍하게 여기는 마음은 가상하지만, 그렇다고 나라에서 금하는 야학 같은 것을 열어 이미 금지된 조선어 강습을 한다던가, 전쟁, 징병을 반대한다는 전단지 같은 것을 뿌리거나 하는 짓은 해서는 안 되었다. 이런 위험한 시국에는 더더욱.

그 위험한 짓을 그만두게 할 수만 있다면, 어지러운 시국 때문에 초조해 보이는 눈빛에 안정만 줄 수 있다면 혼인을 시키는 것도 좋은 방법이라 생각하고 남편의 뜻에 찬성했다. 하지만 오늘 맞아들인 그 아이는, 남편의 초연 상대라던 그 여자 딸이라는 것도 싫지만 정말 열두 살짜리로 보인다.

살림이 어려워 못 먹고 자란 탓인지 측은하기도 했지만 마땅치 않은 것도 사실이다. 정말 경성 안에도 아들에게 어울릴 만한 규수쯤은 있을 텐데.

"유 사장 댁 따님이 더 낫다 생각지 않으시는지?"

아들과 곧잘 어울리고, 지금은 이화고등여학교에 다니는, 집에도 몇 번 놀러온 적이 있는 고운 처녀를 떠올리며 김씨는 슬쩍 남편의 의중을 떠보았다.

"어허! 이 사람이 왜 자꾸 한 소릴 또 하게 하누! 유금주, 그 처자는 안 돼! 난 그런 되바라진 처자가 우리 집 사람으로 들어오는 것 원치 않소!"

"하지만 장가를 들였으면 하루라도 빨리 손자를 보아야지요. 여름

초례청(醮禮廳) 풍경 | 45

부터 총독부에서 의무 징병제랍시고 젊은 사람들을 전쟁터로 보내고 있지 않나요? 아직 대학생들까진 손을 뻗치고 있지 않지만 그래도……."

언제 전쟁터에 끌려갈지 모르니 그전에 손자를 보아야 하지 않겠냐는 아내의 주장에 한상민은 자신만만한 어조로 대답했다.

"총독이 아니라 천황이라도 내 아들은 전쟁터로 못 끌고 가! 암! 그 녀석이 더 객기만 부리지 않으면 그 정도는 내가 충분히 막을 수 있소! 그러니 당신은 쓸데없는 걱정 말고 혼사 치를 준비나 해요. 수일 내로 길일을 택해 식을 올릴 테니."

너무나 확고한 남편의 명령에 김씨는 또 한 번 체념의 한숨을 내쉬었다. 바로 그때 문 밖에서 여종 삼월이의 목소리가 들려왔다.

"마님! 큰 도련님께서 돌아오셨습니다요!"

선재가 여행을 떠난 지 2주일 만에 돌아온 집은 외견상으로는 떠날 때와 그다지 달라진 것이 없어 보였다.

그러나 그럼에도 불구하고 선재는 자신을 둘러싼 분위기가 2주 전의 그것과 몹시도 달라졌음을 느끼고 있었다. 어디가 달라졌다고 정확히 꼬집어 말할 수는 없었지만 분위기가 몹시 들떠 있었다.

집으로 들어서면서 그의 짐을 받아 드는 하인들이나 차를 날라 오던 하녀 역시 비어져 나오는 웃음을 억지로 참고 있는 듯한 분위기를 풍겼다. 그것은 늘 그렇듯이 그의 방에 불쑥 들어온 누이 은재 역시 마찬가지였다.

"그래, 여행은 재미있었수, 오빠?"

"재미는. 눈에 파묻혀 죽는 줄 알았다. 바람은 시원하더구나. 그런데 대체 이게 무슨 일이지?"

언제나 서두가 긴 것을 싫어하는 성격답게 단도직입적으로 묻는 오라비의 질문에 은재는 한순간 찔끔한 표정을 지었지만 곧 다시 생글거리는 얼굴로 되물었다.

"뭐 말이우?"

"집안사람들, 삼월이나 어멈까지 모두 내 얼굴에 뭐라도 묻은 것처럼 웃고 싶은 것을 가까스로 참는 분위기인데. 표정을 보아하니 은재 너도 그런 것 같고 말이야. 무슨 일인지 말을 해 봐. 이유도 모르고 웃음거리가 되는 것은 싫거든."

정말 숱 많은 오라비의 눈썹이 불쾌감으로 구겨지고 있었다. 사실 어머니는 당신이 직접 오라비에게 말하기 전까지 입을 다물라 주의를 주었지만 그건 은재가 생각하기에 너무 불공평한 처사였다. 큰오빠 자신의 종신대사이니 본인의 문제는 당사자가 한시라도 빨리 알고 있어야 하는 것 아닌가.

머릿속으로 좀 전에 본, 얼굴에 얼룩 강아지처럼 멍이 든 촌닭을 떠올리며 은재는 얼굴 가득 동정 어린 표정을 지었다.

"너무 불쾌하게 생각하지 마, 오빠. 그건 다 오빠의 경사를 축하하는 마음에서 우러나온 웃음들이야."

"경사?"

"오늘 집에 손님이 왔어."

"손님? 무슨 손님?"

점점 더 종잡을 수 없는 누이의 말, 여전히 생글거리는 그 수상한 미소에 선재의 미간은 더더욱 좁아졌다. 마침내 오라비의 입술에서 '빙빙 둘러대지 말고 빨리 이야기해!'라는 재촉이 나오기 전, 은재의 목소리가 천둥 번개가 되어 선재의 귓가에 내리꽂혔다.
"오빠 손님. 더 정확히 말하면, 아버지가 고른 오빠의 색싯감."

큰아들 선재는 쳐들어오리라 예상한 그 시각에 부모의 방으로 쳐들어왔다. 진중한 목소리로 여행에서 돌아왔음을 알리고 아들은 서늘한 눈동자에 불을 머금고 또박또박 분명한 목소리로 물었다.
"그런데 은재에게서 이상한 소식 하나를 들었습니다. 제가 집을 비운 사이 저도 모르는 제 아내감이 와 있다고요. 그것이 사실인지요, 아버님."
"사실이다. 지금이야 가세가 많이 기울었지만 하음(河陰) 봉씨는 대대로 손꼽히는 명문이었느니라. 비록 외손이긴 해도 뼈대 있는 가문의 나무랄 데 없는 규수다. 이제 네가 돌아왔으니 수일 내로 혼사를 치를 생각이다."
"제가!"
그 아버지의 대답이 다 끝나기도 전에 아들은 낮고도 격렬하게 으르렁거리듯 말했다.
"제가 아버님께 그리도 부족한 자식이었습니까? 저 없는 사이 쌀섬, 논 문서 몇 장 주고 가난한 양반에게서 딸을 사 와야 할 정도로?"
믿을 수 없게도 선재는 지금 부친에게 기습 공격을 받은 셈이었다. 1941년 여름부터 한글로 전보 치는 것도 금지된 상황에서 어렵게 아이들에게 한글을 가르치는 모임이 총독부 누군가에게 새어 나갔다며 아버지는 며칠 몸을 피하라고 그를 친구 승규와 함께 금강산에 보냈었다. 그리고 이번에는 급히 돌아오라는 전보를 보내왔다.

그가 집을 비운 그 짧은 시간, 이 수완 좋은 어른은 자기 구미에 맞는 적당한 며느릿감을 물색하고, 돈 몇 푼에 신붓감을 사 와서 근엄한 아버지의 얼굴로 아들에게 들이밀고 있는 것이다. 맙소사!

기가 찬 얼굴로 물어 오는 아들에게 아버지는 바위 같은 얼굴로 대답했다.

"모자라진 않는다. 오히려 넘쳐서 탈이지. 넘치면 모자르니만 못하다는 말은 너도 알고 있겠지? 그래서 그 대비책으로 내가 생각해 낸 것이 혼사였다. 너도 네 사람이 생기고 자식을 낳으면 몸조심을 좀 할 것이고, 그럼 나도 총독부나 경찰 나부랭이에게 내어 주는 돈을 좀 더 아껴서 사업하는 곳에 쓸 수 있겠지. 우리 두 부자에게 두루 좋은 일이 아니더냐?"

아버지와 아들 사이에 피어오르는 한기를 곁에서 느끼며 김씨는 다시 한숨을 내쉬었다. 서로 으르렁거려도 정말 저 두 부자는 끔찍이도 닮았다. 두 사람은 그것을 인정하지 않겠지만 어떻게 저렇게 빈정거리는 말투까지 똑같은 걸까.

그런 그녀의 상념은 아들의 다음과 같은 절절한 어조로 인해 깨어졌다.

"아버님! 아버님! 제발 제게 이리 하지 마십시오! 세상이 개명했습니다! 어째서 지금 같은 세상에 저보고 얼굴도 모르는 여자와 죽을 때까지 살라 하십니까! 그 여자는, 팔려 온 그 여자는 또 무슨 죄입니까! 제가 조신치 못해 심려 끼쳐 드린 것에 대해선 사죄드리겠습니다!

그러니 제발 이러지 마십시오!"

하지만 선재의 그 간절한 호소에 아버지는 차가운 얼굴로 이렇게 대꾸할 뿐이었다.

"세상이 아무리 개명해도 네가 내 자식인 것만은 분명하다! 네가 날 아비로 부르고, 내 성을 쓰고, 내 돈으로 공부를 하려거든, 내 아들로 살려거든 내 말을 들어야 해! 네가 그렇게 소중하게 생각하는 야학인가 뭔가 하는 헛짓거리에 내 돈을 더 끌어 쓰고 싶다면 말이다!"

반박할 수 없는 단호한 어조로 선언하듯 말하고 나서 아버지는 고개를 문 쪽으로 돌리고 큰 소리로 외쳤다.

"게 누구 없느냐!"

"예, 나으리. 쇤네 대령해 있습니다요!"

하녀 삼월이의 대답에 한상민은 미닫이문을 거칠게 열고 이렇게 명령했다.

"너, 지금 당장 별채로 가서 오늘 오신 새아씨를 모셔 오너라. 빨리!"

남편의 갑작스런 명령에 김씨는 당혹스런 표정으로 말했다.

"별채 아이는 피곤해서 벌써 잠이 들었을 텐데 지금 깨워 무얼 어쩌시렵니까? 영감, 제발 고정하시고……."

그러나 아내의 만류에도 불구하고 남편은 주인마님의 눈치를 보느라 머뭇거리는 하녀에게 엄한 목소리로 소리쳤다.

"귀가 먹었느냐? 자고 있으면 깨워서라도 모셔 와! 빨리!"

충실한 하녀는 주인의 명령대로 잠들어 있던 새아씨를 깨워 안채로 안내했다. 12월의 찬바람이 쌀례의 뺨을 날카롭게 할퀴었고 덕분에 시부모와 서방님이 계시다는 사랑채로 향하는 동안 잠은 깰 수 있었다. 아니, 사실 쌀례의 잠은 자신을 깨운 하녀로부터 "큰 도련님이 오셨어요. 아씨 서방님이요.'라는 소리를 들은 직후에 날아가 버렸다.
 휘적휘적 앞서 걷는 하녀의 발걸음을 놓치지 않으려고 노력하면서 쌀례는 지금 자신의 몰골을 구석구석 살펴보았다.
 아아, 낮에 입었던 비단옷, 원래대로라면 낭군과의 첫 만남을 위해 상희 언니가 지어 준 비단옷은 낮에 그 강도들의 발길질 때문에 곳곳에 얼룩이 묻어 입을 수가 없었다. 그래서 쌀례는 가지고 있던 것 중 그나마 깔끔하지만 너무 낡아서 한 번 뒤집어 다시 고친 낡은 치마저고리를 입고 나올 수밖에 없었다.
 어느새 눈이 다시 내리기 시작했다. 사락사락 쌓이는 눈을 밟으면서 쌀례는 자기 심장의 격렬한 고동 소리를 들었다.
 처음 혼담을 듣고 나서부터 소녀는 이 순간을 여러 번 혼자서 상상해 왔다.
 조부모님이 내 짝이라고 말해 준 사람.
 내가 믿고 평생을 함께 살아야 할 사람.
 내가 한 번도 가 보지 못한 학교에 대학생으로 다닌다는, 내게는 과분한 사람.
 우리 가족에게 쌀을 보내 준 사람.
 하지만 내가 왔을 때 나와 보지는 않은 사람.
 어떻게 생겼을까?
 나를 좋아해 줄까?
 내가…… 좋아할 수 있을까?
 그렇게 생각에 빠져 걷던 쌀례의 귀에 하녀의 목소리가 들려왔다.
 "나으리, 마님, 큰 도련님, 새아씨 모셔 왔습니다요!"
 문 밖에서 들려오는 '새아씨' 소리에 선재의 입술은 심술궂게 비틀렸다. 대체 어떤 여자일까. 쌀섬에 땅 문서 몇 장으로 이곳까지 팔려 온 그 가엾고도 한심한 여자는.

그것도 첫 상면을 부모님의 방에서 이런 식으로 하게 되다니.

견딜 수 없는 수치심에 선재의 얼굴은 붉게 달아오르고 있었다.

'나는 새끼를 치는 짐승이 아니다. 그런데 어째서 얼굴도, 나이도, 성격도, 아니, 이 시간 이전까진 있는 줄도 몰랐던 여자와 결혼을 하고 자식을 낳는단 말이냐.'

이럴 줄 알았다면 진즉에 임시정부가 있다는 중경으로나 떠나 버릴 것을. 그럼 난 지금쯤 광복군이 되어 있을 수도 있는데.

아니면 아버지가 이런 터무니없는 짓을 저지르시기 전에 다른 여자와 연애라도 하던가. 왜 난 나를 기다리겠다던 금주의 제안을 한 번쯤 생각해 보지 않았을까.

얼굴도 모르는 시골에서 사 온 여자보다야 차라리 금주와 약혼이라도 해 두는 것이 백만 배 낫지 않았을까.

아니다. 그건 비겁한 짓이야. 난 그녀를 사랑하지 않아. 난 누구도 사랑하지 않아. 아직, 아직은.

아직 시도해 보지 않은 여러 가지 가능성들, 하지만 까딱하면 시도도 못 해 보고 닫혀 버릴 그 무수한 가능성들이 선재의 머릿속에 휘몰아쳤다. 그런 감정의 소용돌이 속에서 미닫이문이 열리는 소리, 누군가 방 안으로 들어오는 소리, 그리고 "부르셨습니까?"라고 공손히 인사하는 소리가 들려왔다.

어린 목소리였다. 그리고 어디선가 들어 본 목소리였다.

이런 이상한 상황에서 얼굴을 마주 보기도 싫었지만, 그렇다고 보지 않을 수 없었다. 그래서 선재는 고개를 들고 목소리가 난 방향으로 시선을 주었다.
 순간 방 안 전기 불빛 아래 비쳐진 그 여자, 아니 그 여자아이의 얼굴에 그의 눈동자가 놀라움으로 커졌다.
 "너는……."

 ―혼약을 나눈 제 서방님이 보내주신 혼서(婚書)입니다. 지금 제겐 전부예요.

 밝은 불빛 아래 얼굴에 든 푸른 멍이 선명하게 보이는 저 작은 계집아이는 분명히 기차에서 그가 구해 준 그 아이였다. 그러니까 저 아이가 '서방님'이라고 부른 인간이 바로 선재 자신이라는 이야기였다.
 그의 시선은 한참을 그 어린 여자아이에게 향했고, 그 후에는 그 어린 여자아이를 자신에게 떠넘기려는 부친에게로 향했다.
 "저 아이입니까? 아버님이 말씀하신 뼈대 있는 가문의 나무랄 데 없는 규수가?"
 규수라고? 저 어린애가? 여자라고 불릴 때까진 적어도 10년은 필요할 것 같은 저 아이가?
 "저 아이를 상대로 아버님이 원하시는 손주를 얻으려면 시간이 꽤 걸리겠습니다."
 이제까지 치밀어 오르는 울화로 딱딱하게 굳어 있던 선재는 입가에 쓴웃음을 머금고서 이죽거렸다. 방금 전까지 심각하게 느껴졌던 그것이 갑자기 광대극같이 느껴졌다. 저런 어린아이를 자신에게 떠넘기려는 아버지도, 어린애 주제에 어른의 얼굴을 하고 자기 앞에 서 있는 저 아이도, 그리고 그 두 사람에게 휘둘리는 자기 자신도 모두 광대 같았다. 화를 내는 것조차 우습게 느껴지는 우스꽝스런 광대들 말이다.

그러나 아들의 비웃음에도 아버지는 흔들림이 없었다. 그는 완고한 얼굴로 어쩔 줄 몰라 하는 쌀례에게 말했다.

"네 남편인 선재다. 네가 앞으로 평생 따라야 할 사람이니 그리 알고 인사 올리거라."

얼음 같은 눈초리로 자신을 쏘아보는 선재와 근엄한 얼굴로 그녀에게 절을 요구하는 시아버지 사이에서 쌀례는 어찌해야 좋을지 갈피를 잡을 수가 없었다.

살얼음판을 걷는 조마조마한 심정으로 그녀가 손을 모으고 절을 하려 할 때, 선재는 두 눈을 날카롭게 빛내며 날카로운 목소리로 제지했다.

"그럴 수 없습니다! 아버님! 전 말 못하는 짐승이 아니라 생각할 줄 아는 사람입니다! 정히 이러신다면 제가 집을 나가겠습니다! 아버님 눈에 띄지 않게 만주나 중경으로 가지요! 그럼요! 저 때문에 총독부나 경찰 나부랭이에게 돈을 낭비하느니 차라리 그편이 낫겠지요!"

"닥쳐라! 이놈!"

벼락 같은 고함 끝에 상민은 들고 있던 찻잔을 아들을 향해 집어 던졌다.

"여, 영감! 그만! 그만두세요! 제발!"

순식간에 사랑채는 깨어진 찻잔과 김씨의 비명이 뒤범벅되었다. 선재의 바로 옆을 스치고 지나간 찻잔은 산산조각이 났고, 그중 하나가 청년의 얼굴에 튀었던지 그의 뺨에서 한 줄기 피 자락이 새어 나왔다.

'엉망이다. 방 안도, 나도, 아버지도.'
하얗게 질린 얼굴로 자신을 쳐다보는 작은 계집아이의 흑요석 같은 눈동자를 쳐다보면서 선재는 내심 그렇게 생각했다.

"밀양 박씨 집안 성례라 하옵니다."
화가 나서 저지른 짓이었지만 아들의 얼굴에서 난 피에 마음이 안 좋아진 시아버지는 사랑채를 나가 버렸고, 시어머니 김씨 역시 약상자를 가지러 방을 나간 상태였다. 그래서 폭풍이 지나간 듯한 넓은 방에는 선재와 쌀례, 단 두 사람뿐이었다. 적의와 당혹감이 섞인 침묵을 깨고 처음 자기소개를 한 것은 여자아이 쪽이었다.
여전히 그녀를 외면한 채로 청년이 반문했다.
"낮에 그 아주머니는 쌀례라고 부르던데?"
어쩐지 조롱기가 어린 그 질문에 쌀례는 순간 당황했다.
쌀례.
그녀의 또 다른 이름.
365일 중 350일은 그리 불리는, 쓰임새가 제법 많았던 이름.
평생 쌀알이 넉넉하게, 배곯지 말고 살라는 뜻에서 지어진 그녀의 아명이다.
지금 이 순간 이전까진 꼭 나쁜 일이 생길 때 어른의 마음가짐으로 그 일을 감수하라는 느낌으로 불리는 노숙한 이름 성례를 그다지 좋아하지 않았지만, 이젠 사정이 달라졌다. 이 사람 앞에서 어린 아명 '쌀례로 불리긴 싫었다.

나는, 성례다. 조상 대대로 수많은 고관대작을 지낸 명문가 출신 규수. 그의 아내가 될 여자다.

그런 각오로 스스로를 "성례라 하옵니다." 소개했건만, 서방님의 반응은 바깥에 내리는 눈보다 더 싸늘했다.

"이런 우스운 짓거리에 휘말려 들지 말고 네 집으로 돌아가. 차표와 여비는 내가 해결해 줄 테니."

그 서늘한 목소리에 쌀례는 눈가가 저절로 뜨끈해지고 온몸에서 맥아리가 풀림을 느꼈다. 그녀의 신랑은 걱정했던 곰보도, 주정뱅이도, 어린애도, 늙은이도 아니었지만, 그녀를 원하지도 않았다. 하지만 그렇다고 그의 말대로 당장 고향 집으로 돌아갈 수도 없었다.

"아버님께 이제부턴 여기가 제 집이라고 들었습니다."

여자아이의 다부진 대답에 선재의 시선이 저도 모르게 쌀례 쪽을 향했다. 아주 맹랑한 여자아이다. 저 귀여운 얼굴로 기차에서 '혼약을 나눈 서방님' 어쩌구 할 때부터 알아보았어야 했다.

"하지만 오는 날짜 택일은 아무래도 잘못했지 싶어요. 서방님도 저도 오늘 똑같이 두들겨 맞았으니까요."

귀여운 계집아이의 귀여운 입술에서 나오는 '서방님' 소리는 아무래도 소름이 돋았다. 그래서 선재는 눈썹을 찌푸리며 짜증이 가득 묻어난 얼굴로 말했다.

"자꾸 서방님이라고 부르지 마. 너, 그게 무슨 뜻인지나 알고 하는 소리냐?"

"압니다. 평생 서방님 사람으로 살아야 한다는 뜻이지요. 친정 할머니께서 그리 일러 주셨어요. 시부모님 봉양 잘 하고, 서방님 잘 섬기고…… 아, 아, 아이도 많이 낳으라고."

마지막 대목에 가서는 그래도 부끄러워졌는지 이제까지 똘망똘망 대답하던 여자아이의 얼굴이 홍시처럼 붉어지면서 고개를 푹 숙였다.

'아이라. 애가 애를 낳겠단다. 아버지가 저 소리를 들으시면 아주 기꺼워하시겠군.'

그 부모 되는 이 – 차마 장인 장모라곤 못 하겠다 – 의 얼굴이 새삼 궁금해졌다. 대체 어떤 얼굴로 저 어린애한테 그런 낯 뜨거운 소리를 할 수 있었을까. 그리고 저 애는 자기 보따리를 빼앗으려는 강도한테는 있는 힘껏 저항했으면서 왜 보따리보다 더 중요한 자기 일생에 대해선 저렇게 쉽게 누군가에게 주어 버리려 하는 걸까. 정말로 답답한 마음에 선재는 마치 누이동생에게 하듯 아내라는 이름의 소녀에게 충고했다.

"그건 나중에 네가 커서 어른이 되고 정말로 좋아하는 사람이 생기면 그 사람하고 그렇게 살아. 행복하게! 그래야 하는 거야. 그래야 말이 돼! 넌 어리고, 우린 겨우 오늘 처음 봤어! 그런데 어떻게 그렇게 아무렇지도 않게 네 일생을 허락할 수 있니? 너 같은 열두세 살짜리 어린아이가 대체 무얼 안다고!"

"열두 살 아닙니다! 며칠 있으면 열다섯 살이 되어요!"

설마 하는 얼굴로 청년은 그녀를 쏘아보았고, 시어머니에 이어 서방님에게까지 어린아이 취급을 받는 것이 분했던지 소녀는 새치름한 얼굴로 대꾸했다.

"서방님께 혼수를 받았고, 혼서도 받았지요. 그러니 전 이제 죽을 때까지 이 댁 사람입니다. 죽어서도 이 댁 귀신이 되어야 하고요."

그것은 내가 먹은 쌀, 내가 입은 비단 때문에라도 난 당신과 살아야 한다는 말이었다.

"썰섬에 논 몇 마지기 주었다는 건 나도 들어서 알고 있어!"

경멸 어린 표정으로 선재가 맞쏘아 말했다. 어린아이에게 잔인한 소리인 줄은 알았지만 그 어린아이의 쇠고집에 슬슬 짜증이 나기 시작했기 때문이다.

"무언가 원하는 것이 생기면 당신이 생각하기에 적당한 대가를 주고 가져오는 게 우리 아버지라는 분 버릇이니까. 물건 수집하듯 신기한 건 다 끌어오시는 편이지. 영국산 축음기, 미제 자동차, 이제 진짜 족보 있는 집안 딸까지 말이야! 그러니까 네 가치는 쌀섬에 논 한 뼘이란 이야기야! 혼수 때문에, 받아먹은 게 있어서 못 가겠단 말이지? 좋아! 그럼 내가 물어 주지! 내가 그만큼의 돈을 구해서 아버지께 물어 드릴 거야! 그 정도쯤은 내가 어떻게든 해 줄 수 있을 테니 넌 부담 갖지 말고 내일 네 집으로 돌아가!"

그 순간, 쌀례는 그래선 안 되지만 눈앞의 낭군이 원망스러운 마음이 들었다. 그래서 고개를 똑바로 들고 두 주먹을 꼭 쥐고 또박또박 말했다.

"저희 집안이나 전 거지가 아니에요!"

기차의 어두운 불빛 아래에서도 반짝반짝 빛난다 싶었던 그 크고 맑고 또랑한 눈동자가 그를 똑바로 쳐다보며 분한 표정으로 말을 하고 있었다.

"혼수가 아니라면 남에게 그런 물건 받아야 할 이유가 없습니다. 집으로 돌아가라고요? 그게 절 위한 거라고요? 아니요! 그건 저보고 지금 죽으라 하시는 거예요!"

"어째서?"

"온 마을이 제가 시집갔다는 걸 다 아는데 하루 만에 소박을 맞고 쫓겨 가면 제가 얼굴 들고 살 수 있을 줄 아십니까! 평생 문 밖에도 나와 보지 못할 거예요! 아니, 그 정도면 차라리 낫지요! 처녀 공출이라나 무엇 때문에 옆 마을 언니들은 다 끌려갔대요! 지금 이 집에서 나가면 전 집에 갇혀 살거나 어딘가로 끌려가서 두 번 다시 돌아오지 못해요! 전 두 가지 다 싫어요! 어째서 여기 왔냐고요? 올 수밖에 없었으니까요!"

조용히 타오르는 불꽃처럼 이글거리는 눈으로 자신을 보고 있는 여자아이의 눈동자를 구경하면서 선재는 그 계집아이의 말을 들었다.

1937년 이후 일본군에선 군대 전용 위안부를 두기 시작했고, 그 대상은 주로 식민지 조선 여자들이었다. 12세에서 40세까지 미혼 여자들을 사냥해 갔다. 1941년 이후에는 총독부가 위안부 동원령을 비밀스럽게 하달, 각 고을 면장의 주도하에 간호보조원이나 군수공장 여공으로 속이고 데려간다는 소식이 바람결에 들불처럼 번졌다.

그러니 '어른이 되어 사랑하는 사람과 행복하게 살라.'는 선재의 충고는 그녀에게는 꿈같은 소리일 뿐이었다.

열네 살, 며칠 안 있으면 열다섯 살이 되는 소녀가 선택할 수 있는 현실은 단 두 가지였다.

끌려가거나, 이곳에서 살거나.

선재는 그때 심장에 무언가 돌덩이가 누르는 기분이 들었다.

그녀에게 청혼을 한 것은 자신이 아니었고, 그녀에게 쌀과 예물을 보낸 것도 자신이 아니었다. 육례를 갖추지도, 아직 초례청에서 혼례를 치르지도 않았고, 신방을 치르지도 않았는데 그는 저 작은 계집아이의 일생을 책임져야 했다. 무언가 대단히 불공평하다는 생각이 들었다. 그런데 이상도 하지. 그때만은 무어라 더 할 말이 없었다.

"갈 곳이 없어요, 저는."

방금 전까지 불처럼 활활 타오르는 눈으로 그에게 고함쳐 대던 건방진 계집아이가 무릎걸음으로 다가와 그의 코앞에서 바닥에 이마를 찧으며 사정했다.

"하늘 아래 제가 있을 곳은 이 댁뿐입니다. 정히 제가 싫으시면 될 수록 서방님 눈에 띄지 않게 하겠습니다. 이 댁에 있게만 해 주세요."

끝까지 선재는…… 할 말이 없었다.

혼례식은 쌀례가 안국동에 온 지 일주일 후, 신부(新婦)의 얼굴에서 푸르스름한 멍이 가실 즈음 바로 치러졌다. 시국이 어수선했고 여러 가지로 신랑이 신부의 집에 가서 정식으로 혼례를 치를 형편이 아니었기 때문에 부유하기로 소문난 신랑 집 체면에도 불구하고 간소하게 치러졌다.

집 안마당에 초례청(醮禮廳 : 혼례를 치르는 결혼식장)이 세워지고 초례상이 차려졌다.

부부간에 소나무와 대나무같이 절개를 지키라는 의미로 소나무, 대나무를 꽂고 장수(長壽)와 아이를 많이 낳으라는 뜻에서 밤과 대추를 올린다. 초례상 동서쪽으로 신랑 신부가 혼례식 때 나누어 마실 술잔이 놓인 술상이 마련되었다.

청사초롱을 든 두 사람의 안내로 초례청에 들어서면서도 선재는 마치 꿈을 꾸고 있는 듯했다. 좋은 꿈도, 악몽도 아닌 그저 몽롱한 꿈. 원래 혼례식의 시작은 신랑이 신부의 어머니에게 일생 단 하나의 짝만을 지키고 산다는 나무 기러기를 바치는 전안례(奠雁禮)부터 시작한다. 하지만 신부의 어머니는 형편 때문에 오지 못했다. 그래서 그 일은 집안 숙모 중 한 사람에게 맡겨졌다.

초례청에 그가 들어섰을 때, 신부가 시중드는 수모(手母 : 시중드는 이)들의 부축을 받으면서 맞은편에 들어섰다.

신랑과 신부가 서로에게 백년해로(百年偕老)를 서약하는 맞절을 하고 초례상을 마주 보고 나란히 섰다.

그날, 그 작은 계집아이는 우습게도 정말 어여뻤다.

얼굴에 연지곤지를 찍고, 머리에 족두리를 쓰고, 쪽을 져서 틀어 올린 머리에 용잠을 꽂았다. 청색 비단 치마 위에 다시 홍색 치마를 덧입고 노란 저고리 위에 꽃무늬가 찍힌 녹색 원삼을 입고 소맷부리에 단 새하얀 한삼으로 반쯤 얼굴을 가렸다.

—저희 집안이나 전 거지가 아니에요.
—왜 왔느냐고요? 올 수밖에 없었으니까요!
—갈 곳이 없어요, 저는.

살기 위해서 그에게 올 수밖에 없었다는 아이. 될수록 눈에 안 띌 테니 그저 이 집에만 있게 해 달라 했던 아이. 그런 아이와 혼인을 한다.

정결한 몸으로 혼례식에 임한다는 의미로 초례상 근처에 준비된 세숫대야에 손을 씻고, 신부가 두 번 신랑에게 절을 하고, 신랑이 그 답례로 한 번 절을 하고, 부부로서 인연을 맺었다는 의미로 술잔을 나누었다.

쌀례는 그날 술을 처음 마셔 보았다.

고향 친정에서 배가 고플 때 영희 언니가 술지게미를 얻어 와 먹으라고 권해 줬지만 코를 찌르는 술기운에 먹기도 전부터 취해 그 이후 술은 가까이해선 안 되는 것이로구나 생각했었다. 그날 이후 처음으로 다시 술이 쌀례를 찾아온 것이다.

옆에서 신부의 수모로 그녀를 부축해 주던 창녕댁의 조언에 따르면 입술에 살짝 축이기만 해도 된다 해서 살짝 축이기만 했는데 그 맛은 묘했다. 쓰면서도 달콤했다.

그건 어쩌면 지금 그녀의 심사와 조금은 비슷했다.

머리에 사모(紗帽)를 쓰고, 청색 단령(團領)을 입고, 각대(角帶)를 매고, 검은 목화(木靴)를 신은 신랑의 모습은 신부라면 누구나 꿈꿀 만큼 잘나 보였다.

그날 열네 살 신부의 눈에 스무 살 신랑은 눈이 부셔서 제대로 볼 수 없는 햇님 같아 보였다.

혹은 바람결에 날리는 풀씨처럼, 종잡을 수 없었다.

새벽녘 눈앞에 펼쳐진 뽀오얀 안개처럼 흐릿해 보이기도 했다.

분명히 저 남자는 쌀례의 오늘이고 내일이었다.

아마도 백발 호호 할머니가 될 때까지 그의 옆을 지키게 되리라.

하지만 그의 눈은 지금 혼례를 올리는 이 순간에도 그녀를 보고 있지 않았다. 꿈을 꾸고 있는 것처럼 그의 시선은 몽롱했다.

자신의 오늘이고 내일일 그 사람이 나를 보고 있지 않다.

한 치 앞을 알 수 없는 길을 나를 보지 않는 저이와 가야 하는데, 그것이 무섭고 슬픈데 이런 혼례 날에 엄마는 곁에 없다.

고향집 부엌에서 늙은 할머니는 어쩌면 지금쯤 정안수를 떠 놓고 빌지도 모르겠다.

―비나이다, 비나이다. 우리 귀한 손녀딸 평생 쌀알 떨어지지 않게 하시고 배필과 백년해로 하게 하소서.

그걸 알기 때문에 쌀례는 행복해야 했다. 눈앞에서 그녀를 보고 있으면서도 보고 있지 않는 저 남자와. 햇살 같기도, 바람 같기도, 풀씨 같기도, 안개 같기도 한 저 남자와.

그런 열네 살 새색시를 스무 살 신랑은 무표정한 얼굴로 응시했다. 시중드는 사람들이 시키는 대로 그 모든 것을 기계적으로 하면서 선재는 이것이 다른 누구도 아닌 자신의 결혼식이라는 게 이상했다. 한 번도 자신이 이런 식으로 결혼이라는 것을 하게 되리라 생각해 본 적이 없었기 때문이다.

얼굴만 알 뿐이지 그다지 친하지 않은 시끄러운 친척들에 둘러싸여 일주일 전까지만 해도 전혀 모르고 있던 여자아이와 결혼이라는 것을 하면서 그는 이 모든 것이 꿈만 같았다. 문득 초례청에 몰려 있던 사람들 사이로 그가 아는 두 얼굴을 보게 되기 전까지. 얼떨떨한 얼굴의 승규와 새파랗게 질린 얼굴로 붉은 입술을 깨물고 있는 금주를 보게 되기 전까지는 말이다.

"믿을 수가 없어요! 어떻게, 어떻게 이런 일이 있을 수가 있는 거지요?"

금주는 자신이 지금 눈을 뜨고 악몽을 꾸고 있나 하는 생각이 들었다. 선재가 갑작스런 여행에서 돌아왔다는 소식은 함께 야학 활동을 하는 그의 친구 승규로부터 이미 전해 들었다.

하지만 이상하게도 그는 여행에서 돌아온 후에도 그들이 함께 활동하는 야학이나 사교 모임에 모습을 드러내지 않았다.

그리고 겨우 어제 금주는 성당에 함께 다니고 있는 선재의 누이 은재에게서 오라버니가 혼인하게 되었다는 소식을 전해 들었다. 부모님이 정해 준 시골에서 올라온 촌닭 같은 여자가 그 상대라 하였다.

"무슨 사정이 있었겠지. 여행 도중에도 내게 아무 말이 없었던 걸 보면 선재도 경성에 돌아오기 전까지 몰랐던 모양이야."

"몰랐다고 해도 그래요! 돌아온 지 일주일이나 지났잖아요! 왜 그 사이 내겐 아무 말도 없었느냐 말이에요! 내가 은재를 붙잡고 물어보지 않았다면 난 오늘 저 사람이 혼례 올리는 것도 모르고 있었을 것 아닌가요?"

눈길은 술잔을 받아 마시는 선재에게 준 채로 금주는 야속하다는 듯이 날카로운 목소리로 중얼거렸다. 그녀로선 선재의 아버지 한상민이 아들이 혼례식 전에 도망갈 것을 걱정한 나머지 그를 오늘 아침까지 집 안에 가두어 두고 있었다는 사실을 알 수 없었다.

'이럴 수가 없다. 한선재 저 사람이 내게 이럴 수는 없어.'

이화고등여학교의 학생으로 경성제대 학생들과 톨스토이에 대한 토론을 갖게 된 작년 여름, 처음 만난 그 순간부터 금주는 선재에게 마음을 송두리째 빼앗겨 버렸다.

선재를 보기 전까지, 금주는 소설에서나 나올 법한 '첫눈에 반한다.'는 말을 믿지 않았다. 하지만 눈부시게 하얀 이를 드러내며 씨익 웃는 그의 미소를 처음 보고서 금주는 그 '첫눈에 반한다.'라는 말을 이해하게 되었다.

스탠딩 칼라의 검은 교복을 단정하게 입은 훤칠한 키의 청년, 그의 준수한 아름다움이 마음에 들었다. 그의 품위와 명석함이 마음에 들었다. 그의 활기와 조금은 과하다 싶을 만큼의 고집까지 마음에 들었다. 그의 부유함이 마음에 들었다.

그래서 그가 참가하는 야학에 동참하게 되었고, 그것이 총독부 누군가에게 들통이 나서 그가 서둘러 부친의 명령에 따라 여행을 떠나기 전날 밤에 이렇게 말하기까지 했다.

'당신을 기다리겠어요, 선재 씨. 언제까지라도.'

금주에게 그것은 '당신을 사랑한다.'라는 말과 동의어였다. 여자는 그 뜻을 상대도 알아들었으리라 생각했다. 그녀의 얼굴을 물끄러미 쳐다볼 뿐 별 대답은 없었지만 그는 분명히 알아들었다. 시국이 어수선했기 때문에 금주는 한시라도 빨리 선재와 결혼하기를, 적어도 약혼이라도 할 수 있기를 바랐다.

벌써 그해 1943년 8월 1일부터 징병 제도가 공포되었고 10월부터 조선 전역에 걸쳐 징병 예정자 명단이 작성되었다. 거기다 그때부터 대학생들의 징병 유예 제도가 폐지되었고 명단에 든 사람들은 11월 20일까지 징집이 되어 버렸다. 12월부터는 경성제대 운동장에서 징집된 청년들이 군사훈련을 받고 있다. 물론 선재는 부유한 사업가 아버지 덕에 그 명단에서 빠질 수 있었다. 하지만 앞날을 누가 알랴.

그래서 여자는 그가 돌아오는 대로 그들이 약혼을 하게 되고 얼마 안 가서 결혼식을 올리리라 생각했다.

그런데 그 모든 꿈이 말 그대로 꿈으로 끝나 버리게 생겼다. 어떻게 이럴 수가. 기가 막혔다. 어이가 없었다. 눈물이 났다. 할 수만 있다면 금주는 초례청을 벗어나려는 선재를 잡아 붙들고 그에게 매달리고 싶었다. 그래서 하이힐을 신은 발걸음을 한 발짝 디밀고 선재의 뒷등을 향해 손을 뻗치려 했다.
 '이건 당신답지 않아. 나에게로 와! 당신 운명은 저런 어린애가 아니라 바로 나야!'
 하지만 뻗쳐졌던 손길은 그녀의 곁에 서 있는 승규에 의해 제지당하고 말았다. 자신을 막는 승규의 손길에 금주는 증오를 느꼈다. 그래서 뿌리치려고 했다.
 하지만 평소에 온화하기 짝이 없던 승규도 이번만은 완강하게 그녀를 놓아 주지 않았다.
 "틀렸어. 당신에겐 저 두 사람의 식을 망칠 자격이 없어. 이미 늦었다구."

 '돌이키기엔 너무 늦은 거지?'
 신방에 들어선 순간 선재 역시 그런 생각이 들었다. 스무 살 신랑과 열네 살 신부의 신방을 엿보기 위해 몇몇 사람들은 신방 문 창호지에 구멍을 뚫고 킥킥거리며 구경을 했다. 하지만 한참이 지나도 신랑이 족두리조차 내려 주지 않자, 그것도 시들해져서 신방을 지키라는 명령을 받은 하녀 삼월이를 빼고 다른 사람들은 하나둘씩 물러가 버렸다.
 분위기를 돋울 생각이었던지 전깃불은 꺼져 있고 화촉이 밝혀져 있다. 병풍이 쳐 있고, 요강과 대야와 주안상이 마련되어 있고 한쪽 구석에는 원앙금침이 펴져 있었다.
 그 위에 나란히 놓인 베개 둘.

이상하게도 더없이 선정적으로 보이는 그 나란히 눕혀진 베개에 선재는 속으로 욕지기가 치밀어 올랐다.
'하! 지금 이게 대체 무엇 하는 짓일까. 부모님은 내가 저 어린애를 정말 이불 위에 쓰러뜨릴 거라고 생각하고 있나?'
하루 종일 올 듯 말 듯했던 눈은 해가 떨어지고 그들이 신방에 들어설 무렵부터 날리기 시작했다. 지금 그 눈 쌓이는 소리가 들릴 만큼 방 안은 적의에 찬 침묵으로 가득했다.
침묵 속에서 열네 살 새색시가 생각하는 것은 단 한 가지였다.
'아, 졸려. 하품 나올 것 같아.'
필사적으로 참고 있긴 하지만 금방이라도 쩍 입을 벌리고 하품을 할 것만 같았다.
처음으로 쪽 진 머리에 꽂힌 용잠이 무거웠고 어른들이 가르쳐 준 대로 고개를 숙이고 등을 꼿꼿이 하고 오래도록 한 자세로 앉아 있자니 온몸이 쑤셔 왔다.
어린 쌀례로서는 신랑과 신부가 신방에 들면 그 뒤에 무슨 일이 벌어지는지에 대해 아는 바가 없었다.
그녀는 몰락했을망정 반가의 여식으로 남녀 간 성적인 일에 관해선 무지하면 할수록 좋다는 교육 아래 자라 왔다. 대체로 이런 집안에선 여식이 혼사를 앞두었을 때 친정 어미가 슬쩍 춘화를 보여 주어 어느 정도 '벼락 성교육'을 시켜 초야를 치르는 데 당황함이 없게 하였으나 그것도 신부가 어느 정도 숙성했을 경우의 일이었다.
외할머니 조씨로선 열네 살짜리 손녀에게 그런 것을 보일 엄두가 나지 않았다. 나무아미타불. 신랑이나 시댁이 알아서 하시겠지.
그리하여 열네 살 쌀례는 그저 밤이 깊도록 졸음을 참아 가며 신랑

앞에 앉아 있을 뿐이었다. 그가 침묵을 풀고 족두리라도 내려 주길 기대하면서.

신랑이 뿜어내던 적대감 어린 침묵은 문 밖에서 들려오는 삼월이의 목소리에 의해 깨어졌다.

"큰 도련님, 마님 분부이십니다요. 시간이 늦어서 새아씨께서 기다리기 몹시 힘드실 테니 이만 잠자리에 드시라고. 우선 족두리라도 내려 주시면."

족두리를 내리라. 그리고 버선을 벗겨 내리고 옷고름을 잡아당기고 저고리를 벗겨라. 신부 옷 벗기는 순서쯤이야 선재도 알고 있었다. 그리고 저 명령 그대로 족두리나 옷고름에 손을 대는 즉시 자기 인생은 저 계집아이에게 묶여 버린다는 것도 그는 알고 있었다.

그의 시선이 잠깐 앉은 채 꾸벅꾸벅 졸고 있는 신부에게로 향했다. 한차례 심호흡을 하고 그는 자리에서 일어났다.

"졸리운가 본데, 넌 먼저 자라. 난 가 볼 데가 있어서."

갑작스런 그의 목소리에 화들짝 깨어서 영문을 모르겠다는 얼굴을 하고 있는 열네 살 박꽃 같은 신부에게 차가운 얼굴의 신랑이 말했다. 자리에서 일어서서 그녀를 굽어본 채로.

"넌 이제 네 소원대로 이곳에서 살게 될 거야. 그리고 아마 네가 있고 싶을 때까지 있게 될 거다. 안전하게."

약간은 차갑고, 약간은 측은하게 보고 있는 듯도 하고, 약간은 씁쓸한 그런 표정으로 선재가 그날 밤 쌀례에게 한 마지막 말은 다음과 같았다.

"하지만 내가 네게 해 줄 수 있는 것은 여기까지다. 더는 기대하지 마. 알아들었지?"

대답을 기다리지 않고 그는 신방에서 나가 버렸다.

머리와 어깨 위에 눈이 소복이 쌓인 친구의 모습에 승규의 안경 너머 눈동자가 놀라움으로 동그래졌다. 지금쯤이면 신방에서 신부와 잠자리에 들었을 인간이 이 밤에 여긴 웬일인가.
친우의 소리 없는 질문에 선재는 오른손에 들고 있는 술병을 들어 올려 보였다.
"한잔하자!"
선재와 승규, 그리고 금주가 다른 학우들과 함께 운영하던 야학의 장소는 주로 선재 아버지가 경성에 가지고 있는 공장 창고 중 한군데였다. 아들의 위험한 짓거리를 못마땅하게 생각하고는 있었지만 시키는 대로 혼인하는 조건으로 한상민은 끊었던 야학의 원조를 계속해 주리라 약속했고, 그 약속을 지켰다.
단령복 아래 입었던 바지저고리 차림에 학교 교복 망토를 걸친 꽤 우스꽝스런 모습으로 선재가 창고에 도착했을 무렵에는 수업은 끝났고, 승규 혼자 창고라는 이름의 교실에 남아 아이들이 쓰던 책상과 걸상을 정리하는 중이었다.
"정말 어쩐 일이야? 새신랑이 지금 이 시간에 여길 다 오고?"
친구의 질문에 선재는 딱히 할 말이 없었다. 사람이 없는 텅 빈 공간, 아직 글씨가 지워지지 않은 칠판, 반쯤 정리된 걸상과 책상을 둘러보며 선재는 스스로에게 물어보았다.
'정말 하고 많은 데 다 놓아 두고 어째 여길 왔을까.'

신방을 나서기 전 어리둥절한 표정으로 자신을 올려다보던 신부도 떠올랐다.
'엉터리 혼인으로 그 아이는 안전을 얻었지. 난 이걸 얻었고. 내가 얻은 거라도 확인하고 싶었던 걸까? 그런 걸까?'
문득 낮에 자신의 혼례식을 치를 떨며 지켜보고 있던 금주가 보이지 않는다는 사실을 깨달았다. 시간표대로라면 지금 이곳에는 그녀도 있어야 할 터인데.
"금주는?"
"몸이 안 좋다고 오늘은 도저히 못 하겠대. 뭐, 몸이 아니라 마음이겠지만. 듣자니 얼마 후에 도쿄로 유학 갈지도 모른다 하더라."
자존심 강한 장미의 여왕으로서야 무리도 아니지만 승규는 그녀에게 동정심을 느꼈다. 가지 않고 있었으면 오매불망 그리워하던 님을 만나볼 수 있었으련만. 하긴 지금 와서 만나 본다 한들 무에가 달라질까.
마음이라. 승규에게서 흘러나온 '마음'이라는 소리에 선재는 그 여자가 자신을 좋아했었다는 사실이 떠올랐다. 돌아올 때까지 기다리겠다고도 했지. 선재 씨만 아니었다면 진즉에 일본으로 유학을 갔을 텐데, 라며 고양이같이 대담한 눈동자로 그를 응시했었다.
초례청에서 새파랗게 질렸던 그녀의 얼굴이 떠오른다. 모르겠다. 지금은 유금주의 마음도, 자신의 마음도, 신방에서 졸고 있을 그 아이의 마음도 하나도 모르겠다. 월사금이 없어 학교에 다니지 못하는 아이들을 가르치는 책상 위에서 가지고 온 정종을 한 잔을 하고, 두 잔을 하고, 마침내 들고 온 병에 딱 한 잔씩 더 할 수 있을 만큼의 술이 남았을 무렵, 선재는 갑자기 키득키득 웃음을 터뜨렸다.

"그 아이, 내 색시 이름이 뭔 줄 알아? 쌀례란다. 박쌀례. 본인은 성례라고 또박또박 말하더라만. 아무래도 성례보단 쌀례 쪽이 더 어울린단 말이지."
안쓰러운 표정으로 자신을 쳐다보는 친우 앞에서 선재는 마지막 남은 술잔을 입 안에 털어 넣고 쓰디쓴 표정으로 말했다.
"젠장! 나, 오늘 장가들었다! 어른 됐다구!"
그런 친우에게 승규는 잔을 부딪치며 보통 친구가 결혼이라는 것을 할 때 할 수 있는 말을 했다.
"축하한다."
1943년 12월의 밤이었다.

발 없는 말이 천리를 간다고 했던가. 아직 해도 안 뜬 추운 새벽에 졸린 눈을 비벼 가며 부엌으로 향하는 어멈과 여종들 사이에서 어젯밤 신랑이 신방을 박차고 나갔다는 것은 단연코 으뜸 화제였다.
"세상에! 그러니까 도련님이 첫날밤부터 신부를 소박 놓았다는 말이야?"
"그렇다니까! 마님 분부로 신방 앞을 지키고 섰던 삼월이가 그러더라고. 도련님이 새아씨 족두리도 안 내려 주시고 바로 나가 버리셨다고."
"흥! 새아씨는 무슨! 난 처음부터 일이 그리 될 줄 알고 있었어! 우리 큰 도련님 같은 헌헌장부가 어찌 그런 젖비린내 나는 어린애와 화촉동방 하시겠나. 솔직히 작은 도련님 색시로도 한참은 기울어 보이는데. 난 나으리 마님 속을 모르겠더라니까!"

"쿡쿡. 하긴 정말 합궁하려면 세월이 좀 걸릴 거야. 마님께서도 못 먹고 자랐는지 또래보다도 작은 것 같다고 걱정이시라는데. 아이고, 그럼 우리 큰 도련님 각시 자라는 것 기다리시려면 한참 욕 보시겠네. 기운이 황소 같은 장정이 그 밤을 다 어쩌누."

"아, 주둥이들 닥치지 못해! 그만 떠들고 진이 넌 가서 갈비나 좀 꺼내 와! 마님께서 도련님 몸보신 시키신다고 탕을 끓이라 하셨으니! 종말이 넌 부엌 들어가는 대로 나물 좀 다듬고."

이 집에 들어온 신부가 지난밤 소박을 맞았다 해도 그건 지난밤의 일, 일상은 늘 그렇듯 시간 맞춰 꾸역꾸역 계속된다. 지금은 아침밥을 해야 할 시간이다. 두런두런 수다를 떨면서 어멈과 하녀들이 부엌 안으로 들어선 순간, 그들은 부엌에 이미 다른 누군가가 들어와 있음을 깨달았다.

"아니, 아씨! 어쩐 일이십니까? 좀 더 주무시지 않으시고. 원래 혼인하시고 첫 사흘은 부엌일 하시는 게 아니랍니다."

이제까지 그 새아씨를 소박데기라며 떠들어 대던 여종들은 서둘러 낭패한 표정을 감추고 작은 여주인에게 허리를 굽혔다. 어린 새아씨는 지난밤에 관련된 각종 소문에 대해 아는 바가 없다는 듯 그저 수줍은 얼굴로 그들을 맞았다.

"친정에서도 이맘때면 일어났는걸요. 부엌이 너무 넓어서 무얼 해야 좋을지 모르겠어요. 쌀독은 어디 있지요?"

습관이란 무서운 것이다. 더 자도 될 것 같긴 한데 첫 닭이 울자마자 싸릿골에서처럼 눈이 떠지고 말았다.

'맙소사! 닭이 울 때까지 자다니!'

할머니가 아시면 불벼락이 떨어질 일이었다. 빨리 일어나서 집안의 재산 목록 첫 번째인 황소에게 여물을 끓여 줘야 하는데. 그러고 나서 무를 썰어 쌀과 섞어 밥을 짓고…….

그런데 눈을 뜬 순간 쌀례는 자신이 누워 있는 이곳이 어디인지 몰라 어리둥절했다.

"에그머니! 여기가 어디야?"

손도 대지 않은 주안상이 방 안에 덩그마니 놓여 있고 그녀는 족두리를 쓴 채 비단 이불 위에 쓰러져 누워 있었다. 입고 있는 원삼 자락을 보고서야 쌀례는 문득 자신이 어제 혼례를 올렸고, 지금 눈을 뜬 이곳이 신방이라는 사실을 떠올렸다. 또 지금은 없지만 어젯밤 이 방에 함께 앉아 있던 남자가 그녀에게 무어라 말했는지도.

─넌 이제 네 소원대로 이곳에서 살게 될 거야. 그리고 아마 네가 있고 싶을 때까지 있게 될 거다. 안전하게. 하지만 내가 네게 해 줄 수 있는 것은 여기까지다. 더는 기대하지 마. 알아들었지?

귓속에 윙윙거리는 그 목소리를 뒤로하고 여자아이는 대야 물로 세수를 하고, 옷을 갈아입고, 얼레빗으로 정성껏 머리를 빗고, 난생처음 비녀로 머리를 올렸다. 혼자 쪽을 찐 것이 처음이라 모양이 좀 이상한 것도 같았지만 지금 가장 중요한 문제는 머리가 아니었다.

친정집에서 이 시간이면 늘 그랬듯이 쌀례는 어둠을 뚫고 부엌으로 달려갔다. 미리 부엌이 어디쯤인지 알아 두어서 찾아가는 덴 그다지 어렵지 않았다.

그렇게 도착한 부엌. 창살 사이로 햇살이 뚫고 들어오는 그곳은 고향집 부엌보다 넓고, 깨끗했고, 낯설었다. 이 집의 다른 모든 부분이 쌀례의 눈에 그렇게 비쳐졌듯이.
그래도 공통점도 있었다.
"부뚜막! 있었구나!"
규모가 큰 한씨 집안의 저택은 전체적으론 한옥의 모양새를 갖추었으나 창틀 같은 것은 서양식이었고 정원은 일본식이었다.
부엌은 어떨까 걱정했었는데 다행히도 부뚜막이 있었다. 부뚜막 위 선반에 조왕신을 위한 물그릇도 놓여 있었다. 경성에 도착한 이래로 낯선 것 투성이였는데 처음으로 눈에 익은 것을 보니 마음이 놓였다.
쌀례는 새로이 찬물을 올리고 두 손 모으고 허리 굽혀 새로운 조왕신에게 인사를 올렸다.
"비나이다, 비나이다. 이곳에서도 보우해 주세요. 첫날, 제가 하는 첫 밥이 어른들 입에 맞게 해 주세요. 쌀알이 늘 떨어지지 않고 넘치게 해 주세요."
그리고 쌀독을 찾는 순간, 여종들의 목소리가 들려왔던 것이다.
그들은 어린 여주인에게 주인마님도 아직 나오지 않으셨으니 들어가 쉬시라고 했지만 어린 여자아이는 황소고집으로 그들의 말을 듣지 않았다.
그럼 곁에서 지켜만 보시라 한 뒤, 어멈은 엄청난 양의 쌀을 꺼내 씻기 시작했다.
촤라락—.
쌀알이 솥에 쏟아지는 소리가 쌀례의 귓가를 경쾌하게 두들겼다. 어멈의 투박한 손에 의해 씻겨지는 그 엄청난 양의 하얀 쌀을 홀린 듯이 구경하면서 쌀례는 놀랍다는 듯 물었다.
"정말 온전히 쌀로만 밥을 짓는 것인가? 잡곡 한 톨 없이?"

어린 색시의 천진난만한 물음에 어멈은 어처구니가 없다는 듯 대답했다.
"그럼요. 원래 마님 친정도 난전에서 쌀을 다루시던 집안이라 이 댁에선 쌀이 떨어진 적이 없었습⋯⋯. 에구! 이놈의 입방정!"
지금에야 양반의 족보를 사고, 몇 군데의 구두, 방적 공장, 상점 등등을 가지고서 부유한 가문으로 존경을 받고 있지만 아직도 경성의 상류층에서 한상민은 선대(先代)가 촌에서 마름 노릇을 했다는 믿을 수 없는 풍문이 들리는 근본을 알 수 없는 장사치, 그 부인은 난전 장사꾼의 여식일 뿐이었다.
수십 년 계속되는 뒷소리에 진절머리가 난 김씨는 자연스레 집안에 하나의 규칙을 세웠다. 이 집안에서 '난전', '장사치'는 입에 올려선 안 되는 금기였던 것이다.
그러나 집안의 금기 따위를 알 리 없는 새색시는 그저 눈앞의 하얀 쌀알들을 홀린 듯이 바라보았다.
믿을 수가 없었다. 전쟁이 났다고 물자를 아껴야 한다고 밥 한 수저씩 덜 먹으라는 훈령이 시골 곳곳에 내려지는 시끄러운 세상에서 이 집안은 무슨 수로 쌀이 넘쳐 나는 걸까. 세 끼 배부르게 먹고 행복하게 살 거라는 할머니의 예언은 사실이었던 것이다.
흥분으로 쌀례의 가슴이 콩닥거리는데 부엌문 쪽에서 누군가를 맞이하는 여종들의 목소리가 들려왔다.
"마님, 나오셨습니까."
"음, 내 어제 이른 대로 갈비 꺼내 손질해 두었나? 핏물 제대로 우려 내게. 그리고⋯⋯."
이것저것 지시를 하던 김씨의 시선이 쌀례에게서 멈추었다.

노란 저고리, 다홍치마에 하얀 앞치마를 두른 완벽한 새색시 복장의 며느리. 옷차림은 나무랄 곳이 없지만 쪽을 진 머리가 벌써 헐겁게 흘러내리는 것이 단정치 못해 보이는, 어젯밤 아들이 소박 놓았다던 그녀의 며느리였다.

여자아이는 허리를 깊숙이 숙이고 최대한 공손한 태도를 보였으나 며느리를 보는 김씨의 낯빛은 그닥 밝진 못했다.

"너는, 머리가 그게 무에냐?"

"예? 아, 죄, 죄송해요. 혼자 머리 올려 본 적이 없어서."

휴……. 김씨는 내심 한숨을 내쉬었다. 열네 살. 머리를 올려 본 적이 있을 리가 없지. 그 미운 여자의 딸. 아들이 소박 놓은 각시. 두루두루 예뻐 보일 구석이 없는 한심한 아이였다. 하지만 일단 집안 식솔로 받아들인 이상, 아랫것들 앞에서 저런 꼴을 하고 있으면 곤란했다.

"어멈은 하던 일을 계속하고, 새아기 넌 날 따라오너라."

그렇게 졸졸졸 시어머니의 치맛자락을 따라간 방에는 이미 시누이 은재가 와 있었다.

쌀례와 동년배인 시누이는 목에 커다란 명주 천을 두르고 앉아 있었고, 그녀 곁에는 처음 보는 여자가 서 있었다.

숙발머리(퍼머넌트)를 하고 있는 여자였다.

경성에 도착하고 기차역에서 안국동까지 오는 인력거 안에서 저런 머리를 하고 지나가는 여자들은 잠깐 본 적이 있었지만 이렇게 가까이 보기는 처음이었다.

하얀 가운을 입고 손에는 불에 달군 듯 보이는 쇠꼬챙이 비슷한 것을 들고 있었다. 미용사라고 했다.

"어머, 최근 새 식구를 맞으셨다더니 이분이 바로?"

사근한 목소리로 묻는 미용사의 질문에 김씨는 심드렁한 표정으로 고개를 끄덕이며 재촉하기 시작했다.
"음, 그렇지 뭐. 우선 딸애 머리부터 내가 말한 대로 해 주고, 그 다음에 이 아이 머리도 손 좀 봐 줘요. 시골에서 막 올라왔다니까 이는 없는지. 에그, 그런 궁색한 곳에선 한 달에 한 번도 머리를 안 감는다면서?"
사실 그 소리에 쌀례는 반사적으로 '이 같은 건 없습니다!'를 외치고 싶었다. 시집으로 향하기 전 창포 뿌리 삶은 물로 공들여 머리를 감았고, 혼인 전날에도 다시 목욕재계를 하였다. 그야말로 세상에 태어난 이래 최고로 깨끗한 상태를 유지하고 있는데 '이라니.
모욕감마저 느껴지는 말씀이셨으나, 곧 어린 새댁은 눈앞의 처음 보는 광경에 할 말을 잊었다.
쌀례의 방에 있는 것보다 훨씬 크고 조개껍질 자개 장식으로 호사스럽게 꾸민 거대한 경대 앞에서 미용사라는 여자가 불로 달군 쇠꼬챙이로 시누이의 머리칼을 지져 대고 있었다.
매캐하면서도 노리끼리한, 머리칼이 타는 듯한 냄새가 코를 찔렀다. 한겨울인데도 그 뜨거운 불기운에 은재의 이마에는 땀방울이 맺혔다. 그 모습에 김씨는 한숨을 내쉬었다.
"계집아이가 극성맞기는. 겨우 동무 생일잔치 불려 가면서 꼭 아침부터 이 난리를 치러야겠니? 이 선생까지 불러오게 만들고."
어머니의 말에 머리를 지지고 있던 시누이는 혀를 빼물어 보이며 대꾸했다.
"아예 파마를 해 보고 싶은데 이것도 많이 양보하는 거라구요, 어머니."

초례청(醮禮廳) 풍경 | 77

"에그, 안 된다. 나라에선 사치 금지령이다 뭐다 여자들 머리 모양, 옷차림이나 가락지 하나 끼는 것도 단속하고 있는데 밖에 그런 꼴 하고 나갔다간 큰일이야."

모녀의 아옹다옹 말다툼에 머리를 만지고 있던 여자는 살가운 미소를 지으며 끼어들었다.

"아유, 사모님. 아직 시내 멋쟁이들은 파마 많이 하고 다녀요. 아니, 오히려 단속 말 나오고부터 전보다 하는 이가 많이 늘었답니다. 말이 좋아 단속이지 어디 그런 거 한두 번 듣나요? 은재 아가씨 미모가 워낙 눈에 띄어서 파마하면 어울릴 것 같은데."

그러나 귀부인은 단호히 고개를 내저었다. 김씨도 가끔 엽주 미용실 같은 신식 미용실에 가서 머리를 매만지곤 하였으니 파마머리가 낯설진 않지만 아직 어린 딸아이에게 그것은 벅찬 짓이었다.

스무 갈래로 머리를 가르고 굉장히 복잡한 전기 기구들에 머리칼을 끼워서 한참 전자파를 쐬어야 한다. 미용사가 아차 실수라도 하여 시간을 넘기면 머리칼이 몽땅 타 버려서 화상을 입을 수도 있고, 무엇보다 늙은 영감처럼 대머리가 될 수도 있다 하니 절대 위험한 짓이었다.

게다가 비상시에는 그저 죽은 듯이 웅크리고 살아야 하는 것이 진리였다. 이미 얼마 전 큰아들이 야학인가 뭔가 한답시고 사달이 나고 그 뒷수습으로 저 시골 촌아이를 며느리로 들이는 쓰디쓴 경험을 하고 있는데 여기서 더 자식이 세상눈에 튀는 꼴은 볼 수 없었다.

"네 아버지 보시는 날에는 불벼락이 내린다. 이것도 좋은 소리는 못 들을 게야."

어머니의 목소리로 빚어진 '네 아버지' 소리에 고집스런 소녀의 얼굴에 두려움과 낙담이 뒤엉켰다.

곧 금지옥엽 여식의 단발이 곱슬곱슬한 검은 포도송이 모양으로 완성이 되고 난 후, 김씨의 시선은 시골 촌아이를 향했다.

"은재, 넌 나가 보고, 아가, 넌 예 앉거라."

"저어, 무슨…… 일이신지?"

조금 당황스런 얼굴로 묻는 민며느리에게 김씨는 매섭게 쏘아붙였다.

"시간 없으니 빨리 앉으래도!"

거울 앞에서 쌀례는 엉성하게 올렸던 머리를 풀고 다시 산발머리가 되었다. 김씨의 요구대로 머리 만지는 여인은 참빗의 날을 세워 꼼꼼하게 계집아이의 머리를 빗질하기 시작했다.

"따님과 같은 또래로 보이는데 아씨도 이참에 단발을 해 보시죠? 머리 손질도 지금보단 간단하고 어울릴 것 같은데요. 고데 정도만 해서도 퍽 귀여울 텐데."

역시나 사근스러운 그 목소리에 쌀례는 기겁을 했다. 단발! 머리를 자른다구? 할아버지도 그 옛날 단발령 때 상투를 지키기 위해 필사적으로 투쟁하셨다고 들었는데, 머리를 올린 지 얼마나 되었다고 머리를 자른단 말인가! 말도 안 되는 소리라고 생각했다.

하지만…… 약간, 아주 약간, 손톱만큼의 호기심도 일었다. 등을 덮는 긴 머리를 자르고 불에 달군 쇠꼬챙이로 지지기까지 한다면 거울 속 내 얼굴은 어떻게 변할까? 정말 저 머리 만지는 여인 말대로 조금은 귀여워질까?

그런 소녀의 상상은 곧 귓가에 들려오는 냉랭한 시어미의 목소리에 의해 깨어졌다.

"지금은 그 아이 분에 넘치는 짓이니 그건 나중에 생각해 봄세. 그냥

이나 없나 살펴 주게."
 정말 이는 없을 텐데. 풀이 죽어서 쌀례는 고개를 수그리고 앉아 미용사 여인이 머리를 살피는 손길을 묵묵히 참고 견뎠다. '없다.'라는 보고 후, 어쩐 일인지 시어머니는 그 사람을 내보내고 당신이 직접 참빗을 잡으셨다.
 김씨는 참빗의 날을 세워 꼼꼼하게 며느리의 머리를 빗질하기 시작했다. 쌀례는 혹시라도 머리카락에서 이라도 나와 망신당하지 않을까 조마조마하며 있는데 어머님의 빗질이 너무 아팠다. 한 가닥 한 가닥 힘을 주어 머리카락을 잡아당기시고 힘주어 훑으시니 눈에서 눈물이 나올 것처럼 아팠다.
 "아, 아, 아!"
 "얘, 가만히 있어!"
 아프다고 엉덩이를 움찔거리며 도망가려는 며느리의 몸짓이 못마땅한 듯, 김씨는 들고 있던 참빗의 딱딱한 모서리 부분으로 쌀례의 이마에 '딱' 소리 나게 알밤을 먹였다. 헉! 고향집 할머니도 머리 빗어 주실 때는 움직일 때마다 담뱃대로 알밤을 먹이셨는데 시어머니의 알밤도 위력이 그 못지않았다. 이럴 수가.
 부엌 부뚜막 말고도 고향 싸릿골과 비슷한 것이 또 있었구나.
 어쩐지 그것이 여자아이는 안심이 되었다.
 그리고 그런 소녀에게 시어머니의 담담한 목소리가 들려온 것은 잠시 후였다.
 "선재는 새벽에 잠깐 들어왔다가 학교 간다고 나갔다."
 선재. 어제부로 쌀례의 남편이 된 바로 그이의 이름이다. 그 추운 밤에 자신은 따뜻한 방에서 아침까지 한 번도 깨지 않고 단잠을 잤는데 정작 그 방 주인인 그는 추운 바깥에서 헤맸겠구나 생각하니 어쩐지 미안해졌다.
 문득 쌀례는 지난 밤 그가 자신에게 했던 말이 떠올랐다.

 ―내가 네게 해 줄 수 있는 것은 여기까지다. 더는 기대하지 마. 알아들었지?

 하얗고 맑은 쌀알을 매일 만지고 먹을 수 있다.
 부뚜막과 아궁이, 세상에서 가장 커 보이는 무쇠솥이 있다.
 머리를 묶어 줄 분이 계시다.
 굶지 않아도 된다.
 그는 자신이 해 줄 수 있는 일이 쌀례를 이 집에 머물게 해 주는 것뿐이라곤 하지만, 동갑내기 시누이의 고데 머리와 자신의 쪽 진 머리처럼 침범할 수 없는 무엇이 있긴 하지만, 당장은 이 정도면 충분하지 않을까.
 마침내 머리가 다 되었다고, 내일부턴 네가 알아서 하라는 시어머니의 새치름한 목소리에 씨익 덧니를 드러내 웃어 보이면서 쌀례는 생각했다.
 '서방님 말씀대로 더는 기대하지 않아. 욕심 부리지 않아. 이 정도면 난 충분히 잘 살 수 있어.'
 소녀는 정말 그럴 거라 생각했다.
 1년 후, 안국동 집 대문으로 양장 차림을 한 어여쁜 여자 손님이 갑작스럽게 들어오기 전까지는.

눈 오는 날의 불청객들
여우 선녀와 거렁뱅이

일자 한자 들고 보니 일편단심 먹은 마음
죽으면 죽었지 못 잊겠네.
— 〈각설이 타령〉 中

처음 그 여자가 자신의 존재를 쌀례에게 알린 수단은 전화였다. 정확히 말하면 전화기 선 너머로 들려오는 감이 먼 목소리였다.

[모시모시.]

경성에 와서 쌀례가 처음 본 것이 꽤 되는데 그중 한 가지가 바로 전화, 특히 집에서 받을 수 있는 전화였다. 이미 1933년부터 일본과 국제통화를 할 수 있게 되었다곤 하지만 그건 어디까지나 경성 같은 대도시 이야기일 뿐, 싸릿골 쌀례로선 얼굴도 보지 못한 누군가의 목소리가 튀어나와 자신에게 말을 거는 건 공포스러운 일이었다. 거기다 쌀례에겐 낯선 일본말. 두 배는 더 두렵다. 그런데 상대방은 아랑곳하지 않고 계속 쌀례에게 말을 걸었다.

[모시모시. 한선재 상 오네가이시마스.]

그 낯선 이국의 언어 가운데 쌀례가 알아들을 수 있는 이름이 섞여 나왔다. 한선재. 순간, 앞뒤 생각할 것 없이 쌀례가 답했다.

"서방님 찾으시나요? 지금 출타 중이신데요."

앗, 그리고 보니 여기 식구들이 될수록 조선어로 전화를 받지 말라고 했는데 이를 어쩌나(1941년 12월부터 전시 통제를 위해 전화 통화는 일본말로 해야 했다). 쌀례는 당황했고, 전화선 저 너머 누군가도 당황했는지 침묵하고 있었다.

잠시 후, 낯선 외국어로 말하던 여자의 매끄러운 목소리가 조선어로 다시 말을 걸었다.

[선재 씨 부인 되세요?]

"네? 네. 저어, 어디신지……. 서방님 돌아오시면 전화 왔었다고 전하겠습니다."

다시 침묵. 아, 어째 그럴까. 내 목소리가 잘 안 들리나? 이거 오래 할수록 돈이라던데. 전화가 끊긴 게 아닌가 싶어 쌀례가 수화기를 내려놓기 전, 다시 감이 먼 목소리가 들려왔다.

[유금주라고 합니다. 다음에 다시 걸지요.]

목소리 끝에 한숨이 묻어 나오는 듯했다.

그리고 얼마 후, 그 목소리가 사람의 형상을 하고 쌀례 앞에 나타났다. 구불구불 물결치는 파마머리는 목 뒤까지 짧게 자른 모양이었고, 커다란 리본으로 장식된 연보라 빛 모자를 쓰고 있었다. 모자와 같은 색의 재킷과 스커트를 맵시 있게 차려입고 목에는 한창 유행한다는 은여우 목도리를 두르고 있었다. 손에는 겨자색 가죽 장갑을 끼고 이 눈길에 어떻게 걸어왔을까 싶게 굽 끝이 뾰족한 구두를 신었다.

이미 1940년 7월부터 귀금속 반지, 파마머리, 모피 착용을 금지시키고 북해도 촌 여자들이 나무하러 갈 때 입었다는 몸뻬 같은 실용성 있는 옷을 입으라는 지령이 내려졌지만, 아름다운 그 여자는 보란 듯이 그 모든 것을 온몸으로 무시하고 있었다.

"금주 아니야? 아니, 이게 얼마만인가 그래!"

시어머니는 드물게 살가운 목소리로 손님을 맞았다. 누구에게든 환대받는 것에 익숙한 듯이 여자는 그림 같은 미소를 지으며 대답했다.

"작년에 인사도 없이 도쿄로 떠나고 이렇게 불쑥 찾아뵈어 죄송합니다, 어머님. 오늘이 크리스마스이브라서요. 성당의 남 신부님께서 야학의 학생들을 위해 자선 바자회를 기획하고 계시답니다. 마침 은재가 그 바자회에 옷을 몇 벌 기증하고 싶다고 도와 달라 해서 결례를 무릅쓰고 오랜만에 찾아뵈었습니다."

"아유, 결례는 무슨. 어서 와요. 전보다 더 예뻐졌네. 추운데 오느라 고생했지?"

"고생은요. 아, 이건 제가 동경에서 사 온 화과자예요. 맛이나 보시라고……."

예쁘게 포장된 붉은색 과자 상자를 하녀에게 내밀고 차를 부탁하면서 시어머니에게 인사를 드리는 그 여자를 처음 본 쌀례의 감상은 한마디로 '신기하다.'였다.

'곱기도 해라. 사람일까? 아니면 백여우가 둔갑을 한 걸까?'

작년에 경성의 기차역에서 내리면서부터 양장(洋裝)을 한 여자들을 자주 보긴 했지만 이렇게 그 차림이 곱게 느껴지는 사람은 처음이었다. 마치 커다란 꽃이 인간의 형상을 하고 살아 숨 쉰다고 해야 할까.

그 꽃 같은 여자의 시선이 쌀례에게 향했다. 기혼 여성의 표시인 쪽

진 머리를 하고 있는 어린 소녀에게.

"어머, 이분인가요? 큰 자제분과 혼례를 올리셨다는."

금주는 혼례 날 초례청에서 먼발치로 쌀례를 보긴 했지만 제대로 보는 건 이번이 처음이었다. 여자는 책을 읽듯 꼼꼼하게 눈앞의 소녀를 관찰했다. 사랑했던, 사랑하는 그 남자와 혼인한 여자아이를.

"귀여운 새색시로군요. 반가워요. 난 한선재 씨 친구랍니다. 유금주라고 하지요."

혼례 날의 화장과 비단 원삼이 벗겨진 어린 계집아이의 알맹이는 보잘것없었다. 경성 생활 일 년도 그 작은 소녀에게서 촌티를 완전히 날려 버리진 못했다. 살결은 가무잡잡했고 키는 겨우 금주 자신의 어깨에 닿는 정도였다. 작고 갸름한 얼굴에 눈만 간장 종지만큼 클 뿐, 작은 코에 작은 입술, 그녀를 이루고 있는 모든 것이 다 작았다.

문득 금주는 그 작은 머리에 쪽을 진 어린 여자아이가 잠깐이나마 안쓰럽게 여겨졌다. 이런 어린아이와 혼인이라는 것을 한 그 남자가 측은했다. 이 상황이 측은하고 우스워서 조심하지 않으면 헛웃음이 나올 것만 같았다. 그런 그녀의 귀에 김씨 부인의 목소리가 들려왔다.

"선재 그 아이가 봄에 개강을 하면 볼 책이 있다고 그것 구하러 잠깐 나갔다오. 하지만 곧 들어올 거예요. 그러니 선재 방에서 차나 한 잔 더 하면서 기다리구려. 애, 새아가. 넌 과일이랑 다른 간식 좀 챙겨서 내가거라."

"예, 어머님."

쌀례의 '어머님' 소리에 금주는 속으로 코웃음을 쳤다.

'어머님이라.'

눈앞에서 벌어지는 이 모든 일들이 한 편의 우스운 희극 같았다. 아니, 비극이라고 해야 하나. 하지만 그것이 금주 자신에게 나쁜 일일 것 같진 않았다. 금주가 알기에 한선재는 우스운 희극은 싫어하는 사람이었다. 잘못된 일은 다시 바로잡으면 그뿐.
아직 희망은 있다. 희망은 있다고 금주는 생각했다.
"어, 마침 때맞추어 돌아왔구나. 선재야, 유 사장 댁 금주가 귀한 과자를 들고 놀러 왔단다."
그래서 금주는 때맞추어 집으로 돌아와 약간 놀란 얼굴로 자신을 응시하는 선재에게 눈부신 미소를 지어 보일 수 있었다. 그에 대한 그녀의 사랑에 아직 희망이 있었기 때문에.

손님이 머나먼 동경에서 가져왔다는 과자는 먹기에 아까울 만큼 어여뻤다. 그렇다고 먹는 음식을 사양할 쌀례는 아니었기 때문에 한 입 가득 과자를 깨물었다. 다음 순간, 쌀례는 정체 모를 그 과자를 그렇게 한 입 가득 베어 문 것을 후회했다. 혀가 아릴 정도로 달았기 때문이었다.
"어머, 화과자는 쌉쌀한 차와 함께 조금씩 먹는 거예요. 처음 먹어 보나 보지?"
놀란 어조로 묻는 금주에게 쌀례는 발갛게 달아오른 뺨을 하고 고개를 끄덕였다.
지금 쌀례는 이 자리에 끼어 앉은 것이 그 설탕 덩어리 과자를 덥석 베어 문 것만큼이나 후회가 되었다.
본래 서방님 방은 쌀례에겐 성지(聖地), 혹은 금지(禁地)라 청소할 때를 제외하곤 들어와 볼 수 없었다. 손님이 가져온 과자로 시누이와 남편, 셋이서 다과회를 한다기에, 또 어쩐 일인지 평소 새치름한 얼굴로 쌀례와 별 대화가 없던 시누이가 함께 자리를 하자길래 그들 사이에 자리를 잡고 앉은 것인데 시작한 지 5분도 안 되어 쌀례는 내심 생각했다.

'그냥 빨래나 할걸.'

분명히 조선말로 이야기를 나누고 있는데도 남편과 남편의 여자친구와 시누이, 그들 세 사람이 나누는 대화를 쌀례는 하나도 알아들을 수가 없었던 것이다. 그들은 《부활》이라는 소설의 '카추샤'라는, 발음하기도 요상한 여자 주인공 이름을 이야기했고, '춘원'이라는 사람에 대해 험담을 하고, 요즘 세상에 벌어지는 모든 일에 분개했다. '일리아드', '투르게네프', '빅토르 위고', '레미제라블' 등등…… 쌀례가 알아들을 수 없는 소리가 끝도 없이 계속되었다. 그리고 그 소리를 들으면서 자그마한 쌀례는 자신이 점점 더 작아지는 느낌이 들었다.

그렇게 조용히 그들의 대화를 듣고만 있던 쌀례를 살펴보던 금주가 지나가는 듯한 어조로 물었다.

"그럼 성례 씨는…… 이렇게 불러도 되지요? ……어떻게, 결혼 때문에 학교를 그만둔 건가요? 지금 나이가 몇이랬지? 열둘?"

그 지긋지긋한 '열두 살' 소리에 올칵 올라오려는 화를 삼키며 쌀례는 조용한 목소리로 대답했다.

"올해 열다섯이어요. 곧 열여섯이 됩니다."

"아아, 열다섯."

'그렇게는 안 되어 보이는데.'라는 얼굴로 금주는 피식 웃어 보였다. 그러면서 다시 아까 말했던, 쌀례에게 달갑지 않은 학교 이야기로 화제를 돌렸다.

"어쨌든 아무리 결혼을 했어도 학교를 쉬는 건 좋지 않아요. 여자도 배워야 하는 세상이거든요. 봄이면 선재 씨, 은재, 준재 모두 학교에 갈 테고, 성례 씨 혼자 심심하지 않겠어요. 얘, 은재야. 네가 너희 새언니 보실 책 좀 골라 드려. 열두세 살짜리들이 볼 만한 재미있고 쉬운 책이 많이 있을 텐데."

"듣고 보니 그러네. 글쎄, 무엇이 좋을까. 재미있고 쉬운 책이라. 음……《이색우언(伊索寓言: 이솝우화)》이 나으려나.《깔리바 유람기》가 더 나을까? 오빠, 왜 전에 오빠가 나 빌려 준《이색우언》있지? 그거 어디 있수? 그게 적당할 텐데."

"그 뒤 책장에 있어. 알아서 찾아 보렴."

여자친구와 여동생의 수다에 선재는 별 관심이 없다는 듯, 손짓으로 책장을 가리켰다.

"아아, 저기 있군. 새언니! 세 번째 칸에《이색우언》이라고 있지요? 그것 뽑아 봐요. 이야기가 짤막짤막하지만 느껴지는 것도 많고, 아주 재미있어요. 아, 새언니도 이미 보았으려나?"

쌀례의 시선이 책장을 향했다. 하지만 여자아이의 작은 얼굴은 이미 곤혹감으로 가득 찼다. 글을 모르는 그녀로서는 '이색우언'이라는 네 글자가 도대체 어떻게 생겼는지 알 도리가 없었다. 평소의 쌀례 같으면 '글을 모른다.'라고 말했을 것이다. 하지만 오만한 얼굴로 자신을 쳐다보는 저 꽃같이 예쁜 여자와 서방님이 보고 있는 지금, '글을 모른다.' 소리가 입에서 나와 주지 않았다.

"거기, 셋째 칸에 있는 하얀색 책 말이우. 안 보여요? 내 참!"

'하얀색'이라는 소리에 쌀례는 셋째 칸에 꽂혀진 몇 권의 하얀색 중 하나를 뽑아 들었다. 그러자 모두의 시선이 뚫어져라 그녀를 향했다.
 잠시 후 쌀례가 집어 든 책을 보면서 금주가 물었다.
 "설마…… 글을 몰라요?"
 정색을 하고 물어 오는 금주의 질문에 은재는 말도 안 된다는 듯이 고개를 내저었다. 요 일 년 동안 은재는 저 올케라는 이름의 촌닭에게 방 청소나 빨래를 부탁할 때 이외에 말을 걸어 본 적은 없었다. 하지만 그래도 자기 집안 같은 곳에 시집을 온 여자가 설마 까막눈일 리 있겠는가.
 "설마! 금주 언니도 무슨 그런 농담을! 새언니 친정이 시골이라지만 뼈대 있는 선비 가문이라고 아버지가 그러셨어요. 그런데 그 따님이 글을 모르다니, 말도 안 돼! 그렇죠, 새언니?"
 "은재, 넌 가만있어! 그럼 성례 씨! 들고 있는 그 책이 무언지 말해 볼 수 있겠어요?"
 마치 궁지에 몰린 쥐를 희롱하는 고양이 같은 얼굴을 하고 아름다운 미소를 지으며 금주는 쌀례에게 재촉을 했다. 그 순간 쌀례는 생전 처음으로 수치심과, 저 아름답고 잔인한 여자에 대한 적의를 동시에 느꼈다. 그래서 고개를 바짝 치켜들고 있는 힘껏 상대를 쏘아보았다.
 그때였다. 이제까지 아무 말 없이 그들을 지켜보고 있던 선재의 목소리가 들려온 것은.
 "차 한 잔 더 하고 싶은데."
 은재 역시 '차 주전자에 아직 많이 남아 있는데.'라는 말을 할 정도로 눈치가 없지는 않아서 자리에서 일어난 쌀례를 따라 방 밖으로 나가고, 방에는 금주와 그, 단둘만이 남게 되었다.
 "어린아이한테 심술을 다 부리다니, 금주답지 않은걸."

"그냥 어린아이가 아니지요. 그리고 나다운 게 어떤 건데요?"
 선재의 조용한 지적에 금주 역시 조용한 어조로 대답했다. 그러면서 익숙한 몸짓으로 그가 수집한 음반들을 뒤적이고, 거기서 윤심덕의 〈사의 찬미〉를 찾아내어 축음기판에 꽂아 넣으며 흘러나오는 노래에 맞추어 콧노래를 흥얼거렸다.

 광막한 광야에 달리는 인생아
 너에 가는 곳 그 어데이냐.
 쓸쓸한 세상 험악한 고해에
 너는 무엇을 찾으려 하느냐.
 눈물로 된 이 세상이
 나 죽으면 고만 알까.

― 윤심덕, 〈사의 찬미〉

 가수 윤심덕(평양 출생의 여류 성악가. 〈사의 찬미〉는 그녀의 대표곡이었음. 1926년 일본에서 조선으로 돌아오던 관부 연락선 위에서 애인 김우진과 현해탄에 투신자살, 정사(情死)함)의 나른한 목소리가 축음기를 통해 방 안에 나른히 날아다니고 있었다.
 벌써 17년 전에 연인과 함께 죽은 사람이 기계의 힘으로 살아 있을 때와 똑같이 삶과 죽음을 노래한다. 기계란 볼수록 묘한 물건이다.
 "오래된 판인데 가지고 있었군요."
 "내 취향은 아니야. 어머니가 즐겨 들으시던 거라."
 심드렁한 어조로 대꾸하는 그의 옆얼굴을 금주는 마냥 바라보았다. 역시, 이 사람의 옆얼굴이 마음에 들어. 콧날하고 턱선, 그리고 무심한 듯하지만 내 안쪽을 자극하는 저 목소리도.

"전에는 윤심덕을 그다지 좋아하지 않았어요. 유부남과 사랑에 빠지고 그것도 모자라 동반 자살이라니, 왠지 들으면 처량맞고 불쾌했거든. 내가 그 여자하고 똑같은 처지가 될 줄 몰랐으니까."

사랑을 위해 죽은 여자의 노래가 흐르는 그 방에서, 또 다른 여자가 남자에게 고백하고 있는 것이다.

'당신을, 다른 여자와 이미 혼인한 당신을 내가 사모하고 있어요.'

그 소리에 선재는 내심 한숨을 내쉬었다. '장미의 여왕'이란 별명에 걸맞게 정열적인 성격의 그녀가 그의 결혼식 직후 일본으로 유학을 떠났을 때, 그는 차라리 잘되었다고 생각했었다. 집안에서 정하여 준 엉터리 혼례라곤 해도 그는 결혼을 한 몸이었고, 그들의 시작되지도 않은 인연은 그것으로 끝났다고 생각했었기 때문에.

그런데 일 년 만에 돌아와서 집으로 쳐들어와 저런 노골적인 고백을 할 줄은 뜻밖이었다.

어리둥절한 표정으로 자신을 쳐다보는 선재에게 금주는 한 발짝씩 다가가며 이어 말했다.

"지금은 그 여자가 너무나 잘 이해가 돼요. 하지만 윤심덕은 바보였어요. 그 여자의 애인인 김우진도 바보였지요. 사랑하면 도망가서 살 수도 있었을 것 아니에요? 왜 살아서 서로를 끌어안아 줄 생각은 못하고 서로를 끌어안고 죽어 버렸을까요? 바보같이."

"모르겠어. 난 김우진이 아니니까."

그녀의 불타는 시선에 대조되게 그는 차갑고 담담한 어투로 대답했다.

"그리고 당신도 윤심덕이 아니지. 그러니 유부남을 생각할 필요도,

그래서 속상할 필요도 없어. 나도 내가 이런 식으로 혼인을 하게 될 줄 몰랐지만 결과적으로만 따져 보면 난 당신 말대로 유부남이야. 그러니…… 잊어버려, 여왕님."

"아니요! 난! 그럴 수 없어요!"

그녀가 즐겨 쓰는 향수 내음이 그의 코를 찔렀다. 그가 그녀를 뿌리치기 전에 금주는 선재의 목에 자신의 팔을 두르고 그를 끌어안으며 열정적인 어조로 말했다.

"당신 말대로 지난 일 년 동안 열심히, 정말이지 열심히 당신을 잊으려고 노력했어요. 하지만 아무리 마음먹어도 안 돼요! 당신을 잊는다는 건 불가능해! 잊을 수 있는 방법을 안다면 나한테 가르쳐 줘요! 아니, 하지 말아요! 난, 잊고 싶지 않은걸."

처음에 선재는 금주를 뿌리치려 했다. 하지만 잠긴 듯, 울먹이며 이어지는 그녀의 목소리에 차마 그녀의 팔을 뿌리치지 못했다. 그렇게 서로의 몸을 맞댄 채로 선재는 금주의 은밀한 속삭임을 들었다.

"내가 왜 돌아왔는 줄 알아요? 바로 당신을 데려가기 위해서예요!"

그녀의 정염 어린 목소리가 형태가 되어 그의 온몸을 휘감는 것만 같았다. 세상에서 용서받지 못한 사랑 때문에 애인과 함께 현해탄에서 몸을 던진 여가수의 나른한 목소리가 빙글빙글 맴도는 그 방에서 그녀처럼 사랑에 빠진 또 다른 여자가 열정적인 목소리로 남자에게 속삭였다.

"우리, 함께 떠나요. 내겐 어머니가 남겨 주신 유산이 꽤 있어요. 도쿄로 가서 당신과 내가 몇 년을 편히 지낼 만큼은 돼요. 먼 곳이고 시국이 어수선하니까 전쟁이 끝날 때까지 잘 숨어 있으면 당신 아버지도, 내 아버지도 우릴 잡아내지 못할 거예요. 응? 당신 말대로 당신은 김우진이 아니고 난 윤심덕이 아니니까 우린 함께 살 수 있어요. 근사하지 않아요?"

바로 그 순간 그녀의 귓가에 선재의 조용하지만 단호한 목소리가 들려왔다.

"아니. 난 그럴 수 없어."

"어째서요! 설마 당신 아내라는 그 계집아이 때문에요? 그런 볼 것 없는 어린아이 때문에?"

여자의 불같은 어조에 남자는 이 순간 진지해야 한다는 사실을 알고는 있었지만 헛웃음이 나왔다. 이런 여자가 아니었는데 금주도 흥분을 하면 이렇게 말도 안 되는 억지 추측을 할 때도 있구나.

"말도 안 되는 소리. 내가 떠날 수 없다는 것과 그 아이는 상관이 없어. 애초에 그 앤 내가 아니더라도 혼인해 주고 보호해 주기만 한다면 누구하고라도 결혼을 했을 거야."

유금주는 사랑의 괴로움으로 죽을 것만 같은데, 정작 그녀가 사랑하는 한선재는 딱딱해지고 있었다. 조목조목 그저 사실을 말하는 그런 목소리. 그녀와는 같지 않은 그런 목소리. 그것이 금주를 곤혹스럽고 화가 나게끔 만들었다. 그래서 여자는 따지듯이 소리쳤다.

"그럼 왜 나와 갈 수 없다는 거예요! 내가 납득할 수 있게 이유를 말해 봐요!"

그 순간 선재는 잠시 고민했다. 사실대로 말해 주어야 할까. 아니면 외교적인 태도로 둥글려서 달래듯이 이야기해야 할까. 결국 그는 전자를 택했다. 진실이란 잔인한 것이지만 필요한 것이기도 하다.

잠시 후, 남자는 뚝뚝한 어조로 답했다.

"야반도주라는 거, 적성에 맞지 않아. 그리고 이게 더 중요한 건데…….”
 입 안이 바짝 마른 채로 금주는 선재의 다음 목소리를 들었다.
 "야반도주라는 걸 같이 할 만큼 당신을 사랑하진 않아.”
 조용히, 노래하듯이, 혹은 단호히, 진리를 말하는 태도로 그는 그녀의 고백을 거절하고 있었다.
 "당신, 그렇게 조용한 얼굴로 내게 참 지독한 소리를 하는군요.”
 "진실이라는 게 원래 다 잔인한 법 아니었나.”
 씁쓸한 미소가 서린 그의 입술이 그 순간 금주는 증오스러웠다. 혹은 가지고 싶기도 했다. 그래서 그녀는 발끝을 세우고 느닷없이 그 차가운 입술에 자신의 입술을 포개었다. 눈물로도, 마음으로도 설득할 수 없다면 입술로, 살갗의 온기로라도 설득하고 싶었다. 그럴 만큼 그녀는 필사적이었다. 때문에 남자를 붙들고 있는 여자의 팔 힘은 평소와 달리 뿌리칠 수 없는 괴력을 발휘했고, 남자는 불시에 닥친 기습공격에 어찌할 바를 모르고 있었다.
 그리고 바로 그때 문 밖에서 낯익은 목소리가 들려왔다.
 "뭐야? 〈사의 찬미〉? 아이, 오랜만에 만나서 그런 우중충한 노래를 틀어 놓고 무슨 분위기를 잡는 거야?”
 방문이 열리고 은재의, 그리고 쌀례의 얼굴이 선재의 시야에 들어왔다.

"새아기가 없어졌다니! 그게 무슨 소리요!”
 한상민의 퇴근길이면 언제나 대문 밖까지 마중을 나와서 두 손을 앞으로 모으고 '이제 오셨습니까, 아버님.'이라며 인사를 하던 며느리가 그날은 보이지 않았다. '이 애, 어디 갔소?'라는 질문에 그의 아내 김씨는 처음 얼마간 어물거리며 대답을 못 하더니 계속되는 추궁에 결국 얼마 안 가 사실을 실토하고 말았다.

사라졌다는 것이다. 낮부터 이 집 안에서 갑자기, 홀연히 사라져 버렸단다.

"글쎄요. 저도 이게 대체 어찌된 영문인지, 원."

"아니! 당신은 집 안에 있으면서 사람 들고 나는 것도 몰랐단 말이요! 대체 아이 건사를 어찌했길래!"

남편의 불같은 비난에 김씨는 억울하다는 듯이 대꾸했다.

"묶어 기르는 짐승도 아니고 두 발로 걷는 사람을 전들 어찌하겠습니까. 그 애도 그렇지. 얌전하고 바지런해 보여 그것 하나 괜찮다 싶었는데 한마디 말도 없이 사라지다니, 대체 이게 무슨 경우인지 모르겠습니다. 혹시 얘가 집이 그리워 돌아간 것은 아닐까요?"

아내의 추측에 상민은 고개를 내저었다.

"그럴 애가 아니오. 집이 그리웠다 해도 이렇게 사라져 버린다는 건 말이 안 돼! 대체 오늘 집에 무슨 일이 있었던 거요? 혹여 선재 그놈이 새아기 마음 상하게 할 짓을 한 것은 아니겠지?"

그런 일은 절대로 없었다고 남편에게 말하긴 했지만 사실 김씨도 걸리는 것이 있긴 했다. 오늘따라 더 어여뻐 보이는 금주가 집에 오고 은재와 아들 내외 넷이서 차를 마시다가 어린 며늘아기는 돌연히 사라져 버렸다. 사정을 잘 알고 있을 딸아이 은재마저도 평소의 까부는 성격과는 다르게 입을 다물고 있는 것을 보아하니 무슨 일이 있었던 듯싶긴 한데, 그렇다고 그걸 남편에게 말할 수는 없는 노릇이었다.

"마음 상할 짓이라. 하긴 했지 뭐."

부모님의 다툼을 엿들으며 그렇게 중얼대던 은재의 등을 누군가가 '퍽!' 소리 나게 내리쳤다.

"아야! 누구야!"

은재의 입에서 낮은 비명이 터져 나왔다. 갑작스런 일격에 놀라서 주먹이 날아든 방향으로 고개를 돌린 은재는 곧 심드렁한 얼굴로 입술을 비죽였다.

"뭐야? 너구나! 준재! 기척 좀 내고 다녀! 놀랐잖아!"

쌍둥이 누이동생의 항의에 소년은 험악한 어조로 대꾸했다.

"작은오빠라고 불러! 아무리 같은 날 태어났어도 난 너보다 자그마치 반 시간이나 세상 빛 먼저 본 오빠니까! 그리고! 네 짓이지? 금주 누나를 집으로 불러들여 일을 이 모양으로 만든 게! 대체 왜 그런 짓을 했니? 형이나 형수 마음 상하게 할 것 뻔히 알면서 넌 도대체!"

"흥! 금주 언니가 우리 집 놀러온 게 어디 하루 이틀인가? 오랜만에 얼굴 보니 반가워서 불렀는데 그게 뭐가 어쨌다고? 그리고 형수는 무슨! 창피해 죽겠어! 어떻게 우리 집에 까막눈이 다 들어오니? 기가 막혀서."

"입 다물어! 이 나쁜 계집애야! 우린 운이 좋아서 학교를 다니지만 나가면 학교 못 가는 사람이 더 많아. 넌 지금 입이 열 개라도 할 말이 없어!"

30분이라도 먼저 태어난 오라비답게 누이를 꾸짖고 난 후, 준재는 사방을 둘러보며 그녀에게 물었다.

"형은?"

한씨 집안 외딸로 야단맞는 일에 익숙지 않은 소녀는 부은 얼굴을 하고 입을 꼭 다물었다.
"형은 어디 있냐고 묻잖아!"
작은 오라비의 죄인 추궁하는 듯한 어투에 잔뜩 기분이 상한 은재는 빽 하니 소리를 질렀다.
"입 다물라며? 괜히 나보고 난리야! 큰오빠 어디 갔냐고? 그래도 꼴에 자기 각시라고 찾으러 나섰다! 왜! 아이, 속상해! 정말 무슨 성탄절이 이 모양이래?"

동대문에서 김 서방 찾기라더니, 이 겨울날의 종로에서 사람 하나 찾기가 이렇게도 힘이 드는 것인 줄 선재는 그날 처음 알았다. 먼저 파출소에 신고를 했지만 없어진 지 몇 시간 되지 않았다는 소리에 순사는 그렇지 않아도 할 일이 차고 넘쳤다며 접수를 거부했다.
날이 어두워지고 있고, 눈발은 거세지는데 그 자그마한 아이는 보이지 않는다. 시간이 지날수록 선재는 초조해졌다. 보이지 않는 아이의 목소리가 윙윙 그의 귓가에 맴돌았다.

―저희 집안이나 저는 거지가 아니에요!
―왜 왔느냐고요? 올 수밖에 없었으니까요!

하고 싶은 말을 거침없이 하는 걸 보고 맹랑한 아이인 줄은 짐작했지만, 그렇다고 이렇게 가출이라는 것을 감행할 정도로 맹랑할 줄은 몰랐다. 그 역시 하고는 싶었지만 이제껏 못 해 봤던 그것을 콩알만

한 계집애는 하고 있다. 문득 선재는 자신과 금주의 입맞춤 모습을 보던 그 아이의 얼굴을 떠올렸다.

그는 마치 눈앞에 서글픈 눈동자로 자신을 쳐다보는 그 계집아이가 있는 것처럼 마음속으로 쓰디쓰게 중얼거렸다.

'그때 네가 그런 얼굴로 날 보아야 할 이유가 없어. 아무것도 기대하지 말라고 했잖아. 넌 알아들었다는 표정이었고. 그럼 된 거 아니니?'

알아들었다는 표시로 그 애는 약속을 충실히 지켜 그의 눈앞에 잘 나서지 않았다. 밤늦게까지 책을 읽는 그의 방문 앞에 야식을 꼬박꼬박 챙겨줄망정 방문을 열고 그에게 무슨 책을 읽고 있느냐는 질문 따위는 하지 않았다. 집안 식구들 식사 시중을 들고 자기는 부엌 하녀들과 밥을 먹어도, 먹고 있는 동안은 즐거워하는 것 같았다. 촌닭이라고 무시하는 손아래 시누이 은재의 방을 쓸고 닦고, 빨래를 도맡아 하고, 그 작은 몸을 한시도 쉬지 않고 종종거리며 뛰어다녔다.

언제부터였을까. 어느 날부턴가 선재는 그 애가 집에서 키우는 개에게 밥을 갖다 주는 것을 종종 볼 수 있었다. 처음에는 짐승에게까지 사람 먹는 하얀 밥을 준다고 놀라워하던 아이가 어느새 개에게 정이 들었는지 꼬박꼬박 밥을 챙겨 주었고, 그러면서 개에게 말을 걸기 시작했다.

"많이 먹어, 바둑아. 넌 참 잘 먹는구나. 꼭 우리 균이 같아."

사람 말 따위 알아들을 리가 없는 개에게 그 애는 말하고 또 말했다. 어제, 늘 그랬듯이 개집 옆에 쭈그리고 앉은 작은 등을 선재는 가던 길을 멈추고 지켜보았었다. 그리고 들었다. 사람들에겐 차마 하지 못한 여러 가지 소리들을 재잘거리는, 아버지가 자기 아내로 정해 준 그 아이의 목소리를.

"너 우리 아가씨 방 안에는 못 들어가 봤지? 책이랑 옷이랑 엄청나게 많아. 옷이 그렇게 많은 사람 난 처음 봤어. 우리 서방님 방에도 청소할 때 몇 번 들어가 봤는데 책이 엄청 많더라. 그분, 그 책 다 읽어 본 걸까? ……설이 얼마 안 남았지? 이번 설에는 싸릿골 집에서도 떡을 할 수 있을 거야. 내 입이 줄었어도 우리 집 식구들이 너만큼 잘 먹어서 아마 금방 없어지겠지만. 할머니가 쌀 아끼지 말고 많이 하셨음 좋겠는데. 너도 많이 먹어, 바둑아. 이따가 또 올게."

그 넓은 집에서 말을 나눌 사람이 없어서 개에게 말을 걸 만큼 작은 여자아이는 외로워 보였다. 하지만 선재는 그 애가 힘이 들던 외롭던 상관없다고 생각했다. 아니, 생각조차 하지 않았다.

그런데 지금 그 생각조차 하지 않고 살았던 여자아이가 그럴 수 없으리만큼 신경이 쓰였다.

은재 말로는 그 아이가 문 밖에서 멍하니 서 있었다고 했다. 대체 어디서부터 들었던 것일까. 아무 상관이 없다고 했고, 꼭 자신이 아니더라도 보호해 주고 결혼해 주기만 하면 누구하고라도 상관없었을 거라고도 했다.

틀린 말은 아니었다. 서로가 알고 있는 사실이었다. 그런데도 소녀가 없어진 지금, 청년은 자신이 뱉은 그 모든 말들을 할 수만 있다면 주워 담고 싶었다.

'꼬마야, 너 지금 어디 있니? 그런 얼굴 하고 어디로 사라져 버렸니?'

오늘 그는 태어나서 처음으로 여자와 입술을 나누었다. 본의는 아니었지만.

그런데 지금 그의 마음을 휘젓고 있는 것은 꽃잎처럼 부드럽고 불처럼 뜨거웠던 여자의 입술이 아니라 그의 눈앞에서 갑자기 사라져 버린 어린 여자아이였다.

'잘못했어, 내가. 무얼 잘못했는지 모르겠지만 내가 잘못했어. 그러니 이제 내 눈앞에 나타나.'

거의 일 년 전 그들의 첫날밤처럼 머리와 어깨에 눈을 맞으며 눈길을 헤매던 청년의 입술에서 그 순간 다음과 같은 중얼거림이 흘러나온 것을 그가 찾아 헤매고 있는 소녀는 알지 못했다.

"망할 계집애. 찾으면 볼기를 때려 줄 테다!"

"으으으. 어이구, 볼기야! 아이, 아파라."

눈이 쌓여 미끄러운 빙판길을 고무신으로 걸어 다니는 것은 꽤 까다로운 일이었다. 낮의 그 예쁜 여자는 뾰족구두로 어찌 버텼을까 싶었다. 미끌미끌한 바닥에서 겨우겨우 일어서면서 쌀례는 다시 한 번 자신이 몇 시간이나 헤맨 거리를 휘휘 둘러보았다.

똑같은 인력거, 똑같은 다꾸시(택시), 똑같은 상점들…… 아까부터 한나절 넘게 보아 왔던 똑같은 풍경들이었다. 그 순간, 쌀례는 한 가지 사실을 인정해야 했다.

'집에 가는 길을 몰라! 어떻게 해! 나, 길을 잃어버렸어!'

열다섯이나 먹은 주제에, 혼인까지 한 어른이 집에 가는 길을 모르다니! 경성살이 어언 일 년인데, 이래서야 꼭 촌닭 같잖아!

하지만 지난 일 년 동안 집 밖을 나온 건 손에 꼽을 정도였다. 오늘만 해도 서방님 방에서의 그 광경을 보지 않았다면 집에서 뛰쳐나왔을 리가 없으리라.

그때 무슨 정신으로 서방님 방에 차 쟁반을 내려다 두고 그 방을, 그 집을 뛰쳐나왔는지 모르겠다. 어떻게 그곳에서 나와서 어떻게 대문을 나서고 어떻게 이곳까지 걸어 나왔는지 쌀례는 기억할 수가 없었다. 그러니 집으로 돌아가는 길도 기억날 리가 없다.

집으로 가는 길을 몇 시간째 헤매면서도 그런 생각도 들었다.

'그 집에 돌아가도 될까.'

쌀례의 머릿속에서 아직도 남편과 그의 여자친구가 입을 맞추고 있던 모습이 무한 반복되고 있었다.

그래, 이제야 알겠다. 서방님이 왜 그리 나와의 혼례를 싫어했는지. 그렇게 꽃처럼 어여쁜 처녀와 좋아 지내는데 나 같은 애와 혼례 올리고 싶지 않았겠지.

그런 말씀도 하셨잖아. 나도 나중에 커서 좋아하는 사람하고 혼인해야 한다고. 그분도 사모하는 사람하고 혼인하고 싶었던 게야.

재작년인가 사촌 언니들을 따라 읍내에 갔다가 마침 그곳에 온 유랑극단의 연극을 본 적이 있었다. 〈장한몽(長恨夢)〉이라는 제목이었는데 거기에 나오는 이수일과 심순애라는 주인공들의 사랑은 어린 그녀가 보기에도 참 눈물겨운 것이었다.

어른들의 이야기라 전부 다 이해할 수는 없었지만 좋은 사람과 같이 못 사는 것은 참 슬픈 일일 것이다.

'안국동 집을 찾아가게 되면, 바로 싸릿골로 돌아가자.'

발걸음을 뗄 때마다 뽀드득 뽀드득 눈 밟는 소리가 들리는 거리를 걸으면서 쌀례는 나름대로 차분하게 생각을 정리했다.

'돌아가면 집 안에 갇혀 있어야 하겠지만, 또 처녀 공출에 걸려 갈지도 모르지만. 아니야. 지금쯤이면 우리 마을 약탈도 어쩌면 다 끝났을지 몰라. 그래도 도망을 가야 한다면 봄이 올 때까지 뒷산에 가서 숨어 살지 뭐. 그런데 받은 쌀이랑 논은 어쩌지? 논문서는 돌려준다고 해도 쌀은 벌써 다 먹어 버렸을 텐데.'
 작은 머릿속이 터져 나갈 것 같았지만 그렇게 이 궁리 저 궁리 해 가며 길을 걷고 있던 여자아이의 귀에 기운찬 노랫가락이 들려왔다.

 얼―씨구씨구씨구씨구 들어간다.
 절―씨구씨구씨구씨구 들어간다.
 작년에 왔던 각설이가 죽지도 않고 또 왔네.

 "어이구, 지체 높은 아기씨. 이 추운 날 밖에 어쩐 일이십니까요? 이렇게 만난 것도 인연인데 한 푼 적선합쇼."
 그제서야 쌀례는 쪽박과 수저를 들고 있는 한 떼의 각설이들이 자신의 주변을 둘러서고 있다는 것을 깨달았다.
 거지를 처음 본 것은 아니었지만 그때 그들의 몰골은 어린 쌀례의 눈에도 참 딱해 보였다. 쌀례도 구멍 난 자기 옷을 기우는 데 익숙했지만 그들의 옷은 어떻게 저 정도까지 기워 입을 수 있을까 싶게 누더기였다. 본래의 살색을 알아보기 힘들 만큼 때가 묻어 가무잡잡한 얼굴들, 이 추운 눈길에 거의 대부분 제대로 된 신발도 못 신은 맨발이었다.
 "미안해요. 지금 빈손으로 나와서 보태 줄 것이 없어요."
 하지만 그중 우두머리로 보이는 각설이는 소녀의 말을 믿지 않았다.
 "에이, 차림새를 보아하니 있는 집 각시 같은데 너무 야박하게 굴지 말고 한 푼이라도 내놔 보우. 보태 줄 것이 왜 없어? 머리에 끼고 있는 비녀도 은 같아 보이는데?"

그것은 친정 어미가 그녀에게 준 혼례 선물이었다. 쌀례는 더 상대하고 싶은 마음이 들지 않아 서둘러 발걸음을 돌렸다. 하지만 그녀의 주위를 둘러싼 거지 떼들은 좀처럼 그녀를 놓아줄 생각이 없어 보였다. 그들은 점점 쌀례를 둘러싼 원을 좁히면서 수저로 쪽박을 두들기며 노래를 불러 댔다.

일자 한자 들고 보니 일편단심 먹은 마음 죽으면 죽었지 못 잊겠네.
이자 한자 들고 보니 수중백로 백구떼가 벌을 찾아서 날아든다.

노랫소리가 격렬해질수록 쌀례는 겁이 났다. 하지만 금방이라도 자기 머리채에서 비녀를 뽑아갈 듯 보이는 거지들에게 몸부림치며 저항했다.
"안 돼요! 이건, 이건 우리 어머니가 주신 거란 말이에요! 제발!"
"흐흐! 누가 뭐래나? 색시 어머니도 적선했다 하시면 극락 간다 좋아라 하실걸. 자아, 고만 앙탈하고 어서 이리 내!"
때가 끼어 번들번들거리는 손길로 쌀례의 작은 어깨를 찍어 누르고 남자는 자신의 욕심이 시키는 대로 비녀에 손을 뻗쳤다. 바로 그때였다. 그 모습을 구경만 하고 있던 각설이 무리 중 한 사람의 단단한 목소리가 들려온 것은.
"그만하지 그러우. 아직 어려 보이는데. 어머니한테 받은 거라잖수."
각설이들과 쌀례의 시선이 목소리가 난 방향으로 향했다. 그는 다른 거지들과 그다지 다를 것 없는 차림새였다. 깡마른 체격에 큰 키. 조각조각 기운 누더기를 입고 맨발에 무명천을 감고 있었다. 다른 거지들처럼 얼굴에 거뭇한 칠과 때가 적당히 묻혀 있어서 이목구비는 알아볼 수 없었지만 목소리나 분위기로 미루어 보건대 그는 아마도 서방님 또래 되는 젊은이 같았다. 그렇게 젊은 그의 간섭에 늙은 우두머리 거지는 더 역정이 난 듯 거칠게 쏘아붙였다.

"뭐야! 어린것이 건방지게! 아, 이 사정 저 사정 다 봐주면 우린 이 겨울에 무얼 먹고 살라는 거야! 닥치고 눈알 뽑아 버리기 전에 넌 꺼져! 이 새끼야!"

사납고 독한 협박에 젊은이는 그닥 겁을 먹지 않았다. 시커먼 얼굴에 대조되는 새하얀 이를 씨익 드러내 보이며 그가 되물었다.

"동냥해 먹는 거진 줄 알았더니, 강도요?"

그 도전적인 질문이 우두머리 거지의 비위를 확실히 건드린 모양이었다. 늙은 거지는 자신이 들고 있던 쪽박을 그 젊은이의 면상에 집어 던짐으로써 당장 그 건방진 소리에 대한 응징에 나섰다. 곧 그의 쪽박에 있던 묵은 음식 찌꺼기들이 젊은이의 이마와 콧날, 뺨에 범벅이 되어 흘러내리기 시작했다. 젊은이는 자기 뺨 위로 줄줄이 흘러내리는 그것들을 손등으로 묵묵히 닦아 냈고, 우두머리 거지는 그런 그에게 빈정거리는 목소리로 물었다.

"강도면 어쩔 테냐. 응?"

"어쩌긴."

자신에게 쏟아지는 비웃음을 담담히 받아 내던 젊은이는 말이 채 끝나기도 전에 행동으로 답했다.

"때려잡아야지."

순식간에 젊은이의 다리가 늙은 거지의 명치끝을 걷어찼다. 그러면서 그 젊은 남자는 아직 어리둥절한 얼굴로 이 상황을 지켜보고 있는 쌀례에게 버럭 소리쳤다.

"뭐 해? 멍청한 계집애야! 빨리 가!"

졸지에 초면의 상대에게 멍청한 계집아이로 불리긴 했지만, 거역할 수 없는 주문을 들은 것처럼 반사적으로 쌀례는 앞을 향해 뛰었다. 불의의 습격을 당한 우두머리 거지는 이 겨울날 하루쯤 따뜻하고 배불리 보낼 수 있는 '봉'이 떠나가는 것에, 그리고 수하들 앞에서 망신을 당한 것에 격분한 나머지 눈에 핏발을 세운 채로 젊은이에게 달려들었다.

처음 얼마간은 젊은이 쪽이 완강한 체력을 바탕으로 나이 든 거지를 제압할 수 있었지만, 그도 잠시, 젊은 남자는 다른 각설이들에게 사지를 붙들리고는 눈밭에 쓰러졌고, 발길질을 당하며 두들겨 맞기 시작했다. 사람을 때리면서도 거지들은 자신들의 각설이 타령을 신이 나게 불러 댔다.

칠자 한자 들고 보니 칠월이라 칠석날에 견우직녀가 좋을씨고.
팔자 한자 들고 보니 팔월이라 한가위에 보름달이 좋을씨고.

그 거친 노랫가락에 '퍽! 퍽!' 사람을 치는 소리와 맞아서 지르는 비명이 파묻혀 버렸다. 견우직녀, 보름달, 아름다운 노랫말에 구성진 가락이 무색하게 눈 바닥에 사람의 핏방울이 튀었다.

스무 걸음쯤 멀찍이 뛰쳐나갔다가 문득 마음이 쓰여 뒤돌아보던 쌀례는 그 처참함에 온몸을 떨었다. 돌아볼 것 없이 빨리 도망가야 한다는 건 알고 있었지만 어쩐지 발걸음이 떨어지지 않았다.

어느새 여자아이는 뛰던 발걸음을 멈추고 소리를 지르기 시작했다. 이번에는 자신을 위해서가 아니라 쓰러진 그를 위해서.

"사람 살려! 누가, 누가 좀 도와줘요! 거기 아무도 없어요?"

남았네 남았네. 십자 한장이 남았구나.
십리 백리 가는 길에 정든 님을 만났구나.
십리 백리 가는 길에 정든 님을 만났구나.

날카로운 소녀의 비명과 기운찬 거지들의 노랫가락이 뒤섞여 모든 것이 소란스럽게 느껴지던 그 순간, 무심한 얼굴로 지나가던 사람들 사이로 한 사람이 그녀 앞에 섰다.
"찾았다."
하얀 입김을 내뿜으며 머리와 어깨에 눈이 소복이 쌓인 그 사람, 한선재가 말이다.

산삼을 찾았을 때 심마니들은 '심봤다!'고 소리친다 하던가.
쌀례를 발견했을 때, 선재는 내심 속으로 '심봤다!'고 외치고 싶은 심정이었다. 찾으면 무릎에다 엎어 놓고 있는 힘껏 볼기를 때려 주리라 마음먹었었다.
하지만 입술은 보랏빛으로 질리고 자그마한 코와 귀가 추위로 새빨갛게 달아오르고 눈에 얼핏 눈물이 어린 그 꼴을 보자니 정작 볼기짝을 갈겨 주겠다는 의욕은 사라지고 말았다.
말간 눈망울, 그러나 조금 지친 눈빛으로 자신을 쳐다보기만 하는 그 계집아이에게 손을 내밀면서 선재가 말했다.

"이리 와."

그런데 그 계집아이가 그가 내민 손을 잡지 않았다. 자신이 내민 손을 그 애가 바로 잡아야 한다는 법은 없다. 하지만 그 순간, 전에 없던 그 무언의 반항에 청년은 내심 당황하고 말았다.

"이리 오라니까! 아버지, 어머니 걱정하신다. 집에 가자구."

그의 재촉에 계집아이는 다른 소리를 했다.

"사람 좀 구해 주세요! 네? 저, 저 사람 좀……."

눈물 콧물 흘리면서 여자아이는 사정했다. 그런 그녀의 시선 끝에 집단 구타를 당하고 있는 누더기 차림의 누군가가 보였다. '저이가 누군데?'라고 물으려다가 당장은 여자아이 말처럼 사람을 구하는 것이 먼저 같아서 선재는 그들에게 다가섰다. 주변에 순사가 있다면 좋았겠지만 당장 개똥도 약에 쓰려면 없다더니 보이질 않았다.

잠깐 생각 끝에 선재는 품속에서 지갑을 꺼냈다. 그러고는…….

"돈이다!"

하늘에서 눈처럼 지폐 자락이 펄럭였다. 그 시각, 종로 거리를 걷던 행인들은 눈송이처럼 날리는 지폐의 황홀한 자태에 걸음을 멈추고 구경하기 시작했고, 사람을 패던 각설이들도 폭행하던 동작을 멈추고 떨어지는 돈을 줍기에 여념이 없었다.

그 틈을 이용해 선재는 재빨리 쓰러져 있던 부상자의 상태를 살폈다. 그러고는 어리둥절해 있는 어린 아내를 향해 재촉했다.

"뭐 하니? 빨리 가서 다꾸시든 인력거든 잡아 와! 병원에 데려가 봐야지."

"예? 아, 서방님, 뒤!"

허둥대던 여자아이의 눈동자가 선재 뒤에 다가오는 뭔가를 보고 동그렇게 굳어졌다. 뒤를 보니 늙은 각설이 우두머리가 주먹을 쥐고 서 있었다. 그의 수하들은 아직도 눈밭에 구르는 지폐 조각을 줍느라 여념이 없었기에 선재를 막아서는 건 그 사람 하나였다.

"학생, 지금 뭐 하는 거유?"

"보면 모르오. 다친 사람 구해야겠으니 비키시오."

"그놈은 우리 동패니 학생 맘대로 데려갈 수 없단 말이오. 데려가려면 좀 더 쓰셔야……."

늙은 거지가 싯누런 이를 드러내 보이며 씨익 웃었다. 더러운 손가락을 둥글게 구부리는 모양을 보아하니 돈을 더 달라는 뜻인 모양이었다. 그 순간, 선재의 새하얀 얼굴에 거센 노기가 떠올랐다.

"네 이놈!"

푸른 낯빛, 새하얀 송곳니를 드러내며 단정한 교복 차림의 귀공자가 외쳤다.

"썩 비키지 못할까? 네놈들이 감히 내 집 식솔에게 행패를 끼치려던 것을 내 모를 줄 아느냐? 감옥에서 썩어 봐야 정신을 차리겠구나!"

내 집 식솔. 쪽 찐 머리를 풀어헤치고 추운 바람에 발갛게 달아오른 코를 하고 서 있는 저 어린 계집아이가 저 청년의 식솔이었던 모양이다. 젊은 놈이 소리를 지르는 폼으로 미루어 종놈이나 부리고 사는 대갓집 도령인 모양인데, 잘못 건드렸다. 제기랄. 할 수 없지.

늙은 각설이는 눈밭에 '카악, 퉤!' 침을 뱉고는 무리를 거느리고 그 자리에서 철수했다.

"……십 리 백 리 가는 길에 정든 님을 만났구나."

걸걸한 각설이들의 노랫가락이 눈바람을 타고 아득하게 들려왔다. 귓가에 맴도는 노랫가락, 윙윙 바람 소리, 그 사이에 쓰러진 남자와 망토

자락을 휘날리고 서 있는 남자, 그리고 그들 중간에 어린 소녀가 서 있었다.

여자아이를 구한 거지 차림의 영웅은 눈 바닥에 쓰러져 여전히 눈을 감고 있었다. 쌀례는 구명지은의 은인에게 다가가서 정신줄 놓은 그의 뺨을 손바닥으로 찰싹찰싹 쳐 가며 소리쳤다.
"보셔요! 이보셔요! 정신 좀 차리셔요! 네?"
"쿨럭."
기침 소리와 함께 젊은 거지가 눈을 떴다.
"조그만 게 손이 맵군."
기어들어 가는 목소리였지만, 그는 분명 그렇게 말했다. 단숨에 내뱉는 '조그만 게' 소리는 거슬렸으나 그래도 은인이 죽지 않고 숨이 붙어 있다는 것이 쌀례는 눈물이 날 만큼 반가웠다.
"어디 부러진 곳 없어요? 움직일 수 있겠어요? 병원, 병원 가 봐야지요?"
간장 종지만큼 커다란 눈에 눈물을 흘리면서 여자아이는 은인이 무사한지 물었다. 줄지에 그 계집아이의 은인이 되어 버린 젊은 거지는 물끄러미 그녀를 보았다. 추위에 발갛게 달아오른 뺨에 눈물 콧물 흘리는 것이 제법 귀엽다. 솔직히 각설이패에게 두들겨 맞았을 때는 괜히 끼어들었나 싶었는데 지금 무탈해 보이는 동그란 계집아이를 보자니 그 후회는 눈바람에 실려 날아가 버렸다. 그는 비틀거리고 일어나 사지를 움직여 보더니 뼈는 부러진 것 같진 않다고 하였다.

"은혜를 어찌 갚사올지……."

여자아이는 얼굴은 아직 어린데 말투는 영락없는 부인네 같았다. 그러고 보니 비녀를 꽂고 있긴 했다. 뭐, 세상이 개화해서 스물 중반이 되도록 혼인하지 않고 사는 신식 여자들이 있는가 하면 아직도 열너덧 살에 시집가는 여자들도 있긴 하니까 그중 하나겠지. 젊은 거지는 생각하길 멈추고 불쑥 여자아이에게 손바닥을 내밀었다.

"됐고, 내놔."

"예?"

"구해 준 값, 내놓으라구. 설마, 공짜라고 생각한 거야?"

폼나게 대가를 바라지 않고 선의로 여자를 구해 주는 놈들도 세상에 있을 수는 있겠지만 그는 당장 그럴 형편이 못 되었다. 거기다 아까 그 거렁뱅이 도적놈들에게 맞은 매가 예상보다 그에게 가한 타격이 컸다. 얼마간 유랑하면서 한 데서 자고 굶기를 밥 먹다시피 했는데 매까지 맞다니. 지금 그에겐 약보다 뜨끈한 국물이 절실히 필요했다. 그래서 국밥 값이라도 얻어 내고자 손을 내미는데 계집아이 표정이 이상했다. 여자아이는 곤혹스런 얼굴로 자신에게 내밀어진 손바닥을 보더니 아직까지 그들을 지켜보고 있던 교복 차림 남자에게 자그마한 목소리로 말을 건넸다.

"저, 돈 좀 있으세요?"

새파란 낯빛의 청년은 눈썹을 찌푸리며 물었다.

"돈?"

여자아이는 제법 진지한 눈빛으로 진지하게 대답했다.

"절 도와준 분이신데 무엇이든 좀 보태 주어야 할 것 같아서요. 송구합니다만, 지금 제 수중에 가진 돈이 없어서. 부탁드립니다."

비녀 뽑히고 산발이 된 머리를 하면서도 꾸벅 허리를 굽히고 사정을 하는 그 모습에 교복 청년은 한숨을 내쉬었다. 결국 그는 지갑에서 얼마 안 남은 돈을 꺼내 여자아이에게 내밀었고, 여자아이는 잠자코 받아서 은인에게 내밀었다.

"고맙습니다. 답례로 너무 부족합니다만 지금 가진 게 이것뿐이라서. 탈 나지 않게 약 꼭 지어 드시고 혹시라도 남으면 신발이라도 한 켤레 사 신으셔요. 발이 다 언 듯한데."

남루한 거지 중의 상거지에게 쌀례는 깊숙이 고개를 숙여 고마움을 표시하고는 꽁꽁 얼어 발그레하지만 그래도 깨끗한 자그마한 손으로 그의 더러운 손 위에 사뿐히 돈을 얹어 주었다.

순간적으로 젊은 거지 청년은 그 깨끗한 손을 만져 보고 싶다는 짤막한 충동을 느꼈다. 하지만 그가 잡아 보기 전에 소녀의 가는 손은 그의 손바닥 위를 떠났다. 그리고 그 직후, 이제까지 곁에서 소녀와 자신을 묵묵히 지켜보고 있던 교복 차림 청년의 목소리가 들려왔다.

"혹시 도움이 필요하면 안국동에 있는 한가, '상' 자, '민' 자 댁으로 찾아오게."

한상민. 그 이름을 듣고 가무잡잡한 젊은 거지의 어깨가 한순간 굳어졌다. 하지만 곧 그는 새까만 얼굴과는 대조될 만큼 새하얀 이를 씨익 드러내고 미소 지었다.

"그럽죠. 그러고 싶을 때요."

소녀는 묵묵히 교복 청년의 뒤를 따라갔다. 목화 솜털처럼 날리는 흰 눈 사이로 사라져 가는 그들의 뒷모습을 보던 거지 청년은 문득 중얼거렸다.

"저것들, 대체 뭐야?"

부부 비밀 협정

글을 배워 보지 않을래?

"왜 이렇게까지 제게 글을 가르치시려는 거지요?"
수상쩍다는 듯 묻는 어린 아내에게 서방님은 말씀하셨다.
"재미있을 것 같아서."

날씨가 점점 추워진다. 인력거라도 타고 집에 갈까 생각을 하다가 선재는 문득 가지고 있던 돈을 아까 그 거지에게 다 주어 버렸음을 기억했다.

인력거와 자동차가 굴러 가는 소리, 구세군들이 냄비 앞에서 쩌렁쩌렁 울려 대는 방울 소리, 밤거리 나름의 시끌벅적한 소음이 들려오는데 선재 자신과 그 옆의 소녀가 서 있는 공간만은 침묵으로 감싸여 있었다.

여자아이와 그 자신 사이에 침묵은 늘 있어 왔던 것이어서 새삼스러울 것도 없었다. 하지만 지금의 침묵은 이전의 것들과 달랐다. 전에 침묵을 뿜은 것이 자신이었다면 지금의 침묵은 계집아이 쪽이 만든 것이었다.

'이 시간까지 어디 있었니?'
'걸어서 참 멀리도 왔다.'

'집에 가면 그저 아무 소리 말고 어른들께 잘못했다고 해.'

등등의 무언가 할 말이 많은 것 같은데 꽁꽁 언 얼굴을 하고 있는 쌀레에게 무슨 말을 꺼내야 할지 선재는 그 순간 입이 떨어지지 않았다.

'맙소사. 꼭 바람난 현장을 아내에게 들켜 버리고 그 눈치를 보는 놈팡이 같잖아.'

그가 언제나 경멸해 마지않던 그런 부류들 말이다. 혼자서 기가 막혀 하고 있는데 그때 땅 위 가만가만 내리는 눈 소리처럼 조용한 여자아이의 목소리가 그의 귓가를 찔러 왔다.

"설만 쇠고 나면 싸릿골 집으로 돌아가겠습니다."

조용한, 그러면서도 몹시 단단하게 느껴지는 '여자'의 목소리로 아이가 말했다.

'내일이라도 당장 돌아가야 하겠지만 정초부터 어른들 걱정 끼쳐 드리고 싶진 않아서 설은 쇠고 가야 할 것 같아요. 주신 논문서는 인편이든 우편이든 반드시 보내 드리겠습니다. 쌀섬하고 지금 꾸어 주신 돈을 갚자면 시간이 좀 걸리겠지만 그것도 반드시 갚아 드릴……."

몇 시간 동안 생각을 한 모양인지 긴 이야기를 한 번에 쭈욱 끊기지 않고 쉼 없이 말하고 있었다. 조곤조곤 바른 소리였다.

그로선 여자에게 처음 듣는 절연의 선언이기도 했다. 지금 상황에서 반가운 소리이기도 한데 듣고 보니 이상하게 그 소리가 참 떫었다. 비록 어린 계집아이 입술에서 나온 것이라도 '이별'을 고지받는 건 이렇게 떫고 쓴 것인가.

한참을 듣고 있다가 청년이 말했다.

"기가 막혀서."

고별사에 대한 그의 첫 감상에 처음으로 여자아이의 얼굴이 그를 향했다. 방금 전 소동으로 산발한 머리, 발갛게 언 얼굴, 늘 보아 오던 얼굴인데 언제나 수줍게 그를 보던 낯빛이 지금은 굳어 있었다. 표정 하나로 사람이 저리 달라 보일 수도 있구나 싶어서 선재는 어쩐지 막막한 기분이 들었다.

하지만 자신이 막막하다는 것을 저 아이가 알게 하고 싶진 않았다. 그래서 그는 코웃음을 치며 비웃듯 말했다.

"언제는 갈 곳 없다고 집에 있게만 해 달라 버티더니, 이제 와선 가야겠다고? 너, 네가 얼마나 웃긴지 알고 있어?"

그때까지 그를 보되 보지 않던 무표정한 크고 맑은 눈동자가 독기를 내뿜었다. 선재는 언젠가 이런 눈으로 자신을 쏘아보던 이 아이의 눈동자를 기억하고 있었다.

자기는 거지가 아니라고, 오고 싶어 온 게 아니라 올 수밖에 없었다고 소리치던 그때와 똑같이 불처럼 타오르는 눈을 하고서 그 계집아이는 말했다.

"서방님께 따로 사모하시는 분이 있다는 것, 그때는 몰랐어요. 미리 귀띔해 주셨더라면 처녀 공출이든 뭐든 그때 당장 집으로 돌아갔을 거예요. 사람은 사모하는 사람과 살아야지요. 저도, 저도 〈장한몽〉이란 연극은 봤었거든요."

이제 열다섯 살, 며칠 안 있으면 열여섯이 되어 처녀티가 조금은 나려 하는 여자아이는 거기까지 말하다 잠시 머뭇거리더니 이내 화를 참지 못하겠다는 듯, 원망스럽다는 얼굴로 청년에게 소리쳤다.

"차라리 그때 말씀하시지 그랬어요! 좋아하는 이가 있다고! 그 사람하고 살고 싶다고!"

"같이 살고 싶은 좋은 사람? 그런 사람 따위 그때 내겐 없었어!"

감히 자신에게 바락바락 소리를 지르는 그 계집아이에게 선재 역시 크고 날카로운 목소리로 대꾸했다.
"그리고 지금도 없어. 내가 왜 너한테 이런 소리를 해야 하는 건지 모르겠지만, 젠장! 낮의 그 여자하고 난 그때 아무 사이도 아니었고, 지금도 아니야!"
그도 자기 생애 첫 입맞춤이 그 모양으로 도둑질 당했다는 데에 대해서 상당히 불쾌했다. 정말이지 왜 자신이 이런 우습지도 않은 해명을 이런 어린아이에게 해야 하는 건지 속에서 오만가지 욕지기도 흘러나왔다.
그런데 이 당돌한 계집아이는 그 대답에 안심은커녕 오히려 그에게 이렇게 되묻는다.
"아무것도 아닌 사람? 그럼 서방님은 늘 그렇게 아무것도 아닌 사람하고 입을 맞추세요?"
처음 선재는 그 소리를 듣고 '뭐가 어쩌고 어째!'라며 소리치고 싶었다. 말이면 단 줄 아느냐고. 너 날 어떻게 보는 거냐고. 하지만 그 순간 얼핏 눈물이 어린 소녀의 커다란 눈동자를 보자니 소리 따위 지를 수가 없었다.
"입 맞추고, 손 잡고! 그런 건요! 죽을 때까지 한 사람하고만 해야 해요! 전 그렇게 배웠단 말이에요! 혼례식장에서 보았던 기러기나 원앙처럼 그렇게 살아야 한다고!"
동그란, 어린 얼굴에 어울리지 않게 돌처럼 완고한 표정을 하고 소녀는 붉어진 코를 씰룩거리며 고집스럽게 말했다.
"형편이 좋은 집에선 남자가 아내를 여럿 둔다고 하더군요. 하지만 저희 마을에선 아내는 거의 다 한 사람뿐이었어요. 귀밑머리 풀고 육례 갖춘 사람하고, 그 한 사람하고만 입 맞추고 자식 낳고 살아요. 누구도 아무나 쉽게 입 맞추지 않아요. 경성에선 안 그래요? 서방님도 아무나하고 그러시는 거예요?"

양파 껍질처럼 반들반들한 열다섯 살 계집아이가 여든 먹은 노파처럼 고루한 소리를 해 대고 있었다. 지금처럼 자유 연애가 유행인 세상에 이 무슨 구닥다리 같은 소리냐고 선재는 한마디 쏘아주고 싶었다.

그런데 막상 상대방의 물기 어린 검은 눈동자, 이제 차마 그를 똑바로 보지 못하고 내리깐 속눈썹의 파르르한 떨림 같은 것들이 튀어 나오려는 모든 말을 삼키게 만들었다.

질투하고 있었다.

이제 열다섯 살, 좀 지나면 열여섯이 될 여자아이가 그가 다른 여자와 입을 맞추었다고 질투하고 있었다.

뺨과 귀 끝 부리가 따끈하게 느껴질 만큼 발갛게 달아오르며 질투하고 있었다.

그 모습에 청년은 피식 웃고 말았다.

"지금 제 모양이, 우스우세요?"

"음, 약간은."

그는 웃고, 아이는 운다. 아직은 아이 주제에 여자 얼굴을 하고 여자처럼 질투를 하는 것이 어이가 없어서, 어쩐지 귀여워서 웃음이 절로 나온 것이었지만 여자아이는 그의 웃음에 분한 듯 그 커다란 눈에서 더 굵은 눈물 줄기를 뽑아냈다.

"싸릿골에 갈래요! 나, 집에 갈 거예요! 쌀 때문에 여기 왔지만 쌀 때문에 댁하고 산 건 아니란 말이에요! 나도 여기가 싫어요! 나도 댁이 싫어요! 나 우리 집에 갈 거야! 집에…… 우으으으으으으!"

참으로 희한한 노릇이었다. 어쩌면 저렇게 한순간에 눈물이 비 오듯 쏟아질 수 있을까. 그와 동시에 코에선 눈물보단 덜하지만 상당한 양의 콧물이 뒤이어 쏟아지기 시작했다.

방금 전까진 여자 같았는데 한순간 그의 아내는 다시 아이가 되어 버렸다. 아이가 아니고선 종로 대로변 한복판에서 목 놓아 통곡하며 집에 가겠다고 떼쓴다는 작금의 상황이 가당키나 한가. 그가 기막혀 하는 사이, 산발의 여자아이는 정말 친정집에 뛰어가기라도 할 것처럼 등을 돌려 달려가기 시작했다.

'낭패다. 무슨 이런 경우가.'

또다시 놓칠 수는 없어서 선재는 도망가는 어린 아내를 뒤쫓아 뛰어갔다. 그리고 몇 걸음 만에 그 여자애의 팔을 잡아채고 도망갈세라 꽉 끌어안았다. 여자애가 그의 품속에서 버둥거렸다.

"놔요! 놓아 주세요! 난 갈 거야! 나는……."

버둥거리는 여자아이를 꽉 끌어안으면서 선재는 난감했다.

한 번도, 여자 쪽에서 먼저 통보한 이별의 말을 들어 본 적이 없었다.

한 번도, 종로 대로변에서 고래고래 소리 질러 가며 누군가와 이런 식으로 다퉈 본 적이 없었다.

한 번도, 자신으로부터 도망가겠다는 여자를 붙잡고 끌어안아 본 적이 없었다.

한 번도, 자신 때문에 우는 여자를 달래 본 적이 없었다.

오늘 참 여러 가지를 개시해 보는구나 하는 곤혹스러움이 밀려왔다. 하지만 그보다는 그의 팔 아래에서 아직도 훌쩍거리고 있는 이 아이를 진정시키는 게 우선이었다.

동백기름 냄새가 나는 여자애의 머리 위로 턱을 괴고서 두 팔로는 여전히 그 아이를 안은 채로 그가 말했다.

"다음부턴, 그렇게 할 거야."

팔 안에서 버둥거리던 여자아이의 몸짓이 정지되었다.

"나도 입맞춤은 아무나가 아니라 좋아하는 사람하고 하고 싶어. 좋아하는 사람하고 할 거야. 다음부터는."

그때 쌀레는 서방님의 품 안에 안겨 눈앞에 아무것도 보이지 않았다. 그저 자기 어깨를 감싸 안은 그의 팔 힘이 몹시 세다는 것, 머리 위로 들리는 그의 목소리가 듣기에 좋았다는 것, 아마도 그건 진심이리라는 것, 그때 그녀가 알 수 있는 건 그게 전부였다.

그런데 이상도 하지. 그 다음이라는 것이 그녀와의 다음도 아니었고, 좋아하는 사람이라는 것이 쌀레 자신도 아닌데, 그 순간 쌀레의 가슴은 걷잡을 수 없이 뛰었다. 그리고 심장이 그렇게 뛸 때, 그녀의 몸 안 다른 것도 같이 힘차게 움직이기 시작했다.

꼬르르르르르륵―.

그것은 분명히 쌀레 자신의 배에서 들려오는 소리였다. 그러고 보니 낮에 그 입이 아리도록 단 설탕 과자를 한 입 베어 물고 난 후 먹은 것이 없었다.

'아니, 아무리 그래도 그렇지 왜 하필 지금!'

그렇게 쌀레가 속으로 절규하고 있는데 서방님의 팔이 천천히 그녀에게서 떨어졌다. 그리고 곧 웃음을 간신히 참고 있는 듯한 그의 목소리가 그녀의 머리 위로 들려왔다.

"밥이나 먹으러 가자. 오늘 밤 정도면 공짜로 밥 먹여 줄 만한 곳을 알고 있어."

"어이, 만석꾼 부잣집 아들. 어떻게 된 거냐? 몇 끼 굶었나? 그 옆에 아가씨는 누구야?"

경성에서 알아주는 부잣집 도련님인 주제에 몇 끼 굶은 것처럼 꾸역꾸역 밥을 퍼서 입으로 가져가는 친구와 그 옆에서 역시나 맹렬한 기세로 밥을 퍼먹기 바쁜 여자아이를 바라보면서 승규는 어리둥절한 얼굴로 그렇게 물었다.

"말 시키지 마. 오늘 낮부터 하루 종일 굶었으니까. 그리고 자네, 안경 도수 좀 더 높은 걸로 바꿔야겠구만. 그래도 세 번째 보는 건데 누군지도 못 알아보다니."

세 번째 보았던 서른 번을 보았던 저 여자아이처럼 밥그릇에 코를 박고 있으면 누구라도 얼굴 알아보긴 쉽지 않은 법이라고 승규는 생각했다. 하지만 잠시 후 밥을 한 그릇 더 푸기 위해 고개를 든 소녀의 밥풀 묻은 얼굴을 보고 친구에게서 그녀의 정체를 들었을 때, 승규의 안경 너머 눈동자는 놀라움에 동그래지고 말았다.

"그러니까 저 애, 아니 저 처자가 기차 칸에서 강도한테 봉변당한 바로 그 처자란 말이지? 그리고 그 처자가 찾아간다던 서방님이 바로 자네였고 말이야?"

정작 쌀례는 밥을 먹느라 남편 친구의 시선에는 그다지 관심이 없었다. 반신반의했지만 세상에 정말로 밥을 공짜로 먹여 주는 곳이 있었다.

촉수 낮은 전등불 아래 아기 예수의 성탄을 축하하는 조촐한 자리가 마련되어 있었고 그곳에서 벽안의 신부와 대학생인 듯 보이는 사람 몇몇이 초라한 복장의 아이들에게 밥과 국, 약간의 과자 같은 것을 나누어 주고 있었다.

원래 공장 창고로 지어진 곳이라 을씨년스러웠지만 벽에는 녹색 칠판이 달려 있었고 책상과 걸상이 줄지어 서 있는 것이 제법 교실 같아 보였다.

어느 정도 배가 부르자 궁금증이 들 만큼 정신이 났는지 칠판 앞 교탁에 서 있는 아기와 그 어미의 조각상에 시선을 주면서 쌀례가 물었다.

"여긴 뭐 하는 곳이에요?"

"공부하는 곳. 학교에 낼 월사금이 없거나, 낮에는 일을 해야 하기 때문에 학교에 갈 수 없는 아이들을 모아 놓고 글을 가르치는 곳이야."

"저 아기랑 수건 뒤집어쓴 여자는 뭐예요? 아기를 무슨 소 여물통에 집어넣은 것 같네요."

"소 여물통이 아니라 말구유야. 뭐 비슷하긴 하지만. 동정녀 마리아와 아기 예수 이야기 들어 본 적 없어?"

싸릿골은 읍내에서도 한참 들어가 있는 외진 곳이라 교회가 없었다. 있다고 해도 유교를 숭상하는 봉 초시가 손녀딸을 서양 도깨비들의 소굴에 보내진 않았으리라. 그래서 쌀례는 처녀의 몸으로 애를 배고, 그것도 마구간에서 몸을 풀었다는 여자의 그 기묘한 이야기를 이제껏 들은 적이 없었다.

"그래서 교회에 가 본 적이 없는 것처럼 학교도 가 본 적이 없는 건가?"

그 조용한 물음에 이제까지 열심히 밥알을 씹어 삼키던 쌀례의 입에서 밭은기침이 새어 나왔다. 뒤이어 입을 굳게 다문 그녀의 침묵을 긍정으로 해석하고 선재는 아직도 옆에서 그들을 흘끔 지켜보고 있던 승규에게 말했다.

"한글 기초본, 아직 남은 것 있지?"

잠시 후, 밥그릇을 향해 고개 숙이고 있던 쌀례의 귀에 선재의 차분한 목소리가 들려왔다.

"글을 배울 생각 없니?"

느닷없는 뜻밖의 제안에 여자아이는 어리둥절한 얼굴로 청년을 쳐다보았다. 잠시 후, 쌀례는 고개를 가로저었다.

"저는, 저는 안 됩니다. 할아버지께서 글은 배우지 말라 하셨어요. 아녀자가 문자 속을 깨우치면 집안이 어지러워진다고."

얼굴도 모르는 처가 외조부님께 속으로 조용히 비난을 퍼부으며 선재는 차근한 어조로 말했다.

"하지만 우리 집에선 은재를 여학교에 보내. 너, 이대로 집에 돌아가면 평생 집 안에 갇혀 산다고 했지? 왜 그런지 아니?"

왜 그럴까. 여자는 당연히 그런 거니까. 쌀례가 이제까지 살아온 대로라면 대답은 그렇게도 간단한 것인데, 서방님의 지금 얼굴을 보아하니 그렇게 말하면 안 될 성싶기도 했다.

잠시 후, 그가 자신의 질문에 스스로 답했다.

"그건 네가 아무것도 모르고, 아무것도 할 수 없는 어린아이기 때문이야. 집에 가두어 둔다고 협박을 하면 그대로 말을 들어야 할 만큼 아무것도 할 수 없는. 네 할아버지란 분도 그러셨다며? 여자가 문자 속 깨우치면 집안이 어지러워진다고. 그분도 네가 글을 알면 시키는 대로 얌전히 집 안에 있지 않을 거라고 생각하시고 귀찮은 일은 사전에 막아 버린 거라고."

"우리 할아버진 나쁜 사람 아니에요!"

어쩐지 조부 흥을 보는 듯한 선재의 말투가 거슬려 쌀레는 당장 반격에 나섰다.

'하지만 교활하고 이기적이긴 하지. 늙은 유생들 대부분이 그렇듯이.'

입으로 튀어나오려는 말을 삼킨 채 선재는 선언하듯 말했다.

"사람은 누구나 제 이름은 쓸 줄 알아야 해. 그러니까 우리 협상을 하자."

"협상이요?"

"네가 지금 집으로 돌아가 버리면 우리 아버지는 재빨리 너를 대신할 또 다른 색싯감을 데려오실지도 몰라. 아니, 분명히 그러실 거야. 그러니 네가 어른이 될 때까지 우리 집에 있으라구. 나를 위해서 그렇게 해 줘. 내 방패막이가 되어 주는 그동안에 너는 여기서 나가고도 친정집에 갇혀 살지 않을 수 있는 똑똑하고 근사한 어른이 되어서 네 말대로 평생 너만 좋아해 주는 다른 좋은 사람을 만나는 거야. 그렇게 되면……."

'다른 좋은 사람'이라는 말에 여자아이의 안색이 창백하게 질려 버렸다.

"저는 서방님께 일부종사할 몸입니다! 이곳에서 나가면 평생 서방님께 수절해야 해요! 다른 사람이라니, 그런!"

"말을 자르지 마!"

매서운 얼굴, 매서운 목소리로 여자아이를 노려본 후, 청년은 그 뒷말을 이어 나갔다.

"넌 이제 열다섯 살밖에 안 됐으니 앞으로 살날이 징그럽게 많아. 그러니 평생이라는 말은 함부로 하지 마. 계속하지. 그렇게 되면 나는 더 이상 부모님께 장가가라고 시달림받지 않아 좋고, 너는 안전하게 살면서 글을 배울 수 있어서 좋고. 어때?"

대답은 그렇게 금방 떨어지지 않았다. 의심, 혼란, 기대, 두려움 등등이 쌀례의 얼굴에서 재빨리 떠올랐다가 사라지는 것을 선재는 볼 수 있었다.

열다섯 살, 아직 어린 그녀에게 그의 제안은 너무 복잡한 것인지도 모른다. 그래서 2분쯤 후, 선재는 다른 방식, 그녀가 알아듣기 쉬운 쪽으로 말을 바꾸었다.

"글을 알게 되면 네 소식을 친정 식구들에게 전할 수 있을 거야. 여기 오면서 편지 한 번도 못 보내 봤지?"

소녀의 눈동자가 아까보다 훨씬 흔들리고 있었다.

'좋아. 한 번 더.'

"그리고 글을 배우면 오늘 낮에 금주에게 당한 것 같은 창피는 더 이상 당할 필요가 없겠지."

그것이 결정타였다.

잠시 후, 난생처음으로 자신의 몫이 된 한글 교본과 연필, 공책을 선재에게 건네받으면서 문득 쌀례는 정색을 하고 남편에게 물었다.

"왜 이렇게까지 제게 글을 가르치시려는 거지요? 어제까지도 이런 말씀 없으셨잖아요?"

소녀의 질문에 청년은 한동안 그녀의 얼굴을 응시하다가 하얀 이를 씨익 드러내며 이유를 말해 주었다. 뜻밖에도 아주 간단했다.

"재미있을 것 같아서."

님의 침묵
처음 배운 사랑 노래

"나는 향기로운 님의 말소리에 귀먹고
꽃다운 님의 얼굴에 눈멀었습니다."
쌀례는 남편의 시 읊는 소리에 귀먹고
그 꽃다운 얼굴에 눈이 멀 지경이었다.

서방님의 예언대로 글을 배우는 것은 재미있었다.
"자, 이게 네 이름이야. 쌀례. 박, 쌀, 례. 이건 내 이름이고. 한, 선, 재."

　　　　박쌀례　한선재

선재가 종이 위에 나란히 쓴 두 개의 이름을 쌀례는 신기하다는 얼굴로 내려다보았다.
소리로만 불리던 자신의 이름이 흰 종이 검은 글씨로 형태를 이루어 눈앞에 나타났다는 것이 신기했다.
나란히 적힌 두 이름.
보기에 나쁘지 않았다. 하지만 자신의 이름을 한참 들여다보던 여자아이는 곧 새침한 표정으로 말했다.
"박성례로 다시 써 주세요. 원래 제 이름은 성례이니까요."

이제 열다섯인데 언제까지 아이처럼 쌀례라고 불린 순 없지 않은가.
여자아이의 요청에 선재는 쌀례 아래에 다시 그녀의 이름을 썼다. 그제야 쌀례의 입가에 만족스런 미소가 스며들었다. 여자란 비록 열다섯 살짜리라 해도 그 속에 천 가지 뿌리를 숨기고 있는 이해할 수 없는 종족이다. 그렇게 생각하는 남자에게 쌀례는 신이 난 얼굴로 물었다.
"이제 밖에서 제 이름 쓸 일 있으면 이렇게 쓰면 되는 거죠?"
그 질문에 남자의 얼굴에선 순간 당혹감이 스쳤다. 잠시 후, 애매한 미소를 지으며 그가 말했다.
"일단은, 우리끼리 있을 때만."
"우리……끼리요?"
"음, 집 안에서라든지 야학 교실에서라든지, 너랑 나같이 조선 사람들하고만 있을 때."
1936년 조선 총독에 부임한 미나미 지로(南次郎)는 민족 말살과 황민화정책을 강행했다. 1937년부터 신사참배(神社參拜)를 강요했고, 1938년부터는 학교에서 조선어 사용을 금지시켰다. 때문에 지금 선재가 승규와 함께 야학을 운영하는 것은 불법이었다. 자기 마누라라고 해도 쌀례에게 한글을 가르치는 것 역시 불법이었다.
하지만 불법이라면 이골이 나게 저지른 것이 그 아니던가. 50여 명이 넘는 아이들에게 글을 가르치는데 학생이 한 명 더 생긴다고 대수일까.
그런 남편의 고뇌와는 상관없이, 쌀례는 종이 위에 나란히 함께하고 있는 그와 자신의 이름에 심장이 간질거렸다.
얼마 안 가 어멈을 따라 시장에 가게 되었을 때, 전과는 달리 가게에 붙은 간판들을 술술 읽어 내려가면서 쌀례는 신세계가 열렸음을 깨달았다.
"경성에 다방이라는 간판이 그렇게 많은 줄 처음 알았어요! 두 집 건너 하나가 다방 같아요!"
그것은 오색 꽃잎이 휘날리는 꽃길이다.
길가의 간판들, 은재 아가씨 방 책장에 꽂힌 《이색우언》, 《님의 침묵》을 알아볼 수 있는 꽃길이다.
언젠가 집에 자신의 소식을 자기 손으로 전할 수 있는 꽃길이다.
그리고 그 꽃길로 그녀를 안내하는 사람은 그녀의 서방님이었다.
"부르는 대로 받아써 봐. 음, 오늘은 만해 선생님의 〈님의 침묵〉으로 하자. 자, 시작한다! 님은, 갔습니다."
사흘에 한 번씩 하게 된 '받아쓰기' 때면 쌀례는 남편의 책상 위에 공책을 펴 놓고 종이 위에 고개를 숙이며 그가 부르는 단어를 받아썼다. 그러다 슬쩍슬쩍 그의 얼굴을 훔쳐보곤 했다. 글자를 알아보게 된 것도 고마운 노릇이었지만 쌀례는 그의 윤곽 뚜렷한 얼굴을, 숱 많은 눈썹을, 고집스런 콧날을, 그녀가 받아쓸 시를 말하고 있는 그의 입술을 이렇게 가까이에서 보게 된 것이 즐거웠다.
두텁지도, 얇지도 않은 모양 좋은 입술이 움직일 때마다 조용한 목소리가 흘러나왔다.

님은 갔습니다.
아아, 사랑하는 나의 님은 갔습니다.
푸른 산빛을 깨치고 단풍나무 숲을 향하여
난 작은 길을 걸어서 차마 떨치고 갔습니다.

황금의 꽃같이 굳고 빛나던 옛 맹세는 차디찬 티끌이 되어서
한숨의 미풍(微風)에 날아갔습니다.
날카로운 첫 키스의 추억은 나의 운명의 지침(指針)을 돌려놓고
뒷걸음쳐서 사라졌습니다.
나는 향기로운 님의 말소리에 귀먹고
꽃다운 님의 얼굴에 눈멀었습니다.

— 만해 한용운, 〈님의 침묵〉 中

처음에 제목조차 알아볼 수 없었던 그 시를 이제 쌀례는 이해했다. 그 내용 그대로 소녀는 그의 향기로운 목소리에 귀 멀고 꽃다운 얼굴에 눈이 멀 지경이었으니까.

비록 그녀를 종종 꼬마라고 부르고 아내가 아닌 누이 취급을 하고 있지만, 그는 얼마나 잘생겼나. 목소리는 얼마나 그윽한가.

그때 그녀의 시선이 공책이 아닌 자신에게 쏠린 것을 눈치챈 그의 주먹이 쌀례의 머리에 살짝 알밤을 먹였다.

"공부할 때는 집중을 해야지! 무슨 딴 생각을 하는 거야? 자, 다 썼으면 이리 내. 채점 한번 해 보자."

조마조마한 심정으로 쌀례는 선재가 붉은 색연필로 공책 위에 동그라미를 치는 것을 지켜보았다.

'제발, 제발.'

"흠, 잘했어. 그런데 이번에도 하나 틀렸군. 왜 그러지? 다 맞을 법도 한데 하나씩은 꼭 틀리니. 이거 받침이 좀 까다롭긴 했지만. 어쨌든 틀린 건 틀린 거니까 벌은 받아야지. 손목 내밀어."

속으로 안도의 한숨을 내쉬면서 벌 받는 사람치곤 차분한 얼굴로

쌀례는 손목을 내밀었다.

받아쓰기 하나가 틀릴 때마다 쌀례는 벌로 그의 손가락으로 손목을 한 번씩 맞곤 했다. "한 번쯤 집중해서 100점을 맞아 봐."라는 그의 잔소리를 흘려들으며 계집아이는 또다시 3일 후에도 들통 나지 않게 틀릴 수 있기를 바랐다. 다시 그의 손이 자기 손목에 닿을 수 있도록.

서방님 말씀이 옳았다.

배움이란, 정말로 재미있는 것이다.

"그닥, 재미없는뎁쇼."

하얀 종이 위에 펼쳐진 검은 글자들을 보면서 남자는 진저리난다는 얼굴로 그렇게 말했다.

크리스마스 날, 쌀례를 거렁뱅이 패들에게서 구해 주고 도움이 필요할 때 자기 집에 오라는 선재의 제안을 들었을 때 가고 싶어지면 가겠노라고 말했던 그 청년은 어느 날 정말 한씨네 대문 앞에 모습을 나타냈다. 거지 중에 상거지 차림인 데다 그의 신원을 보증해 줄 수 있는 것은 단 한 가지도 없는 수상한 인물이어서 안주인 김씨 부인을 비롯해 가족들은 모두 그의 등장에 달가워하지 않았다.

하지만 어쩐 일인지 가장인 한상민은 장남 선재의 추천에 평소처럼 토를 달지 않고 잠자코 저 정체불명의 청년을 채용했다. 그리하여 그는 지금 한씨 댁 고용인, 더 자세히 밝히자면 머슴이 되었다. 그런데 그 머슴은 좀 유별났다.

"내 집에 들어왔으면 더는 거렁뱅이 차림을 해선 곤란하지."

주인마님의 명 아래 거지는 몇 년 묵은 때를 밀고 수염을 깎고 새 옷을 받았다. 그가 자기 처소로 배정받은 행랑채에서 새 옷을 입고 나오던 순간, 한씨네 사람들은 한 가지 진리를 떠올렸다.

옷이 날개다.

누더기를 입었을 때 거지였던 그가, 깨끗한 옷을 입고 보니 훤칠한 남자가 되어 있었다. 아니, 그 정도로는 그의 변화를 충분히 설명할 수가 없다. 오래된 객고로 낯빛은 씻어도 가무잡잡하긴 했지만 땟국물에 가려졌던 그의 이목구비는 씻고 보니 참으로 화사했다.

고용인들이 입는 싼 옷가지를 입고 있음에도 그에게서 풍겨 나오는 화사함은 가릴 수가 없었다. 선재가 우윳빛 맑은 도자기와 같은 단정한 인상이라면, 그는 색을 입힌 유리 같았다.

거지가 훤칠한 남자가 되고 유리처럼 반짝반짝 빛이 나기까지 하자 그 변화에 가장 주목한 사람은 이팔청춘의 젊은 처녀, 이 집안의 공주님 은재였다. 언제나 도도했던 그녀가 연분홍 뺨을 하고 그 유리로 된 청년에게 한 가지 제안을 했다.

"나중에 운전이라도 가르쳐서 운전수로 써먹으면 좋을 것 같아. 어쩔래? 너 운전 배워서 내 기사 노릇 하지 않을래?"

그것은 공주가 머슴에게 베풀 수 있는 최대의 호의였다. 하지만 머슴은 호의에 고마워하지 않았다. 그저 더없이 귀찮다는 듯이 짧게 답했을 뿐이다.

"안 할랍니다."

"왜? 어째서? 네가 무식해서 잘 모르는 모양인데 머슴에서 운전수는 엄청난 출세야, 너!"

부호로 소문난 한씨네 아가씨에게 거절은 익숙지 않은 것이었다. 물

님의 침묵 | 129

론 아버지와 손위 두 오라버니들은 그녀가 종종 떼를 쓸 때 '안 돼.'라고 거절하긴 한다. 하지만 그건 아버지와 오빠들이니 가능한 일이지 어찌 집안 머슴이 그녀의 제안을 거부한단 말인가.

섭섭함과 모욕감이 뒤섞여 화가 치민 은재가 이유를 따져 물었을 때, 머슴은 입매를 살짝 비틀더니 이렇게 대답했다.

"그런 출세, 아가씨나 실컷 하쇼. 나보고 지금 이 집에서 평생 썩으란 말이요?"

비록 이곳에서 깨끗한 옷을 걸치고 배불리 밥을 먹게 되었다 한들, 이곳에 평생 묶여 있을 생각은 그에겐 없어 보였다. 단 몇 초도 생각지 않고 단번에 자신의 제안을 거절하는 그의 태도에 은재는 잔뜩 골이 나서 순간 손바닥을 치켜들고 그의 뺨을 후려치려 했다.

"처, 천한 것 주제에! 얼마 전까지 밥 빌어먹던 거지 놈이었던 주제에! 무식한 머슴 놈 주제에!"

하지만 천하고 무식한 머슴은 아가씨의 손바닥을, 그녀의 제안과 마찬가지로 순순히 받아들이지 않았다. 그는 자신에게 날아오는 아가씨의 손바닥을 재빠른 몸짓으로 피하고는 다시 날아오려는 그녀의 손목을 거머쥐었다.

"놔! 이것 놓지 못하겠느냐! 네놈이 상전을 능멸하려 드느냐! 네 이놈!"

"상전?"

아가씨의 앙칼진 목소리로 빚어진 '상전' 소리에 청년은 쓴웃음을 머금었다. 하지만 그의 눈은 웃고 있지 않았다. 자기보다 한참 어린 아가씨를 내려다보고 있는 그의 눈빛이 날카롭게 반짝거렸다. 마치 유리가 깨질 때 빛나는 그런 종류의 날카로움이었다. 잠시 후, 쓴웃음을 머금던 입술에서 나직한 목소리가 흘러나왔다.
"야, 상전. 네 말대로 나 꽤 무식한 놈이거든?"
"네, 네, 네놈이……."
"무식한 놈이 확 돌면 어찌 되는지, 가르쳐 주랴? 응?"
점점 손목을 조여 오는 그의 강한 손아귀 힘, 자신을 쏘아보는 그 눈빛에 한씨네 공주님은 숨이 막힐 것만 같았다. 한 번도 이런 무서운 일을 겪어 본 적이 없던 아가씨는 결국 와락 눈물을 터뜨리고 말았다.
"아파. 손목 아프다니까!"
방금 전까지 뜨거운 물 뒤집어쓴 고양이처럼 날뛰다가 금세 '왁' 하고 울음을 터뜨리는 '아가씨'의 모습에 남자는 어이가 없다는 듯 고개를 내저었다. 손목을 풀어 주자마자 아가씨라는 이름의 살쾡이는 "어디 두고 보자!"라는 영양가 없는 협박만 하고 도망가 버렸다.
'역시나 계집은 나이 든 것이나 어린것이나 이해가 안 가는 요물들이다.'
그런데 일각도 못 가서 다른 어린 계집아이가 그의 눈앞에 얼쩡거렸다. 방금 전 단발머리에 양장 차림을 한 고양이 눈 아가씨 계집아이와 비슷한 또래나 판이하게 다른 계집아이가 말이다.
"어쩐 일이십니까, 아씨 마님."
주인집 큰아들, 그 낯빛 파리한 교복 입은 녀석의 마누라.
열다섯 살이라고 들었는데 쪽 진 머리에 치마저고리 차림, 허리에는 늘 앞치마를 걸치고 쌀알처럼 작은 주제에 머리끝부터 발끝까지 '나는 부인네요.'라고 온몸으로 주장하고 있는 요상한 계집이다. 그래도 앙칼진 제 시누이보단 귀엽다 생각하고 있었는데, 이 여자애도 때때로 그에게 뜬금없는 소릴 해 대곤 한다.

"경이 오라버니, 나한테 글 배우지 않을래요? 그것 참 재미있어요!"

찬경. 성도 없는 그의 이름을 처음 알려 주었을 때, 이 여자아이는 스스럼없이 '경이 오라버니'라고 그를 부르기 시작했다. 마님이 머슴을 오라버니라고 부르다니. 고양이 닮은 계집애의 '머슴 놈' 소리도 듣기 싫지만 '오라버니' 소리는 듣기에 난감하다. 아니, 사실을 말하자면 저 자그마한 입술에서 흘러나오는 '오라버니' 소리는 꿀보다 달게 느껴진다. 듣고 있자면 얼굴도 간지럽다.

남들 앞에선 그리 부르지 말라고 퉁명스럽게 일렀지만, 그는 쌀례에게서 듣는 저 '경이 오라버니' 소리가 소름끼치게 좋다. 그렇지만 말이다, 왜 작은아씨 마님 너까지 날 가르치지 못해서 안달인 거냐. 나보고 글자를 배우라고?

"안 할랍니다."

이번에도 그의 대답은 간결했다.

역시나 상대방은 똑같이 묻는다.

"어머, 왜요?"

동그란 얼굴에 동그란 눈동자를 깜빡거리며 작은아씨라는 계집아이가 묻고 있다. 하마터면 찬경은 그 속 없어 보이는 얼굴에 대고 이렇게 소리 칠 뻔했다.

'네가 지금 네 서방한테 이름 자 정도 배웠다고 신이 나나 본데, 그렇다고 내가 왜 너희 놀음에 동참해 줘야 하는 건데? 나, 바쁜 사람이라구! 머슴이 해야 할 일이 얼마나 많은지 네가 알아?'

그러나 그는 그 모든 말을 입 안에 삼켰다. 아가씨랍시고 공주 노릇을 하려 하는 고양이 계집애와 달리 이 동그란 계집애에게는 거친 소리를 내뱉을 의욕이 사라져 버린다.

아마도 그에게 새 신발을 살 돈을 주었고 새 일자리를 제공한 결정적 역할을 해 준 존재이기 때문이리라. 혹은 여자아이의 동그란 얼굴, 동그란 눈동자, 주변에 흐르는 동글동글 모나지 않은 기운 탓일 수도 있다. 해서 그는 악을 쓰는 대신 조용히 대꾸했다.
"내 처지에 글은 배워 뭐합니까? 출세하라굽쇼?"
마지막 어조는 다분히 비꼬는 투였다. 그는 그렇게 비꼬듯 묻는데 동그란 여자아이는 곧은 소리로 답한다.
"출세는 모르겠지만…… 글자를 배우면 많은 게 달라져요."
"어떻게요?"
미심쩍다는 듯 다시 묻는 남자에게 여자아이는 흥이 난다는 듯 말했다.
"음, 눈앞에 꺼풀이 벗겨지는 느낌이랄까? 길가에 있는 간판도 읽을 수 있구요. 책도 읽을 수 있어요! 잘 보이지 않았던 것들을 모두 제대로 볼 수 있어서 내 스스로가 바보 같단 느낌이 덜 들어요. 아직은 빨리 읽진 못하지만요. 그리고 이게 가장 중요한 건데요."
동그란 눈동자에 절절한 빛을 띠며 작은아씨는 이렇게 말했다.
"가족들한테 내 소식 전할 수 있어요. 경이 오라버니도 가족들에게 전하고 싶은 말 있겠죠? 그러니까……."
"나는, 가족 같은 거 없는뎁쇼."
이번에도 다른 대답이 들어갈 틈이 없이 그는 빨리 사실을 내뱉었다. 가족 같은 거 없다고. 내 소식을 전하고 싶은 사람 따위 나에겐 없다고. 그럴 만큼 그리운 사람, 절대로 없다고.
그 빠르고 단호한 대답, 자신을 외면하는 고집스런 옆모습에서 여자아이는 문득 그 남자의 외로움을 보았다.

'어쩌나. 주책 맞은 입이 괜히 저 오라버니 심사를 건드렸나 보네.'
 내심 그렇게 스스로를 탓하면서 여자아이는 이 무거운 분위기를 어떻게든 깨뜨려 원상 복귀시키기로 마음먹고 짐짓 밝은 어조로 다시 말했다.
 "그럼 날 봐서 해요. 응? 응? 서방님께 받아쓰기 시험 보기 전에 연습해야 하는데 받아쓰기는 혼자 못 해요. 다른 식구들은 바쁘다고 안 해 주는걸. 같이 공부 동무 해 주면 내가 나중에 설탕 뿌린 누룽지라도 더 챙겨 줄게요! 네? 네? 네? 공부, 그거 정말 재미있는 거라니까요!"
 나는 댁 같은 어린 계집아이가 아니라서 단 설탕 가루 같은 거 좋아하지 않는다고 대답할 수도 있었다. 편지를 건넬 가족 따위도 없고, 눈에서 꺼풀이 벗겨지는 느낌 같은 게 어떤 건지 궁금하지 않다고 할 수도 있었다.
 하지만 그는 그렇게 말하지 않았다. 나를 보아 해 달라는 그 말을 어쩐지 거절할 수 없었기 때문이었다.
 그래서 쌀레가 선재에게 몇 글자 배워 오면, 그걸 다시 찬경이 쌀레에게서 배우는 나날이 시작되었다.
 "찬, 경. 이게 오라버니 이름이야. 어때? 재미있죠? 신기하죠?"
 "글쎄요. 뭐 그닥, 재미는 없는뎁쇼."
 불퉁한 얼굴로 중얼거리면서도 남자는 여자아이가 가르쳐 준 자기 이름을 서툴게 삐뚤삐뚤 따라 그려 보았다. 몇 번 자기 이름을 써 보던 남자가 시선은 여전히 종이에 둔 채로 여자아이에게 물었다.
 "……아씨 이름은 어찌 씁니까?"
 "내 이름이요? 어, 왜요?"
 한순간 연필을 쥐고 있던 그의 손이 멈춰지다가 남자가 더듬거리며 대꾸했다.

"나, 남 가르칠 만큼 실력이 되나 해서 그럽니다! 아씨는 아씨 이름 제대로 쓸 줄 아쇼?"

불퉁한 남자의 그 소리에 여자아이는 그도 그렇겠다 싶었던지 백지 위에 자신의 이름을 써 보였다. 얼마간이라도 먼저 글을 배운 선배답게 또렷한 글씨로 '박성례'라고.

"박, 성, 례. 이 정도면 가르칠 만하죠?"

글씨도 꼭 쓰는 사람 닮아서 동글동글하구나. 겉으론 여전히 불퉁한 표정을 지으면서도 찬경은 백지 위 이름을 보고 또 보았다. 동그란 그 이름을 보다가 문득 그가 물었다.

"그 살쾡이 계집애나 큰 도령이나 다들 쌀례라고 부르던뎁쇼?"

순간, 드물게 어린 아씨 안색이 살짝 굳어졌다. 여자아이는 잠깐 동안 표정을 가다듬다가 곧 담담히 웃어 보이며 단호한 어조로 말하였다.

"성례예요. 쌀례는 아이 적 불리던 이름이지요."

이름 주인이 그렇게 주장한다면 그런 것이겠지. 찬경은 고개를 끄덕이며 다시 그녀가 가르치는 단어들을 서툰 필체로 옮겨 그렸다.

그러면서도 그의 시선은 쌀례의 이름이 적힌 백지에 머물렀다. 그닥 재미없는 이 시간이 끝나면 저 종이는 이름이라는 걸 쓰게 된 기념으로 따로 챙겨야겠다 생각하면서.

그렇게 여자아이는 더듬거리며 자신이 먼저 배운 단어를 불러 주고 덩치 큰 젊은 남자는 그 앞에 엎드려 부르는 대로 글자를 받아 적느라 그들은 몇 발짝 떨어진 곳에서 누가 자신들을 지켜보고 있다는 사실을 알지 못했다. 찬경이 '고양이 같은 계집'이라 칭했던 은재가 눈동자에 불을 머금고 그들을 지켜보고 있다는 그 사실을 말이다.

"그 못난이 부엌데기! 차라리 학교로 보내! 왜 오빠가 직접 끼고 가르치는 거야?"

느닷없는 누이동생의 항의에 선재는 어리둥절한 표정을 지었다.

"못난이 부엌데기라니?"

"오빠가 직접 글 가르치는 부엌데기가 우리 집에 또 있어?"

곧 오라비의 미간이 좁혀졌다. 집안에서 유일한 딸로 사랑받고 자란 여동생이 피를 나눈 가족 이외에 모든 존재를 자기 하인, 혹은 하녀쯤으로 본다는 것은 알았지만, 그래도 이 정도로 버릇이 없을 줄은 몰랐다.

"말조심해! 너, 어디서 함부로 사람 폄을 하는 거냐?"

"흐흥. 꼴에 그래도 자기 각시라는 거야? 언제는 입에 올리기도 싫다더니?"

어쩐 일로 큰 오라비가 그 못난이 편을 들고 있다. 아버지만큼은 아니지만 집안의 장남인 이 오라비를 어느 정도는 두려워하고 있던 여동생은 방금 전보다 한 톤 목소리를 낮추었지만 여기서 대화의 끝을 볼 생각은 없어 보였다. 두 눈에 원한을 머금고서 한씨네 공주님은 큰 오라비에게 다시 집요하게 요구하기 시작했다.

"아무튼 난 그 촌닭이 오라버니에게 글 몇 자 배웠다고 건방지게 구는 것, 아주 꼴도 보기 싫다구요. 그러니까 뭘 가르치고 싶거든 차라리 학교로 보내구려. 국민학교(일제는 1941년부터 일본 국민을 교육한다는 의미로 소학교 명칭을 국민학교로 바꾸었다)에 그 또래 늦게 입학하는 학생도 있잖수?"

여동생의 성격이 드세다는 건 선재도 알고 있는 사실이었다. 또 쌀례가 양반 핏줄일지라도 문맹(文盲)이라는 사실을 알고 난 뒤로 은재가 같은 또래 올케를 경멸하고 있다는 것 또한 어느 정도는 알고 있었다. 하지만 오늘 누이의 모습은 그 모든 것을 알고 있더라도 그가 받아들이기 힘든 그 무언가가 있었다. 곧 오라비는 차분하고도 준엄한 얼굴로 누이에게 답했다.

"지금 같은 시기에 학교로 보낸다 한들, 일본어 나부랭이만 강제로 배우게 될 뿐이야. 아니면 미군 비행기 엔진 소린지 그 빌어먹을 황군 비행기 엔진 소린지 구분해서 폭격 대비하는 법이라든지. 그 애가 처음으로 들어가는 학당에서 그따위 걸 배우는 것, 난 싫다."

서늘한 눈매, 완강한 표정으로 그는 말하고 있었다. 전쟁 준비로 미쳐가는 세상, 그리고 세상의 법칙대로 굴러가는 학교에 어린 아내를 보내기 싫다고. 하지만 은재 역시 이대로 순순히 물러나기 싫었다.

"요새 사람들이 다 그러고 살아요. 나부터도 체육 시간에 땡볕 아래서 죽도 들고 웃기지도 않는 미군 때려잡기 군사 훈련 받는 거, 좋아서 하는 줄 알우? 왜 그 촌닭만 특별 취급 받아야 하나요? 아무튼 나도 싫어요! 그 촌뜨기가 건방지게 구는 것, 더 이상 못 봐 주겠단 말야!"

"어디, 뭘 어떻게 건방지게 굴었다는 건지 말을 해 봐."

이제 슬슬 청년은 철없는 누이의 근거 없는 탄핵에 싫증이 나기 시작했다. 때때로 응석받이에 사나울 때도 있지만 행동에 악의가 있다고 생각해 본 적은 없는 아이였는데 오늘 은재의 모습은 평소 그가 아는 누이의 모습과 달랐다. 눈가에는 전에 없던 화기, 초조함…… 알 수 없는 울음기가 얼핏 보이는 것 같았다. 그런 복잡한 눈을 하고 누이가 댄 이유란 이런 것이었다.

"내, 내 방에 들어와서 내 책장에 있는 책들을 함부로 만진단 말야.

웃겨. 지가 글을 배웠으면 얼마나 배웠다고 남의 책에 손을 대고 그래?"
 스스로 뱉어내 놓은 자신의 목소리를 들으면서 은재는 자신의 혀를 깨물고 싶었다. 이유가 참으로 궁색하기도 하다. 말해 놓은 자신도 민망해 죽겠는데 이런 빈약한 이유를 저 딱딱한 큰 오라비 같은 사람이 받아들일 리가 없다. 과연, 잘난 큰 오라비는 기가 막히다는 얼굴로 누이를 노려보며 혀를 찼다.
 "너, 겨우 그런 걸로……."
 당장 입에서 나온 대로 뱉어 버린 이유는 은재 본인이 듣기에도 조잡하기 짝이 없는 것이었다. 정말 그게 다일까. 대답은 속에서 즉각적으로 나왔다. 그건 아니다. 옷이나 구두도 아니고 그 따위 낡은 책들, 손 좀 대면 어떨까. 볼 때마다 빌려 보겠다고 이야기하고 가져가고 있고 깨끗이 돌려주는데.
 그러나 지금, 그녀가 동갑내기 올케에게 느낀 분노는 날것 그대로의 진정이었다.
 동백기름 발라 곱게 쪽 진 머리를 하고 어른도 아닌 쌀례가 어른스럽게 한쪽 무릎을 세우고 앉아 무식한 머슴 놈에게 글을 가르치는 그 모습을 보면서부터 은재는 뱃속이 뒤틀림을 느꼈다.
 그 무식하고 난폭하기 짝이 없던 머슴 놈은 어떻던가. 한은재에겐 눈을 부라리며 험한 말로 협박까지 한 주제에 정작 그 촌뜨기 올케 앞에선 얌전히 엎드리고 앉아 글자를 그리고 있지 않던가.
 그 장면을 본 뒤로 은재는 눈물이 날 만큼 분하고, 섭하고, 슬펐다. 하지만 지금의 오만가지 심사를 차근히 오라비에게 설명할 자신도 없었다. 그저 손등으로 눈물을 훔치며 이렇게만 말할 뿐.

"나는 물건이든 사람이든 내 것에 손대는 건, 누구라도 싫어."
"뭐? 뭐라고?"
 자기 뜻대로 되지 않을 때 엉엉 소리 내서 우는 척은 자주 했지만 정작 눈물까지 흘리고 울어 본 적은 없었던 누이였기에 누이의 지금 모습이 선재는 낯설었다.
 책 몇 권 좀 만졌다고 그게 울 일인가. 그런데 그 눈물 흘리는 모습이 진정으로 보여 그 또한 낯설었다. 물건뿐만 아니라 자기 사람도 남의 손 타는 건 싫다, 울음 결에 중얼거리는 그 말도 낯설었다. 사람? 사람이라니?
"누구 말이냐? 응? 울지 말고 말을 해, 은재야."
"나도, 나도 가르쳐 줄 수 있었어. 내가 그 촌닭보다 더 잘 가르쳐 줄 수 있었는데…… 그 무식한 놈이, 그 바보가……."
 다정스럽게 달래는 오라비 앞에 고개를 수그리며 여자아이는 울먹였다. 그런 그녀의 웅얼거림을, 눈물의 뜻을 선재는 알아들을 수 없었다.

"다른 이에게까지 가르칠 정도라니까 이제 쌀례 그 아이도 한글은 거의 다 떼어 가는 것 같아. 이상하게 받아쓰기 할 때 꼭 한 번씩은 틀리지만. 아무래도 우리 수업에서 받아쓰기 시험 할 때 한번 같이 보게 할까 봐. 여럿이서 같이 볼 때는 긴장 좀 할 것이고 실수도 덜 하겠지. 실수를 자주 해서 그렇지 생각보단 똑똑한 애야."
 똑똑한 아이. 야학 수업이 끝난 뒤 백묵으로 쓴 글씨가 가득한 칠판을 지우면서 선재는 친우 승규에게 아내에 대한 인물평을 대략 그렇게 했다.
"똘똘한 아이라. 내 귀에는 괜찮은 아이라고 들리는데? 웬일이야? 평생 상종 안 할 것처럼 굴더니 글까지 가르치고. 그새 없던 관심이라도 생겼나?"
친우의 은근한 말투에 선재는 어처구니가 없다는 듯 피식 웃고 말았다. 그러고 보니 그 아이, 쌀례에게서도 그런 소리를 들은 적이 있는 것 같다.

―왜 이렇게까지 제게 글을 가르치시려는 거지요? 어제까지도 이런 말씀 없으셨잖아요?

솔직히 말하면 쌀례가 집을 나갔던 그날 이전까지 그 아이에게 관심이 없었다. 그녀가 시골로 돌아가 평생 집 안에 갇혀 살든, 그래서 아버지가 다시 다른 신부를 어디서 구해 오든 별 관심이 없었다. 없다고 생각했다.
하지만 입술은 금주에게 내어 주고 시선은 쌀례의 굳은 눈동자와 마주했던 그 순간부터, 혹은 내민 자신의 손을 마주잡지 않고 돈이 있느냐 물어 오던 고집스런 그녀를 본 순간부터, 그도 아니면 좋아하는 사람이 있다면 진즉에 말을 했어야 했다고, 사람이란 사모하는 단 한 사람하고 살아야 한다던 그녀의 말을 듣는 그 순간부터 그는 이전과는 좀 다른 눈으로 그 여자아이를 볼 수 있게 되었다.
"이상한 아이야. 순한 것 같으면서도 가끔은 고집이 나보다 센 것 같고. 배우진 못했어도 나름대로 자신이 매긴 기준에 대해선 엄격해. 어떨 때는 학교에서 교육을 받은 은재보다 더 단단하다는 생각이 들어.

제대로 가르치기만 하면 꽤 괜찮은 어른이 될 수 있을 것 같아. 그 점에 기대가 된달까. 누이동생 같은 느낌이지."

"이봐, 신중하게 행동하라구. 그 처자는 자네 누이가 아니라 법적인 처야."

"지금 무슨 소리를 하는 거야?"

"끝까지 책임을 질 게 아니면 선을 분명히 그으란 소리야."

승규는 혀를 찼다. 선재 저 녀석은 자신에게서 여자 꼬이는 향기 같은 게 있다는 것을 모르는 모양이다. 사람을 좋아하는 거, 혼자서도 충분히 할 수 있다는 것도. 금주도 그렇게 저 녀석 향기에 빠져들고 아직 벗어나지 못했는데. 나 원 참.

"짝사랑의 구렁텅이로 순진한 여자아이를 밀어 넣으려는 게 아니라면, 조심하라구. 벌써 열다섯이지? 이삼 년만 있으면 달덩이 같은 처녀가 되어 있을걸. 여자아이는 금방 자라."

그 여자아이가 물었었다. 어른이 될 때까지 이 집에 있어도 된다면 대체 몇 년이나 있어야 어른이 되는 거냐고.

그것은 그로서도 쉽게 대답할 수 없는 질문이었다. 몇 년 뒤라고 딱 잘라 말하는 것도 야박한 것 같고. 그때 그는 별 생각 없이 자기 방 벽에 놓여진 책장을 가리키며 이렇게 말했었다.

―저 책장 다섯 번째 칸에 머리끝이 닿으면. 키가 그 정도 닿으면 적당할 것 같다.

기간은 정해 놓지 않았지만 그녀가 그 정도로 자랄 때까지 그들은 함께 있기로 약속을 했다. 그게 언제가 될지, 그건 기준을 정한 그도,

그만큼 자라야만 하는 그녀도 모른다. 다가올 앞날, 하지만 아직 구경도 못 해 본 미래에 대해선 아는 것이 아무것도 없다.

친구가 무얼 걱정하는지는 어렴풋이 알 것 같았지만 아직 일어나지도 않은 일 가지고 미리 걱정하고 싶진 않았다. 그는 지금 쌀례를 가르칠 수 있다는 게 좋았고, 그녀도 만족해하고 있다. 우선은 그것으로 충분하다.

"달덩이 같은 처녀라. 원래 살결이 가무잡잡한 편이라 그건 무리일 거라고 보는데."

그렇게 웃음으로 얼버무리는 선재나 "그런 식으로 말하면 할 수 없지."라고 어깨를 으쓱거리는 승규, 두 사람 모두 모르고 있었다. 학생들이 쓸 교재와 그들을 먹일 밤참거리를 싸 들고 왔던 금주가 그 모든 대화를 교실 밖에서 다 듣고 있었다는 사실을.

"자, 옆 사람 시험지 보지 말고 배웠던 대로 침착하게 해. 다 맞힌 사람은 상으로 책을 한 권씩 줄 테니까."

사흘 뒤의 저녁, 쌀례는 작년 겨울에 와 보았던 야학 교실의 책상에 앉아 받아쓰기 시험을 기다리고 있었다. 옛날 과거를 보았던 선비들 심정이 이렇게 조마조마했을까. 생전 처음 처러 보는 큰 시험에 콩닥거리는 가슴을 진정시키면서 책상 위 연필만 내려다보고 있는데 아는 사람 별로 없을 그곳에서 누군가 그녀를 아는 척했다.

"어머, 쌀례 씨가 여긴 어쩐 일이에요?"

목소리 주인공의 얼굴을 확인한 순간 쌀례 역시 묻고 싶었다.

'댁이야말로 어쩐 일이요!'

남편의 방에서 그와 입을 맞추었던 여자가 눈앞에 서서 자신을 내려다보고 있는 것이 아닌가. 방금 전까지 진정하고 있던 쌀례의 가슴이 벌렁거리기 시작했다. 상대방은 그런 쌀례의 심정을 아는지 모르는지 계속 말을 걸었다.

"시험 감독하고 채점해 줄 사람이 부족하다고 왔지만 미세스 한은 여기 어쩐 일일까. 조선어 초급 이상은 되어야 이 시험을 볼 수가 있을 텐데."

그때 무슨 변덕인지 평소에 관심도 없던 야학에 금주와 함께 방문하여 시험 감독관까지 자청한 은재가 그들의 대화에 끼어들었다.

"얼마 전부터 오라버니 졸라서 초급은 겨우 뗐답디다. 저도 양심이 있지 경성제대 다니는 오라버니 옆에서 까막눈은 좀 심하지 않겠어요?"

까막눈. 지금은 까막눈이 아닌데 몇 달 전 까막눈이었다는 사실만으로 쌀례는 얼굴이 단번에 홍시가 되었다. 하필이면 시누이는 왜 남편의 여자친구 앞에서 이렇게 창피를 주는 걸까.

그리고 보니 저 꽃 같은 남편의 여학우를 처음 보았던 날, 그녀 역시 쌀례가 글을 모른다는 사실을 알고는 어처구니없어하는 표정으로 물었었지.

―설마, 글을 몰라요?

이제 계절이 바뀌어 팔목이 드러나는 단정한 블라우스에 잘록한 허리가 두드러져 보이는 스커트를 맵시 있게 받쳐 입은 그녀는 여전히 꽃 같은 미소를 지으며 이렇게 말하고 있다.

"그래? 늦은 나이에 공부 시작하기 쉽지 않았을 텐데 기특하네, 쌀레 씨."

쌀레 스스로도 까막눈이었던 과거와의 결별은 기특했지만 저 여자에게 기특하다는 소리 듣고 싶지 않았다. 하물며 '쌀레'라는 아이 이름으로 불리고 싶지도 않았다. 그래서 쌀레 역시 새초롬한 얼굴로 응수했다.

"전혀 어렵지 않았어요. 서방님께 배우는 건 재미있었거든요. 그리고 제 이름은 성례예요."

눈동자만 간장 종지같이 커다란 어린 계집아이 입술에서 튀어나온 '서방님' 소리에 금주는 내심 소름이 돋았다. 하지만 시험 감독관인 여선생의 입장으로 어린 학생과 계속 입씨름할 수는 없는 법이다. 때문에 그 여선생은 품위를 잃지 않으려 노력하며 학생의 책상 위에 시험지를 놓아 주고 이렇게 말했다.

"그럼 가르치신 부군의 얼굴을 보아서라도 꼭 좋은 성적을 내야 하겠네요. 기대하지요."

어디 얼마나 잘 할지 두고 보겠다는 그 소리에 쌀레는 내심 혀를 빼물었다.

'그렇게 겁을 주면 누가 못 할 줄 알고?'

이제까지 시험 때마다 하나씩 틀린 건 손목에 와 닿는 서방님의 손길을 원했기 때문이다. 그리고 오늘, 쌀레는 다시 그가 내건 상품을 원했다. 명목상으로는 시험의 우승자에게 주는 상은 책이었지만, 사실 이곳으로 오기 전날 밤 그는 다른 상을 내걸었다.

─만약 이번에 다 맞히면, 상으로 시내에서 영화를 보여 줄게.

그 목소리가 음악이 되어 쌀례의 귓가를 어지럽혔다.
 영화! 시집오기 전 장터에서 유랑 극단의 연극은 본 적이 있었지만 영화라는 것은 본 적이 없었다. 한창 인기가 좋았다는 미국 영화는 적성국 영화라고 상영하지 않게 되었고 지금 시내에서 볼 수 있는 영화라고는 모두 다 같이 전쟁으로 고생하고 있으니 조금만 더 고생해서 승전을 이끌자는 투의, 전쟁 홍보 영화 정도였다. 하지만 전쟁 영화든 뭐든 그건 중요하지 않았다. 그와 단둘이 집을 나서서 단둘이 나란히 앉아 같은 화면을 구경하는 것! 얼마나 근사할까!
 무언가 물건에 욕심을 내어 본 적은 별로 없었지만 쌀례는 지금 그 '상'을 원했다. 상을 자신에게 넘겨주며 대견하다고 말해 줄 선재의 미소를 원했다.
 "아는 대로. 있는 힘껏 볼 것."
 공장 여공, 지게꾼, 머리를 박박 민 어린 소년, 머슴, 남자, 여자, 나이든 이, 어린아이, 모두 긴장으로 바짝 언 각양각색 학생들의 얼굴들을 둘러보면서 말하는 선재의 단정한 목소리가 쌀례의 귀에 깊숙이 내려꽂혔다.

 ―아는 대로. 있는 힘껏.

 쌀례는 그 말 그대로 그렇게 시험을 볼 생각이었다. 그리고 그렇게 시험을 보고 있었다. 절반의 시간이 지날 즈음, 그녀 곁을 지나치던 은재가 쌀례의 발치에서 무언가 주워 들고는 "어머! 이게 무어야?"라고 놀란 듯 소리 내기 전까지는.

그것은 손가락보다 작게 접힌 종이였다. 그 작은 종이 두루마리를 펼치니 그것은 오늘 시험 볼 부분이 적힌 한글 교본의 일부가 되었다.
"세상에! 오빠! 승규 오빠! 이것 좀 봐요. 무슨 커닝 페이퍼 같은데?"
숨 쉬는 소리까지 들릴 정도로 조용하던 교실 안에서 은재의 목소리가 선명하게 쌀례, 그리고 선재와 승규, 금주, 나머지 학생들의 귀에 파고들었다.
교본의 일부인 듯한 종이가 왜 자신의 책상 옆에 떨어져 있었는지, 그 찢어진 조각과 한 장으로 보이는 나머지 종이가 자기 교본에 있는지 쌀례는 도무지 알 수가 없었다. 그리고 종이를 무슨 중요한 증거물처럼 자기 눈앞에 대고 흔드는 은재의 말이 무얼 의미하는지도.
그렇게 다소 어리둥절한 얼굴로 자신을 쳐다보는 쌀례에게 은재는 경멸 어린 어조로 빈정거리듯 말했다.
"자신 없으면 애초에 하질 말지. 이게 무슨 망신이니?"
그러자 곁에 서 있던 금주가 얼굴 가득 측은하다는 미소를 지으며 타이르듯 말했다.
"처음 치르는 시험이라 긴장했나 봐. 그래도 제 실력으로 치렀어야죠. 다음부턴 이런 부정은 저지르면 안 돼요. 응?"
부드럽지만 선명한 '부정' 소리에 교실 안 모든 사람들의 시선이 일제히 자신에게로 향하는 것을 쌀례는 온몸으로 느낄 수 있었다. 부정이라니! 너무 기가 막혀서 목소리조차 잘 나오지 않았다. 잠시 후, 겨우겨우 이렇게 말할 수 있었을 뿐이다.
"아, 아니에요!"

교실의 다른 사람들과 마찬가지로 굳은 얼굴로 자신을 쳐다보는 선재의 얼굴을 쳐다보면서 쌀례는 필사적으로 말했다.
"제가 그런 것이 아니에요! 제가 책같이 귀한 것을 찢을 리가 없잖아요! 제가 왜 그런 짓을 하겠어요? 아니에요! 아니에요!"
내가 하지 않았다고, 당신께 귀한 글을 배운 건 내겐 행복이었는데 그 행복을 내가 왜 망쳤겠느냐고 항변하는 쌀례에게 은재는 대신 그 이유를 추측했다.
"오빠한테 알랑거리려면 좋은 점수는 내야겠는데 머리가 안 되니까 그랬겠지."
"쯧쯧쯧. 딱도 해라. 쌀례 씨, 잘못은 누구나 저지를 수 있어요. 다음부터 안 그러면 되는 거야. 하지만 아무리 부끄러워도 거짓말은 하면 안 되지. 그건 스스로를 더 부끄럽게 만드는 일이야."
뒤이어 들려오는 금주의 혀 차는 소리에 쌀례의 얼굴은 새파랗게 질려 버렸다. 마치 자신이 겪을 수 있는 것 중 가장 큰 모욕을 당한 것처럼 조막만 한 여자아이의 얼굴은 딱딱하게 굳어지고 눈동자에는 불꽃이 튀었다. 입술에서 평소와는 다른 날 선 목소리가 들려왔다.
"난 거짓말 같은 것 하지 않아요! 함부로 말하지 마세요!"
그 어린 계집아이보다 몇 살 더 먹었고, 그런 만큼 키가 컸고, 훨씬 아름다운 여자가 순간적으로 계집아이의 불같은 기세에 움찔하고 말았다.
지금의 이런 상황이 그녀 역시 한심했다. 조선에서 학식을 쌓은 몇 안 되는 신여성으로서 나름대로의 긍지를 가지고 있던 자신이 이런 조그만 아이의 위기를 내심 즐기게 될 줄은 금주도 몰랐었다.
어쩌면, 저 아이가 자신의 말대로 그런 짓을 저지르지 않았을 수도 있다. 어쩌면, 방금 전 그녀가 얼핏 본 바 그대로 어린 소녀 앞에 그 부정의 증거를 던진 것이 은재의 장난일 수도 있다.
하지만 지금 그녀의 가슴을 지배하는 것은 며칠 전 본의 아니게 엿들었던 선재의 그 목소리였다.

―제대로 가르치기만 하면 꽤 괜찮은 어른이 될 수 있을 것 같아.
그 점에 기대가 된달까.

그가 어떤 얼굴을 하고 그런 소리를 했는지 금주는 알 수가 없다. 하지만 그 순간 들려왔던 그의 목소리엔 저 작은 계집아이에 대한 호감이 묻어 있었다. 누이 같은 심정이라고도 했지만 금주는 선재가 그런 정도의 호감이나마 저 작은 계집아이에게 품게 되었다는 것이 싫었다.
승규가 지적한 대로 저 아이는 그의 누이가 아니다.
그의 처다.
젊고 어린 두 여자가 서로를 노려보기를 얼마간, 그 살얼음 같은 침묵은 그들 옆에 서 있던 청년의 조용한 목소리에 의해 깨어졌다.
"쌀레, 시험 끝날 때까지 나가 있어."
처음에 쌀레는 자신이 무얼 잘못 들은 줄 알았다. 하지만 다시 들려오는 선재의 목소리를 듣는 순간 쌀레는 지금 자신에게 축객령이 떨어졌음을 깨달았다.
높지도 낮지도 않은 목소리로 선재가 다시 말했다.
"나가라고! 다른 학생들 시험에 방해되니까!"
"서방님! 제가 아니라니까요!"

청년도 소녀의 말을 믿고 싶었다. 하지만 증거가 있고 증인이 있다. 그리고 이곳에는 그들 이외에도 시험을 보아야 할 마흔아홉 명의 다른 학생이 있는 것이다. 어쨌거나 그는 그들에게 모범을 보여야 하는 선생의 입장이었고, 사감으로 잘못을 저지른 학생의 편을 들어 줄 수는 없었다.

"나가!"

뚝뚝 끊는 듯한 어조로 말하는 그 명령에 쌀례는 오십 쌍 가까운 시선을 견디며 보자기에 책과 연필을 챙겼다. 마지막으로 쌀례가 문을 열고 나가기 전 선재는 책보를 감싸 안던 소녀의 손가락들이 바들바들 떨리는 것을 보았다. 그것이 어쩐지 측은해 보여 선재는 괜찮다고, 다음에 실수하지 않고 보면 된다고 말해 주고 싶었다. 하지만 그가 채 무어라 말을 건네기도 전에 소녀는 꾸벅 인사를 하고 종종걸음으로 교실에서 나가 버렸다.

"자, 자아! 정신 차리고! 다시 시작합시다! 에, 어디까지 했지? 아, 그래요! 19번……"

분위기를 수습하려는 승규의 목소리가 선재의 귀에 멍멍히 들려왔다. 하지만 솔직히 말하자면 그 뒤 시간이 어떻게 흘러갔는지 선재는 알 수 없었다.

열다섯 살짜리 계집아이가 화를 내면 그 계집아이를 어떻게 대해야 하는지도 선재는 알 수가 없었다. 그리고 그 계집아이는 그의 누이 은재나 학우 금주처럼 화가 나면 '나 화났어!'라고 소리를 지르는 성격이 아니다. 입을 꽉 다물고, 말을 하지 않고, 보지도 않고, 묵묵히 방바닥만 쓸고 닦는다. 그러면서도 화났다고 소리 내어 말하는 사람들보다 더 화가 나 보이는 아주 묘한 재주를 가지고 있었다.
"왜 어제 공부하러 오지 않았니?"
"책하고 공책은 왜 내 방에다 도로 갖다 놓은 거야? 배우는 것 그만둘 생각이니?"
그가 여러 가지를 물어도 귀가 먹은 듯이, 입이 얼어붙은 듯이 여자아이는 그에게서 등을 돌리고 묵묵히 바닥만 닦았다. 그 무언의 시위가 어쩐지 매우 기분이 나빠서 선재 역시 목소리가 퉁명스러워졌다.
"겨우 그런 일 가지고 힘들게 시작한 공부를 그만두겠다는 건 말이 안 돼! 넌……."
그때 '겨우 그만한 일'이라는 선재의 목소리에 이제껏 귀머거리 흉내를 내던 여자아이의 시선이 확 청년을 향했다. 여자아이의 눈동자가 불처럼 타올랐다.
'이거, 위험한데.'
잘못하면 여자아이가 들고 있는 걸레가 자기 얼굴을 향해 날아들지도 모른다는 위기감이 들었다. 그래도 어쨌든 상대방의 시선이 이쪽을 보기 시작했다는 것에 선재는 안도가 되었다. 하지만 그도 잠시, 소녀는 그에게 향했던 시선을 아래로 내리깔고 바닥을 닦으며 무뚝뚝한 소리로 말했다.
"글이라는 거 참 신기해요. 이제 전《이색우언》이랑《님의 침묵》을 구분할 줄 알아요. 그건 좋아요. 하지만……."
"하지만?"
"글 배우고 그 시험 보기 전까지는 거짓말을 한다는 소린 들어 본 적이 없어요."
 언제나처럼 담담하고 조용한 목소리였다. 아이는 왜 나를 믿어 주지 않았느냐고, 많이 배운 사람들 참 무섭기도 하다고 따지고 들지 않았다. 하지만 그 담담한 목소리, 방바닥에 숙여진 고개에서 선재는 여자아이 마음에 새겨진 상처 자욱을 어렴풋이 느꼈다. 그날 있었던 교실에서의 추방이 저 여자아이에게 있어서 단순히 '겨우 그런 일'이 될 수 없다는 것도.
 다시 시간이 그때로 돌아갔어도 그녀를 추방할 수밖에 없을 거라는 걸 그는 알고 있었다. 하지만 이 상황은 난감하다. 여자아이와 자신 사이에 떨어진 거리는 몇 걸음 되지도 않는데 심정적으로는 백 리는 되는 것 같다. 겉으론 자신이 당황하고 있다는 것을 쌀례가 눈치채지 않길 바라면서 선재는 다시 말했다.
 "그래도, 공부는 그만두지 마."
 "무얼 위해서요? 서방님 계획이 틀어질까 봐서요?"
 그녀를 교육시켜서 몇 년 안에 자립을 할 수 있게 만들고, 그것이 완성되면 두 사람은 깔끔하게 헤어진다. 그것이 애초에 그의 목표였다. 박쌀례가 몇 년이 지나도 일자무식 아낙네로 이 집에 주저앉아 버리면 그의 목표는 허사가 된다. 지금 이 상황에서도 한선재는 자기 생각밖에 안 하는구나, 여자아이는 그런 얼굴로 그를 보고 있었다. 어쩌면 저 아이 생각이 맞을 수도 있지만, 그래도 그게 다는 아니었다.
 남자는 엄숙한 어조로 다른 대답을 했다.
 "나를 위해서, 그리고 널 위해서이기도 하지. 너도 네 이름자를 알아보고 네 이름 쓸 수 있게 된 것, 좋아했잖아. 더 배우면, 네가 할 수 있는 일도 더 늘어나."

"오늘 같은 괴상한 일도 같이 늘어나구요."
고집스럽게 말하는 쌀례에게 선재는 순간 울컥하여 쏘아붙였다.
"너는, 여자가 배우면 집안이나 세상 시끄러워진다는 네 할아버지 말씀을 그대로 인정하고 살 셈이야?"
순간 쌀례는 걸레질을 멈추고 선재를 쳐다보았다. 잠시 후, 묵묵한 목소리로 그녀는 말했다.
"집안이나 세상이 시끄럽다는 건 틀릴지도 몰라요. 하지만 제 속은 정말 시끄럽게 되더군요. 아직까진 어느 쪽이 더 나쁜지 전 무식해서 잘 모르겠어요."
그가 무어라 말하기도 전에 여자아이는 더 이상의 대화도 사절이라는 듯, 다시 그로부터 등을 돌리고 조금은 사나운 기세로 '탁탁' 걸레를 털고 바닥을 박박 닦아 대기 시작했다. 그 동작들을 말로 해석하자면 대충 이런 것이었다.
'혼자 있고 싶으니, 나가 주세요.'
이번엔 여자아이 쪽에서 그에게 나가라 하고 있었다. 그 무언의 축객령에 선재는 '이봐! 여긴 내 방이야!'라고 반발하고 싶었지만 그럴 수 없었다.
저렇게 등을 돌리고 앉아서 '건드리지 말아요.' 기운을 온몸으로 뿜어내고 있는 여자아이를 달래는 방법 따위, 그는 모른다. 겨우 그 등에 대고 이렇게만 말할 뿐.
"오늘 밤에, 그때 그 교실로 나와. 보충수업 해 줄 테니까. 다른 할 일도 있고."
등을 돌리고 있는 채로 여자아이는 제법 야멸찬 목소리로 대꾸했다.
"그러실 필요 없어요."

"올 때까지 기다릴 테니까."

그 말만 남기고, 청년은 자기 방에서 내쫓기듯 나가 버렸다.

방 주인을 내쫓고 묵묵히 방 안을 닦고 또 닦던 여자아이는 얼마 안 가서 들고 있던 걸레를 집어던졌다.

아무리 닦고 닦아도 방바닥은 닳아서 없어지지 않는다. 그녀의 화도 마찬가지였다. 결국 하늘이 분홍색으로 물드는 해 질 녘 즈음, 쌀레는 자리에서 조용히 일어나 방을 나섰다. 일렁거리는 속을 다스려 줄 어딘가를 향해서.

부엌. 조왕신을 받드는 신성한 영역. 먹고 마시는, 인간사 중 가장 중요한 그 일을 해결하기 위해 여자들은 해 뜨기 전 새벽부터 저녁까지 그곳에서 불을 지킨다.

시집오기 전까지 혼자 있고 싶을 때 쌀레가 찾아간 곳은 부엌이었다.

싸릿골 진흙으로 빚어진 봉 초시네 부엌은 열다섯이 넘는 대가족의 식사를 책임지고 있는 곳임에도 가세가 빈한해서 하루 두 끼 사람이 먹을 나물죽을 쑤고 소여물 끓이고 나면 할 일이 그닥 많지 않아 늘 조용했다.

열네 살, 봄날 하늘을 떠다니는 민들레 풀씨가 얼굴을 살짝 스치기만 해도 웃음을 터뜨리고, 여름날 거친 빗발에 스러지는 꽃잎을 보고 눈물 흘리는 예민한 사춘기에 한 방에서 열다섯 식구들과 살아야 했던 쌀레에게 부엌은 은신처요 성지였다.

아무리 춥고 배고프고 속상한 날도 그곳에선 더 이상 배고프지도, 춥지도, 속상하지도 않았다. 혹은, 여전히 속상할 일이 있더라도 아궁이에서 타오르는 불길을 보다 보면 어느새 뒤틀리는 마음속도 가라앉곤 했다.

불길이 계속되는 한 춥지 않을 것이다. 무쇠솥 안의 쌀들이 익어 가는 구수한 냄새. 밥알 - 그것이 백옥 같은 쌀알이든 거무튀튀한 보리알이든 동글동글한 콩알이든 그 모든 것들과 섞을 나박나박한 무나 시래기든 - 은 곧 입 안으로, 뱃속으로 들어가 힘을 줄 것이다.

엄마가 동생을 데리고 옆 마을 기름 장수에게 다시 시집가던 날도 혼자 있을 곳이 필요했던 쌀례는 깊은 밤 부엌을 찾았다. 다음날 해가 뜰 때 허락 없이 땔감에 손을 댄 것을 알면 어른들이 경을 칠 수도 있었지만, 쌀례는 큰마음 먹고 아궁이에 땔감을 넣고 불을 지폈다. 그 불길 앞에서 어린 계집아이는 어깨를 떨며 혼자 울었다.

"엄마, 엄마, 엄마아…… 나도 데리고 가지이…… 나, 말 잘 듣는데. 밥도 조금밖에 안 먹는데. 일도 잘할 텐데."

뜨거운 불빛 앞에서 실컷 울고, 잔치에 쓰고 남은 식은 밥덩이, 차갑게 기름이 엉긴 고기 조각으로 허겁지겁 배를 채우고 나니 조금은 살 것 같았다. 그 뒤 몰래 먹은 식은 밥덩이, 고기 조각이 탈이 나서 상희 언니가 불에 달군 바늘로 손을 따 주었을 때 눈물도 찔끔 났지만, 어쨌든 부엌은 쌀례의 위안처요 마음에 생채기가 났을 때 바르는 고약이었다.

지난번 섣달 눈 내리는 날, 남편이 다른 여자와 입 맞추는 장면을 보았을 때도 고향집 부엌이 몹시 그리웠지만 바로 자신을 찾아 준 그 사람 때문에 견딜 수 있었다. 하지만 오늘, 다시 쌀례는 부엌이 간절했다.

부뚜막, 아궁이, 불의 온기들, 타닥타닥 땔감이 타오르는 동안 부드럽게 자신의 뺨을 어루만질 그 온기가. 혼자 시원하게 울어도 누구 하나 탓하지 않을 그 공간이.

물론 이 집에도 부엌은 있다. 하지만 다르다. 최신식 화덕에 이 계절에 구하기 힘든 식재료가 넘쳐나긴 해도 이 집 안의 부엌은 너무 크다. 사람이 너무 많다. 넓은데 쌀례가 앉아 있을 곳이 없는, 요상한 곳이다.

'여긴 아니야. 싫어.'

혹시나 해서 찾아간 그곳은 저녁 준비하는 여자들로 넘쳐나고 있었다. 이런 대 인원 앞에서는 나오던 울음도 다시 집어삼켜야 할 판이다. 가슴은 계속 울렁거리는데 이를 어쩌나.

생각해 보니 서방이라는 사람이 지시한 대로 야학 수업 시간에 맞춰 가려면 시간이 얼마 남지 않았다. 하지만 쌀례는 고개를 내저었다.

'거기도 싫어. 내가 왜 그이가 시키는 대로 해야 해? 날 믿어 주지도 않고 다른 여자 말만 믿는 사람에게.'

박쌀례에게도 배알이라는 게 있단 말이다. 낭군님, 당신이 늘 내게 이르지 않았던가. 앞으로 신세대를 살아갈 젊은 여자답게 바보처럼 어른들 시키는 대로 하지 말고 자기 뜻대로 살라고. 이제 그 가르침 그대로 나는 내 뜻대로 당신 말은 듣지 않겠다. 그런데 여기선 당장 내가 있을 곳이 없다. 하지만 당신에게 갈 수도 없어. 그럼 나는 어찌해야 하지? 어디로 가야 해?

마음이 답답해서 땅만 내려다본 채 크게 한숨을 쉬고 있는데 문득 반대편에서 기나긴 그림자가 그녀를 향해 다가왔다.

"그 정도 한숨으로 땅이 꺼지겠습니까?"

그림자가 그녀에게 말을 걸었다. 언제나처럼 반쯤은 빈정거리고 반쯤은 장난기 어린 목소리로. 그 목소리에 여자아이는 발딱 고개를 치켜들고 뭐라 쏘아붙이고 싶었지만 입을 열 수가 없었다. 까딱하면 눈물이 나올 것 같았기 때문이다. 눈가가 뜨겁게 젖어 오고 동시에 코가 간질간질 맵다.

'조짐이 좋지 않아. 울음이 나올 것만 같아.'

아직 혼자가 되지도 못했는데, 다른 누구도 아닌 이 사람 앞에서 우는 건 곤란하다.

이 집도 싫고, 야학도 싫고, 서방이라는 작자도 싫고, 하필이면 이런 때 딱 눈앞에 나타난 이 사람도 싫다. 모든 게 다 싫다. 그렇게 쌀례가 부들거리며 억지로 참고 있는데 눈치도 없이 상대방은 그녀 앞으로 다가왔다.

"왜 그래요? 어디 아파요? 이거 봐, 눈이 벌게서……."

그 사람이 다가와서 걱정스럽다는 듯이 팔을 뻗는데 쌀례는 한 발짝 뒷걸음질 쳤다.

"저, 저리 가요."

하마터면 터져 나올 것 같은 울음소리 대신 겨우 한마디 웅얼거리듯 말하는데 상대는 그 말을 알아듣지 못한 모양이었다.

그가 한 걸음 더 다가왔다.

"왜 이러는 거야? 말을 해야 할 것 아뇨? 참말 어데 아픈 건가?"

"괜찮으니까 저리 가요! 제발!"

사실은 괜찮지 않지만 그걸 누가 알아봐 주길 바라진 않는다고, 누구에게도 지금 이 꼴을 보이고 싶지 않다고 하려 했는데 결국 여자아이는 아무 말도 못하고 말았다. 눈물이, 눈치 없고 염치없는 짜디짠 소금물이 그녀의 목소리를 삼켜 버렸기 때문이었다.

자신의 얼굴 위로 흐르는 뜨끈한 소금물에 쌀례는 당황해 손등으로 얼굴을 가렸다.

"부탁이에요. 지금, 나, 내 얼굴, 보지 말아요."

외간 남자에게 눈물을 보이면 안 된다. 반가의 여자는 그렇다. 설혹 남편에게라도 이를 드러내고 웃어 보여도 안 되고, 눈물을 흘리며 우는 모습을 보여서도 안 된다.

얼마 전 낭군 앞에서 집에 가겠다고 고래고래 소리 지르고 운 것도 지금 떠올리면 얼굴이 뜨끈할 노릇인데 남편도 아닌 사내 앞에서 울다니. 안 될 말이다. 저이에게 글을 가르쳐 줄 수는 있어도, 눈물을 보일 수는 없다. 울고 싶을 만큼 속상한 꼴도 보여선 안 된다. 그는 그녀의 그런 모습을 볼 자격이 없다.

그렇기 때문에 쌀례는 자기 손으로 얼굴을 가리고 있는 동안 찬경이 알아서 눈앞에서 사라져 주길 바랐다. 그런데 이제쯤 갔겠지 싶어 손을 내리고 보니 그는 여전히 앞에 서 있었다. 자신을 보고 있었.

눈물을 보인 쪽도, 본 쪽도 어색한 서걱거림에 어쩔 줄 몰라 하는 것도 잠시, 남자는 씨익 하얀 이를 드러내 보이며 울어서 코가 빨간 아씨에게 선심 쓰듯 제안했다.

"장터 가서, 사탕이라도 사다 줄깝쇼?"

확실히 기분이 안 좋을 때는 단것이 당긴다. 상상만 해도 입에 침이 고였지만, 여자아이는 이 흉한 꼴을 보이고 나서 바로 저런 제안을 덥석 받아들이는 것은 반가의 부인네가 할 짓이 아니라고 판단하고는 새침한 목소리로 대꾸했다.

"난 어린애가 아니에요. 사탕은 무슨."

그것은 글자를 함께 배워 주면 그 대가로 그에게 설탕을 친 누룽지를 주겠다고 제안한 여자아이답지 않은 말이었다.
 평소의 그라면 '싫음 말던지.'라고 어깨를 으쓱이며 바로 돌아섰겠지만, 저 동그란 여자애가 눈물까지 흘리며 우는 건 드문 일이기에 남자는 다시 다른 제안을 했다.
 "그럼, 뭐 다른 거라도? 날이면 날마다 오는 기회가 아니라구요."
 '뭐든 들어줄게, 어린 아씨. 그러니까, 울지 마.'
 그런 마음으로 뭐든 들어주겠다 하는 그를 말끄러미 바라보던 여자아이가 마침내 입을 열어 청한 것은, 그로서도 예상치 못한 것이었다.
 "바깥이요."
 "뭐요?"
 "대문 밖으로 데리고 나가 줄 수 있어요?"

 아무도 모르게 그녀를 데리고 나오기 위해서 찬경은 자신이 한씨네 저택을 비밀리에 나가고 싶을 때를 위해 개척해 둔 개구멍까지 공개했다. 그렇게 어렵사리 밖으로 나왔으면 밖에서 즐길 수 있는 일을 해야 하는 거 아닌가.
 한창 왜놈들이 전쟁한다는 내선일체 전시체제라 거리가 을씨년스럽긴 하지만 그래도 마음만 먹으면 즐길 만한 것들은 있을 터인데, 어찌하여 저 동그란 어린 아씨는 나와서까지 저런 짓을 하고 있단 말인가.
 "나 원, 집에서 매일 하는 그런 짓을 예까지 와서 하고 싶습니까?"
 그들이 서 있는 작은 부엌, 그 부뚜막에 앉은 무쇠솥을 홀린 듯 보고 있다가 갑자기 팔을 걷어붙이고 쌀을 씻던 여자아이는 잠시 남자를 노려보더니 제법 단단한 목소리로 이렇게 말했다.

"그거랑 이건 달라요."

"다르긴. 똑같은 솥에 똑같은 쌀에, 아, 그 댁 쌀은 이천서 실어 왔다니 그건 다르겠군. 아무튼 똑같이 밥 짓긴데."

그렇다. 작은아씨가 집 밖으로 나오자마자 찾은 것은 작고 조용한 부엌이었고, 하고 싶은 일은 그곳을 독차지하여 밥을 짓는 것이었다. 마침 아는 부엌이 있어 그녀를 모셔 오고 부엌 주인과 흥정하여 쌀과 물, 땔감을 얻어 주긴 했지만 찬경은 그녀의 행동을 이해할 수 없었다. 그리고 그건 느닷없이 자기 부엌을 내주게 된 부엌 주인도 마찬가지였다.

"저 에미나이레 뉘기야(저 여자애 누구냐)? 니 안까이가(네 마누라냐)?"

족히 백만 년은 산 듯 온 얼굴이 주름살로 가득하고 백발이 성성한, 그러나 눈가에 매서운 기운은 남아 있는 '밥집' 노파가 찬경에게 물었다.

밥을 얻어먹는 거지와 내키면 밥을 적선하던 밥집 주인으로 시작한 인연이 지금은 단골손님과 단골 밥집 주인으로 바뀐 것인데, 아무튼 저놈이 누굴 달고 오는 건 처음이었다. 그것도 어리다곤 해도 머리를 올린 걸 보니 출가한 여자인 것 같은데, 저놈이 거렁뱅이에서 머슴으로 승차하더니 그새 장가를 갔나?

별 생각 없이 물은 것인데 대답은 빠르고 단호했다.

"내 거 아뇨. 노인네, 노망났수?"

'노망'이라는 비난에 주름투성이지만 뼈마디 굳센 노파의 주먹이 청년의 이마를 즉각 강타했다.

"간나새끼. 그럼 뭐이가(그럼 뭐냐)? 나그네도 아님서 넘의 안까이는 왜 달고 다님메(남편도 아니면서 남의 여자는 왜 달고 다녀)? 것도 넘의 정지까지(그것도 남의 부엌까지)?"
 노파의 추궁에 찬경은 한순간 뭐라 설명해야 할지 난감했다. 저 여자애는 내 여자가 아니고 주인집 도령의 각시다. 그 얼굴 희끄무레한 도령 놈이 제 각시 속을 뒤집어 놓은 것 같은데 얼굴 가리고 우는 여자애 보니까 괜히 내가 울컥했다. 뭔가 해 주고 싶은데 내가 해 줄 건 없다. 그런데 데리고 나와 달라 하니 그건 해 줄 수 있을 것 같아 데리고 나왔는데 그 뒤로 찾은 게 혼자 있을 수 있는 부엌이란다. 할멈 밥집의 손바닥만 한 부엌 정도면 괜찮을 것 같아 모셔 온 것뿐. 그것뿐이다. 설명하면 아마 이 정도이겠지만, 이 사정을 입으로 다 풀어내자니 귀찮았다.
 "아무튼, 내 계집은 아니고 아무것도 아니니까 묻지 마슈. 할멈 일손 덜고 좋잖아?"
 "괜히 내 쌀만 축나는 거 아인지 모르겠다이. 입성 보이 귀성스러워서…… 저 에미나이, 큰 세모가매에 이팝 지어 본 적이나 있나?"
 잘 차려입은 어린 아가씨 솜씨가 미덥지 않다는 듯 노파는 툴툴거렸지만 찬경이 찔러주는 쌀값을 받아 들고 곧 가게 탁자나 닦아 놔야겠다면서 자리를 비켜 주었다.
 그렇게 홀로 된 부엌에서 여자아이는 쌀을 씻어 솥에 안치고 불을 지피고 부뚜막 아궁이 앞에 무릎 구부리고 앉아서 그 불을 한참을 보고 또 보았다.
 역시나 불을 보고 있으니 마음이 다독여진다. 쌀 익어 가는 향기가 코로 들어가 심장을 다독거린다.
 그리고 그런 그녀를, 부엌 문가 앞에 서 있던 그 남자가 지켜보고 있었다. 불 앞에 쭈그리고 앉은 여자아이의 작은 어깨를, 작은 등을 그저 보고만 있다. 여전히 시선을 불꽃에 두고 있던 그녀의 담담한 목소리가 들려오기 전까지.

"……참 좋아해요."

"예?"

느닷없는 소리에 찬경은 가슴이 덜컹 내려앉았다. 하지만 등 뒤 남자가 어떤 얼굴을 하던 상관없이 여자아이는 묵묵히 불길을 보며 말을 이어 갔다.

"이 냄새요. 쌀 익는 냄새. 난 세상에서 이 냄새가 제일 좋아. 막 울 것 같다가도 이 냄새 들이켜면 눈물도 다시 내 속으로 들어가요. 기분도 좋아지고."

배고파 본 적이 있는 사람은 알아들을 수 있는 소리였다. 찬경 역시 지치도록 배곯아 본 적이 있기에 그녀의 말을 이해했다.

허기가 지면 울적해진다.

뱃속 창자라는 것이 어찌나 단순하고 얼마나 기묘한 것인지, 비어 있으면 눈앞이 노래지고 머리가 어지럽고 눈물이 나지만, 채워지면 힘이 난다. 조금쯤 덜 불행해질 것 같은 근거 없는 희망도 든다.

아니, 행복하다고까지 느껴지기도 한다. 지독한 허기, 허기를 느끼게 만든 가난함, 혹은 가난함으로 해서 빚어진 다른 사람의 멸시, 초라함 따위는 만복의 그 순간 속절없이 잊혀진다.

그렇기 때문에 밥알 익는 냄새는 위안이고 행복이었다.

그녀의 위안이 익어 가고 있다.

무거운 솥뚜껑을 열고 보니 하얀 김이 뭉게뭉게 피어올랐다.

아직 개시를 하지 않아 다른 사람은 아무도 없는 작은 밥집의 나무 탁자에 쌀례는 상을 차렸다.

"많이 드세요. 나도 많이 먹을 거예요."

꾹꾹 눌러 담아서 높다랗게 쌓은 밥그릇을 여자아이가 내밀자 남자는 어리둥절한 얼굴로 되물었다.

"나도 먹으라굽쇼?"

"밥때잖아요?"

스스럼없이, 여자아이는 남자의 맞은편에 앉아 제 몫의 밥을 무서운 기세로 먹기 시작했다.

문득 찬경은 누군가와 밥을 함께 먹는 것이 참 오랜만이라는 사실을 떠올렸다. 밥을 빌어먹을 때도, 머슴이 되고 난 뒤에도 그는 자기 몫의 밥을 받아 혼자 구석진 곳에서 묵묵히 먹곤 했다. 함께 먹다가 제 몫을 남에게 빼앗기게 되는 상황도 싫었고, 굶주렸다가 허겁지겁 뱃속을 채우는 모습을 보이는 것도 싫었다. 아니, 사실을 말하자면 그 무방비 상태에서 함께 마음 놓고 허기와 만복을 나눌 사람이 그에겐 오래도록 없었다.

조금쯤 망설이다가 찬경은 수저를 놀려 밥술을 뜨기 시작했다. 고봉으로 수북이 담은 밥은 기름기가 자르르 흘렀다. 반찬이라곤 밥집 노파가 선심 쓰듯 내온 무짠지 한 가지였지만, 입 안 가득 씹히는 쌀밥은 꿀처럼 달았다. 곧 그도 쌀례만큼이나 바쁘게 수저를 놀리며 입 안 가득 뜨겁고 달큰한 밥알을 씹어 삼켰다. 배가 고파서. 먹고 기운을 차려야 했기 때문에. 살아 있으므로.

"아, 살 것 같다."

입가에 묻은 밥풀까지 떼어 먹은 후 여자아이는 만족 어린 한숨을 내쉬었다. 밥의 은혜로 눈물, 한숨은 다시 그녀 안으로 들어가 버렸다. 속이 든든해지니 얼굴에 발그레 혈색이 돌고 다시 그녀는 동글

동글 쌀알 같은 쌀례가 되어 있었다. 웃는 얼굴을 지켜보다가 남자는 툭 던지듯 말했다.
"다 먹었으면 일어나요."
"맞아. 아주 어두워지기 전에는 집에 돌아가야죠?"
당황해서 자리에서 일어서는 여자에게 남자는 어처구니없다는 듯한 얼굴로 빈정거리듯 말했다.
"무슨 그런 멍충이 같은. 기껏 나와서 밥만 먹고 끝이란 말이우?"
'끝이 아니면?'
어리둥절한 얼굴로 자신을 보는 여자아이에게 청년은 씨익 미묘한 미소를 지어 보이며 말했다.
"구경해 본 적 없죠? 해 떨어지면 시작되는 다른 세상."

다른 세상. 어쩌면 그렇게 딱 맞는 표현이 존재하는 걸까.
전시체제라 기름을 아껴야 한다는 명분 때문에 거리 가로등도 다 꺼진 어두운 밤, 오로지 달빛과 별빛만 보이는 어둠 속에서 찬경의 뒤만 쫓아가던 쌀례는 마침내 도착한 그곳의 전경에 벌린 입을 다물지 못했다.
"어머, 이 꼬마는 누구야? 여급으로 쓰기에는 어린 것 같은데?"
"닥쳐. 귀한 분이니까 건드리지 말라구."
어두침침한 공간, 휘황한 불빛 아래 목덜미까지 새하얀 분을 바르고 입술을 쥐 잡아먹은 듯 시뻘겋게 칠한 여자가 찬경 뒤에 서 있는 쌀례를 보며 아는 척을 했다.

솔직히 인정하고 싶진 않았지만 양장을 한다고 다 서방님의 학우 금주같이 세련된 분위기를 풍길 수 있는 건 아니라는 사실을 깨달았다.
비단 이 요란한 차림새의 여인네뿐만이 아니라, 이 공간 자체가 쌀례가 몸담고 있는 공간과는 어딘지 달랐다. 당장 곁에 서 있는 찬경조차 평소 대낮에 쌀례가 아는 그 찬경 오라버니와 다르지 않은가.
"뭐, 마실 것 좀 드릴깝쇼?"
잠깐 기다리라더니 어딘가에서 의복까지 바꿔 입고 온 그는 더 이상 전직 거렁뱅이도, 남의 집 머슴도 아니었다. 서방님처럼 하얀 양장 와이셔츠를 걸치고 긴 다리에는 폭 넓은 무명 바지가 아니라 다리 윤곽이 그대로 드러나는 좁은 양장 바지를 입고 있었다. 머리카락까지 기름을 발라 반들반들 단정해 보였다.
"그, 그 머리가, 대체 여, 여, 여긴 어디예요? 도깨비 소굴도 아니고?"
도깨비 소굴이라는 쌀례의 말에 찬경은 어깨를 들썩이며 웃었다. 그러고는 간단히 대꾸했다.
"머리에 바른 건 포마드. 여긴 내 두 번째 일터고 놀이터. 도깨비 소굴 비슷한 면도 있지만 결국 사람들 소굴이랍니다."
일 년 전 처음 경성에 와서 시댁에 들어가던 날 이후, 쌀례는 이제 어두운 밤을 밝히는 전기라는 매혹적인 빛의 세례에 익숙해져 있었다. 낮에 내리쬐는 햇살과 달리 밤의 불빛은 어쩐지 은밀하면서 더 요염하다는 것도 어느 정도는 알고 있었다.
하지만 지금 그들을 내리쬐는 그 공간의 농밀함은 쌀례가 알고 있는 어떤 것보다 은밀하고 끈적끈적해 보였다.
귓가에 들려오는 나른한 음악들, 조명 아래 번들거리는 여자들의 분칠한 얼굴, 짧은 스커트 아래 드러난 대담한 맨 다리 살들, 한번 마셔 보라고 찬경이 건네준 마실 것까지…… 모든 것이 끈끈했다.
 살고 있는 집이 답답해서 나오고 싶었고 나와도 경성에 시집 말곤 아는 곳이 없어서 따라오긴 했지만, 여기 와도 편한 건 아니었다. 하지만 그곳에서 찬경은 참으로 편안해 보였다.
 "음, 여기서는 오라버니가 많이 달라 보이네요."
 뜬금없이, 멀뚱하게, 혹은 계집아이의 수줍음을 담고 그리 평하는 쌀례에게 찬경은 어깨를 으쓱거리며 평소처럼 퉁명스런 어조로 간단히 대꾸했다.
 "뭐? 포마드 좀 바른 거? 대갓집에선 머슴 꼴이고 도깨비 소굴에선 도깨비 몰골이어야지."
 "아니요. 그것 말고도."
 "그것 말고, 뭐 말이우?"
 이해할 수 없다는 듯 찬경은 성큼 다가와 얼굴을 쌀례의 거의 코앞까지 바짝 들이댔다. 서방님보다 좀 더 짙은 가무잡잡한 얼굴 아래 우뚝 선 고집스런 콧날, 외꺼풀 옆으로 긴 눈매, 입술…… 어두운 조명 아래 익숙하고도 낯선 그 남자가 불쑥 다가서니 쌀례는 당혹스러웠다. 그리고 보면 오늘 오후 내내 자신을 바깥으로 이끄는 그의 뒤꽁무니에 붙어서 다녔다. 이제까지 몇 걸음 떨어져 다녔다고 분별을 못했는데 이렇게 갑자기 자기 코앞에 선 그의 얼굴을 대하자니 쌀례는 깨달았다.
 '이건 절대로 조신한 부인네의 처신이 아니야!'
 싸릿골 외조부가 아신다면 광에 갇혀 한 달은 근신해야 할 일이다. 아니, 싸릿골 친정까지 갈 것도 없다. 당장 시가 어르신들, 무엇보다 서방님께 죄스런 일이다. 아무리 그분에게 섭한 마음을 품었다고 해도 이건 아니지. 뒤늦은 자각과 후회에 어쩔 줄 몰라 우왕좌왕하고 있던 그때 그들 사이로 홀에서 일하고 있는 듯 보이는 뽀이가 다가와 찬경을 재촉했다.

"형님! 무대 시간 다 됐어요! 나카무라 상이 형님 빨리 찾아오라 했다구요!"

도깨비 소굴에 갑자기 이끌려 온 여자아이를 좀 더 놀려 먹어 보려는 듯 바짝 다가섰던 남자는 다가왔던 때 비슷하게 재빨리 여자아이에게서 떨어져 어딘가로 가 버렸다.

그가 떠남에 안도함 반, 곤혹스러움을 반 정도 느끼던 쌀례가 잠시 후 그를 다시 본 것은 홀 가운데 설치된 낮은 무대 위에서였다.

운다고 옛사랑이 오리오마는,
눈물로 달래 보는 구슬픈 이 밤.
고요히 창문 열고 별빛을 보면,
그 누가 불어 주나, 휘파람 소리.

— 이노홍 작사, 〈애수의 소야곡〉

조선에서 엄청나게 히트를 하여 일본에서까지 레코드로 만들어졌다는 그 노래가 홀 가운데 무대 위 여가수의 진홍색 립스틱을 바른 입술에서 고혹적으로 흘러나왔다.

촉수 낮은 등불 아래에서라도 요즘 유행하는 짧은 단발머리 여가수의 드레스는 반짝거리며 눈이 부셨고, 그 곁에 서서 눈을 감고 반짝이는 금빛 서양 악기를 입에 불고 선 찬경도 여자만큼이나 반짝거렸다. 그랬다. 한선재에게 밤의 야학당 교실 칠판 앞이 반짝거렸듯이, 무대 위에서 찬경은 반짝거렸다. 사실 뽀이가 다가와 그를 불러 가기 전, 쌀레는 하마터면 그에게 이렇게 말할 뻔했다.
'전등불 같아요. 혹은 밤에 핀 벚꽃이거나.'
불빛은 밤에 유독 그 빛이 찬연한 것이고, 하얀 벚꽃 잎 역시 밤에 더 그윽해 보이는 것이다. 낮에도 해사하지 않은 것은 아니었지만 봄 밤 새하얗게 피어오른 하얀 벚꽃 잎들을 보면 낮과는 달리 성인 여자와 같은 농염함이 풍길 때가 있다. 어려서 그 차이를 잘 표현할 수 없지만 지금의 찬경은 꼭 밤에 피어난 꽃송이 같았다. 훤칠한 사내에게 할 소린 아닌 것 같아 입을 다물고 말았지만 정말 그랬다.
그리고 그렇게 본 것은 쌀레만은 아닌 듯했다.
두어 곡 노래 공연이 끝나고 찬경이 무대에서 내려와 쌀레에게 돌아왔을 때, 잘 차려입은 중년 남자가 청년에게 일당인 듯 보이는 지폐를 건네며 이렇게 말하는 것을 보면.
"배운 지 얼마 안 됐는데 색소폰 실력이 제법 늘었어. 어때? 혼자 뛰지 말고 큰 악단에 들어가 보는 게. 내 잘 아는 극단주가 있는데 여기보다 물 좋은 곳도 많이 알고 있고 거기 가서 잘만 나간다면 하룻밤에 쌀이 한 말이래."
곁에서 그들의 대화를 듣고 있던 쌀레는 하마터면 들고 있던 음료수 잔을 뒤집어엎을 뻔했다.
'헉! 쌀이 한 말이라구?'
물론 찬경 오라버니가 낸 악기 소리는 듣기 오묘한 것이 신기하긴 했지만 그래도 그렇지 쌀이 한 말이라니. 믿을 수 없다는 듯 쌀레의 시선이 그를 향했다.
그런데 참으로 기묘한 일이다. 듣고만 있는 쌀례는 심장이 콩닥거리는데 정작 당사자는 심드렁한 얼굴로 고개를 내젓는 것이 아닌가.
"됐습니다. 이 짓만 천년만년 계속할 것도 아니고."
"아니면? 듣기로 낮엔 남의 집에서 험한 일 한다며? 뭐하러 그런 시간 낭비를 하나?"
쌀례 역시 그 남자의 대답이 궁금해 기다리는데 그의 답변은 의외로 싱거웠다.
"보기보다 세경이 후해서요."
그것은 세상 물정에 어두운 열다섯, 곧 열여섯이 되는 여자아이가 듣기에도 뜬금없는 대답이었다.
중년 남자는 기가 막히다는 듯 혀를 찼다.
"그래 봐야 세경이지. 사람이 보기보다 배포가 좁구만. 평생 남의 뒤나 닦아 주고 살 텐가?"
도발적인 대사에 찬경은 씨익 송곳니를 드러냈다.
"뒤를 닦던 뭘 하던. 내가 있고 싶은 곳에서 내가 벌고 싶은 대로 번다는 게 내 신조요. 있을 만해서 있는 거니 참견은 그만하지 그러우?"
꽃처럼 고운 얼굴에 남의 목을 물어뜯는 들개의 표정이 스며들었다. 그것이 어쩐지 스산하게 느껴졌는지 중년 남자는 떠났다.
단둘이 남게 되자 방금 전 언쟁으로 떨떠름해진 공기가 무겁게 쌀례를 압박했다. 어떻게든 이 어색함을 풀고자 쌀례는 짐짓 밝은 어조로 말했다.
"하, 하룻밤에 쌀 한 말, 정말 대단해요! 언제부터 그런 거 배웠어요? 하하, 세, 세경이 정말 그렇게 많아요? 한 달이면 쌀 서른 말 받을 거

싫다 할 만큼? 굉장하다."
 말해 놓고 보니 여자아이는 어쩐지 뻘쭘했다. 자기 입으로 자기 집이 굉장하다 말한 격이었다. 이런 부끄러울 데가. 뱉은 말을 어찌 수습할지 몰라 고개를 수그리고 있는데, 그런 여자아이의 머리 위로 남자의 쓴웃음 섞인 목소리가 들려왔다.
 "굉장하긴 하지. 그러니까 그 비렁뱅이 꼴을 하고 기 쓰고 찾아간 거 아니겠어?"
 차고 울적한 목소리. 뱃속에서부터 흘러나오는 듯, 음울하지만 속내가 고스란히 담긴 듯한 남자의 중얼거림에 여자아이는 고개를 들었다. 어두운 조명 속에서 남자가 자신을 내려다보고 있었다. 평소처럼 장난기 어린 얼굴도 아니었고, 삐딱한 표정도 아니었다. 아니, 정확히 말하면 아무 표정이 없었다. 그래서 더 무섭고 서글픈 그런 얼굴이었다. 꽃 같은 얼굴로 목을 물어뜯는 들개의 표정을 하고 있던 찬경도 처음이었지만, 이런 표정도 처음이었다.
 그런데 지금 이 사람이 뭐라고 했지? 거렁뱅이 꼴을 하고 기를 쓰고 찾아왔다고? 그날 종로 거리에서 처음 만나 서방님이 집으로 찾아오라고 하셨었는데 그게 그렇게 힘든 일이었나? 쌀례는 그가 하는 말을 알아들을 수가 없었다.
 그렇게 당혹스러워하는 그녀를 보면서 남자 역시 당혹스러웠던 모양이다. 그는 서둘러 자신이 늘 짓던 장난스런 미소를 지어 보이며 그녀에게 말했다.
 "모처럼 재미있는 구경 시켜 드린 건데 재미없는 소리만 늘어놓고 있구만. 그 살쾡이 계집 말 그대로 아씨는 촌닭이 맞는 것 같수."
 다시 평소대로 돌아온 경이 오라버니는 반가웠으나, 그 인정사정없는 '촌닭' 소리는 열다섯 한창 예민한 처녀아이를 울컥하게 만드는 데 강렬한 효과를 발휘했다. 고향에 있었을 때는 닭은 그녀에게 달걀을 낳아 귀한 영양을 제공하는 소중한 존재였으나, 경성에 상경한 이래 입이 거친 시누이로부터 '촌닭' 소리를 듣게 된 이후 도저히 가까이 할 수 없는 존재로 변질되어 버렸다. 나는 닭이 아니다. 조신한 사대부 아낙에게 닭이라니! 여자아이는 쌀쌀하기 그지없는 어조로 반격에 나섰다.

"재미있는 구경이요? 문은 있는 대로 다 닫아 놓고 아까운 전등불은 여기저기 밝히고⋯⋯ 이게 뭐 좋은 구경거리라고요."

"보시다시피 문 열어 놓고 영업할 장소는 아니라서. 에, 그래도 너무 하네. 아씨 덕에 얻은 일자리라 내 딴에는 답례 차 모신 건데."

남자가 하는 의외의 말에 여자아이는 다시 얼떨떨하여 되물었다.

"내 덕이라구요?"

"글 가르쳐 줬잖아요. 글자 읽을 줄 아는 뽀이 구한다고 해서 처음 여기 일자리 구하고, 여기서 색소폰 부는 것도 배우고. 글이라는 거, 두루두루 통합디다."

부는 바람에 이리저리 휘는 갈대는 되고 싶지 않았지만, 짧은 순간 쌀례는 울컥하던 마음을 금세 잊었다.

갑자기 형언할 수 없는 기쁨, 설렘, 자긍심 같은 것이 그녀의 여린 등줄기를 주욱 타고 달리기 시작했다. 내가 한 일이 누군가의 삶을 변화시켰다. 긍정적으로. 눈앞에 앉아 있는 저 삐딱한 남자에게 도움이 되었다. 나를 도와준 이를, 나도 도울 수 있었던 것이다. 지화자!

문득 쌀례는 이 사람에게 글을 가르칠 수 있도록 만들어 준 이, 자신에게 처음 글을 가르쳐 준 사람을 생각했다.

―사람이란, 자기 이름을 쓸 줄 알아야 해.

그렇게 말했던 그 사람은 언제나 대부분 옳은 말을 했다. 그런 사람이 날 믿어 주지 않는 건 슬프고 가끔은 그가 밉지만, 그래도 이 순간 이 어두침침한 공간에서 쌀례는 그를 생각한다. 지금쯤 그 사람은 촉수 낮은 야학 불빛 아래에서 또 다른 학생들을 가르치고 있으리라.
'아, 그러고 보니 오늘은 야학 교실로 직접 오라고 했는데.'
거기까지 생각이 미치자, 쌀례의 마음이 바빠졌다. 벽 한쪽에 걸린 괘종시계를 한 번 본 후, 여자아이는 자리에서 벌떡 일어섰다.
"왜요?"
갑작스런 그녀의 행동에 남자는 물었고, 동그란 눈을 하고 그녀가 답했다.
"가야 할 곳이, 기다리는 사람이 있어요."
그 사람 때문에 답답하다고 집을 나왔고 한순간 다른 부엌에서 편안했지만, 이곳 역시 그녀의 공간은 아니었다. 이곳은 찬경의 공간이다.
낯설고, 그래서 조금쯤 재미있기도 했지만, 그래도 쌀례는 매캐한 담배 연기에 나른한 음악이 흐르는 이곳보다 똑같이 촉수 낮은 불빛의 공간이더라도 칠판 앞에 차분한 목소리로 책을 읽어 주는 그 사람이 있는 공간이 더 좋았다.
그래서 여자아이는 그곳을 떠나 남편이 기다리는 야학 교실로 발길을 돌렸다.
하지만 그녀가 바삐 달려간 그곳은 여기저기 사방에 흩어진 조선어 교본과 뒹구는 책걸상뿐, 그녀를 기다린다 했던 선재는 없었다.

푸른 새벽의 이별

지독한 고별사

어둠 속에서 씨익 하얀 이를 드러내며 그 남자는 말했다.
"밥 많이 먹고 무럭무럭 커라, 밥순이 아씨 마님.
혹시 어른이 되어 다시 보게 되면 내가 신 나게 괴롭혀 줄게."

"선재가, 네 형이 경찰서에 연행이 돼? 그게, 그게 대체 무슨 소리냐!"

새파랗게 질린 얼굴로 둘째 아들이 일러준 날벼락 같은 소식을 듣고 김씨 부인의 안색 역시 새파랗게 질리고 말았다.

장정들이 순사들에게 끌려가는 일 따위, 흔하게 일어나는 세상이었다. 하지만 그런 험한 일은 지금 이 순간 이전까지 그녀와 그녀의 아들들에게는 상관이 없던 일이었다. 많지도 않은 아들 둘을 학도병이나 기타 위험한 곳에서 안전하게 지켜 내고자 남편이 총독부나 높은 곳에 가져다 바친 돈이 얼마이던가. 얼마 전엔 살 떨리게 비싸다는 십만 원짜리 비행정도 헌납했는데. 대체 이게 무슨 날벼락인가.

"어떤 놈이 고변을 했던지 어제 저녁에 종로서 순사 놈들이 야학으로 쓰는 창고를 덮쳤답니다. 혼자서 뭔가 정리할 것이 있다고 남아 있다가 붙들린 모양이에요."

"아이고오!"

준재의 대답에 그 순간 어머니 김씨의 입에서 비명이 터져 나왔다.
 "그러게 내 진즉에 그 위험한 짓은 하지 말라고 그리 말렸건만! 기어이 사달이 나고 말았네! 요새는 잠잠한 것 같아서 마음을 놓았더니! 아이고오! 선재 그것이 쌀례 저 무지렁이 촌것한테 글 가르친다고 했을 때부터 진즉에 야학인지 뭣인지 위험한 짓 계속 하고 있다는 걸 알아보았어야 했는데! 그러게 집안에 사람이 잘 들어와야 한다는 것 아니야! 이게, 이게 대체 뭔 일이래!"
 "어머니! 대체 지금 무슨 말씀을!"
 손으로는 연신 옷고름으로 눈물을 찍어 대며 울부짖는 김씨의 목소리, 그리고 그에 반발하는 준재의 날이 선 목소리, 그들보단 훨씬 침착했지만 한층 무거워 보이는 은재의 목소리가 그들 사이를 비집고 들어섰다.
 "어머니 말씀 아주 틀린 것도 아니지. 큰 오라버니가 저리 된 것, 다 저 촌닭 때문이야."
 "은재야!"
 큰 오라비와 꼭 닮은 얼굴로 자신을 나무라는 작은 오라비를 제치고 은재는 두 눈에 불을 머금고 쌀례에게 물었다.
 "너, 어젯밤에 어디 있었어? 듣자 하니 오라버니는 야학에서 널 늦게까지 기다렸다는데?"
 시누이의 목소리가 쌀례의 가슴을 깊숙이 찔러 왔다. 그녀도 알고 있었다. 이미 한 차례 순경들이 들이닥친 듯 보이던 야학 교실에는 선재의 책가방과 교모가 바닥을 뒹굴고 있었다. 수업에 쓰려 했던 모양인지 그녀가 돌려주었던 조선어 독본도 있었다.
 오로지 사람만, 선재만 없었다.

자신이 찬경을 따라 장터 자그마한 밥집에서 밥을 지어먹고 어두침침한 무대에서 정신 팔고 노래를 듣고 있던 사이, 서방님은 잡혀가 버렸다.

목소리가 잠긴 것처럼 쌀례는 아무 말도 할 수 없었다. 염치가 없어 차마 소리 내어 울 수도 없었다.

그렇게 눈가는 붉게 물들어 가도 울지는 않고 멍하니 서 있는 쌀례를 은재는 기가 막히다는 듯이 윽박질렀다.

"사람 말이 말 같지 않니? 어디서 뭘 하고 제까짓 게 우리 오라버닐 잡아먹어? 너 뭐야? 뭔데 울지도 않아!"

쌀례는 염치가 없어서 독이 잔뜩 오른 은재가 머리를 쥐어뜯어도 뜯기는 대로 있었다.

'좀 더 세게 꼬집어도 괜찮아. 하나도 안 아프니까 머리채도 더 세게 끄들어 버려요! 나 같은 건 맞아도 싸니까! 나 죽고 싶어요! 차라리 죽고 싶어요!'

그렇게 쥐어뜯기던 순간, 쌀례는 보았다. 하인들 틈에서 기가 막히다는 듯이 자신을 지켜보고 있는 경이 오라버니를. 그의 횃불 같은 눈동자가 그녀에게 소리치고 있는 듯했다.

'바보같이! 아씨 마님, 너 왜 그렇게 꼼짝도 못하고 얻어맞고 있니? 네가 무슨 잘못을 했다고! 이런 때 천지분간 못하고 날뛰다 잡혀간 게 큰 도령 탓이지 네가 왜!'

까딱하면 한 발 나서서 은재를 칠 것만 같은 그 노여운 얼굴에 대고 쌀례는 고개를 내저었다.

'아뇨. 나서지 마세요. 이건 다 제 탓이에요.'

열다섯, 아직은 어린 티 나는 자그마한 계집아이가 어쩌면 그렇게도 단호할 수 있는지 찬경은 이해할 수 없었다. 눈빛으로 도움을 뿌리치면서 너는 도대체 왜 그렇게 당하고 있는 거지? 왜 내가 널 도울 수 없게, 그런 눈으로 뿌리치는 거냐? 네가 그 큰 도령이라는 놈 계집이라서? 혹은 몇 년 내로 그놈 계집이 될 처지라서? 이거나 저거나 찬경을 부글거리게 하는 건 매한가지였다.
'개 같은 집구석! 개 같은 인간들! 원래 이 집구석이 마음에 들지 않았지만, 지금은 확 불이나 질러 버렸으면 좋겠다!'
표정 없이 상전들의 푸닥거리를 지켜보는 고용인들 틈에서 그가 그렇게 홀로 분노를 곱씹고 있을 때, 등 뒤에서 낮은 목소리가 들려왔다.
"주인어른께서 자넬 부르시네."
그 대책 없는 사고뭉치 큰 도령 한선재의 아비, 한상민. 만석꾼 한가가 나를? 왜?

경찰서 좁은 취조실 안에서의 시간은 유독 더디게 가는 것 같았다. 낮인지 밤인지 분간이 안 가는 좁고 어두운 곳이니 더더욱 그렇겠지만. 어두운 공기 중에 떠다니는 황금색 먼지를 구경하면서 선재는 생각했다.
'지금쯤 집에서 난리가 났겠군.'
살다 보면 뭐든 예상치 못한 방향으로 일이 흘러갈 수 있다. 강제로 혼인한 이후 선재는 그 사실을 자신이 그런대로 잘 알고 있다고 생각했다. 하지만 붙잡혀 온 날 밤엔 설마 자신이 경찰서 유치장에 갇히게 되리라는 예상은 하지 못했다.

'그러고 보니 그날 밤에, 그 아이한테 바람맞을 거라는 생각도 못 했는데.'

그가 원래 했던 예상대로라면, 쌀례는 야학에 왔어야 했다. 약간 쑥스러운 얼굴로 교실에 그 아이가 오면, 그 애가 돌려주었던 어학본을 다시 돌려주고, 수업을 하고, 수업을 마치면 준재에게서 얻은 영화표를 가지고 둘이서 영화를 봤어야 했다.

아, 그렇다. 영화표. 차갑게 등을 돌리고 방을 닦아 대는 쌀례 기세에 차마 그때 주지 못하고 그가 가지고 있던 영화표. 체면 불구하고 동생 준재에게 쌀례가 이제까지 본 적 없는 무시무시한 방법으로 화를 낸다고 투덜거렸을 때 동생이 화해하라며 내준 그 영화표.

"화해를 하고 싶을 때는 말이야, 덮어놓고 잘못했다고 말해. 미안하다고. 다신 안 그런다고. 그게 제일이야. 그러고 나서 근처 조선극장에서 하는 영화라도 같이 보러 가라구. 요새 웬일로 지겨운 전쟁 영화가 아닌 다른 것이 들어왔다던데."

"내가 왜!"

그때 아우는 어깨를 으쓱하고는 이렇게 말했다. 마치 '지구는 둥글다'는 진리를 말하는 것처럼.

"글쎄, 내 보기에 지금 화해를 하고 싶은 쪽은 형인 것 같아서."

"말도 안 되는 소리!"라며 쏘아붙였지만, 그는 동생의 충고대로 영화표를 받아 들고 어린 아내더러 밤에 야학 교실에 나오라고 청했다. 쌀례가 무사히 1등을 했다면 그녀와 가려고 진작부터 마음먹었던 바로 그 표였다. 친정에서 유랑 극단이 공연한 〈장한몽〉 연극에 대해 아직도 재잘대는 그녀이니만큼 이 영화표는 쌀례의 노여운 마음을 좀 누그러뜨리리라.

그렇게 기대하면서 날이 덥다는 핑계를 대고 교실 뒷문을 열어 두고 수업하는 내내 몇 번씩 뒷문을 지켜봤지만, 그 여자애는 오지 않았다.
수업이 끝나고도 한참을 기다렸지만 오지 않았다. 지금 생각건대 오지 않은 것이 차라리 다행이었다. 하마터면 그 애까지 같이 붙잡혀 와서 고초를 겪을 뻔했으니까. 또박또박 제법 달필로 '박성례'라고 자기 이름을 쓰기 시작한 아이에게 불온사상범으로 경찰 조서에 자기 이름을 쓰게 만들지 않아 그 얼마나 다행인가.
"이게 뭐야? 한선재(韓善材)? 민적에 네 이름은 아오야마 센지로(清山善材郞)라고 되어 있지 않나!"
조서에 선재가 쓴 이름은 한씨 집안의 본관 '청주 청' 자와 그 본래의 이름을 적당히 따서 지은 일본 이름이 아닌, 지금은 써선 안 되는 조선 이름이었다. 죄인을, 그것도 사상범을 다루는 고등계 형사답게 험악한 표정으로 짖어 대는 사내의 질문에 선재는 평소엔 잘 짓지 않는 삐딱한 표정으로 느긋하게 대답했다.
"내가 조선 사람이라는 것 그쪽도 알고 있는 사실이고, 어차피 조선어 가르쳤다고 잡혀 왔는데 새삼스레 일본 이름 쓸 것 없지 않소? 그게 본래 내 이름인걸."
딱히 아내와의 영화 구경이 경찰서 취조로 바뀌어서 기분이 언짢은 것만은 아니었다. 지금 자신의 눈앞에 있는 사람 잡는 귀신 같은 종자들을 보면 기분이 더더욱 언짢아진다. 그리고 그것은 선재를 취조하는 형사 쪽도 매한가지로 보였다.
"난 너희 같은 것들이 정말 싫어!"
죄인도 여러 가지가 있다. 좀도둑질을 했거나, 밥값을 떼어먹었거나, 패싸움을 했거나, 눈앞의 이놈처럼 국가 시책에 반하는 짓 – 이른바, 야학이라는 것 – 을 하거나. 형사 노릇 하면서 그 어떤 죄인이 예뻐 보일까마는 그중 가네다가 가장 싫어하는 부류는 눈앞의 청년 같은 애송이 사상범들이었다.

"부모 잘 만난 덕에 머리에 든 것 좀 있다고 시건방 떠는 너 같은 족속들! 그러면서 군대도 가지 않았지? 천황폐하의 은총에 보답하고 반도 청년으로서 순국의 영예를 안을 수 있는 영광을 거부한 불량 신민! 너같이 나불거릴 줄만 아는 겁쟁이 종자들, 보기만 해도 이가 갈려!"

좁고 어두운 취조실 안, 촉수 낮은 등불 아래에서 날카로운 송곳니를 드러내며 형사라는 이름의 개가 으르렁거렸다. 그런 상대의 얼굴을 차갑게 응시하던 불량 신민 청년의 입에서 낮고도 단호한 대답이 흘러나온 것은 잠시 후의 일이었다.

"피차일반이라오."

"뭐?"

"나도 자기가 왜놈인 척 왜놈 이름 달고 조선 사람 잡아들이는 데 앞장서는 당신 같은 버러지들 보면 구역질 나긴 마찬가지거든. 가네다 도쿠오 상. 아니, 김덕구 씨."

통렬한 조롱에 선재와 마찬가지로 두 가지 이름을 가지고 사는 형사의 눈에서 살의가 번뜩였다. 격렬한 "빠가야로!" 소리와 함께 가네다의 주먹이 선재의 얼굴을 강타했다.

입술이 찢어지고 피가 튀었다. 여름 소나기처럼 주먹과 발길질이 사정없이 선재의 온몸에 쏟아져 내렸다. 선재 아버지 한상민이 서장과 친분이 있는 거상이라는 것을 기억하고 있던 다른 형사가 뜯어말리기 전까지 버러지라 불린 사내는 미친 듯이 자신을 버러지라 부른 청년을 때려 댔다. 핏발 선 눈으로 이렇게 악을 써 대면서.

"버러지? 뚫린 입이라고 함부로 지껄여! 오냐! 버러지의 쓴맛을 보여 주마!"
 의식을 잃기 전 선재가 마지막으로 들은 것은 널브러진 그의 손가락에 인주를 묻히고 어떤 서류에 지장을 찍게 한 가네다의 나직한 목소리였다.
 "너 같은 건 위대한 황군 될 자격도 없다만, 군대에라도 가야 정신 차리겠지. 어디 거기 가서도 네놈이 그렇게 끝까지 지껄이고 살 수 있을지 두고 보자구!"

 서방이 취조실에서 그토록 죽을 고생을 하는 동안, 시댁 식구들로부터 서방이 잡혀가도 눈물 한 방울 흘리지 않는 독한 계집애로 불리던 쌀례는 말 그대로 그날 하루 눈물 한 방울 흘리지 않았다.
 늘 했던 대로 집 안을 쓸고 닦고, 저녁밥을 지을 쌀을 씻고, 밥을 차리고, 밥을 먹고, 설거지를 하고, 자리보전하고 누운 시어머니를 위해 약탕기 앞에서 쭈그리고 앉아 약을 달였다.
 그러고 있는 사이, 어느새 벌떼처럼 붕붕 소란스럽던 집 안도 고요해졌다. 낮에는 들리지 않던 밤 벌레 우는 소리만 간간이 들려오는 고요한 마당에서 쌀례는 약탕기 앞에서 부채질을 해 가며 흘끔흘끔 대문 쪽을 바라보았다. 어쩐지 오늘 하루 동안 들었던 그 모든 것이 다 한바탕 꾼 나쁜 꿈이고 지금이라도 여름 교복 차림의 남편이 대문 안으로 들어설 것 같았다. 그때 그녀의 마음속 기원에 응답이라도 하는 것처럼 꼭 선재와 엇비슷한 키의 그림자가 대문 안으로 들어섰다. 약탕기 앞에 앉아 있던 쌀례는 재빨리 일어나서 대문으로 다가갔다.
 남편이었다! 자신을 보는 그의 얼굴을 보자 쌀례는 눈이 뜨끈해짐을 느꼈다. 오늘 하루 가까스로 붙들어 두었던 눈물이 한순간 후두둑 흘러내리기 시작했다.
 그런 쌀례의 얼굴을 물끄러미 바라보던 선재는 곧 여자아이 이마에 작게 알밤을 먹이더니 짐짓 엄한 목소리로 물었다.
 "나오라고 했는데 왜 안 온 거야?"
 사실은 갔다고, 갔는데 이미 없더라고 머릿속에서의 대답은 그랬지만, 정작 쌀례의 입에서 나온 말은 한 가지였다.
 "미안해요. 잘못했어요…… 미안해요……."
 그녀는 말하고 싶었다.
 '어서 와요. 밥은 먹었어요? 들리는 소문처럼 매를 맞거나 험한 일 겪진 않았어요? 어머님이 쓰러져 누우셨어요. 아버님은 화를 내시지만 역시 걱정하시니까 그런 거죠. 아가씨와 도련님도 모두 어쩔 줄 몰라 해요. 빨리 안채로 들어가서…… 들어가서…….'
 할 말은 산더미처럼 많은 것 같았는데 그저 '미안하다.' 한마디밖엔 나오지 않았다. 그는 그 속을 다 안다는 듯이 그녀를 안아 주었다. 지난 겨울, 눈 오는 거리에서처럼.
 그 품에서 한참을 울다가 그의 얼굴을 다시 보려고 고개를 들었는데, 이상한 일이었다. 때마침 나뭇가지 위로 걸려 있던 달빛에 드러난 서방님의 얼굴은 빠르게 다른 이의 얼굴로 변해 갔다.
 "경이…… 오라버니?"
 여자아이는 믿을 수가 없었다. 이게 대체 무슨 일이람! 외간 사내 품에 안겨서, 아니 분명히 서방님이었는데 어떻게 이런 일이! 당황해서 그를 뿌리치려고 했는데 남자의 강한 팔은 쌀례를 놓지 않았다.
"놔요! 안 돼! 안 돼요!"
자신의 팔 안에서 버둥거리는 그녀를 물끄러미 내려다보던 남자가 새하얀 이를 씨익 드러내며 되물었다.
"왜 안 되는데?"
소스라쳐서 쌀례는 눈을 떴다. 입이 마르고 온몸은 땀에 젖어 축축한 느낌이 들었다. 부르르 한기가 든다. 그래도 눈앞에 보이는 천장은 이곳이 자신의 방이라는 것을 쌀례에게 알려 주고 있었다. 다행이다. 꿈이었구나.
안도의 한숨을 쉬고 자리에서 일어나 불을 밝히려는데, 그때였다. 어둠 속에서, 그녀가 누워 있는 반대쪽에서 웅크리고 있던 누군가의 목소리가 들려온 것은.
"나쁜 꿈을 꾸었나?"
그 목소리를 듣는 순간, 쌀례는 하마터면 비명을 지를 뻔했다. 꿈속에서 허락 없이 그녀를 끌어안았던 그 사람이 지금 날도 밝지 않은 시간에 그녀의 방구석에서 웅크리고 앉아 있었다.
가까스로 나오려는 비명을 참고 쌀례가 말했다.
"나, 나가세요! 여기서 지금 무얼 하는 거예요?"
그녀는 나가라 했는데 반대로 남자는 무릎걸음으로 성큼 다가오고 있었다. 장지가 발라진 격자무늬 창가 밖으로 어슴푸레 날이 밝아져 오는 것이 보였다. 푸르스름한 어두운 새벽빛 속에서 그의 완강한 콧날이 보였다. 무표정하지만 지쳐 보이는 눈빛도. 자세히 보니 눈가에 전날 밤까지도 없던 피멍이 들어 있었다.
한순간 무슨 일이냐고 묻고 싶었지만 지금은 그를 내보내는 것이 급선무였다. 아무리 어리다 해도 그녀는 남편이 있는 반가의 아낙네였고, 아무리 목숨을 구해 준 친 오라비 같은 존재라 해도 그는 외간 남자였다. 그녀가 무서운 꿈을 꾸고 잠에서 깨었을 때, 그 꿈이 얼마나 무서웠는지 물어볼 자격도, 그녀를 달래 줄 자격도 그에겐 없었다. 지금 이 시간에, 이 자리에 그가 있다는 게 가당키나 한가.

"나가라니까요! 소리 지르기 전에⋯⋯."

그는 쌀례의 경고에 당황하지도 화를 내지도 않았다. 그저 소리 없이 쓰게 웃다가 불쑥 이렇게 말할 뿐이었다.

"마지막으로 인사나 하러 왔다. 얼굴은 보고 가야 할 것 같아서."

"무슨⋯⋯."

영문을 몰라 묻는 여자아이에게 남자는 심드렁한 목소리로 간단히 대답했다.

"군대에 간다. 네 서방 대신."

"뭐라고요?"

알아듣기 힘든 일본말도 아니고 같은 조선말인데도, 지금 찬경이 하는 말을 쌀례는 알아듣기가 어려웠다. 군대에 가다니? 처음 이 집 안에서 일하게 되었을 때 그를 고용하기에 앞서 제대로 된 이력을 물었을 때 찬경은 이마를 긁적이더니 이렇게 대꾸했었다.

—찬경. 길가 거렁뱅이 출신이라 성씨는 모릅니다요.

민적도 없다 했다. 그의 아비는 아들의 출생을 반기지 않았고, 그래서 너는 민적에 오를 수 없었노라고 어미가 말해 주었다 했었다. 그래서 숨을 쉬고 말하고 움직이며 살아가곤 있어도, 기록상에 그는 존재하지 않는 사람이었다. 그런 그가 어떻게 왜인들 눈에 띄어 군대에 간다는 걸까? 그리고 우리 서방님 대신이라니?
 알아들을 수 없는 소리를 듣고 어리둥절해하는 쌀례의 얼굴을 보면서 찬경은 문득 한 가지가 궁금해졌다. 처음 이 집주인 한상민으로부터 자기 아들 대신 군대를 가라던 터무니없는 제안을 받았을 때, 내 얼굴 표정도 저 비슷했을까?

 한가네 집 안에 들어온 이후 주인어른의 사랑채에 불려간 것은 그때가 세 번째였다. 먼저 두 번은 찬경의 요청에 의해서였지만 영감 쪽에서 부른 것은 처음이라 무슨 일인가 했었다. 그렇게 불려가서 무시무시한 제안을 들었을 때 찬경은 자신의 귀를 의심했다.
 "지금 뭐라 하셨습니까요, 어르신?"
 "젊은것이 귀가 먹었느냐? 이번에 징집 받는 내 아들 선재 대신 네가 황군으로 가면 어떨지 묻고 있지 않느냐."
 머리로는 그 말이 무슨 뜻인지 이해가 갔다. 하지만 가슴은 터질 것만 같았다. 등가에 찬물을 뒤집어쓴 것만 같이 오한이 들기도 했다. 그래도 속에서 벌어지는 그 모든 것을 감춘 채 겉으론 차분히 되물었다.
 "귀하신 도련님 대신 천한 놈이 나가 총알받이 하라 그 말씀입니까?"
 한상민은 고개를 끄덕이며 차고 단호하게 대꾸했다.
 "다행히 너희 둘이 같은 또래에 체격이나 인상이 비슷하니 네가 내 아들인 척하고 대신 간다고 해도 알아볼 사람은 거의 없을 게다. 너란 놈은 어차피 민적이 없으니, 집에서 갑자기 사라진다 해도 그닥 궁금

타 여길 사람도 없을 것이고. 혹시 들통이 날 경우라도 내가 중간에 손을 쓸 터이니 너만 입조심하면 일이 성사될 것이다. 그러니······."
 냉정한 얼굴로 대화에 열중하던 상민의 목소리는 한참을 무표정하게 주인 나으리의 계획을 듣고 있던 젊은이의 웃음소리에 의해 깨어졌다.
 "풋. 죄송합니다만 좀 웃겠습니다, 어르신. 우흐, 우하하하하하!"
 머슴아이의 거칠고 불손한 웃음소리를 한상민은 얼마간 참고 들었다. 평소의 그라면 절대로 하지 않을 일이었지만, 보다 가치 있는 일을 위해선 그래야 했기 때문이다.
 한참 있다 젊은이의 웃음소리가 사그라질 때쯤 늙은 남자가 물었다.
 "지금 내 말이, 우스우냐?"
 늙은 남자의 음울한 질문에 젊은이는 뚝뚝 비어져 나오는 웃음을 참아 가며 대답했다. 정말로 우스워 못 견디겠다는 듯이.
 "웃기지 않겠습니까? 나를 처음 본 날 뭐라 하셨는지 기억은 하시오? 천한 기생년 배에서 나왔다고 영감마님 아들은 될 수 없다 하셨다구요. 그런데 당장 귀한 아드님 살리겠다고 아들인 척을 하라뇨. 아들로 인정은 못 해도 아들인 척은 하라니 세상에 이보다 웃긴 소리가 어디 있겠습니까?"
 우스운 소리를 듣고 우습다 말하고 있는데, 처음 웃음기 머금었던 젊은이의 목소리는 끝에 가서 낮은 고함으로 변해 있었다. 홍등을 걸어 놓고 술장사, 몸 장사를 하던 어머니가 술이 고주망태가 될 쯤 어린 그를 불러 놓고 아버지에 대해 말해 주던 그때처럼. 어미를 경멸 어린 표정으로 바라보는 아들에게 그녀는 독이 잔뜩 오른 목소리로 악을 썼었다.
 "저, 저 눈! 누가 지 아비 자식 아니랄까 봐 저렇게 차서는 어미 보길 똥으로 보느냐! 아비는 제 씨 뺐다는데도 코웃음 치고 돈냥이나 던져 주고 가더니, 그 자식새끼는 내 덕에 태어나 내가 똥줄 타게 번 돈으로 밥술이나 먹으면서도 어미 보길 똥으로 보는구나! 에잇! 개늠의 자식들! 개자식! 한가야! 저 자식 낯짝을 봐라! 두말 필요 없는 네 새끼지!"

 술병으로 어미가 죽고 나서 홀로 길을 나서면서 처음부터 아비가 산다는 경성으로 올 생각은 없었다. 어쩌다 발길 닿는 대로 오고 보니 이곳이었다. 아니다. 어쩌면 어머니의 증언을 눈으로 확인하고 싶어서 그 죽을 비렁뱅이 고생을 다 해 가며 이곳으로 온 건지도 모른다.

 무슨 마음으로 이곳에 왔든, 어찌하였든 간에 처음 그 어린 아씨와 그 서방, 그 서방 입에서 흘러나온 자신의 아비일지도 모르는 이름을 듣고 처음 이 집에 온 날, 주인 나으리라는 저 작자를 마주하면서 찬경은 어머니의 증언이 사실이었다는 것을 단번에 깨달았다.

 어미의 이름을 기억하느냐 물었을 때, 저 영감은 딱 잘라 말했다.

—모른다. 데리고 논 기생 이름 같은 사소한 것까지 일일이 기억하기에는 난 바쁜 사람이다.

아이를 가졌다는 소릴 들었을 때 떼든 낳든 알아서 하라며 집칸 살 정도의 돈을 마련해 주지 않았던가, 라는 찬경의 질문에 영감은 피식 웃으며 다시 말했다.

—집칸 마련해 준 기생이 평양부터 남도까지 어디 한둘인 줄 아느냐. 그게 풍류고 사내이니라.

푸른 새벽의 이별 | 185

오기가 나서 마지막으로 이 영감이 어미에게 주었다는 칠보 가락지를 꺼내 보였다. 어린 아씨가 제 어미에게서 받은 비녀를 끝까지 사수하였듯이, 그 역시 아무리 배가 고파도 그 가락지를 팔지 않았던 것이다. 하지만 가락지를 꺼내 보였을 때도 영감의 표정엔 그다지 변화가 없었다.

"내가 네 어미를 본 적이 있다고 치자. 그래 봐야 네 어미는 노류장화였고 나는 길가의 꽃 꺾은 길손 중 하나였을 뿐이다. 더도 덜도 말고 딱 그뿐인 게야. 하지만 네 행색을 보니 인간 된 도리로 딱한 생각이 들긴 하는구나. 일단 밥술이나 먹고 행랑방에서 언 몸이나 지지거라. 기운을 차리고 난 뒤에 다시 이야기하자."

길게 둥글려 이야기해도 내용은 한 가지였다. 너는 내 아들은 아니다. 하지만 거지꼴은 불쌍해 보이니 일단은 밥은 먹여 주마. 그러나 늙은 남자가 가락지를 보는 눈길을 알아보면서 찬경은 깨달았다.

'인간된 도리는 개뿔. 내 어미, 늙은 기생 말은 사실이었다. 저치가 내 아비다. 그리고 저치는 늙은 개자식이다.'

짐승도 자기 자식은 귀히 여긴다는데 저 짐승은 자기 자식을 갈보 아들에 거지새끼 취급만 하고 있었다. 아버지라는 인간과의 첫 대면 이후 당장 이 집구석에서 떠나 버릴까 싶었지만 찬경은 가지 않았다.

더운밥, 따뜻한 잠자리 때문만은 아니었다. 머리를 잘 굴려 한밑천 챙겨 받을 수 있겠다는 기대감 약간, 그리고 생명의 은인이라며 '경이 오라버니'라고 자신을 불러 주는 그 동그란 계집아이 보기가 재미있어 서였다. 뭐, 계집아이가 떠듬떠듬 가르쳐 주는 글자도 말은 재미없다 했지만 아주 없진 않았고, 영감이 따로 챙겨 준 돈으로 밤에 색소폰을 사서 배우는 재미도 쏠쏠했다.

그렇지. 어쩐지 일이 너무 잘 풀린다 싶었다. 등신처럼 생전 처음 느끼는 재미들에 발목이 잡혀 이게 무슨 꼴이람. 가슴 속마음 절반으론 멍청한 자기 자신에게 욕을 퍼부었고, 다시 절반은 눈앞의 늙은 남자에게 저주를 퍼부었다. 그렇게 속에서 오르는 분노는 젊은이의 눈빛으로 뛰쳐나와 활활 타올랐다.

"안됐수다만, 천한 놈도 목은 하나뿐이라. 딴 데 가서 알아보슈. 지금 심정 같아선 그쪽한테 이런 같잖은 제안 받았다고 총독부에 발고라도 하고 싶지만 이때까지 받아먹은 더러운 밥값 때문에 참아드리지."

그리고서 찬경은 주인영감 앞에 놓인 서탁에 '칵' 침을 뱉어 주었다. 제대로 하자면 그 얼굴에 뱉어 줄 것이지만, 그놈의 인간 된 도리로 그 선에서 참았다. 그리고 자리에서 일어나 그 방에서 나가려는데 뒤통수에서 영감의 목소리가 다시 들렸다.

"앉아라."

그따위 명령 듣지 않고 나가겠다는데 영감이 다시 말했다.

"한순간 객기로 네게 온 기회를 놓치지 마라. 앉아."

기회? 저 늙은이가 미쳤나? 어이가 없어 다시 영감 쪽으로 몸을 틀고 보자니 영감이 얼음같이 찬 눈빛으로 말을 이어 갔다.

"그 하나뿐인 목, 내가 비싸게 사 주마. 네가 원하는 건 무엇이든 들어주마. 자랑은 아니다만, 나, 이 한상민이 누구에게든 이런 후한 제안은 한 적이 없어."

그때 영감의 눈을 보고 찬경은 생각했다. 저것은 사람의 눈빛이 아니다. 아비의 눈빛은 더더욱 아니다. 원하는 건 무슨 수를 써서든 얻어 내고 눈길 한 번에 사람 명줄을 쥐고 흔든다는 귀신의, 야차의 눈빛이었다. 그 순간, 젊은 남자의 가장 안쪽에 자리 잡고 있던 거칠고

포악한 그 무엇이 눈을 뜨기 시작했다. 저 귀신이 나를 새끼로 보지 않으니 나도 저 귀신을 아비로 보지 않겠다. 젊은 남자 안의 괴물이 속삭였다.

'마음먹은 대로 하라.'

찬경은 성큼성큼 다가가 영감과 자신을 가로막고 있는 서탁을 발로 걷어차고 늙은이와 자신의 경계를 허물어뜨렸다. 젊은이는 단숨에 늙은이를 비단 보료 바닥에 쓰러뜨리고 주름 잡힌 목을 두 손으로 힘껏 졸랐다.

"내 목을 비싸게 사겠다고 했나, 영감? 응? 얼마나 줄 건데? 당신 재산 절반? 아니, 전부?"

"커컥, 놔. 놓아라! 이놈!"

늙은이가 두 눈을 부릅뜨고 젊은이의 완강한 손길을 뿌리치려 애썼다. 하지만 파릇한 젊은것의 바위 같은 힘을 노인이 되어 가는 늙은 사내는 당할 수 없었다. 그의 안색은 점차 흙빛이 되어 갔다. 반대로 목줄을 조이고 있는 청년의 눈빛은 희열로 빛났다.

'뒈져라! 뒈져라! 늙은 개야!'

하지만 하늘은 늙은 개의 손을 들어 주었다. 목이 졸리는 와중에도 한상민은 자유로운 한 손으로 필사적으로 방바닥을 더듬었다. 곧 목침을 손에 쥔 그는 사력을 다해 그 모서리로 찬경의 얼굴을 내리찍었고, 젊은이는 비명을 지르며 나가떨어졌다. 영감은 숨을 헐떡이며 집사나 하인들을 부를 때 쓰는 작은 동종을 집어 들었다. 그의 목에 자줏빛 손자국이 인장처럼 찍혀 있었다. 숨을 헐떡이며 영감이 말했다.

"지금 사람을 부르면 네놈은 주인을 살인하려다 미수에 그친 죄로 감옥에서 썩을 것이다. 감옥에서 썩던가, 잡범들을 보낸다는, 살아 돌아오지 못할 곳으로 끌려가 정말 총알받이가 되어 이름 없는 진창에서 뒈질 게다."

꼼짝없이 늙은이의 수에 휘말리고 말았다는 낭패감에 찬경은 이를 갈았다. 누가 너 같은 늙은이의 협박에 겁먹을까 보냐? 두 주먹 불끈 쥐고 영감을 죽일 듯이 노려보았지만 사실 찬경은 오금이 저렸다. 이미 단 한 번의 기회는 날아갔고, 칼자루는 저 영감에게로 넘어가 버렸다. 칼자루를 쥔 자는 더 이상 협상하려 하지 않았다. 명령할 뿐이었다.

"살인 미수범이 되어 감옥에 가느니 내 아들이 되어 전쟁터로 가거라. 살아오면 원래 주려고 마음먹었던 것에서 절반쯤 깎아 장사 밑천을 마련해 줄 테니 그리 알고. 이만 나가 보아라."

찬경은 머리가 어지러웠다. 아비라는 괴물의 목에 찍힌, 자신이 만든 보랏빛 멍울에 눈이 쿡쿡 쑤셨다. 전쟁터에 나가서 죽으라는 목소리가 들리는 귀가 멍멍했다. 일단 그는 이 방에서 나가기로 마음먹었다. 비틀거리는 걸음으로 나가는데 뒤이어 들려오는 목소리가 찬경의 귀에 내리꽂혔다.

"살아서 돌아오면, 아비라 불러도 좋다."

이젠 돌아보고 그 얼굴에 직접 대거리할 여력도 없었다. 그래서 문을 향해 걸어가면서 겨우겨우 이렇게만 답했을 뿐이었다.

"개소리 마쇼."

도망갈까. 순순히 군대에 가고 한밑천 얻을까? 살아 돌아온들 그 야차 같은 영감이 약속을 지킬까? 문을 나서면서 짧은 시간, 찬경은 고민에 고민을 거듭했다. 그러다 기묘한 노릇이지만 발길이 어린 아씨 ─ 그가 대신 죽으러 가야 하는 영감쟁이 아들놈의 마누라 ─ 의 방으로 향했다.

"군대에 간다. 네 서방 대신."

쌀례가 어리둥절한 표정으로 자신을 보는 것을 그도 씁쓸하게 마주 보았다. 잠시 후, 여자아이가 더듬거리는 목소리로 물었다.

"우리 서방님이 군대 가셔요? 그저 경찰서 붙들려 가셨다고 들었는데?"

그래. 너도 네 서방이 우선이겠지. 모두들 그놈의 한선재만 찾는구나. 새삼 찬경은 한선재의 아비, 그 괴물 영감에게 목침으로 얻어맞은 눈두덩이 욱신거렸다. 눈두덩을 얻어맞았을 때 가슴 쪽도 얻어맞았나? 심장도 욱신거린다. 그래서 아무 죄도 없는 여자아이에게 평소보다 더 심술궂은 얼굴로 빈정거려 주었다.

"요새 시국이 수상해서 말이다. 사고 쳐서 경찰서 끌려가는 싹수 노란 것들은 다 싸그리 묶어 군대 보내거든. 가서 총알받이 하다 찍소리 말고 죽으란 거지. 원래 네 서방이 갈 거였는데 돈 많은 아버지가 좋긴 하더라. 나더러 대신 가래. 살아 돌아오면 한밑천 챙겨 준다나?"

찬경에게서 나오는 목소리들을 쌀례는 곱씹어 들었다. 경찰서, 군대, 총알받이, 돈 많은 아버지, 대신 간다, 한밑천. 각각의 말은 알아듣겠는데 모아서 듣자니 무슨 소린지 쌀례는 알아들을 수가 없었다. 서방님은 월사금 낼 형편이 안 되는 딱한 사람들에게 무상으로 글을 가르쳐 주신 것뿐인데, 그게 왜 싹수가 노란 일이 되는 거지? 원래 서방님이 가셔야 할 곳을 어떻게 찬경 오라버니가 간다는 거지? 돈을 주고 대신 가라 했다고?

"어떻게 그럴 수가 있어요?"

어리둥절한 얼굴로 묻는 계집아이의 목소리에 찬경은 어쩐지 맥이 탁 풀렸다. 자신의 말 중 그 어떤 것에 쌀레가 '어떻게 그럴 수 있어요?'라고 묻는 건지 찬경은 모른다. 야학 같은 걸로 경찰서에 끌려갈 수 있는 건지, 자기 아들 살리자고 다른 사람 목을 사는 일이 가능한 건지. 하지만 그 괴물 영감과 자신의 관계를 전혀 모르는 어린 계집아이가 보기에도 이건 말이 안 되는 거래였던 것이다. 그 반응 하나만으로 찬경은 어쩐지 조금은 위로가 되는 것 같았다. 하지만 겉으론 여전히 삐딱한 얼굴로 그저 이렇게만 말했다.

"돈이면 뭐든 됩니다, 아씨. 뭐, 나는 돈이 되는 일이면 뭐든 하는 놈이고."

쌀레도 일전에 어두침침한 도깨비 소굴에서 찬경이 중년 남자에게 했던 말을 기억한다. 돈이 되는 일이면 남의 밑을 닦는 일이라도 마다하지 않는다고 했었다. 하지만 이번 일은 차원이 다르다.

"뭐, 아무리 그래도 나도 목은 하나니까 말이지. 그래서 말인데, 아씨한테 뭐 하나 물어봅시다."

어느새 푸르스름하던 새벽 풍경이 점점 한낮의 빛깔을 선명하게 드러내고 아침이 되고 있다. 푸른 새벽부터 지금까지 그의 목소리는 듣기 슬펐다. 또 무얼 물어보려 하는 걸까. 초조하게 듣고 있는 쌀레에게 찬경이 물었다.

"내가 이 새벽에 도망가는 게 낫겠어? 아니면 그쪽 서방 대신 거길 가야 하는 거야?"

서방 대신 군대 가라고만 해 봐. 찬경은 속으로 초조하게 읊조렸다. 만약 너까지 괴물 영감쟁이처럼 그놈 살리려고 내게 안달한다면, 나는 기필코 도망갈 거야. 하지만 너도 아마 필시 그놈 살리고 싶어 하겠지. 내 목숨 따위야 아무도 신경 쓰지 않으니까. 그런데 어쩐 일인지 '미안하지만 가 주세요.'라고 단번에 말할 줄 알았던 계집아이는 꽤 오래도록 아무 말도 하지 않았다.
 잠시 후, 나지막한 여자아이의 목소리가 들려왔다.
 "도망가세요. 아무도 안 볼 때."
 의외의 대답에 남자 역시 당황한 듯 한동안 아무 말도 하지 못했다. 사람 마음, 참 묘하기도 하다. 영감에게 군대 가라는 소리를 들었을 때는 '개소리'라고 응수하고 도망쳐야겠다고 거의 마음먹었었는데, 도망가라는 소리를 들으니 마음이 몹시 얼떨떨했다.
 "네 서방이 죽을 수도 있는데?"
 "아버님이 뭔가 다른 방도를 마련해 주셔서 제 서방님도 몸을 피할 수 있도록 해 주실 거여요. 그때 그분이 어딜 가시든 저도 따라갈 겁니다. 경이 오라버니는 오라버니 가시는 길로 도망치셔요. 목숨은, 어느 목숨이든 하늘이 부르시는 날까지 반드시 지켜야 하는 귀한 거라고 배웠어요."
 싸릿골 외조부는 막내 손자가 못 먹어서 죽어 버린 후, 인생 최대의 가치를 사대부의 위엄에서 생존으로 바꾸었다. 어쩌면 그 꼬장한 팔십 유림이나 저 거친 젊은 사내나 쌀, 혹은 돈을 최고 가치로 삼고 있다는 건 같을 것이다. 쌀례 역시 쌀의 은혜를 모르진 않았다. 그걸 먹어야 숨을 유지할 수 있다. 하지만 그것 때문에 다른 목숨을 함부로 할 수는 없는 것 같다. 각자의 목숨은 각자 감당하는 법. 다만 박성례라는 여자는 한선재라는 지아비의 지어미이니 그가 죽든 살든 그 곁에서 함께한다. 그게 전부였다.
 순진하고 너무나 입바른 소리를 듣고 있자니 찬경은 어쩐지 웃고 싶었다. 혹은 울컥 눈물이 나올 것만 같았다.

"네 서방, 그치가 어딜 가든 따라가겠다고?"
"예."
"전쟁터로 가면 따라가서 밥이라도 해 주려고?"
"가능하다면요."
"그 자식은 복도 많군."
여자아이의 목소리가 앵돌아졌다.
"말씀을 삼가 주세요."

꼴에 제 서방이라고 '그 자식' 소리는 못 들어 주겠단다. 찬경은 코웃음을 치며 이 또한 '개소리'라고 맞쏘아붙이고 싶었으나, 괴물 영감에게 했던 것처럼 그 소리가 시원하게 나와 주진 않았다. 이제는 정말 지쳐 버렸다. 지난밤부터 지금까지 사람 죽이겠다고 전력을 다해 남의 목을 졸라 대다가 목침으로 얻어맞았고, 날이 밝으면 군대든 도망이든 먼 길을 떠나야 할 판이었다. 찬경은 자리에서 일어서서 방문 쪽으로 발걸음을 돌리며 쌀례에게 새삼스레 인사를 건넸다.

"그동안 신세 많이 졌수다. 안녕합쇼, 아씨 마님."
"가시게요?"

일어서는 남자를 지켜보면서 여자애가 물었다. 하지만 어디로 가냐고 묻지는 않았다.

여전히 심술궂은 표정을 하고 남자가 말했다.

"어디로 가는지 궁금은 하우?"

내가 어디로 갈 것 같니? 도망갈 것 같니? 군대 갈 것 같니? 내가 떠나고 네 서방이 너에게로 돌아올 것 같으니? 그의 비웃음 사이로 수많은 질문이 나타났다가 사라졌지만 쌀례는 딱히 묻지 않았다. 아씨 마님은 다른 것을 물었다.

"기다리실 수 있다면 주먹밥이나 좀 싸 줄까요? 가는 길에 요기할 거리는 있어야 하잖아요."

'누가 밥순이 아니랄까 봐.'

목울대에서 무언가 다시 치밀어 오르는 것을 가까스로 참은 채 남자는 일으켰던 몸을 다시 그녀 쪽으로 굽히고 강한 눈길로 그녀를 쏘아보았다.

막 자리에서 일어난 여자아이의 머리칼은 평소 쪽 진 모양과 달리 땋은 머리칼을 늘어뜨리고 있어 그 나이대 어린 여자아이로 보였다.

작고 둥근 어깨, 동그란 얼굴, 동그란 이마.

머리끝부터 발끝까지 한선재 그놈의 것인 쌀알 같은 계집아이.

남자는 그 계집아이 어깨를 느닷없이 잡아끌었다. 그의 느닷없는 포옹에 기겁을 하고 다시 도리질 치려는 여자아이의 어깨를 꽉 붙들고 남자가 속삭였다.

"밥은 됐고, 이건 아씨 마님 너한테만 말해 주는 건데……."

귓가를 간질이는 목소리. 쌀례는 마치 꿈속 그대로 이루어진 듯한 지금 이 상황에 질려 차마 그를 뿌리치지 못하고 듣기만 했다. 얼마 후, 자신이 하고 싶은 말을 다 한 남자는 거칠게 여자아이의 팔을 놓아주더니 어둠 속에서 씨익 하얀 이를 드러내며 진정한 고별사를 내뱉었다.

"밥 많이 먹고 무럭무럭 커라, 밥순이 아씨 마님. 혹시 어른이 되어 다시 보게 되면 내가 신 나게 괴롭혀 줄게."

처음 그녀 앞에 나타났을 때처럼, 찬경은 홀연히 사라져 버렸다.

그가 사라진 새벽, 쌀례는 언제나처럼 부엌으로 향했다. 장작불을 지펴 밥을 짓고 식구들 수대로 밥을 펐다. 그리고 감옥에 갇혀 있는 서방님께 드릴 사식으로 더운밥을 한가득 눌러 담았다. 그러고도 밥은 한 공기 남아 있었다. 곁에서 지켜보던 하녀가 보더니 한마디 보태었다.

"밥이 하나 남는데요? 이건 어쩔까요, 아씨."

다른 밥그릇에 나누어 부을지를 묻는 하녀에게 쌀례는 고개를 내저으며 따로이 쓸 곳이 있는 밥이라고 했다. 자그마한 아씨가 보기보다 먹성이 좋은 것을 알고 있던 하녀들은 서방이 잡혀가 있는 와중에도 제 먹을 것을 챙기나 보다 싶어 떨떠름한 얼굴로 물러났고, 부엌에는 온전히 쌀례와 새 밥공기만 덩그러니 남게 되었다. 사실 이 밥공기 주인은 따로 있었다. 그리고 지금 그는 이 집에 없다.

―밥 많이 먹고 무럭무럭 커라, 밥순이 아씨 마님.

그 몫으로 따로 담아 둔 밥공기를 내려다보면서 쌀례는 피식 웃어 보였다.

집을 떠나 있는 식솔이 있을 때, 남아 있는 식솔들은 떠나 있는 사람 몫의 밥을 따로 챙겨 둔다. 지금 당장은 그가 그 밥을 함께 먹지 못하더라도, 어디서든 이만큼 자기 몫의 밥을 챙길 수 있길 바라는 염원을 담아서.

"어디서든 굶지는 말아요, 경이 오라버니."

그리고 이틀 뒤, 좌우로 하인들의 부축을 받으며 쌀례의 남편이 돌아왔다.

적어도, 몸은 돌아왔다.

연자죽
세상에서 가장 맛있는 똥물

"바닥날 때까지 다 드셔야 해요. 그래야 우리 기운 차려서 중경으로 떠나지요."
"기운 차려서…… 뭘 한다고?"
어리둥절한 얼굴로 묻는 그에게 또랑한 눈으로 소녀가 답했다.
"독립군 하고 그 마누라 되러 중경 가자구요!"

분명히 그는 살아서 돌아왔다. 숨을 쉰다. 처음 얼마간 비틀거렸지만 걸음도 걸을 수 있었다. 물도 마신다. 죽지 않을 만큼 밥도 깨작깨작 ― 이 점이 쌀례로선 가장 불만이었다 ― 먹는다. 그리고 대부분의 시간을 아무것도 없는 허공을 맹렬하게, 줄기차게 노려보기도 한다. 그런데 그 이외의 것은 아무것도 안 하고 있다.

그런 선재의 모습을 보고 사람들은 입을 모아 말했다.

"넋이 나갔구만. 쯧쯧."

"말문도 닫히고 아주 혼이 나가게 두들겨 맞았나 보이. 영민하던 도령이 어찌 저래 되었누."

"마님이 떠난 넋을 다시 불러온다고 용한 무당 불러 굿이라도 해야 하는 거 아니냐고 영감님께 청을 드렸다가 호통만 들으셨다네."

하지만 쌀례는 알고 있다. 오직 그녀만이 안다. 넋이 나간 게 아니라 너무 넘쳐서 끓어오르기 직전이라는 것을. 단지 어떻게, 어디다 화를 내야 할지 몰라 차라리 입을 다물고 있다는 것을. 감옥에서 나온 직후, 이 더러운 왜놈 세상에 더는 몸담을 수 없다고 몸 추스르는 즉시 임시정부가 있다는 중국 중경으로 가겠노라 부친께 간청했을 때 저 사고뭉치 아들 덕에 거액을 상납 ─ 들리는 풍문으로는 전투기 두 대 정도의 돈을 헌납했다고 한다 ─ 한 아버지가 목침을 집어 던지며 한 대답은 딱 한마디였다.

"미쳤느냐!"

여전히 철이 안 든 장남에게 격분한 아버지는 결국 아들이 가고 싶어 하는 북쪽 중경이 아니라 정반대 남쪽에 감시인을 딸려 귀양 보냈다. 정확히 말하면 남쪽 구석에 있는 아들의 처가로 보냈다.

하여 바늘 가는 곳에 실이 가듯이 쌀례는 남편을 따라 친정으로 돌아왔다. 시집간 지 1년 7개월여 만의 금의환향이었다.

"처음에 기차역에서 너랑 한 서방 보고 내가 얼마나 놀랬던지."

할머니 조씨의 반응은 당연한 것이었다. 깨지고 터진 얼굴의 손녀사위와 떠날 때보다 키는 한 뼘 큰 것 같지만 아직 아이라 생각했는데 배가 동산만 하게 부른 손녀의 모습에 노파는 벌어지는 입을 다물 수 없었다.

'아니, 쌀례 저것이 벌써?'

하지만 집에 도착해 손녀딸이 동산만하게 부른 배에서 뭔가를 자꾸 꺼내는 모습을 보고 놀라움은 쓴웃음으로 바뀌어 버렸다.

"쌀하고 서방님 쓰실 약하고 여비하고 이것저것 싸서 배에 넣고 오느라고요. 시국이 수상하다니까 안전이 제일이죠."

값나가는 것들을 안전하게 숨길 수 있기도 하고, 만삭 임산부에 그 남편이라면 조금 더 안전하게 여행할 수 있지 않을까 해서 꾸며 본 일이었는데 할머니까지 보고 놀라셨다면 임산부 위장은 썩 성공적이었던 모양이다.

"경성에서까지 증손이 온 줄 알고 반갑고도 걱정이 되더구나. 이 덥고 험한 때 산모가 하나도 아니고 둘이면 경황없이 어쩌누 싶어서."

그랬다. 봉 초시네에는 이미 또 하나의 임산부가 있었다. 더구나 그쪽은 진짜 막달 임산부였다.

쌀례보다 세 살 위 상희 언니는 쌀례가 경성으로 시집가고 난 다음 해 봄에 근방 사는 양조장 집 셋째 아들에게 시집을 갔다가 몸을 풀러 친정에 와 있었다.

쌀례가 결혼할 때 받은 논밭 덕분에 지금 봉 초시네는 이전의 단칸방을 늘려 방 넷에 광까지 갖춘 제법 그럴 듯한 넓은 집을 소유하게 되었던 것이다.

산일이 오늘 내일 한다던 언니는 산실로 꾸며진 방에서 반갑게 쌀례를 맞았다. 하얀 얼굴, 가녀린 몸매, 물처럼 조용한 미소, 모든 것이 여전했다. 단지 동산만 하게 배가 불러 있다는 것이 달라졌다면 다른 점이랄까.

"하필이면 산달이 한창 더울 때야. 뱃속에서부터 고생하고 있는데 나와서도 고생하게 생겨서 어떨 땐 애한테 참 미안해."

"뱃속에서부터 고생이라니?"

그러고 보니 본래 맑은 쌀알 빛깔이던 언니의 안색이 이젠 달처럼 핏기 하나 없이 새파랬다. 발도 퉁퉁 부어 있었다. 평생 가녀린 몸이었던 언니라 갑자기 동산만큼 부풀어 오른 자기 배를 감당하기 힘겨워 보였다. 그리고 그녀가 힘들어하는 만큼 아이도 힘겨워하는 것 같아서 미안하고, 일거리 많은 시댁에서 자꾸 힘들어하는 모습을 보이는 것도 미안해서 친정으로 온 것이란다.

"형부는?"

"낮에는 양조장서 일하고, 밤이면 꼭 찾아와. 덩치는 산만 한 사람이 마음은 참 순해."

언니는 볼을 발그레 물들이며 남편 이야기를 해 주었다. 달 같던 얼굴이 한순간 꽃이 되었다. 배에 쌀 포대를 넣었던 자신과 달리 진짜 아이로 인해 부풀어 오른 배를 한 언니를 보자니, 열여섯이 되어 가는 여자아이는 좀 묘한 기분이 들었다.

그때 언니의 목소리가 쌀례의 상념을 깨웠다.

"제부는? 몸이 많이 상했다면서 괜찮니?"

언니의 질문에 쌀례는 문득 가장 최근에 한 남편과의 대화를 떠올렸다.

남편의 밥공기를 보고 쌀례는 한숨을 내쉬었다. 역시나 손도 대지 않은 그대로였다.

시아버지가 전보로 봉 초시에게 부탁한 그대로, 남편의 거처는 집안 가장 깊숙한 곡간이었다. 함부로 들고 날 수 없게 문은 밖에서 잠가 두고 쌀례가 하루 두 차례 밥과 약을 가져다 날랐다. 경성 종로서 감옥에서 싸릿골 감옥으로 이감된 것뿐이라고 남편은 쓴웃음을 지으며 말했었다.

"밥알 넘기기 어려우시면 차라리 죽을 쑬까요?"

쌀례가 여러 번 물어도 등 돌려 앉은 그에게선 가타부타 답이 없었다. 이전에 그가 자신에게 말을 걸었을 때 등 돌리고 대답하지 않은 적은 있었지만 이렇게 고스란히 되받아 보니, 굉장히 씁쓸한 기분이었다. 아니, 말은 하지 않아도 좋다. 밥이라도 그릇 밑바닥이 보일 만큼 먹어 주면 좋겠다. 다급한 마음에 쌀례는 그의 손을 잡고 억지로 수저를 집어 주려 했지만 선재는 그녀의 손길을 강하게 뿌리쳤다. 그 매서운 손길에 그녀는 정말 오랜만에 울컥하고 말았다.

"왜 이러시는 거예요! 이러다간 죽는단 말이에요!"

그러자 그녀의 고함에 반응하듯, 그의 입에서 역시 낮고도 거친 목소리가 흘러나왔다.

"상관하지 말고 나가! 내가 지금 원하는 게 바로 그거니까!"

긴 시간 입을 다물다가 내지른 소리라 꺼끌꺼끌한 목소리였다. 오랜만에 듣는 그의 목소리는 반가웠다. 그리고 끔찍했다.

"죽고 싶다고요? 그러니 상관하지 말라고요? 하!"

쌀례는 기가 막혔다. 헛웃음이 나올 지경이었다. 누굴 미워해 본 적은 없던 그녀였지만, 지금은 진심으로 그가 미웠다. 한심했다.

"서방님, 한 선생님, 정말 나쁜 사람이었군요."

"뭐?"

태어나서 처음 듣는 비난에 남자의 얼굴이 노여움으로 굳어졌다. 혹은 야학 교실에서나 부르던 '한 선생님'이라는 선을 긋는 호칭이 당혹스럽기도 했다. 그런 남자의 굳은 얼굴에 아랑곳하지 않고 여자애가 차갑게, 혹은 뜨겁게 말을 이었다.

"그렇잖아요. 사람이 사람답게 살려면 글을 익혀야 한다는 둥, 남이 사는 법에는 이러쿵저러쿵 잘난 척 참견은 다 해 놓고 그쪽은 속이 상해서 굶어 죽겠다고요? 굶어 죽어요? 누구 맘대로 굶어 죽어요? 이녁

이 지금 댁 마음대로 죽을 수나 있는 줄 알아요?"
 어둠 속에서 쌀례의 눈동자가 활활 타올랐다. 초야 때에도 여자아이가 저런 눈으로 자신을 보았던 것을 선재는 기억했다. 그런 눈으로 여자아이는 또다시 악을 써 댔다.
 "당신 목숨은 구해 주신 아버님 거구요! 낳아 주신 어머님 거구요! 혼례를 올린 제 것이기도 해요! 죽으려면 그 은혜 다 갚고 죽어요! 어리광 그만 부리시구요!"
 서로 날 섞인 목소리로 상대방에게 소리 지르느라 쩌렁쩌렁 울리던 어두운 광 안이 한순간 조용해졌다. 뭔가 울컥 치밀어 올라 어리광 그만 부리라고 소리쳐 대긴 했지만, 창끝처럼 날카로운 자신의 목소리를 들었을 때, 쌀례는 아차 싶었다.
 하나부터 열까지 진정을 촘촘히 박아서 한 말들이었지만, 연치 한참 위의, 더구나 낭군께 드리기엔 너무나 주제넘은 소리이기도 했다. 저이가 나를 더더욱 싫어하겠구나 생각하니 마음이 물 먹은 솜처럼 눅진하고 울고 싶어졌다. 그런데 이상하다. 화를 내리라 생각했던 그의 눈 역시 꼭 울 것만 같아 보였다. 발갛게 달아올라 물기 어린 눈을 하고 쌀례를 물끄러미 보던 그는 눈처럼 물기 어린 목소리로 조용히 말했다.
 "……반대로, 그래서 죽고 싶을 때도 있다. 갚아야 할 빚이 너무 많아서."
 그 소리에 쌀례는 남편 쪽으로 고개를 반짝 들었지만 그는 이미 등을 돌리고 '오늘은 이것으로 끝.'을 선언한 상태였다. 등을 돌리고 있는 상대에게 더 해 줄 일은 없었다.
 바위 같은 등, 자신으로부터 모든 것을 차단한 등과 그의 물기 어린 붉은 눈을 떠올리자 쌀례는 그 순간 저도 모르게 주르륵 눈물이 났다. 결국 상희 언니의 '제부는?'이라는 질문에 여자아이는 '왁' 하고 언니의 치마폭 위에 고개 숙이고 앉아 어깨를 들썩이며 울기 시작했다.
"쌀례야? 쌀례야? 너, 어디 아프니?"
언니 치마폭에 미안한 노릇이었지만, 참고 참았던 눈물은 멈춰지지 않았다. 눈물을 쏟으면 콧물까지 함께 쏟아지는 건 대체 왜 그런 건지 모르겠다. 한참을 그렇게 꺽꺽거리고 울고 있는데 머리 위로 언니의 목소리가 들려왔다.
"왜 그러는데, 쌀례야?"
"그 사람이 밥 안 먹어서 속상해, 언니. 우으우으으으으으."
"몸이 아플 땐 입맛이 없어서 그럴 수도 있어. 겨우 그런 것 가지고 애처럼 울고 그래. 울지 마."
자신을 달래느라 급급한 언니에게 쌀례는 하마터면 이렇게 말할 뻔했다.
'나 때문에, 내가 옆에 있는 게 질려서 더 안 먹는 거 같아 무서워. 나는 그 사람 곁에 있으면 안심이 되는데, 그 사람 옆에 있을 수 있다면 어디라도 갈 수 있는데, 정작 그 사람은 아닌 것 같아 슬퍼. 내가 주제도 모르고, 혼인한 나를 봐서라도 당신은 죽으면 안 된다고 했더니, 그래서 더 죽고 싶대. 그때 내가 약속 장소에 나가지 않아서 저 사람이 저렇게 다친 거 같아 미안하고, 뭐든지 해 주고 싶은데 내가 해 줄 건 아무것도 없는 것 같아서 막막해. 전에는 엄마랑 균이 못 보는 것, 배고픈 것 말곤 슬픈 게 없었는데, 지금은 배불리 먹어도, 매일 저 사람 얼굴 봐도 나는 슬퍼. 점점 슬퍼져. 이럴 땐 어떻게 해야 하는 거야?'
그렇게 언니에게 묻고 싶었지만 물을 수 없었다.

자신의 낭군 이야기를 할 때 달이었다가 꽃이 되는 언니는 아마도 이해할 수 없을 것이기 때문에.

"그럴 때는 똥물이 제일이야, 처제."
밤이면 언니를 찾아온다던 덩치가 산만 한 형부가 손아래 동서의 형편을 듣고 내린 최초의 처방은 그런 것이었다.
"똥물……이라구요?"
"당신은 무슨 그런 말을! 경성서 큰 학교 다녔다는 사람에게 그런 걸 어찌 먹여요?"
뜨악한 표정의 두 여자에게 형부는 단호한 얼굴로 자신의 주장을 반복했다.
"어허, 이 사람이! 뼈 부러진 데는 그만한 게 없다구! 하다못해 말똥이라도 개운 물을 두 눈 딱 감고 먹으면 백발백중 차도가 있더라고 한다니, 오래 앓아눕는 것보다야 속는 셈 치고 뭐든 할 수 있는 건 해보는 게 좋지 않나."
뼈가 부러지면 말똥을, 마음이 아플 때는 그 아픈 마음 어루만져 줄 사람이나 알딸딸한 술 한 잔을, 입맛이 없을 때는 혀에 다디달게 감길 달콤한 먹을 것. 언니의 두 곱은 되는 것 같은 체구에 곰 같은 인상의 소유자, 그러나 언니 앞에선 그저 수줍은 애정을 쉼 없이 표시하는 형부가 내놓는 해답이란 그런 것이었다.
어쩌면 저분 앞에선 모든 고민이 저렇게 아무것도 아닌 것이 되는 걸까. 복잡한 상념, 번갈아 터지는 설렘과 울적함에 지쳐 버린 심장이 우습게 느껴질 정도였다.

 여자들끼리 할 말이 남았으니 잠시 자리를 피해 달라는 언니의 말에 잔뜩 아쉬운 표정으로 형부가 방을 나선 후, 언니도 쓴웃음을 머금으며 말했다.

 "말똥은 심하다만, 그래도 다른 건 들을 만하다. 해 볼 수 있는 건 다 해 봐야지. 그래야…… 네 울음도 멈추지."

 언니의 산실에서 나와 언니에게 먹일 찐 달걀을 손에 들고 이제나저제나 밖에서 기다리고 있던 형부를 들여보내고 할머니가 잠들어 계신 방으로 돌아와 이불을 깔고 누워서 방 천장을 올려다보며 쌀례는 생각했다.

 내가 할 수 있는 것.

 내가 지금 당신에게 해 줄 수 있는 것.

 그럼으로 해서 내 눈물도 멈출 수 있는 것.

 그게 무얼까.

 별이 총총 뜨기 시작한 밤부터 생각에 생각을 거듭하던 여자아이는 결국 별이 지기 시작한 새벽녘에야 생각하길 멈추고 자리에서 일어났다. 결심했다. 뭐든, 할 수 있는 것을 한다.

 "이게 뭐냐?"

 쌀례가 내미는 쟁반에 남자는 퉁명스런 목소리로 물었고, 여자아이는 어둠 속에서 씨익 하얀 이를 드러내며 대답했다. 어쩐지 유쾌하게까지 들리는 목소리로.

"똥물이에요!"

순간 선재는 자기 귀를 의심했다.

"똥물?"

반사적으로 그의 코는 냄새 맡기를 멈추었고, 눈은 쟁반 위에 모락모락 김을 피워 올리는 국그릇을 향해 독수리 같은 날카로운 시선으로 관찰을 시작했다. 겉으로 봐서 빛깔이 뽀얀 것이 여자아이가 말하는 그런 종류의 괴물체는 아닌 것 같은데 똥물이라니. 듣기만 해도 오싹했다. 남자는 목소리가 떨리지 않기를 바라면서 쌀례에게 단호하게 명령했다.

"가지고 나가."

'난 굶어서 피골이 상접한, 극히 예민한 상태란 말이다. 이런 나에게 넌 그러고 싶니?'

하마터면 뒤이어 나올 그 말들을 삼키고 돌아앉으려는데 등 뒤에서 '우흐흐' 웃음소리가 들려왔다. 화가 나서 몸을 휙 틀고 여자아이 쪽을 노려보자니, 또다시 덧니를 씨익 드러내며 그녀가 말했다.

"농담이고요. 연뿌리 갈아 넣은 연죽이에요. 절에서 육고기 못 드시는 스님들도 이걸로 보양하신다고 할 만큼 좋은 거랬어요. 넘기기가 밥보다 수월할걸요. 드셔 보세요."

다행히도 똥물은 아니었다. 하지만 눈치 없는 여자아이의 말장난에 남자는 화가 났다.

"너 지금 나 가지고 노는 거냐?"

"아뇨. 제 딴에는 필사적으로 애쓰고 있는 거예요."

"애를 써? 뭘?"

까칠한 얼굴로 묻는 서방님에게 쌀례는 마음으로 대답했다.

연자죽 | 205

'어떻게든 부러진 걸 붙이려고 애쓰고 있어요. 뼈마디가 부러졌다면 부러진 곳 잇는다는 똥물이라도 드리고 싶고, 마음 부러진 곳은 부러진 그곳을 이을 방법을 어떻게라도 마련해 드리고 싶어요. 서방님 하시고 싶은 것, 뭐든지 해 드리고 싶어요. 아직 어려서 해 드릴 수 있는 건 별로 없지만요. 저는요, 그래요. 그런 마음이에요. 당신은 모르시겠지만요.'

생각을 제대로 말로 드러낼 수만 있다면 그보다 더 좋은 것이 있으랴마는, 그 절절한 마음을 입 밖으로 소리 내서 말한다는 건 열여섯이 되어 가는 여자아이에겐 어렵고도 두려운 일이었다. 그래서 여자아이는 일부러 너스레 떨듯 하얀 이를 드러내며 자신의 소맷부리, 치맛자락을 그 앞에 펼쳐 보였다.

"아침부터 그 진득한 연못 물에 들어가 연뿌리 얻어 오느라 애 좀 썼죠. 커다란 어른이 밥투정하시는 것 보기 딱해서."

그리고 보니 여자아이의 소맷부리 치맛자락이 푹 젖어 있었다. 그 모습에 이제까지 장미 가시처럼 까칠하던 남자의 눈매가 조금은 부드러워졌다. 곤혹스러움, 부끄러움, 미안함 등등을 담고서. 대체 왜 이 아이는 먹는 것에, 그것도 자길 먹이는 것에 이토록 집착하는 걸까. 비록 '다 큰 어른이 밥투정한다.' 소리는 전날 '철 좀 드세요.' 소리와 마찬가지로 듣기 껄끄러운 것이었지만 그녀가 내미는 죽 그릇에서 피어오르는 따뜻한 온기, 젖은 옷자락을 보자니 더 이상 성질 부릴 수도 없게 되었다. 죽 그릇을 쌀레 쪽으로 밀면서 그가 말했다.

"너나 먹어라. 나는 됐다."

"물론 저도 먹을 거예요. 서방님도 드세요. 바닥날 때까지 다 드셔야 해요. 그래야 우리 기운 차려서 먼 길 떠나지요."

또랑한 눈으로 자신의 얼굴을 보며 여자아이가 하는 말을 그가 제대로 알아듣기까지는 약간의 시간이 필요했다.

"기운 차려서…… 뭘 한다고?"

어두운 광 속에서 그녀의 동그란 두 눈이 초롱초롱 빛났다. 그렇게 별처럼 반짝거리는 눈을 하고서 여자아이는 다시 한 번 덧니를 씨익 드러내며 제법 단호한 어조로 대답했다.

"서방님이 가고 싶으시다던 중경? 거기요. 우린 내일 새벽 이 시간쯤에 길을 떠나 있을 거예요. 그러니까 자아, 죽도 적당히 식은 거 같으니 어서 드세요. 제가 할머니 몰래 달걀도 하나 풀어 넣었어요!"

죽사발이 식어 가는 동안, 선재는 한마디도 할 수 없었다. 단 한 마디도.

'꿈인가! 생시인가! 꿈이라면 악몽일까? 길몽일까?'

선재는 믿을 수 없는 그 제안에 자기 무릎을 꼬집어 볼 지경이었다. 야무진 어조로 여자아이가 꺼낸 이른바 싸릿골 대 탈주 계획은 다음과 같았다.

―첫 번째. 내일, 날이 밝기 전에 광 문을 열어 둘 것이니 발소리 죽여 가며 살며시 나올 것(도주 전에 기운을 비축하기 위해 그때까지 제가 챙겨 온 음식들은 남김없이 싹싹 드셔 주세요).

―두 번째. 두 사람이 동시에 집에서 사라지면 의심을 살 수 있는 바, 각자 따로 나가 마을 입구 커다란 버드나무 아래에서 만나요.

—세 번째. 새벽 달빛 보면서 부부끼리 정답게 두 손 잡고 재빨리 야반도주하는 것이죠. 중경, 서방님이 가시길 희망하는 그곳을 향하여!

단언컨대, 말도 안 되는 계획이었다. 여기 도착할 무렵, 넋이 반쯤 나가 자세히는 기억하지 못하지만 이 산골 촌마을에서 기차역이 있는 읍내까지 나가려면 꽤 시간이 걸릴 것이다.

'거기다 걸어서? 그것도 열다섯 여자아이 손을 잡고? 둘이서 야반도주하여 중경까지 가자고?'

어처구니가 없어서 헛웃음까지 나올 지경이었다.

"대체 여자들은 왜 그리 야반도주를 좋아하는 거야?"

경성에서 여학교를 다니던 신여성 금주나 싸릿골 쌀례나 똑같이 그에게 야반도주를 제안하고 있다. 금주는 일본으로 가자 하고, 쌀례는 중경으로 가자고 한다. 차이점이 있다면 금주에게는 바로 거절을 할 수 있었지만, 쌀례에게는 그럴 수 없었다는 거다.

'왜?'

어둠 속에서 자신을 바라보는 그 별처럼 반짝거리는 눈 때문에? 그 눈을 보고 있자니 정말 한순간, 별이 반짝거리는 야밤 버드나무 아래에서 만나 두 손을 잡고 시골길을 터덜터덜 걸어가는 그림이 머릿속에서 그려졌다. 거기까지 상상하다가 선재는 스스로 고개를 내저었다.

'이런, 내가 지금 무슨 생각을 하고 있는 거야?'

당장 이 숨 막히는 광 속에서 나갈 가능성이 있다는 사실이 더 중요했다. 언제나 밖에서 잠겨 있는 저 문을, 도망가기 좋은 시각에 쌀례가 열어 주면 좋고, 만약 그렇지 못한다면 저 창살을 자를 도구라도 건네주면 좋을 것이다. 고문 받아 생긴 상처는 많이 아물어 가고 있으니 여기서 나가서 기차역이 있는 읍내까지만 간다면 중경까지 가는 것도 꿈은 아닐 것이다.

단지 여기서 자유의 몸이 되고부터는 같이 떠나겠다고 주장하는 고집쟁이 쌀례를 어떻게 설득해 두고 가는지 그것만이 관건일 뿐이었다.

아무튼 정말 오랜만에 앞날에 해야 할 일이 생겼고, 그 일에 관한 궁리를 하고 있다는 것에 선재는 가슴이 설레기 시작했다.

'살아 있는 것 같다.'

그래서인가. 뱃속에서 맹렬한 허기도 살아났다. 남자는 여자아이가 두고 간 죽 그릇을 집어 들었다.

―똥물이에요.

문득 떠오른 쌀례의 장난스런 목소리에 선재는 한순간 멈칫했다. 남자는 곧 죽 그릇에 코를 대고 킁킁 냄새를 맡아 본 후, 조심스레 한 모금씩 삼키다 곧 벌컥벌컥 들이켜기 시작했다.

입 안에 감기는 곡식의 기운, 목으로 넘어가는 기분 좋은 울림, 차오르는 뱃속…… 살아 있는 것 같았다.

약속한 새벽, 가만히 문을 밀어 보니 '삐걱' 소리와 함께 문이 열렸다. 약속 장소까지 각자 가자던 계획대로, 열려진 문 뒤로 쌀례는 없었다.

탈주. 이른바 도망질인 것인데 한평생 부유한 집안 장남, 모범생으로 당당한 인생을 살아온 그와는 인연이 없던 짓거리였다.

될 수 있으면 이런 짓은 평생에 걸쳐 하고 싶지 않았건만, 대의를 위해서라면 어쩔 수 없는 노릇이었다. 스스로 달래 가며 발걸음을 죽이고 선재는 빠른 걸음으로 바깥을 향했다.

언뜻, 나오면서 불 꺼진 방문들이 여럿 보였다. 저 중 하나에 쌀례가 있을지도 모르겠다.

댓돌에 놓인 여러 신발들 중 어떤 게 그 아이 것인지 알아볼 수가 없다. 나무 아래에서 만나서 너는 안전하게 고향집에 남으라 설득하느니 ─ 유부녀에 만삭이라고 소문까지 난 그녀가 이제 와서 여성 근로대 같은 걸로 끌려갈 것 같지는 않았으므로 ─ 차라리 지금 큰 소리 낼 수 없는 이곳에서 잠깐 얼굴 보고 작별하는 게 낫지 않을까.

거기까지 생각하다 말고 선재는 고개를 내저었다. 중경까지 그 먼 길을 따라가겠다고 주장하는 아이인데 얼굴 보고 작별한다고 순순히 받아들일 것 같지는 않았다.

'이대로 사라지자.'

그렇게 결심하고 선재는 숨이 차게 마을 밖까지 달려갔다.

그렇게 달려서 약속 장소로 정해진 마을 입구 버드나무 아래까지 도착했다. 그런데…… 한 달 가까이 갇혀 있기만 해서 체력이 급격히 떨어진 걸까. 버드나무를, 달빛 아래로 길게 드리워진 가지들이 무성한 그 큰 나무를 보자니 가슴이 심하게 쿵쾅거렸다.

보퉁이를 들고 나무 아래 서 있어야 할 쌀례가 보이지 않았다.

다행이다. 혹은…… 이대로 그냥 가도 되는 걸까?

선재의 마음은 양 갈래로 나뉘었고, 마음이 나누어진 만큼 발걸음은 느려졌다.

 나무를 지나쳐 몇 걸음 걷는 동안, 그는 참으로 기묘한 경험을 했다. 주변에 아무도 없는데 그 어두운 길에 누군가의 목소리가 시끄럽게 머릿속을 윙윙대는 것이다.

　―서방님, 한 선생님, 정말 나쁜 사람이었군요.
　―당신 목숨은 구해 주신 아버님 거구요! 낳아 주신 어머님 거구요! 혼례를 올린 제 것이기도 해요! 죽으려면 그 은혜 다 갚고 죽어요!
　―똥물이에요. 제 딴에는 필사적으로 애쓰고 있는 거예요.

 "제기랄! 쌀례, 너 정말⋯⋯."
 이젠 하다하다 남의 머릿속까지 휘젓는구나. 마치 쌀례가 옆에 있는 것처럼, 선재는 이를 갈며 걸음을 멈추었다.
 '좋아. 같이 가는 건 무리다만, 갑자기 사라지진 않겠다. 얼굴 보고 작별 인사는 해 주겠다구. 그러니까 빨리 나타나. 조금 있으면 날이 샐 텐데, 나는 어둠을 틈타 독립군이 되려고 야반도주 중인 형편이라 너를 오래 기다려 줄 수 없단 말이야.'
 그렇게 독립군을 희망하고 있던 청년은 다시 나무 아래로 돌아가 등걸에 기대고 앉아 아내를 기다렸다.
 그런데 먼저 약속을 정하고 약속 장소까지 지정한 그녀가 어쩐 일인지 한참이 지나도록 나타나질 않았다. 야학 마지막 수업에 이은 두 번째 바람맞음인가.
 그가 막 한숨을 쉬고 나무 아래에서 떠나려던 그때에서야 여자애는 나타났다.

"제기랄! 쌀례, 너 정말……."

이제 머릿속 목소리가 아닌 실물로 나타난 여자아이를 보고, 선재는 안도감 절반, 조선 사람 특유의 약속 시간에 대한 무감각에 분노 절반을 느끼며 뭐라 그녀에게 쏘아붙이려 하고 있었다. 그런데 그때 달빛에 드러난 여자아이의 행색을 보고 그는 입에서 튀어나오려던 질책이 수그러들고 말았다.

"너, 너, 대체 이 무슨……."

어제는 소매와 치맛자락에 진흙물을 묻히고 나타나더니 오늘은 다른 것을 흠뻑 묻히지 않았는가. 차마 칠칠치 못하다는 말도 나와 주질 않았다. 마치 붉은 꽃무늬처럼 치맛자락에 묻은 그것들은…… 피였다!

"서방님, 크, 큰일, 큰일 났어요! 흐어어어어어어!"

약속 장소인 버드나무 아래, 아직 달이 떠 있던 그 새벽에 선재는 피 묻은 치맛자락을 휘날리며 자신을 보자마자 '왁' 울음을 터뜨리고 달려드는 쌀례를 차마 뿌리치지 못하고 멍하니 안아 주었다.

이건 또 무슨 일이지?

"더! 더! 좀 더! 빨리요!"
"가만히 좀 있어! 있는 힘껏 달리고 있으니까!"

쉐엑―. 쉐엑―.

새벽바람 속 자전거 바퀴 굴러가는 소리는 언제 들어도 경쾌하다.

오랜만에 타 보는 거라 제대로 탈 수 있을까 싶었는데, 그것도 뒤에 다 큰 여자애까지 달고서 될까 싶었는데 가는 바퀴는 쓰러지지 않고 잘 달려가고 있었다.

'이대로 기차역까지 가면 더 바랄 게 없겠는데.'

하지만 등 뒤에서 들려오는 목소리는 그의 꿈을 와장창 깨뜨렸다.

"속도 좀 더 못 내시나요? 이래 가지곤 날이 밝아도 도착 못 할 텐데요!"

여자아이의 재촉에 그는 불퉁한 목소리로 대꾸했다.

"이것도 전속력으로 밟고 있는 거라구!"

새벽, 중경으로의 야반도주 길은 진로와 목적이 변경되었다. 동리에서 제일 부잣집에서 그 집 가보나 다름없는 자전거를 거의 강탈하다시피 빌려서, 봉씨네 식구들 중 유일하게 자전거를 탄 경험이 있는 선재가 전속력을 다해 달리고 있었다. 최종 목적지인 중경을 향하는 기차가 있는 기차역이 아니라 읍내에 있다는 신식 의원을 찾아가기 위해서였다.

"아직 산일이 남아 있다고 했는데 이렇게 일찍 양수가 터질 줄은 몰랐어요. 우리 언니, 어떻게 해요? 피를 그렇게 쏟았는데 아기는 나올 생각도 않고······."

급하게 불러온 동네 산파의 말에 의하면 역산이라 했다. 노련한 산파가 산도로 손을 넣어 아이 발바닥을 불에 달군 침으로 찔러서 아이를 바로잡으려 노력했지만, 이번에는 산모의 몸이 너무 가늘어 아기가 쉽게 나오지 못한다고 했다. 아이가 끼어서 더 시간을 끌다간 가뜩이나 허약한 산모가 탈진할 테고 이러다간 모자 양쪽 목숨을 장담할 수 없으니 한시 바삐 아래를 째고 아이가 나올 수 있게 읍내에서 신식 의사를 불러오라는 것이다.

사람 목숨이 하나도 아니고 둘씩이나 걸린 일이니 어쩔 수 없다지만 이게 무슨 날벼락인가. 독일에서 뜀박질로 금메달을 땄다던 손기정 선수도 이렇게 폐가 타오르는 느낌이었을까.

그렇게 전속력으로 달려서 읍내에 도착했다.

이미 문 닫고 불 꺼진 의원 창문에 돌멩이를 던져 유리창을 연달아 몇 장을 깨고는 격분하여 나온 의원에게 위급한 환자가 있음을 알리며 왕진을 요청했다.

"왕진? 댁네들 제정신이요?"

오밤중에 남의 집 유리창을 공격하고 왕진씩이나 청하다니. 염소수염을 부르르 떨며 왕진료나 있느냐고 으르렁거리는 일본인 의원에게 선재는 자신의 경성 도련님 표 손목시계를 풀어 담보로 제시했다. 위급한 환자의 생존권을 부르짖었을 때는 코웃음 치던 의사는 금딱지가 번쩍이는 시계를 보고는 진료 가방을 챙겨 자신의 자전거를 타고 그들을 뒤따랐다.

그날, 막 떠오르는 햇살을 받으며 두 대의 자전거가 싸릿골을 향해 달렸고 정오쯤 되어 아이가 태어났다. 어미를 거의 죽일 뻔했지만 할머니 조씨의 표현대로라면 삼신할머니의 가호로 산모와 아이, 둘 중 누구 하나 죽지 않았다.

역시나 미개한 조선인다운 생각이라며 코웃음을 치던 의사는 처방전을 써 주고 주의 사항을 알려 준 뒤 공은 공이고 사는 사라며 자신의 병원 유리창을 깨뜨리고 무단으로 병원에 침입하였다는 이유로 선재를, 그리고 그 일행인 쌀례를 주재소에 고발했다.

처음엔 별 생각 없이 출동했던 순사들은 이런 촌구석에 어울리지 않는 금딱지를 소유한 인텔리풍의 청년을 보고 불순분자라 판단하고 선재를 연행해 갔다.

서방 가는 곳은 어디든 따라간다던 쌀례 역시 포승줄 묶인 그의 뒤를 쫓았다.

하여 그 8월의 여름 밤, 부부는 나란히 철창 처진 유치장에 동반 수감되었다. 당장 여성 근로대에 사람을 보낼 일정이 없어서 여자애는 집에 돌아가도 된다고 순사가 여러 번 말했음에도 그녀는 황소 힘줄 같은 고집을 발휘하여 가지 않고 자청해서 서방 옆을 지켰다.

팔월 중순.

벌레 우는 소리까지 들리는 고요한 여름 밤.

유치장 벽에 등을 기대고 말없이 앉아 있던 선재는 피곤한 듯 눈가를 문질렀다.

"파란만장한 하루였다."

유치장 저쪽에서 기어들어 가는 여자아이의 목소리가 들려왔다.

"죄송해요. 저 때문에……."

"네가 그 시간에 조카아이 나오라고 한 것도 아닌데 뭘."

"그래도 죄송해요. 우으으으. 일 년에 두 번이나 저 때문에 서방님이 옥살이 하시고. 전 왜 이 모양인가 몰라요."

좋은 아내이고 싶었는데 어째서 매번 서방님 앞길을 가로막는 우환 덩이가 되는 건지, 쌀례는 그런 자신이 한심해서 눈물이 나왔다.

'나는 어쩌면 이분 배필로 어울리지 않는 건지도 몰라. 아니, 애초부터 어울리지 않는다는 건 알았지만 노력하면 될 수 있을 줄 알았는데, 서방님이 중국에서 독립군 되시면 나는 독립군 내조에 힘쓰는 자랑스런 독립군 부인이 되는 줄 알았는데 이게 뭐람. 일 년에 두 번이나 남편을 옥살이 하게 만드는 악처라니. 이건 너무 심하잖아.'

그런 여자아이의 울음소리를 들으면서 선재는 한 가지 사실을 깨달았다.

"너, 설마, 내가 그때 붙잡혔던 게 네 탓이라고 생각한 거야?"

"제 탓이잖아요."

무슨 당연한 소릴 하느냐는 얼굴로 되묻는 쌀례를 보면서 선재는 내심 한숨을 내쉬었다.

"말도 안 되는 소리! 내가 야학을 한 건 네가 우리 집 오기 훨씬 전부터였어."

혼례 올리기 전부터 그는 야학을 운영했다는 죄목으로 아슬아슬하게 일경에게 잡힐 뻔했었다. 다행히도 돈 많은 부친 때문에 사전에 재빠르게 도망을 갔고, 그 덕에 꼼짝없이 장가를 들어야 했지만 말이다.

아무튼 그가 일 년에 두 번씩이나 옥에 갇힌 건 자신이 했던 일들과 그 일들에 운수가 따라 주지 않은 때문이지 저 아이 탓은 아니었다. 그런데도 여자아이는 계속해서 말하고 있는 것이다. '내 탓이오, 내 탓이오, 내 큰 탓이로소이다.'라고.

"아뇨, 제 탓이에요. 그날 제가 늦게 가서 서방님이 늦게까지 거기 계시다가 잡혀가신 거예요. 제가 그때 바로 갔다면, 아니, 제가 서방님께 시집오지 않았다면, 어머님 말씀대로 제가 집안에 잘못 들어와서……."

그대로 가다간 한도 끝도 없이 계속 진행될 그 '내 탓이로소이다.' 소리를 듣고 선재는 두 가지 사실을 깨달았다. 아, 그날 밤 오긴 왔었구나. 혹은 '내 탓이오.' 소리는 원래 듣기 짜증 나는 소리이기도 했지만 저 아이 입에서 나오는 '내 탓이오.' 소리는 특히나 짜증이 난다는 것이었다.
"모든 걸 그리 네 탓이라고 하면 속이 시원하니? 너, 대체 왜 그래? 네 탓 아니라고 했잖아!"
좁은 감옥 안을 울리는 그의 낮은 고함에 그제서야 여자아이의 '내 탓이오.' 타령은 멈추었다. 유치장에 들어온 후 처음으로 쌀례는 고개를 들고 울어서 붉어진 눈으로 그의 얼굴을 또렷이 보았다.
"하지만."
"하지만 뭐?"
"저한테 화를 내고 계시잖아요. 지금도 그렇고, 혼인 전부터 계속. 요전에도 저 때문에 죽고 싶다고도 하셨고."
순간 선재는 당황했다. 그리고 곧 얼굴이 뜨끈해지는 느낌도 들었다. 저 아이 말대로 그는 줄곧 화를 내고 있었다. 자신이 존경할 수 없는 친일파 노릇이나 해 대는 아버지에게 화를 내고 있었고, 아버지가 싫다 하면서도 아버지가 베푸는 보호를 비겁하게 받아들이는 자기 자신에게도 화가 났었다.
나는 그런 인간이다. 고마운 줄도 모르고, 불만만 가득하고, 성마르고, 이기적이다. 그래서 화를 냈다. 주변 모든 것들에게. 어쩌면 아버지가 데려왔다는 것 말곤 아무 잘못도 없을 저 아이에게. 그걸 아이는 고스란히 느끼고 있었던 것이다.
"너한테 화를 낸 게 아니야. 아니, 너한테 낸 건 맞지만 쌀례 너 자체에 낸 건 아니야. 혼인한 여자가 누구였던 간에 나는 화를 냈을 거야. 난 나한테도 화가 나서 미치겠는걸."
그가 하는 말을 쌀례는 알아듣고 싶었다. 하지만 반의반도 알아듣기가 어려웠다. 나한테 화를 내는 건 아니라고 했다가 화를 낸 건 맞다고 했다가, 누구에게라도 화를 내고 있다고 했다가 자기 자신에게 화를 내고 있다고 한다.

"왜 그렇게 계속 화를 내고 계신 건데요?"

"내가, 할 수 있는 게 아무것도 없는 칠푼이니까."

이번에는 쌀례가 어이없다는 얼굴로 선재를 보았다. 길지 않은 십육 년 인생이지만 그건 쌀례가 들어 본 중 가장 말도 안 되는 소리였다.

그녀가 아는 그 누구보다도 아는 것이 많고, 바른 사람이 서방님인데 그는 자신을 스스로 칠푼이라고 부른다. 여자아이는 꼭 자신이 모욕당한 것처럼 얼굴이 벌게져서 반박했다.

"서방님은 칠푼이 아니에요!"

마치 '해는 동쪽에서 뜬다는 진리를 말하듯이 너무나 단호하게 당신은 칠푼이가 아니라고 말해 주고 있는 쌀례를 보면서 순간 남자는 생각했다.

어떻게 저 아이는 저렇게 확고하게 내가 바보가 아니라고 말할 수 있을까. 나도 그래 봤으면 정말 좋을 텐데. 하지만…… 나 대신 그렇게 말해 주는 사람이 있다는 거, 나쁘진 않구나.

"고맙다."

그때 쌀례는 엄청나게 놀라고 말았다. 2년 가까이 보아 왔지만 그가 자신에게 '고맙다.' 소리를 하는 건 처음이었다.

아니, 그보다도 더 놀라운 것은 그의 커다란 손이 자신의 머리를 쓰다듬고 있다는 사실이었다.

그와 살이 맞닿은 것은 집에서 쪽지시험 칠 때 일부러 틀리고 손목을 맞은 것을 제외하곤 전에 없던 일이었다.

아, 옥에 갇힌 지금 상황에서 심장이 이다지도 벌렁거린다는 건 반가의 여인으로 부끄러운 일이었지만, 그래도 그의 손길이 자신에게 닿는 지금, 쌀례는 그들이 감옥이 아니라 구름 위를 걷고 있는 기분이었다. 만약 그가 어쩐지 서글퍼 보이는 눈으로 다음 말만 하지 않았다면 그 구름길은 끝없이 계속되었으리라.

"하지만 나는 칠푼이 맞아."

이 개 같은 일본 세상에서는 칠푼이 말곤 될 것이 없다고, 남자는 탄식하듯 말했다. 요즘 영화에서 무슨 장면이 나오는 줄 아느냐고 그는 물었다.

언젠가 그와 영화관에 간다면 모를까 영화는 본 적이 없다는 쌀례에게 남자는 말해 주었다. 적국인 미군 사령관이라는, 콧수염 분장을 한 백인 남자를 붙잡은 일본군의 승리가 주구장창 영화관에서 상영된다고 했다. 콧수염 백인이 정말 미군 사령관인지 확실치는 않지만 전쟁에서 일본이 승리하고 계속 이 개 같은 상황이 지속되었을 때, 그가 할 수 있는 일이란 아무것도 없다 했다.

"법대 다니니까 무사히 졸업하고 사시까지 붙으면 아버님 뜻대로 왜놈들에게 월급 받는 검사가 되겠지. 독립운동 한 사람들한테 징역이나 먹이는 악덕 조선인 검사. 그도 아니면 총독부에 들어가거나. 그게 5년 후쯤 내 모습이다. 이 정도면 칠푼이 아니니?"

진지한 얼굴로 남편의 말을 경청하던 여자아이는 내심 곤혹스러움을 느꼈다. 남편이 큰 학교에 다닌다는 것을 자랑스럽게 여겼던 쌀례로선 그 큰 학교가 그를 불행하게 할 수 있다는 사실을 이해할 수 없었기 때문이었다.

'검사가 뭐지? 악질 소리가 붙은 걸 보면 좋은 일은 아닌 것 같은데 그게 뭘까? 순사 같은 건가? 아니, 그것보다 5년 뒤 앞날을 이야기하면서 저리 슬픈 얼굴이라니! 아이, 딱해라!'

여자아이는 어렴풋이 그가 왜 죽고 싶다고 했던가 이해하게 되었다. 5년 뒤 자신의 앞날이 악랄한 순사 비슷한 것이 된다고 정해져 있다면 정말 속이 상할 것이다.

쌀례도 가끔 몇 년 후 자신의 모습을 상상해 보곤 했다. 지금보다 키가 클 것이고, 지금보단 어여뻐질 것이고, 아는 글자도 늘어날 것이다. 그리고 그때쯤엔 서방님도 자신을 조금은 좋아해 주실지도 모른다. 아무튼 미래를 상상하는 것은 쌀례에겐 즐거운 일이었다.

그런데 그것이 죽고 싶을 만큼 싫은 일이 된다면? 상상만으로 오싹해졌다. 다급히 쌀례가 말했다.

"그럼 악질 검사 말고 다른 걸 하시면 돼요! 원래대로라면 서방님은 중경 가서 독립군 되려고 하셨잖아요! 저도 악질 검사보단 독립군이 좋아요! 저도 기쁘게 독립군 처가 되겠어요! 5년 뒤가 아니라 50년 뒤에라도……."

거기까지 말하다가 여자아이는 아차 싶었다. '독립군이 좋아요.'가 꼭 '서방님이 좋아요.'로 들렸기 때문이었다.

또 어쩐지 5년 뒤에도 여전히, 그 뒤로 50년 동안 그의 곁에 있고 싶다는 자신의 속내를 이런 식으로 고백하게 된 것 같아 얼굴이 화끈거렸다.

'그래도 할 말은 마저 하자.'

여자아이는 복숭아 빛으로 발그레 붉어진 뺨을 하고는 바들거리는 목소리로 남자에게 말했다.

"저는, 계속 서방님 곁에…… 있고 싶어요."

붉게 달아오른 뺨을 하고 수줍게 말하는 여자아이를 보면서, 남자는 어쩐지 자기 뺨도 달아오르는 느낌이 들었다.
'이, 이게 뭐람. 옥중에서. 이 위험한 상황에서.'
당장 이 시골 주재소 비좁은 철창에서 어떻게 이 여자애를 보호해 줘야 하는지, 어떻게 무사히 나가야 하는지, 또다시 아버지에게 구조 요청을 해야 할지도 모르는 이 위험하고도 짜증 나는 상황에서 왜 서로 눈이 마주칠까 봐 시선은 외면한 채로 얼굴을 붉히고 있는 걸까. 그것도 이런 어린애와.
선재는 당황해서 시선을 철창 밖으로 돌렸다. 이미 해가 중천인데 심문이든 뭐든 해야 할 순사들은 유치장 근처로는 오지도 않고 저희들끼리 뭔가 쑥덕거리기 바빴다.
정오, 잡아 와 놓고 본 척을 안 하다니 뭐 하는 걸까. 일경들을 노려 보던 선재는 그들이 라디오 주위에 몰려들어 침통한 얼굴로 귀 기울이고 있는 것을 볼 수 있었다.
그 늦여름 팔월 중순의 조용한 오후.
라디오에서 '지지직' 잡음과 함께 한 남자의 목소리가 흘러나왔다.
[짐은 깊이 세계의 대세와 제국의 현상에 감하여 비상조치로서 시국을 수습코자 여기 충량한 그대들 신민에게 고하노라······. 짐은 제국 정부로 하여금 미, 영, 소, 중 4국에 대하여 그 공동선언을 수락할 뜻을 통고케 하였다······. 최선을 다하였음에도 불구하고 전국은 필경에 호전되지 않으며 세계의 대세가 우리에게 불리하다······. 그대들 신민들은 짐의 뜻을 받들어라.]
1945년 8월 15일, 늦여름 정오였다.

경성으로 돌아가기 전날 밤, 선재와 쌀례는 싸릿골 집 툇마루에 앉아서 뒤뜰의 꽃을 보았다. 봉선화 꽃들이 하나둘씩 지고 있었다.
"그러고 보니 올 여름에는 정신이 없어서 손톱에 꽃물도 못 들였어요."
여자아이가 꽃밭으로 나가 하나둘 떨어진 꽃잎을 주웠다. 경성 집 화단에는 없으니 가져가서 집 화단에도 심어야겠다고 화단 앞에 쭈그리고 앉아 꽃잎을 줍는 여자아이의 뒤태를 남자는 조용히 지켜보고 있었다.
달빛, 꽃잎, 달달한 여름 공기가 뒤엉킨 그 밤, 시선은 꽃잎에 준 채로 여자아이가 물었다.
"경성에 제가 같이 가도 되나요?"
내일 아침 기차를 타고 그들은 왔던 곳으로 돌아가기로 되어 있었다.
남자는 심상한 어조로 대답했다.
"당연하지. 우리도 이젠 집에 가야 하잖아. 이번에 가면 네가 다닐 학교도 알아보자."
여전히 꽃만 보고 있었지만, 그 순간 그가 볼 수 없는 여자아이의 얼굴은 꽃처럼 활짝 피었다.
우리······.
그가 자신과 나를 함께 묶어 '우리'라고 말했다. 그와 나는 이제 '우리'였다. 그렇게 우리는 집에 가는 것이다. 집에 가면 내 방 앞 뒤뜰에 작은 화단을 만들어야겠다. 시어머니께서 아끼시는 요새 같은 일본식 정원 같은 그런 것 말고 꽃은 그저 꽃처럼 보이는 작은 화단을 만들어서 꽃을 심어야지. 봉선화도 심고, 붓꽃도 심고, 고추도 심어 볼까?

그렇게 신이 나서 꽃을 따고 있는 쌀례의 뒤태를, 흙 자락에 끌리는 그녀의 치마폭을 지켜보고 있던 남자가 문득 그녀에게 물었다.

"이번엔 꽃잎이 묻은 건가. 진흙탕 물에, 핏물에…… 다 큰 처녀아이가."

별 생각 없이 한 말이었는데 갑자기 그를 돌아본 여자아이의 얼굴이 새빨갛게 달아올라 있었다. 귀밑까지 그야말로 홍시였다.

"쌀례, 어디 아프냐? 늦게 여름 고뿔이라도……."

그가 다가오자, 여자아이는 뒷걸음질했다. 붉게 물들인 얼굴에 손에는 치맛자락을 모아 쥐고서.

그로선 처음 보는 낯선 행위였다.

"아무것도 아니에요!"

꽃잎이 치맛자락에 묻은 것뿐이다. 혹은 여자아이의 몸에 꽃잎 색깔 이슬이 맺히기 시작했을 뿐이다.

어젯밤 자고 일어나니 이부자리에 선홍색 매화 꽃잎이 피어났다. 조심한다고 했는데도 막 시작한 달거리는 여자아이를 곤혹스럽게 만들었다. 바로 지금처럼.

어둠 속의 달빛, 꽃잎, 달달한 공기, 꽃잎 묻은 치마폭을 감싸 쥐고 뺨을 붉히며 뒷걸음질하는 여자아이를 남자 역시 낯설게 바라보았다. 그의 말 그대로, 어느새 소리 없이 처녀아이가 되어 버린 성례를.

그렇게 여자아이는 자라고 있었다.

쌀례 아닌 성례
빨간 구두 아가씨

여자는 구두 굽 한 치만큼 더 큰 여자가 되어 맹렬한 기세로 땅을 박차고 달리기 시작했다. 목적지는 서방님의 자취방. 쌀례가 간다!

"이거 받아 봐, 성례야. 그리고 될 수 있는 한 동참해 줬으면 좋겠어."

3월 개강이 시작되면서 여학교 안에서도 각종 모임이 신입부원을 모집한다고 꽤나 부산스러웠다. 쌀례 역시 작년에 처음 입학했을 때만 해도 늦깎이 여학생이라는 신분에 한껏 들떠서 이것저것 묻지도 않고 여러 군데 소모임에 가입했었지만 2학년에 접어드는 지금은 그 중 대부분에서 손을 뗀 상태였다. 그녀가 감당하기에 너무 벅찬 것들이었기 때문이다.

"미안, 공숙아. 난 안 될 것 같아. 시간이 없어서……."

전단지를 내밀던 쌀례의 같은 과 학우는 입술을 비죽이며 섭섭함을 토로했다.

"너는 만날 그렇게 시간 없다고 하는데, 대체 뭐가 그리 바쁘니? 보아하니 학비 번다고 가정교사를 한다거나 어디 백화점 숍 걸 같은 일로 나가는 것 같지도 않은데. 뭔데 그래? 나도 좀 알자!"

학우의 질문에 쌀례는 애매한 미소를 지어 보이며 자신의 일상을 떠올렸다.

'글쎄, 하루가 어떻게 돌아가더라?'

새벽에 일어나면 부엌에 뛰어가 밥을 짓고, 시부모님께 아침 문안 드리고 집안 식구들 식사 시중을 들고, 허겁지겁 교복으로 갈아입고 학교로 뛰어온다. 수업이 끝나면 또 다른 할 일들이 기다리고 있다.

나름 숨 가쁘게 살고 있다고 생각했건만 입으로 소리 내어 말하기엔 1950년대를 살고 있는 여학생으로선 진부하기 짝이 없는 일과였다. 하지만 어쩌나. 그게 사실인걸.

내심 한숨을 쉬면서 쌀례는 최대한 둥글려 사실에 가까운 답변을 내놓았다.

"집에 식구가 많은데 일손이 부족해서 내가 돕지 않으면 안 되거든. 잠시만 손을 떼고 있어도 집 안이 엉망이야."

"집 안에 다른 여자들은 없니? 그 사람들은 뭐 하고?"

다른 여자들? 쌀례는 한씨네에 살고 있는 '다른 여자들'을 잠깐 떠올려 보았다.

시어머니는 귀부인, 아니 왕비님이시고, 그 왕비님의 따님이신 시누이는 공주님이시니 절대로 손에 물을 묻힐 사람들이 아니었다. 거기다 30명이나 되는 하인들도 주인이 손을 놓고 있으면 제대로 할 일을 찾아서 하려 하지 않는다.

모두 그녀의 이마에 '밥'이라는 문신이 새겨져 있는 것처럼 쌀례를 보면 '밥'을 찾았다. 시누이 은재는 입가에 고소를 머금으며 이렇게 말한 적이 있었다.

―박성례가 아니라 밥쌀례였던 게지. 적성에 맞게 밥이나 계속하지 뭐하러 여학교씩이나 보내나 몰라. 학비 아깝게.

어째서 그 사람은 같이 산 지 7년이 다 되어 가는 지금까지 그렇게 일관성 있게 날 미워하는 걸까. 쌀례에게 그건 도저히 풀 수 없는 수수께끼였다.

그나마 공정한 성격의 준재 도련님이 최근 '밥쌀례'가 해 준 밥에 빨래 시중 받고 살고 있는 주제에 건방지다고, 시집갈 나이에 은재 너는 밥이나마 지을 수 있느냐고 따졌다가 그날 밤 모든 식구들이 은재가 지은 삼층밥을 깨작거리게 된 사태가 발발하였다.

그때의 겉은 타고 속은 설경했던 끔찍한 밥알을 떠올리며 쌀례는 다시 애매한 미소를 지어 보였다.

"일할 수 있는 사람은 나뿐이야. 나 아니면 당장 오늘 저녁때부터 곤란해질걸. 미안. 아무래도 어려울 것 같아."

그제서야 공숙은 다분히 동정적인 어조로 고개를 끄덕였다.

"그랬구나. 난 너희 집 형편이 그렇게 어려운 줄 몰랐어. 그러고 보니, 성례 씨는 우리보다 나이도 몇 살 많다고 했지? 학업을 늦게 시작했다면 충분히 그럴 수 있는 거였는데, 나야말로 그대 형편 살피지 않고 미안. 그래도 이거 한 번 꼭 읽어 봐."

본의 아니게 학우가 오해할 만한 거짓말을 한 것 같아 쌀례는 죄책감을 느끼며 그녀가 주는 전단지를 받아 들었다.

하지만 하얀 전단지 위에 찍힌 굵은 글자를 보는 순간, 쌀례는 할 말을 잃었다.

> ### 조혼 반대 구락부
>
> 수십 년 전통의 본교 역사와 그 맥을 같이 하고 있는 조혼 반대 구락부에서 여학우님들을 환영합니다. 얼굴도 모르는 상대방과 결혼이라는 일신종사를 도모한다는 것은 1950년을 살아가고 있는 인텔리 신여성인 우리들이 용납할 수 없는 일인 바……

'아이고.'

쌀례는 전단지 글자 하나하나가 자신의 눈을 찌르고 있는 듯한 느낌이 들었다.

"이, 이건……"

목소리가 떨리지 않길 바라면서 쌀례가 묻자 공숙은 얼굴 가득 친절한 미소를 지으며 대답했다.

"형편이 어렵더라도 이왕 학업을 시작했으니 배운 여자답게! 여성 문제에도 관심을 가져야지. 우린 운이 나쁘지 않아 공부도 하고 여성을 억압하는 구습에서 비교적 자유롭지만, 글쎄, 시골이나 도시라도 어려운 쪽은 아직도 열서너 살짜리 어린애를 얼굴도 모르는 이에게 시집보낸다잖아? 그게 뭐야? 어린애가 뭘 안다고! 말이 결혼이지 애 인생은 어떻게 되는 거야? 또 생판 얼굴도 본 적 없는 사내와 첫날밤에 바로…… 너무 소름 끼치지 않아? 대체 어떤 여자들이 아직도 딱하게 어른들이 시킨다고 그런 구습에 순응하는 건지, 원."

여학교에 입학하기 직전 단발로 자른 머리칼이 쌀례의 결혼 여부를 감추어 주었기에 공숙으로선 눈앞 학우의 정체를 알 리가 만무했다.

장광설을 토하고 있는 공숙 앞에서 차마 고백할 순 없었지만 쌀례는 마음속으로 속삭였다.

'그런 여자, 여기 있어. 내가 바로 그 여자야.'

뭐 대체적으로 공숙 씨 그대 말이 틀린 건 아니지만, 그래도 난 내 삶이, 내 혼인이 그다지 나쁘진 않았다고 생각해. 정확히 말하면 나와 서방님은 처음 본 날 바로 혼인한 게 아니고 일주일 뒤 정도에 했고, 초야는 치렀어도 족두리도 내려 주시지 않았어. 그 뒤로 7년이 지난 지금까지도…… 아무 일 없을 만큼 우리는 건전한 혼인 생활을 하고 있다구. 적어도 내 결혼은 그렇게 소름 끼치는 일이 아니란 말이야!

그러나 쌀례가 그렇게 반박하기 전에, 공숙의 시선은 황홀한 듯 다른 곳을 향해 있었다.

그리고 그 시선의 끝에는 한 쌍의 선남선녀가 서 있었다.

"조혼의 최대 피해자는 저 사람들이 아닐까? 유명하잖아. 우리 학교에서 교편 잡은 유금주 선배하고 그 애인."

여자는 깔끔한 단발에 단정한 하얀 실크 블라우스, 감색 스커트 차림으로 소박한 교원의 차림새였지만 화사한 용모의 소유자였고, 그 곁에 선 양복 차림의 남자 역시 훤칠한 체격에 희고 단정한 얼굴, 비록 걸치고 있는 양복이나 넥타이는 값 싸 보이는 것이었지만 눈에 띄는 외모의 소유자였다.

"금주 선배, 아니, 유 선생님이 오늘 하루 외부강사로 청해서 왔다더니. 아아, 저런 미남자가 부모님 강요로 조혼 당하고 금주 선배는 그 사랑을 깨끗이 지킨다고 여태껏 결혼도 안 하고 그 곁을 지키고 있고. 정말 저렇게 어울리는데! 너무 슬프지 않니?"

조혼이라는 구습에 피해 입은 순애보의 주인공들. 여자는 구겨진 남자의 넥타이를 바로 매 주며 애틋하게 그를 보고, 남자는 그런 여자의 표정이 멋쩍은 듯 살짝 고개를 돌린다. 그래, 아름답구나. 너무 아름다워서 차라리 슬프기까지 하다.

"그래. 참 슬프네."

공숙이 느끼는 슬픔과 전혀 다른 슬픔을 느끼면서 쌀례는 중얼거렸다. 눈이 부신 것을 볼 때 늘 그러하듯이, 눈가가 아릿하고 가슴이 욱신거리는 그런 종류의 슬픔. 빛나는 것들, 빛날 수밖에 없는 것들이 빛나고 있으니 뭐라고 할 수도 없지만, 그 빛에 눈은 아프고 가슴은 욱신거린다. 어찌할 수 없는 슬픔이다.

문득 고개를 돌리던 조혼 피해남의 시선이 쌀례를 발견하고 그가 눈부신 미소를 지으며 그녀에게 손을 흔들어 보였다. 하지만 그때만은 쌀례는 마주 손을 흔들어 줄 수 없었다. 이제 스물한 살 처녀가 되어 버린 그녀는 새치름한 표정을 지으며 재빨리 등을 돌려 종종걸음으로 그에게서 도망쳐 버렸다.

슬퍼서, 슬퍼서, 슬프기 때문에.

"얼굴이 왜 그래? 혹시 은재가 또 뭐라고 구박했니?"

늦은 오후, 일주일에 세 번 쌀례는 선재의 좁은 하숙집에 들러 청소와 빨래를 한다. 그런데 오늘, 방바닥을 닦는 그녀의 손길이 어쩐지 난폭했다. 다년간의 경험으로 선재는 이것이 '박쌀례의 심사가 편치 않다.'라는 신호라는 것을 알고 있었다. 이럴 때의 쌀례는 좀 무섭다.

역시나, 무서운 쌀례가 걸레를 '탁'소리 나게 내려놓고는 매서운 목소리로 반박을 시작했다.
"전 이제 어린애가 아니에요! 아가씨가 구박한다고 구박당하는 어린애 아니라구요!"

'나를 가장 슬프게 할 수 있는 사람은 세상에서 당신 하나뿐이에요. 댁이 내 가슴을 있는 대로 아프게 해 놓고 지금 어디서 헛다리를 짚으시는 건가요, 이 눈치 없는 서방님아!'

하마터면 터져 나올 것 같은 그 소리를 눌러 참은 채 여자는 자리에서 벌떡 일어나 이번에는 빨래에 한이 맺힌 사람처럼 옷가지를 비틀어 댔다.

그 모습을 지켜보던 남자는 곧 한숨을 내쉬고는 여자의 손에서 빨래를 빼앗아 들고 정색을 하고 물었다.

"좋아요, 박성례 씨. 그럼 우리 어른 대 어른으로 대화 좀 해 봅시다. 왜 그리 골이 났습니까? 학교에서부터 찬바람이 불던데."

바로 코앞에 그의 얼굴이 다가왔다.

눈, 코, 입술…….

수년을 봐 왔지만 여전히 보고 싶은 얼굴.

눈앞에 보고 있어도 그리워지는 얼굴이다.

머리는 화가 나는데 가슴은 설레었다. 쌀례는 새삼 자기 자신이, 자기 심장이 바보같이 느껴졌다.

'너는 바보 천치야, 박쌀례.'

속으로 조용히 읊조리고 그의 시선을 피하면서 입으론 뾰로통한 어조로 대꾸했다.

"학교에선 혼인했다는 소리 하지 말라고 하신 건 서방님이시잖아요. 공연히 서방님과 아는 척했다가 황당한 스캔들 주인공이 되고 싶진 않아요."

"황당한 스캔들?"

그야말로 황당하다는 듯 되묻는 선재에게 쌀례는 뾰로통한 어조로 대꾸했다.

"동문 선배 애인이라고 소문난 남자분과 아는 척했다가는 온 학교에 삼각 치정 문제라고 소문나는 건 시간문제 아니겠어요? 여학교라는 곳, 입소문이 상당히 무섭더라구요."

남편과 선배는 비련의 주인공들, 자신은 거기에 낀 가해자라는 이 현실이 쌀례도 황당했다. 화가 났다. 슬프다. 지금 당장 황당한 얼굴로 자신을 보는 선재에게 드러내 놓고 물어보고 싶었다.

'아직, 유금주라는 여자를 좋아해요? 정말로 당신들은 서로를 향하는 마음을 포기할 수 없어서 조용히, 깨끗하게, 마음으로 사랑하고 있어요?'

하지만 자존심이 상하고, 그가 '응, 그래.'라고 대답할까 무서워 묻지도 못하겠다. 그저 이렇게 에둘러 불편한 심기를 표현할 뿐.

그렇게 쌀례 자신은 조마조마한 심정으로 말하고 있는데 정작 그녀에게 고뇌의 씨앗을 안긴 그 남자는 심각한 그녀의 얼굴에 대고 '풋' 하고 웃고 있는 것이다.

"삼각 치정이라고? 너 어디서 그런 말을……. 풋, 푸하하하하하!"

웃다니, 그 순간 진심으로 쌀례는 그가 미웠다. 여자는 빨래를 비틀던 비누 묻은 손을 모로 쥐고 그의 가슴팍을 두들겨 댔다.

"웃지 마세요! 남은 속상해 죽겠는데 사람 속도 모르고! 웃지 말라니까요!"

"아! 아! 그만! 무슨 여자애가 주먹이 이렇게 매운 거냐? 그만하라니까!"

 비누 거품 묻은 주먹으로 자신을 때리는 여자아이에게 남자도 손에 닿는 비누 거품을 집어 던지며 반격했다. 순식간에 부엌과 빨래터를 겸하고 있던 그 작은 공간이 비누 거품으로 가득 채워졌다. 곧 여자는 눈에 매운 비누가 들어갔는지 눈이 화끈거려 눈물이 났고, 그러다 감정이 북받쳐 그의 가슴을 두들기며 소리쳤다.
 "왜 웃어요? 뭘 잘했다고! 다른 여자 애인 소리나 듣고 지금 웃음이 나와요? 서방님 같은 사람을 영어로 뭐라고 하는지 아세요? 플레이보이라구요! 이 나쁜……."
 눈에 들어간 비누 때문에 눈을 감고 소리치고 있는데, 그때였다. 그의 손아귀가 그녀의 손목을 강하게 거머쥔 것은.
 잠시 후, 쌀례는 그의 손가락이 자신의 코, 이마, 머리카락에 묻은 비누 거품을 조심스레 닦아 주는 것을 느꼈다. 남의 마음 가지고 비웃기나 하는 나쁜 사람인데도 어쩐지 그 손길은 참 다정스러웠다.
 코끝에, 이마에, 머리카락에 닿았던 손길은 잠깐의 머뭇거림 후, 입술에 살짝 닿아 왔다. 순간 쌀례는 너무 놀라서 감고 있던 눈을 떴다.
 하지만 눈을 뜸과 동시에 다시 맵고 쓰라린 느낌이 강렬하게 들어서 다시 눈을 감고 말았고, 그의 손가락 역시 금세 그녀의 입술에서 떨어져 버렸다.
 곧 멋쩍음을 듬뿍 머금은 손길이 쌀례의 머리칼을 장난스레 흐트러뜨리고 방금 전처럼 웃음기 머금은 그의 목소리가 들려왔다.
 "많이 컸다, 박쌀례. 이젠 플레이보이에 치정 소리까지 하고, 주먹까지 휘두르다니 말이야."
 아, 조신한 아녀자가 그래선 아니 되는 줄 알지만 쌀례는 그 순간 심장에서 바람 빠지는 소리를 들었다. 설레던 순간은 그걸로 끝이었다. 여자는 자기 머리를 어린애 머리 쓰다듬듯 장난스레 흩뜨리는 그의 손과 비누 거품을 동시에 털어 내면서 새침한 목소리로 중얼거렸다.

"전 벌써 예전에 다 컸어요. 키만 좀 덜 컸을 뿐이지."

비누 거품이 잦아들고 민망함과 어색함이 촘촘히 박힌 침묵이 어색하게 그들 사이에 흐르고 흘렀다. 그 어색함을 어떻게든 깨뜨려 보고자 선재는 쌀례에게 집엔 별일 없느냐는 형식적인 안부를 던졌는데, 그는 그 말을 뱉은 걸 곧 후회했다. 여자아이가 씨익 짓궂은 미소를 지으며 이렇게 말했던 것이다.

"어머님이 이번 주도 집에 안 들르시면 족보에서 파 버리시겠다던 데요?"

자동적으로 그의 입에서 짧은 한숨이 터져 나오기 시작했다.

한 달 만에 집에 코빼기를 내민 맏아들을 보고 어머니가 한 환영사는 다음과 같았다.

"옷 꼬락서니가 그게 뭐냐? 검사 영감씩이나 되어 가지고 남들 보기 부끄럽게."

한눈에 보기에도 조잡하기 짝이 없는 싸구려 셔츠에 바지를 옷이라고 걸치고 온 장남을 향해 어머니는 있는 대로 못마땅한 표정을 지어 보이셨고, 아들은 천연덕스럽게 대꾸했다.

"아직 초임이라 박봉입니다. 이 정도도 감지덕지죠."

태어나서 지금까지 큰아들은 김씨의 태양이었다. 아들이라고 부르고 내 인생의 태양이라고 생각하고 살아왔다. 태양은 태양답게 잘났고, 똑똑했고, 좋은 학교에 들어갔고, 사시인가 하는 어려운 시험에도 합격했다.

하지만 그 뒤, 태양은 타락했다. 그것도 김씨가 보기에 입이 딱 벌어질 만큼 타락해 버렸다.

작년 초, 그러니까 1949년 1월 그놈의 반민특위(1948년 10월 결성된 반민족행위자 특별조사위원회로, 친일 행적자의 조사와 검거를 목적으로 구성되었으며, 일본 경찰, 독립투사 밀고자, 친일 논조의 신문사 사장, 친일 사업가, 친일 문인 등이 구속되었다)인가부터가 사달의 시작이었다.

그놈들이 남편을 친일 매국노라고 끌고 간 뒤, 남편과 김씨는 법대 나온 똑똑한 검사 아들이 아버지의 구명에 힘써 줄 줄 믿어 의심치 않았다. 그러나 모자가 함께 옥에 갇힌 아비를 면회 간 날, 아들은 뜻밖의 소리를 해서 부모를 기절초풍하게 만들었다.

"죗값을 치르시고 앞으로 당당한 미래를 맞으시는 것이 어떻겠습니까?"

"죄? 무슨 죄? 재물 불리는 재주가 있는 것도 죄더냐?"

만약 그때 남편 곁에 목침이 있었다면, 남편은 면회 온 아들놈 면상에 그 목침을 집어 던졌으리라.

"내가 죄인이라면 그 시절 이 땅에서 숨 쉬고 산 것들 모두 죄인이다! 나보다 더 많이 가진 것들! 더 많이 배운 것들도 다 그러고 살았지. 그 시절 밖에 나가 독립군 노릇 한다고 설친 것들 빼고 이 좁은 땅에서 별 뾰족한 수가 있었더냐? 네놈도 마찬가지야!"

얼굴 가득 노기를 품고서 아비는 목침을 던지는 대신 벼락같은 고함으로 아들의 뺨을 후려쳤다.

"내가 번 돈으로 먹고 자란 건 말할 것도 없고, 네놈의 그 잘난 목숨 부지한 것도 다 네가 경멸하는 그 더러운 돈 때문이었다! 네놈을 군대에서 빼느라 든 돈! 네놈 대신 다른 놈을 군대에 보내느라 바친 돈이 어디 한두 푼이었는지 아느냐!"

―네놈 대신 다른 놈을 군대에 보내느라 바친 돈.

아비가 내지른 고함의 잔향이 칼날이 되어 아들의 귀에 무섭게 내리꽂혔다.
곁에서 부자지간의 혈투를 지켜보고 있던 김씨는 창백하게 질린 아들의 얼굴을 보고 눈짓으로 남편을 만류했으나 이미 터질 것은 다 터져 버린 상태였다.
"다른 사람을…… 대신 보내셨다구요?"
그때까지 선재는 자신이 그 어두운 취조실에서 벗어날 수 있었던 것은 아버지가 뇌물을 바쳤을 거라는 정도로만 짐작하고 있었다. 들리던 대로 전투기 두 대 값 정도를 바쳤으리라고. 목숨을 그런 식으로 구했다는 것도 수치스러웠고, 그 뒤 바로 유배를 떠나듯 지방으로 내려가 있었기에 그것에 대해 부자간에 재론해 본 적이 없었다.
그런데 그때 그런 사연이 더 숨어 있었던가. 아들은 기가 막혔다. 어처구니가 없었다. 어째서 나는 4년 전에 했어야 했던 질문을 하지 않았을까.
"다른 사람, 누구 말씀입니까?"
창백하게 질린 얼굴, 꺼끌꺼끌한 목소리로 겨우 질문하는 아들에게 아버지는 무표정한 얼굴로 간단히 대답했다.

"돈이 필요한 자였다. 그리고 그땐, 그것이 내가 할 수 있는 최선의 조치였다."

돌덩이 같은 침묵이 아버지와 아들 사이에서 널을 뛰었다. 모든 상황을 지켜보다 지친 어미는 그만 아들의 팔을 잡아끌고 그곳에서 나가고 싶었다. 하지만 면회가 끝나기 전, 아비는 철저하게 마지막 쐐기를 박았다.

"나는 그때 최선을 다해 널 살렸다. 부자간의 정리까지 갈 것도 없이 네가 그다지도 따르는 사람 대 사람의 도리로, 너도 날 살리기 위해 최선을 다하거라. 그게 사람의 도리이니라."

부자간의 정리 때문인지, 목숨을 빚진 자의 부채감 때문인지, 둘 다 인지는 모르겠지만 어쨌든 아들은 아버지를 위해 뛰었다. 구속된 아버지를 위해 탄원서를 제출했던 춘원의 아들처럼 탄원서까지 제출했는지는 알 수 없으나, 아들이 현직 검사인 데다 야학을 운영하여 항일을 했다는 기록은 유용한 카드가 된 듯했고 그 나름 '최선'을 다했던 모양이다. 아니, 무엇보다 현 정부는 과거 친일 전적이 있는 '인재를 함부로 버릴 수 없다는 방침을 가지고 있던 바, 한상민은 곧 자유를 찾았다.

그리고 그가 집으로 돌아온 날, 아들은 '독립'이라는 명목으로 집을 나갔다. 아비가 내보낸 것인지, 아들이 나간 것인지 내막은 정확치가 않지만 아무튼 그 이후, 집안에서 일절 원조를 받지 않고 궁상맞은 하숙집에서 자취 생활을 하고 있는 것이다. 귀하디귀하게 30년 가까이 키워 왔건만, 저 꼴이 뭐란 말인가.

김씨는 이맛살을 찌푸리며 아들의 꼬락서니를 흘겨보았다.

"그러고 나가 사니 좋으냐? 저 얼굴 좀 봐. 아주 핼쑥하구나."

"저는, 좋습니다. 그리고 핼쑥하긴요. 이틀마다 쌀례 덕에 포식을 하는지라 바지가 터질 지경입니다."

아들 입에서 나온 '쌀례'라는 이름에 어머니는 코웃음을 치셨다. 뜻을 거스르는 아들은 집에서 내쫓았으면서 며느리는 끼고 사는 이 기묘한 상황이 김씨는 몹시도 거슬렸다. 세월이 갈수록 남편의 초연 상대라는 제 어미를 닮아 가는 건지, 그 피도 눈물도 없는 영감이 며느리만은 귀히 여기고 있다. 아들은 멀쩡한 제 집, 제 처소를 놔두고 빈민들이 득시글하다는 궁색한 하숙 살이나 하고 있고, 며느리는 호강하며 제 서방 하숙집에 들락거리고 있다. 이게 가당키나 한 일인가.

"그래. 성례 그 아이 말이 나왔으니 말인데, 정말 어쩔 셈이냐?"

"어쩌다니요?"

어리둥절한 얼굴로 되묻는 아들에게 어머니는 답답하다는 듯이 혀를 차며 따지기 시작했다.

"네 나이가 지금 몇이냐? 내가 다른 집 자식들처럼 너더러 출세를 하라거나 네 아버지 사업 도우라 채근하진 않겠다만, 대체 혼인한 지가 언젠데 아직까지 손주 소식이 없느냐 말이다! 한창 후사를 도모해야 할 때에 아들놈은 집 나가고 며느리만 끼고 살다니…… 넌 이게 말이 된다고 생각하니?"

혼인한 지 7년이 다 되어 간다. 열네 살, 댕기머리를 하고 기차를 타고 시집왔던 그 여자아이는 이제 단발머리에 양장이 제법 어울리는 여자가 되어 있었다.

문득 선재는 자신의 하숙집에서 볼에 비누 거품을 묻힌 채 눈을 감고 있던 쌀례의 모습을 떠올렸다. 비누 거품을 털어 준답시고 잠시 만졌던 그 피부는 얼마나 보드라웠던가.

그녀 자신의 말 그대로 키는 그닥 자라지 않았지만, 이제 쌀레는 쌀레라고 불리는 것이 어색할 만큼 아름다운 처녀가 되어 있었다. 하지만······.

아들의 표정에서 머뭇거림을 읽은 김씨는 대화에 박차를 가했다.

"거두절미하고 집으로 들어와 우선 손주부터 보이거라. 그도 아니면 내가 우선 둘이 살 만한 집을 마련해 줄 테니 성례 그것도 데리고 나가던가. 아무튼 내년까진 어떻게든 손주를 보여 다오. 그럼 네 아버님도 조금은 누그러지실 테니."

"어머니! 그건······."

순간 아들을 보는 어머니의 얼굴에서 전에 없던 노기가 떠올랐다.

"이것도 싫다! 저것도 싫다! 대체 어쩌려는 거냐? 너라고 백 년 천 년 청춘일 줄 아니? 이 철딱서니 없는 것아!"

아들은 어지러워 멀미가 다 날 지경이었다. 몰아쳐 대는 당부들에 숨이 막혔다. 이래서야 7년 전, 지금보다 까마득히 어렸던 그때 갑작스럽게 아버지의 사랑채에서 '장가들어라.'라는 명령과 연이어 댕기머리 여자애와 마주친 그해 겨울과 다를 바가 없지 않은가.

여자아이는 여자가 될 만큼 세월이 흘렀는데, 나는 어째서 그때 이후로 전혀 달라진 게 없는 걸까. 씁쓸한 마음, 씁쓸한 눈매, 씁쓸한 웃음을 머금고 그는 모친에게 말했다.

"저를 믿고 그저 두고 봐 주시면 안 되겠습니까."

자식은 겉을 낳는 것이지 속을 낳는 건 아니라는 사실을 요즘 곱씹고 사는 김씨였으나 도시 저 속에 뭐가 들어앉았는지 알 수가 없었다. 할 수만 있다면 저 가슴을 열어 볼 수 있으면 좋으련만 그것은 무리인고로, 미루어 짐작할 뿐이었다.

마침내 어머니는 자신의 짐작을 아들에게 은근히 떠보았다. 몹시도, 몹시도 조심스런 목소리로.
"어미에게만 말해 봐라. 너 혹시 집이 싫다고 나간 거나 자식 볼 생각도 않고 있는 거…… 그 아이, 성례 때문 아니냐?"

"여기 매상이 계속 오르는 건 저, 바로 이 박성례 때문이잖아요! 그런데 왜 품삯은 몇 년째 오르질 않아요?"
종로 시장통 구석에 위치한 '밥집'에서 쌀례는 목소리를 드높였다. 주변의 평가처럼 키는 그닥 자라지 않았으나 목소리만은 꽤 커졌다. 그런 쌀례의 항변에 밥집의 주인 노파 역시 카랑카랑한 목소리로 응수했다.
"에미나이, 싱거운 소리 그만하고 그릇이나 닦으라이. 넘의 정지에서 밥이나 짓고 싶다고 떼쓰던 콩알만 한 걸 그래도 공으루 일 시키는 거이 양심 걸려 돈푼꺼정 쥐여 줬더니만 이 에미나이가 고마운 줄도 모르고……"
노파의 말 그대로 이곳은 몇 년 전 찬경의 손에 이끌려 온 밥집이었다. 그가 사라진 이후에도 조용한 부엌에서 밥을 짓고 싶을 때면 쌀례는 혼자 이곳을 찾아왔었다. 몇 번 바쁜 시간 때 쌀례의 밥 짓는 솜씨 덕을 본 노파는 공으로 사람 부리는 것은 내키지 않는다며 동전 푼 정도를 쥐여 줬었고, 그 뒤 시간이 남을 때면 쌀례는 이곳을 찾았다. 작년부터는 여학교를 다니기 시작하면서 매일 집을 나올 구실이 생겨서 전보다 자주 일을 할 수 있게 되었다.

처음 왔을 때는 간판이 없는 그저 밥집이었으나, 현재는 작으나마 '밥집'이라는 정식 상호를 내걸고 성업 중이었다. 옆의 공간을 터서 네 개였던 탁자는 일곱 개로 늘어났다. 손님도 늘었다. 덕분에 밥 짓고 설거지하고 손님에게 밥까지 나르고 개중 까막눈 손님이 부르는 대로 편지까지 써 주는 등 쌀례의 일거리는 차고 넘치게 되었다.
"이렇게 부려먹으시면서 품삯은 열다섯 살 때 거의 그대로예요. 이게 말이 돼요?"
쌀례의 항의에 노파는 냉소했다.
"말이 안 되는 거이 세상에 그거 하나뿐이가? 삼년 새 쌀값이 서른 배가 올랐다이. 쌀이 앙이라도 뭐든 미친년 널뛰듯 오르는데 한 가지라도 제자리 하는 거이 있어야지."
"할머니, 말씀하시고도 지금 찔리시죠?"
애교를 머금고 눈을 흘기는 쌀례를 보면서 노파의 엄한 표정도 잠깐 풀리고 말았다. 목소리는 여전히 퉁명스러웠지만 말이다.
"콩알만 한 거이 나날이 여시가 되어 간다이. 찬경이 그 간나는 어드레서 저런 요물을 주워 왔는가."
찬경. 노파의 입에서 흘러나온 그 이름에 쌀례의 얼굴에서 웃음기가 사라졌다. 지난 5년 동안 간간이 노파의 입에서 말곤 들을 일이 없는 이름. 최근에는 살기 바빠 어리고 늙은 두 여자 입에서 나온 적이 없던 이름이었다. 하지만 그 사람 때문에 발을 디밀게 되었던 이곳에 오면, 어쩔 수 없이 계속 떠오르는 이름이기도 했다.

─밥 많이 먹고 무럭무럭 커라, 밥순이 아씨 마님. 혹시 어른이 되어 다시 보게 되면 내가 신 나게 괴롭혀 줄게.

어둠 속에서 하얀 이를 씨익 드러내며 그는 그렇게 말했었다. 정말 총알받이로 끌려간다면서도 마지막 순간까지 짓궂을 수 있었던 사람이었다. 그래서인가. 그 짓궂은 미소가 기억날 때면 쌀례는 그가 전쟁터에서 죽었으리란 생각은 들지 않았다. 꼭 살아서, 어느 날 갑자기 눈앞에 나타나 그 짓궂은 웃음을 지어 보일 것만 같았다.

사실 전쟁이 끝나고 해방이 되고 경성에 돌아왔을 때, 쌀례는 이제나저제나 대문을 보고 또 보던 때가 있었다. 누구 기다리는 사람이 있느냐고 간혹 질문을 들을 때면 아무 말도 못 하고 고개만 내젓고 말았지만, 사실은 기다렸다. 그 짓궂은 사람이 어디 다치지 않고 무사히 살아 돌아오기를.

늘 그러했듯이 새로 지은 솥 밥에서 장정 한 사람이 먹을 분량을 덜어 내어 부뚜막 위에 따로 챙기는 쌀례를 보면서 노파는 입술을 비죽였다.

"또 찬경이 그 간나아 밥이가? 그넘의 정성, 하늘로 뻗치갔구마는. 누가 보면 에미나이레 찬경이 안까인 줄 알겠슴메."

"제가 몇 번이나 크게 신세 진 일이 있어서 그래요. 이건 제 품삯에 포함된 거니까 어떻게 쓰든 제 맘이에요."

"흥. 품삯 적다 적다 난리를 쳐서 좀 더 생각해 줄라 했더만, 쌀 아까운 줄도 모를 정도면 그럴 필요 없는 것 같다이."

노파가 심술궂은 미소를 지으면서 주름살 가득한 손으로 집은 무언가를 쌀례의 코앞에 들어 보였다.

꼬깃꼬깃 접은 지폐. 그녀가 그토록 인상을 주장하던 품삯이었다!

신이 나서 노파의 목을 끌어안고 환호성을 지르는 쌀례에게 노파는 정신 사납다며 포옹을 거부하고는 물었다. 처음 볼 때부터 입성도 좋고 있는 집 자식 같은데 대체 그렇게 악착같이 돈을 모아 그걸로 뭘 하려는 거냐고.

처녀아이는 다시 빙그레 웃으며 대답했다.

"저한테 지금 절실히 필요한, 아주아주 중요한 걸 사려구요."

"그게 대체 무스그 소림메? 보물이라도 되나?"

스물한 살, 꽃다운 처녀아이는 그저 빙그레 웃기만 했다.

빨간 구두. 윤이 반짝반짝 나고 손가락 한 치 정도는 될 만큼 굽이 높아서 신고 있으면 키가 부쩍 자라 보이는 그 구두.

눈도장을 찍고 근 일 년여 만에 쌀례는 드디어 '밥집' 근처에 있는 구두 가게 안으로 들어가 그것을 꺼내 달라고 할 수 있게 되었다.

"미국서 들여온 소가죽으로 만든 진짜배기 물건인데, 이 색깔만 아니면 우리도 이 가격에 내놓을 생각 안 했지. 그런데 처자, 정말 이거 살 거요? 못 팔 물건 팔면 우리야 좋지만, 지금 세상엔 좀……."

3년 전 미 군정이 공산주의라는 건 불법이라고 선언한 이후, 세상은 왼쪽과 붉은색에 굉장히 예민해졌다. 붉은 빛깔 옷이나 신발을 신고 다니기만 해도 '빨갱이 아니냐?' 의심을 사곤 해서 빨간 옷과 빨간 구두 같은 일상사 빨간 것들은 색을 바꿔 쓸 수 있는 건 바꿔 쓰던가 없애 버리던가 하곤 했던 것이다. 광복 이후 보살님처럼 추종하고 있는 미제 구두라도 일단 빨간색이면 세상에 드러내고 다닐 수 없는 색이 되어 버렸다.

"돈을 좀 더 주면, 검은색으로 다시 물을 들여 보리다. 어때요? 내

싸게 해 줄게."

구두 가게 주인의 제안에 쌀례는 잠시 생각을 하다가 이내 고개를 내저었다.

"괜찮아요. 당장은 신고 밖으로 나갈 것도 아니고. 나중에 검은색으로 물 들여야겠다 싶으면 그때 부탁드릴게요. 지금 당장에 쓸 일이 있어서."

'구두를 신고 밖에 나가질 않으면서 당장 쓸 일은 있다고? 대체 어디에 쓰려구? 이상한 처자로구만.'이라며 혀를 끌끌 차는 구두 가게 주인에게 셈을 치르고 쌀례는 설레는 마음으로 가게 안에서 그 어여쁜 구두를 신어 보았다. 처음 구두 가게 주인이 진열장에서 이 구두를 치우는 모습을 유리창을 통해 지켜보던 그 순간부터, 쌀례는 첫눈에 이 구두에 반해 있었다. 그 선홍색, 마치 지금 그녀 자신의 마음 같은 그 붉은색에. 금지된 것이라는 것도 어쩌면 그렇게 반하게 만들었던 조건 중 하나인지도 모른다.

'학교에서 배운 최초의 여자 이브처럼, 여자란 금지된 것에 더 끌리는 법이니까.'

맞춤 구두처럼 발에 꼭 맞았다. 남편도 집안 원조가 끊긴 채 하숙집에서 자취 생활 하는 처지에 시댁에 구두 살 돈이나 청하기는 너무 뻔뻔스러운 것 같아서 부업을 뛰어 마련한 구두였다. 무엇보다 손가락 한 치 위의 세상은 더 아름다워 보이는 것 같았다. 걸음을 몇 걸음 떼자니 좀 휘청거리는 것 같긴 하지만 분명히 이전보다 박쌀례는 더 자라 보였다. 의기양양한 마음에 쌀례는 제일 첫 관객에게 물어보았다.

"주인아저씨, 어때 보여요?"

"굿이요, 아가씨. 누가 만든 구둔지 자알 빠졌다!"

"구두 말고, 저 말이에요! 나이 들어 보이나요? 어른스러워 보여요?"
'신기 전보다 나이 들어 보이냐니, 질문이 참 거시기 하군.'
 주인장은 속으로 별 이상한 처자라고 생각했지만 서비스 정신에 입각하여 만면에 미소 지으며 대꾸했다.
"선녀가 따로 없습니다요. 구두만큼이나 아가씨도 곱소 그려. 애인이 보면 한눈에 다시 반하겠는걸?"
 문득 쌀례의 머릿속에서 황홀한 표정으로 자신을 보는 선재가 머릿속에 잠깐 떠올랐으나, 상상하는 것만으로도 어쩐지 민망해서 곧 지우고 말았다. 여자는 구두 상자를 목숨줄처럼 품에 안아 들고 가게에서 나왔다.
 '좋았어. 이걸로 준비는 끝. 이제 부딪치기만 하면 돼.'
 구두 가게 아저씨 말대로 그가 한눈에 반해 주는 것까진 바라지 않는다. 그저 박쌀례가 박성례라는 여자가 되었다는 것을 알아 주면 좋겠다.
 자신이 더는 '여자아이'가 아니라 '여자'가 되었다는 것을 깨달은 그 순간부터, 그녀는 그것을 소망하여 왔다.
 필사적으로 '저는 이미 다 자랐어요.'라고 몇 번이고 표현을 했건만, 서방님은 '많이 컸다.' 입으로만 말씀하실 뿐, 모든 것을 웃어넘기기만 하였다.
 한때는 그의 옆에 있고 싶어서, 그저 그 곁에만이라도 계속 있고 싶어서 그녀 자신이 자라고 있다는 사실을 부정한 적도 있었다.
 어느 겨울, 처음으로 그를 떠나야겠다고 마음먹고 눈 내리는 추운 거리를 헤매었을 때, 머리와 어깨에 소복한 눈을 이고 그녀를 찾아낸 그는 말했었다.

─우리, 협상을 하자. 네가 어른이 될 때까지 우리 집에 있어도 돼. 네가 더는 친정집에 갇혀 지내지 않아도 될 똑똑한 어른이 되는 동안 난 결혼하라는 압력을 피할 수 있겠지. 너는 네 말대로 좋은 사람 만나서 그 사람하고 행복할 거구. 어때? 너한테도 그다지 나쁜 제안은 아니지?

처음에는 그저 어른이 될 때까지는 내치지 않고 곁에 두어 주겠다는 그 소리만 고마울 뿐이었다. 그래서 어른이 되는 것이 두려웠다. 매일 새벽 조왕할매에게 정안수를 떠다 바치며 자라지 않게 해 달라고 기도했었다. 하지만 사람이란 얼마나 염치없는 동물인가. 어느 순간부터 더 자라지 않는 키에 마음이 조급해졌다.
 어른이 되고 싶다. 당신 뒤를 졸졸 따라다니는 댕기머리 여자애가 아니라 당신과 어깨를 나란히 할 수 있는 어른이 되고 싶다.

─어른이 될 때까지 내 옆에 있어도 좋아.

어른이 되어서도, 나는 당신 옆에 있고 싶어. 박쌀례가 아닌 박성례가 되어, 밝은 날 당신과 팔짱을 끼고 나란히 창경원 구경이라도 갈 수 있다면. 그게 그렇게 무리한 욕심일까?
 당신에게서 한글 받아쓰기를 하다가 틀린 벌로 당신 손가락에 손목을 얻어맞는 것만으로도 가슴 설레던 어린 계집아이가 이제 당신과 입 맞추고 싶다면, 그것도 분수에 넘치는 헛된 꿈인 걸까?
 '아니, 꿈을 꿈만으로 삭이며 사는 건 싫어. 그렇게 살지 말라고 나를 가르친 것 역시 당신이야.'

그래서 쌀례는 조만간 그에게 고백을 하기로 마음먹었다. 처음 '협상'을 한 날, 어른이 된다는 기준이 뭐냐고 그녀가 물었을 때, 그는 잠깐 생각하다가 그녀의 키가 자기 방 책장 다섯 칸째는 되어야 하지 않을까 말했었다.

일전에 몰래 그 책장 앞에 섰더니 맨발로는 아직 조금 모자란 편이었다. 하지만 이 구두를 신는다면…… 나는 '공식적으로' 어른이 된다. 그리고 그에게 말하리라. 나는 당신을…….

"어? 그러고 보니, 내 가방!"

한창 생각에 빠져 구두 상자만 열렬히 끌어안고 있다가 쌀례는 문득 자신이 구두 말고 아무것도 들고 있지 않다는 사실을 깨달았다. 할머니에게 돈을 받고 마음이 급해서 구두 가게로 바로 달려간다는 게 가방까지 놓고 온 모양이었다.

"기가 막혀서! 쌀례야! 쌀례야! 아무리 중대사라고 해도 명색이 학생인데 어떻게 가방을 흘리고 오니……."

스스로가 한심해서 이마를 두들기며 '밥집'으로 뛰어가는데, 그때였다. 키가 큰 남자 손님 하나가 '밥집' 낡은 미닫이문을 열고 나오는 모습이 보인 것은. 그 모습을 본 순간, 쌀례는 그만 발걸음을 멈추고 말았다. 키가 큰 남자였다. 멀리서 보기에도 가무잡잡한 피부, 요즘 젊은 남자들이 많이 입는다던 물들인 미군 군복 비슷한 옷을 입고 목이 긴 가죽 구두를 신고 있었다. 분명 저런 거친 차림새의 남자를 그녀가 알 리가 없는데도 이상하게 가게 문을 나서서 등을 돌리고 가는 그 뒷모습은 낯이 익었다. 꼭 수년 전 어느 날 새벽, 느닷없이 그녀의 방에 뛰어 들어와 작별을 고하던 누군가처럼.

"경이…… 오라버니?"

"뭐야? 너, 눈 뜨고 조니? 꿈까지 꾸겠다? 초저녁인데 할망구처럼 멍하니."

눈을 뜨고 꾸는 꿈. 오늘따라 그 소리를 자주 듣는다. 언제나처럼 시누이의 빨래를 챙겨 들면서도 쌀례는 곰곰이 낮에 꾸었던 꿈을 떠올려 보았다. 국밥집 문 앞에서 잠시 꾸었던 꿈을.

"경이…… 오라버니?"

남자의 시선이 잠깐 동안 그녀를 향했다. 파릇하게 돋은 수염, 더 짙게 탄 피부색, 그리고…… 더 무표정해진 얼굴. 무섭도록 아무 표정이 없는 그 얼굴을 보자니, 쌀례는 자신이 잘못 본 게 아닌가 싶기도 했다. 정말 다른 사람인가. 경이 오라버니라면 저런 얼굴로 날 볼 리가 없는데.

마치 밥집 앞에 붙은 '밥집' 간판을 보는 그저 그런 얼굴로 그는 그녀를 보았다. 그것도 잠깐, 아주 짧은 시간 동안.

그렇게 아무것도 없는 빈 공간을 보듯 무심하게 쌀례를 보던 그 남자는 곧 몸을 돌려 거리의 인파 속으로 사라져 버렸다.

얼이 빠져 있다가 문득 서둘러 그가 나왔던 '밥집' 미닫이문을 열고 들어갔을 때, 탁자에서 국밥 그릇을 치우고 있던 노파가 혀를 '쯧쯧' 차며 말하였다.

"에미나이레 돈독이 올랐나. 돈 들고 뛰느라 책 보따리도 잊고, 내 다시 올지 알았다이. 아니, 낯색이 으째 그럼매?"

"할머니, 방금 전 나간 그 손님……."

쌀례 아닌 성례 | 247

"손님? 국밥 한 그릇 말아먹고 방금 나간 그 간나?"
"찬경…… 찬경 오라버니, 아, 아니었어요?"
혹시나, 혹시나, 그래도 혹시나. 하지만 노파는 핀잔을 줄 뿐이었다.
"야래 눈 뜨고 꿈을 꾸고 있나."
나는 정말 눈을 뜨고 꿈을 꾸었나? 한낮, 머리 위를 내리쬐는 햇살, 봄 햇살을 등지고 선 찬경의 뒷모습을 빼어 닮은 남자, 무섭도록 무표정했던 얼굴…… 그 모든 것들이, 오라버니 당신이 정말 꿈이었을까?
오라버니 당신이었다면 한 번쯤 하얀 이를 드러내며 짓궂게라도 웃어 보일 법한데. 아니, 웃어 주는 것까진 바라지도 않는다. 그저 살아 돌아왔다고, 더는 걱정하지 않아도 된다는 것만 알려 주어도 더 바랄 것은 없는데. 어른이 되어 다시 보면 괴롭히겠다더니, 아는 척도 하지 않았다. 마치 그녀가 어른이 되었다는 것을 알고 있음에도 모르는 척 하고 있는 서방님처럼.
'이기적인 남정네들! 무심한 족속들!'
속으로 울컥하다 보니 빨래를 모아들이는 쌀례의 손짓도 자연 거칠어졌다. 그 모양을 지켜보고 있던 빨래들의 주인, 시누이께서 한 말씀 하신다.
"얘! 그거 비싼 거야! 조심조심 곱게 다뤄야지! 무식한 게 기운만 넘쳐가지고! 네가 빨다가 망친 옷이 어디 한두 벌인 줄 아니?"
은재에게 한때 무식했던 어린 올케는 영원히 무식한 밥쌀례였다. 이런 대접이 어제오늘 일도 아니었건만, 평소에는 그냥 그렇게 들어 넘기던 어떤 말이 때때로 진저리 나게 거슬릴 때가 있다. 지금이 바로 그런 때다.
쌀례는 들고 있던 빨래를 조용히 바닥에 내려두고는 은재를 향해 말했다.
 "그럼 아가씨가 직접 빨아 쓰세요. 무식한 저는 학교 공부 좀 해야 해서 그렇잖아도 시간이 없었거든요."
 "뭐? 얘 좀 봐. 지금 누구더러······."
 "누구긴요. 본인이 입고 벗어 둔 옷, 한 번도 빨아 본 적 없는 분이죠. 아가씨 시집가실 때 전 못 따라가요. 그럼 그때부터 빨래는 어쩌실 거예요? 그리고 전부터 말씀드리고 싶었는데요. 저도 이젠 어른이니까 얘, 쟤, 촌닭, 무식한 년이라고 부르진 말아 주세요. 저도 이름 있어요."
 겉으론 시누이와 올케의 관계였고, 실상으론 주인집 딸과 몸종으로, 7년 만의 반발이었다. 그동안은 사람과 사람의 관계란 것은 꽃밭에 물과 거름을 주듯 끊임없이 살펴야 한다는 믿음으로 어지간하면 은재의 강짜를 거의 들어주곤 하던 쌀례였으나, 그날따라 한은재를 참아 주기 어려웠다. 아니, 은재뿐만 아니라 자신을 무시하는 듯 보이는 모든 사람들을 참아 주기 싫었다.
 하지만 습관이란 무서운 것, 자신이 뱉어 놓은 소리에 살캉이 시누가 어찌 불처럼 반격하나 조마조마해하고 있는데, 어쩐 일인가. 빨래를 집어 던지고 날카로운 목소리로 고함을 지르리라 예상했던 시누가 그녀에게서 보기 힘든 차분한 얼굴로 쌀례를 쳐다보더니 뜻 모를 소리를 하기 시작했다.
 "흐음, 아무래도 너도 그 소식 들은 모양이구나? 그래서 이젠 내 앞에서 고분고분해질 필요가 없다 생각했던 모양이지? 의뭉스런 것 같으니. 생각보다 영악하네."
 "소식······이라뇨?"
 영문을 모르겠다는 듯 되묻는 쌀례에게 은재는 코웃음을 치며 대꾸했다.

"시침 떼긴. 그거 아니면 촌닭, 네가 갑자기 주제도 모르고 날뛸 이유가 없잖아. 선재 오라버니가 너랑 이혼하고 미국으로 유학 가신다는 거 말이야."

은재가 하는 가시 돋친 소리에 어느 정도 이골이 난 쌀례였으나 지금 소리는 듣던 중 최악의 것이었다. 저주라고 해도 무방했다.

"거짓말!"

"거짓말 아냐! 어머니가 내년까지 손주를 보라고 하셨는데 오라버니가 너하곤 아이를 가질 수 없다고 했다는 거야. 멀쩡한 장남 대(代)를 끊느니 며느리를 바꾸는 게 더 낫지 않겠어? 마침 시국이 어수선하니까 이참에 오라버니는 미국 대처로 유학을 보내고, 넌 원래 왔던 너희 집 그 촌구석으로 다시 돌아가면 만사 오케이지. 마침 금주 언니도 아직 혼자니까 둘이서 같이 유학을 가면 그거야말로 완벽한…… 어머, 애! 사람 말을 끝까지 안 듣고 어딜 가니?"

생각해서 모처럼 말해 주는 건데 다 듣지도 않고 미친 여자처럼 밖으로 달려 나가는 쌀례의 뒷모습을 바라보던 은재의 얼굴에서 곧 생긋, 공주의 해사한 미소가 피어올랐다.

"거짓말은 아니지. 절반은 사실인걸. 나머지 절반은 내 바람이고 말이야."

그리고 아마 그 바람은 지금으로 봐선 거의 이루어질 것처럼 보인다. 오라버니 반응은 듣지 못했고, 미루어 짐작하건대 부모님 말씀에 순종하겠다 하진 않았겠지만 무엇보다 손주에 눈이 먼 어머니가 그 바람을 현실로 만들기로 결심을 굳히신 것 같으니까. 그래. 촌닭과 공작새가 어떻게 평생 부부의 연을 유지하며 해로할 수 있으리. 다만, 앞으로 빨래나 방 청소를 누구한테 맡길 것인가. 그건 좀 아쉽군.
"오라버니가 유학 갈 때 나도 따라간다 해 볼까?"
미국. 아메리카. 일본의 뒤를 이은 신천지. 지금 이 땅에서 미국은 종교가 아닌가. 걸핏하면 38선에서 남북 쌍방이 총질로 사람이 죽어 나간다고 하는 이 위험한 땅보다야 미국이 살기에는 백만 배 낫겠지. 여러 가지 떠오르는 행복한 계획을 메모지에 적어내려 가면서 은재는 콧노래를 부르기 시작했다.

이혼! 그럴 리가 없다! 혼인은 서방님과 나 두 사람이 했는데 어째서 내가 이혼하게 되었다는 사실을 서방님이 아닌 다른 사람에게서 들어야 하나?
예전에 이런 경우가 있다고 듣긴 했었다. 자유연애가 아니라 부모의 강요에 의해 억지로 혼인한 경우, 남자가 신여성과 다시 사랑에 빠졌을 때 아내는 축출 이혼을 당하고 친정으로 쫓겨가는 경우가 허다했다고.
시작은 박쌀레도 그런 구식 아내 중 하나였다.
하지만 지금…… 나는 무얼까?
단발을 하고 교복을 입고 학교에 가서 신여성 소리를 들어도 나는 그저 강제로 맺어진 억지 아내인 것뿐일까? 단지 그것뿐?
어른이 될 때까지만 곁에 있으라는 소릴 듣긴 했지만 쌀레는 이런 식으로 일방적인 통보는 받아들일 수 없었다. 여자는 눈에서 나오려고 신호를 보내오는 눈물에게 당장은 꼼짝도 말라고 명령했다. 심장에게도 너무 격하게 요동치지 말아 달라 사정했다.
 일단 시누이 방에서 뛰쳐나온 쌀례는 열네 살 때까지 싸릿골 들판을 내달리던 그때처럼 서방님의 방을 향해 뛰었다.
 하지만 방은 비어 있었다. 하숙집으로 돌아가신 듯하다는 어멈의 말을 듣고 여자는 자기 방에서 무장을, 혹은 단장을 시작했다.
 교복도, 집에서 허드렛일을 할 때 입는 치마저고리도 아닌 깔끔한 하얀 블라우스에 발목까지 오는 스커트로 갈아입고 명주 스타킹을 신고…… 비록 손이 후들거려서 블라우스 단추를 채우는 데 시간이 좀 걸리긴 했지만 여자는 그 모든 것을 비교적 재빨리 해치웠다.
 마지막으로 심호흡을 하고 쌀례는 장롱 속에 깊숙이 감추었던 최후의 무기, 빨간 구두를 꺼내 댓돌 위에 내려놓았다. 원래 집 안에서 이걸 신고 그에게 고백할 생각이었지만, 지금 그저 한 가지에 집중하고 있는 그녀에겐 애초의 계획 따위는 생각나지 않았다.
 '서방님에게 직접 여쭤 볼 거야. 다른 사람 말은 안 들어. 내 귀로 듣고 내 입으로 말할 거야.'
 댓돌 위 빨간 뾰족구두에 발을 집어넣고 처음 발걸음을 떼는 순간은 여전히 불안했지만, 집 대문을 나설 때쯤에는 불안하게 뒤틀리던 걸음걸이도 안정되어 갔다.
 또각, 또각, 또각—.
 앞을 향해 걷던 그녀는 곧 구두 굽 한 치만큼 더 큰 여자가 되어 맹렬한 기세로 땅을 박차고 달리기 시작했다.
 목적지는 서방님의 자취방.
 쌀례가 간다!

"어이, 아가씨. 어딜 가시나? 거기 좀 서 봐."

첫 번째 경고를 들었을 때, 쌀례는 그 소리를 가뿐히 무시했다. 이 넓디넓은 서울 종로 거리에 존재하는 아가씨가 그녀 하나만 있는 것도 아니고, 한시가 급한 때에 걸음을 멈추고 싶지 않았기 때문이다. 그 와중에 두 번째 경고음이 들려왔다.

"거기! 빨간 뾰족구두 신고 뛰는 단발 여자! 거기 서라고!"

먼젓번 경고보다 더 구체적이고 고압적이었다. 잠깐 걸음을 멈추고 있으니 순식간에 검게 물들인 군복 차림을 하고 있는 험상궂은 인상의 젊은 남자들이 그녀를 둘러쌌다. 그 시간 종로 거리를 걷는 많고 많은 여자 중 그들이 부른 건 아무래도 그녀였던 모양이다.

"무슨 일로 그러시나요? 전 지금……."

'지금 목숨 걸고 달려가야 할 곳이 있는데요.'

바쁜 용무가 있다는 얼굴로 다시 발걸음을 재촉하려는 그녀의 앞을 남자들 중 한 사람이 막아섰다. 그는 대뜸 그녀를 위아래로 훑어보더니, 특히 그중 그녀가 신고 있는 빨간 구두를 노려보더니 대뜸 반말투로 이렇게 물었다.

"아가씨, 빨갱이야?"

빨갱이. 지금의 서울에서, 아니 38선 아래 남쪽 지역 전체에서 '빨갱이'라는 단어는 여자에게 '이혼'이라는 단어와 맞먹을 정도로 저주였다. 아니, 이혼을 한다고 죽진 않지만 빨갱이라면 죽을 수도 있으니 더더욱 심각한 저주였다. 1947년 8월 미 군정에서 남로당 당수 허헌을

쌀례 아닌 성례 | 253

체포하고 남한에서 공산주의는 불법이라고 공포한 후, 빨갱이라 지칭되거나 의심받으면 누구에게도 보호받지 못했다.

'빨갱이는 남쪽부터 저 북쪽까지 철저히 박멸해야 한다.'가 현 정부의 지상 과제였다. 군이 경찰이 아니더라도 누구나 빨갱이는 심판할 수 있었다.

보아하니, 눈앞의 남자들도 경찰은 아니고 요즘 많이들 몰려다닌다던 청년 조직 사람들인 모양이었다. 속칭 빨갱이 사냥을 한다던 그 사냥꾼들. '그런 사람들이 있다더라.' 소리만 들었지 실제로 본 적은 처음이라 쌀례는 그들의 핏발 선 눈들이 '빨갱이야?'라고 묻는 목소리가 이토록 살 떨리게 무서운 것인 줄 처음 알았다.

목소리가 떨리지 않길 바라면서 또박또박 그녀가 답했다.

"아니에요."

움츠리지 말아야지. 겁먹은 표정을 지었다간 괜히 인정하는 모양새로 오해받을 수도 있으니 위험하다. 어릴 때 고향 싸릿골에서도 무서운 개와 딱 마주칠 때 등을 보이고 도망가면 개가 만만히 보고 더 달려들지 않았던가. 그렇게 두 눈을 똑바로 뜨고 또렷한 목소리로 대답하는 쌀례를 남자는 느물스런 눈초리로 관찰하기 시작했다. 그의 시선이 그녀의 하얀 종아리, 다시 그녀가 신고 있는 붉은 구두를 향했다.

"빨갱이도 아닌데 왜 빨간 걸 신고 다녀?"

그 단순한 질문에 쌀례는 기가 막혔다.

'내가 정말 빨갱이라면 이렇게 걸릴 거 무서워서라도 일부러 빨간 건 신지 않겠지. 설마 빨갱이인 거 티를 내자고 일부러 신었을까 봐?'

하지만 그렇게는 차마 말할 수 없었다. 그렇다고 사정 그대로 남편에 대한 정염의 표시라고 답할 수도 없었다. 문득 팔 수 없는 물건을 팔아서 좋긴 한데 괜찮겠느냐고 물어왔던 구두 가게 아저씨의 목소리가 귓가에 윙윙 울리는 듯했다. 그제서야 쌀례는 후회의 한숨을 내쉬었다.
'그냥 검은색으로 달라고 할걸. 아니면 차라리 맨발로 달릴지언정 구두는 가방에 숨겨서 들고 가던가.'
하지만 세상의 모든 후회들이 그러하듯이, 이미 때는 늦은 것이다. 그저 겉으로는 침착한 얼굴로 여자는 다시 말했다.
"그냥 반값에 싸게 판다기에 사서 신었을 뿐이에요. 맹세코 전 빨갱이는 아니고요. 무엇보다 제가 지금 아주 급한 일이 있어서…… 부탁드립니다. 이만 보내 주세요."
겁먹은 모습은 보이지 말고 최대한 예의 바르게, 쌀례는 고개를 숙이고 사정했다. 하지만 예의는 예의로 돌아오지 않았다. 남자는 비릿한 미소를 지으며 쌀례의 팔을 붙잡아 끌었다.
"빨갱인지 아닌지 그건 이제부터 우리가 알아볼 일이고. 말로 물어서 첨부터 제대로 대답하는 빨갱이는 내 이제껏 본 적이 없거든."
팔에 닿는 그놈의 손길과 취조하는 듯, 혹은 수작을 거는 듯한 말투 중 어느 것이 더 역겨운 것인지 쌀례는 알 수 없었다.
분명한 것은 저쪽은 순순히 자신을 놓아줄 생각이 없고, 이쪽은 순순히 끌려갈 생각이 없다는 것이었다. 쌀례는 일단 곁눈질로 주위를 살폈다.
그녀의 팔을 잡고 있는 놈만 앞을 가로막고 있을 뿐, 나머지는 두엇씩 짝을 지어 좌우로 분산되어 서 있었다. 그건 눈앞의 놈만 물리치면 어떻게든 이곳에서 빠져나갈 수도 있다는 소리였다.
'하늘님! 엄마! 서방님!'
마음속 삼위일체님들에게 기도를 올린 후, 쌀례는 감았던 눈을 반짝 뜨고 팔을 잡고 있던 그놈의 정강이를 있는 힘껏 걷어찼다.
"흐억! 저, 저 빨갱이 계집애가……!"
고맙게도 구두 앞코는 제법 뾰족해서 덩치가 제법 있어 보이던 남자는 바람 빠지는 비명을 지르며 고꾸라졌다. 그 틈에 쌀례의 팔을 쥐고 있던 그 갈퀴 같던 손아귀 힘도 빠져 버렸다. 한순간 자유의 몸이 되자마자 쌀례는 전속력으로 뛰기 시작했다.
"저, 저거 잡아! 숨어 있던 남로당 여자 간첩이 틀림없다! 잡아! 경찰서에 넘길 것도 없이 내 손으로 요절을……."
치맛자락 펄럭이면서 도망가는 와중에 쌀례는 생각했다.
'빨간 구두 좀 신었다고 길가에서 이런 봉변까지 당해야 하나? 여자 간첩? 내가?'
아무튼 더더욱 전력을 다해 뛰어야 할 이유가 생겼기에 쌀례는 기를 쓰고 달리기 시작했다. 하지만 늘 신고 다니던 단화나 고무신과는 달리, 굽이 있는 구두는 전속력으로 달릴 때 신기에 적합지 않았다.
결국 비틀거리다 넘어질 뻔하길 몇 차례, 안 되겠다 싶어 구두를 벗어 양손에 한 짝씩 들고 뛰었는데, 아뿔싸, 이번에는 앞을 제대로 보고 달리지 않은 탓에 맞은편에 서 있던 누군가와 부딪히고 말았다.
"어이! 거기! 그년 좀 붙들고 있어! 포상금 타면 반쯤 나눠 줄 테니까!"
얼굴은 보지 못했지만 쌀례는 자신의 눈앞에 서 있는 이가 남자라는 사실을 눈치챘다.
부딪힌 것은 그의 가슴. 앞은 막혀 있고, 뒤꽁무니에선 그녀를 잡아 물어뜯겠다고 달려드는 악당의 고함이 가깝게 들려오고 있었다.
이거야말로 진정한 사면초가 상황이었다. 쌀례는 다급하게 고개를 들어 부딪힌 상대방에게 사정하기 시작했다. 설마 지금 종로 거리를 걷고 있는 남자들이 전부 백주 대낮에 지나가는 여자에게 간첩 누명을 씌워 상금 받아먹으려는 악당만 있는 것은 아닐 거라는 가냘픈 희망을 품고서.

"도와주세요! 저 간첩 아니에요! 도와주시면 꼭 사례를……."

내리쬐는 강렬한 봄 햇살에 눈이 부셔서 쌀례는 처음 얼마간 상대방의 얼굴을 알아볼 수 없었다. 하지만 점차 햇볕에 익숙해진 그녀의 눈이 자신을 내려다보는 상대방의 얼굴을 알아보았을 때, 쌀례는 자신의 눈을 믿을 수 없었다.

"어, 어떻게?"

놀라서 더 한층 눈을 동그랗게 뜨고 자신을 올려다보는 그 여자를 남자는 무덤덤한 얼굴로 내려다보았다. 무심한 듯한 그의 시선이 그녀를 관찰하기 시작했다.

대로변을 숨차게 뛰느라 헝클어진 단발머리, 복숭아 빛깔로 달아오른 두 뺨, 두 손에는 한 손에 구두 한 짝씩 거머쥐고 신고 있던 스타킹은 구멍이 나서 발가락이 비죽 드러나 있었다.

여자의 모습을 보고 있던 남자가 픽 쓴웃음을 머금었다. 조금쯤 쉰, 빈정거리는 목소리로 그가 말했다.

"요즘은 이런 거 구해 줄 때 얼마나 받지? 난 좀 비싼데."

햇살을 등지고 쌀례 앞에 선 남자는 바로 찬경, 그 사람이었다.

두 번째 초야(初夜)
삼월 봄비 내리던 밤

"내가 함께 살고 싶은 건 당신뿐입니다. 이런 나와 혼인해 주시겠습니까?"
혼인한 지 7년 만에 다시 묻는 남자에게 여자는 답했다.
"그럼요. 혼인하겠어요, 당신과."

 눈을 뜨고 꾸는 꿈. 혹시나 싶어서 쌀레는 두 눈을 감았다 떠 보았다. 잘못 본 것이 아니었다. 분명 경이 오라버니였다. 결국, 어제 짧게 보았던 그이도 경이 오라버니가 맞았던 것이다. 그렇다면 할머니도 알고 계셨다는 건데 왜 내가 물었을 때는 아니라고 하셨던 걸까.
 그 순간, 오만가지 하고 싶은 말이 쌀레의 머리와 심장에서 날뛰었다.
 '그동안 어디 있었어요? 언제 돌아왔어요?'
 '어디 다친 곳은 없고요? 밥은 먹었어요?'
 '어제 왜 나를 보고도 못 본 척했어요?'
 '묻고 싶은데요. 어제부터 왜…… 그런 얼굴로 나를 봐요? 꼭 모르는 사람 보는 눈으로.'
 하고 싶은 말은 정말 많은데 막상 목소리가 되어 나와 주지 않았다. 자신을 보는 찬경의 눈동자. 정말 모르는 사람을 보는 듯, 혹은 액수가 맞으면 도와줄 수도 있는 고객을 보는 듯한 그의 시선이 그녀의 입을 얼어붙게 하고, 그녀의 마음을 슬프게 한 탓이다.

그렇게 쌀례가 머뭇거리고 있는 사이, 쫓아오던 남자들이 드디어 그녀를 따라잡고는 다짜고짜 쌀례의 머리칼을 잡아끌며 쾌재를 불렀다.

"이년! 이 빨갱이 년이 어디 사람을 치고 도망을 가!"

"아욱! 이거 놔요!"

'빨갱이'라는 한마디에 얌전한 차림의 여자가 거친 남자들에게 머리채 잡히고 끌려가는 것을 말려 주는 사람이 없었다. 그저 "에그, 숭해."라며 자기들끼리 수군거릴 뿐, 누구도 말려 주지 않았다. 무엇보다 놀란 것은 경이 오라버니 ─ 혹은 경이 오라버니로 보이던 그 사람 ─ 까지도 그저 묵묵히 영화관에서 활동사진 구경하는 것처럼 그걸 보고만 있다는 사실이었다. 꿈, 악몽…… 어제부터 그 꿈, 참으로 길기도 하다.

커다란 남자 손아귀로 머리채를 거세게 잡히니 흡사 머리 가죽이 통째로 벗겨지는 듯 고통스러웠다. 얼얼한 고통, 백주 대낮에 남들 보는 앞에서 개처럼 질질 끌려가고 있다는 수치심, 공포가 그녀를 다급하게 만들었다. 쌀례는 찬경, 혹은 찬경일 것이 거의 분명한 그 사람에게 소리쳤다.

"오라버니! 경이 오라버니! 제발 좀! 야, 이 나쁜 놈아! 뭘 보고만 있는 거야! 도와 달라니까!"

여자의 필사적인 구조 요청에 남자는 어깨를 으쓱거리며 태평한 목소리로 되물었다.

"그러니까, 얼마나 줄 거냐고."

차갑고 매끄러운 그 목소리. 감정이라곤 일절 들어가지 않은 그 소리를 들었을 때, 쌀례는 뱀가죽을 만졌을 때처럼 섬뜩함을 느꼈다. 저건 경이 오라버니가 아니다. 모습만 닮은 악당일 뿐이야. 그녀가 알던 찬경은 처음 만났을 때도 구해 준 대가를 바라긴 했지만 먼저 사람부터 구했던 이였다. 일면식도 없던 어린 여자애를, 단지 엄마가 준 비녀를 지키고 싶어 한다는 사실만으로 앞뒤 안 가리고 몰매를 맞아 가면서 구해 준 사람이다. 이런 때 흥정이나 하던 사람은 아니었다. 무엇이 그를 변질시킨 걸까? 세월이? 고생이? 돈이? 하지만 지금은 그게 중요한 것이 아니었다. 여자는 이를 악물고 흥정에 응했다.

"뭐든, 달라는 대로 줄 테니까요! 당장! 이 나쁜…… 놈아!"

"그 제안, 받아들이지."

흥정 완료. 그때까지 제자리에 서 있기만 하던 남자가 날렵하게 발걸음을 옮겨 쌀례의 머리칼을 쥐고 있는 놈에게 다가가더니 대뜸 그 손을 주먹으로 강타해 버렸다.

"뭐, 뭐야? 경이 이놈! 포상금 나눠 준다니까!"

순간, 남자는 얼굴 가득 해사한 미소를 머금으며 간단히 대꾸했다.

"나눠서야 누구 코에 붙이겠어? 이쪽이 덩어리가 더 큰걸."

미소가 채 사라지기도 전에 남자는 상대방 사냥꾼의 얼굴에 있는 힘껏 주먹을 날리기 시작했다.

봉변당한 여자가 겪을 수 있는 후유증은 여러 가지가 있었다. 온몸이 사시나무 떨리듯 떨렸고, 떨림이 멈출 때쯤에는 그 뒷수습이 난감했다. 당장 이 모든 사달의 원인인 빨간 구두를 신을 수 없으니 구멍 난 스타킹 바람으로 걸어야 할 판이었다. 난감하게 자신의 맨발을 보고 있던 여자에게 남자의 목소리가 들려왔다.

"걸을 수 있겠어? 추가 금액 내면 집까지 업어 주고."

5년 전, 전쟁터에 총알받이로 갔던 남자는 돈 귀신이 되어 돌아왔다. 여자는 혼자 바닥에서 일어섬으로써 남자의 제안을 거부했다. 맨발로 발걸음을 떼자 발바닥이 따갑게 아파 왔지만 걷지 못할 정도는 아니었다.

양손에 구두를 거머쥐고 여자는 목적지를 향해 다시 걷기 시작했다. 그런 그녀의 뒤통수에 대고 남자가 물었다.

"대가는?"

순간, 여자는 발걸음을 딱 멈추고 남자 쪽으로 확 몸을 틀었다. 산발머리 사이로 동그란 눈동자가 불을 머금고 그를 응시하더니 곧 새침한 목소리로 역시나 간단히 대꾸했다.

"외상이에요! 그리고 더 시킬 일이 있으니 따라와요!"

얼마 후, 그 거리에 있던 사람들은 누군가에게 쥐어뜯긴 단발머리에 단추 떨어진 하얀 블라우스, 먼지 묻은 스커트, 구멍 난 스타킹을 신은 맨발로 거리를 걷고 있는 한 여자와 그녀의 곁을 세 걸음쯤 떨어져서 걷고 있는 한 키 큰 남자를 볼 수 있었다.

결국 목적지까지 추가 요금을 받고 그녀를 호위해 주기로 한 남자가 걸치고 있는 재킷 안 커다란 주머니에 구두를 한 짝씩 나눠 넣고 걷기로 했다.

문득 맨발로 세 걸음쯤 앞장서서 걷던 여자가 남자를 돌아보며 물었다.

"내 머리 모양, 지금 어때 보이죠?"

그래도 집을 나올 때는 급하긴 했을망정 정성 들여 빗은 머리였는데, 생전 처음 모르는 남자에게 머리채를 잡히고 난 후이니 꼴이 어떤

지 상상이 가지 않았다. 오늘만은 그래도 남 보기에 봐 줄 만한 몰골이어야 하는데. 거울을 챙기지 못한 자신에게 스스로 저주를 퍼부으며 쌀례는 지금 자신을 보는 가장 가까운 눈에게 물었고 남자는 뚝뚝한 어조로 대꾸했다.

"엉망이우."

더는 다른 사실이 비집고 들어갈 틈이 없는 완고한 답변이었다. 쌀례는 한숨을 내쉬었다.

동시에 분노도 치밀었다.

"좀 일찍 도와줄 수도 있었잖아요! 어쩜 그렇게 인정머리 없이!"

"그런 거 없어도 먹고 사는 데 지장은 없더라구."

문득 여자의 눈길이 그를 깊숙이 눌러본다. 방금 전 그가 그녀를 관찰했듯이, 그의 눈, 코, 입…… 변한 것 같으면서 혹은 그대로인 것도 같은 그 모든 것들을 열심히 보고 또 보았다. 세상에 별 두려울 것 없는 그 남자가 눈을 내리깔고 싶을 만큼 치열하게.

잠시 후, 떨떠름한 목소리로 그가 물었다.

"뭘 그렇게 보는 거야."

"그냥, 왜 그렇게 변했을까 하고요. 밥은 먹고 다녀요?"

맑고 커다란 눈으로 '밥은 먹었어요?'라고 묻고 안 먹었다면 큰일이 난 것처럼 '먹어야 산다. 곧 차려 주겠다.' 허둥거리던 그 여자아이는 그 비슷한 여자가 되어 있었다. 한 따까리도 변하지 않았다. 변하지 않은 자의 올곧음으로 여자아이가 그에게 묻고 있었다. '왜 그렇게 변했나요?' 그 질문이, 이상한 일이지만 그를 조금 곤혹스럽게 만들었다. 남자는 그녀의 시선을 피한 채 퉁명스런 어조로 대꾸했다.

"난 줄곧 이 모양이었어. 그쪽이 착각했을 뿐이지."

확실히 그는 이전에도 그녀에게 말했었다.

―돈이면 뭐든지 다 됩니다, 아씨. 나는 돈을 벌기 위해선 뭐든 하는 놈이고요.

지금도 그는 '해는 동쪽에서 뜬다'는 절대 진리를 얘기하는 얼굴로 말하고 있다. 나는 원래 그런 놈이었다고. 하지만 그녀는 고집스럽게 그 사실을 인정하지 않았다.

"아니에요! 분명 돈은 좋아하긴 했지만 그래도 경이 오라버니는 본인이 벌고 싶은 데서 벌고 싶은 만큼 번다고 한 사람이었어요! 이렇게 무지막지하게 돈만 밝히는 사람이 아니었다구요! 제가 아는 경이 오라버니는 정말 좋은 사람……."

"그러니까! 네가 아는 경이 오라버니는 어디에도 없다고! 이 천치 같은 계집애야!"

지금보다 어렸던 이 여자가 자신을 좋은 사람으로 착각해 주는 것이 조금은 좋았다. 자신도 지금보다 어렸기 때문이다. 하지만 나이를 먹고 세상이 돈으로 굴러가고 있으며 목숨이나 인정 따위 그 앞에서 맥없이 무너질 수 있다는 진리를 질리게 겪은 후, 그는 좋은 사람이란 말이 이전처럼 기껍게 들리지 않았다.

좋은 사람. 그건 자신이 약하다는 소리였다. 남에게 충분히 속을 수 있는 어리석은 사람이란 소리이기도 했다. 이 위험한 세상에, 그건 정말 위험한 소리였다. 그런데 저 천치 같은 계집애는 말하고 있다. 자신이 좋은 사람이라고. 최소한 과거엔 좋은 사람이었다고. 차라리 개새끼 소리를 들어도 이처럼 기분이 더럽진 않았으리라. 이런 기분을 저 천치 계집애에게 들키고 싶지 않았기에 남자는 시선을 돌려 주변을 둘러보다가 문득 한 가지 사실을 깨달았다.

"여긴 안국동 가는 길이 아니잖아?"

지금 그들이 있는 곳은 빈민들이나 가난한 학생들이 주로 산다는 동네였다.

"뭐야, 한가네가 그새 망하기라도 했나? 그럼 곤란한데."

정말 곤란하다. 그치에게 받아낼 것이 아직 산더미 같은데. 듣자하니 전쟁 끝나고 미 군정이 적산(敵産 : 자기 나라나 점령지 안에 있는 적국(敵國)의 재산. 1945년 8·15 광복 이전까지 한국 내에 있던 일제(日帝)나 일본인 소유의 재산을 광복 후 부르던 말) 처분할 때, 일본 놈들이 두고 도망간 땅이라든지 공장 같은 것들을 싼값에 불하받고 전보다 더 부자가 되었다 들었는데 그 집 큰 아들놈 계집인 이 여자가 왜 이런 동네에 발을 들이민단 말인가. 눈에 핏발을 머금고 묻는 남자에게 여자는 새침한 어조로 대꾸했다.

"말씀 삼가 주세요. 우리 서방님 하숙집이에요."

동그란 얼굴에 어울리지 않는 엄격한 표정을 지으면서 그리 말하던 여자는 그중 한 초라한 일본식 목재 이층집 앞에 서더니 그에게 꾸벅 허리 굽혀 절을 하고는 예의 바르게 말했다.

"여기까지 무사히 바래다주시고, 오늘 여러 가지로 고마웠습니다. 대금은 수일 내로 할머니 밥집에 맡겨 둘게요."

'그러니까 이만 가 주세요.'라는 그녀의 차고 단정한 몸짓을 바라보면서 남자의 입술에선 자신도 모르게 쓴웃음이 올라왔다. 키는 조금 더 크고 치마저고리 대신 양장을 하고 삐딱구두를 신은 여자가 되었더라도, 정말 이 계집아이의 알맹이는 그대로인 것이다. 남자는 5년 전 마지막 날 새벽을 기억했다.
'그 자식은 복도 많군.'
전쟁터까지 따라가서라도 제 서방 밥을 해 주겠다는 여자아이에게 그는 야유 보내듯 진심을 말했었고, 여자아이는 제 서방에게 쏟아진 '그 자식' 소리에 앵돌아져서 새침한 어조로 말했었다.

―말씀 삼가 주세요.

이렇게까지 변하지 않을 수가 있구나. 남자는 새삼 희한하다는 듯 눈앞의 자그마한 아씨 마님을 쳐다보았다.
하룻밤 자고 일어나면 쌀값이 1할씩 요동을 치고, 쌀독에서 인심 난다는 말이 사실임을 증명하듯 사람들 마음은 한층 더 사나워지고 있는데, 어쩌면 저 여자는 그 세월 동안 저렇게 변하지 않을 수가 있는 걸까.
작달막한 키, 사람 심장을 쓸데없이 찔러 오는 커다란 검은 눈동자, 어설프기도, 때때로 매섭도록 단정해 보이는 몸짓, 제 서방만 찾는 저 꽉 막힌 주변머리. 그리고……
"하, 할머니 집에 가면 제 이름 대고 뜨신 밥이라도 드세요. 많이 야위었어요."
그리고 굶주려 보이는 사람을 그냥 지나치지 못하는 저 쓸데없는 오지랖까지도. 정말 징그럽게도 변한 게 없다.
순간 속에서 치밀어 오르는 뭔가를 가까스로 누르면서 남자가 중얼거렸다.
"그래도 세월이 제법 흘렀는데 어째 변한 게 하나도 없구만. 난쟁이

똥자루 키에 밥순이 아씨 마님. 이거 실망인데."

그 소리에 여자는 숙이고 있던 고개를 들고 그를 보았다.

약간의 장난기와 약간의 온기를 머금은 그 목소리, 자신을 바라보는 그 남자의 눈.

이상도 하지. 자신은 변했다면서 변하지 않은 그녀에게 실망이라 한 그도 결국 5년 전과 변하지 않은 것은 아닐까.

어쩐지 지금에 와서야 정말로 '경이 오라버니'와 다시 만난 듯한 안도감에 쌀레는 마음이 놓였다. 하지만 입으로는 야무진 어조로 이렇게 말했다.

"하나도 없긴요. 다 컸어요. 키만 조금 덜 자랐을 뿐이지."

"하하, 그래서 목숨 걸고 삐딱구두?"

남자는 '하하' 웃으면서 이제까지 자신의 재킷 주머니에 넣고 있던 빨간 구두를 내밀었다. 그가 건네주는 구두를 받아 들고 여자는 수줍게 말했다.

"하, 한번 안국동 집으로 오세요. 모두 반가워할 텐데요."

순간, 어두워 가는 해 질 녘 골목길에서 남자의 새하얀 송곳니가 씨익 드러났다.

순간적으로 경이 오라버니에서 다시 쌀레가 알 수 없는 그 무엇으로 변해 버린 남자가 조용히, 그러나 분명한 어조로 말했다.

"네 서방이나 늙은 한가에게 전해. 조만간 내가 빚 받으러 간다고."

그녀가 무어라 하기 전에 몸을 돌리고 그는 또다시 사라져 갔다.

어느 삼월의 봄날 해 질 녘, 좁은 골목길에 서서 여자는 오도카니 그의 야윈 등을 그저 바라만 보았다.

하지만 정작 자기 서방의 얼굴을 마주한 순간, 쌀례는 아무 말도 할 수 없었다.
 "길이 어긋났구나. 난 집에서 너를 보고 가려고 기다리고 있었는데."
 하숙집 툇마루에 앉아 마당의 봄꽃들을 물끄러미 바라보면서 쌀례는 남편을 처음 보면 무슨 말을 해야 할까 생각하고 또 생각했다. 무릎에는 새 구두를 얹고서.
 하지만 기다리던 남자가 해가 지고 땅바닥에 꽃 그림자조차 지워진 늦은 시간쯤에 돌아왔을 때까지도 도대체 어떻게 입을 떼야 하는 건지 갈피가 서지 않았다.

 ─정말 미국에 가실 건가요? 나 아닌 다른 사람과? 나한테 한마디 말도 없이?
 ─내가 들은 그 말들이 참인가요, 거짓인가요. 참 같은 거짓인가요, 거짓 같은 참인가요.

 그녀가 마음으로 그렇게 허둥거리며 아무 말도 못하고 있는 사이, 그가 성큼 그녀에게 다가섰다.
 "너, 무슨 일 있었니? 꼴이 이게……."
 '엉망이우.'라던 경이 오라버니의 평가는 정말이었던 모양이다.
 하숙집 여주인에게 머리빗을 얻어서 그나마 산발머리 꼴은 면했지만 얼굴의 생채기나 구겨진 옷은 어떻게 해 볼 도리가 없었다.

두 번째 초야(初夜)

엉망진창. 생채기 난 뺨, 터지고 갈라진 입술, 단추가 떨어지고 먼지 묻은 하얀 블라우스, 구겨진 스커트, 그 위의 빨간 구두.

모든 것이 엉망진창인데 구두만 유독 곱다. 그 모습이 속상해서 쌀례는 눈물이 나왔다.

"흐으으……."

여자의 모습에 남자는 당황해 어쩔 줄 몰라 했다. 선재는 끊임없이 무슨 일이냐고, 괜찮은 거냐고 그녀에게 물으며 그녀의 생채기 난 뺨을, 터진 입술을, 먼지 내음 나는 머리칼을 어루만져 주었다.

이상한 노릇이다. 그의 얼굴을 보면 먼저 물어보리라 작정한 말이 참 많았던 것 같은데 그 순간 쌀례는 아무 말도 떠오르지 않았다. 하다못해 수년 만에 본 경이 오라버니가 서방님께 전하라는 그 위험한 말조차도 입 밖으로 나와 주지 않았다.

그저 걱정 담아 자신의 뺨을 만지는 그의 손길만 느낄 뿐이었다. 그 목소리만 들을 뿐이었다.

"쌀례, 너 괜찮니?"

여자는 입을 열어 대답하지 않았다.

그저 대답 없이 앉아 있는 그녀에게 답답한 듯이 시선을 맞추고자 무릎을 구부리고 서 있는 그의 입술에 자신의 입술을 갖다 대었을 뿐이었다.

천천히 맞닿은 입술. 미세하게 느껴지는 떨림.

'어쩌면 빨간 구두를 신고 미친 듯이 달린 이유는 그저 이것 하나뿐인지도 몰라.'

당황한 듯 자신을 응시하다가 곧 두 눈을 감아 버린 그의 얼굴을 보면서 쌀례는 그런 생각이 들었다.

"아, 아파요!"

줄이 간 스타킹을 벗어 던지고 보니 쌀레의 발에는 물집이 맺히고 상처가 나 있었다.

불에 달군 바늘로 그녀의 물집을 터뜨리고 있던 남자는 움직이려는 여자의 발을 붙들고 엄한 목소리로 경고했다.

"움직이지 마! 깨끗이 터뜨리고 약을 발라야 상처가 짓무르지 않지. 잘하는 짓이다! 다 컸다고 큰 소리 땅땅 치더니 다 큰 처녀가 맨발로 시내를 돌아다녀? 나 원……."

방금 전의 느닷없는 입맞춤으로 인한 어색함을 털어 버리려는 듯, 선재는 평소의 그답지 않게 쌀레의 동그란 이마에 알밤까지 먹이고 야단을 치고 또 쳐 댔다. 그리고 그 모습에 그의 말대로 다 큰 처녀는 뾰로통하게 입술을 비죽였다.

"그럴 만큼 급한 일이 있었단 말이에요."

"무슨 일? 맨발로 달려와야 할 정도로 큰일이야?"

다 큰 처녀의 발을 만지고 있으면서도 오로지 물집 터뜨리기에 집중한 나머지 긴장감이라고는 눈곱만치도 없는 그의 무덤덤한 목소리에 쌀레는 섭섭했다.

잠시 후, 그 무덤덤을 따라하듯 색깔 없는 목소리로 여자가 물었다.

"미국에 가신다면서요."

순간, 물집을 찔러 대던 그의 손길이 정지되었다. 고개를 들고 그가 그녀를 본다. 담담한 얼굴이다. 그래서 여자는 더 무서웠다. 겁먹은 얼굴을 보이고 싶진 않았는데 얼굴을 마주하고 있는 남자의 표정을 보니, 그건 아무래도 실패인 모양이었다. 남자는 혀를 차며 중얼거렸다.
"도대체 그 집에선 비밀이란 게 없군. 은재로구나. 그렇지?"
그는 부정하지 않고 있다. 결국 시누이 말이 전부 거짓은 아니라는 것이다. 여자는 숨을 쉬는 것조차 고통스러웠다. 이전의 쌀례라면 지금같이 무서운 순간 문을 박차고 나갔을 것이다. 하지만…….
'하지만 나는 이제 열네 살이 아니야.'
갑자기 열린 문 앞에서 남편과 그 여자친구가 입맞춤하는 것을 보고 단숨에 밖으로 뛰쳐나가던 그 쌀례가 아니었다. 문득 그녀의 시선이 남편의 방구석에 우두커니 서 있는 오래된 책장을 향했다. 어린 시절, 그녀가 어른이 되는 기준이 뭐냐고 심각하게 물었을 때, 대답이 궁했던 그가 저 책장만큼 키가 클 때가 아닐까 했던 바로 그 물건이었다. 그가 독립을 하고 책장은 그를 따라 이곳으로 자리를 옮겨 있었다.
여자는 조용한 몸짓으로 자신의 발을 만지고 있던 남자의 손을 물리쳤다. 그러고는 곁에 두고 있던 빨간 구두를 신었다.
"쌀례, 너……."
무슨 생각인지 그녀는 구두를 신고 또박또박 책장 앞으로 걸어갔다. 조선 풍습을 몰라 실내에 군홧발로 들어섰다는 미군도 아니고, 다 큰 여자가 구두 신은 발로 방 안을 거니는 것은 충분히 우스운 일이었지만, 이상하게 그 모습이 웃기기보다 사뭇 진지해 보였다. 마치 무기를 들고 싸움을 앞둔 여전사처럼 진지한 얼굴로 여자는 책장 앞까지 다가섰다. 그녀의 머리가 책장 다섯 번째 칸에 아슬아슬 닿았다. 세월이 여자아이의 뼈마디를 늘려 주었고, 모자란 건 구두 굽이 보충해 준 탓이었다.

"기억하세요? 이 책장 다섯 번째 칸까지 자라면, 전 어른이 되는 거라고 하셨던 거요."

진지한 얼굴로 물어올 때는 진지한 얼굴로 답해야 하는 법. 남자가 대답했다.

"기억해. 그래서?"

"어른이니까, 어른 대접을 해 주세요. 대답해 주세요. 미국에 가실 건가요? 유금주 씨하고?"

대답은 싱거우리만치 금세 나왔다.

"아니."

하루 종일 마음 졸였던 것, 그 소식을 듣고 흥분해서 위험한 빨간 구두를 신다가 봉변당했던 것 등등, 오늘 겪었던 모든 수난들이 억울해 눈물이 나올 것만큼 대답은 간결했다. 갑자기 긴장이 풀렸음인가. 여자는 책장 벽에 등을 기대고 있다가 주르륵 바닥에 주저앉고 말았다. 맥이 탁 놓였다.

"뭐, 뭐, 뭐예요! 정말…… 사, 사, 사람을 그렇게 놀래키고!"

"나는 은재가 하는 헛소리에 너보고 장단 맞추라고 한 적 없다. 유학 이야기가 나온 건 사실이야. 작년에 미군이 철수하고부터 노친네들이 불안해지신 모양이더라."

땅덩어리 한 곳에 두 개의 정부가 들어서더니 작년, 그러니까 1949년 봄부터 38선 남과 북의 다툼은 점차 뚜렷한 소리와 형체를 갖추기 시작했다. 대한민국이라 이름 붙인 남쪽, 그리고 조선 민주주의 인민 공화국이라 이름 붙인 북쪽. 북쪽은 간간이 합동 선거를 치러 평화롭게 통일을 이루자 말하면서도 도발을 멈추지 않았고, 남쪽 역시 미국에서 신식 무기를 받아 내는 것에 실패했음에도 3일이면 평양을 점령

할 수 있다고 큰 소리를 쳐 대고 있었다. 진실이 무엇인지, 앞으로 이 땅이, 이 땅에서 사는 사람들이 어찌 될지 누구도 모른다. 눈에 보이는 거라곤 미군은 철수를 했고 미국의 극동 방위선에서 대한민국은 빠졌다는 것뿐이다.

비록 남편이 친일 부역자로 옥에 들락거렸다 하나 여전히 경성에서 손꼽히는 부유한 집안 귀부인으로서 들은 소리가 많은 어머니는 아들에게 조심스럽게 말씀하셨었다.

─있는 집안 자식들은 벌써 미국이나 최소한 일본으로 많이들 빠져나갔다더라. 너도 이참에 잠시 떠나 있는 것이 어떻겠니?

내색은 안 하시지만 아버지 역시 그걸 원하고 계시다고, 그리고 아버지와 별개로 어머니 역시 어쩌면 이걸 기회로 생각하고 있다고.

─차라리 이번 기회에 새 출발을 해도 좋고. 성례 그 아이하고 후사 도모가 어렵겠거든 금주에게 사정해서라도 함께 떠나거라. 내 듣기로 금주가 아직 혼자라면서? 너도 며늘애와 이름만 부부지, 대체 이러고 몇 년이니? 느이 아버지도 이렇게까지 된 거 더 고집 피우진 못하실 게다. 꼭 내 자식만 생각해서가 아니라, 성례 그 아이를 위해서라도 인연이 아니면 일찌감치 갈라서는 게 낫지. 아직 너무 늦진 않았다고 본다.

그저 열 달 동안 속에 품고 배 아파 낳았다는 죄로, 이미 당신보다 훨씬 커 버린 자식 걱정하느라 늙으신 모친께는 죄송한 일이었지만,

선재는 아무 말도 할 수 없었다. 그저 '걱정이 과하십니다. 그러다 주름살 느신다구요.'라고 농으로만 넘기고 도망쳤다.
 희한한 일이지만 그때 도망친 곳은 다른 어디도 아닌 이 여자, 쌀례의 방이었다.
 주인 없는 방에서 그 애의 경대와 화각장, 책상들과 함께 우두커니 앉아 기다리면서 그는 생각했다.
 '자, 이제부터 어, 쩔, 까.'
 어머니의 말씀대로 더 늦기 전에 그 애를 새 인생 시작할 수 있는 곳으로 보내는 것이 좋을까?
 사실 애초에 그 애하고도 그리 약속하지 않았던가.

—네가 어른이 될 때까지는 내 곁에 있어도 좋아. 어른이 되면 그 뒤에 다른 좋은 사람을 만나서 행복하게 살라고.

 다른 좋은 사람. 나처럼 늘 도망갈 궁리나 하고 한 걸음 내디딜 때도 늘 뒤를 돌아보는 답답한 인종 말고, 씩씩한 그 애와 잘 살 수 있을 것 같은, 어울리는 배필에게로.
 그런데 이상도 하지. 전부터 품고 있던 생각이었는데 어쩐지 그런 생각을 하고 나니 선재는 우울해졌다.
 날이 어둡도록 화각장과 경대에 둘러싸여 방에 홀로 우두커니 앉아 있는 동안 머릿속에선 오만가지 생각이 피어올랐다가 사라지고 다시 피어올랐다. 그러다가…… 결국 다시 도망치듯 방에서 나와 하숙집에 돌아오니 하숙집 마루에 앉아 있는 쌀례가 보였던 것이다.
 그가 그녀의 방에서 쌀례를 기다리는 동안, 쌀례는 그의 방에서 그를 기다리고 있었던 모양이다.

뺨에 난 생채기, 무릎 위 빨간 구두, 물집 잡힌 맨발, 무슨 일이냐 물으니 느닷없이 다가왔던 여자의 입술.

조용히 그에게 다가온 꽃잎처럼 여린 살결을 느끼면서 그는 설레었다. '아니.'라는 단 한마디에 다행이라며 한순간 꽃처럼 피어난 그녀의 얼굴은 눈이 부셨다.

설레고, 눈이 부시고, 헤어지고 싶지 않다.

하지만 말이다, 모든 좋은 것을 바로 좋다고 말하지 않고 어떻게든 트집거리를 찾아내는 나의 이 못된 성질머리는 너 때문에 설레고, 눈이 부시고, 헤어지기 싫다 말하는 대신 다른 말을 하게 한다.

문득 남자는 여전히 책장에 기대어 앉은 여자에게 묻고 말았다.

"너는 왜 그렇게 나하고 같이 있으려고 하는 건데? 이젠 안국동 집을 떠나도 충분히 자립할 수 있잖아. 교육도 받았고 네 말대로 너도 이젠 어른이니까."

자신이 여자가 되었다는 사실을 깨달은 뒤, 쌀례가 그토록 두려워하던 순간이 다가오고 말았다. '어른이 되었으니, 볼일 다 봤으니까 이제 나가.'라는 소리를 듣는 그 순간이 온 걸까?

그가 떠나지 않는다고, 그가 무턱대고 들이대는 내 입술을 받아 주었다고 안심할 상황이 아니었던 거다. 여자의 가슴이 심하게 벌렁거렸다.

"서방님은 제가 떠났으면 좋겠어요?"

그가 '아니.'라고 대답해 주길 바라면서 한 질문이었다. 하지만 남자는 전처럼 바로 '아니.'라고 답해 주지 않았다. 곤혹스런 얼굴로 그녀를 보던 그는 그녀가 원하는 대답이 아닌 다른 말을 했다.

"모르겠다."

대답에는 두 종류가 있다고 쌀례는 생각했다.

그렇다. 아니다.

그러나 세 번째가 있었다.

모르겠다.

거짓말은 못 하는 사람이니까 정말 모르겠어서 모르겠다고 하는 것일 게다. 하지만……

―제가 떠났으면 좋겠어요?

그 질문에 '모르겠다.'라는 대답은 그중 최악이라는 것을 여자는 그때 알게 되었다.

'떠났으면 좋겠어요?'라고 물었을 때는 '아니.'라는 대답을 기대하게 된다. 혹은 '그래.'라는 작별과 같은 뜻의 말로 적어도 홀가분해질 수는 있다.

하지만 '모르겠다.'는 봐도 그만 아니 보아도 그만이라는 말이다. 들어서 해결될 건 아무것도 없는 쓸모없는 대답이다.

외로운 말이다. 슬픈 말이다. 화가 나는 말이다.

"저를 다시는 못 볼 수 있어요. 제 목소리도 다시는 못 듣는다구요. 그래도 좋아요?"

여자의 목소리가 한 옥타브 올라가고 그녀의 얼굴에 섭섭함과 화가 뒤섞였다.

"그래도 모르시겠어요? 제가 그렇게 있어도 그만, 없어도 그만이라는 거예요? 저는, 저는 서방님 못 뵈면 못 살 것 같은데요!"

스스로 자신의 목소리를 들으며 쌀례는 아차 싶었다.
당신 없으면 살 수 없다라니. 너무나 노골적인 고백이다. 하지만 더 뺄 것도 보탤 것도 없는 사실이기도 하다.
한마디 한마디에 선홍색 진정을 섞어 만든 고백이었다.
그런데 그런 고백을 들은 남자의 얼굴은 참으로 담담했다.
지금 먹물색 밤하늘에 찍힌 하얀색 달처럼 선명하고 담담하게 남자는 말했다.
"자기 목숨 빼고 없어서 못 살 것 같은 건 세상에 없어."
얼굴 보지 못하고, 목소리 듣지 못하는 것이 괴로울 수는 있겠지만 죽지는 않을 것이다. 행복하진 못하겠지만 살아가기는 할 것이다.
그는 그렇게 말하고 있었다.
그리고 그가 차분할수록, 그녀는 열이 올라 울컥해졌다.
"저는 달라요! 저는 제가 좋아하는 사람 안 보고는 못 살아요! 밥은 제때 드시고 계신가, 아프진 않나, 속상한 일은 없을까, 일은 잘되실까, 행복하신가, 나 없이도 행복하신가, 끊임없이 궁금해하고 생각하고 생각하다가 내가 말라 죽어 버릴걸요!"
문득 그렇게 자기 속을 쏟아 내던 여자는 그런 자신을 낯설게 바라보는 그 남자의 시선을 보면서 사무치게 외로워졌다. 아무리 이유를 대도 그는 납득하지 못할 것이다. 그녀가 하는 말은 모두 그에게 외국어 정도로 들릴 것이다.
사랑하지 않기 때문이다.
저 남자는 사랑이라는 것을 하지 않고 있기 때문에, 혹은 박성례라는 여자를 사랑하지 않기 때문에 박성례가 부르는 사랑 타령 따위는 그로선 알아들을 수 없는 것일 게다.

여자는 오늘 자신이 했던 모든 일들을 떠올리고 그게 저이 눈에 얼마나 바보처럼 보였을까 싶어 쓴웃음을 머금었다.
"물론 당신은 나 같은 등신하곤 달라서, 헤어지면 저 같은 건 바로 잊어버리시겠지만요."
쌀례는 조용히 그때까지 신고 있던 굽 높은 구두에서 내려왔다. 익숙지 않아 걸음마를 배우는 어린아이처럼 그녀의 발걸음을 위태위태하게 만들었던 한 치 위 세상에서 안전한 지상으로 내려왔다. 발바닥에 닿는 흔들림 없는 지면을 느끼면서 그녀는 생각했다.
'어릿광대짓은 그만하자.'
여기서 나가자. 미친 여자처럼 하루 종일 허둥거려서 온몸이 욱신거려. 심장도 욱신거려. 눈이 쑤셔. 괜히 눈물이나 질질 짜서 저 사람 당황스럽게 하지 말고, 나가자.
그리 마음먹고 그에게서 몸을 돌려 문 쪽으로 가던 그때였다.
"늦었어. 집까지 바래다줄게."
"싫어요. 혼자 왔으니 혼자 갈래요."
"쓸데없는 고집 부리지 마! 해 떨어지면 여기가 얼마나 위험한 줄 모르고 너는……."
남자는 답답하다는 듯이, 자신을 외면하는 여자의 팔을 붙잡았다. 그리고 그때 처음으로 여자는 자기 몸에 닿는 그의 팔을 뿌리쳤다.
"만지지 마세요!"
어이없다는 듯 자신을 보고 있는 남자에게 여자는 날 선 목소리로 단호하게 말했다.
'나를 봐도 안 봐도 상관없다면, 나를 만지지 마세요! 내가 어디서 무슨 일을 당해도 상관하지 마세요! 걱정도 하지 마세요! 아니, 걱정하는 척도 하지 마세요!"

"꼭 그래야 하니?"

"네! 꼭 그래야 해요! 나 못난이 취급하는 사람, 나 없어도 된다는 사람 나도 싫으니까!"

뜨거운 물을 뒤집어쓴 고양이처럼 신경질을 부리는 자신의 지금 이 모습이 쌀례도 한심했다. '사랑한다.'에 나도 사랑한다.' 소리를 듣지 못했다고 이렇게 금세 양순한 규수 얼굴을 집어치우고 날뛰는 모습이 천박해 보일 수도 있을 텐데. 하지만 그녀 안쪽의 다른 여자가 말하고 있었다.

'그래서 뭐? 어쩌라구?'

날 여자로 봐 주지 않는 사람 때문에 가슴 아픈 거 이제 싫어. 전전 긍긍하는 것, 더는 못 하겠어. 그만할 거야. 그만…….

그런데 이상한 일이다.

여자라 불릴 수 있는 나이가 된 이후 처음으로 그 앞에서 악을 쓰고 노려보고 흉해 보이는 짓은 다 했는데, 언제나처럼 엄하게 뭐라 질책할 것 같던 그가 그녀를 보기 시작했다.

그녀에게 다가오기 시작했다.

이제까지 한마디 말도 없이 그 모든 소리를 듣고만 있던 그가 느닷없이 그녀를 끌어안기 시작했다.

"……예쁘다는 생각을, 했었어."

두 팔로 깊숙이 그녀를 끌어안고 그가 속삭였다.

"네가 여학교 시험 합격하고 입학 전에 처음으로 맞춘 교복 입고 내 앞에 섰을 때. 우리 쌀례, 참 예쁘구나. 안아 버리고 싶은 적이 있었어. 아주 잠깐."

그가 말을 할 때마다 더운 숨결이 그녀의 귀에 간질간질 와 닿았다.

방금 전까지 고통스런 긴장감으로 벌렁거리던 심장이 이제 새로운 설렘으로 두근거리기 시작했다.

그에게 내가 여자로 보인 적이 있었다. 얼떨떨하고 기쁘다. 설레고 기쁘다. 눈물이 나올 것 같고 기쁘다. 하지만 어째서 전부 과거형인 거지?

"그런데 왜……."

'왜 나 혼자 당신을 생각하는 것처럼 날 외롭게 했어요? 왜 안아 주질 않았어요?'

여자는 그 모든 것이 궁금해졌다.

일단 그가 어떤 얼굴로 이런 말을 하는지부터가 궁금했다. 그래서 그의 팔을 풀고 얼굴을 보려 했는데 남자는 팔에 힘을 주고 더욱 깊숙이 그녀를 안을 뿐, 얼굴을 보여 주지 않았다.

그저 그의 목소리만이 계속해서 들려올 뿐이었다.

"그 사람한테도 여자가 있었을까?"

'그…… 사람?

'네가 말한 것처럼 안 보면 죽을 것 같고, 행복한지 아닌지 신경 쓰여서 내가 제대로 살 수 없을 것만 같은 그런 사람이 있었을까?"

"그 사람이요? 누구요?"

남자의 한숨이 더더욱 짙어졌다. 잠시 후, 겨우 그녀가 들을 수 있을 만큼 자그마한 목소리로 선재가 말했다.

"아버지가 나 대신 군대 보냈다던, 그 사람 말이야."

그가 누구냐고 물었을 때, 아버지는 그저 이렇게만 말씀하셨다.

―돈이 필요한 자였다.

 부친은 그것이 모두 '너에 대한 나의 지극한 사랑' 때문이었다고 말씀하셨지만, 그 소식을 들은 후 얼마 동안 아들은 잠을 이룰 수 없었다.
 살자니 먹어야겠기에 밥알을 씹어 삼켰지만 모래알을 삼키는 것 같았다.
 한순간 나무처럼 훌쩍 자라 그 앞에서 화사하게 웃고 있는 여자의 뺨, 비단 같은 살결을 만져 보다가도 문득 손을 거두게 되었다.
 죄책감이란 친일파 자식 한선재에게 애초에 탯줄 같은 것이었다.
 하지만 자기 목숨 살자고 남의 목숨 사서 대신 죽을 자리로 보냈다는 그 참혹함은 어지간한 죄책감에 익숙한 그도 버텨 낼 수는 없다. 수치스러워 누구에게도 이 사실을 입 밖에 낼 수 없었다. 좁은 하숙방에서 자그마한 여자의 어깨에 고개를 묻고 고해성사 보듯 속삭이는 지금 이 순간 이전까지는.
 "내 목숨이란 게 결국 다른 사람 목숨 값 대신 연명된 거라는 거야. 그 뒤로 때때로 죄스러워. 산다는 게, 가끔씩 웃는다는 게, 너 보고…… 설렌다는 게."
 어느 순간부터 그녀를 안고 있던 그의 팔에서 힘이 풀리자 여자는 조심스레 고개를 들어 그를 보았다. 고개 수그리고 꼭 울 것 같은 모습으로 있는 그를.
 그러고 보니 예전에도 이 비슷한 모습의 그를 본 적이 있었다.
 안국동 집에 도착해서 첫날, 시아버지의 부름을 받고 사랑채에 가서 그를 보았을 때, 아버지에게 호되게 얻어맞고 꼭 울 것 같은 얼굴을 하고 있던 그와 지금의 그는 어쩌면 비슷하다.

다른 점이 있다면 그때 그녀를 외면하던 그가 지금 그녀 앞에서 숨김없이 눈물을 보이고 있다는 것뿐.

조용히, 여자는 팔을 뻗어 조심스레 그의 어깨를 감싸 안았다. 그리고 조용히, 그의 등을 토닥거렸다.

"괜찮아요. 괜찮아요. 뭐든 괜찮아요."

"넌 아무것도 모르잖아."

아이 달래듯 그의 어깨를 토닥거리면서 여자는 내심 그가 들을 수 없는 대답을 했다.

'아니, 난 알아요. 나는, 알아요.'

숨을 쉴 때마다 폐에서 느껴지는 압박감 같은 그런 죄책감을, 사실 여자도 알고 있었다. 그녀 역시 남편 대신 총알받이로 간다는 찬경을 위해 기회가 닿을 때마다 밥을 지으면서 비슷한 생각을 했었으니까. '경이 오라버니'라고 부르며 따르던 가까운 사람이 배곯지 않기를 바라면서 하는 기원이기도 했지만 자신과 남편이 그에게 입은 은혜, 그 목숨 빚에 대한 부담을 조금이라도 덜어 보고자 했던 간교한 마음도 조금쯤은 있었으므로.

그리고 사랑에 빠진 여자로서의 간교함은 지금 이 순간에도 여자의 마음을 지배하고 있었다.

'울 만큼 속이 상한 당신에겐 미안하지만요, 그거 알아요? 지금 이 순간이 나는 기뻐요. 그거 알아요? 내 앞에서 허물어진 당신이 가슴 벅찰 만큼 사랑스럽다는 걸? 고생하고 온 경이 오라버니껜 미안하지만, 나는 그래도 이런 일로 울 수 있는 당신이라서, 당신이 더 좋아요. 선재 씨, 내 앞에서는 울어도 돼요. 아니, 내 앞에서만 울어요. 괜찮아요. 괜찮아요. 괜찮아요. 경이 오라버니라면 화를 내겠지만…… 내 귀

한 당신, 괜찮아요.'
　말없는 여자의 토닥거림에 남자의 울음, 떨림은 수그러들었다.
　잠시 후, 그의 젖은 목소리가 들려왔다.
　"나, 참 못나 보이지?"
　그녀는 고개를 내저었다.
　"괜찮아요. 나는, 그래서 더 좋은걸요."
　아직 눈가에는 물기를 머금은 채, 남자는 어이가 없다는 듯한 얼굴로 그녀를 보았다.
　"바보냐, 너."
　"부창부수(夫唱婦隨)라잖아요."
　고개를 치켜들고 부러 자신만만한 듯 말하는 여자의 대답에 남자의 입에서 실소일망정 한순간 웃음 한 자락이 피어올랐다.
　소리 없는 눈물, 자잘한 웃음, 작은 토닥거림, 온기가 느껴지는 포옹.
　언제부터 봄비가 창가를 두들기며 내리기 시작했는지 여자는 알 수 없었다. 언제부터 그의 입술이 그녀의 입술에 닿아 왔는지도.
　바들바들 떨고 있는 그의 입술 온기가 그녀의 입술에 느껴졌다.
　분명히, 이번에 입술을 맞대어 온 사람은 그였다.
　천천히, 수줍게 그의 입술이 그녀의 입술에, 콧날에, 뺨에, 이마에 닿아 왔다.
　언제부턴지 모르게 창밖에 가늘게 빗발치는 봄비처럼 조심스럽게.
　수면 위 떨어지는 가는 빗발이 동그랗게 파문을 일으키는 것처럼 그의 자잘한 입맞춤에 그녀의 가슴은 걷잡을 수 없이 떨려 왔다.
　다시 그의 입술이 그녀의 입술에 닿아 왔다.
　이번에는 봄비처럼 부드럽지 않았다. 그의 입술, 그의 혀, 면도날에 밀린 거친 뺨이 그녀의 입술, 혀, 보드라운 뺨과 함께 섞이었다.
 그의 강한 팔이 그녀의 허리를 끌어안았다. 입맞춤과 포옹이 짙어질 무렵, 그가 입술을 떼고 갑자기 그녀에게서 한 발짝 물러서며 물었다.
 "쌀례 씨. 아니, 성례 씨."
 "예? 예."
 "나하고, 혼인해 주시겠습니까?"
 혼인한 지 7년 만에 남자는 묻고 있었다.
 얼굴을 붉히면서 떨리는 목소리로, 그래도 그녀를 바라보는 것은 멈추지 않으면서 그는 물었다.
 "나는 내가 봐도 답답한 구석이 많은 한심한 놈이긴 합니다만…… 지금까지처럼 때때로 당신 속을 상하게 할 일이 아주 없다고는 못하겠지만…… 그래도…… 그래도 당신과 살고 싶습니다. 내가 살고 싶은 건 당신뿐입니다. 이런 나하고, 혼인해 주시겠습니까?"
 한 걸음 떨어진 그 앞에 그녀가 다시 한 걸음 다가갔다. 그리고 대답했다.
 "예. 혼인하겠어요, 당신과. 당신하고, 혼인하겠어요."
 자꾸만 흘러내리려는 눈물을 손등으로 훔치면서 행여나 그가 알아듣지 못할까 봐 조바심 내며 조금씩 큰 소리로.
 다시 그의 팔이 그녀의 허리를, 그녀의 팔이 수줍게 그의 목을 감싸 안았다.
 그렇게 가만히 그의 품에 안겨 있으면서 여자는 문득 또 다른 남자의 목소리가 떠올랐다.

 ─네 서방이나 늙은 한가에게 전해. 조만간 내가 빚 받으러 간다고.

하지만 그녀는 아무 말도 할 수 없었다.

자신의 허리에 닿는 남편의 팔, 바람결에 흩날려 그녀의 뺨에 스치고 가던 민들레 풀씨처럼 보드라운 그 입술, 조금만 힘을 주어도 그녀가 깨어질까 조심스레 어루만지는 그의 손길, 서툴게 블라우스 단추를 풀어헤치는 중간중간 그녀에게도 전해져 오는 떨림, 그 모든 것에 가슴이 옥죄어 와 한마디도 할 수 없었으므로.

어느 눈 오던 날 신랑이 족두리조차 내려 주지 않고 신방을 뛰쳐나간 지 수년 만에, 좁은 그의 하숙방에서 그들의 두 번째 초야는 그렇게 찾아왔다.

삼월, 그 봄비 내리던 밤에.

어지러운 봄.

그해 봄에서 여름은 쌀례로선 그렇게 표현할 수밖에 없는 시기였다. 하루하루 구름 위를 걷는 것만 같아서 어지럽기 짝이 없었다.

선재가 어디선가 구해 온 반짝거리는 자전거를 그녀 앞에 끌고 왔을 때도 쌀례는 어지러웠다.

"뒤에서 붙잡고 계시는 거죠? 이것 바퀴가 너무 가늘어서 자꾸 이리저리 흔들리잖아요! 어! 어! 어!"

뒤를 돌아보니 붙잡고 있겠거니 생각했던 서방님은 몇 걸음 떨어진 곳에서 팔짱을 끼고 구경 중이셨다. 비틀비틀 굴러가던 자전거는 결국 중심을 잃고 쓰러졌고, 먼지투성이 길바닥에 쓰러졌던 여자는 뒤늦게 달려오는 남자에게 주먹을 휘둘렀다.

"붙들고 있겠다고 했잖아요! 거짓말쟁이!"

"혼자 타 봐야 빨리 중심 잡고 달리지. 은재가 자기한테 넘기라는 걸 가져왔는데 괜히 가져왔나? 싫으면 다시 넘기고."

남자의 짓궂은 농담에 여자는 눈을 흘겼다.

"그래만 보세요. 내일 출근할 때 점심 도시락으로 청국장 싸 줄까 봐."

"마나님, 그건 참아 줘. 날이 이렇게 푹한데. 벌써 한여름이라구."

7월이 머지않았다. 가만히 앉아만 있어도 이마에 땀이 송골송골 맺히는 여름이었다. 남편의 와이셔츠도, 그녀의 블라우스도 땀으로 젖어 있었다.

이마의 땀을 닦아 내면서 여자가 말했다.

"내일쯤 안국동에 가서 옷들을 마저 가져와야겠어요. 여름옷들도 거의 거기 있는데."

지난 봄 이후, 쌀례는 짐을 꾸려 남편의 하숙으로 들어왔다.

어리둥절한 얼굴로 지켜보는 부모님, 준재, 짜증이 나 죽겠다는 은재 등 일가 식구들의 시선을 묵묵히 견디며 선재와 쌀례는 같이 짐을 꾸렸고, 집을 나서기 전 선재는 말했었다.

"제 처는 제가 데리고 가겠습니다."

유학이니 이혼이니 집안에서 형체 없이 흩날리던 소리들이 종지부를 찍는 순간이었다.

그 좁은 곳에서 둘이서 어찌 살며, 언젠가 식구가 늘어 셋, 넷이 될 수도 있는데 차라리 집을 구해 주겠다는 어머니의 제안도 거부했다.

어디까지나 둘이서 알아서 살겠다는 남편의 주장을 쌀례는 지지했고, 그리하여 시어머니 표현대로라면 집안의 머슴도 살지 않을 좁은 방에서 그들은 신혼을 보냈다.

구름 위를 걷는 것처럼, 어지럽게.

"낯빛이 왜 그래?"

남자는 걱정스러운 듯 아내의 이마를 어루만졌다. 진땀을 흘리는 데다 창백해 보였던 것이다.

"자전거도 멀미할 수 있나 봐요. 좀 어지러워서."

"그럼 이만 집에 들어갈까? 걸을 수 있겠어?"

걸을 수 없다면 자전거를 어딘가 맡기고 전철이나 다쿠시를 타고 가자는 남편에게 쌀레는 고개를 내저었다.

"싫어요. 모처럼 같이 보내는 주말인데. 야근이다 뭐다 다른 날은 바쁘시잖아요. 자전거 더 탈래요. 탈 수 있어요. 저 혼자 탈 땐 어지러웠으니까 이번에는 서방님 뒤에 타면 돼요. 응?"

"어떻게 나이 먹어 가면서 나날이 떼쟁이에 고집쟁이가 되어 가는지. 쯧."

그렇게 혀를 차면서도 남편은 아내의 청을 뿌리치지 못했다. 곧 여자는 그의 등에 기대어 위태롭게, 혹은 매끄럽게 굴러가는 자전거를 타고 바람 속을 거닐었다.

바퀴가 땅 위에서 튈 때마다 한 번씩 속이 울컥거리고 어지러웠지만, 그의 넓은 등에 기대어 달리는 지금이 좋았다. 이상한 생각일지도 모르지만, 이 길이 끊임없이 계속되길, 그녀는 소원했다.

하지만 잠시 후, 가만히 두 눈을 감고 있던 쌀레의 귀에 멀리서 윙윙 울리는 듯한 목소리가 들려왔다.

[아, 아, 3군 장병에게 고한다. 주말 휴가 중인 장병들에게 고한다. 지위고하를 막론하고 부대 복귀하라. 다시 말한다. 장병들은 지위고하를 막론하고 원대 복귀하라. 원대 복귀하라!]

자전거는 멈추었다.
6월 25일.
일요일.
늦은 오후였다.

1950년, 숨 가쁜 여름

부산(釜山)에서

어려운 시절이 닥쳐오려니
잘 쉬어라 켄터키 옛집
잘 쉬어라 쉬어 울지 말고 쉬어
그리운 저 켄터키 옛집 위하여
머나먼 집 노래를 부르네.
— Stephen Collins Foster, 〈My Old Kentucky Home〉, 1853년

어지러운 봄, 숨 가쁜 여름.
초여름에 시작된 피난길은 멈추지 않고 끊임없이 이어졌다.
서울에서 수원, 대전, 대구, 대전, 이리, 목포, 부산.
전쟁은 25일 새벽에 시작되었지만, 그날 서울 시민들은 신경 쓰지 않았다. 38선에서 들려오는 발포음 따위, 어제오늘 들은 것이 아니었기 때문이다.
하지만 다음날 김포가 폭격당하면서 모든 것은 달라졌다.
남한에 남아 있던 미국인들은 전쟁 이튿날 일본으로 피신했고, 서울을 사수하겠다던 대통령과 정부는 27일 새벽 2시 대전행 특별 기차를 타고 서울을 빠져나갔다.
27일 밤, 대전까지 도망친 대통령은 전화를 통해 아직 서울에 있는 것처럼 서울 시민들에게 서울을, 그리고 직장을 지키라 했다.
정부는 그렇게 먼저 도망을 가고, 남아 있던 시민들은 뒤늦게 도망가기 바쁜 그때 28일 새벽에 국군 공병에 의해 한강 다리는 폭파되었다. 다리가 폭파되면서 50대 이상의 차량이 부서지고 수백 수천이 죽었다. 살아 있는 사람들은 계속 살겠다고 도망쳤다.

인공기를 단 탱크가 서울에 입성하기 전까지 그렇게 시민 144만 명 중 40만 명이 서울을 빠져나갔다.

안국동 한씨 일가도 그 40만 중에 섞여 있었다.

서울에서 수원, 대전, 대구, 대전, 이리, 목포, 부산.

그 멀고 먼 길을 기차를 타고, 배를 타고, 혹은 걸어서 결국 거기까지 갔다. 자전거로 달리던 그 꽃길을 두고서 어지럽고 숨 가쁘게 거기까지 갔다.

부산(釜山). 마지막 피난지. 대한민국 두 번째 도시, 제일 큰 항구.

대통령이 머무는 임시수도가 되면서 바닷가 도시에 사람들이 넘쳐나기 시작했다. 정부, 군인, 각지에서 밀려오는 피난민들로.

돈이 없는 피난민들은 남의 집 마당에라도 천막을 치거나 산비탈 빈터에 지푸라기 집을 지어 살고, 돈이 있는 자들은 배를 대절해 만일의 경우 일본으로 뜰 준비들을 하고 있었다.

배는 그저 배가 아니었다. 그것은 노아의 방주였다.

신이 인간의 타락을 징벌하기 위해 대홍수를 내리고 오직 노아와 그의 가족, 그가 실은 암수 한 쌍씩의 동물들만 살아남았다는 전설 속의 배처럼, 전쟁이라는 대홍수 속에서 목숨을 지켜 낼 수 있는 구명선이었던 것이다.

목숨줄을 구하는 자리답게 배 값은 대단히 비쌌다.

그러나 세상은 요지경이었다.

다른 이에겐 목숨을 구하는 수단이 누군가에겐 돈줄을 틀어잡는 수단이 된다. 바로 한씨네 가장 한상민에겐 노아의 방주는 돈줄이 되어 있었다.

광복을 맞이하고 나서도 일본에 쌀을 밀수출하고, 옷감이나 약품을 수입해 오는 등 무역을 해 오던 한상민은 오래전부터 부산과 시모노세키(下關) 항을 오가는 배를 여러 척 소유하고 있었다. 그 배들이 전부 노아의 방주, 값이 폭등한 구명선, 돈줄이 된 것이다.

"두당 백오십이라구? 전달만 해도 오십만 원 아니었소?"

일본 가는 뱃길 값이 얼마냐고 묻는 고객에게 한상민은 서울서부터 달고 온 서른 중반의 젊은 비서를 통해 두당 백오십만 원, 배 한 척을 통째로 빌릴 시 천만 원 정도의 금액이라고 답했다. 전쟁통이라고 쌀 한 말 값이 팔천 원 하는 세상이다. 백오십만 원, 천만 원이라니. 눈이 튀어나올 만큼의 거액이었다.

상대방은 당장 낯빛이 흙색이 되어 따지는데 목숨줄을 쥐고 있는 쪽은 여유만만한 얼굴이었다.

"말씀대로 그거야 지난달 금액이죠. 육백 리 넘는 길이고, 목숨 값 아닙니까. 더 쳐주셔얍죠."

남자는 결국 예상했던 것보다 몇 곱절이나 되는 비용을 물고 계약한 뒤 배를 내려가야 했다. 가면서도 곱게 물러가긴 뭔가 억울했는지 남자는 선실 깊숙한 곳에 숨어 있는 한상민에게 들으라는 듯 으르렁거렸다.

"에이! 내 일정 때부터 한가가 독하다는 건 알았지만 정말 해도 해도 너무하는군! 카악, 퉤! 더러워서 원! 앉은 자리에 풀도 안 날 천하의 악질 같으니!"

가까운 선실 안에서 작은아들과 바둑을 두고 있던 한상민은 그 소리에 코웃음을 쳤다.
"훙, 비루한 놈. 더러우면 안 타면 그만인 것을."
그때 창가에 서서 그 모든 장면을 지켜보고 있던 커다란 그림자, 그의 장남이 한숨 섞인 목소리로 아비에게 물었다.
"꼭 이렇게까지 하셔야 하겠습니까, 아버님?"
그리고 그런 장남을 아비 역시 짜증 가득한 얼굴로 바라보며 대꾸했다.
"너는 꼭, 매사에 그렇게 뭐든 물고 늘어져야겠느냐? 장사란, 위기일수록 기회다."
"손인이기(損人利己)면 종시자해(終是自害)라 하였습니다."
(*자신의 이익을 위하여 타인에게 손해를 가하면 결국에는 자기 자신을 해하는 것이 된다. - 명심보감 성심편)
아비가 아들을 본다. 자신이 이룬 최대의 걸작품, 혹은 실패작을. 젊은 시절 시골 양반 마름 노릇하던 자신과 난전 쌀장사 하던 집 딸인 아내 사이에서 나온 것치고 공부 머리 있는 영민한 놈이 나왔다고 좋아했더니만, 출세해서 돈 벌 생각은 하지 않고 결국 아비 돈으로 배운 학식으로 아비에게 훈계질을 해 대는 아들놈을.
"죽도록 벌어 가르쳐 놓으니 지 애비에게 훈계하는군. 그리 마음에 안 든다면 배에서 내리거라. 절이 싫으면 중이 떠나야지."
심술궂은 얼굴로 자식에게 추방령을 내리면서도 내심 노인은 확신했다.
'너는 못 내려. 일정 때 독립군이 되겠다는 철딱서니 없는 소리를 해 대던 너였지만 너도 이제 나이를 먹었고 출사도 해 봤으니 세상 돌아가는 이치 정도는 알겠지. 네가 하는 입바른 소리야 늘 습관처럼 해

1950년, 숨 가쁜 여름 | 291

대는 것일 테고. 하지만 이참에 대책도 없이 아비 깔아뭉개는 소리만 해 대는 네놈의 그 버르장머리는 고쳐 놓아야 쓰겠다.'

아비는 그렇게 아들이 곤란한 표정을 짓기를, 자신의 어리석음을 반성하며 '아버님 뜻대로 하십시오.' 정도로 백기를 들어 주길 기다렸다. 그러나 아들의 입에서는 다른 말이 흘러나왔다.

"그렇잖아도 식솔들이 안전한 곳까지 간 후에 저는 내려가야겠다고 생각하고 있었습니다. 공무원인 제가 제 몸만 생각하고 여기까지 온 것도 사리에 어긋나는 짓이니…… 부디 만수무강하시고 아버님, 제가 돌아올 때까지 제 처를 부탁드리겠습니다."

순간, 듣고 있던 아비의 손이 자동적으로 아들의 뺨을 후려쳤다.

"이놈! 지금 그걸 말이라고! 내려가서 뭘 어쩌고 어째? 이놈아! 이 박사 그 인물도 대통령인 주제에 난리 나고 뒤도 안 돌아보고 내뺀 도망길이다! 네놈은 대체!"

협박도 실패했다. 아들이란 저놈은 독립군 노릇 하겠다고 중국 가겠다 했던 철없는 시절에서 무서우리만치 변한 것이 없었다. 기가 막혔다. 어이가 없었다. 낭패와 실망감, 분노가 겹겹이 노인을 후려쳤고, 노인은 그 모든 것을 철딱서니 없는 아들에게 쏟아부었다. 주먹으로, 발길질로. 마지막으로 곁에 있는 오동나무 바둑통을 집어 던지려던 순간이었다.

"아버님! 그만하세요! 형님! 형! 아버지께 잘못했다고 해! 혀엉!"

보고 있던 작은 아들놈이 사이에 끼어들어 팔을 붙들고 늘어지는 통에 결국 바둑통은 내려놓고 말았다. 늙은 아비는 응징을 멈추고 뻣뻣이 버티고 서 있는 큰아들을 노려보더니 바깥을 향해 소리쳤다.

"보아라! 이 물건을 내 눈 앞에서 치워! 함부로 나오지 못하게 밑창에 가둬 넣어라! 내가 됐다 할 때까지!"

 큰아들은 그런 아비를 묵묵히 지켜만 보았다. 왜 이러시느냐고 따지지도 않았다. 두 개의 평행선. 아마도 둘 중 하나가 숨이 끊길 때까지 계속 만나는 일 없이 다르게 뻗어갈 선을 보듯이.

 아들이 끌려 나가고 늙은 아비의 입에선 저절로 탄식이 흘러나왔다.
 "참, 내 속에서 어쩌다 저런 선비가 나왔는고."
 문득 이상한 일이지만 아들놈 대신 죽을 자리에 보냈던 기생의 자식, 젊은 거렁뱅이 놈이 떠올랐다. 독기 어린 눈으로 그 젊은 놈이 무어라 했던가.

—내 목을 비싸게 사겠다고 했나, 영감? 응? 얼마나 줄 건데? 당신 재산 절반? 아니, 전부?

 내 자식은 아니겠지만, 그런 놈이야말로 그의 동류였다. 그놈이 가진 독기를 저 아들놈도 조금은 가지고 있다면 좋을 텐데. 너무 곱게 키웠어. 제가 고운 세상에서 곱게만 크다 보니 세상도 다 고운 줄 알고 곱게만 대하려는 곱고도 약한 놈. 만약 손자 놈이 태어난다면 그놈은 제 아비와 다르게 키울 테다. 저도 제 자식 낳으면 내 심정을 이해하겠지. 생각이 거기까지 미치자 문득 늙은 아비는 어미 되는 이에게 물었다.
 "그러고 보니 며늘애는? 은재는 또 어디 가서 안 보이는 게요?"
 "그, 글쎄요. 그것이……."
 우물쭈물거리는 아내의 태도에 가장의 눈이 살기로 물들었다.
 "언제라도 떠날 수 있도록, 내 허락 없이 누구도 나가지 말랬거늘!

어딜 간 게야!"
 순간, 고객들에겐 지독한 돈 귀신, 엄한 가장, 늙고 지친 아비인 그 남자는 들고 있던 바둑통을 바닥에 있는 힘껏 집어 던졌다.
 촤르르륵—.
 견고한 오동나무 통 안의 알들이 사방으로 거칠 것 없이 튀어나갔다. 사사건건 거역하는 아들놈이나 바람 들어 쏘다니는 딸년이나, 마치 그가 아무리 챙겨도 고마운 줄 모르고 뛰쳐나가려는 그의 아이들처럼.

 "아아! 살 것 같다! 이게 얼마 만에 입어 보는 실크람? 거기다 바깥바람! 역시 사람은 땅 위에서 살아야 해!"
 방금 전까지 입고 있던 몸뻬에 깅검 셔츠를 벗어 던지고 실크 원피스를 갈아입고 있던 단발머리 처녀는 신이 났는지 콧노래를 흥얼거렸다. 마지막으로 뾰족구두. 자신의 위아래를 살펴보며 옷에 묻은 먼지를 털던 여자는 몇 걸음 떨어진 곳에서 망을 보고 있던 또 다른 젊은 여자에게 한껏 포즈를 취해 보이며 물었다.
 "쯧, 거울이 없으니…… 어때? 나 같아 보이니?"
 "아가씨 같아 보여요. 그런데 그런 차림, 좀 위험하지 않겠어요? 아버님께서 말씀하시길……."
 연노랑 실크 원피스를 입은 여자와 달리 몇 살 아래로 보이는 그녀는 소박한 무명 치마저고리를 입고 있었다. 얼굴에는 검댕까지 묻혔다. 가장인 한상민의 명으로 식솔들은 피난길에서 비단을 벗어 던지고 무명 깅검을, 몸뻬를 입고 얼굴에 검댕을 묻혔다.

―안전한 곳에 갈 때까지 돈 있는 척을 해선 안 된다. 절대로!

그렇게 서울에서 수원, 대전, 대구, 대전, 이리, 목포, 부산까지 와서, 그 뒤론 배에 올라 선실에서 웅크리고 있었다. 배는 노아의 방주이자 그들의 재산을 지키는 요새가 되어 한상민이 고용한 부산의 주먹들이 그들의 배를 교대로 지키고 있었던 것이다. 누구도 입에 올리진 않았지만 서울에서부터 천신만고 끝에 옮겨 온 그의 금궤가 배 안 어딘가에 잠들어 있기 때문이다.

하여, 지금 한가네 식솔은 그 하나하나가 금덩이였다. 지금처럼 세상이 뒤집어졌을 때, 모두 굶주려 눈에 불을 켜고 있는 이러한 때에 바깥에 나가는 것은 아니 될 일이라 가장은 모든 식솔에게 배 밖으로 나가지 말라는 금족령을 내렸다.

"아버지는 걱정이 너무 많으셔. 부산까지 내려왔는데 뭐가 걱정이람. 대통령도 여기 계시고, 미군도 들어오고 있고, 우린 곧 일본으로 갈 건데 뭘."

"그래도 조심해서 나쁠 건 없잖아요. 그 옷은 너무······."

전쟁통에 입기엔 너무나 화사한 원피스였다. 있는 척 말라는 아버지의 명령에 완벽히 거역하는, 위험한 차림새였다. 나비처럼 아름답지만, 무서운 줄 모르고 불길 속으로 날아드는 부나비같이 위험하기 짝이 없는 모습이기도 했다. 하지만 쌀례가 말릴수록 은재는 이리저리 모델 같은 포즈를 취해 보이며 그녀를 비웃었다.

"너한테는 지금 그 꼴이 딱이지만 나는 달라. 그런 누더기, 정말 사람 걸칠 게 못 된다니까."

방금 전까지 자신이 걸쳤던 누더기를 보면서 은재는 부르르 진저리를 쳤다.

전쟁이 시작되고 다다음날 아수라 같은 서울을 떠나올 때만 해도 죽을지 모른다는 위기감에 공주는 찍소리 않고 누더기를 걸치고 찐 계란과 굳은 찰떡으로 요기하며 졸린 눈을 비벼 가면서 피난길을 견뎌 냈다. 하지만 지금은 일단 죽음의 위기에선 벗어나지 않았는가. 여긴 부산이다. 그럼 다시 공주는 공주로 살아가야 하는 것이다.

때마침 올케라는 저것이 얼굴색이 샛노랗고 자꾸 토악질을 하는 터라 '아픈 올케에겐 신선한 공기가 필요해요.'라는 핑계를 대기 아주 쉬웠다. 사실 낯선 길을 혼자 돌아다니기도 약간 무서웠으므로 몸종이 하나 정도는 필요하기도 했던 것이다.

"돌아갈 때 되면 다시 갈아입을 테니까 그때까진 네가 간수하고 있어. 그런데 너……."

은재는 새삼 눈앞의 쌀례를 훑어보았다. 원래 못난 줄은 알았지만 지금의 올케는 은재가 기억하는 모습 중 가장 못난 꼴을 하고 있었다. 안색은 창백하게 질려 있었고, 요 며칠 뭐든 깨작거리다 토하기만 하더니 원래 자그마하던 애가 더 쪼그라들었다. 단발머리에 무명 치마저고리를 입고 있는 모습은 처음 시골에서 올라오던 열네 살 계집아이로 보이게끔 만들었다. 은재는 피식 비웃음을 날리며 중얼거렸다.

"어쩜, 걸작이다. 누더기가 너한테 딱이로구나. 굳이 검댕칠 하지 않아도 괜찮겠는걸. 정말 오라버니를 이해할 수가 없어. 너같이 못난 걸 어쩌자고 진짜 각시를 삼아 버렸는지. 곰도 구르는 재주가 있다더니 너 어떻게 우리 오라버니를 꼬셨니?"

갑자기 떨어진 질문에 쌀례는 귓불이, 낯이 확 뜨거워짐을 느꼈다. 선재가 쌀례의 짐을 챙겨 함께 안국동 집을 나서던 순간에도 은재는 눈앞에서 벌어지는 상황을 이해하지 못했다. 아니, 하지 않았다. 그저 자신이 빨래나 방청소를 해 주는 하녀가 필요하듯 저 계집애가 필요한 것처럼, 큰 오라버니도 남자 혼자 자취를 하려니 밥해 주고 빨래, 청소해 주는 일손이 필요해서 익숙한 저 계집애를 데려가나 보다, 그저 그렇게만 생각했었다.

하지만 피난길에 접어들면서, 그리고 이 바다의 도시에 도착해 배에 오르는 동안, 오라비의 모습을 보자니 은재는 뭔가 예상이 빗나갔음을 깨달았다.

난리통만 아니라면, 그녀는 손위 오라비에게 한마디 하고 싶었다.

'오라버니, 정신을 찾으시구려!'

길고 긴 길을 나서면서 오라비의 커다란 손은 늘 저 못난이의 자그마한 손을 놓지 않고 있었다. 다리 짧은 못난이의 걸음걸이에 보조를 맞춰 주느라 보폭을 좁혔고, 그래도 저것이 힘들다 싶으면 업어 주는 만행까지 저질렀다. 그뿐이랴. 눈치도 없이 하필 지금 같은 때에 속이 탈났는지 끼니때마다 제대로 먹지 못하고 토악질을 해 댈 때마다 곁에서 등을 두들겨 주고…….

아니다. 그 모든 것보다 더 은재를 당혹하게 만든 것은 배 위에서 보낸 나날들이었다.

칠월의 여름 밤.

더운 소금기가 올라오는 후덥지근한 바다, 출렁이는 배 안에서 잠들기란 거의 불가능에 가깝다 여겼던 밤이었다.

바람을 쐬러 자기 거처에서 나오던 길에 조금 열려진 오라비의 선실 문틈 사이로 은재는 보았었다.

　벽에 등을 기대고 앉아 있는 오라비의 무릎을 베고 저 계집아이가 누워 있고, 그 딱딱하기 그지없던 오라비가 신문지 접은 것으로 살랑살랑 부채질을 해 주고 있었다.

　오라비의 작은 손짓이 물 흐르듯이 그렇게 흘렀다.

　아마 얇은 종이는 그 손짓 덕에 바람이 되어 못난이 올케를 더위에서 해갈시켰을 것이다.

　물 흐르던 손짓은 얼마 안 가 멈추어졌고, 오라비는 눈 감고 있던 못난이의 얼굴에 자기 얼굴을 갖다 대더니 조용히 그 뺨에 자기 입술을 맞추는 듯 보였다.

　잠시 후, 물결 같던 손짓은 다시 이어졌다.

　그저 그뿐이었다.

　잠시 뺨과 입술이 마주 닿았을 뿐.

　그저 그것뿐이었다.

　그런데 이상도 하지. 그 모습을 본 순간, 은재는 마치 벼락을 맞은 것만 같았다.

　덥다고 밤바람 쐬러 나왔던 그녀의 얼굴부터 목까지, 아니 온몸이 뜨끈해지는 느낌이 들었다. 가슴이 뜀박질한 것처럼 벌렁거렸다.

　자신 이외에는 거의 모든 일에 관심이 없었던 공주는 그때 처음 알았다.

　'정말, 혼인해 버렸구나, 저 못난이와.'

　하녀가 필요해서 저 못난이를 하숙집에 데려갔던 것이 아니었다. 시골로 돌려보내기에 딱한 누이로 피난길에 데려온 것이 아니었다. 정말 아내로 맞아들인 것이다. 품어 버린 것이다. 저 보잘것없는 계집애를.

그제서야 피난길에서 놓지 않았던 두 사람의 손이라든지, 맞추어 가던 걸음걸이라든지 별로 특별해 보이지 않았던 모든 것들이 특별해 보이기 시작했다.

'왜 나는 그런 쓸데없는 걸 알아볼 만큼 눈치가 빠른 걸까. 그리고 오라버니는 저런 못난이 어디가 예쁘다고 정신줄을 놔 버린 걸까.'

공주는 의심 어린 눈초리로 다시 한 번 못난이의 머리끝부터 발끝까지 찬찬히 살폈다. 그래 봐야 못난이는 못난이라는 것만 확인할 수 있을 뿐이었다. 결국 공주는 거의 확신에 찬 어조로 다음과 같은 결론을 도출해 냈다.

"네가 오라버니를 덮쳤지? 앙큼한 것. 자기 운명이 걸려 있으니 네가 아주 못 할 것이 없었구나."

한순간 쌀례는 자기 귀를 의심했다. 어떻게 남편을 꼬셨느냐는 질문에 무어라 대답해야 할지 처음엔 그저 난감했을 뿐이었다.

빨간 구두, 그리고 약간의 대화.

'굳이 꼽자면 처음은 그저 그 두 가지였어요.'라고 말할 수도 있었다. 손가락 한 치 정도 키를 키우고, 그런 우스꽝스런 방법으로라도 '나는 더 이상 아이가 아니에요.'라는 것을 알릴 만큼, 사모하는 마음 때문이었다고. 혹은, 그런 내 마음을 알아본 그이의 마음 때문이었노라고. 나를 이미 어여쁘다 생각했다던, 그이의 마음을 목소리로 들었기 때문이었다고.

결국 구두니 대화니 그 모든 것은 곁가지일 뿐.

모든 이유는 사랑이었다.

사랑하기 때문에, 곁에 있기로 결정한 것이다.

피난길에 잡은 손을 한 번도 놓을 수 없으리만큼 곁에 있고자 하는 것, 한 치 앞을 알 수 없는 앞날에 무슨 일이 있더라도 함께하고 싶은 것…… 모두 사랑 때문이었다.

하지만 살기 위해서 자신보다 훨씬 덩치 큰 남자를 덮쳤다고 주장하는 어린 시누이를 보자니, 어쩐지 그 모든 대답을 은재가 알아들을 것 같지 않았다.

그래서 쌀례는, 요즘 쌀 대신 사랑을 먹고 사느라 야윈 그 여자는, 그저 빙긋이 웃어 버리고 말았다. 그리고 그 웃음은 한순간 검댕칠에 무명 치마저고리로 초라하고 어린 계집아이처럼 보이던 그녀를 성숙한 여자로 보이게 만들 만큼 아름다웠다.

꾸미지 않은, 더는 꾸밀 수 없는 아름다움이란 때때로 보는 사람을 약하게 만든다.

그래서 은재 역시 자신을 보는 쌀례의 미소에 무안해져서 방금 전보다 한층 기운 빠진 목소리로 그저 이렇게만 중얼거릴 뿐이었다.

"흥, 할 말 없으니까 웃기는. 얘, 나란히 걷기 창피하니까 좀 떨어져서 걸어."

"정 그러시면, 저는 돌아갈까요?"

사실 쌀례는 오랜만에 땅을 디디고 선 지금이 노란 실크 원피스 공주님처럼 감격스럽진 않았다. 눈앞에 탁 트이는 바닷가는 볼 만했지만 바람 사이로 실려 오는 바다 비린내는 배 안이나 이곳이나 똑같이 그녀의 속을 뒤집어 놓았다. 이래서야 남편 곁을 떠나 시누를 따라나선 보람이 없지 않은가. 차라리 배로 돌아가 눕는 것이 나을 성싶었다. 하지만 나란히 걷기 창피하다던 시누이는 쌀례를 보내 주지 않았다.

"얘 좀 봐! 누, 누가 가라고 했니? 그저 떨어져서 걸으라고 했지."

나란히 걷는 건 창피하지만, 그래도 저것이 없으면 이 낯선 타지를 혼자 돌아다녀야 한다. 아무리 하늘 아래 아버지와 오라버니들 말곤 무서운 것이 없었던 공주도 짧게나마 전쟁을 겪어 보니 무서운 것만은 사양하고 싶었다. 그래서 공주는 어쩔 수 없이 못난이를 유혹하기로 작정했다.

"기껏 그 좁고 비린내 나는 데서 벗어났는데 가긴 어딜 가니? 뭍에는 없는 게 없는걸."

"배에도 필요한 건 거의 있잖아요. 먹을 것도 넉넉하고요."

"먹을 것! 너, 말 잘했다. 피난길이라고 찰떡에 찐 계란, 배에는 부엌이 없으니 주먹밥에 날 생선, 또 찐 계란, 찐 계란뿐이었잖아. 넌 입에서 닭 비린내 안 나는 것 같아? 조금만 더 있다간 내가 '꼬끼오' 하고 울 판인걸."

아, 그 저주받을 비린내. 시집와서 수년 만에 처음으로 쌀례는 시누이의 말에 깊이깊이 공감했다.

"그렇죠. 마시는 물에서조차 비린내가 나는 것 같아요. 수저에서 쇠 비린내도 나고요."

닭 비린내, 생선 비린내, 바다 비린내는 말할 것도 없고 물에서 물비린내, 수저, 젓가락의 쇠 비린내, 그럴 리는 없겠지만 어디선가 끊임없이 풍겨오는 것 같은 피비린내들.

세상 모든 날 비린내가 쌀례의 코로 달려들어 그녀의 속을 뒤집어 놓았다. 그러한 때에 언제나 불친절했던 시누이가 친절한 목소리로 달콤한 제안을 들려주었다.

"그러니까 이럴 때 속이 개운해질 만한 걸 먹어야 하지 않겠니? 배 안에 그런 게 있을 턱이 없잖아?"

속이 개운해질 만한 것. 신기한 일이다. 그 소리를 듣는 순간 쌀례는 입에 자동적으로 침이 고여옴을 느꼈다.
"규, 귤 같은 것도 있을까요?"
"귤? 너 바보니? 한여름에 귤이 어디 있어?"
은재의 말은 지극히 상식적인 것이었다. 하지만 그 한마디에 쌀레는 눈물이 글썽거릴 만큼 서러웠다.
새콤한 걸 한 입 가득 베어 물면 이 정체불명의 미식거림도 사라질 것 같은데 먹을 수가 없다니. 밥도 아니고 그깟 과실 조각 때문에 운다는 게 스스로도 믿기지 않았지만 쌀레는 어린아이처럼 울고 말았다.
그런 그녀의 모습에 당황한 것은 공주였다.
"애, 누가 죽었니? 재수 없게 뭐 그런 걸로 훌쩍거리고……."
"눈물이 나는 걸 어떻게 해요. 흐으으."
한 달 가까이 제대로 먹지를 못했다. 먹은 것도 없으니 토해 낼 것도 없는데 구역질은 계속 난다. 이런 어려운 시기에 어른들 눈치 보이게시리 왜 자꾸 아프고 난리인가. 그리고 아가씨는 왜 생각지도 않았던 달콤새콤한 것 이야기를 꺼내 사람 침만 고이게 하시는가.
그렇게 못난이는 훌쩍거리고 공주는 난감해하는 그 상황에서, 문득 은재의 머릿속에서 차선책이 떠올랐다.
"그래, 그거면 되겠다. 귤처럼 새콤한 거면 아무거나 상관없지?"
노오란 스커트 자락을 휘날리며 공주가 춤추듯 어딘가로 뛰어갔다. 그 모습을 지켜보고 있던 쌀레 역시 곧 반쯤의 체념, 반쯤의 기대를 가지고 그 뒤를 따랐다.
쌀레도, 은재도, 몇 걸음 떨어진 곳에서 누군가 자신들을 지켜보고 있다는 사실을 알지 못했다.

"라무네(ラムネ)? 읎다. 요즘 배 들고 나기도 으려운 판에 그딴 설탕물 누가 들여올기고? 쌀이니 기름이니 들여오기도 쎄빠져쌌는데."

국제시장에서 수입품을 판다는 사내의 목소리는 퉁명스러웠다.

라무네. 영국의 레모네이드를 일본식으로 변형한, 레몬 향을 띤 탄산수다. 메이지 유신 초기에 고베에서 만들어지기 시작했다고 한다. 귤 사촌쯤 되는 레몬 향 나는 물이고 애초에 배에 타는 해군들을 위해 만들기 시작했다니까 역시 배 안에서 속 뒤집어진 여자들을 위해 필요한 음료수라고 은재는 주장했다. 더구나 일본을 오가는 배가 드나드는 부산이라면 구하는 게 어렵진 않을 거라고.

하지만 현실은 그녀의 예상을 배신했다.

"값을 쳐준다는데도 구하기가 어렵다니! 이보게! 그게 지금 말이 되나?"

딸 뻘밖에 되지 않는 어린 여자의 '이보게' 소리에 장사꾼은 미간을 찌푸렸다.

"이 문디이 가시나, 뭐라카노? 뭐라? 이보게? 니는 집에 애미 애비도 없드나?"

"아니, 이 작자가…… 내가 넌 줄 알고!"

"말 한번 자알 했다! 니가 누고? 눈데?"

눈을 부라리는 중년 사내의 험악한 태도에 공주는 기가 막혀 따지고 들었지만 상대방은 더 상대하기도 싫다는 듯, 근처에 있던 소금통에서 소금 한 줌을 꺼내 그녀들에게 뿌려 댔다. 그러고는 재수 없는 상대를 자신에게 이끈 악귀를 물리치기라도 하려는 듯 처녀들 앞에 '카악!' 하고 큰 소리로 가래침을 뱉었다.

이제까지 누구에게도 그런 무례를 겪어 보지 못했던 은재가 눈에 힘을 주고 뭐라 쏘아붙이려는 찰나, 곁에 서 있던 쌀례가 조용히 고개를 숙이며 말했다. 단발 머리칼에 눈송이 같은 굵은 소금을 알알이 묻힌 채로.

"어르신, 어디 달리 구할 곳이 없을까요? 저희가 타지에서 와서 잘 모르거든요. 염치없지만 부탁드려요."

화사한 노란 치마를 입은 처자가 한심하게 지켜보고 있는 가운데 그 자그마한 아가씨는 동그란 눈을 반짝이며 거듭 사정했다.

"한 목숨 살리신다고 생각하시고 제발!"

설탕물 탄산수가 사람 목숨을 구한다니, 처음 듣는 소리였다. 하지만 확실히 '이보게'보단 '어르신' 소리가 귀에 착 감긴다. 잠시 때가 낀 손톱으로 자기 이마를 긁적이던 남자의 입에서 곧 퉁명스런 목소리가 흘러나왔다.

"한 군데 있긴 한데, 가스나들이 드가긴 좀……."

과연, 설명 듣고 찾아간 그곳 간판을 본 순간, 여자들은 가르쳐 준 이가 머뭇거린 이유를 단박에 알 수 있었다.

선명한 알파벳으로 간판에는 이렇게 써 있었다.

BAR

"뭐야, 술집이잖아?"

시누의 목소리에 쌀례는 얼굴이 달아올랐다.

7월 초부터 일본 극동 사령부 소속 미군들이 무기를 싣고 부산항에 모습을 나타냈기에 술집 앞에는 미군, 뱃사람, 그들의 팔짱을 끼고 있는 젊은 여자들이 보였다.

볶은 머리칼, 푸른 눈두덩에 새빨간 입술연지를 바르고 배시시 웃어 보이는 여자들과 킥킥거리던 미군 중 두엇이 가게 문 앞에 나타난 새로운 두 여자에게 관심을 보였다.

"와, 귀여운데? 색다르다. 너흰 어디서 왔니?"

이미 백인이라면 경성에서 숱하게 보아 왔었다. 미군정 시절 새로운 지배자에게 선을 닿을 요량으로 한상민은 집에 여러 차례 미군 고위 장교들을 불러 파티를 열었다. 그들과 사교춤을 추기도 하고, 오라비가 미국 유학을 갈 때 자신도 따라가기로 결심한 적도 있는 은재였다. 그러나 지금 이들 같은 종류의 양키들은 본 적이 없었다.

슬그머니 다가와 은재의 노오란 실크 원피스 가슴과 옆구리 부분을, 쌀례의 뺨을 쿡쿡 찌르는 그들은 바다 비린내보다 더 독한 비린 웃음을 띠고 있었다.

'가만있자. '징그러우니까 꺼져.'를 영어로 뭐라고 했던가?'

은재가 그렇게 골몰하는 사이, 옆에서 또렷한 목소리가 들려왔다.

"Don't touch me! I'm married!"

자그마한 여자의 단호한 음성으로 빚어진 '만지지 마세요! 나 결혼한 사람이에요!' 소리는 오히려 벽안 사내들의 호기심을 자극했던 모양이다. '진짜? 이렇게 작은데 결혼을 했어?' 믿을 수 없다는 듯이, 신기한 물건을 보는 것처럼 그들은 쌀례를, 그리고 곁에 서 있던 은재를 빙 둘러싸기 시작했다.

"라, 라무네건 뭐건 일단 배로 돌아가야겠어요."

질린 목소리로 중얼거리는 쌀례에게 은재도 바들거리며 동의했다.
"그, 그러게 촌닭 년 왜 쓸데없이 일을 만들어서는!"
"그렇지만 이 사람들이 먼저 무례하게 굴었잖아요!"
일본 사람들도 조선 사람을 함부로 했지만 그들을 이기고 조선에, 대한민국에 들어온 미국 사람들도 이 나라 사람을 함부로 하기는 마찬가지인 듯 보였다. 피난길에서도 그들이 하얀 파자마를 낮에도 입고 다니는 가난한 나라 사람들이라고 함부로 대하던 것을 쌀례는 기억하고 있었다. 울컥 화가 치밀었지만 지금은 화보다 공포가 그녀들을 지배하고 있었다.
'어떻게 하지? 어떻게 하지? 어떻게 여기서 벗어나지?'
그렇게 곤란을 겪고 있는데 아무도 그들을 도와주지 않았다. 주변에 있던 한국 뱃사람들과 그들 곁에 서 있는 붉은 입술연지의 여자들조차도.
바로 그때였다. 비린 미소, 날이 선 수치심, 낮술에 얼굴이 발그레한 붉은 입술연지 여자들의 나른함 사이로 가게 안쪽에서 색소폰 소리가 들려온 것은.
"아, 영업 시작했나?"
언제 여자들을 희롱했냐는 듯 반가운 얼굴로 묻는 군인들, 뱃사람들에게 가게 문을 열고 있던 점원이 대꾸했다.
"리허설 중이야. 그쪽들은 조금만 더 기다리시고……."
주변을 둘러보던 점원의 시선이 엉거주춤 서 있는 두 여자를 향했다. 주근깨 가득한 어린 총각은 곧 씨익 덧니를 드러내며 쌀례에게 손짓했다.
"거기 숙녀들 먼저 입장! 지배인님이 숙녀분들 먼저 입장시키라 했다구!"

느닷없이 머리 위로 떨어진 구조의 손길, 덧붙여진 호의에 두 여자는 어리둥절했다. 위태위태한 긴장감에서 막 벗어난 것은 좋으나 술집으로 들어오라니.

문 밖에 선 그들의 눈에 조금씩 보이는 내부는 아직 별 밝은 오후임에도 불구하고 어둑어둑해 보였다. 영업 준비를 하는 중인지 이리저리 바닥에 흩어진 스툴(등받이와 팔걸이가 없는 의자)만이 어렴풋이 보였다. 그리고 그저 들려오는 거라곤 느릿하고 어쩐지 구슬픈 색소폰 소리뿐이었다.

"얘, 가기로 했으니까 그냥 가자. 오늘 하루 공친 셈 치지 뭐."

아무리 겁이 없는 은재라도 그 어둠 속으로 들어가는 것만은 두려운 듯, 방금 전 합의한 대로 그저 이 자리를 뜨자고 하고 있었다.

그녀의 말이 맞다. 속을 개운하게 해 준다는 청량수가 저 안에 있다 한들, 술집이라니. 안에 들어가기도 전에 바다 비린내보다 비릿한 웃음을 띠고 있는 남자들에게 봉변을 겪을 만큼 위험한 곳인데, 돌아서서 도망가는 것이 옳다.

'바(BAR)'라고 써진 간판이 달린 문은 그 경계였다.

경계 안쪽에는 무엇이 있는지 알 수 없는 어두움, 알 수 없어서 더욱 두려운 어두움뿐이다. 돌아서서 나가는 것이 옳은 일이었다.

그런데 이상한 일이다. 쌀례의 발걸음은 저 자신도 모르게 경계 안쪽을 향했다. 마치 도깨비불에 홀린 것처럼.

어린 시절 밤늦게까지 어두운 들판을 뛰어다니다 보면 지지난 해 역병이 돌아 사람이 많이 죽어 나갔다는 곳에 유독 푸른 불빛들이 반짝이며 어린 소녀를 유혹하곤 했다.

도깨비불.

'귀린(鬼燐 : 귀신 들린 반딧불)'이라 불릴 만큼 위험한 불이었지만, 어린 쌀례의 눈에 그처럼 아름다운 불은 없었다. 시집와서 밤에 전깃불의 혜택을 받기 전까지, 그녀는 그렇게 아름다운 불을 본 적이 없었다.

지금은 그것이 불빛 아닌 소리였지만, 마치 그 도깨비불에 이끌리듯 쌀례는 안쪽으로 안쪽으로 들어갔다.

'분명히 어디선가 들어 본 소리야. 하지만…… 그럴 리가 없잖아.'

어렸을 때, 머리를 쪽 지고 치마저고리 걸치며 어린 새아씨로 불리던 그때도, 그녀는 이와 비슷한 소리를 들은 적이 있었다.

홍겹고, 고왔고, 혹은 구슬프던 그 소리.

―구경해 본 적 없죠? 해 떨어지면 시작되는 다른 세상.

누구에게도 우는 꼴 보이지 않고 싶었던 그날, 울고 있던 그녀를 바깥으로 인도하면서 그렇게 묻던 남자가 있었다. 그러고 보니 지금 이 어두운 곳은 그가 이끌었던 다른 세상과 많이 비슷하다. 아마 그래서일 것이다. 지금 어둠 속에서 들려오는 저 소리가 그때 그 소리처럼 느껴지는 것은 그저 그래서일 뿐인 거다.

하지만 촉수 낮은 불빛 아래 서서 취한 듯 두 눈을 감고 색소폰을 불고 있는 남자를 보는 순간, 쌀례는 자신의 짐작이 틀렸음을 깨달았다.

"여어. 안녕합쇼, 아씨 마님."

단추가 두 개쯤 풀어 헤쳐진 하이얀 셔츠에 겨자색 바지, 반짝이는 가죽 군화를 신고 마지막 보았을 때보다 많이 자라 덥수룩한 머리를 하고 손에는 반짝이는 금빛 색소폰을 들고서 남자가 웃어 보였다. 가무잡잡한 살결. 대비되는 희고 날카로운 송곳니. 꽃처럼 웃다가도 들개처럼 사람 목을 물어뜯을 것 같던 그 남자, 찬경이.

어려운 시절이 닥쳐오려니
잘 쉬어라 켄터키 옛집
잘 쉬어라 쉬어 울지 말고 쉬어
그리운 저 켄터키 옛집 위하여
머나먼 집 노래를 부르네.
― Stephen Collins Foster, 〈My Old Kentucky Home〉, 1853년

이전에는 지나간 사랑에 대한 곡조를 불러 대던 남자는 지금 지나간 사랑만큼이나 가슴 절절하게 떠나온 옛 집에 관한 노래를 불러 대고 있었다. 그의 연주를 듣고 있노라니 소녀였던 그녀는 어쩐지 가슴에서 물기가 차오름을 느꼈다.

아마도 그건 그녀가 떠나고 싶지 않았던 집과의 이별을 이미 여러 차례 겪었기 때문인지도 몰랐다.

싸릿골 엄마와 살던 집에서도 떠났었고,
안국동 집에서도 떠났었고,
선재와 꿈같은 신혼을 보내던 그 좁은 하숙집에서도 떠났고,
지금 또 배를 타고 어디론가 떠나야 할지도 몰랐기 때문에.
그리고 보니 그녀는 늘 떠나고 있었다.

떠나기 쉽지 않았던 그곳들을.

문득 여자는 그런 생각이 들었다. 지금 집에게 잘 있으라는 이별 노래를 부르고 있는 저 남자도 이별하고 싶지 않았던 집이 있었을까. 이전에 그는 자신은 집도 절도 없는 사람이라고 했었던 것 같긴 한데.

쌀례의 그런 상념은 연주가 끝나자마자 요란스레 '짝짝짝' 울리는 은재의 손뼉 소리에 의해 깨어졌다.

"그럴듯한데? 경성에서 들었던 전문 연주자보다야 못하지만 제법이야?"

과거 주인 아가씨의 찬사에 남자는 심드렁한 미소를 지었다.

"뭐, 머슴에서 운전수로 출세하고 싶진 않아서 말이지."

과거 상전에 대한 그의 딱 부러진 반말에 순간 은재의 얼굴에서 미소가 허물어졌다.

"너, 너! 그러고 보니 어느 날 갑자기 도망가 버렸지! 머슴 놈이 말도 없이 사라져 놓고는 뻔뻔스레 상전한테 뭐가 어쩌고 어째?"

어둠 속에서 남자의 눈동자가 번뜩였다. 육식 짐승처럼 날것 그대로의 살기를 비추면서 남자가 으르렁거리듯 되물었다.

"왜? 그럼 안 되나? 내가 정말 늙어 뒈질 때까지 너희 집 종놈으로 끝날 줄 알았어?"

조금 전까지 아름다운 선율만 가득하던 그곳에 남자의 억눌린 고함이 쩌렁쩌렁 울려왔다. 그가 내뿜는 살기에 살짝 기가 눌린 공주는 방금 전보다 한층 꺾인 기세로, 그러나 불만을 듬뿍 담아 항변했다.

"누구한텐 아직도 아씨 마님 소리가 줄줄 나오면서 왜 나한텐 아가씨 소리를 안 하는 거야? 이래서 천하고 무식한 것들은……."

도도한 강물처럼 흘러나오는 자신의 목소리를 들으면서, 그리고 자기 목소리를 색깔 없는 얼굴로 듣고 있는 그를 보면서 은재는 속으로 이게 아닌데 싶었다.

'이게 아닌데. 나도 오랜만에 널 만나서 반갑다고 말하고 싶었는데. 머슴 일 같은 험한 일 대신, 꽤 그럴듯한 일을 하고 있는 네가 대견해 보인다고 말해 주고 싶었는데. 이게 아닌데.'

그러나 그녀의 마음이 어떻든, 그녀가 무슨 말을 하든, 그의 시선은 상전 아씨를 보지 않았다.

그는 다른 곳을 보고 있었다. 그의 시선은 옆에서 조용히 얼굴을 찡그리며 속이 답답한 듯 자기 가슴을 툭툭 두들겨 대는 또 다른 여자에게로 못 박혔다.

"어디 아픈가."

"괜찮아요. 속이 좀 답답해서…… 흐읍!"

또다시, 구역질이다. 하고 하고 또 해도 변변히 무언가 나와 주지 않는 헛구역질이 다시 쌀례를 덮쳐 왔다. 아무리 어릴 때부터 알아 온 사이라도 남편 아닌 남자에게 이런 모습을 보이는 건 낭패스러워 쌀례는 찬경으로부터 몸을 돌렸다.

그런 쌀례의 모습이, 쌀례를 걱정스레 지켜보고 있는 남자의 모습과 함께 은재의 눈에는 몹시도 거슬려서 공주는 입술을 비죽였다.

"흥, 엄살은. 쟤 저러는 게 어제오늘 일이 아냐. 오늘도……."

종알거리는 은재의 목소리가 갑자기 끊겼다. 이상하다 싶어 쌀례가 겨우 고개를 들었을 때, 남자는 이미 그녀의 곁에 성큼 다가와 서 있었다. 그의 커다란 손이 갑자기 쌀례의 가는 손목을 쥐고 어딘가를 향해 잡아끌었다.

"놔, 놔줘요! 지금 뭐 하는 거예요! 경이 오라버니! 오라버니……."

그의 강한 팔 힘에 이끌려 가면서 쌀례는 더럭 겁이 났다. 함께했던 지난 시절, 그녀를 위해 다른 거렁뱅이들과 싸우다 하얀 눈밭에 꽃처럼 붉은 피를 흘리고 쓰러진 그를 본 이후 쌀례는 그를 싸릿골 사촌 오라비들처럼 믿고 따랐었다.

남편 대신 위험한 곳에 가야 했던 그에게 해 줄 수 있는 거라곤 생각날 때마다 밥 한 그릇 그의 몫으로 떠 놓는 것만이 전부라는 사실이 미안하기도 했다.

경이 오라버니, 고맙고도 미안한 경이 오라버니.

하지만 그는 오라비는 아니었다.

'오라비'라고 하기에 때때로 그가 내비치는 눈빛, 내미는 손길, 풍기는 수컷의 기운은 쌀례에게 그에 대해 질겁하게 만들었다. 지금도 그렇다. 내 손을 잡고 대체 어디로 가는 걸까.

그렇게 해서 그가 그녀를 데려간 곳은 홀 뒤쪽에 위치한 화장실 세면대 앞이었다.

"토해."

손목을 틀어쥐고 질풍노도처럼 거기까지 달려가 세면대 앞에 사람을 밀어붙인 뒤 그가 한 말은 딱 그 한마디였다. 어리둥절한 얼굴로 자신을 바라보는 여자에게 남자는 무표정한 얼굴로 방금 전 자신이 했던 말을 반복했다.

"토하라구. 토하고 싶은 만큼."

여전히 표정 없는 얼굴로 자신에게 가장 필요한 것을 구해 주는 그 남자를 바라보면서 여자는 문득 생각했다.

'어쩌면 이 사람은 이전과 달라진 것이 없는지도 몰라.'

돈이 아니면 너 따위 도와주지 않는다고, 나는 원래 그런 놈이었다고 아무리 우겨도 그는 여전히 친절한 경이 오라버니 그 사람이라고.
 곤란을 겪은 사람을 보면 도와주지 않고는 못 배기는 착한 사람. 이상하게 자신이 착하다는 걸 다른 사람이 눈치챌까 전전긍긍하거나 질색하지만, 그래도 착한 사람임에는 틀림없다. 쌀례는 다시 만나고 처음으로 그에게 빙긋 웃어 보였다.
 "무사해서 다행이에요. 서울에서 제때 빠져나왔을까 걱정했는데."
 정말로 안심한 것 같은 여자의 미소, 둥글둥글한 목소리에 남자는 잠깐 당황한 듯했다. 하지만 곧 그도 웃어 보였다. 그녀의 둥글둥글 부드러운 미소와는 달리 상당히 차고 엷은 미소였지만.
 "천한 목숨도 목숨은 목숨이라서 있는 힘껏 도망쳤수다. 난리도 두 번 겪으면 이골이 난달까."
 "밥은 먹었어요?"
 끼니를 잇지 못하는 걸 세상에서 제일 큰 재앙이라고 생각하는 밥순이 아씨답게 여전히 그녀는 묻고 있었다. '밥은 먹었어요?', '배는 곯지 않아요?' 저 여자는 늘 그런 식이다. 지난봄에 수년 만에 다시 만났을 때도 한다는 소리가 '많이 야위었어요. 할머니 밥집에 제 이름 대고 뜨신 밥이라도 드세요.'였다. 저 여자가 가라고 해서 간 건 아니지만 어쨌든 들렀던 노파의 밥집에서 그는 별 희한한 소리를 들었었다.

 ─그 쌀알만 한 에미나이가 이제까지 니 밥 끼니때마다 꼬박 챙겼다이. 간나 오면 뜨신 밥 주라고 늘 다짐 받고 또 받고. 에미나이 덕에 살아 돌아온지 알기요.

 쓸데없이 남의 밥엔 그렇게 신경을 쓰면서 정작 자기 몰골은 저게 뭐란 말인가.

아까 여자의 손목을 쥐었을 때, 자신의 손아귀에 반도 차지 않은 그 가는 손목에 그는 욕지기가 나올 것 같았다. 아, 염병할. 속으로 튀어나오는 오만가지 욕지기를 억지로 눌러 삼키며 그는 짜증이 잔뜩 배어 있는 목소리로 물었다.

"내 이마에 밥이라고 써 있수? 입만 열면 밥! 밥! 그러는 그쪽은 왜 피죽 한 그릇 못 먹은 얼굴인데? 만석꾼네서 굶기기라도 합디까?"

그저 얼굴이 안되어 보인다. 밥은 제대로 먹는 거냐고 물으면 될 텐데, 간장 종지만 한 눈을 껌뻑거리는 여자의 야윈 얼굴에 그는 더없이 화가 났다. 한가네 인간들 보고 좋은 마음일 수는 없지만, 그건 그녀가 단순히 한가네 큰 아들놈 계집이어서는 아니었다.

그저 언제부턴가 이 여자만 보면 화가 난다. 따지고 보면 그녀에게 화를 낼 이유 따윈 없는데. 네 서방 대신 군대에 가야 하나, 아니면 도망가야 하나 물었을 때도 그에게 도망가라 말해 준, 보고 화를 내야 할 이유가 없는 여자인데.

그렇게 이유 없이 화를 내는 남자를 여자는 얼떨떨한 얼굴로 보더니 당황한 듯 자기 뺨을 만져 보며 겸연쩍은 얼굴로 대꾸했다.

"여름 타나 봐요. 거기다 뱃멀미도 하는 것 같고……."

"배?"

그때였다. 세면실 입구에서 두 사람을 발견한 은재의, 좀 뻐기는 듯한 목소리가 들려온 것은.

좁은 화장실 안에서 자부심이 흘러넘치는 공주의 목소리가 파도처럼 몰아쳤다.

"우린 곧 일본으로 갈 거야. 너같이 천한 것들은 도저히 엄두도 낼 수 없이 비싼 배를 타고, 시모노세키로 가서 전쟁이 끝날 때까지, 아니 어쩌면 영원히 거기서 살지도 몰라. 부럽지?"

"아가씨!"

할 수만 있다면 쌀례는 은재가 뱉은 목소리들을 주워서 다시 시누의 입 안으로 쓸어 담고 싶었다. 아니, 애초에 뱃멀미를 하고 있다고 털어놓은 자신의 잘못인지도 모른다.

사실을 고백하자면 쌀례 역시 안전한 곳으로 떠날 수 있게 되어 다행이라고 생각하고 있었다. 하지만 저만 살겠다고 떠나는 도망 길을 남편은 수치스러워하고 있다.

소리 내어 말하진 않았지만 쌀례는 그런 선재를 이해할 수 없었다. 선비의 손녀였고 선비의 성정을 지닌 남자의 아내였지만 박쌀례는 명분보다 삶이 중요하다고 생각하는 여자였다. 그런데 이상도 하지. 피식 쓴웃음을 머금으며 자신을, 그리고 시누이를 보는 찬경의 눈을 보면서 쌀례는 선재가 느끼는 수치심을 처음으로 이해하게 되었다. 그녀 자신이 지금 부끄러웠기 때문이다.

좁은 화장실에서 낭랑하게 울려오는 은재의 목소리가 고막을 치는 순간, 찬경의 무표정한 눈과 일그러진 입매를 보는 순간, 쌀례는 부끄러워 고개를 들 수가 없었다. 그런 그녀의 귀에 찬경의 목소리가 들려왔다.

"좋겠수다. 언제 어느 때나 피할 뒷구멍이 있어서. 역시 부자는 다르구만."

명랑한 목소리였다. 그러나 눈은 절대로 웃고 있지 않았다. 어쩐지 그의 얼굴에서 보이는 그 기묘한 불협화음이 쌀례는 서글펐고, 무서웠다.

하지만 남자는 그녀의 서글픔 따위 관심 없다는 듯이 태평스런 어조로 물었다.
"그래서 그쪽 큰 도련님하고 같이 가시나? 옛날에 듣기로 어디든 따라 가겠다 했던 것 같은데."
남자의 장난기 어린 어조에 쌀례가 아닌 은재가 한심하다는 듯 대꾸했다.
"당연한 거 아냐? 바늘 가는 데 실 가겠지. 이게 생긴 거답지 않게 오라버니를 구슬려서 신방까지……."
"아가씨!"
느닷없는 폭로에 쌀례는 얼굴을 붉히며 제재에 나섰지만 이미 때는 늦었다.
남자의 눈매가 더더욱 서늘해졌고 웃는 척하던 입가는 잠시 굳어 버렸다.
짧은, 혹은 천년 같던 침묵이 지나고 남자는 다시 하얀 이를 씨익 드러내며 박수를 쳤다. 전보다 더 명랑한 목소리로 말했다.
"이야, 축하해. 그럼 댁들은 이제 배 터지게 먹고 늘어지게 자빠져 잘 일만 남은 거군? 여기서 천한 놈은 죽거나 말거나."
짝짝짝—.
박수 소리가 울려 퍼졌다. 기쁠 때, 축하해 주고 싶을 때 손뼉과 손뼉을 마주치는 그 행위가 저렇게 비난하는 듯, 화가 났다는 표시로 보일 수도 있다는 것을 쌀례는 처음 알았다. 입은 웃고, 눈은 화를 내고, 혹은 슬퍼하고, 손뼉은 축하한다면서 화가 난다고 소리치고 있었다. 어쩐지 그 모습이 측은해서 여자는 말했다.
"아버님께 말씀드려 볼 테니 저희 갈 때 같이 가실래요?"

박수 소리가 멈추었다.

어처구니없다는 듯이, 으르렁거리는 듯한 목소리로 남자가 물었다.

"무슨 헛소리를 하는 거야?"

"오라버니께 저나 서방님이나 은혜를 여러 번 입었으니까 아버님께 잘만 사정한다면 배에 하나쯤 자리를 주실 수도 있을 거예요. 그러니까……."

'사정이라. 부탁을 하라고? 살려 달라고 구걸하란 말이지. 그 한가 늙은이에게. 기가 막히는군.'

별로 웃고 싶지 않았는데 자신도 어찌할 수 없이 입술에서 피식 쓴웃음이 새어 나오고 말았다. 오늘 저 여자 덕에 내가 참 많이 웃는구나. 그래서 기분이 참 더럽구나. 어리둥절하게 자신을 바라보는 두 여자를 두고 그는 혼자 킥킥거렸다.

그 웃음을 승낙, 혹은 기쁨으로 해석한 여자는 안도의 한숨을 내쉬었다. 곁에서 그 모양을 지켜보고 있던 또 다른 여자는 거드름을 피웠다.

"촌닭은 몰라도 이 몸이 아버님께 사정한다면 안 될 것도 없지. 하지만 앞으론 고분고분하게 굴겠다고 약속해야 해. 또……."

하지만 공주는 더 말을 이어 나갈 수 없었다.

혼자 웃던 남자는 혼자 웃음을 집어삼키고 다시 한 번 '짝' 소리 나게 손뼉을 쳤던 것이다.

한 번. 두 번. 세 번.

곧 화장실 문이 열리고 검게 물들인 군복 차림에 짧게 치켜 깎은 머리 모양을 한 남자 둘이 들어와 문 가까이에 서 있는 은재를 둘러쌌다.

"부르셨소? 행님."

"저 노란 옷 입은 계집애를 우선 데려가."

"뭐, 뭐라고? 야! 너 감히 누구한테!"

여자는 자신을 모욕하는 전직 머슴에게 응징을 가하고자 있는 힘껏 팔을 휘둘렀다. 하지만 그녀의 손은 허공만 가를 뿐 곧 찬경에게 붙들렸고, 남자는 자신의 팔 아래에서 버둥거리는 공주를 경멸 어린 시선으로 잠깐 보더니 곧 그녀의 목 뒤를 후려쳐 기절시켰다.

"살쾡이 같은 계집. 제가 정말 공주인 줄 아나."

마치 옷에 묻은 먼지를 털어 내듯 남자는 공주를 수하들 쪽으로 떨어 내면서 건조한 목소리로 말했다.

"깨어나면 발악할 수도 있겠지만 조심해서 다뤄. 꽤 비싼 물건이니까."

그의 명령을 받고 있는 듯한 다른 남자들은 기절한 여자의 양팔을 하나씩 붙들고 문을 나섰다.

지이익ㅡ. 지이익ㅡ.

평소 공주가 자랑스러워하던 그녀의 하이힐이 바닥에 끌리는 소리가 들리다가 멀어지고 사라져 갔다.

한순간에 일어난, 눈 뜨고 꾸는 악몽에 쌀레는 할 말을 잃었다.

"마셔. 속이 가라앉을 거야."

가게 내 어딘가의 쪽방에 갇혀 있던 쌀레에게 그가 내민 것은 라무네였다.

하루 종일 저 유리병에 담긴 레몬 향 난다는 물을 찾아다녔었다. 하지만 지금 쌀레는 그걸 받아 마실 엄두가 나지 않았다.

바깥 홀에서 밤 공연이 시작된 모양인지 음악 소리와 노랫소리, 주당들의 목소리가 웅성웅성 들려왔다. 같은 건물에 사람이 납치되어 있는데도 한쪽에서는 흥청망청 술자리가 벌어지다니, 참으로 기묘한 노릇이었다. 하긴 전쟁 중에 이런 술집이 성업 중이라는 사실 자체가 기묘한 일이긴 했다. 사람을 가두어 놓고 마실 것을 내미는 저 남자만큼이나 기묘했다.

여자는 자신에게 유리병을 내미는 남자에게 날이 선 목소리로 대꾸했다.

"필요 없어요. 가지고 나가세요."

앵돌아진 여자의 목소리에 남자는 피식 웃고는 유리병을 여자 앞에 놓아두고 문 쪽을 향해 걸어 나갔다.

문고리를 잡으며 남자는 말했다.

"다치게 하진 않을 거야. 한가네하고 일만 잘 해결된다면."

그 순간, 참지 못하고 여자는 사정하고 말았다.

"오라버니, 제발!"

남자가 다시 그녀 쪽으로 몸을 틀었다.

이제 그의 목소리에서 웃음기는 사라졌다. 그의 눈에서 서글픔도 보이지 않는다. 아무것도 보이지 않는 얼굴을 하고 자신을 보는 그의 얼굴이 무서웠지만 여자는 지푸라기 잡는 심정으로 애원했다.

"오, 오라버니…… 제발…… 그만하세요. 아버님이 아시기 전에…… 아가씨께 사정해서 없었던 일로 해 달라고 하고 아버님께 말씀드려서 우리 같이 떠나요. 네? 네? 오라버니, 제발……."

"그만!"

뱃속에서부터 나오는 단호한 목소리. 이제 남자는 문고리에서 손을 떼고 온전히 그녀를 향해 서 있었다. 한 걸음 한 걸음 그가 그녀에게 다가오기 시작했다. 그가 다가올수록 그녀는 뒷걸음질했다. 마침내 여자의 등이 벽에 닿아서 더 이상 도망갈 수 없을 때까지.

서로의 숨결이 느껴질 만큼 가까운 거리에서 잔뜩 억눌린 목소리로 한 음 한 음 씹어뱉듯이 그가 말했다.

"우리가, 아니야."

"네?"

"나하고 너희 족속은 우리가 될 수 없어! 나하고! 한가네는 절대로! 그것들하고 내가! 어떻게 우리가 되니? 어떻게!"

처음 나직이 내뱉던 목소리는 끝에 가서는 비명이, 절규가 되어 버렸다.

제 자식 목숨 보전시키겠다고 자식일 수도 있는 또 다른 목숨을 총알받이로 등 떠밀어 보낸 늙은이와 그 피붙이들과 내가 어떻게 우리가 되나? 그것은 해와 달이 만나고 산과 강이 붙어먹지 않는 한에는 절대로 불가능한 일이었다. 불가능한 걸 조르는 여자는 질색이다.

질색이라서 소리 좀 질렀기로 여자는 딸꾹질을 시작하더니 간장 종지만 한 커다란 눈에 눈물을 흘리고 훌쩍거리기 시작했다.

"흐으으으으으."

이제 보니 여자의 머리칼에 굵은 소금 가루까지 주렁주렁 매달려 있었다. 야위어 더 커 보이는 눈에선 쉴 새 없이 소금물이 흐른다. 얼떨결에 눈물을 훔쳐 주려 했던 그의 손길은 여자의 다음과 같은 중얼거림으로 인해 정지되었다.

"서방님…… 선재 씨…… 어떻게…… 어떻게 해요…… 흐윽, 흑."

머리카락에 묻은 소금 알을 털어 주고 눈물을 훔쳐 주려 했던 손길은 주먹이 되어 여자의 머리 바로 옆 벽을 후려쳤다.

퍽―.

벽을 후려치는 소리에, 남자가 내뿜는 살기에 질려 여자는 바짝 어깨를 웅크리고 울음소리가 새어 나오지 않도록 노력했다.

어디서부터 무엇이 잘못되었는지 모르겠다. 저 사람이 살아 돌아온 것이 기뻤다. 험한 일을 많이 겪어 전보다 더 까칠해진 것이 섭섭하다가도 측은했다. 그래도 여전히 착한 사람이라고 생각했다. 혼자 남겨질 그가 딱했다. 그래서 우리 함께 떠나자고 했다. 그런데 그는 더 화를 낸다. 이젠 그가 무섭기까지 하다. 도대체 그가 어떤 사람인지조차 혼란스러울 지경이었다.

결국 참지 못하고 여자는 묻고 말았다.

"왜, 왜, 왜 이러시는 거예요? 오라버니 이런 사람 아니잖아요?"

피식, 이번에도 그가 웃었다.

"오늘 밥순이 너 때문에 내가 참 여러 번 웃는다."

하얀 이를 드러내고 눈부시게 웃으면서 그가 속삭였다.

"머리가 나쁘구나. 전에 말했지. 그거 순 네 착각이라고. 난 원래부터 이랬어."

지난봄에도 그는 말했었다. 나는 원래 이런 놈이라고, 네가 착각한 거라고.

이제 밤이 깊어졌는지 쪽방 안은 더 어둑해졌다. 그리고 어둠 속에서 하얀 송곳니를 씨익 드러내며 자신을 보고 있는 그가 쌜례는 낯설고, 낯선 만큼 섬뜩했다.

낯설고 섬뜩한 얼굴을 하고 있으면서도 조곤조곤한 목소리로 그가 다시 말했다.

"그럼 더 예전에 했던 말 같은 건 더더욱 기억 못 하겠구나. 그렇지?

1950년, 숨 가쁜 여름

내가 널 마지막으로 봤던 그날 새벽 뭐라고 했는지 말이야."
 마지막 새벽.
 5년 전 잠들다 뒤숭숭한 꿈을 꾸고 일어난 잠자리에서 자신을 내려다보고 있는 그를 보고 하마터면 비명을 지를 뻔했던 것을 여자는 기억했다. 막 동이 떠오르기 직전 지금처럼 어두웠던 방 안에서 지금보다 어렸던 그녀를 보면서 그는 말했었다.

 ─군대에 간다. 네 서방 대신. 군대에 가야 하니? 도망을 가야 하니?

 도망가라고, 가는 길에 요기할 주먹밥을 싸 주겠다는 자신을 갑자기 끌어안던 사람. 어깨에 아프게 와 박히던 그의 손가락, 뿌리칠 수 없었던 완강한 팔, 그가 뱉어 내던 속삭임.

 ─밥은 됐고, 이건 아씨 마님 너한테만 말해 주는 건데…….

 지난 수년 동안 일부러 기억하지 않았던 그 말이 쌀례의 머릿속, 아니 정확히 말하면 가슴 안쪽에서 떠올랐다. 세월이 흘러 그때처럼 어두운 공간에서 얼굴을 맞대고 이제 소녀에서 여자가 된 그녀 앞에 살아 돌아온 그 남자는 몇 년 전 했던 말을 반복하고 있었다.
 "……만약 살아 돌아온다면, 난 이 집안 것들을 전부 다 잡아먹어 버릴 거야, 라고 했었는데, 기억해?"
 어둠 속에서 푸른 칼날같이 번뜩이는 남자의 눈동자가 그녀를 내려다보고 있었다. 그의 입은 웃고, 눈은 칼이 되어 심장을 찌르고, 목소리는 그녀에게 선언하듯 말하고 있었다.

"왜 그러냐고? 약속은 지켜야지. 잡아먹겠다고 했으니, 잡아먹어야 하는 거잖아. 거렁뱅이는 아무리 먹어도 먹어도 배가 고픈 법이거든. 킥, 키킥."

새파랗게 질린 여자의 얼굴을 보면서 그는 웃고 또 웃었다.

그가 나가고 나서도 한참 동안 그의 웃음소리는 그녀의 귓가에 빙빙 맴을 돌았다.

다시 헛구역질이 밀려왔다. 하지만 그가 두고 간 라무네를, 여자는 그 방을 떠나는 그 순간까지도 차마 마실 수 없었다.

짐승들의 밤

늙은 야차 vs. 젊은 야차

찬경의 안쪽 어딘가에 사는 악마가 달콤하게 속삭였다.
방아쇠를 당기고 자유로워져라.
사람 새끼로 살려고 그렇게 연연하지 마라.
그거, 별거 아냐.

타앙―!

별이 총총 뜨던 그날 밤바다에서 모든 것은 한 방의 총성으로 시작되었다.

"모두! 움직이지 마!"

소금기 묻어나는 공기를 뚫고 거친 남자들의 목소리가 배 위에 타고 있던 사람들의 귓가에 쩌렁쩌렁 울려왔다. 어둠 속에서 검은색으로 물든 군복 차림으로 얼굴에 검정칠을 하고 손에는 기관총과 수류탄을 들고 스무 명 가까운 사내들이 모터보트를 타고 나타나 삽시간에 한상민 사장 소유의 배 '노다지 호'에 올라탔다.

부산은 안전하다는 생각에 방비에 느슨한 탓이었는지, 야간 순찰을 도는 군인들도 네온사인 번쩍이는 술집이나 요정에 정신이 팔려 있었던 것인지 별다른 저항 없이 배는 정체 모를 남자들에게 너무나 허망하게 점령당했다.

어쩌면 그들이 앞세우고 있던 밧줄에 묶인 두 젊은 여자들, 금지옥엽 외동딸과 며느리 때문인지 모르겠지만 말이다.
"아, 아버님! 저 좀 구해 주세요! 이 무례한 것들이……."
"입 다물어라! 무얼 잘했다고!"
이 와중에 머리를 치켜들고 악을 써 대는 딸의 모습에 한상민은 내심 한숨을 내쉬었다. 내 그리 조심하라 일렀건만 어디서 저런 노란 비단옷을 걸치고 흉한 놈들 눈길을 끌어 일을 이 지경으로 만들었단 말인가. 곁에 똑같이 묶여 있는 며느리는 수척한 뺨에 울었던지 눈가가 붓고 충혈이 되어 있었다.
"다친 곳은 없느냐?"
그때까지 며느리의 눈에 고여 있던 눈물이 주루룩 흘러내렸다.
철딱서니 없으나 소중한 존재이기도 했던 그들의 모습을 보면서 한상민은 속으로 치를 떨었다. 낭패다. 낭패였다. 그러나 겉으로는 영지 하인들을 둘러보는 영주의 눈빛을 하고 자신의 배에 침입한 침입자들을 둘러보았다. 그것은 죽을 고비를 몇 차례 넘기며 오늘날의 재산을 모은 자, 백전노장의 눈길이었다.
"네놈들은 뭐냐? 예가 대체 어딘 줄 알고 행패인 게야!"
그때 무리 중 선두에 선 청년이 입을 열었다. 짧게 치켜 깎은 머리에 떡 벌어진 어깨를 한 멧돼지 같은 인상을 풍기는 사내였다. 그는 배 주변을 둘러보고 배에 탄 사람들의 깨끗한 입성을 보더니 얼굴 가득 사나운 미소를 지어 보였다.
"세상이 어수선한데 아방궁이 따로 없구만. 뭐냐니, 사람에겐 누구냐라고 물으셔야지, 영감."
불손한 말대답에 노인은 쓴웃음을 지어 보였다.

짐승들의 밤 | 325

"도적은 사람 취급하지 않는다. 내 집, 내 배에서는 특히. 너냐? 네가 도적놈들 우두머리냐?"

"도적? 도적이라니?"

눈이 벌겋게 달아오른 남자가 그 소리에 울컥했는지 들고 있던 기관총을 허공을 향해 갈기기 시작했다. '드르륵' 소리가 밤하늘을 찢어 놓았다. 총알은 비록 하늘 위에 걸린 푸른 달에 꽂히진 못했지만 뱃전 여기저기로 튕겨 나갔다. 사람들은 비명을 지르고 바닥에 납작 엎드렸다.

그런 사람들의 머리 위로 멧돼지 청년의 도도한 음성이 울려 퍼졌다.

"우린 도둑이 아니고 이건 도적질이 아니다! 엎드리면 코 닿을 가까운 곳에서 젊은 장병들이 목숨 걸고 싸우고 부상을 당하고 있다! 우린 그런 장병들을 위해 모금을 하고 있을 뿐이란 말이다!"

연설을 하면서 청년은 흥분을 했던지 불타는 듯한 두 눈으로 한상민을 노려보며 말을 이어 갔다.

"특히 당신 같은 민족 반역자! 나라가 환란을 겪고 있을 때 저와 제 자식들만 살자고 금덩이 바리바리 싸 들고 외국으로 튀려는 양심 없는 것들은…… 더더욱 용납할 수 없다! 자! 영감! 돈을 내놔! 당신, 일정 시대, 왜놈들 물러갈 때, 그리고 지금까지 재물을 악착같이 긁어모았다면서? 어차피 무거운 금덩이 다 싸 짊어지고 가다가 중간에서 배가 가라앉을지 누가 아냐? 내놔! 우리가 그 더러운 돈으로 나라 지키는 장병들을 위해 깨끗이 써 줄 테니까 혼자만 먹지 말고 내놓으라구!"

문득 듣고 있던 민족 반역자, 나라가 환란을 겪고 있을 때 자식들과 금덩이를 가지고 튀려 한다는 비난을 받고 있는 늙은 상인의 입가에 쓴웃음이 피어올랐다.

일제 강점기에는 일본인들과 일본인 아래 조선인 관리들, 해방이 되고 나선 미 군정, 막 정치를 시작해서 정치 자금이 필요하다는 정치가들에게 돈줄 노릇을 해 왔는데 이제 피난길에는 정체 모를 어린 해적놈들까지 돈을 내놓으라 한다.

"이놈이나 저놈이나…… 나한테 돈을 맡겨 뒀나. 이젠 하다하다 별 조무래기들까지 뜯어먹으려 드는구나."

"뭐요?"

"너! 한 가지만 묻자."

노인은 모래 씹는 얼굴로, 그러나 거만함을 잃지는 않고 상대방에게 물었다. 더 많은 이득을 얻기 위해, 안전을 보장받기 위해 돈을 갖다 바치는 것에는 이골이 난 그였지만, 뇌물 바치는 데에도 원칙이 있었다. 적어도 돈을 찔러주는 상대가 누구인지는 알아야겠고, 돈을 찔러 줄 만한 가치가 있는지도 계산해 봐야 했다. 그가 세상에서 제일 싫은 것은 쓸데없는 곳에 헛돈을 쓰는 것이므로.

"이게 내 배라는 걸 어디서 주워듣고 온 거냐? 내 식솔들까지 잡아들여 앞세우고 온 걸 보면 그냥 도적놈은 아닌 듯싶은데. 냄새가 난단 말이지."

바다 비린내보다 독한 비린내가 늙은 상인의 코에 확 끼쳐 왔다. 이것들은 뭔가. 요즘 부산항을 돌아다니며 부유층 피난민들의 금품을 갈취한다는 도적들이 들끓고 있다는 소린 들었지만, 마구잡이로 들이닥친 놈들은 아닌 것 같았다.

그의 이력을 알고 있었고, 그의 식솔들 얼굴을 알고 미리 인질까지 붙잡아 끌고 왔다. 단순한 도적이 아니란 말이 된다. 대체 뭐지? 그리고 이것들을 어떻게 제압해 내 목숨줄, 내 혈족들의 목숨줄, 내 재물을 지킬 것인가.

그렇게 그가 묻고 대답을 기다리며 머리를 굴리는 사이, 무리 중 한쪽에서 조용한 목소리가 들려왔다.

"당신 아들은 어디 있소?"

소금기에 찌든 바다 공기를 조용히 가르고 들려오는 차분한 목소리에 늙은 영감은 불길함을 느꼈다.

"고이헌 것. 네놈이 뭣이관데 내 아들을 찾느냐?"

작은 아들을 등 뒤로 감추며 짐짓 헛기침을 뿌려 대는 노인의 허세를 구경하고 목소리 주인이 다시 묻기 시작했다. 목소리에 비웃음을 듬뿍 머금은 채로.

"아니, 작은것 말고 큰 아들놈 말이오. 일 있을 때마다 아비 등 뒤에 숨는다더니 이번에도 그런 모양이군. 이 난리에도 코빼기도 보이지 않는 걸 보면. 제 처가 지금 이 모양인데도. 킥키킥, 큭큭…… 풋, 하하 아하하."

경망스럽고, 혹은 고함을 치는 듯한, 욕설을 퍼붓는 듯한, 거친 짐승의 울부짖음 같은 웃음소리에 노인은 이상스레 등골이 서늘해짐을 느꼈다.

귀에 익은 소리였다. 처음 들었을 때도 듣고 있기 언짢아서 참느라 애를 쓴 소리였다. 몇 년 전 어느 날 밤, 자신이 한 제안을 거절하다 못해 감히 주인의 목줄기를 거침없이 누르며 죽으라 소리쳤던 그 머슴놈의 웃음소리와 참으로 닮아 있는 소리였다.

"너는…… 설마…… 네놈이……."

그때 구름에 가려 있던 달이 모습을 드러내고 먹물 같던 어두움이 조금은 걷혀 갔다.

"안녕합쇼, 나으리. 목숨 값 받으러 왔습니다만. 우리 계산할 것이 한참 남아 있지 않습니까."
 자신을 알아보고 창백하게 질린 늙은이의 얼굴을 보며 목소리의 주인은 새하얀 송곳니를 씨익 드러내고 웃어 보였다. 소금기 머금은 바닷가 배 위. 별 총총 새하얀 달이 떠 있는 하늘 아래 꽃처럼 화사한 얼굴로 들개 같은 낯빛을 한 젊은 남자의 얼굴이 드러났다.

"이게 무슨 소리지?"
 고요한 밤바다, 그보다 더 조용한 배 위 선실에 갇혀 있던 선재의 귀에 들려온 것은 분명 총소리였다. 이전에도 38선에서 은은히 들려오던 화포 소리에 깜짝 놀란 적이 있지만 이곳은 서울이 아니었다.
 한밤중 바다 위에서 총소리라니. 거기다 거의 하루 종일 갇혀 있었는데 아내가, 쌀례가 와 보지 않는 것도 그를 불안하게 만들었다. 선재는 밖에서 잠긴 문을 두들기며 소리쳤다.
 "문을 열어라! 빨리! 나가봐야겠다!"
 "하지만 큰 서방님, 주인 나으리께선……."
 "넌 저 소리가 들리지도 않니? 열어! 빨리!"
 결국 두 번째 '드르르륵' 기관총 소리까지 나고 나서야 아버지의 명으로 선실 밖에서 그를 감시하고 있던 하인은 문을 열었고 선재는 밖으로 나갈 수 있었다.
 나오는 순간 코에 훅 끼치는 것은 소금기를 머금은 바닷가의 날 비린내였다. 그를 둘러싼 것은 아버지와 정체를 알 수 없는 남자들이 뿜어내는 살기(殺氣), 눈에 보이는 것은 정체를 알 수 없는 남자들과 아버지 사이에 밧줄로 묶여 있는 누이와…… 아내였다.
"당신 아들 어디 있소? 작은 거 말고 큰 아들놈 말이오. ……일 있을 때마다 아비 등 뒤에 숨는다더니 이번에도 그런 모양이군. 이 난리에도 코빼기도 보이지 않는 걸 보면. 제 처가 지금 이 모양인데도……."
 남자의 목소리가 화살이 되어 선재의 귀에, 그리고 심장에 깊숙이 찔러 왔다.
 저 남자는 누구인가. 어떻게 그 모든 걸 알고 있을까. 한상민의 아들, 한선재의 부끄러운 과거. 그리고 아내는 왜 지금 저런 위험한 모습으로 서 있는가.
 그가 막 아내의 이름을 부르며 한 걸음 나서기 전, 그녀의 시선이 그를 향했다.
 여자는 자신에게 다가오는 남자를 보고 두 눈을 크게 뜨더니 곧 조용하지만 단호하게 고개를 내저었다.
 '오시면 안 돼요! 위험해요!'
 아직까지도 자기 대신 다른 사람을 사지에 보냈다는 죄책감에 아내를 안는 걸 죄스러워하는 저 사람에게 이런 장면 따위 보이고 싶지 않았다. 이런 소리 따위 들려 주고 싶지 않았다.
 할 수만 있다면 이 배에서 도망가라고 소리치고 싶었다. 하지만 남편은 도망치지 않았다. 오히려 한 걸음 한 걸음 소용돌이 중심으로 걸어오고 있었다.
 그때였다. 침입자 무리의 가장 앞에 서서 시아버지를 비웃고 남편을 비웃던 남자의 나른한 목소리가 들려왔다.
 "안녕합쇼, 나으리. 목숨 값 받으러 왔습니다만. 우리 계산 거리가 참 많이 남았지 않습니까?"

"네놈이!"

그제서야 이 모든 사달의 원인을 깨달은 늙은 상인이 대번에 노기를 띠며 호통을 내질렀다. 그러나 호통은 별 위력을 발휘하지 못했다. 젊은이는 손가락으로 자기 오른쪽 귀를 느물스럽게 후비더니, 곧 하이얀 이를 싱긋 드러내며 웃기 시작했다.

"천한 놈 낯짝은 기억 안 난다 하실 줄 알고 걱정했는데 그건 아니라니 다행이올시다. 아직 어르신 총기가 또렷하신 모양이니 계산 시작해 볼깝쇼?"

계산을 시작하자는 말이 채 끝나기도 전에 그가 멧돼지 청년 쪽으로 손짓을 하자, 멧돼지는 남자에게 자신이 들고 있던 두 자루 총 중 긴 엽총을 던져 주었다.

바람결에 날아온 총을 받아들자마자 남자는 벼락처럼 총부리를 돌리더니 어둠 속 어딘가로 방아쇠를 당겼다.

먹물 같은 밤하늘에 하얗게 찍힌 둥근 달이 그들을 내려다보고 있는 가운데 총성이 흐르고, 낮은 비명이 들려오고, 어둠 속에서 찬경을 덮치려 했던 한상민의 하인 하나가 바닥에 피를 뿌리며 쓰러졌다.

"먼저, 움직이지 말라는 경고를 무시한 놈 처리하고, 그 다음!"

피를 본 남자의 눈동자가 피 빛으로 물들었다. 목소리에는 유쾌함까지 묻어났다. 허공에 쏜 총알들을 피하기 바빴던 배 위의 다른 사람들은 처음으로 생긴 희생자를 보고 공포에 질려 그 모습을 그저 망연히 지켜만 보았다.

푸른 달빛 아래, 하얀 송곳니를 드러내고 핏발 선 붉은 눈을 한 남자는, 악마였다. 악마가 다시 총부리를 들이댔다. 이번에는 치를 떨며 자신을 노려보는 늙은 상인을 향해서였다. 정확히 노인의 얼굴을 향해 총을 들이대면서 젊은 침입자가 이죽거리듯 물었다.
"당신이 주겠다고 한 내 목숨 값이 얼마요, 영감?"
수년 전에도 받았던 질문이라는 것을 노인은 기억했다.
그때도 저놈은 저런 야차 같은 얼굴을 하고 그에게 물었었다.

―내 목을 비싸게 사겠다고 했나, 영감? 응? 얼마나 줄 건데? 당신 재산 절반? 아니, 전부?

악착같이 자신의 목을 조르며 자기 목숨 값을 묻던 젊은 야차 놈이 살아 돌아왔다. 노인은 다시 속으로 '낭패다!'를 읊조리며 자기 코앞에 겨누어진 총구를 노려보면서 차분한 목소리로 물었다.
"얼마나 받고 싶으냐? 진작 찾아왔으면 내 그 값을 쳐주었을 것인데 힘 없는 여식 아이들까지 붙들고 이럴 필요가 있었느냐."
한순간 젊은 야차의 얼굴에 살의가 번뜩였으나 그도 잠시, 젊은 해적은 해맑은 미소를 흩뿌리며 노인에게 대답했다.
"나도 이제 예전 아무것도 모르던 애송이가 아니라서 말이오. 한 번 당한 것, 두 번 당할 수야 있나. 큰 거래에선 신중, 또 신중해야지. 이것도 영감한테 배운 거지만."
거기까지 말하다가 젊은 남자는 자신이 입고 있던 셔츠 자락을 들춰 보였다. 근육으로 뭉쳐진 허리선에 칼로 그은 듯한 묵은 상처가 보였다. 정확히 5년 묵은 상처. 바로 빚진 목숨 값을 받고자 조선으로 돌아오자마자 한가네를 찾았을 때, 사례비는커녕 수하들로 하여금 찬경의 허리에 칼을 꽂도록 만든 늙은 상인이 젊은 야차에게 선사한 상처였다.

"허리에 칼침 한 번 맞으니 세상이 달리 보입디다. 고맙수. 신세계를 보여 줘서."

젊은 야차의 입은 웃고, 핏발 선 눈은 상대를 노려보았다. 눈은 점점 붉어져 가고, 방아쇠에 감겨진 손가락은 부르르 흥분으로 떨리고 있었다. 먹물 같은 하늘에 뜬 은백색 달, 총총히 뜬 밤하늘의 별들이 그의 복수를 축복하고 있었다. 자신에게 겨누어진 총구를 보면서 노인은 속으로 이를 갈았다.

제기랄. 이래서 우환이 될 것들은 확실히 쳐 없애 버려야 하는 것인데 한 번 실수가 이다지도 귀찮은 일을 만들고 말았구나. 마음속으로 온갖 저주를 곱씹으며 노인은 자신의 실수를 수습하기 위해 이를 사려 물고 상대에게 물었다.

"구차하니 과거는 더는 재론 말자. 자, 얼마냐? 네놈 목숨 값으로 얼마면 되겠니?"

대답은 빠르고 간결하게 떨어졌다.

"전부."

"뭣이라?"

어처구니없다는 듯이 되묻는 노인에게 젊은이는 시큰둥한 목소리로 되물었다.

"영감 가는 귀 먹었소?"

한순간 젊은이의 입가에 가늘게 매달려 있던 미소조차 자취를 감추었다. 영감을 바라보는 눈, 핏발이 선 채 번들거리는 그 눈은 그가 진실 중의 진실을 말하고 있음을 증명하고 있었다.

입 밖으로 나온 즉시 말은 생명을 갖는다. 힘차게 지느러미를 흔들어대며 헤엄치는 기운찬 물고기처럼. 그 서슬 퍼런 기운찬 어조로 젊은 야차가 선언하듯 말했다.
"전, 부! 이 배에 있는 당신 재산, 전부 다 내놔!"

배에 있는 전 재산.
아무도 그것이 얼마나 되는지 모른다. 오로지 수십 년 동안 재물을 모으고 불려온 늙은 상인만이 알 뿐이다.
그저 한씨 일가가 부산에 도착하면서 새벽어둠을 틈타 노다지 호로 옮겼던 그 무거운 상자들이 어쩌면 진짜 노다지들이 아니었을까, 상자를 옮긴 입들이 끊임없이 소문을 흘린 결과 배에 엄청난 양의 재물이 있겠거니 짐작들을 할 뿐이었다.
어떤 이는 배 밑바닥에 일정 시절부터 한가가 긁어모은 어마어마한 양의 금궤가 잠들어 있다 했고, 어떤 이는 그 마나님이 있는 힘껏 긁어모은 보석이 숨어 있을 거라 했다.
무거운 상자를 나르며 입에서 입으로 퍼진 말들, 쏟아진 그 순간부터 생명을 가지고 부산 앞바다를 날아다니고 헤엄쳐 다니는 말들만 떠돌 뿐, 누구도 그 실물을 본 적은 없었다.
형체 없는 금덩이의 전부를 젊은 야차는 요구하고 있었다.
늙은 상인은 한동안 멍한 표정으로 젊은것을 보더니 곧 고개를 젖히고 껄껄 웃기 시작했다. 잠시 후, 웃을 만큼 웃고 나서 조롱기 담은 목소리로 노인이 말했다.
"네놈 목이 그리 비쌌단 말이냐? 집도 절도 없던 거렁뱅이 놈의 목 하나가? 뭐? 전부?"

노인 쪽에서 웃기 시작하자 젊은이 쪽 얼굴은 더없이 진지해졌다. 진지한 얼굴로 청년은 자신이 했던 말을 반복했다.

"그래. 전부."

"한 푼 에누리도 없이 말이냐."

"목숨에 에누리가 어디 있어? 그새 이자가 붙었으면 모를까."

노인은 이를 사려 물었다. 그의 코끝에 방금 전 젊은 침입자 놈이 총질을 하여 쓰러진 사람의 피 냄새가 요동을 치고 있었다. 핏발 선 눈으로 전부를 내놓으라 말하는 저놈은 미쳤다. 미친놈을 함부로 건드렸다가는 더 큰 재앙을 초래할 수 있는 법.

어떻게 해야 할까. 어떻게 해야 이 위기에서 벗어날 수 있을 것인가. 찰나 같은 순간, 혹은 백만 년만큼 긴 침묵을 깨고 늙은 상인은 자신의 비서에게 선실 금고 안에 감추어 둔 무언가를 가져오게 했다.

"오오오! 이게 뭐야?"

분홍색 바탕에 초록색 테두리를 단 새 지폐 다발을 보면서 침입자들은 흥분했다.

당시 전쟁 자금이 부족하였던 정부가 급히 동경에 위치한 한국은행을 통해 일본 대장성 인쇄국에서 새 지폐를 찍도록 하고 그것을 일본 점령 연합군 군용기 편으로 급히 가져와서 7월 초부터 대구에서 풀기 시작한 빳빳한 새 지폐들이었다.

만든 지 한 달 남짓한 빳빳한 신권 위에 늙은 대통령의 초상이 무표정한 얼굴로 약탈당하고 있는 자와 약탈하고 있는 자를 올려다보고 있었다.

거의 모든 침입자들이 쏟아져 내리는 돈뭉치에 흥분하고 있는데 정작 전부를 내놓으라 한 장본인의 표정은 떨떠름하기만 했다.

"이게 뭐요, 영감?"

"돈 아니냐. 네놈이 그렇게 목말라하던 돈. 금방 찍어 일본서 들여온 따끈따끈한 새 돈이니라."

네놈이 그토록 소원하는 돈을 이렇게 펑펑 내놓고 있는데 고맙게 받지 않고 뭘 하느냐는 노인에게 젊은이는 피식 웃어 보였다. 지폐 뭉치 하나를 잡고 냄새를 맡아 보기도 했다. 지폐 다발에서 딱 한 장을 꺼내 불을 붙이고 그걸로 담배를 태워 물기도 했다. 돈이 타는 매캐한 냄새가 배 위 사람들, 그리고 좀 전까지 돈의 주인이었던 노인의 코끝에 스쳤다.

'도대체 저 반응은 무어란 말인가.'

머슴 놈의 속을 알 수가 없다. 그래서 더 불안하고 위험하게 느껴진다. 늙은 상인이 묵묵히 매캐한 담배 연기를 참으며 기다리고 있는 사이 젊은 남자가 물고 있던 담배가 거의 반쯤 타들어 가고 있었다. 그리고 바로 그때 찬경은 반쯤 남은 담뱃불을 빳빳한 새 지폐 더미에 훅 하니 던져 버렸다.

눈앞의 광경을 믿을 수 없다는 시선으로 지켜보던 노인은 곧 달려들어 돈에 붙기 시작하는 불을 있는 힘껏 발로 부벼 껐다. 그때까지 가까스로 화를 참으며 협상에 응했던 노인의 눈에도 이제 젊은 침입자처럼 핏발이 서기 시작했다. 눈에 피 빛을 머금고 목소리에 분기를 담아 노인이 외쳤다.

"네놈이 미쳤느냐!"

그러자 젊은이 역시 방금 전까지의 침착함, 느물스러움은 집어던지고 맞고함을 지르기 시작했다.

"영감이야말로 누굴 등신 취급하는 거야? 돈? 이 거지 같은 나라 전체가 전쟁이랍시고 다 부서지고 있는데! 북쪽 것들이든 남쪽 것들이든 양코배기든 누가 이길지 어떻게 알고 이따위 종잇조각을 내미는 거야? 이걸 어디다 쓰라고! 담배 태울 때 쓰라는 거요? 뒷간 갈 때 쓰라는 거요? 영감 배 떠나는데 무거울까 봐 지금 나보고 쓰레기 처분을 하라는 거요? 종이 말고 다른 걸 내놓으란 말야!"

젊은 남자의 목소리가 쩌렁쩌렁 울려 퍼졌다. 돈에 묻은 불씨와 검은 재를 털어 내던 영감의 눈에 처음으로 불안함이 스쳤다.

"다른…… 거라니?"

노인이 불안함을 뿜어낼수록, 젊은이는 기운이 넘쳤다. 늙은이가 불안함에 눈동자를 굴릴수록, 젊은이의 검푸른 눈동자에 희열이 맺혔다. 젊은 야차는 씨익 하얀 송곳니를 드러내며 구둣발로 자신이 딛고 선 바닥을 '쾅' 소리가 나게 내리찍었다.

"당신 배 밑바닥 어딘가에 누런 금덩이가 쌓여 있다던데. 그쯤 되어야 사람 목숨 값이라고 할 수 있지. 안 그래?"

한순간 젊은것의 목소리로 빚어진 '금덩이' 소리가 독약이 되어 노인의 안색을 검붉게 만들었다. 그 독약은 노인의 폐를 찍어 누르고 목을 졸라 당장 말 한마디 할 수 없게 만들어 버렸다. 식은땀도 흐르게 했다. 잠시 후, 독약의 효력이 약간이나마 줄어들었을 때, 노인은 가까스로 한마디를 뱉을 수 있었다.

"누가 그러더냐? 내 배에 금덩이가 숨겨져 있다고."

"왜? 누구라고 말해 주면 쫓아가서 옆구리에 칼침이라도 꽂을 참이요?"

"헛소리를 지껄여 이 사달을 내놓았으니 옆구리는 아니더라도 혀는 손봐야 하지 않겠느냐."

낯빛은 자줏빛인데 목소리는 담담하다. 목소리는 담담한데, 내용은 섬뜩하다. 그 기묘한 어긋남에 지켜보고 있던 쌀례는 소름이 돋았다. 찬경이 군대에 간다고 마지막으로 찾아왔던 그날 새벽, '네 서방 대신 군대에 간다.' 소리에 '어떻게 그럴 수가 있어요. 도망가세요.'라고 대답했었지만, 사실 쌀례는 마치 그 모든 것이 자고 일어나면 흩어져 버릴 꿈결만 같았다.

언제나 부처의 얼굴로 그녀를 대하던 시아비가 다른 이에게 그런 혹독한 제안을 할 수 있다니. 상상도 할 수 없는 일이었는데 지금 젊은 야차와 마찬가지로 늙은 야차의 얼굴을 하고 있는 시아비를 보니 그것이 꿈이 아니고 사실이었을지도 모른다는 것을 쌀례는 깨달았다.

쌀례보다 훨씬 이전에 늙은 야차의 진면목을 보아왔던 젊은 야차는 심상한 어조로 그저 이렇게만 말할 뿐이었다.

"여러 말 말고 금을 내놓으시오. 슬슬 기다리기도 짜증이 나려 하고 있으니까."

"너야말로 귀가 멀었느냐? 나는 분명 헛소리라고 했다. 눈으로 보이는 돈은 팽개치고 본 적도 없는 금덩이에 환장하다니. 나이 몇 살 더 먹었어도 아직 어린놈이로고. 쯧쯧."

노인의 혀 차는 소리가 채 가시기도 전에 젊은 남자의 느슨해 있던 총부리가 다시 노인의 코를 겨냥했다. 혀 차는 소리, 혹은 환장했느냐는 질문, 혹은 어린놈이라는 모욕적인 호칭, 어느 것이 그를 기분 나쁘게 했는지는 모를 일이었다. 아무튼 젊은이는 노인의 코끝에 총부리를 겨누었고, 이를 사려 물며 경고하기 시작했다.

"닥치고, 금 내놔. 아니면, 정말 쏜다!"

"없다고 했다."

완고한 그 소리에 실오라기처럼 가늘게 남아 있던 찬경의 이성이 뚝 끊겨 버렸다.

"없어? 마지막으로 묻는다. 죽어도 없어?"

달빛 아래 빛나는 푸른 칼날처럼 서늘한 눈매로 젊은 야차는 물었고, 늙은 상인은 완고한 얼굴로 앞서 한 대답을 되풀이했다.

"없다. 한 번 말한 걸 자꾸 되풀이하게 하지 마라!"

완고한 대답에 젊은이의 얼굴은 칼이 되었다. 칼로 심장을 찌르는 듯한 목소리로 그가 말했다.

"그럼, 죽어."

동시에 방아쇠를 당기는 손에 힘이 들어갔다.

타앙—!

어둠 속에 들려오는 총알 화약 터지는 소리에 쌀례는 감았던 눈을 번쩍 떴다.

오늘 들어 몇 번째인지 총알 화약 터지는 소리가 밤하늘에 울려 퍼졌다.

총알이 쏘아지고 다시 사람이 쓰러졌다. 그리고 어둠 속에서 모든 것을 지켜보고 있던 선주의 큰아들이 튀어나왔다.

"안 돼!"

총알 소리가 먼저인지 비명이 먼저인지는 그곳에 서 있는 누구도 알 수 없었다.

그저 보이는 것이라곤 제 아비와 아내 곁으로 뛰어든 선주의 아들과 총을 들고 선 젊은 야차, 비슷한 또래의 두 남자가 서로를 노려보고 있다는 것뿐이었다.
"야아, 오랜만이요, 도련님. 여전히 신수가 훤하시군."
아비에게 총을 쏘아 댄 주제에 살가운 목소리로 인사를 건네는 그 상대가 누군지, 선재는 한동안 알아볼 수 없었다. 알아볼 정신도 없었다. 지금 중요한 것은 발포 소리가 남과 거의 동시에 쓰러진 아버지의 상태를 살피는 것이었기 때문이다.
아버지를 연달아 부르며 선재는 쓰러져 있던 아비를 일으켜 안았다. 예상과 달리 아버지는 먼저 총을 맞고 쓰러진 한씨네 선원처럼 끈적한 선홍색 피를 흘리지 않았다. 대신 그의 바지는 피 대신 다른 뜨끈한 것으로 젖어 있었다.
그 모양을 지켜보고 있던 젊은 야차는 냉소를 머금으며 조롱기 어린 목소리로 중얼거렸다.
"아차차, 오줌을 지린 모양이지? 잘난 척은 다 하더니만 영감도 총알 앞에선 어쩔 수가 없었던 모양이야. 손가락이 미끄러져 한 번은 실패했지만, 두 번은 없다. 영감! 듣고 있나?"
벼락 소리를 내며 튀어나온 총알은 아슬아슬하게 노인의 귓불을 스치고 지나가 그의 등 뒤 돛대 쪽에 박혀 버렸다.
늙은 상인의 살점에서 배어 나온 피가 뚝뚝 바닥을 타고 흘러내렸고 바지에는 오줌을 지리고 있었던 것이다. 선재는 그나마 다행이라는 생각에 아버지를 부축해 일으켜 세우며 차분한 목소리로 도적들의 젊은 우두머리를 나무랐다.
"어른께 말이 너무 험하시군. 아버님! 아버님! 괜찮으십니……."
그러나 선재의 차분한 목소리는 중간에 끊기고 말았다. 도적의 우두머리, 젊은 야차의 총부리가 이번에는 그의 턱을 향했기 때문이었다.
"네 이놈! 무, 무슨 짓을!"
귓가를 스치는 총탄에 반쯤 얼이 나갔던 노인의 혼이 다시 육신 안으로 들어와 다급히 비명 같은 고함을 내질렀다. 골칫덩이긴 하나 그의 금쪽같은 장남 얼굴에 총부리를 들이대다니! 노인의 눈이, 입매가, 몸짓이 당혹감과 공포로 일그러졌다.
눈물겨운 부성애를 물끄러미 지켜보던 찬경은 무채색 얼굴과 목소리로 다시 한 번 방금 전 했던 경고를 되풀이했다.
"두 번은 없다고 했다. 늙은이 네가 내 목숨을 헐값에 사서 대신 살려 놓은 이 귀하신 아들놈 목이 날아가는 것 보기 싫거든, 불어! 금, 어디 있어?"
젊은 야차의 눈동자는 불, 목소리는 칼날, 손짓은 얼음이었다. 칼날이 선재의 귀에 선명하게 꽂혀 들어왔다.

―내 목숨을 헐값에 사서 대신 살려 놓은 이 귀하신 아들놈.

쇠꼬챙이같이 뾰족한 목소리로 빚어진 단어가 조각조각 한선재의 귀에 꽂혀 들어왔다. 곧 그의 머릿속에서 생경한 단어들이 한 몸체로 조립되었고, 얼마 안 가 선재는 그 뜻을 알아들을 수 있게 되었다.
목이 졸리는 느낌이었다. 머릿속에서 둥둥 북소리가 울리는 것도 같았다. 잠시 후 겨우겨우 목소리를 낼 수 있게 되었을 때, 더듬거리는 목소리로 선재는 물었다.
"자네……였나?"
푸르스름한 달빛 아래 거렁뱅이였고, 머슴이었고, 군대 가는 동안만

큼은 그 아비의 거짓 아들이었고, 다시 도적의 이름으로 그들 앞에 나
타난 남자가 씨익 하얀 이를 드러내며 답했다.
"그래, 나다. 도련님."
거렁뱅이, 머슴, 거짓 아들, 일본 군대에서의 가짜 한선재, 약탈자인
젊은 야차는 도련님, 진짜 아들, 한 자그마한 여자의 남편, 운 좋은 귀
공자를 냉소와 핏발이 머금은 눈으로 보고 또 보았다.
저 허여멀건한 도련님이란 놈은 조물주의 불공평함이 여실히 드러
나는 존재였다. 무슨 복을 타고 나서 찬경이라는 거렁뱅이는 날고 기
어도 얻을 수 없는 모든 것들을 그리도 쉽게 차지하는 걸까. 저놈은
자신이 한선재라는 사실이 얼마나 복 받은 건지 모를 것이다. 저 인간
이 한선재라는 것이 힘들었던 순간은 찬경이 한선재라는 이름으로 군
대에 갔던 그때뿐이었을 테니까.
경성제대 사상범이었던 아오야마 센지로(淸山善材郎).
찬경이라는 인물과 정말이지 어울리지 않는 꼬리표였지만, 그렇게
불릴 때마다 묘한 느낌이었다. 그가 저 도련님이 되어 몇 년을 살았던
그 시절은. 안국동 큰 저택도, 부자 아버지도, 그의 곁을 늘 지키는 쌀
알 같은 계집아이도 없는 그저 그런 몇 년이었지만 말이다.
한선재라 불리고 속으로 한선재를 저주하며 살던 몇 년이 흐르고
그는 지금 진짜 한선재를 마주하고 있었다.
기분이 참 묘했다. 울컥했다. 진짜 한선재의 얼굴에 총구를 들이대
는 이 순간이 기뻤다. 통쾌했다. 떨렸다. 웃기지만 눈물이 나올 것도
같았다. 다시 묘했다. 그리하여 찬경은 자신의 총부리로 선재의 턱,
뺨, 콧날, 이마를 천천히 어루만져 갔다. 마치 희롱하는 것처럼. 총부
리 끝으로 그럴 리는 없겠지만 도련님의 떨림이 느껴지는 것도 같았

다. 하지만 곧 차분한 목소리가 찬경의 귓가에 들려왔다.
"그만하지. 사람을 우롱하는 것도 정도가 있다네."
 차분한 목소리. 그는 자기 이마에 닿은 총구를 손으로 잡아 내리면서 목소리만큼 차분한 눈길로 찬경의 얼굴을 응시했다. 흔들림 없는 얼굴에 찬경은 휘파람을 불며 찬사를 바쳤다.
"과연 도련님은 도련님. 도망가는 재주만 있는 줄 알았더니 배포가 제법이시군."
 당장 선재의 얼굴에서 총구가 떨어지고 찬경이 순한 어조로 도련님은 도련님이라고 말하는 모습을 보면서 지켜보던 모든 사람들, 특히 쌀례는 마음속으로 안도의 한숨을 내쉬었다.
 실오라기 같은 가는 희망 한줄기를 여자는 아직도 붙들고 있었다. 제발 경이 오라버니가 이 집 식구들을 다 잡아먹겠다는 그 맹세를 묻어둬 주기를. 한때 맺었던 인연들을 이런 식으로 베어 버리고 부숴 버리지는 말기를.
 그러나 그녀의 바람이 채 끝나기도 전에 '경이 오라버니'는 느슨하게 내렸던 총부리로 있는 힘껏 선재의 이마를 내리쳤다.
"하지만 말은 바로 하셔야지. 우롱은 누가. 난 다만 협상을 하고 있을 따름이다, 도련님."
 쇠붙이에 눈꺼풀의 얇은 살갗이 찢겼는지 선재의 얼굴에서 피가 튀었다.
 찬경은 총부리로 선재의 얼굴을 밀어서 그 아비가 볼 수 있도록 했다. 피 흘리는 아들 얼굴을 아비에게 향하게 한 채로, 아들의 관자놀이에 총구를 겨누면서 찬경은 노인에게 다시 윽박질렀다.
"이래도 안 내놓을래? 도련님 잘난 머리도 총알 박히면 피 흘리고 뇌수 튀어나오는 건 천한 것들과 똑같을 텐데. 응?"

그때였다. 이제까지 밧줄에 묶인 채 곁에 서서 그 모든 모습을 지켜보고 있던 자그마한 여자가 빠른 걸음으로 달려가서 피 흘리는 남자 앞에 막아선 것은.

갈라진 입술, 헝클어진 단발머리, 꼬깃꼬깃 구겨진 무명 치마저고리를 입은 초췌한 모습의 그 여자가 총부리 앞에서 분명한 목소리로 말했다.

"그만하세요."

핏발 선 눈으로 총부리를 겨누던 남자가 그녀를 보았다. 잠깐 곤혹스러운 표정이 그의 핏발 선 눈에 스쳤다.

하지만 그도 잠시, 남자는 무표정한 얼굴, 무뚝뚝한 목소리로 그녀에게 단호하게 명령했다.

"비켜서시지. 다치기 싫으면."

"아니요! 안 돼요! 우리 서방님 다치게 하지 마세요! 이만하시면 됐어요! 더는 안 돼요!"

자그마한 여자가 목에 핏대를 세우고 악을 썼다. 오늘 이 남자를 다시 만나 그녀는 반가웠고, 측은했고, 무서웠고, 슬펐고, 지금은 화가 났다.

그녀로선 보고만 있어도 아까운 남편이었다. 남편과 남편의 집안에 이 남자가 원한이 있다고 해도 그걸 이런 방식으로 갚으려는 것에 쌀레는 찬성할 수 없었다.

서방님이 다치는 것은 두 눈 뜨고 볼 수 없다. 그녀가 살아 있는 동안만은 그런 건 보고 싶지 않았다.

그렇게 여자가 바락바락 외치는 만큼, 한때 '경이 오라버니'로 불리던 남자 역시 그녀에게 버럭 소리를 내질렀다.
"안 돼? 누구 맘대로 안 돼? 난 아직 시작도 안 했어! 비키라구! 내가 너라고 못 쏠 줄 아니?"
남자의 총부리가 도련님에서 그 여자에게로 방향을 바꾸는 순간이었다. 자신에게 들이밀어진 총부리를 보고 그녀는 비명을 지르진 않았다. 온몸에 한기가 느껴지긴 했지만 물러서지도 않았다. 이러지 말라고 애원하지도 않았다. 그저 치열한 시선, 간장 종지만 한 커다란 눈으로 이 상황과 남편이 흘리는 피를, 자신에게 총부리를 겨누는 그 남자를 응시할 뿐이었다.
눈으로 보고 심장으로 기억하려는 것처럼 그녀의 거세고 사나운 시선이 젊은 도적 우두머리의 얼굴을, 그가 들고 있는 총을 노려보고 또 노려보았다. 그 모습에 젊은 야차는 그 여자를 만나고 처음으로 그런 생각이 들었다.
'이 계집애, 죽여 버릴까.'
머리와 심장 안에 미움, 분노, 살기(殺氣) 같은 것만 뒤엉켜서 그의 가장 안쪽에 살고 있는 뿔 달린 악마를 키웠다.
어차피 한가네 계집인데 그래 본들 어떨까. 제 서방 이마에서 피 몇 방울 튀었다고 눈에 뵈는 것이 없어 보이는데. 결국 저 계집애 눈에 보이는 거라곤 제 서방뿐인데. 그건 이미 수년 전부터 이미 알고 있던 사실인데. 나쁜 계집애. 조그마한 게 볼 때마다 사람 속을 뒤집어놓고.
젊은 야차는 방아쇠를 절반쯤 당겼다. 다 죽이고 배를 이 잡듯 뒤지면 된다. 아니면 금 있는 곳을 자백할 때까지 영감만 살려 두던가. 그의 안쪽 어딘가에 살고 있는 뿔 달린 악귀가 달콤한 목소리로 그를 응원했다.

'방아쇠를 당기고 자유로워져라. 사람 새끼로 살려고 그렇게 연연하지 마라. 그거, 별거 아냐.'

저 늙은 개자식도 인간의 도리 운운하지만 하는 짓은 귀신 찜 쪄 먹는데 나라고 그렇게 살지 말라는 법 있나. 애초에 나란 놈은 그런 놈이라고 저 계집애한테도 밝히지 않았던가.

그렇게 반쯤 남은 방아쇠를 끝까지 당기려고 하던 바로 그때였다. 여자의 눈에서 눈물 줄기가 흘러나오기 시작한 것은.

눈물 섞인 목소리로 그 여자는 말했다.

"차, 차라리 날 때려요. 날 죽여요! 그걸로 분이 풀리면 그렇게 해요. 응?"

어처구니없게도 여자의 목소리가 꾸욱 찬경의 고막을, 심장을 건드렸다.

그녀의 등 뒤에서 그 소리를 듣고 있던 남자도 충격 받았는지 다급한 목소리로 그녀를 가로막았다.

"쌀례. 당신, 무슨 소리를!"

"나는, 당신 다치는 거 못 봐요! 당신 죽는 것도 싫어요! 그런 거 볼 바엔 차라리 죽을래요! 그러니까……"

여자는 더 말을 이어 나갈 수 없었다.

말은 입 밖으로 나가면 생명이 생긴다. 어디선가 들었었던 그 소리를 기억하고 있는 그녀의 남편이 여자의 작은 머리를 꽉 끌어안아 버렸기 때문이다. 더는 그녀가 한마디도 할 수 없도록.

아내의 머리, 자그마한 어깨를 깊숙이 끌어안고서, 그녀의 머리에 턱을 괴고 선재가 속삭였다.

"나는, 살 수 있을 것 같아?"

귀밑머리를 풀고 육례를 올렸다. 다시 소녀가 여자가 되고 청년이 남자가 된 후, 아내가 되고 남편이 되었다. 그렇게 계속 함께 살아가리라. 언젠가 아내 닮고 자신 닮은 아이를 낳고, 그 아이가 하나가 되고 둘이 되고, 머리가 희어지고 등이 굽어지고, 볕 좋은 어느 날 손자, 손녀의 재롱을 함께 보고…… 아니, 아니, 먼 훗날까지 상상하지 않더라도 이 위험한 시기만 넘기면 늘 함께 살아갈 수 있을 줄 알았다.
　남자니까, 공직을 맡고 있는 어른이니까 의무를 다하기 위해서 아내에게 설명을 하고 당분간 떨어져 있을 수는 있더라도 그건 잠시뿐이지, 늘 자신 곁에 그녀가 있을 거라고 생각했다.
　혼자서 살아간다는 것은 그녀가 견딜 수 없는 만큼 그 역시 견딜 수 없는 일이었다.
　'네가 죽으면, 나도 죽는다.'
　그래서 남편은 아내를 끌어안고 그녀가 더는 아무 말도 하지 못하게끔 그 팔을 풀지 않았다.
　그 팔에 안겨서, 팔의 떨림을 온몸으로 느끼면서, 여자도 내심 속삭였다.
　'당신이 죽으면, 나도 죽는다.'
　그런 그들의 모습을 몇 발짝 떨어진 곳에서 지켜보면서 찬경은 뱃속에서부터 한숨이 터져 나옴을 느꼈다. 새삼 그런 생각이 들었다.
　'아, 저것들, 저 계집애, 정말 싫다.'
　다 죽이고 잊어버리자고, 돈 귀신이 되어 보자 마음먹고 방아쇠를 당기려 하고 있었다. 그런데 눈물 몇 방울, 말 몇 마디에 어쩐지 모든 결심을 광대놀음으로 만들어 버리는 계집애, 그리고 그 계집애가 죽는 모습을 보느니 차라리 먼저 죽겠다는 저 도련님 자식을 보고 있기가 지쳤다.

날도 거의 밝아 오려 하고 있었다. 이제 슬슬 결판을 내야 할 때다. 그런데, 어떻게?

그때 찬경처럼 그들을 지켜보고 있고, 지난밤부터 지금까지 이 어둡고 끔찍하고 지겨운 시간을 버텨 내느라 지친 기색이 역력한 늙은 상인의 목소리가 들려왔다.

"슬슬 결정을 보자, 도적놈아. 네가 원하는 액수를 다시 말해 봐라."

늙은 상인은 하룻밤 새 백만 년은 늙어 버린 기분이었다. 코밑과 턱에 돋은 수염 올올이 하룻밤 새 새하얗게 탈색되고, 이마와 눈가, 아니 온몸에 주름이 겹겹이 늘어지는 느낌이 들었다.

소변을 지린 바지는 척척하고 거추장스러웠고, 저 벼락 맞을 도적놈들에게 목숨과 재물을 잃을까 겁을 집어먹고 있는 이 상황도 계속 견디기 어려웠다.

날이 밝을 때까지 시간을 어떻게든 끌어 해안 경찰 놈들의 도움을 받아볼까도 싶었으나 하필이면 이 도적떼의 두목 놈이 저 염병할 머슴 놈이라는 사실에 그 희망은 희망으로 접어 둬야 할 것 같았다. 복수를 맹세한 자의 일격에는 더더욱이나 용서가 없는 법이므로.

그 자신도 젊어서부터 자신에게 함부로 한 것들을 상대로 숱하게 복수라는 짓거리를 하고 다녔으니 저 젊은 도적놈의 손에 사정이 없으리라는 것은 누구보다 잘 아는 처지였다.

'내 금, 내 생명! 내 피와 땀과 눈물의 결정체가!'

초연이었던 연이 아씨와 헤어졌을 때도 이만큼이나 속이 쓰렸을까 싶다. 속에서 피눈물이 난다. 하지만 목숨이 먼저다. 더구나 자식들 목숨이 걸려 있었다.

'앉은 자리에서 풀도 나지 않을 악질 상인'이라고 불리는 그였지만 새끼의 목숨을 우선으로 할 만큼의 인정은 그에게도 남아 있었다.

더구나 제 서방 죽는 걸 보느니 자기가 먼저 죽겠다고 나서는 며느리의 모습을 본 순간, 결국 그도 항복하고 말았다.

"이것 하나만 가져가도 네놈 대대손손 먹고 사는 데는 지장이 없을 게다."

제일 깊숙한 선실에 세 개의 상자가 놓여 있었다.

전쟁 전부터 한시도 허리춤에서 떨어뜨려 본 적 없는 열쇠로 상자 뚜껑을 열어젖히니 직사각형의 누런 금덩이가 차곡차곡 열을 맞춰 놓여 있었다. 한 덩이 266돈짜리 순금들이 질서 정연하게.

반짝거리는 황금을 내려다보는 찬경의 눈동자도 금색으로 물들었다. 조심스럽게 금을 어루만지고 하나 붙잡아 깨물어 보기까지 하다가 노인의 자손 대대 소리에 젊은이는 피식 쓴웃음을 머금었다.

"나는 씀씀이가 좀 커서. 이게 전분가? 나는 상자가 여섯이라고 들었다."

다시 한 번 늙은 상인은 그 가벼운 혀를 가진 놈을 언제고 찾아내 대가를 치러 주겠다고 마음속으로 다짐했다. 하지만 겉으론 한결 여유로운 미소로 이렇게만 말할 뿐이었다.

"달걀도 한 바구니에 담지 말라는 말이 있다. 하물며 금덩이야."

"당신네 다 죽이고 이 배를 이 잡듯이 뒤져서 가질 수도 있어. 왜 일을 귀찮게 만드는 거지?"

아직도 그의 한 손에는 총이 들려 있었고, 총구는 노인을 향하고 있었다. 두렵기도 했지만 처음 저놈이 총을 들고 배에 들어올 때보단 두려움이 덜했다.

60년 가까이 살면서 그중 30년이 넘게 각양각색의 놈들과 거래를 해 왔던 늙은이는 한 가닥 감을 잡고 있었던 것이다.

저 젊은 도적놈이 무언가 망설이고 있다는 것을.

저놈 말대로 죽이려 했다면 딸과 며느리를 인질로 앞세워 손쉽게 배를 점령했을 때 바로 기관총을 난사하여 배 위 그의 식솔들을 다 죽여 없애야 했다.

하지만 놈은 그러지 않았다. 자기 정체를 밝히고 '네놈들을 죽이는 건 이 몸이시다.' 정도로만 과시한 뒤에 총을 쏠 수도 있었지만 그렇게 하지 않았다. 계속 총질을 하려고 여러 번 시도는 하는 것 같은데 결국에 하지 않았다. 망설이고 있는 것이다.

'무엇 때문에?'

한 가지 이유가 짚이는 바 있어 노인은 씨익 젊은 도적을 향해 웃어 보였다. 그러고는 이렇게 말했다.

"죽이려면 진즉에 죽였겠지. 하는 꼴을 보자니 네놈은 아비를 죽일 만큼 독한 놈은 못 돼."

노인의 목소리로 빚어진 '아비'라는 소리에 젊은이는 무표정한 얼굴로 노인의 오른쪽 한 치 옆에 총알을 날렸다.

"헛소리하면 뒈진다, 영감. 당신 때문에 지금 당신이 살아 있는 게 아냐."

모욕을 당한 듯 '아비'라는 소리에 경기를 일으키는 젊은 도적의 말에 늙은 상인은 의아한 얼굴로 다시 물었다.

"그럼 누구 때문이냐?"

설마, 정황을 알아야겠다는 마음에 물었던 노인은 한 가지 가능성을 생각하고 입이 바짝 말라옴을 느꼈다. 설마, 얼굴이 제법 반반한 딸년 때문은 아니겠지. 감히 저놈이 내 딸을 넘보는 건 아닐까? 그건 안 된다. 저놈이 내 핏줄이 아니겠지만, 만에 하나 그렇지 않을 수도 있다. 거기다 내 핏줄이 아니더라도 저 짐승 같은 독한 놈에게 딸을 줄 생각은 절대로 없다.

"미리 말해 두겠는데, 내 딸은 안 된다. 절대로!"

노인의 다급한 반응에 젊은 남자는 별 희한한 소리 다 들어보겠다는 듯이 대꾸했다.

"영감, 정말 내 손에 뒈지고 싶소? 그런 살쾡이 같은 계집을 누가!"

"그럼……?"

한동안 어두운 선실 안은 젊은 놈이 뿜어내는 침묵만이 흘러 넘쳤다. 무언가 놈의 약점을 알고 싶었던 노인도 슬슬 대답 듣기를 포기하고 있던 그때 금 상자를 덮던 젊은것의 목소리가 흘러나와 노인의 귀에 울려왔다.

"……몇 년 동안 얻어먹은 밥 때문이라고 해 두지."

'밥?'

소화할 수 없는 말을 들을 때 늘 그러하듯이 노인은 미간을 구기고 젊은이를 관찰했다. 머슴살이하던 동안 자신의 집에서 먹여 주던 그 밥을 말하는 건가? 저놈이 그런 사소한 것에 좌우될 만큼 여린 놈이었던가?

"도무지 알 수가 없군. 밥이라, 밥. 허허."

노인의 헛헛한 웃음소리가 어둠 속 먼지와 함께 춤을 춘다.

그가 비웃든 말든 젊은 도적은 묵묵히 상자에서 금덩이를 꺼내 근처에 널려 있던 포대 자루에 차곡차곡 집어넣기 시작했다.

40여 년간의 피와 눈물과 땀의 결정체.

마누라보다 중한 자신의 목숨줄이 도적놈의 포대 자루에 옮겨 실리는 것을 보면서 늙은 상인은 입이 말라 가고 심장이 미친 듯이 고동치는 것을 느꼈다.

마침내 작업은 끝났다.

노인이 힘 빠진 목소리로 말했다.

"그게 다다. 볼일 끝났으면 꺼지거라."

"반만 먹고 떨어져라?"

하얀 송곳니를 드러내며 묻는 젊은 악귀 놈에게 늙은이도 으르렁거리는 듯한 어조로 맞받았다.

"그래. 그것만 가지고 더는 소란 피우지 않는다면, 나도 이 악연을 지우는 대가로 입을 다물고 네놈을 보내 주겠다. 맹세코, 이후로 저 금을 찾겠다고 네놈 행적을 쫓는 일도 하지 않겠다. 이걸로 손 털고 끝내자구!"

늙은 악당이 젊은 악당에게 선심 쓰듯 종전(終戰)을 제안했다. 나중에 어떻게 생각이 바뀔지는 몰라도, 지금 당장은 저 젊은 도적놈 낯짝을 이후 영원히 보지 않게 되기만을 소원할 뿐이었다.

'나는 늙었다. 더는 이런 끔찍한 약탈의 시간을 버틸 수 없어.'

그렇게 늙은이가 제안을 하고 젊은것의 가부를 기다리고 있던 그때 대답은 의외로 간결했다.

"좋아, 받아들이지."

노인은 내심 안도의 한숨을 내쉬었다. 약탈의 밤, 눈 뜨고 꾸는 악몽의 시간이 끝나려는가.

 그러나 그도 잠시, 곧 노인의 앞에 선 그 밤의 역병, 눈 뜨고 꾸는 악몽, 재앙거리인 젊은 도적은 어둠 속에서 씨익 송곳니를 드러내며 이미 끝맺은 줄 알았던 평화 협정에 토를 달았다.

 "대신 금이 아닌 다른 걸 하나 더 주어야겠다, 영감."

달밤의 약속
다시 만나자

"600리나 떨어진 곳이잖아요. 그렇게 멀리 어떻게 떨어져 있어요?
여기서, 가까운 데서, 서방님 찾아오시기 쉬운 곳에서 기다릴게요."
쌀례의 말에 선재는 울었고, 찬경은 휘파람을 불었다.
"야아, 그것 참 눈물겨운데?"

밧줄에서 풀리고도 쌀례는 한참 동안 그 자리에서 꼼짝도 할 수 없었다.
밤이 길기도 하다.
눈을 감고 있어도, 뜨고 있어도 악몽은 끝나지 않고 계속 이어지고 있었다.
"아버님, 지금 무슨 말씀을…… 이이가, 서방님이 왜……."
먹물처럼 어두운 밤하늘에 찍힌 새하얀 달처럼 파리한 얼굴로 쌀례는 방금 전 무시무시한 소리를 하던 시아버지와 남편, 그리고 마지막으로 한쪽에서 그들을 외면한 채 서 있는 또 다른 남자를 돌아보았다. 그런 그녀의 귀에 시아비는 방금 전 했던 말을 무거운 어조로 반복했다.
"우리는 지금 바로 시모노세키(下關)로 출발한다. 네 서방만 빼고. 일이 그리되었다."

하룻밤 사이에 백만 년은 더 늙어 보이는 주름살투성이 반백머리 시아버지의 말을 쌀례는 이해할 수 없었다. 찬경은 목숨 값을 내놓으라 했고, 시아버지는 처음엔 거부하셨지만 지불할 테니 값을 불러 보라 하셨다. 그리고 선실로 함께 들어갔던 두 사람이 같이 나와 밝힌 협상 결과는 다음과 같았다.

―일은 해결되었다. 우리가 타고 있는 이 배와, 배에 타고 있는 사람들 목숨 값을 지불하여 안전을 샀다.

낭보라고 생각했다. 하지만 낭보에서 끝나지 않았다. 뒤이어 나온 그것은 쌀례가 이제까지 들어 본 적 없던 흉보였다.

―하지만 큰아들, 너는 지금 배에서 내려라. 이자들을 따라 가거라. 가서 이들과 함께 나라를 구하는 대열에 참여하거라. 에서 전선이 가깝고 장정들이 필요하다고 들었다.

분명히 침입자들이 배 위에 탔을 때 그들은 자신들이 도적이 아니라고 했다. 해외로 빼돌려지는 매국노의 재산을 헌납받아서 그걸로 나라 구하는 곳에 쓰겠다는 소리도 한 것 같긴 하다. 그들이 가져가는 돈은 찬경이 이전에 달아 두었던 목숨 값, 거기에 나라 구하는 장병들을 위해 쓸 돈이 더해지는 모양인데 아무튼 엄청난 양의 돈, 혹은 금덩이가 그들 수중으로 떨어졌다.

그럼 그것으로 된 것이 아닌가. 거기에 왜 자신의 남편까지 덤으로 따라가야 하는 건지. 이기적인 아낙네의 좁은 마음이라고 해도 쌀례는 도무지 지금 상황을 이해할 수 없었다.
 "우리 모두, 가족이 다 함께 가는 거라고 하셨잖아요. 아버님! 그런데 서방님이 왜 위험한 전쟁터에……."
 거기까지. 어떤 경고가 '지잉' 하고 징 소리처럼 그녀의 귓가에 울려왔다. 쌀례의 시선이 자신도 모르게 배 위 누군가에게 멈추었다. 짐짓 이쪽 한씨네 일에 전혀 무관하다는 듯, 들리지도 보이지도 않는다는 듯한 태도로 선실에서 내온 무거워 보이는 포대 자루를 감시하면서 수하들에게 무언가 지시를 내리는 찬경에게로.
 자신의 뺨을 찔러 들어오는 여자의 시선에 남자는 부루퉁한 얼굴로 간단히 대꾸했다.
 "위험한 전쟁터, 남자라면 한 번쯤 가 보는 게 좋지 않나? 늘 가는 사람만 가는 거, 싫증나더라구."
 그 빈정거리는 듯한 목소리를 듣는 순간, 쌀례는 깨달았다.
 저 남자, 때문이라고.
 아마도 포대 자루에 담겨 있을 그것만으로는 성이 차지 않아 자신의 목숨 값에 대한 웃돈을 요구한 것이리라. 목숨 대 목숨으로.
 그가 가 보았던 지옥도에 자신 덕분에 목숨을 한 번 건져 보았던 도련님도 가라고. 그가 그렇게 요구했을 거라고, 자신을 보는 젊은 야차의 눈을 보면서 쌀례는 저 어두운 선실 속에서 늙고 젊은 두 남자 사이의 거래하는 모습이 떠올랐다. 누가 와서 알려 준 것도 아닌데 그리 보였다. 그리고 그 짐작은 거의 들어맞는 것이었다.

―배는 더 뒤지지 않겠다. 사람에게 더는 총질도 하지 않는다. 단, 당신네는 금을 넘겨주는 즉시 이곳을 떠나라. 큰 아들놈은 남겨 두고.

젊은 야차의 최후 통보에 노인은 절규했고, 저주했고, 따졌고, 사정했고, 분노하다가 어쩔 줄 몰라 했다. 다시 원점으로 돌아가 모든 것이 결렬되려는 그때 노인은 악을 썼다.

―내 재산 절반을 차지하고도 무얼 더 내놓으란 거냐! 그것도 내 아들을 내놓으라고?

그때 천연덕스런 얼굴로 젊은것은 답했다.

―다 가질 수 있었는데도 절반을 양보한 건 나다. 마지막 조건만 받아들인다면 당신이야말로 남은 재산으로 자자손손 떵떵거리고 살 수 있지 않나? 싫으면 당장 당신네 한가네 모두 지금 내 손에 죽던지.

모 아니면 도. 당신 아니면 당신의 귀한 아들, 둘 중 하나를 택하라고 장난기 어린 미소를 지으며 젊은 악귀 놈은 노인에게 선택을 강요했다. 애초에 당신이 선택할 여지는 별로 없었다고. 왜냐하면 칼자루를 쥐고 있는 것은 나이기 때문에.
날이 곧 밝아 올 것이다. 결정은 빠를수록 좋았다.
그리고 노인은 젊은이가 예상한 대로의 패를 집어 들었다.
금빛 먼지가 춤을 추고, 늙고 젊은 두 악당들이 각자 뿜어내는 증오와 탐욕과 저주가 엉켜 있던 어두운 선실에서 나오자마자 노인은 아들에게 그 결정을 통고했다.

―배에서 내려라. 나라를 위해 싸우렴.

아들은 물처럼 조용한 얼굴로 아비를 보았다. 하룻밤 동안 백만 년을 살아 낸 것 같은 지친 아비의 얼굴을, 그 뺨에 난 상처를, 아직 젖어 있는 바지춤을, 아들의 얼굴을 외면하는 주름살투성이 그 얼굴을 보고 또 보았다.
얼핏 아버지가 쥐고 있는 주먹에 힘줄이 도드라졌다는 것, 그의 눈에 습윤한 물기가 어린 것이 보였다. 물처럼 조용한 얼굴로 그 모든 것을 보고 이해한 아들은 그 자리에서 묵묵히 아비에게 하직의 절을 올렸다.
"다녀오겠습니다. 다시 뵐 때까지 강녕하십시오, 아버님. 그리고 제 처를 부탁드리겠습니다."
"안 돼요!"
물처럼 조용히 이별을 말하는 남편에게 아내는 소리쳤다.
"안 돼요! 가시긴 어딜 가신다는 거예요! 절대로 안 돼요! 싫어요! 안 돼요!"
죽어도 남편이 죽는 모습은 보지 못하겠다 했던 여자는 그렇게 그의 팔을 붙들고 소리쳤다. 부모님이 보고 계시고 다른 사람들이 보고 있어도 상관없었다. 남들 다 가는 군대라고, 남편 전장에 보낸 여자가 너 하나냐고 수군거림을 들어도 상관없었다.
불과 몇 분 전에 그녀가 죽으면 자신도 살 수 없다고 말했던 남편이 어떻게 자신을 두고 싸움터로 떠날 생각을 한단 말인가.
어떻게 나를 두고 떠난단 말인가. 함께 살고 싶은 사람은 나뿐이라고, 그리 말해 놓고 정작 나한테는 따로이 짧은 설명도, 인사도 없이 어떻게 떠날 생각을 한단 말인가.

그의 팔을 잡아당기던 그녀의 손이 점점 떨어져 갔다. 침입자들에게 붙들려 떠나던 선재는 아슬아슬하게 자기 팔에 붙들려 있던 아내의 손가락이 서서히 떨어져 감을 느끼면서, 마지막으로 그 작은 손을 한 번 꾹 잡아 주고는 다른 남자들과 함께 발걸음을 옮겼다.

"다녀올게. 안전한 곳에서, 기다리고 있어. 응?"

그렇게 그녀가 그를 붙잡고 소리를 질러도 착착 모든 일은 진행되었다. 남편은 침입자들에게 둘러싸여 로프를 타고 배에서 내려 그들이 타고 온 모터보트에 몸을 실었다.

보트가 배에서 떨어지자마자 늙은 상인은 선장에게 지시를 내렸다.

"출발하도록 하게!"

남편이 타고 있는 보트가 점점 멀어지는 것을 쌀례는 난간에서 그저 지켜보고 있어야 했다. 그녀는 지금 눈앞에서 벌어진 현실을 믿을 수 없었다.

'어디로 가는 거예요, 선재 씨. 우리 서방님을 어디로 끌고 가는 거야? 찬경, 이 나쁜 놈아!'

엄마가 동생을 데리고 떠난 봄날이 떠올랐다.

싸릿골 가족들을 두고 떠나야 했던 열네 살 그 추운 겨울날 눈발이 지금 스물한 살의 여름날 그녀의 어깨에 내리는 것도 같았다.

두 번 다시 누군가와 헤어지는 일은 없을 거라고 그렇게 생각했었는데, 열심히 종종걸음 치며 그이 곁을 지켜 왔는데, 어째서?

"곤할 테니 그만 들어가거라, 아가."

등 뒤로 다가오는 시아비의 지친 목소리에 쌀례는 잠시 그쪽으로 고개를 돌렸다. 노인은 그날따라 자그맣고 초췌해 보이는 며느리가 커다란 두 눈에 결연한 표정을 지으며 자신에게 하는 말을 들었다.
"죄송해요, 아버님. 저 혼자는 못 가겠어요."
"뭐? 뭣이라?"
순식간에 벌어진 일이었다. 난간에 아슬아슬하게 기대고 있던 여자가 배 위에서 뛰어내려 바다에 몸을 던진 것은.
공기 속으로 훌쩍 날아오르면서, 여자는 자신이 꼭 새가 된 느낌이었다.
날개라도 있어서 이대로 배까지 날아가면 좋겠지만 그녀의 여린 몸은 그대로 바다 위로 급하게 떨어져 내렸다.

"저거 뭐야? 설마, 사람이 뛰어내린 건가?"
바람을 가르고 달려가는 모터보트 위에서 선재와 찬경은 배 위에서 뛰어내리는 하얀 그림자에 순간 할 말을 잃었다.
작고 하얀 그 누군가는 배 난간에서 몸을 날리고 물거품을 일으키며 바다 위로 떨어지고는 한참을 떠오르지 않았다.
"쌀례! 저 바보가!"
떨어진 그 누군가의 남편 되는 남자가 갈라진 목소리로 낮게 부르짖었다.
하얀 얼굴의 남자는 앉아 있던 자리에서 벌떡 일어섰다. 양쪽에서 그를 감시하며 붙어 있는 청년들이 그를 붙잡아 앉히려고 했지만 소용없었다. 배 밖으로 뛰어들려다가 주위의 제지로 실패한 남자는 선두에 서서 역시나 뛰어내린 여자를 지켜보고 있던 찬경에게 외쳤다.

"배를 세워! 돌아가야 해! 아내, 아내가!"

"닥쳐! 이게 어디서 명령질이야? 시간도 촉박한데 다시 돌아가다니, 웃기는 소리……."

귀찮다는 듯이, 혹은 말도 안 된다는 듯이 선재를 제지하던 청년의 목소리는 뒤이어 들려오는 우두머리의 짧고 간결한 명령에 묻혀 버렸다.

"배, 돌려."

"예에? 하지만 두목! 곧 날이 밝을 텐데……."

우두머리는 길게 말하지 않았다. 그저 자신의 명령에 토를 다는 상대방에게 총구를 겨누며 방금 전 한 말을 반복했을 뿐이었다.

"돌리라구."

쌀례는 배에서 떨어지면서 달빛이 반짝이는 검푸른 바닷물이 눈앞에 다가옴을 느꼈다.

수면 위에 닿기 전, 배 위에서 자신을 부르는 시아비의 비명이 귀에 멍멍하게 들려오는 것도 같았다.

하직 인사라도 바로 드렸어야 하는데 그냥 뛰어든 것이 죄송하긴 했지만 정인을 쫓아가려는 마음이 더 급했다.

'새가 될 수 없다면, 물고기라도 되면 좋겠는데. 여름이니까 물이 그리 춥진 않겠지?'

바다에 뛰어들 때 날카로운 물결에 온몸을 두들겨 맞는 듯한 찌릿한 통증을 느꼈지만 생각보다 견딜 만했다.

한낮의 열기를 머금은 여름 바다는 생각만큼 차지 않았다.

아니, 추운지, 더운지, 소금물이 눈과 귀, 입으로 얼마나 들어가는지 쌀례는 상관없었다.

두 팔을 있는 힘껏 휘두르고 다리를 움직여 여자는 수면 위로 떠올랐고, 남편이 타고 있는 보트를 향해 악착같이 물살을 가르며 헤엄쳤다.

다행히 보트가 그녀에게 다가오고 있었다.

이상도 하지. 배 위에서 뛰어내려도 무섭지 않았고, 무거운 물속을 가르고 헤엄을 쳐도 힘든 줄도, 숨이 찬 줄도 몰랐는데, 보트에 닿아 누군가의 손길로 배 위로 이끌어 올려진 그 순간부터 여자는 맥이 탁 풀리고 말았다.

그렇게 몽롱하니 눈을 감고 있는데 누군가의 팔이 그녀의 머리를 받쳐 안고 커다란 손이 그녀의 뺨을 두들겼다.

아, 눈을 감고도 알 수 있었다.

남편이었다.

"이 바보가 어쩌자고! 왜 이런 짓을 하는 거야! 안전한 곳에서 기다 리랬잖아! 내가!"

게슴츠레 눈을 뜨고 눈앞의 그를 본다. 그 사람답지 않게 버럭 지르는 소리, 화가 잔뜩 난 듯한 굳은 얼굴이었다.

알고 있다. 위험한 곳에 가는 사람에게 자신까지 따라붙는 건 이 사람을 더 힘들게 할 수도 있다는 걸. 하지만…….

"가, 가까운 곳에서 기다릴게요."

화를 내고 소리 지르던 남자는 그 소리에 멍하니 여자 얼굴을 바라 보았다.

머리끝부터 발끝까지 푹 젖은 여자가 잠긴 목소리로 말하는 것을 남자는 들었다.

"아버님이 가신다는 거긴 너무 멀어서…… 600리나 떨어진 곳이잖 아요. 그렇게 멀리 어떻게 떨어져 있어요? 여기서, 가까운 데서, 서방 님 찾아오시기 쉬운 곳에서 기다릴게요. 기다릴게요."

남자가 그녀를 멍하니 바라보았다. 그의 푸르른 얼굴에서 강요된 초연함도, 초조함도, 걱정도, 노여움도 한순간 보이지 않게 되었다. 그저 그녀의 젖은 얼굴을 보고 또 볼 뿐이었다. 가까운 곳에서 자신을 기다리기 위해 안락한 배 위에서 바다로, 이 지옥도로 몸을 던진 바보 같은 여자의 얼굴을.

그렇게 보던 그의 눈이, 그날 밤 처음으로 젖어들었다.

'나와 다른 식솔들 목숨과 재산을 지켜야 하겠으니, 네가 네 목숨 값을 치르거라.'라곤 하지 않고 그저 '나라를 위해 싸워라.'라고만 말한 뒤 한 번도 아들을 보지 않고 묵묵히 허공을 노려보던 아버지.

자신을 외면하던 아버지에게 절을 올리는 그 순간에도 '돌아올게.'라고 이 여자에게 간단히 작별 인사를 하던 순간에도 흐르지 않던 눈물이 지금 그의 눈에 차오르고 넘쳤다.

왜 늘 이 여자 앞에서는 이런 흉한 꼴을 보이는지 모르겠다.

뜨끈해 오는 눈을 껌뻑거리며 그가 당황하는 사이, 여자는 발꿈치를 세우고 두 팔을 뻗어 그의 머리를 끌어안았다. 마치 그의 눈물을 누구에게도 보여 주기 싫다는 듯이.

그런 그들의 모습을 처음부터 끝까지 지켜보던 다른 남자의 눈에는 아내와 눈물의 포옹을 하고 있는 선재와는 다른 허허로움이 떠돌았다. 눈은 칼, 얼음, 모래이면서도 그의 입술에서 나오는 소리는 경쾌하기 이를 데 없었다. 포옹하는 그들을 향해 남자는 휘파람을 불었다.

"이야, 그것 참 눈물겨운데."

그 순간 남편의 머리를 안고 있던 쌀레의 시선이 맞은편에 서 있는 남자를 향했다.

한때 그녀를 위험에서 구해 주었고, 그녀에게 글자를 배웠고, 그녀에게 매혹적인 음악을 들려주었고, 외로울 때 그 외로움의 절반을 나누어 주었던 그녀의 벗. 그리고 남편의 생명을 빚졌던 은인이었던 남자를.

하지만 지금 그녀가 느끼고 있는 슬픔, 그녀가 겪어야 하는 끔찍한 이별, 그녀가 흘려야 하는 눈물의 근원이 된 그 남자를.

야윈 얼굴의 절반쯤을 차지하는 크고 검은 눈동자에 새파란 분노를 가득 담고서 여자는 결심했다. 이 순간부터 죽는 날까지 저 남자를 증오하겠다고.

1950년 6월 25일 새벽에 시작된 전쟁은 1953년 7월 27일 밤에 끝났다. 3년 1개월간의 전쟁 기간 동안 남북 양쪽 군인, 민간인을 포함해서 삼백만이 넘는 목숨들이 숨을 멈추었다. 60만이 넘는 집들, 지식을 전하던 1만 5천여 배움터, 타국의 지배에서 벗어나 막 일어서려던 모든 시설들의 절반이 불타고 한 줌의 재로 변해 버렸다.

서로가 서로의 씨를 말리고, 두 번 다시 일어설 수 없도록 불의 철퇴를 내렸던 전쟁은 존재하는 모든 것들의 절반을 삼킨 채 끝이 났다.

정부가 부산에서 서울로 환도하고 쌀례가 서울로 돌아왔을 때, 그녀가 맨 처음 찾은 '그곳' 역시 절반쯤 부서져 나가 이전의 모습을 찾기 어려웠다.

"여기…… 이쯤이었던 것 같은데."

그녀가 선재와 짧은 신혼을 보낸 그곳은 일본식으로 지은 목재 이층집이었다.

좁은 마당, 좁은 마루, 좁은 부엌, 좁은 방.

그 좁은 방에서 초야를 치르고 다음날 눈을 떴을 때 쌀례는 겁이 났었다. 눈을 뜨고 보면 여긴 안국동 자신의 방이고 지난밤 일은 봄날의 꿈일 것만 같아서.

하지만 조심스레 눈을 뜨던 그때 자신의 어깨에 닿는 그의 팔을 느끼면서 여자가 된 그녀는 안도의 한숨을 내쉬었다.

꿈이 아니었던 거다.

이제 정말 이 사람의 아내가 되었다.

헝클어진 머리칼, 물집투성이인 발바닥이 부끄러웠지만 설레었다.

머리칼을 이마에 드리우고 속눈썹 그늘을 드리우며 잠들어 있는 그를 지켜보고 있는 지금…… 행복했다.

할 수만 있다면 계속, 하루 종일 이 얼굴을 보고 싶지만 아쉽게도 그의 출근 시간이, 그리고 그녀의 등교 시간이 다가오고 있었다.

조금만 더 지켜보고 있을까. 아니면 지금 깨워야 하나.

그가 눈을 뜨고 나면 지금의 우리 모습을 곤혹스러워하지 않을까.

후회하거나 미안하게 여긴다면 나는 또 그 노릇을 어쩌나.

그렇게 괜히 애달파 망설이고 있을 때, 그가 눈을 떴다.

자신을 보는 그의 눈동자.

창가 사이로 내리쬐는 햇살 같은 눈빛으로 그가 그녀를 보았다.

그의 손이 살며시 여자의 뺨에 와 닿았다.

"꿈일까 봐 놀랐잖아."

그다지 오래된 옛날도 아닌데 꿈길마냥 아득하다. 쌀례는 꿈길을 걷듯 초야를 보냈던 자그마한 방, 자그마한 집을 찾아 동네를 몇 바퀴를 돌고 또 돌았다.

하지만 그 신혼집은 보이지 않았다. 점점 걷고 있던 다리가 무겁게 느껴진다.

이대로 주저앉고 싶다. 엉엉 울어 버리고도 싶다. 하지만 우는 것도 기운이 빠지는 일이라 그럴 수 없었다.

기운이 빠지는 건 사양이다. 힘내서 그 사람을 기다려야 하므로.

여자는 지친 몸을 추스르고 다시 초라한 짐 보따리를 챙겨 들고 발걸음을 옮겼다.

그래. 서울 하늘 아래 폭격으로 부서지지 않은, 그녀가 돌아갈 수 있는 곳이 딱 한 군데 남아 있었던 것이다.

을씨년스럽게 느껴질 만큼 커다란 안국동 집에서 그녀를 맞이한 것은 한 통의 편지였다.

겉봉투에 영어 알파벳으로 주소가 쓰여 있어 잘못 온 것이 아닐까 싶었지만 주소가 분명 안국동 집으로 되어 있었기에 봉투를 뜯어 보니 공책을 뜯어 급히 쓴 듯한 편지지가 떨어져 나왔다.

편지지 위에 또박또박 적혀진 글씨들은 그녀의 눈에 익은 것이었다.

아내 쌀례에게

남편 선재의 글씨였다.

종이봉투 편지지 속 글자로 갑자기 돌아온 남편을 보면서 여자는 가슴이 터질 것도 같았다.

편지지를 들고 있는 손이 후들거리고 마음이 벅차서 눈앞의 익숙한 글자들이 제대로 읽혀지지가 않았다.

읽을 수 있게 되었을 때, 종이에 적힌 내용은 다음과 같았다.

아내 쌀례에게

성례라고 안 부른다고, 당신은 또 화를 낼지 모르겠지만 사실을 말하자면 난 성례보다 쌀례라는 이름이 더 좋아.

건강한지.

부산에서 헤어지기 전까지 속이 안 좋던 모습이 떠올라 걱정이 돼.

나는 그럭저럭 잘 지내고 있어.

영어를 할 줄 아는 덕에 통역 일을 하면서 알게 된 미군 편으로 이 편지를 보내.

내일 날 밝는 대로 가는 길에 부쳐 주겠다고 해서 이 밤에 쓰지만, 서울 집 주소로 보내는 이 편지를 당신이 언제 읽게 될지, 당신에게 잘 도착할지 모르겠구려.

생각해 보면 이거 내가 당신에게 처음 보내는 편지야.

늘 아침저녁으로 보고 살아서 편지를 주고받을 일이 없었지.

그래서 무슨 말을 써야 할지 펜을 들고 한참 생각했는데…… 그러다가 문득 당신이 내게 보냈던 편지가 생각났어.

기억해?

내가 종로서에 붙들려 갔을 때 당신이 춘재 편으로 내게 보낸 편지 말이야.

서방님 전 상서

봉투를 뜯어 처음 앞부분을 읽어 보는데 또박또박 글자가 내 눈을 찌르고 들어오더라.

교실에서 쪽지시험 일이 있고 나서 더는 볼 수 없었던 당신 글씨를 다시 보게 되었을 때, 지금에서 하는 말이지만 느낌이 참 묘했어.

둥근 당신 글씨로 내가 잘 있는지, 밥은 굶지 않고 있는지, 그다지 멀지 않은 곳에 있는, 하지만 그때 나로선 굉장히 멀게 느껴지는 집안 풍경이 쓰여 있었지.

준재도 붙들려 갈까 봐 어머님께서 아예 학교에 보내지 않고 거처를 눈에 안 띄는 골방으로 옮겨 버렸다는 것. 이제는 은재가 다닌 여학교에서도 센닌바리라는 천인땀을 만들어야 해서 많이 바쁘다는 것. 경성부에서 나왔다는 사람들이 놋그릇이나 은비녀를 다 가져가 버려서 어머님이 몹시 화가 났다는 것. 그런 어머님을 보고 아버님 역시 몹시 화를 내셨다는 것. 그러면서도 어머님은 매일 정화수(井華水)를 떠다 놓고 나를 위해 빌고, 또 빈다는 것. 이 와중에도 바둑이가 새끼를 배었다는 것도.

이상하지? 벌써 몇 년 전에 받은 편지였는데 한 자 한 자 다 기억이 나.

잊혀지질 않아. 내가 가르쳐 준 글자 잊어버리지 않으려고 공책에 쓰고 또 쓴다던 당신 글씨를.

나 대신 준재에게 부탁해서 받아쓰기 했는데 늘 그랬던 것하곤 다르게 하나도 틀리지 않고 다 맞았다고 내게 보여 주고 싶다고 당신이 동봉한 시험지도.

편지지 말고 다른 종이 두 장이 함께 접혀 있었지.

동그라미만 빽빽이 그려진 시험지.

그리고…… 공책을 찢어 한선재, 박성례라는 이름을 빽빽이 쓴 그 종이가.

한선재 박성례 한선재 박성례 한선재 박성례……

마지막 줄에 그렇게 쓰여 있었지.

보고 싶어요.

지금에서야 말하는 건데, 나 그때 울 뻔했다오.
아니, 조금은 울었는지도 몰라.
얼마 후에 집에 돌아가서 당신 얼굴을 다시 보았을 때는 아무 말도 못했지만······.
이번에도 돌아가서 당신 얼굴을 보면 나는 또 입 다물고 멍하니 당신 얼굴만 보고 있을 것 같아.
여보. 쌀례. 성례 씨.
당신이 보고 싶어.
그런데 사실 지금 내 꼴을 당신에게 보여 주기가 겁이 나오.
군복이라는 걸 걸치고 철모를 쓰고 총을 메고, 들고 있는데······ 사람들이, 내가 싸우는 저 북쪽 군대 말고 그저 이 땅에 살고 있는 사람들이 이제 나를 보고, 내가 들고 있는 총을 보고 고개를 돌려 버리는구려.
당신, 믿을 수 있겠어? 어린아이와 살림살이를 지게에 지고 가는 피난민들이 나를 무서워해. 자세한 건 쓸 수 없지만 나는 그 사람들이 무서워할 만한 짓을 하고 있고.
그 모든 것들을 보고 당신이 그랬듯이 구역질이 나오려는 걸 참다가 밤이 오면 운이 좋을 때 나오는 설익은 밥, 미군들이 선심 쓰듯 던져 주는 깡통, 아니면 생쌀을 씹으며 잠을 청하지. 바람이 술술 들어오는 얇은 모포를 머리끝까지 뒤집어쓰고 잠을 청할 때면, 집, 당신, 당신이 해 준 맛있는 밥이 그리워져.
서울 떠나기 전날, 당신이 내 출근길 도시락으로 싸 주겠다고 겁을 준 청국장까지 그리워질 지경이라구.

> 아, 여보.
> 당신, 보고 놀라지 마.
> 얼마 전에 작전 길에서 보급대로 지원 온 사람들 틈에 찬경이 그 사람을 보았다오……

여기까지 읽었을 때, 쌀례는 놀라지 말라는 남편의 경고에도 불구하고 놀라고 말았다.

자동적으로 그녀의 미간이 확 구겨졌다. 편지봉투를 받아 들었을 때와는 다른 느낌으로 심장 박동이 빨라졌다. 설렘 한 자락 없는 두려움, 의심, 불쾌함으로.

> 입대할 때까지 그림자 따라붙듯 날 따라붙었지만 입대 이후로는 본 적 없던 그 친구도 무슨 일인지 군복을 입고 있더군. 보급품을 취급하고 있다나 봐.
> 그날 밤은 상황이 상황인지라 서로 좋은 얼굴은 아니었는데 다시 봤을 때 이상하지만 얼굴이 편해 보였어.
> 맺힌 것이 조금은 풀렸던 걸까.
> 편한 얼굴로 그쪽에서 날 부르더군.
>
> ─이야, 도련님. 늠름해 보이시는구료.
>
> 우습게도 여보, 그 친구 보니 당신 생각이 났어.
> 언제나 눈 뜨고 있는 동안은 당신 생각 하고 있고, 눈 감고 자는 동안에도 가끔씩 꿈자락에 당신을 보곤 하지만 지금 내가 있는 곳에서 나 말고 당신을 아는 또 다른 사람을 보게 되니 더더욱 당신 생각이 나더라구.

찬경이 그 사람 처음 본 날이 당신이 성탄절 날 갑자기 사라져 버렸던 그날이어서 그런 건지.

저녁에 무슨 생각에선지 그쪽에서 초콜릿, 깡통, 마지막으로 담배를 권했고, 다 거절하면 무안할 것 같아서 담배만 한 가치 받았지.

―역시 도련님은 도련님이시군. 먹을 거에 초연하신 걸 보니.

말투가 묘하게 거슬렸지만 딱히 대답할 필요는 못 느꼈어. 사실 여기 오기 전까진 먹을 것에 그다지 연연하진 않았지. 먹을 것에 궁해 본 적도, 허기져 본 적도 없었으니까.

하지만 차가운 주먹밥이나 설익은 밥알을 씹을 때면 나도 미치도록 먹고 싶은 것이 떠올라.

언젠가 처갓집에서 당신이 만들어 준 연자죽 같은 것.

당신은 똥물이라고 놀려대듯 말했지만, 그 담백하고 따뜻했던 죽에 당신이 담근 김치 한 보시기 곁들이면 한 솥이라도 먹을 수 있을 것 같아.

그래서 그 친구에게 그렇게 말했었지.

―우리 쌀례가 만든 밥이 먹고 싶을 뿐이네. 연뿌리로 만든 죽도, 김치도, 정말 맛있었는데. 자넨 그런 건 못 먹어 봤지?

유치하다고 할 수도 있겠지만 어쩐지 계속되는 '도련님' 소리에 나도 심술이 나서 말이야.

한동안 내 얼굴만 뚫어져라 보길래 이 거친 작자 주먹에 한 방 맞겠구나 싶었는데, 어쩐 일인지 내 모포 옆에 벌렁 누워 그러던걸.

―밥 잘하는 여자, 나도 하나 알지. 그 여자가 하는 밥, 정말 맛있었어.

무쇠솥으로 금방 지어서 짠지 하나하고 먹어도 꿀처럼 맛있는 밥이었다고 자랑하던걸. 자기가 만든 밥을 맛있다고 허겁지겁 먹는 게 좀 웃기는 여자였다고.

가족이 없는 줄 알았는데 그 사이 여자가 생겼는지 모르겠지만, 당신 같은 여자가 어딘가에 또 있다는 사실이 재미있게 들렸어.

어쩌면 그 친구에게 추억할 누군가가 있다는 것이, 누군가와 먹었던 따뜻한 밥 한 그릇이 있었다는 것이 안심이 되는 건지도 몰라. 내가 다 망쳐 놓은 건 아니었다고. 이기적이지만, 그래서 마음이 좀 놓였어.

그래서…… 같이 밥 이야기를 한 건지도 모르지.

다 큰 남자 둘이서 누가 먹었던 밥이 더 맛있었나 소리나 하고 있었으니 한심한 노릇이지만.

그런데 여보, 그렇게 당신이 해 준 밥, 당신 이야기를 하고 있었던 그 순간은 정말 오랜만에 내가 살아 있는 것 같은 기분이 들었어.

하늘 아래 당신을 알고 있는 또 다른 누군가와 당신에 관해 이야기하고, 당신이 만들어 주었던 밥에 관해 이야기하고, 당신의 얼굴 표정, 목소리에 대해서 이야기하고, 언젠가 내가 돌아갈, 당신이 있는 그곳에 관해서 이야기하는 그 순간만은 나는 내가 춥고 배고프고 외롭다는 사실을 잊었어.

결국 내가 바라는 건 한 가지야.

어떻게서든 살아서, 무사히 당신 곁으로 돌아가고 싶어.

당신이 해 준 밥 먹고 싶어.

잠들기 전 혼자 당신 이름 불러 보면서, 쑥스럽지만 나도 그때 당신처럼 이 한마디를 쓰고 싶었어.

쌀례야, 보고 싶다.

선재가.

공책을 뜯은 종이로 다섯 장에 나뉘어 빽빽하게 써진 편지 마지막 장에는 먼저 네 장과는 달리 내용이 간단했다.

한선재 박쌀례 한선재 박쌀례 한선재 박쌀례…….

이전에 어렸던 그녀가 그러했듯이 이번에는 그가 두 사람의 이름을 한 장 내내 나란히 채워 넣었던 것이다.
한번 읽었을 때는 그저 그가 쓴 글씨들로 당장 옆에 없는 남편의 존재감을 느끼는 데 바빴고, 두 번째는 그가 글자로 들려주는 소식을 급하게 눈으로 좇았고, 세 번째 읽었을 때는 그 위험한 곳에서 만난 것이 하필이면 찬경 그 악당이라는 사실에 걱정을 하며 읽었고, 네 번째 읽었을 때는 구역질 날 만큼 험한 일을 한다는 그의 고생이 가슴 아팠고, 다섯 번째에는 그가 나란히 쓴 두 사람의 이름에 결국 눈물을 흘리고 말았다.
그렇게 여러 번 읽고 나서 그녀의 발걸음은 자신도 모르게 부엌으로 향했다.
어두컴컴하고 조용한 공간에 쌀례는 성냥으로 불을 그슬려 촛불을 밝혔다.
한때 열 명이 넘었던 여자들이 제각각 쌀을 씻고 채소를 다듬고 생선과 고기를 손질하던 그곳은 이제 아무도 없었다.
그 많던 사람들, 그들이 씻고, 자르고, 삶고, 지지고, 볶고, 굽고, 튀기던 많은 먹거리들은 어디로 사라져 버린 걸까.
남은 것이라곤 열네 살 쌀례가 혼인하고 첫날 조왕신께 바쳤던 것과 같은 정안수뿐이다.

그날 새벽, 고향집 부엌보다 훨씬 넓어서 작은 그녀를 더욱 주눅 들게 만들었던 이곳에서 부엌의 신을 위한 맑은 물을 떠다 바치고 무엇을 빌었던가.

이제 여자가 되어 버린 그녀는 기억했다.

─비나이다, 비나이다. 이곳에서도 보우해 주세요.
─첫날, 제가 하는 첫밥이 어른들 입에 맞게 해 주세요.
─쌀알이 늘 떨어지지 않고 넘치게 해 주세요.

기도는 이루어진 것도 있고, 이루어지지 않은 것도 있다.
살면서 많은 일들이 그러하듯이.
그럼에도 불구하고 무언가를 소원하고 맑은 물 한 그릇을 떠다 바치면서 그 소원이 이루어지길 기원하는 것만은 그만둘 수 없다.
이루어지고 이루어지길 소원하면서, 두 손을 모아 비비며 경건하게 허리를 굽히고 그녀는 중얼거렸다.
"쌀이 떨어지지 않도록 보살펴 주세요. 제 지아비가 어디서든 굶지 않게 해 주세요. 그 사람이 다치지 않고 빨리 집으로 돌아올 수 있도록 보우해 주세요."
이제 예전의 곡간 가득 넘치던 쌀섬은 없다. 커다란 무쇠솥은 전쟁통에도 다행히 무사했지만 저 큰 솥에 지을 쌀도, 큰 솥을 달굴 땔감도 없다.
그래도 솥 대신 작은 뚝배기에 안칠 한 줌 쌀을 씻으면서 쌀례는 선재가 어서 돌아오기를, 돌아와서 이 밥을 함께 먹기를 바라고 또 바랐다.
그때 정성들여 쌀을 씻는 그녀의 등을 누군가의 손이 두들겨 대기 시작했다.
"아가, 배고파? 잠깐만 기다려. 엄마, 이것만 하고."
 포대기에 싸서 등 뒤로 안은 그녀의 아기가 옹알옹알 보채는 소리가 들려왔다. 점점 아래로 내려가는 듯한 포대기를 다시 추스르고 아기 엉덩이를 토닥거린 뒤 여자는 입으로 자장가를 흥얼거리면서 하던 일을 계속했다.

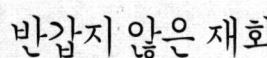

반갑지 않은 재회
미용사와 사장님

"그쪽이 왜 나를 찾아요?"
여자의 야멸찬 질문에 재앙 같은 그 남자는 느물스레 답했다.
"글쎄, 밥순이 얼굴이 보고 싶더라구."

"거기, 아기 엄마! 잠깐만 서 보시오!"
 좌우를 살피고 주변에 아기 엄마라 불릴 사람이 자신뿐임을 확인한 뒤 여자는 발걸음을 멈췄다. 상대방을 바라보는 젊은 여자의 얼굴에 단박에 경계심이 떠올랐다. 여자는 들고 있던 보따리를 품안에 아기처럼 끌어안고 잔뜩 날이 선 목소리로 물었다.
 "무슨 일이시죠?"
 "그 포대기 좀 풀어 보슈. 보따리도 풀고. 경찰이요."
 중절모를 쓴 남자의 느닷없는 요구에 여자의 미간이 확 구겨졌다.
 "보따리는 알겠지만 포대기는 왜요? 아이가 자고 있어요. 하루 종일 떼쓰다가 겨우 잠들었는데……."
 "요즘엔 포대기에 '물건' 감추는 것들이 하나둘이 아니라서 말이오. 거기 둘러업은 게 아기만인지 다른 것도 더 있는지 알게 뭐요? 자, 골치 아프게 만들지 말고 순순히 협조해요."

전쟁 치르는 동안 열 사람 중 한 사람이 죽었고, 나라 살림 중 반이 불타 재로 사라졌다. 남은 절반으로 살아가기에 사람들은 배가 고팠다. 돈을 벌자. 살아남은 목숨 거의 모두가 이 생각에 불타올라 돈 벌 궁리를 했고, 그중 기댈 것 없는 서민이 가장 짭짤하게 돈을 벌 수 있는 것이 바로 미제 장사였다.

혀가 녹아 버릴 것만 같은 다디단 초콜릿, 알록달록 드롭스 캔디들, 남자들이 사족을 못 쓰는 럭키스트라이크 담배, 비누, 치약 같은 생필품에 은은한 향을 풍기는 코티분까지 부자 나라 미국의 물건이 가난한 사람들을 홀리고 있었다. 그러니 한쪽에선 열심히 그것들을 팔고, 다른 쪽에선 열심히 단속을 할 수밖에.

배고픔 앞에서는 장사가 없다고 전쟁 전에는 요조숙녀였던 젊은 처녀들도 브래지어나 속치마에 물건을 숨겨 다닌다고 하니 아기 업는 포대기는 대수일까.

여자는 못마땅한 얼굴로 포대기를 풀어 보이고, 약간 망설이는 듯하다가 보따리까지 풀었다. 거친 무명 보따리 매듭이 풀리자 오렌지색 바탕에 하얀 목화송이가 그려진 둥그런 분통 여러 개가 모습을 보였다.

"이건 뭐야? 웬 화장품이 이렇게 많이……. 오호라, 우리가 제대로 잡았군! 너, 양공주지? 요새 이 근방에서 가짜 미제 화장품 파는 젊은 년이 자주 나타난다더니, 너지?"

원칙적으로 피엑스 물품이 민간에 흘러 들어가는 것도 불법인데, 거기다 그 물건이 가짜라면 문제는 더 심각해진다. 하지만 남자의 다그침보다 그의 거친 목소리로 빚어진 '양공주' 소리에 여자의 눈빛이 칼날처럼 서늘해졌다.

"말조심해요! 감히, 감히 사, 사람을 어떻게 보고!"
 여자의 안색이 새파랗게 질렸다.
 그것이 모욕감에 의한 것인지, 정체가 들통 났기에 생긴 공포 때문인지 남자는 구별할 수 없었다. 아무튼 여자는 수상했고, 수상한 것들을 잡아들이는 것이 그의 직업이었다.
 늘 하던 대로 그 수상한 인물의 팔을 붙들고 경찰서로 끌고 가기 직전, 그들의 등 뒤에서 사근한 젊은 여자 목소리가 들려왔다.
 "언니, 거기 언니요? 이때까지 안 와서 걱정했잖수?"
 화장기 없는 주근깨 가득한 얼굴에 나일론 블라우스, 아래는 어울리지 않는 몸뻬를 입은 젊은 여자가 그들을 향해 다가왔다. 아기 엄마보다 몇 살 더 먹어 보이긴 했지만 '언니'라고 부르는 그 여자는 재빨리 언니와 남자 사이의 눈치를 살피고는 그들 앞에 펼쳐진, 남자가 풀어헤치고 내동댕이친 여자의 보따리 앞에 무릎을 구부리고 앉았다.
 "어머, 언니. 오늘도 많이 벌어 왔네. 머리 값으로 또 코티분 받았구나?"
 '머리 값?'
 남자의 얼굴에 떠오르는 소리 없는 의문을 알아들었다는 듯, 주근깨 처녀는 배시시 미소를 흘리며 대꾸했다.
 "우리 언니, 미용사예요. 영어도 썩 잘해서 미군 부대까지 불려가 여군들이랑 장교 부인들 머리도 곧잘 해요. 돈 대신 이렇게 화장품 벌어 오기도 하구요. 아저씨가 뭔 오해를 하셨나 보네."
 주근깨 아가씨는 재빨리 아기 엄마에게 눈짓으로 신호를 보냈고, 아기 엄마는 불퉁한 얼굴로 부대 출입증을 보여 주었다. 과연 그녀의 짐 보따리에는 코티분 이외에도 여러 가지 크기의 가위와 머리빗들, 타월, 사기 보시기, 머리에 쓰는 비닐 모자, 머리를 말 때 쓰는 페이퍼, 샴푸, 중화제 등등이 보였다. 여자가 내미는 미군 부대 출입 허가증까지 살피던 남자는 떨떠름한 어조로 말했다.

"그럼 그렇다고 진즉에 말했어야지. 예 있소. 뭐, 이마에 미용사라고 써 붙인 것도 아니고 우리도 우리 직무에 충실한 것뿐이니까. 어서 가 보슈."

여자는 순간 경찰이라는 남자에게 악을 쓰고 싶었다.

그럼 내 이마에 양공주나 미제 장사라고 써 있더냐고. 하지만 그녀가 그렇게 악을 쓰기 직전 등에서 칭얼거리던 아이의 울음소리가 터져 나오기 시작했다.

이 이상 아이에게 밤바람은 너무 가혹할 것이다.

"우리 아기 감기 걸리면 그쪽 때문인 줄 아세요."

뾰로통한 어조로 한마디 뱉어 내고는 여자는 아기에게 찬바람이 들어갈세라 포대기를 꽁꽁 싸 묶었고, 자신의 미용 도구들 역시 꼼꼼하게 챙겼다.

지금 그녀가 살아가는 데 없어서는 안 되는 것이 바로 그 두 가지였으므로.

고운 꽃길이든 자갈밭이든 수레바퀴가 바퀴인 이상 굴러가듯이, 쌀밥을 먹든 보리죽을 삼키든 먹고 숨 쉬는 것을 포기하지 않는 이상 삶도 계속된다.

"여태 저녁도 안 먹고 뭐 했슴메? 세상에 이 어린것, 배때기가 등짝에 붙은 것 좀 보라."

쌀보다 보리를 더 많이 섞은 거친 밥알을 꼭꼭 씹어 아이에게 먹이고 자신도 주린 배를 채우는 아기 엄마를 보면서 '밥집' 노파는 딱하다는 듯이 혀를 찼다.

허기져서 먹긴 먹는데 밥알 씹는 것조차 귀찮아 보이던 여자는 결국 남은 밥에 물을 부어 약을 삼키듯 밥알들을 삼키고 풀 죽은 목소리로 대꾸했다.

"시간이 없어서 먹을 새가 없었어요. 사람 찾아다니는 것도 생각보다 어렵더라구요."

공식적으로는 1953년 8월 초부터 남북 양쪽은 잡혀 있던 포로들을 각자의 영역으로 돌려보내기 시작했다. 이미 그해 4월부터 판문점을 통해 포로로 잡혀 있던 국군 부상병들이 돌아오기 시작하고 있었다. 팔천 명 가까운 사람들이 돌아오고 있는데, 그중에 선재는 없었다.

오늘도 포로들이 송환되었다는 판문점이 있는 파주까지 다녀왔으나 남편을 보았다는 사람도, 그 비슷한 사람도 보이지 않았다.

"그럼 북쪽엔 붙들려 가지는 않은 모양이구마는. 그것도 다행이라면 다행 아니갔어."

정말 북쪽에서 돌아왔다는 해골처럼 마른 이들을 볼 때, 남편이 그 험한 곳까지 가지 않았다면 다행이었다. 그런데 북쪽에 잡혀 있는 것도 아니라면 그는 왜 아직도 돌아오지 않는 걸까. 지금 어디 있는 거지? 돌아오지 못할 만큼 다치고 앓고 있는 것은 아닐까? 하지만 어떻게 소식 한 자가 없는 걸까.

그에게서 온 편지는 서울로 돌아온 직후 안국동 집에서 받아 본 그 기나긴 편지 단 한 통뿐이었다.

> ……결국 내가 바라는 건 한 가지야.
> 어떻게든 살아서, 무사히 당신 곁으로 돌아가고 싶어.
> 당신이 해 준 밥 먹고 싶어.
> 잠들기 전 혼자 당신 이름 불러 보면서, 쑥스럽지만 나도 그때 당신처럼 이 한마디를 쓰고 싶었어.
> 쌀례야, 보고 싶다.

 수백 번 수천 번을 읽고 또 읽어 종이는 닳아 가고 글자 한 자 한 자 머릿속에 박혀 버린 편지 한 통. 현재로선 그 편지에 적힌 약속만이 그와 그녀를 잇고 있는 단 한 가지였다.
 아, 지금 밥알을 삼키고 배가 불러 꾸벅꾸벅 졸고 있는 저 딸아이를 제외하곤 말이다.
 "안국동에서도 다른 소식은 없다 하나? 소식 한 줄 없고? 그것 참 고약하다이."
 말하기도 지쳐 고개만 짧게 끄덕이고 말았지만 쌀례도 지금 자신이 보내는 이 시간들이 고약하다는 사실을 부정할 수 없었다.
 당장 그녀가 아이와 살고 있는 집은 아이의 할아버지 때부터 꽤 오랜 시간 한씨 가족들이 살아왔던 고래 등 같은 저택이 아니었다.
 그녀는 '밥집' 노파의 살림집에 또 다른 룸메이트 한 사람과 하숙을 하고 있었다.
 빈 집에서 돌아올 남편과 가족들을 기다리며 그들에게 아이를 보여 줄 날만을 고대하고 있던 어느 날, 그녀 앞에 나타난 것은 남편과 가족들이 아니라 황당하게도 새 집주인이었다.

―아, 글쎄 우린 일본에서 정당하게 대금 지불하고 이 집을 구입했을 뿐이야. 아가씨 사정이야 딱하지만 사정 딱한 사람이 한둘인가. 빨리 이 집에서 나가요!

그때 쌀례는 자신이 아무리 목 놓아 박성례라 우겨도 실상은 시골에서 갓 상경한 박쌀례에서 한 치도 변한 것이 없다는 사실을 쓰디쓰게 인식해야 했다. 그럴 리가 없다고, 여긴 이 아이의 조부님이 마련하신 우리 집이라고 아무리 목 놓아 주장해도 그들이 내민 계약서상으로 이 집은 더는 그녀의 집이 아니었다. 경찰에 찾아가 어찌된 영문인지 민원을 넣어도 1950년 개전 초에 외국으로 탈주한 이 집 가장이 일본에서 집을 팔았다는 것 이외에는 그녀가 알 수 있는 것은 아무것도 없었다.

일본에서 계약이 진행되었다면 일본에 있다는 전 주인의 주소라도 알려 달라고 해도 그것조차 거부되었다.

그렇게 너무나 맥없이, 그녀는 살던 집에서 아기와 함께 쫓겨났다.

부산에서 피난 온 미용실 원장을 만나 미용 기술을 배우지 않았다면, 안국동 집에서 영문 모르고 쫓겨나와 '밥집' 할머니를 다시 만나지 못했다면 꼼짝없이 굶어 죽었으리라.

그 상상만으로도 쌀례는 등골이 오싹했다.

혹은, 지금 주어진 모든 것에 감사했다.

하루 열두 시간 넘게 서서 손님 머리를 만지는 생활은 고달프지만, 두 모녀 굶지 않고 밥을 먹을 수 있다는 것에 감사한다.

고래 등 같은 저택, 나비와 꽃이 새겨진 화각장과 경대가 있던 어여쁜 방이 아니라 벽에 신문지를 더덕더덕 바른 방일망정 딸과 누워 다리 뻗고 잠들 수 있는 공간이 있다는 것에 감사한다. 더 나빠질 수 있었지만 죽지 않았고, 다치지 않았고, 굶지 않았다.
 이 정도면 괜찮다.
 하지만 그렇다고 소원하는 바가 없는 것은 아니었다.
 이제 그만 남편이 돌아와 주었으면 좋겠다.
 돌아와서 예전에 살던 그 넓고 깨끗했던 궁궐 같은 집으로 다시 데려가 주길 바라서 하는 소리가 아니었다.
 그가 편지에 '쌀레야, 보고 싶다.'라고 썼듯이, 쌀레 역시 그가 보고 싶었던 것이다.
 돌아와서 아직 '우리 아기'라고만 부르는 딸 아이 이름을 지어 주면 좋겠다. 그녀를 볼 때마다 지었던 달처럼 조용한 미소를 딸아이에게 보여 주고, 그 따뜻했던 손으로 아이를 안아 주었으면 좋겠다.
 당신이 돌아오면 따뜻한 흰밥을 지어 주려고 매일 쌀독에 한 줌씩 쌀을 모아 두고 있는데, 우리는 보리죽을 먹어도 당신 몫으로는 늘 새 밥을 지어 당신이 어디서든 굶지 말라 기원하고 있는데.

 ─쌀레야, 보고 싶다.

 글자로 그리 말하던 당신은 지금 어디 있는 걸까. 왜 소식 한 자도 없는 거지?
 "정말 어쩌다 이리 됐는지 모르겠어요. 빨리 돌아와 주면 좋겠는데."
 한숨처럼 속삭이는 쌀레의 목소리에 이제까지 손으로는 신중한 작업을 하면서 귀로는 그들의 대화에 귀 기울이고 있던 주근깨 처녀, 미자 씨가 대뜸 끼어들었다.

"모르긴 뭘 몰라. 모른 척하는 거지. 언니, 그 집에서 쫓겨난 거잖아. 아마 언니 남편, 어디서 새살림 차렸을걸."

분명 쌀례보다 몇 살 위인 것 같지만 절대 자기 나이는 밝히지 않는 쌀례의 룸메이트. "아기까지 낳은 사람이 언니지."라며 첫 만남 이후 스스럼없이 쌀례에게 '언니라 부르는 여자, 미자 씨의 목소리로 빚어진 칼날이 쌀례의 귀를 꿰뚫었다.

당장 목소리로 빚어진 칼을 맞은 여자는 창백하게 질린 얼굴로 칼질한 상대방을 바라보았다. 칼이 너무 깊숙이 박혀서 목소리조차 나와 주지 않았다. 그런 그녀를 대신해서 옆에 선 노파가 쇠몽둥이같이 강력한 손바닥으로 미자 씨의 등짝을 후려침으로써 응징을 해 주었다.

"저, 저, 에미나이! 뚫린 입이라고 말하는 거 좀 보라! 무스그 그런 돼먹지 않는 소리를 하고 있는가!"

"아이, 깜짝이야! 할머니! 하마터면 이 비싼 분 다 쏟을 뻔했잖아! 이게 얼마짜린데!"

미자 씨는 방금 전까지 심혈을 기울여 밀가루와 섞고 있던 코티분들, 쌀례가 대신 날라 준 그 코티분 곽들을 자기 목숨줄이라도 되는 양 끌어안고 소리를 빽 질러 댔다.

뚜껑 여는 순간 공기 중에 날아가는 가루들도 아까워 죽을 지경인데 하마터면 이 귀한 걸 쏟을 뻔하지 않았나. 아까 형사 놈이 쌀례를 붙들고 보따리를 푸는 장면을 숨어서 지켜보았을 때도 땅바닥에 구르는 이것들을 보고 얼마나 가슴이 아팠던가.

역시 화장만 하면 너무 섹시해 보여 양공주라 한눈에 정체를 들키는 자신보다 누가 봐도 뻣뻣한 미용사라 경찰의 의심을 덜 사는 성례 언니에게 이걸 대신 가져다 달라 부탁한 것은 백번을 생각해도 잘한 일이었다. 그렇게 도와준 언니가 고마워서 현실적인 답을 해 준 것뿐인데 언니나 기운 센 저 할망구나 모두 사람을 잡아먹을 것 같은 눈빛으로 노려보고 있다. 나 원. 상황을 봐서 지금 입을 다물고 하던 작업이나 계속해야 하는 것이 매를 더는 일이겠지만, 그래도 한 번 시작한 이상 멈출 수야 없지. 미자 씨는 입술을 내밀며 마저 종알대기 시작했다.

"그렇지 않으면 전쟁 끝나고 언니가 그 집에 돌아갈 거 뻔한데 소식 한 자 없이 집을 팔아 버리겠어? 아주 말 한마디 안 하고 인연 깨끗이 잘라 낸 거지. 내가요 왜놈, 러스캐놈, 되놈, 양놈, 조선놈, 안 겪어 본 놈들이 없지만 사내놈들이란 거, 만국 공통 다 똑같습디다. 마음 변하면 코빼기도 볼 수 없다는 거, 사나흘 전만 해도 나 없이는 못 산다던 놈들이 슬슬 꽁무니 내빼고 안 보이면 그건 틀림없이 딴 년 찾아간 거더라니까."

산전수전 공중전까지 겪어 본 경험자의 말이니 믿으라는 미자 씨의 말에 쌀레는 할 말을 잃었다. 목이 콱 막혀 소리가 나와 주지 않았지만 당장 소리 낼 수 있다면 그녀는 말하고 싶었다.

'그럴 리가 없어! 너는 그 사람을 몰라!'

너는 그 사람을, 내 남편을 본 적도 없잖아. 그 사람은 그럴 사람이 아니야. 그럴 수 없는 사람이야. 너는 처음으로 그 사람이 내 남편이 되고, 내가 그 사람의 아내가 되었던 그 첫날밤에 그이가 내게 한 말을 들어 보지 못해서 그런 말을 할 수 있는 거야.

―당신과 살고 싶습니다. 내가 살고 싶은 건 당신뿐입니다. 이런 나하고, 혼인해 주시겠습니까?

말 한마디가 천금과 같아서, 그 사람이 그러겠다고 하면 그대로 이루어질 것 같은 그런 사람이었다. 물처럼 순수하고 돌처럼 굳건한 이가 내 지아비였다.

나를 사랑하고 있어도 자기 때문에 사지(死地)로 끌려간 다른 사람 때문에, 그 죄책감 때문에 자기 마음을 접으려 했을 만큼 곧은 사람이 그였는데, 그런 사람이 변심을 했다고? 그럴 리가 없다.

그런데 이상하다. 이전 같으면 그저 덤덤히 '그런 쓸데없는 소리 하지 마.' 한마디 하고 마무리했을 일고의 가치도 없는 소리에 지금은 온몸이 후들거리고 있었다. 심장이 욱신거리고 하마터면 눈물이 나올 것 같았다.

나 정말 약해졌구나. 그 사람과 살았던, 그 꿈의 궁전에서 쫓겨난 이후로 내가 약해졌다. 약해져 버렸다. 하지만 약해진 티는 내지 말자. 헛소리에 눈물을 보이기 시작하면 나는 앞으로 시도 때도 없이 울게 될 거야. 더더욱 약해질 거야. 그럼 안 돼.

그래서 쌀례는 눈물을 흘리며 그럴 리 없다고 소리치는 대신 덤덤한 얼굴로 그저 이렇게만 말했다.

"나도 한마디 하자면 분가루에 밀가루 섞어 파는 거 위험한 짓이니까 될수록 빨리 그만두는 게 좋겠다. 너 때문에 봉변당할 뻔했으니 오늘 설거지는 네가 해."

나는 이제 엄마이고, 나는 힘내서 기다려야 할 사람이 있어. 그렇게 마음을 다독이면서 쌀례는 단호한 몸짓으로 신문지를 펼치고 연예란이나 광고란 사진에 나온 신식 머리 여자들 사진을 체크하기 시작했다.

미용 기술을 배운 지도 3년. 슬슬 선생님 보조에서 벗어나 단독으로 머리를 만져야 할 시기가 다가오니 요즘 매스컴에 나오는 유행하는 머리 모양을 체크하는 것도 빠뜨릴 수 없는 하루의 일과였다.
 그렇게 눈으로 신문을 더듬어 읽던 여자의 시선이 잠시 후, 어느 한 곳에 못 박혔다. 신식 헤어스타일의 여자 사진이 있는 곳이 아니고 사람을 찾는 구인 광고란이었다.

구인광고	안국동 한선재요. 박쌀례라면 매주 금요일 세 시. 명동 청동다방에서.

인쇄되어 있는 글자 하나하나가 꿈틀대며 그녀의 눈을 찔러 왔다.
안국동. 한선재. 박쌀례.
하늘님! 그가 돌아왔다!

그날이 오면 그날이 오면은
삼각산이 일어나 더덩실 춤이라도 추고
한강 물이 뒤집혀 용솟음칠 그날이
이 목숨이 끊기기 전에 와주기만 하량이면
나는 밤하늘에 나는 까마귀와 같이
종로의 인경을 머리로 들이받아 올리오리다.
두개골은 깨어져 산산조각이 나도
기뻐서 죽사오매 오히려 무슨 한이 남으오리까.

— 심훈, 〈그날이 오면〉

마침내, 그날이 왔다.

이전 선재가 처음 쌀례였던 그녀에게 글을 가르쳤을 때 〈님의 침묵〉과 함께 자주 읊어 주었던 그 시처럼 마침내 그날이 오고야 말았다.

산이 일어나 더덩실 춤을 추는 그날이. 강물이 뒤집혀 용솟음칠 만큼 격렬한 희열이 머리끝부터 발끝까지 차오르는 그날이.

3년 만이다.

그의 등에 기대어 꽃길을 자전거로 달리던 그날 이후 3년 만에 그녀의 발걸음은 지상 위가 아니라 구름 위를 거닐었다.

다시 만나는 곳이 어째서 집 앞이 아니고 낯선 다방인가.

어째서 그녀가 신문을 본 일요일 다음인 월요일이 아닌, 그로부터 나흘 밤이나 더 기다려야만 하는 금요일인지. 어째서 눈 뜨고 바로 볼 수 있는 아침도 아니고 기다리기 지치는 어정쩡한 오후 세 시일까.

다음날 날이 밝자마자 신문사에 연락을 해 보았지만, 돈을 받고 광고 문구를 삽입했을 뿐 광고를 낸 사람의 인적사항이나 연락처 따윈 모른다고, 그들은 잘라 말했다.

안국동 집에서 하루아침에 쫓겨나야 했던 그때처럼 결국 그녀 쪽에서 뭔가 할 수 있는 여지는 없었다. 하지만 그 모든 의아함도 당장 닥칠 재회에 대한 기대와 설렘을 이길 순 없었다.

마침내 다가온 금요일.

쌀례는 한껏 치장을 하고 아기의 보드라운 머리카락에도 어여쁜 댕기를 드리웠다.

이렇게 자주 일을 쉬면 어쩌자는 거냐고 화를 내는 미용실 원장에게 연신 허리 굽혀 사정을 하고 약속 장소로 나갔다.

아기에게 실내 가득한 담배 연기는 나쁘겠지만, 지금은 당장 그에게 자신들의 아이를 보여 줄 수 있다는 사실만 기꺼웠다.
 일 초 일 초 더디게 가는 시간들을 삼켜 버리고 싶었다.
 기다리는 시간도 행복했다고 말하면 고와 보이긴 하겠지만, 세 시간 전부터 약속 장소로 나오면서 쌀례는 생각했다. 오후 세 시까지 시간이 바람처럼 휙 지나가 버렸으면 좋겠다고.
 사무실이나 집집마다 전화기가 드문 시절이라 다방을 근거지 삼아 다방 전화에 의지해 일을 도모하는 중절모를 쓴 남자들, 여자들이 삼삼오오 모여 있는 낯선 풍경의 실내를 아이는 신기한 듯 동그란 눈으로 보며 두리번거리고 있었다.
 오늘 이전까지 존재 자체를 아비가 몰랐던 아이.
 흰 도자기처럼 단정했던 아비의 얼굴도, 물처럼 조용했던 그 몸짓도, 시를 읊어 주던 그 목소리가 얼마나 낭랑했는지 보지도 듣지도 못했던 아이.
 "아가, 아버지 오시면 예쁘게 웃어야 해."
 영문을 모르고 히죽 웃는 아이에게 그렇게 여러 번 이르고 여자 역시 3년 만에 그에게 보일 자신의 얼굴, 옷매무새를 살피며 그를 기다렸다.
 만나면 웃어 보여야지. 울지 않도록 노력은 하겠지만 눈물이 나온다면 나오도록 내버려 두어야지. 그 사람을 안아 주어야지. 안겨서 울어야지. 그렇게 마음먹고 기다리고 있던 그때 그녀 앞에 한 남자가 나타났다.
 "박쌀례 씨?"
 다른 사람 목소리로 '쌀례'라는 이름 듣기가 얼마만인가. 당신이 특히 좋다던 내 어릴 적 그 이름 듣기가 정말 얼마만인가.

하지만 정말 오랜만에 듣는 그의 목소리라 그런가. 부르는 목소리가 그녀가 알고 있는 그것과 조금은 다르다.

하지만 자신이 긴장했듯이 그도 긴장해서 그렇겠지 싶어 고개를 들고 벌써부터 물기가 차올라 뜨끈해져 오는 눈으로 그를 보는데, 그 순간 여자는 자신의 눈을 의심했다.

머리끝부터 발끝까지 멋을 부린, 그녀가 부린 멋 같은 건 어쩐지 궁색하게 보일 만큼 화사하게 멋을 부린 중절모를 쓴 남자는 그녀가 기다리던 사람이 아니었다.

비슷한 체격, 비슷한 키였지만 가무잡잡한 피부에 새하얀 실크 와이셔츠를 걸치고 구제품이 아닌 자신의 치수로 딱 맞는 양복을 걸친 그는 그녀가 알고는 있지만 다시 만나고 싶지는 않았던 다른 사내였다.

남자가 쓰고 있던 중절모를 벗었다. 그가 입고 있던 차림새만큼이나 화사한 얼굴이 드러났다. 그리고 그 얼굴, 눈동자에 선명하게 드러나 보이는, 그녀를 향한 숨길 수 없는 조롱까지도.

"실망하셨습니까? 나라서?"

"왜, 어, 어째서 그쪽이……?"

목소리가 나올 수 있을 때쯤 여자는 겨우겨우 물었고, 남자는 대수롭지 않다는 듯이 어깨를 으쓱거리며 대꾸했다.

"찾기는 찾아야겠는데 내 이름으로 찾으면 나올 것 같진 않고 아무래도 이 방법이 먹힐 것 같아서. 생각보다 훨씬 효과가 빨라서 나도 놀라는 중이오."

그녀의 역병이, 남편을 앗아간 저주가 그녀를 향해 눈부시게 웃고 있었다.

그런데 이상도 하지. 그 남자의 웃는 얼굴을 보면서 그녀의 눈에선 눈물이 나왔다. 자신을 비웃는 저 남자 앞에서 운다는 것이 얼마나 꼴사나운 짓인지 모르는 것은 아닌데, 그런 것을 생각할 겨를도 없이 눈물이 나왔다.

남편이 아니다.

그가 자신을 찾은 것이 아니었다.

오늘 그를 보게 되는 줄 알고 설레는 마음으로 곱게 꾸미고, 아이에게 네 아버지 처음 뵙는 날이라고 예쁜 머리 끈으로 머리도 곱게 묶어 주었는데, 그는 오지 않는다.

지난 수년 동안 그러했듯이 언제 다시 보게 될지도 알 수 없다.

신문의 문구를 보는 순간부터 부풀어 올랐던 가슴이 한순간 푹 꺼지고 눈에선 걷잡을 수 없이 눈물이 흘러내렸다.

어미가 우니 아이도 따라 운다.

"엄마아아아아아. 우아아아아앙."

거짓말처럼 눈물 쏟으며 우는 여자, 그리고 그녀의 품에서 버둥거리며 우는 아기를 남자는 꽤 오래도록 지켜보았다.

목소리로 말하지 않아도 여자는 실망했다고 눈물로, 온몸으로 말하고 있다.

그다지 울리고 싶다는 생각은 해 본 적이 없었는데 이 여자 우는 걸 꽤 여러 번 보는 것 같은 느낌이었다. 달래 주려고 손을 뻗어 본 적도 있지만, 지금은 그럴 엄두도 나지 않았다.

울 만큼 울고 나서 여자는 붉어진 눈에 노기를 불태운 채 쉰 목소리로 남자에게 물었다.

"왜 이런 짓을…… 그쪽이 왜 나를 찾았어요?"

혹시나 여자는 최악의 가능성을 떠올렸다. 이전에 눈앞의 역병은 그녀에게 이렇게 말했었다.

―만약 살아 돌아온다면, 난 이 집안 것들을 전부 다 잡아먹어 버릴 거야.

한씨 집안의 금, 장남이었던 남편까지 바람대로 빼앗아 갔던 저 역병이 혹시나 이 아이에게까지 해를 끼치려고 하는 게 아닐까. 여자는 저주, 역병, 재앙으로부터 자기 새끼를 보호해야겠다는 일념으로 옆에 앉아 자신들 두 사람을 보고 있는 아이를 끌어안고 자기 품에 감추었다. 하지만 정색하고 아이를 감추는 여자와 달리, 남자는 활동사진 구경하듯 그저 그런 얼굴로 아이를 바라보며 물었다.
"그 애는 뭐요? 엄마라고 하는 것 같던데. 그새 다시 시집이라도 갔나?"
뒷골이 당긴다는 것이 이럴 때 쓰는 표현이로구나, 여자는 깨달았다. 사람 비위를 저렇게 자연스레 건드리는 악당은 세상에 다시 없으리라.
하지만 저리 묻는 걸 보니 저 남자가 이 아이의 존재를 알았던 것 같지는 않다. 하긴 남편도 몰랐던 걸 저 남자가 알 리가 없지. 그래도 역병, 재앙, 저주는 피하는 것이 상책이다.
"댁이 알 바 아니에요. 용건이 없다면 전 이만 가겠어요."
일어서는 여자에게 남자가 말했다.
"앉아. 용건 있으니까."
"용건이요? 그쪽하고 내가요? 무슨 용건이요? 전 솔직히 지금 이 상황이 정말 이상하고 싫어요. 대체 그쪽이 날 찾은 이유가 뭐예요? 신문에 그런 거짓 광고까지 해 가면서!"

한때 그녀를 위험에서 구해 주었고, 그녀가 글자를 가르쳤고, 그녀에게 매혹적인 음악을 들려주었고, 외로울 때 그 외로움의 절반을 나누어 주었던 그녀의 벗.

남편의 생명을 빚졌던 은인이었던 남자.

하지만 지금 그녀가 느끼고 있는 슬픔, 그녀가 겪어야 하는 끔찍한 이별, 그녀가 흘려야 하는 눈물의 근원이 된 남자를 여자는 노려보았다.

은인이 역병이 되고 우정이 증오가 되어 버렸다.

따뜻했던 밥이 시간이 지나면 쉬어서 잘못 먹으면 병이 날 수 있는 독으로 변해 버리는 것처럼, 사람과 사람의 관계란 얼마나 변화무쌍, 괴상한 것인가.

그렇게 파르르 치를 떨며 자리에서 일어서려는 여자를 차분한 시선으로 관찰하던 남자가 한 대답은 상당히 뜬금없는 것이었다.

"글쎄. 오랫동안 안 보니까 밥순이 얼굴이 보고 싶어지더라구."

이 남자가 짓궂은 소리를 잘 하는 것은 알고 있었지만 저 정도까지 뻔뻔할 줄은 몰랐다. 여자는 모욕감에 치를 떨며 아이를 안아 들고 자리에서 일어나 등을 돌려 가려고 했다.

될수록 빨리 저 역병에게서 떨어져야지. 이 지독한 실망, 구름 위에서 거닐다 나락으로 떨어진 내 얼굴을 저 작자에게 보이지 말아야지.

그런 그녀의 뒤통수에 대고 느긋한 목소리로 그 남자는 말했다.

"거기 남편한테서 부탁받은 것도 있고."

다시 그녀가 그를 향해 몸을 틀고 한 걸음 한 걸음 다가왔을 때, 남자는 그녀의 얼굴에 떠오른 의혹, 놀라움, 설렘을 읽었다.

조금쯤 망설이다가 그녀가 물었다.

"두 번째 거짓말인가요?"

"그렇게 생각한다면, 가면 그만이야."
잠시 후 여자는 다시 그의 앞에 마주 앉았다.

"성례 씨가 한 달에 두 번이나 쉬겠다고 해서 내가 얼마나 곤란했는지 알아? 성실한 걸로 자기 따라올 사람 없다고 생각했었는데, 실망했어."
미용실 원장의 꾸중이 여자의 귀에 멍멍하게 들려왔다.
토요일이라 가뜩이나 사람들로 붐비는 미용실. 그녀를 야단치는 원장의 목소리 말고도 여러 목소리가 웅성웅성 들려오고 있었지만 목소리와 목소리가 엉켜서 벌떼가 붕붕거리는 듯한 소리 한 뭉텅이로 들릴 뿐, 무슨 말들을 하는지 제대로 들리진 않았다.
어제까지만 해도 구름 위를 걷는 것 같았는데 하루아침에 지하 밑바닥까지 가라앉을 수 있다니.
구름 위에서 바닥까지 떨어진 것이 처음 있는 일도 아닌데 겪을 때마다 새롭다.
"한창 바쁠 때에 이러는 거 아니지. 보조 딱지 떼고 정식 미용사 노릇 한 지 얼마나 됐다고⋯⋯ 벌써부터 기합 빠지면 곤란해. 성례 씨가 영어도 할 줄 알고 해서 부산에서부터 도움을 많이 받긴 했지만⋯⋯."
벼르고 있었던 듯, 그날따라 길게 꾸중과 설교를 번갈아 내리던 쌀레의 고용주이자 미용 스승인 원장 오 여사는 문득 자기 앞에 서 있는 쌀레의 안색을 살피고 금세 어조를 누그러뜨렸다.
"자기, 어디 아파?"
그리고 보니 오늘 아침, 아니 뜬눈으로 밤을 지새우고 맞은 새벽에 쌀례와 한 방을 쓰고 있던 미자가 저렇게 물었었다.
"언니, 어디 아파? 그러고 밤샌 거야? 아니, 출근할 사람이……."
목구멍이 포도청이라고, 구름 위를 걷다가 나락으로 떨어져도 아침이 되면 일터로 나가 일을 해야 했다. 그러자면 잠을 좀 자 두어야 한다. 하루 종일 손님이 밀려들어 오면 머리 만지느라 바빠서 밥 먹을 시간도 따로 없으니 아침도 한술 떠야 한다. 하지만 쌀례는 아무것도 할 수 없었다. 눈을 감고 잠을 청하는 것도. 밥알을 씹어 삼키는 것도. 살아가기 위해 해야 할 그 무엇도.

─살아 있어야 해. 그럼 어디 있든 내가 찾아갈 테니까.

마지막으로 얼굴을 마주하던 이별의 순간, 남편은 그렇게 말했었다.
보트에서 내렸을 때는 이미 새벽이었다.
그곳에서 수십 리 떨어진 부대에, 배에 난입했던 침입자들도 함께 입대하리라 했었다.
아침이 오기까지 두어 시간을 함께 있을 수 있었다.
찬경이 몇 걸음 떨어진 곳에서 감시를 하듯 지켜보고 있었고, 선재와 그녀는 마치 처음부터 한 몸이었던 것처럼, 한 치 빈틈도 없이 서로를 깊이깊이 안고 있었다.
주머니에 가지고 있던 약간의 금품과 시계를 끌러 아내에게 내밀면서 선재는 여러 가지를 당부했다.
전쟁이 끝날 때까지 위험한 일일랑 끼어들지 말고 무사히 안전한 곳에 있다가 서울 안국동 집에 가서 기다리고 있으라고. 끼니 굶지 말고 아프지 말라고. 할 말은 산더미 같았는데 시간은 자꾸자꾸 지나가고 그럴 수록 목이 메어 와서 결국 마지막에는 그가 하는 당부에 고개만 끄덕인 채 아무 말도 못 했었다.
 그래도 이것만은 분명히 약조했었다.

―살아 있어야 해. 그럼 어디든 내가 찾아갈 테니까.
―돌아오셔야 해요. 언제까지든 기다릴 테니까.

 그러고 나서 편지 한 통이 되어 잠깐 돌아왔었던 남편은 이제 다시 짤막한 소식으로 돌아왔다. 하필이면 원수의 손에 들려서.
 '그쪽 남편에게 부탁받은 것도 있고.'라며 찬경이 건넸던 것은 처음보다 훨씬 짧은 편지였다. 백만 번은 더 읽어 이제 글자 한 자 한 자 외워 버린 첫 번째 편지와 똑같은 필체. 공책을 찢어 쓴 듯한 그 서신.
 편지 위 글자로 돌아온 남편을 마주하면서 여자는 그날 밤 잠을 이루지 못했다.

아내 쌀례에게

 글씨가 좀 엉망일지도 몰라.
 오른 손가락을 좀 다쳤어. 걱정하지 마. 크게 다친 건 아니야. 그리고 전등을 마음대로 쓸 수 없어서 촛불 아래에서 쓴 탓도 있을 거야.
 이러고 있으니까 이전, 우리가 안국동에서 살았을 때 단전이 되어 유독 어두웠던 그 여름밤이 떠올라.
 (*1948년 5월 남쪽에서의 단독 선거에 대한 보복으로 북쪽에서 공급해 오던 전기를 단전했다. 당시 전기 발전력은 90% 이상 북쪽에 편중되어 있어 남쪽은 전기 공급에 큰

어려움을 겪었다.)

왜 있잖아, 당신이 처가에서 가져와 심었던 꽃씨가 처음으로 싹을 틔우고 꽃을 피웠던 첫 여름.

저녁 무렵, 안마당 화단에 활짝 핀 봉선화의 희고 붉은 꽃송이를 따다가 백반 덩어리와 함께 손절구에 넣고 찧고 있던 당신을 봤어.

으깨진 꽃잎을 뭉치로 만들어 손톱 위에 올리고 떨어지지 않도록 명주실로 단단히 감싸는 걸 어머니가 보시고 말씀하셨었지.

―새아기가 봄에 무언가 화단에 심더니, 어느새 꽃이 피었구나.

당신은 그때 수줍게 웃었어.
평소 구닥다리 풍습은 뭐든 질색이라던 은재도 그날만은 자청해서 꽃잎 뭉치 앞에 손톱을 내밀었어.

―첫눈 올 때까지 손톱물이 지워지지 않으면 사모하는 사람하고 연이 이어진대.

아버지도 준재도 집안 남자들까지 여자들의 그 소란을 지켜보며 재미있어 했어. 매미 소리가 간간히 울려 대고 바람 한 점 없는 더운 여름밤, 은백색 여름 달과 아버지 공장에서 들여온 침침한 석유등이 잔잔히 밝혀진 그곳에서 식구들 모두 웃었었지.

웃는 얼굴들이 모두 꽃 같았어. 그중에 특히나 큰 꽃 같던 당신, 당신 얼굴이 요즘 꿈속에 자주 보여.

잠에서 깨고 나면 당신이 더 보고 싶어.

하지만 요즘은 당신 보기가 무섭기도 해.

쌀례야, 나는 이제까지 내가 사람을 죽일 수 없는 인간인 줄 알았어.

> 하지만 요즘의 날 보면 인간은 닥치면 무슨 짓이든 할 수 있다는 걸 알았어.
> 찬경이 그 친구는 그걸 이제 알았느냐고 날 비웃었지만, 난 화도 낼 수 없었어.
> 네가 보고 싶어. 지금이라도 너한테 가고 싶어.
> 그런데 그게 언제인지, 갈 수나 있을지 이젠 나도 정말 모르겠어.

편지는 중간에서 끝난 것처럼, 여기서 갑자기 끊겨 버렸다.

여자는 자기 눈으로 달려드는 편지의 글자 하나하나가 남편의 울음소리 같았다.

이상한 일이지만, 그녀는 촛농이 군데군데 떨어진, 혹은 그의 눈물 방울이 스며 있을 그 두 번째 편지를 찬경 앞에서 한 번, 집에서 한 번 그렇게 두 번만 읽고 접어서 깊숙이 넣어 두었다.

처음 편지처럼 만 번을 다시 읽을 수가 없었다.

돌아올 수 있을지 모르겠다는 그의 불안함이 펜으로 흘려 쓴 글씨에서 피어올라 그녀의 심장에까지 전염되어 버렸으므로.

편지 속 그가 딱했다.

다가올 앞날이 아니라 지나간 좋았던 때를 밥알 곱씹듯 곱씹을 수밖에 없는 그의 형편이 딱했다.

돌아오고 싶지만 돌아올 수 있을지 불안해하는 그가, 닭 목도 비틀지 못하는 사람이 사람을 죽였다는 끔찍한 상황에 몰렸다는 그가 정말로 딱했다.

그래, 원래 눈물 많은 사람이지.

달처럼 깨끗하고, 그만큼 섬세한 사람이었다.

야학 일로 경찰에 끌려갔다 나왔을 때도 옥에 갇혀 있던 후유증으로 한동안 허공만을 응시한 채 산송장처럼 늘어져 있었던 그의 모습을 쌀례는 기억한다.

얼마나 곤했으면 글자로 이리 울까.

곁에 있다면 기운 내라고 따뜻한 밥이라도 해 먹일 수 있을 텐데. 하지만 마음 다른 쪽에선 꼭 살아 돌아오겠다는 약속 지키는 걸 버거워하는 듯한 그가 야속했다.

그래서 여자는 그 편지를 읽지 않은 것으로 치기로 했다.

'잊어버리자. 그저 돌아오겠다고 약속한 것까지만 기억하자.'

하지만 한 번 읽은 그의 울음은 가슴속에 박혀 사라지지 않았고, 그녀는 그렇게 꼬박 뜬눈으로 밤을 지새웠던 것이다.

"얼굴색이 아주 안 좋은데. 저리 가서 좀 쉬다가 안 되겠거든 조퇴를 하던가."

원장의 걱정에 쌀례는 고개를 내젓고 작업을 할 때 입어야 하는 하얀 가운을 걸치기 시작했다.

"일해야죠. 제가 아플 시간이 어디 있어요."

다시 만날 줄 알았던 사람과 만나지 못했다고, 천하의 악당에게 우롱당하고 그 앞에서 울었다고 해도 일상은 그렇게 어김없이 맨얼굴로 그녀에게 다가온다.

쌀을 사야 했고, 달도 못 채우고 태어나 늘 잔병치레가 많은 아기에게 먹일 약을 사야 했다. 우는 건 나중에 일이 다 끝나고 혼자 있을 때 울어도 된다.

그렇게 튼튼하게 자신이 맞을 손님에게 다가가서 미지근한 물로 머리를 샴푸하는 쌀례의 모습을 든든하다는 듯 지켜보고 있던 원장이 문득 생각났다는 듯이 일러 주었다.

"그 손님 샴푸까지만 하고 성례 씨는 잠깐 대기하고 있어. 곧 중요한 손님이 찾아오실 테니까."

꽤 규모가 큰 영화사를 운영하고 있고 그밖에 여러 사업을 하고 있다는 거물이 미용실을 방문한다는 것이었다. 잘만 하면 그의 영화에 나오는 여배우들을 전속으로 맡아 본격적으로 미용실 홍보도 할 수 있다는 원장의 흥분된 목소리에 쌀례 역시 긴장했다.

부산에 피난 온 원장과 만나서 손가락 지문이 지워질 만큼 애써 기술을 배운 지 몇 년, 딸아이와 남부럽지 않게 살기 위해서, 남편이 돌아올 때 부끄럽지 않은 모습으로 그를 맞기 위해서도 이건 어쩌면 정말 소중한 기회일지 모른다.

여자는 그렇게 생각했다. 몇 분 뒤, 그 거물의 모습을 직접 보기 전까지는.

거물이라 불린 남자는 생각보다 무척 젊었다.

가무잡잡한 피부에 웃을 때마다 드러나는 하얀 이가 반짝였다.

미용실에 찾아드는 여자들이 입고 있는 옷매무새에 신경 쓴 것처럼, 그 역시 그 시절 남자치고 닳아 버린 팔꿈치를 기운 오래된 양복도, 미군 부대에서 흘러나온 크고 낡은 군복도 아닌, 처음부터 그의 옷으로 맞춰진 세련된 겨자색 슈트 차림이었다.

그의 곁에는 말 그대로 여배우같이 생긴 아름다운 여자가 서 있었다. 한창 유행 중인 한쪽 머리가 뿔처럼 치켜 올려진 링그 파마머리에 역시 유행하는 은실과 색실을 섞어 두껍게 짠 홍콩제 양단 옷차림의 여자였다.

여자들만의 공간인 미용실에 들어서는 순간부터 그 안의 모든 여자들의 시선을 받으면서도 남자는 그닥 주눅 들어 하지 않고 자연스레 수컷의 향기를 뿜어냈다.

그리고 그런 그를 본 순간 손님에게 내갈 차를 쟁반에 받쳐 들고 나갔던 쌀례는 경악하고 말았다. 들고 있던 차 쟁반을 놓쳐 버릴 정도로.

"어머, 미스 박! 이게 뭔 일이래? 죄송합니다, 윤 사장님, 연설 씨. 워낙 유명하신 분을 직접 뵈니 우리 직원이 긴장했나 봐요. 뭐 해요, 빨리 이것 치우고 다시 차 내와요!"

원장이 채근하지 않더라도 쌀례는 당장 여기서, 저 남자 시선에서 벗어나고 싶었다.

도대체 저 남자가 여긴 왜 왔단 말인가.

세상 좁다는 말은 이전부터 들어 알고 있었지만 저 악당의 얼굴을 이틀 연속 볼 만큼 좁을 줄은 몰랐다.

여자는 서둘러 허리를 굽히고 바닥에 산산이 흩어진 커피 잔 조각을 치우기 시작했다.

우연이라도 일분일초 저 괴물이 있는 곳에 머무르기 싫었다.

그렇게 깨진 찻잔 조각을 주워 담다가 문득 고개를 들어 바로 앞 의자에 앉아서 자신을 보고 있는 남자와 시선이 마주쳤을 때, 쌀례는 깨달았다.

'우연이, 아니야.'

거침없이 자신을 내려다보고 있는 그 적나라한 시선이라니. 마치 재미난 구경거리를 보고 있는 소년의 그것 같았다. 우연이라면 저렇게 흔들림 없이, 저렇게 침착하게, 저리도 노골적으로 자신을 볼 수 있을 리가 없다.

역병, 재앙, 저주가 자신의 직장까지 쫓아왔다는 사실에 여자는 소름이 끼쳤다.

당혹스런 마음에 컵 조각을 치우던 손길은 더 바빠, 거칠게 움직였고 결국 사기 조각 위로 빨간 핏방울이 뚝뚝 떨어지기 시작했다.

"에그머니나! 뭐야, 손을 벤 거야?"

"괘, 괜찮습니다. 실, 실례를…… 미스 김! 여기, 이것 좀 나 대신 치워 줘요!"

애초에 그 여배우가 오면 원장 보조로 함께 작업하기로 약속이 되어 있었지만 쌀례는 한사코 사양했다. 유명 여배우, 그 여배우의 후견인인 듯 보이는 영화사 사장과 안면을 튼다는 야심찬 생각은 자취를 감추었다.

지금은 저 역병, 재앙, 저주한테서 될수록 피해 있는 것이 상책이었다. 그렇게 되도록 여자는 당장 남자 앞에서 도망쳤다.

미용사들이 출근하자마자 하얀 가운을 갈아입는 작은 창고 방에서 손을 싸매고 다른 미용사들 틈에 섞여 손님 머리를 만지기 시작했다.

먹잇감을 노리는 맹수같이 자신을 노려보는 남자의 시선은 애써 무시하고, 한 번도 그쪽에는 눈길을 주지 않고서.

사실 미용사라는 직업이 한 번 출근하면 밥 먹을 사이도 없이 하루 종일 바쁜 직업이었으니 일하기로 마음만 먹는다면야 그쪽에 신경 쓸 겨를이 없기도 했다.

아침부터 밤까지 하루 열두 시간을 머리칼 자르고 고대하고 좀 저

렴하게 숯으로 머리를 지져 컬을 내든가 최신식으로 머리칼에 약품을 발라 웨이브를 주는 콜드파마를 하든가 눈코 뜰 새가 없었던 것이다.

어떻게 보면 지금 그녀의 등 뒤에서 동물원 원숭이 구경하듯 자신을 구경하는 저 남자는 과거, 그리고 지금 그녀가 하고 있는 일은 현실이다.

지금 어디 있는지 행방을 알 수 없는 남편은 일정 시절 5년쯤 뒤에 독립군을 잡아들일 악덕 검사가 될 자기 미래를 걱정했었고, 등 뒤에 있는 악당은 거의 10여 년 전 과거에 겪었던 부당함에 치를 떨고 복수하겠다고 설치고 있다.

하지만 그녀, 박쌀례에게 있어서 가장 우선되는 것은 오늘이었다.

오늘 어떻게 일하고, 어떻게 돈을 벌고, 무얼 먹고, 아이는 어떻게 보살펴야 하는가.

그 이외의 것들을 무시하는 것은 쉬웠다. 아주 쉬웠다. 쉽다고…… 생각했다.

"아니, 저 옆쪽은 나보다 늦게 왔는데 왜 머리가 더 빨리 끝난 거야? 이거 사람 무시하는 거예요? 손님 가려 가면서 서비스하는 거냐구!"

파마는 1920년대 유학을 하고 귀국한 신여성들에 의해 유입되어 1930년대부터 본격적으로 여자들을 매혹시켜 왔다. 이전에는 머리 형태를 잡아 주는 로드에 전선을 하나하나 연결시켜 머리칼에 전기열을 가하거나, 손가락만 한 숯 조각에 불을 붙여 집게로 집고 머리를 말아 대는 카본파마 등이 있었다.

하지만 이 방식들은 머리에 직접 열을 가해서 시간을 잘못 맞추면 머리가 부스스 타 버리거나, 전력 공급이 원활하지 못한 경우 정전이 되어 파마 작업이 도중에 뚝 끊기게 되거나, 숯가루가 옷에 떨어져 옷이 타거나, 최악의 경우 손님 얼굴에 화상을 입히는 경우가 생긴다. 그래서 최근에 유행하게 된 것이 약물을 머리에 칠하는 콜드파마였다.

숯이나 전기로 머리에 직접 열을 가해서 하는 파마는 최대 네 시간까지 걸렸지만 머리에 약품을 바르고 하는 신식 콜드파마는 샴푸 시작부터 머리 말고 약 바르고 마지막 헹굼까지 1시간 반이면 충분했다.

세 시간째 머리를 하고 있는 손님으로서야 짜증을 낼 수도 있는 일이었지만 애초에 신식 파마가 아니라 그보다 저렴한 숯 파마를 하겠다 한 것도 손님이었다.

'손님 가려 가면서 서비스하는 것, 맞습니다. 지불되는 요금에 따라 제공되는 서비스는 달라지는 거니까요.'

속에선 이런 말이 떠올랐지만 이대로 내뱉을 수는 없는 법. 여자는 사근한 미소를 지으며 그저 이렇게만 말할 수밖에 없었다.

"많이 불편하시죠? 카본파마는 원래 시간이 좀 걸리는 작업이라…… 등에 받히실 수 있게 쿠션 가져다 드릴게요. 지루하시다면 읽을거리를……."

"이 아가씨가! 내가 파마 한두 번 해 보나? 오늘따라 더 걸리는 것 같다구! 왜 나는 이렇게 오래 걸리냐고!"

싼 파마를 하고 있다고 무시하는 거냐, 라는 항의는 자존심상 뱉지 못하는 건지, 상대 여자는 카본파마 중에서도 너희 실력이 오늘은 딸린다고 공격을 해 댔다.

하루에 수십 명씩 고객을 대하고 있으니 이런 사람도 있고 저런 사람도 있기 마련이다. 더구나 그 무렵의 미용실은 멋을 부리기 위해 찾아오는 곳이면서도 옷차림새에 이미 적지 않은 공을 들여 찾아오게 되는 장소, 여자들 사교계의 장이었다. 돈으로 스타일을 사는 것 이외에 서비스라는 명목으로 돈 들인 만큼 이 정도의 신경질은 받아줘야 하는 것 아니냐는 압박이 살아 숨 쉬는 곳이기도 했다.
 처음도 아니니 그러려니 하면 그만이겠지만, 하필이면 몇 걸음 떨어진 곳에 이런 꼴을 보이고 싶지 않은 남자가 지금 이 모습을 지켜보고 있었다.
 그 남자의 시선, 그리고 눈동자를 옆으로 흘기며 자신을 보는 다른 여자들의 시선이 온몸에 따끔따끔 느껴진다.
 다시 머리가 어질어질했다.
 무언가 올칵올칵 올라오고 있다는 느낌도 들었다.
 당장 어딘가로 숨어들어 눕고 싶다는 생각도 들었지만 그건 불가능한 일이었다.
 쌀례는 이런 때 효과가 확실한 주문을 마음속으로 되뇌었다.
 '목구멍이 포도청이다. 밥! 밥! 우리 아기! 바압!'
 그렇게 주문을 외우며 "되도록 빨리 해결해 볼게요."를 거푸 말하고 있는데 상대방 여자의 얼굴이 더더욱 굳어졌다. 미소 띤 얼굴로 고객 응대를 한다고 하고 있는데 그래도 마음에 안 드나?
 그때였다. 무언가 코에서 방울방울 떨어져 내리는 느낌이었다.
 "언니! 피! 코피 나요!"
 옆에서 보조를 하고 있던 김 양의 경악성을 듣고 나서야 쌀례는 손님을 향해 뺨에서 경련이 날 정도로 미소를 짓고 있던 자기 코에서 코피가 줄줄 흘러내리고 있다는 사실을 깨달았다. 거기다 더 최악의 사건은 그녀의 붉은 핏방울이 상대 손님의 양단 옷자락에 튀었다는 것이다.
 "이, 이, 이게 얼마짜린데! 홍콩에서 갓 들여온 양단인데!"

"죄송합니다. 죄송합니다. 죄송합니다……."
 손으로는 흘러내리는 붉은 핏줄기를 가리고, 태엽 감으면 움직이는 자동인형처럼 허리 굽히고 또 굽히고 사과했다. 아기만 아니라면, 기다려야 할 사람만 없다면 그 순간 땅으로 꺼지고 싶었다. 코에서는 코피, 눈에선 눈물이 나려 하고 있었다.
 '아, 혼자 있을 때나 울려고 했는데.'
 그렇게 여자가 어쩔 줄 모르고 있던 그때 누군가 성큼 그녀 뒤로 다가섰다.
 "목 뒤로 젖혀."
 역병, 저주, 재앙이 대뜸 그녀의 뒤에 바짝 다가와 손수건으로 코를 틀어 막아 주었다. 여자가 뿌리치려 해도 그의 강한 팔 힘이 그녀를 놓아 주지 않았다.
 "가만 있어! 굽신거리는 건 나중에 하고 지혈부터 해야 할 거 아냐."
 코에서 입 안으로 흘러내리는 더운 피 냄새, 남자의 손수건에서 풍기는 알 수 없는 향이 뒤섞여 그녀의 코끝을 간질였다.
 억지로 얼굴을 젖히면서 보게 된 미용실 천장의 꽃모양 전등이 둘, 넷, 여덟…… 급속히 늘어났다.
 세상이 빙글빙글 돈다.
 아기, 밥, 돈, 피 내음, 남편의 편지, 편지 속에 펼쳐져 있던 안국동의 꽃밭, 어느 여름날 손톱 위에 얹었던 피처럼 붉은 꽃들.
 첫눈 오기 전 손톱의 꽃물이 남으면 첫사랑이 이루어진다 했는데 내 손톱의 꽃물들은 남아 있었던가.
 올해 눈이 오기 전에 그이는 돌아올까.
 편지지 군데군데 찍혔던 촛농 자국, 눈물 자국…… 눈물 자국…….

거기까지.

눈앞은 정전된 듯 꺼지고 곧 아무것도 보이지 않게 되었다.

그렇게 여자는 의식을 잃었다.

다시 마주치는 순간부터 그토록 피하고 싶었던 역병, 저주, 재앙 같은 그 남자의 팔 안에서.

도깨비 소굴의 식모님
적과의 동거

그 악당의 집은 인간의 집이 아닌 도깨비 소굴이었다.
뭐, 도깨비 같은 작자의 집이니 도깨비 소굴이 어울리기도 하겠지.
하지만 내가 여기 머무는 동안 인간의 소굴로 만들어 보이겠어.
그것은 도깨비 소굴에 들어선 인간 식모 여자의 선전포고였다.

눈을 감으면 어둠. 눈을 뜨니 새하얀 세상이 피어났다.
다시 보니 병원 천장. 고개를 들어 옆을 보니 시계는 여덟 시를 가리키고 있었다.
'여덟 시? 추, 출근 시간이잖아! 새벽까지 잠 안 자고 있다가 이 무슨…… 늦었다!'
순간 반사적으로 자리에서 벌떡 일어나려는데 오른쪽 팔에서 따끔한 통증이 느껴졌다.
그 통증이 그녀를 현실로 인도했다.
이미 오늘 아침 여덟 시에 출근한 이후 그녀가 정신줄을 놓기 전까지 무슨 일이 있었는지 떠오른 것이다.
카본 숯 덩어리, 피둥한 얼굴에 새빨간 립스틱 바른 입술로 자신에게 다그치던 여자, 양단 치마저고리, 깨어진 사기 조각, 떨어진 핏방울, 갑자기 뒤에서 고개를 젖히게 했던 어떤 남자의 낮은 목소리.

―고개 뒤로 젖혀. 굽신거리는 건 나중에 하고 지혈부터 해야 할 것 아냐.

어처구니가 없다. 자기가 뭐라고 참견이람. 강제로 젖혀졌던 고개, 자신도 모르게 찔린 주사 바늘, 똑똑 떨어지는 노오란 주사약까지 모든 것이 짜증 났다.
"뭐야, 이게? 난 주사 같은 거 놔 달라고 한 적 없는데!"
이런 주사는 돈이 얼마나 들까. 자주 감기나 고열에 시달리는 아기의 가는 팔뚝에 맞췄던, 이보다 작은 주사도 무척이나 비쌌는데 이 정도면 상당한 액수일 것이다. 반도 안 되게 맞은 것 같은데 그만 맞으면 돈을 조금은 깎을 수 있지 않을까.
궁상스런 생각은 꼬리에 꼬리를 물고 늘어난다. 결국 어떻든 간에 진리는 단 한 가지. 박쌀례는 여기 누워 있을 여유 따윈 없다는 거다. 그렇게 주사 바늘을 뽑고 자리에서 떨치고 일어나려는데 누군가 제지하는 목소리가 들렸다.
"그냥, 누워 있어."
침대 맞은편 창가에 걸터앉은 남자가 말했다.
그러고 보니 이곳은 1인실이었고, 이곳에는 그와 그녀, 두 사람뿐이었다. 아마도 그녀를 병원에 데려온 것이 저 인간인 모양이었다. 여자는 남자 말 따위 들을 생각 없다는 듯이 자리에서 일어나 환자복 차림의 자기 몸을, 그리고 주변을 둘러보았다.
"내 옷 어디 있어요? 가게, 미용실에 돌아가야죠. 아니, 우리 아가……저녁 줘야 하는데."
단 한순간도 그에게 눈길 머무는 법 없이 여자는 머릿속에 어지럽게 떠다니는 생각들을 중얼거리며 일단 병실 문을 나서려 했다. 그런 그녀의 어깨를 남자는 강하게 붙들고 막았다.

"누워 있으라니까! 넌 쉬어야 해."

"이것 놔요! 어딜 감히!"

한순간 남자가 어리둥절해할 만큼, 이번엔 여자 쪽에서 사납게 악을 썼다.

치를 떨며 자신을 경계하는 여자를 한동안 색깔 없는 얼굴로 바라보던 그는 잠시 후 낯빛 비슷한 목소리로 그저 이렇게 말했다.

"건드리지 않을 테니까 누우라구. 약 다 들어가자면 두 시간은 있어야 한다니까."

흡사 털을 곤두세우고 경계하는 고양이를 달래는 듯, 그답지 않게 부드러운 목소리였다. 한때 다른 이에겐 고약하게 굴더라도 자신에게만은 부드럽던 저 목소리에 고마움을 느꼈던 시절이 있었다. 다 철모르던 어린 시절 이야기였지만.

그래, 호의를 그저 호의로 받아들이고 기뻐하던 시절이 그녀에게도 있긴 있었다. 그때는 지금처럼 자신을 걱정스러워하는 저 눈빛에 의문 따윈 품지 않았다. 세월이 흐르고, 여러 가지 일을 겪고, 이렇게 그저 그런 어른이 되어 버렸다.

'다 당신 때문이야.'

꽃처럼 웃었다가 들개처럼 남의 목덜미를 물어뜯어 버리는 그 남자답지 않게, 오로지 그녀에 대한 걱정만을 담고 있는 남자의 순한 눈동자를 바라보면서 여자는 마음속으로 탄식하듯 중얼거렸다.

'내가 이렇게 된 건 당신 때문이야. 라무네를 건네던 손으로 총을 쏘아 위협을 하고 내 남편을 나에게서 빼앗아 간 당신 때문에 나는 나를 걱정하는 당신 마음 같은 건 믿을 수가 없어. 당신이 웃으면서 총으로 사람을 쏘아 죽인 그날 밤, 남편을 안고 있던 나에게 "이것 참, 눈물겨운데."라고 빈정거리던 그날 밤에 나는 이미 당신이란 남자의 본색을 보아 버렸거든.'

그렇게 씁쓸함과 울적함을 담고서 여자는 말했다.

"누워 있을 시간도 없고 1인실 같은 데 독차지할 돈도 없어요. 문 닫기 전에 가게에 가 봐야 해요. 손님 옷 세탁비 얼마나 변상해야 할지도 알아봐야 하고……. 그러니 문에서 비켜요. 일단 나가 봐야……."

"내가 낼 거야."

될수록 차고 딱딱하게 현재 상황을 정리하는 여자의 말을 남자는 불쑥 끊어 버렸다.

"입원비, 그 암퇘지 옷값 정도, 내가 낼 거야. 그러니까…… 누워 있으라구!"

마지막에 가서 남자의 목소리는 여자가 듣기 거슬릴 만큼 고압적이었다.

돈을 받고 남에게 고용된 뒤부터 이런 소리를 듣는 것에 익숙해진 그녀였지만 적어도 이 남자에게 저따위 명령은 듣고 싶지 않았다.

"댁이 왜 그 돈을 내요? 그리고 나 멀쩡해요. 누워서 주사 같은 것 맞을 필요 없다구요."

"하!"

세상에서 가장 재미없는 농담을 들은 듯, 남자는 짧게 웃음소리를 내고는 빈정거리는 목소리로 되물었다.

"멀쩡? 영양실조에 과로로 기절한 주제에?"

안 먹고 안 자고 남의 머리 지지고, 애 둘러업고 남편 찾아 여기저기 돌아다니고 얼굴 보고 싶지 않은 원수에게 창피한 모습 다 보였으니 과로에 영양실조, 걸릴 만했다. 하지만 남의 목소리로 듣기에 참으로 창피한 병명이라 아니할 수 없다.

여자는 고집스런 어조로 대꾸했다.

"그건 내 문제예요. 그쪽이 상관할 바 아니에요."

내가 하루 열두 시간 서서 일하고 번 돈으로 아이 약값을 대느라 피가 마르든 말든, 시도 때도 없이 밀어닥치는 손님들 때문에 밥을 굶든 말든, 휴일에도 아이 둘러업고 남편 소식 알아보느라 다리가 천근만근 무겁든 그건 저 남자가 상관할 바가 아니다.

문득 여자는 이해할 수 없다는 얼굴로 남자에게 물었다.

"왜 새삼 신경을 써요? 다시 만나면 날 괴롭혀 준다고 한 게 그쪽이었으면서. 말한 대로 된 건데 잘됐잖아요?"

여자의 목소리가 채찍이 되어 남자의 얼굴을 후려쳤다. 그래, '도련님' 대신 전쟁터로 끌려가던 그날 새벽에 아직은 어린 이 여자에게 그렇게 말했었다.

―밥 많이 먹고 무럭무럭 커라, 밥순이 아씨 마님. 어른이 되어 다시 만나면 신 나게 괴롭혀 줄게.

절반쯤은 진심이었다. 죽을지 살지 알 수 없는 길로 가면서 살아남아서 계집애가 여자가 된 모습을 보고 싶었다. 절반쯤은 농담이었다. 신 나게 괴롭혀 준다고. 내가 아닌 제 서방 따라 어디라도 가겠다는 그 어린 계집아이의 말에 심술이 났다. 돌아오면 너를 봐야지. 그리고 괴롭혀 줘야지. 하지만 그렇다고 해도 그 결과가 쌀알처럼, 보름달처럼 동그랗던 여자아이를 저렇게 청승맞은 초승달 여자로 만들 만큼 혹독한 것인지, 그가 내지른 복수라는 칼날을 온몸으로 받아 내야 했던 게 그 영감도, 그 영감 자식새끼도 아닌 그녀였는지 그는 몰랐었다.

"나는, 몰랐어."

쌀알처럼, 보름달처럼 둥글고 뽀얗던 것이 초승달처럼 변했다 하더라도 여전히 크고 맑은 두 눈으로 여자는 남자를 보았다. 무슨 소리를 하는 거냐는 듯이. 무슨 소리를 해도 상관없다는 듯이, 그저 무심한, 그래서 더 차가워 보이는 그녀의 얼굴에 대고 남자는 으르렁거리듯 말했다.

"나는 네가 그 자리에서 바다로 뛰어내릴 줄 몰랐단 말야! 이렇게 끈 떨어진 연처럼 고생할 줄 몰랐다구! 그러게 왜 그런 짓을 해서는…… 이 바보 같은 계집애가!"

"그게 나예요."

으르렁대는 남자에게 초승달처럼 조용한 목소리로 그녀가 말했다. 좀 더 기운이 있었다면 그녀는 이런 말을 더 했을지도 모른다. 사실 그때는 아무것도 떠오르지 않았다고. 그저 그 사람과 일 초라도 더 가까이 있고 싶다는 생각 말고는, 한 치라도 더 떨어지기 싫다는 생각 말고는 아무것도 없었다고.

그때 얌전히 배에 있다가 시댁을 따라 일본으로 갔다면, 어쩌면 그 아이를 뱃속에 품고 있는 동안 겪었던 그 배고픔, 허리가 끊어져라 일해야 했던 고생을 겪지 않았을 수도 있고, 누구도 지켜보지 않는 곳에서 혼자서 아이를 낳는 두려움, 외로움도 겪지 않았을 수도 있었겠지만, 그때는 아무것도, 정말 아무것도 떠오르지 않았다고.

하지만 그렇게 말한다고 해도 눈앞의 저 남자는 이해하지 못하고 그저 이리 말하리라는 것을 그녀는 알고 있었다.

'바보. 그러니까 밥순이 너는 바보라는 거야.'

문득 그녀가 그를 보았다. 화를 낼 처지가 아니면서도 화를 내고 있는 남자. 둥근 보름달이던 그녀를 초승달로 만든 주제에, 눈으로 보이는 그녀의 불행에 화를 내고 어쩔 줄 몰라 하는 그 남자를.

이상한 일이지만, 그런 그의 모습이 어쩐지 안쓰러웠다.

편지에 쓴 글자로 울고 있는 남편만 할까마는, 그래도 이 남자도 불쌍한 사람이라는 생각이 드는 것은 왜일까.

여자는 담담한 목소리로 말했다.

"보세요. 제 남편 소식 전해 준 건 고맙게 생각해요. 그건 정말 고마워요. 하지만 그쪽도 나도 더는 얼굴 맞대서 좋을 것 없는 사이잖아요. 다시 볼 일 없었으면 좋겠어요."

'두 번 다시 내 앞에 그 얼굴 들이밀지 말아 주세요.'라는 여자의 완곡한 표현에 남자는 애매한 얼굴로 그녀를 내려다보았다.

남자는 차라리 여자가 자신의 멱살이라도 쥐고 화를 내면 좋을 텐데, 라는 생각까지 들었다. 저런 조용한 얼굴로, 눈물도 주먹질도 없는, 비집고 들어갈 틈이 한 치도 없는 저런 얼굴로 내리는 축객령에 어떻게 대응해야 하는지 그는 알 수 없었다.

전쟁 후부턴 하늘 아래 무서운 것도 없고 거칠 것 없는 그였으나, 찬경은 지금 이 여자가 무서웠다. 그녀의 조용하지만 단호한 얼굴이 무서웠다.

그래서 기어들어 가는 목소리로 그녀에게 사정하듯 물었다.

"내가…… 내가 너한테 뭔가 해 주고 싶어 하면 안 되나?"

"안 돼요."

거부(拒否). 대답은 단번에 나왔다. 그 단호한 대답에 남자는 어처구니없다는 듯이 코웃음을 치며 말했다.

"한 번쯤 한선재 빼고 널 위한 생각이라는 걸 해 보지 그래. 너는 지금 필요한 게 많을 테고, 나는 그걸 줄 수 있다고 하고 있어."

다시 여자가 그를 본다. 이전과 달리 궁색함이라곤 조금도 찾아볼 수 없는 말끔한 차림새의 남자를. 혈색 좋은 얼굴, 등을 쭉 펴고 있는 단정한 자세, 치켜 올라간 고개, 힘이 들어간 목소리. 그가 야차가 되어 사람을 죽이고, 협박하고, 납치해서 빼앗은 황금이 그에게 여유를 가져다주었다. 그리고 그 금이 가져다준 여유로 이제 그녀를 돕겠다 한다. 세상은 어쩌면 이렇게 요지경인가. 한순간 그를 가엾다 여겼던 자기 자신에게 한심함을 느끼면서 여자는 다시 담담한 목소리로 대꾸했다.

"한 가지 있어요. 그쪽이 내게 해 줄 수 있는 것."

"그래, 그렇게 말해 보라구."

온몸으로 안도의 한숨을 내쉬며 반색하는 남자에게 여자는 분명한 목소리로 답했다.

그녀가 유일하게 원하는 그것을.

"내 남편, 돌려주세요."

여자의 목소리는 채찍이 되어 그를 후려쳤다.

달처럼 고요한 얼굴, 채찍 같은 그 목소리로 그녀는 말했다.

"그럴 수 없다면, 다시 날 찾아오지 마세요. 미안한데, 그쪽 얼굴 보면 화가 나요. 화가 나서 견딜 수가 없어요."

다시 볼 일이 없기를.

자신이 내려친 채찍으로 얼굴을 거세게 얻어맞은 남자의 망연한 얼굴을 보면서, 여자는 그 소망이 이루어질 줄 알았다.
절대로, 저 얼굴 다시 볼 일은 없을 거라고.

하지만 살면서 '절대로'라는 것만큼 허망한 다짐이 또 있을까. 그것도 지금 같은 세상에.
자전거를 달리던 꽃길이 하루도 못 가 살겠다고 도망가는 아비규환 피난길이 되고, 닭 모가지도 비튼 적 없던 남자가 사람을 죽였다는 이런 세상에.
아침에 눈을 뜨고 일어나면 다시 눈 감는 시간까지 오늘은 굶주리지 않을지, 누군가를 만나 무슨 일을 겪을지 도무지 알 수 없는 이런 세상에.
쌀례는 이 3년 동안 자신이 말했던 '절대로' 중 도대체 몇 가지나 '먹고 살기 위해서'라는 명목으로 허물어졌는지 이제 헤아려 볼 엄두조차 나지 않았다.
특히 지금 당장 하게 될 일은 그중 가장 압권이었다. 그렇다. 그녀는 같은 집에 살고 있는 양공주 미자 씨로부터 지금 어떤 일에 대한 교육을 받고 있는 중이다.
"알았지? 사겠다고 간 보는 여자가 나타나면 우선 이걸 보여 주고 냄새를 맡게 해야 해. 이건 100% 코티분이니까 냄새 한 번 맡아 보면 사족을 못 쓰고 사겠다고 할 거거든."
교사가 학생을 가르치듯이, 미자 씨는 열의를 가지고 쌀례에게 자신이 특별 제조한 가짜 코티분에 관해서 가르치고 있었다. 똑같은 모양을 한 두 개의 화장품 단지가 교본처럼 쌀례 앞에 놓여 있었다.

 손님을 끌기 위한 진짜 코티분. 그리고 미자가 구호품 밀가루와 코티분을 정확히 3 대 7 정도로 섞은 가짜 코티분.

 코를 대고 향을 맡아 보니 진짜 쪽은 은은한 향이 코끝을 간질이는 반면, 가짜 쪽은 거의 향이 나지 않았다. 밀가루가 자그마치 7할대의 함량으로 섞여 있으니 무리는 아니겠지만 말이다.

 "이쪽에 분을 더 섞어야 하지 않을까. 이건 거의 밀가루잖아. 아무리 장사라도 비싼 값을 받고 파는 건데 이건 너무 심한 것 같아."

 제자의 말에 선생은 코웃음을 쳤다.

 "심해? 언니, 정말 심한 걸 못 봤구나? 진짜 심한 년들은 손님한테 간 보이는 건 나처럼 코티 쓰지만 파는 건 완전 밀가루야. 난 그나마 진짜를 섞어 파니까 화장품 파는 게 되지만, 그것들은 완전 먹는 걸 얼굴에 바르는 걸로 속여 파는 거니까 누가 더 심한 것 같우?"

 솔직히 말하면 쌀례는 모두 오십보백보 같았다. 아니, 어떻게 보면 밀가루는 먹을 수 있기라도 하지 극소량의 분가루가 섞인 밀가루는 온전한 밀가루보다 위험한 것이 아닐까?

 그렇게 자신들의 작업을 잔뜩 의심 어린 눈으로 바라보는 제자에게 미자는 확신에 가득 찬 어조로 다시 말했다.

 "옛날 여자들도 피부 관리 한답시고 녹두 가루 같은 거 발랐잖우. 여자들이 얼굴에 먹는 곡식 바르는 거야 어제오늘 일도 아니고 옛날 쓰던 박가분처럼 얼굴에 납독 오를 것도 아니니 이건 완전 제품이야! 화장품이면서도 곡물이고, 곡물이면서도 화장품! 영어로 뭐라더라? 퍼펙트! 바로 그거지!"

 하지만 그 완전체를 팔다가 들통이 나면 경찰에 잡혀가야 한다. 수

입품을 허락 없이 밀거래하는 것만도 위법인데 그 수입품이 이런 완전 체라는 것이 들통 나면 벌은 더 무거워질 것이다.

당장 미자가 이 황금알을 낳는 거위와 같은 장사에 쌀례를 끌어들이려는 것 자체가 그 증거였다. 단속 경찰에게 얼굴이 팔린 본인보다 누가 봐도 고지식해 보이는 언니가 의심은 덜 살 것이므로.

아무리 선생 쪽이 자신의 굳건한 이론을 설파하고 애교 섞인 웃음으로 눙치려 해도 이것이 위험하기 짝이 없는 도박이라는 것을 두 여자 모두 알고 있었다.

"그렇게 불안하면 그만두던가. 나도 굳이 하기 싫다는 사람 끌어들일 생각 없다구. 하지만 돈이 급하다고 한 건 언니잖아."

선생 쪽에서 교재를 거둬들이며 심드렁한 목소리로 현실을 지적했을 때, 학생은 뭐라고 반박할 수 없었다.

그렇다. 돈이 급해서 미자 씨의 사기에 동참하기로 한 건 다른 누구도 아닌 그녀였다. 미용실에서 손님의 양단 옷에 코피를 쏟고 특급 손님의 팔 안에 기절한 뒤로 원장은 그녀에게 다음과 같은 선고를 내렸었다.

—성례 씨에겐 휴식이 좀 필요한 것 같아. 3년 동안 너무 무리한 거야.

미용사가 되려면 서울시청에서 주최하는 미용사 자격시험에 합격해야 하고 그 시험에 응시할 자격을 얻기 위해선 5천 환이 넘는 미용학원에 6개월 동안 수료하던가 바로 현장 미용실에서 월급 한 푼 못 받고 3년 동안 온갖 잡무를 떠맡으며 일을 배우던가 해야 했다.

그렇게 3년 일을 하고 원장에게 인정을 받아야 시험을 볼 수 있었고 그렇게 힘들게 자격증을 따도 자기 미용실을 열기 전까지 한 달에 5천

환에서 8천 환 정도의 박봉을 받으며 월급 미용사로 일을 해야 한다. 박봉을 모아 작게라도 자기 미용실을 열게 된다면 단숨에 한 달 3만 5천 환 정도의 거금을 쥘 수 있게 된다. 당시 쌀 한 가마 값이 2천 환 정도였으니 그 정도면 여자가 밥벌이하기 녹록지 않았던 그 시절에 상당한 액수였다.

당장 남편이 없는 여자, 있어도 생사를 알 수 없는 실종자의 아내인 전쟁미망인 – 쌀례는 이 칭호를 몸서리치게 싫어하고 있지만 – 으로 자식과 자신의 생계를 책임져야 하는 그녀로선 이보다 더 적당한 일은 생각할 수 없었다.

그래서 한 가지만을 생각하고 원장의 말처럼 3년 동안 앞만 보고 달렸다. 손바닥만 하더라도 내가 번 만큼 가질 수 있는 내 가게.

남들 3년 하는 과정을 2년 만에 끝내고 아기 약값에 굶어 죽지 않을 만큼의 생활비를 제외한 모든 돈을 모아 오고 있었는데 모든 계획이 올 스톱되게 생겼다.

코피 몇 방울, 그 악귀 같은 남자 팔에서 기절한 잠깐 때문에.

쉬는 것이 좋겠다는 원장에게 쌀례는 자신은 쉴 형편이 안 된다고 거의 다리를 부둥켜안고 사정했지만, 받아들여지지 않았다.

"그럼 전 언제까지 쉬어야 하는 건데요?"

"적당하다고 생각될 때까지."

애매모호하기 짝이 없는 대답이었다.

"저, 잘린 건가요?"

잔뜩 겁에 질려 기어들어 가는 목소리로 쌀례는 물었다.

잘리다니, 아직 독립을 하기엔 자금도 부족한 이때에?

"아니야. 하지만 이 이상 내가 답할 수 있는 건 아무것도 없어. 확실한 건 일단 너는 쉬어야 한다는 거야."

　고용주가 직원에게 쉬라고 하는 건 '넌 잘렸어.'라는 것과 동의어라는 것이 이 세상의 상식이다. 그런데 자르는 것도 아니고 그 기한조차 알 수 없다니. 원장의 애매모호한 대답, 애매모호한 미소를 보는 순간, 쌀례는 무언가 일이 잘못 돌아가고 있다는 느낌이 들었다.
　부산 피난 시절부터 알아 온 지 3년. 쌀례가 갓난아기를 둘러업고 손님들 머리칼이 널린 미용실 바닥을 쓸고 닦는 허드렛일을 시작으로 미용사가 된 지금까지 얼마나 열심히 일해 왔던가 누구보다 잘 알고 인정해 준 원장이었다. 잘못한 게 있으면 바로 매섭게 야단을 칠지언정 저렇게 애매모호한 미소만 날릴 사람이 아니었다. 서걱거리는 짧은 침묵 뒤에 마침내 원장이 자그마한 목소리로 쌀례에게 물었다.
　"그런데 성례 씨, 윤 사장하곤 어떻게 아는 사이야?"
　윤 사장. 미용실에 아리따운 여배우와 함께 들렀던 거물. 전직 거렁뱅이. 머슴. 해적. 약탈자.
　눈 뜨자마자 하얗게 피어난 세상. 병원 창가에 기대어 앉아 자신을 지켜보고 있던 그 남자가 했던 말이 떠오른다.

　―너는 쉬어야 해.

　그제서야 쌀례는 조각조각이 맞추어지는 느낌이었다.
　'설마 거물이라는 그 남자가 시키던가요? 저 골탕 좀 먹이라고?'
　목구멍까지 나오려는 질문을 집어삼켰다. 질문에 대답 받을 수 없다는 것을 그녀와 원장 두 여자 모두 알고 있었으므로.
　결국 쌀례는 그 애매모호한 휴직에 동의해야 했다.

자기 몫의 머리빗들과 가위 등의 도구들을 챙겨 나오면서 눈물이 나올 뻔한 것을 여자는 가까스로 참았다.

마찬가지로 당장 그 역병, 재앙, 저주에게 쫓아가서 '날 얼마만큼 괴롭혀야 직성이 풀리겠냐.'고 따지고 싶은 것도 참아야 했다.

이건 그 악당의 보복이다. 내밀었던 자기 손을 야멸차게 거절한 것에 대한 유치하기 짝이 없는 보복이 틀림없었다.

당장 원장에게 그 악당의 주소를 알아내서 쫓아가 악을 쓰거나 그 멀끔한 낯짝을 할퀴어 버리고 싶은 마음이 굴뚝같았으나, 나오려는 눈물을 참듯이 그것도 참았다.

악당의 도발에 걸려들지 않겠다. 당장 중요한 건 생활이다. 남편이 돌아올 때까지 딸아이와 함께 그녀가 어떻게 해서든 굴려 가야 할 수레바퀴였다.

잘린 것이 아니니 다른 곳에 일자리를 얻을 수 없고, 미자 씨의 소개로 다른 양공주들 머리를 출장 형식으로 조금씩 만진다고 해도 하루 열두 시간 안정적으로 고객을 받았을 때와 수입 면에서 천지차이였다.

돈 들어갈 곳은 늘 고정적으로 있는데 돈 벌 곳이 줄어들다니. 가게 개업을 위한 저금은 둘째 치고 당장 생계가 그녀의 목을 지그시 내리누르고 있었다.

'밥집' 노파는 다시 밥집에 나와 일하라고, 아기 치료비도 되는 대로 융통해 주시겠다고 했지만, 당장 오늘내일 귀천하셔도 이상할 것 같지 않은 호호백발 노인에게 그런 부담을 지울 순 없었다. 벼룩도 낯짝이 있었고, 박쌀레는 낯짝이 있는 벼룩이었다.

이런 상황에서 '절대로' 남을 등쳐 먹는 부끄러운 짓은 하지 않겠다의 '절대로'는 헛된 울림일 뿐이었다.
 여자는 자기 앞에 놓인 두 개의 화장품 단지를 노려보았다.
 잠시 후, 그녀가 다짐하듯 말했다.
 "다시 미용실 나가기 전까지만이야."
 절대로.
 아, 얼마나 부질없는 주문이던가!

 "저는 양공주가 아니에요! 절대로!"
 쌀례의 단호한 주장에 듣고 있던 중년 형사는 코웃음을 쳤다.
 "얼마 전에도 이 화장품 보고 머리 값으로 받은 거라고 했지만, 결국 밀가루 섞은 가짜 아닌가. 내가 순진해 보이는 이 얼굴에 깜빡 속았지. 한 번 속지 두 번 속을까 봐?"
 재수가 없다는 건 바로 이런 경우를 두고 하는 말일 것이다. 하필이면 그녀가 처음으로 '절대로라는 주문을 허물고 가짜 화장품을 팔기로 작정한 날, 단속이 본격적으로 시작되다니.
 그녀가 미자 씨의 가르침대로 자신에게 다가오는 고객을 화장품을 살 사람인가 아닌가 간을 보고 있을 때, 고객으로 위장한 경찰도 그녀를 간보고 있었던 것이다. 불법 노점상 중에서도 그나마 진짜 파는 노점상인가 밀가루 섞어 파는 질 나쁜 악질 노점상인가.
 쌀례가 부들거리는 손으로 가짜 밀가루 화장품을 넘기는 순간, 그녀의 손에 쥐어진 것은 현찰이 아닌 수갑이었다.
 정말 요즘 믿을 수 없으리만큼 줄줄이 재수 없는 일만 계속되고 있다. 땡볕이라도 얻어 굿이라도 해야 하는 것 아닐까. 아무튼 그건 여기서 풀려 나간 뒤의 일이고, 지금은 여기서 어떻게 풀려 나가야 할지가 문제였다.
"집에 아기가 있어요. 벌금이든 뭐든 내일 날 밝고 하시면 안 돼요? 일단 집으로 보내 주시면……."
"이 아가씨, 아니지, 아기 엄마. 웃기네. 널 뭘 믿고 보내 줘? 보석은 아무나 해 주는 줄 알아? 증거, 증인 확실하니까 얌전히 있다가 재판 받으라구!"
증거, 증인, 재판.
이제까지 그녀와 상관없는 낯선 단어들이 줄줄이 나오고 있었다.
"재, 재판까지 받아야 하나요?"
창백하게 질린 얼굴을 하고 부들거리는 목소리로 묻는 여자에게 형사는 그걸 말이라고 하냐는 듯 쓴웃음을 머금고 대답했다.
"죄를 지었으면 죗값을 받아야지. 요 일 년 가까이 네년이 미꾸라지처럼 빠져나가면서 우리 엿 먹인 게 얼만데. 아기 걱정한다는 엄마가 그 모양이야? 이제 콩밥 먹느라 그 금쪽같은 아기 몇 년은 못 보겠구만."
비웃음 섞인 형사의 목소리가 뾰족한 유리 조각처럼 쌀례의 귓가에 박혀 왔다. 그 말을 쌀례가 이해하기까지는 얼마간의 시간이 필요했다.
'일 년 동안 미꾸라지처럼 빠져나갔다고?'
"아니에요! 전 오늘 처음 나왔을 뿐이라구요! 전 정말……."
"시끄러워! 사기꾼들이나 창녀 년들이나 걸리면 늘 하는 소리 똑같아! 오늘 처음 나왔어요, 어쩌구…… 에이! 버러지들 같으니! 어디서 걸리면 그렇게 우기라고 단체로 교육을 받는 건지…… 닥치고 오늘 밤은 유치장에서 얌전히 기다려!"

유치장? 쌀례는 공포에 질린 눈으로 한쪽 구석에 철창이 쳐진, 죄지은 자와 그렇지 않은 자를 구별하는 그 공간을 바라보았다.

얼굴이 벌겋게 달아오른 주정뱅이 남자, 그런 그들의 단짝인, 백인처럼 머리를 노랗게 탈색한 주정뱅이 창녀들의 악쓰는 소리, 단속에 걸린 노점상들의 울음소리가 서로 엉켜 경찰서 유치장 안을 날아들었다. 유치장 한쪽 구석에서 그 광경을 멍하니 지켜보던 쌀례는 생각했다.

'이렇게 시끄러울 수 있는 곳이 유치장이었구나.'

양갓집 규수로 태어나 양갓집 부인으로 살던 그녀였지만 유치장에 들어온 경험은 이것으로 두 번째다.

해방되기 바로 전날 친정 마을 근처 주재소에 남편과 함께 갇혔었다. 그때의 감옥은 종전 직전이었고 작은 시골 마을 주재소 유치장이라서였던지 고요했다. 철창이 쳐진 곳이었을망정 서로의 숨소리조차 들리는 그곳에서 '님'과 단둘이 갇혀 있다는 것에 설레었었는데.

이대로 영원히 그 사람과 단둘이 있을 수만 있다면, 금빛 먼지 벗삼아 이렇게 갇혀 있는 것도 나쁘지 않겠구나 생각했었다.

그 뒤로 몇 년이나 지난 걸까. 10년도 안 된 세월인데 백만 년은 지난 듯하다.

'내 님. 내 사랑. 오늘 처음으로 당신이 이 자리에 없다는 게 다행이란 생각이 들어요. 이런 꼴 당신에게 보일 바엔 차라리 죽고 말겠어요. 하지만…… 당신이 지금 날 구해 주었으면 좋겠다는 마음도 들어요. 우리 아기, 당신 오면 이름 지어 주시리라 믿고 아직도 이름 없이 그저 '우리 아기'라고 부르는 우리 아기, 내가 만약 진짜 감옥에 간다면 우리 아기는 어떻게 하죠? 대체 어떻게……'

그런 그녀의 상념은 곧 철창문이 열릴 때 들리는 '덜컹' 소리와 연이어 들리는 무뚝뚝한 형사의 목소리에 의해 깨어졌다.
"거기, 박성례. 나와. 보석이다."

유치장 문을 나오면서 여자의 눈에 제일 먼저 띈 것은 허공을 노려보며 자신을 기다리는 남자, 찬경의 옆얼굴이었다.
아직 그녀를 보지 못했는지 그저 기다리고 있다가 지루한 듯 담배 한 가치를 빼어 드는 남자의 모습을 보는 순간, 쌀례는 머리에 피가 몰리는 기분이었다.
왜 하필이면! 하고 많은 사람 중 지금 누구에게도 보이고 싶지 않은 그녀의 모습을 보게 될 이가 하필이면 저 남자인가.
사랑하는 남편에게 지금 이 모습을 보일 바엔 차라리 죽는 게 낫겠다고, 여자는 그렇게 생각했었다. 하지만 지금 한 가지 사실을 추가로 깨달았다. 증오하는 남자에게도 지금의 모습을 보이느니 차라리 죽고 싶은 건 매한가지라는 걸.
왜 하필 저 남자인가. 그녀를 위해 한밤에 달려와 준 사람이, 쉽지 않다던 보석 신청을 해 주고, 감옥 안에서 밖으로 그녀를 인도해 줄 구원자가 왜 하필이면! 이건 참을 수 없어.
나가지 않겠다고, 뭔가 착오가 있었을 거라고 그녀가 자기 옆에 서 있는 경찰에게 출옥 거부의 의사를 밝히기 직전이었다.
경찰서에서 보기엔 화사한 그 남자의 자태에 홀린 쌀례 곁 양공주 중 하나가 분 휘파람 소리에 이제까지 허공을 노려보던 남자의 시선이 그녀를 향했다.

줄무늬 셔츠에 가죽 점퍼를 걸치고, 막 자다 일어나 왔는지 머리는 단정했던 낮과 달리 부스스해 보였다.

그 모습이 흡사 이전 안국동 집에서 그녀에게 글자를 배울 무렵의 소년 같아 보여서 그녀의 마음에 설명할 길 없는 서걱거림이, 어떤 소리가 들려오는 듯했다.

시간과 시간이 겹쳐지는 소리.

과거 시간 속 변하기 이전 그들의 모습들과 웃음들이 다가오는 그런 소리.

이전 열네 살 쌀레였다면 차마 상상도 할 수 없는 모습으로 유치장 철창에 서 있는 자신과, 이전과 달리 멀끔한 어른 남자의 모습을 하고는 있지만 혼자 있을 때는 여전히 '나는 가족이 없는뎁쇼.'라고 말하던 그때처럼 휑한 바람 소리 흩날리는 얼굴을 하고 있는 저 남자.

둘 중 누가 더 변해 버린 걸까.

상념은 상념. 추억은 추억. 현실은 현실.

싱긋, 그녀를 향해 하이얀 이를 드러내며 웃는 그를 보면서 여자는 할 말을 잃었다.

"뭔가 착오가 있었을 겁니다. 저 여자, 양공주 노릇하거나 사기 같은 거 칠 주변머리가 못 되거든요."

"윤 사장님 같은 분이 보증하신다면 그런 거겠죠. 허허, 보석 신청은 여기, 여기에 서명하시면 됩니다."

불과 몇 시간 전에 '보석이라는 게 그리 쉽게 되는 줄 아느냐.'라고 그녀의 면전에서 빈정거리던 경찰이 너무나 쉽게 보석을 입에 담고 있다.

여자는 자기 눈앞에서 벌어지는 이 모든 상황에 기가 막혔다. 자신의 신용이 저 전직 거렁뱅이, 머슴, 해적, 약탈자보다 못하단 말인가.
유치장 밖에서 기다리고 서 있던 전직 거렁뱅이, 머슴, 해적, 약탈자는 심드렁한 목소리로 이렇게 말했다.
"돈이면 다 되는 세상이라고 전에도 말했을 텐데."
끔찍한 경찰서를 나섰을 때는 어느덧 새벽이었다.
경찰서 문 밖을 나서는 순간, 여자는 다리에, 온몸에 힘이 좌악 빠지는 느낌이 들어 바닥에 풀썩 주저앉고 말았다. 그런 그녀를 지켜보던 남자가 손을 내밀었지만, 여자는 잡지 않고 혼자서 씩씩하게 일어서서 앞장서 걷기 시작했다. 피식, 쓴웃음을 머금던 남자가 몇 걸음 떨어져 그녀의 뒤를 따랐다.

"얼마나 고초가 심했슴메. 하룻밤 새 얼굴이 반쪽이다이. 그저 액땜했다 치고 어서 이거부터 한입 뜯으라."
하숙집인 '밥집에 들어서자마자 노파는 쌀례에게 굵은 소금 가루를 거푸 뿌린 뒤 종소리 울리며 아침마다 드나드는 두부 장수에게서 제일 먼저 개시로 산 것이라며 뜨끈한 두부 한 모를 들이밀었다. 바로 몇 발짝 뒤로 역병, 재앙, 저주가 따라온 이 마당에 이걸로 액땜이 될까. 그래도 노인의 성의를 생각해 한입 억지로 받아먹고 여자는 방으로 달려가 아직 잠에 취해 있는 자기 딸을 받아 품에 으스러져라 끌어안고 뺨에 깊숙이 입을 맞추었다.
"작은 콩알 고거이 제 어미 큰 콩알 안 보인다고 밤새 한숨도 안 자고 난리도 아니었다이. 미자 그 에미나이는 쌀례 너 잡혀갔다는 소리 듣고 보따리 싸서 나르고…… 늙은이가 지난밤에 에미나이들 셋 때문에 한숨도 못 자고 내래 세상 하직하는 줄 알았다이."

"……노친네 못 본 사이 많이 약해졌구만. 그 정도로 세상 뜰 생각을 다 하고 말야."

드르륵 '밥집' 문 열리는 소리, 손님이 들어올 때마다 흔들리며 우는 풍경 소리, 그리고 그 사이를 뚫고 들려오는 남자의 목소리에 쌀례의 어깨는 경직되었다.

오는 내내 자신의 몇 걸음 뒤를 따라오는 남자의 구두 뒤축 소리에 마음이 몹시도 어수선했던 때문이다.

'이 모든 게 당신 때문이야. 당신이 미용실에 술수만 부리지 않았다면 내가 이렇게 경찰서 유치장 신세까지 지지 않아도 됐었다구.'

심장 한쪽에선 미움이 뾰족뾰족하게 바늘이 일어나듯 일어서서 등 뒤에 선 그 남자를 확 찌를 것만 같았다. 하지만 다른 한쪽에선 사람 미워하는 일에 익숙지 않은 쌀례가 바늘 같은 성례를 말리고 있었다.

'아서라. 나쁜 일은 다 저이 탓, 남의 탓이라고 하지 마. 애초에 네가 남 등쳐 먹는 일을 하겠다고 한 게 잘못이지 그걸 왜 남의 탓을 해?'

저 남자를 보면 마음이 늘 복잡하다. 그래서 차라리 안 보는 게 낫다고 생각하는데 어찌된 일인지 지금은 할머니가 차려 주신 아침 밥상까지 함께 받게 생겼다.

탁자가 여섯 개뿐인데도 비좁아 터진 그 밥집 한 탁자에 노파는 쌀례와 찬경의 국밥 두 그릇을 차려 주었다. 아무리 그래도 이건 아니지. 저 남자와 겸상이라니. 여자는 자기 몫의 국밥을 들고 옆 탁자에 따로 앉았다. 그리고 바로 노인의 불벼락이 떨어졌다.

"무스그 먹는 걸 들고 정신 사납게 돌아다니고 난리인가! 이제 곧 아침 손님들 몰려올 시간이니 자리 모자란다이! 그냥 같이 앉아 퍼먹으라! 이 간나들이 지금 와서 내외하려고 함메?"

열다섯 살 어린 그녀를 처음 노파에게 소개시킨 것이 이 남자였고 그때 이미 한 상에서 산더미 같은 밥을 나눠 먹은 것이 그들이었다. 할머니 말씀대로 처음만 따진다면 그들은 내외할 사이는 아니었다. 하지만 그 뒤 줄줄이 이어진 복잡한 사연들은 어쩌고?

쌀레는 눈짓으로 찬경에게 당신이 알아서 옆자리로 꺼지라고 신호를 보냈으나 뻔뻔한 남자는 모르는 척, 그녀 앞에서 국에 밥을 말기 시작했다.

호랑이 눈으로 자신을 노려보는 노파와 묵묵히 자기 밥에 몰입해 먹고 있는 악당을 잠시 번갈아보던 여자는 곧 떨떠름한 얼굴로 자리에 다시 앉아 수저를 들기 시작했다.

뜨거운 국물이 식도를 타고 뱃속으로 들어간다. 뼈가 시리게 차가운 철창에서 보낸 그 끔찍한 하룻밤의 기억. 스산한 새벽길을 걷는 동안 느꼈던 그 한기가 국물 한 모금에 사그라지고 있었다.

조금쯤 덜 딱딱한 목소리로 그녀가 말했다.

"빌린 돈은 꼭 갚겠어요."

차마 노파나 아이가 듣는 앞에서 보석금이라고는 못하고, 그가 낸 돈은 어디까지나 그녀가 곧 갚을 부채임을 상기시키듯 여자는 말했다. 사실 뒤이어 하고 싶은 말이 더 있었다.

'나는 댁에게 더는 신세 지기 싫어요.'

그때까지 국밥 그릇에만 집중하고 있던 남자가 뚝뚝한 목소리로 답했다.

"당연하지. 이자까지 쳐서 되도록 빨리."

저 남자가 돈 귀신이란 사실을 깜빡 잊고 있었다. 여자는 방금 전보다 한 톤 낮은 목소리로 다시 말했다.

"그렇게 금방은 못 갚을지도 몰라요. 클럽 아가씨들 머리 출장을 뛰고 있으니까 몇 달만 기다려 주면……."

"양공주들 머리 해 주러 다니는 건 지금부터 당장 그만둬."

여자의 마음이 시계추처럼 오르락내리락하고 있었다. 방금 전까지 그나마 감옥에서 몇 년 썩는 최악의 사태에서 구해 준 것에 감사하는 마음이라도 있었지만 계속되는 고압적인 말투에는 짜증이 올라왔다. 자기가 뭐라고 명령이야? 황금은 저 남자에게 너무나 지나친 자신감을 준 모양이다.

"내가 하는 일에 대해서 함부로 깎아내리지 말아 줘요. 나름 죽을 힘 다해 익힌 기술이고 댁만 아니었다면 커다란 미용실에서 지금도 일하고 있었을 거라구요. 내가 내 기술로 어디서 누구 머리를 볶아 주든 그쪽이 무슨 권리로……."

"채권자의 권리지."

남자는 이번에도 다다다 쏘아 대는 여자의 말을 칼같이 끊고 엄숙한 어조로 자신의 주장을 되풀이했다.

"내 피 같은 돈을 제대로 받아 내자면 네가 다시 감옥에 가는 일이 있어선 곤란해. 어쩔 수 없이 그쪽으로 인생길 풀린 여자들이야 양키들 옆에 있으면 돈이나 미제 물건 끌어다 쓰기 좋으니 그렇다 쳐도 밥순이 너 같은……."

순간 '밥순이'라는 그 진저리 나는 칭호에 여자의 눈에서 못마땅한 빛이 번뜩였다.

자기 얼굴을 찌르고 들어오는 여자의 살벌한 눈빛에 남자는 잠시 헛기침을 두어 번 하고는 다시 말을 이어 갔다.

"그쪽같이 주변머리 없고 어수룩한 인간이 그런 바닥 드나들었다간 이번처럼 구린 일 겪기 쉽다구. 절대 안 돼."

주변머리 없고 어수룩한 인간. 수년 전 시누이 은재가 지어 준 '촌닭'이란 별칭과 한 치도 다를 바 없는 소리였다. 이제 너무 분해서 치가 떨릴 지경이었다.

"그쪽이 나에 대해 뭘 안다고! 어릴 때 잠깐 봤을 때야 내가 어리니까 철이 없어 그럴 수도 있지만, 지금 난 어른이고 아기 엄마예요! 그쪽 말처럼 바보는 아니라구요!"

볼을 있는 대로 붉히고 '나는 어른이에요!'를 부르짖는 여자를 남자는 재미있다는 듯이 관찰했다.

정말 저 바보는 모르는 모양이다. 아무리 키가 좀 더 크고 아기 엄마가 되었어도 결국 그 알맹이는 늘 똑같았다는 걸.

먼 길 떠난다는 사람에게 주먹밥이라도 싸 주겠다고 하던 계집아이는 다시 만났을 때 밥은 먹었냐고 묻던 처녀로 자랐었다. 그 수년 동안 어디서 떠도는지 모르는 남자를 위해 쓸데없이 더운밥 한 그릇은 늘 챙기면서.

그 뒤 만났을 때도 자기를 납치했던 약탈자에게 함께 안전하게 도망가자고 울면서 사정하는 얼뜨기였다.

안전하게 호강하며 살 수 있는데도 제 서방과 떨어지기 싫다는 이유로 밤바다에 뛰어들던 바보다.

저와 똑 닮은 계집아이를 낳아 아기 엄마가 된 지금도, 돌아오지 않은 제 서방을 하염없이 기다리고 있는, 알고 지낸 이후로 저 여자는 단 한 번도 바보가 아니었던 적이 없는 바보였다.
 그런 바보가 자신은 바보가 아니라고 주장하고 있다. 하긴 그래야 바보지.
 "이번에도 같은 방 쓰는 여자한테 휘말려 뒤집어쓴 거라며?"
 증거를 대는 듯한 남자의 일격에 여자는 입을 다물고 말았다. 정말 나는 바보였나. 하지만 스스로 바보라고 인정해 버리면 사는 순간순간이 지금보다 더 힘들고 슬퍼진다.
 그건 싫다. 돈 갚을 때까지 이 역병, 재앙, 저주 같은 남자의 면상을 봐야 하는 것만큼이나 싫다.
 여자는 턱을 치켜들고 분명한 어조로 말했다.
 "하지만 클럽 여자들 머리 만지는 일이 아니면 내가 당장 그쪽 돈을 갚을 방법이 없어요. 되도록 빨리 이자까지 갚으려면 난 일을 해야 해요. 그러니까……."
 "그러니까 다른 곳에서 일하면 되잖아."
 '다른 곳?'
 '혹시 원래 있던 미용실에서 다시 일할 수 있으려나?'
 잠깐 기대에 부풀어 하는 그녀를 보고 남자는 새하얀 이를 씨익 드러내며 웃었다. 하지만 다음 순간, 해맑은 표정의 그가 내뱉은 한마디는 그녀의 기대를 철저히 배반하는 것이었다.
 "내 집."
 "뭐라고요?"
 "일하라구, 내 집에서."
 여자는 국밥 그릇을 뒤집어엎을 뻔했다.

당연하게도, 그 남자의 집은 쌀례가 처음 보는 곳이었다.

그런데 유독 눈에 익었다.

신식 아파트, 미국에 대한 동경을 가득 담은 양옥집들이 유행하는 시절에 그 집은 화려한 분위기의 집주인 남자와 어울리지 않는 한옥이었다. 완전한 한옥은 아니었고 부분부분 창가나 발코니는 양식, 정원은 아담한 일본식을 따르고 있었고, 부엌은…… 부뚜막 아궁이를 갖춘, 나름 복합적인 한옥이었다. 마치 수십 년 전에 지어진 어딘가와 거의 같은 외관에 구조였다.

'꼭 안국동 집 같잖아.'

옛날 지어진 집이야 위치가 다 고만고만하니까 처음에는 우연이라고 생각했다. 하지만 옛날 자기 처소로 쓰던 별당 비슷한 곳의, 그 곁에 자신이 꾸미던 것과 비슷한 화단까지 있는 것을 보고 여자는 고개를 갸웃거렸다.

누가 보면 안국동 집을 알고 있는 사람이 그 풍경을 고스란히 옮겨 지은 집인 줄 착각할 만큼 두 곳은 닮아 있었다.

비록 열네 살 때 처음 그 집에 발을 디딜 무렵 그녀의 머리 위에 내리쬐던 햇살, 오래된 묵은 장독대에서 풍겨 오던 묵은 장 냄새, 시어머니 방에서 풍겨 오던 동백기름 냄새나 서방님 방에서 풍겨 오던 오래된 책장 내음, 시동생 방에서 들려 오던 축음기 음악 소리, 시누이의 피아노 소리…… 담아올 수 없었던 것들을 제외하고는. 겉모습만은 안국동 집과 거의 흡사했다. 거기까지 생각하다가 여자는 내심 쓴웃음을 지으며 고개를 내저었다.

'설마, 저 꽃밭이야 찬경이 저 남자 떠나고 나서 만들었는데 이것까지 그 사람이 어떻게 알았을라구. 그냥 우연이야, 우연.'

낯익은 집이어도 쌀례는 태어나서 이런 집은 본 적이 없다고 생각했다.

"겉은 이렇게 으리 번쩍한데, 속은 저렇게나 도깨비 소굴이라니. 이러기도 쉽지 않겠다."

처음 이 집 내부에 들어선 순간, 쌀례는 벌어진 입을 다물 수가 없었다.

아흔아홉 칸까지는 아니더라도 수십 칸 당당한 대저택 안은 그야말로 한차례 폭탄을 맞은 듯이 어느 한 곳 빠지지 않고 지저분했다. 각양각색의 술병들이 나뒹굴었고, 구겨진 옷자락들이 쌓여 있었으며, 어디선가 선물로 들어온 듯 보이는 도자기와 값비싸 보이는 진귀한 골동품들이 있어야 할 자리를 찾지 못하고 집 안 구석구석에 방치되어 있었다.

천장에는 거미줄이 질서정연하게 쳐져 있고 존재하는 구석이란 구석에는 먼지가 쌓여 있다. 어항 속 금붕어는 죽어서 배를 뒤집고 수면 위로 둥둥 떠 있었다. 꽃밭에는 꽃은 죽고 잡초가 무성했다.

"이, 이게 대체…… 지, 집 꼴이……."

안고 있는 딸아이 입에 행여나 저 금빛 먼지들이 들어갈까 아기 얼굴을 가리고 여자가 기가 막힌다는 듯이 신음을 내뱉었을 때, 이 도깨비 소굴의 주인 남자는 심드렁한 어조로 대꾸했다.

"엉망이니까 사람 쓰는 거잖아."

"저, 저기 다른 사람들은……?"

설마 이 넓은 집에 고용인이 나 하나만은 아니겠지? 그러나 그녀의 고용주가 된 도깨비 소굴 주인의 대답은 여자의 바람을 철저히 깔아뭉개는 것이었다.
 "모르는 인간들이 드나드는 것, 딱 질색이야."
 결국 수십 칸짜리 도깨비 소굴을 인간이 사는 집 모양으로 쓸고 닦을 사람은 그녀 혼자뿐이라는 소리였다. 아이고, 맙소사. 그러니까 저 남자는 정말 그녀를 부려먹기 위해서 고용한 거였다. 애초에 자신의 집으로 들어오라고 했던 저 남자의 말 그대로.
 여자는 처음 자기 집에서 일하라는 남자의 말을 들었을 때를 떠올렸다.
 "무, 무슨 말도 안 되는…… 내가 왜 그쪽 집에서……."
 못 들을 걸 들은 듯이 파르르 떨며 되묻는 여자에게 남자는 그저 그런 얼굴로 되물었었다.
 "내가 살림이라도 차리자고 했나? 뭘 그렇게 놀라고 그래?"
 언제나 그러했듯이 남자는 빼지도 돌리지도 않는 직선적인 어조로 그렇게 물었다.
 오히려 얼굴이 시뻘겋게 달아오르고 온몸을 파들거리는 그녀의 반응이 넘쳐 보이게 만들 만큼, 새벽바람처럼 서늘한 얼굴로 그 남자는 말했었다.
 "그쪽은 빚진 거 갚아야 하고 나는 밥이나 다른 일 해 줄 사람이 필요한 것뿐이야. 다른 이유가 필요한가?"
 그렇게 짐 가방을 들고 아이를 업고 그 남자 집으로 들어왔다. 마음속으론 선재에게 양해를 구하면서.
 '이해해 줘요, 선재 씨. 몇 달만. 딱 보석금 갚을 때까지만요. 당신 돌아올 때까지 우리 아기랑 떨어지지 않고 기다리려면 이 방법밖에 없었어요. 나 정말 열심히 살았지만 열심히 사는 것만으론 넘어갈 수 없는 뭔가가 있었어요. 이 빚 갚고 다시 우리 아기하고 당신을 기다릴 수 있는 터전 마련할 때까지, 나도 참고 힘낼 테니까 당신도 참아 줘요.'

그렇게 마음 단단히 먹고 들어선 악당의 집은 인간의 집이 아닌 도깨비 소굴이었던 것이다. 뭐, 도깨비 같은 작자의 집이니 도깨비 소굴이 어울리기도 하겠지. 내가 이 집에 들어온 이유도 이 도깨비 소굴을 인간 소굴로 보일 수 있도록 하는 것뿐이라면 차라리 나은 거고.

그렇다. 나는 이 집에 빚 대신 식모로 들어온 거다.

전쟁 끝나고 형편이 어려운 많은 여자들이 식모로 생계를 잇고 있었다.

서울의 많은 가정집들이, 단칸방에서 열두 식구가 뒤섞여 사는 서민들부터 신흥 부자들까지 모두 시골에서 갓 상경한 식모를 구해 집안일을 맡기고 있다. 나도 그중 하나일 뿐이야. 그렇게 단순하게 지금 상황을 정리하고 보니 여자는 마음이 놓였다.

마음을 굳히고 집에 들어서자마자 도깨비 소굴의 주인은 그녀가 묵을 방을 알려 주었었다.

"왜 제가 안방을 써요?"

그곳은 그 지저분한 쓰레기통 중 유일하게 깨끗한 방이었다.

혼인하기 위해 상경했던 첫날 밤, 태어나서 처음으로 자신만의 방에 들어섰을 때, 열네 살 쌀례는 마냥 설레었었다. 나비 문양 촛대, 꽃무늬가 새겨진 장들, 조갯가루로 반짝반짝 빛이 나던 경대까지 사랑스럽지 않은 것이 없었다. 불 끄고 누워서 저 장 위에 도깨비가 나오면 어쩌지 하며 무서움을 타기도 했지만 그마저도 행복했었다.

하지만 지금, 그 비슷한 방을 보면서 여자는 설렘을 느끼지 않는다.
"식모한테는 너무 과해요. 전 그냥 바깥쪽 문간방 쓰겠어요."
"식모?"
"남의 집에서 밥하고 빨래 청소하는 거면 식모죠. 그러라고 집에 들인 거잖아요?"
 여자의 가시 돋친 낯빛, 가시 돋친 목소리로 빚어진 말뜻을 남자가 이해하기까진 약간의 시간이 필요한 듯, 눈동자만 굴리며 그녀의 말을 곱씹어 삼키던 남자는 곧 코웃음을 치면서 빈정거리듯 말했다.
"그렇지, 식모. 밥순이 너한테는 딱이겠다. 뭐, 좋을 대로 해. 계집애들은 거울에 목숨 거는 것 같아 큰 거울 있는 방 쓰라고 한 것뿐이니까. 네가 싫음 그만이지."
 거절한 사람이 무안할 만큼 남자는 단숨에 "싫으면 말고."라며 주었던 것들을 거둬들였다.
 바로 그는 집주인의 얼굴을 하고 그녀에게 선언하듯 말했다.
"그럼 밥하고 빨래하고 청소하시지, 밥순이. 그것 말고도 써먹을 일은 잔뜩이지만."
 난 밥순이가 아니고 식모라고, 그리고 써먹을 일이라는 건 또 뭐냐고 여자가 따져 묻기 전에 남자는 이 도깨비 소굴에 그녀만 남겨 두고 나가 버렸다.
 자신이 택한 문간방에 딸아이를 재우고 간단한 옷가지 몇 벌을 정리한 뒤 마당으로 나온 여자는 도대체 이 도깨비 소굴을 어디서부터 손을 봐야 하는 건지 엄두가 나지 않았다.
 여자는 숨을 한 번 크게 들이쉬고 내쉬었다. 먼지가 코와 입으로 들어가 숨구멍을 막을 것 같기도 했지만 지금 당장은 심호흡을 해야만 할 것 같았다.

　심호흡 한 번, 두 번, 세 번. 진정하자, 진정하자, 진정하자.

"한 달이야."

　그녀는 당장 도깨비가 튀어나올 것만 같은, 그녀 이외에 아무도 없는 빈 정원과 빈 방들에 대고 선언하듯 말했다. 어딘가에 숨어서 그녀를 노려보고 있을 먼지 귀신들, 혹은 시들어 죽은 꽃들의 영혼, 얼마 안 가서 그녀의 손에 뿌리 뽑혀지고 사라질 몹쓸 잡초들을 향해서.

"한 달 안에 도깨비 소굴에서 너희들 다 내쫓고 인간이 살 집으로 만들 거야. 집주인이 도깨비이긴 하지만 식모는 인간이니까 여긴 인간 소굴도 된단 말이지. 누가 이기는지 두고 보자구."

　그것은 선전포고였다.

　식모의 가장 큰 임무는 밥 짓기였다.

　집이 안국동 시가를 닮은 것처럼, 부엌 역시 그대로였다.

　부뚜막이 있었고, 아궁이가 있었다.

　새 부엌에 들어설 때 해야 하는 그대로 쌀례는 부뚜막에 새로 고은 엿가락을 바르고, 부뚜막 위 선반에 조왕신을 위한 정안수를 떠다 바쳤다. 마지막으로 무쇠솥에 첫 밥을 짓기 전 합장을 하긴 했지만 딱히 기도해야 할 것들은 떠오르지 않았다.

　처음 있는 일이다.

　수년 만에 '밥집' 할머니의 가게 밥도 아니고, 자신의 하숙집 부엌에서 급히 해 먹는 냄비 밥도 아닌, 무쇠솥에 제대로 밥을 짓는 나름 경사스런 날임에도 불구하고 빌고 싶은 것이 없다니, 신기한 노릇이었다.
 '하지만 뭐라고 비나? 이 부엌에서 쌀알 끊기지 않게 해 달라고? 나하고 무슨 상관이라고? 내가 지은 밥을 먹는 이가 맛나게 먹어 달라고? 그 악당이 먹든 말든 내가 알 게 뭐야?'
 그래도 어떤 부엌이든 조왕신의 가호는 받아야 하는 법. 무엇이든 빌어야 하겠지. 궁리 끝에 여자는 이 한 가지만 중얼거렸다.
 "보우해 주세요. 그게 어떤 것이든."
 이제까지 한 중 가장 간편한 기도를 끝내고 솥에 씻은 쌀을 안치고 불을 피워 밥을 지었다. 저녁상을 보아 집주인의 방문 앞에 놓아두고, 어디선가 자신과 마찬가지로 끼니때를 맞았을 남편을 위해 뜨거운 밥 한 그릇을 떠 놓고 아기를 먹이고 그녀 자신도 먹고 설거지를 하고 잠을 청했다.
 선잠을 자고 일어나 보니 주인 남자 방문 앞에 놓아둔 밥상이 다 식어 있었다. 파아란 그 새벽에 여자는 도깨비와 커다란 경대, 시든 꽃들이 옹기종기 모여 있는 그 낯익고도 낯선 집에 오로지 자신과 아기뿐이라는 기묘한 사실을 깨달았다.
 그렇게 그해 가을 얼마간을 그녀는 아기와 함께 비어 있는 남의 도깨비 소굴을 오롯이 지키면서 보냈다.

 어느 달 밝은 밤, 잡초와 꽃들이 어우러져 살고 있는 꽃밭을 바라보며 마루에 걸터앉아 잠든 아기 배를 토닥거리고 자장가를 불러 주던 그때 대문가에서 시끄러운 소리가 들려왔다. 그녀의 자장가와는 달리 목청껏 불러재끼는 또 다른 노랫소리가.

    칠자 한자 들고 보니 칠월이라 칠석날에 견우직녀가 좋을씨고.
    팔자 한자 들고 보니 팔월이라 한가위에 보름달이 좋을씨고.
    오례 송편이 좋을씨고 구자 한자 들고 보니
    구월이라 구일날 국화주가 좋을씨고.
    남았네 남았네. 십자 한장이 남았구나.
    십리 백리 가는 길에 정든 님을 만났구나.

들어본 적 있는 노래였다.
어느 추운 겨울날, 눈물 콧물 흘리면서 산발한 머리를 하고 친정으로 돌아가야 하나 고민하며 헤매던 길거리에서 그녀의 귓가에 들려왔던 거렁뱅이들의 노래.
연이어 대문을 두들기는 고함과 말리는 듯한 여자 목소리가 들려왔다.
"문 열어라아아아아! 내가 오셨다아! 밥순아아아! 문 열라구우우!"
"조용히 해! 찬경 씨! 윤 사장! 밤이 늦었어! 아주 술독에 빠질 것처럼 마셔 대더니 이게 무슨……."
문을 열고 보니, 그를 부축하고 있는 여자의 표현 그대로 술독에 빠졌다 나온 듯 온몸에서 술 냄새가 진동하는 그 남자가 보였다.
"밥하고 빨래하고 청소해라, 밥순아."라고 주문하고 사라진 지 삼 주 만이었다.
양단으로 지은 치파오(차이나 드레스) 차림의 세련된 여자가 부축을 해야 할 만큼 그는 엉망진창으로 취해 있었다.
"사람이 다 있었네? 누구?"

축 늘어진 그를 힘겹게 부축하고 있던 여자가 열려진 문 사이로 보이는 쌀례를 보고 의아하다는 듯 물었다. 쌀례가 뭐라 대답하기도 전에, 축 늘어져 있던 남자가 번쩍 고개를 들고 게슴츠레한 눈으로 쌀례 쪽을 보기 시작했다.

"이야! 밥순이다! 우리 아씨 마님! 식모님!"

할 수만 있다면 그 입을 틀어막고 싶었지만 참고서 밥순이는 문을 활짝 열고 그들을 맞아들였다. 차이나 드레스 차림의 여자는 전에도 이 집에 와 본 적이 있는 듯, 곧바로 찬경을 잡아끌고 그의 방 쪽으로 성큼성큼 걸음을 옮겼다.

축 처진 주정뱅이는 바위처럼 무거울 터였지만 쌀례는 여자를 도와 그의 다른 쪽 팔을 부축할 생각은 눈곱만치도 없었다. 그저 질질 옮겨지느라 그의 발에서 벗겨진 가죽 구두들만 챙겨 들 뿐.

마침내 남자를 방 안까지 끌고 가서 던지듯 내려놓은 미녀는 호흡을 가다듬으며 쌀례에게 말했다.

"물 좀 한 그릇 떠 와요."

찬물을 벌컥벌컥 들이켜던 여자는 눈으로 이전과 달리 말끔하게 정리된 집 안을, 그리고 아마 그 집을 그렇게 정리했을 쌀례를 관찰하는 듯한 눈길로 훑어보았다.

댓돌에 남자 구두를 가지런히 챙겨 놓는 쌀례를 촘촘한 시선으로 보던 여자는 방 안쪽에 늘어져 있는 남자에게 툭 내뱉듯 물었다.

"뭐야, 윤 사장? 그새 여자 들어앉히고 살림이라도 차렸어?"

자신이 아니라 남자를 향해 묻는 그 미녀에게 쌀례는 악을 쓸 뻔했다.

'아니에요! 초면에 무슨 그런 실례의 말을!'

그러나 그렇게 사실을 밝히기 전, 방 안에 취해 널브러진 남자의 취기 어린 혀 꼬인 목소리가 먼저 흘러나왔다.

"아냐. 저거 식모야. 딸꾹! 우리 밥순이."

"아아, 그……."

'아아, 그…….'라는 짧은 말에 담긴 그 모호함이 쌀례는 살짝 불편하게 느껴졌다.

꼭 이전에 들어 본 적이 있다는 듯한 뉘앙스였다. 이 화려해 보이는 여자에게 나에 대해 말한 적이 있나? 대체 뭐라고? 집에 새로 들인 식모? 이전 주인집 아낙이었다가 자신이 고용인으로 거느리게 된 가엾은 여자? 그 다음에 무슨 말이 이어 나올까.

하지만 그뿐. 미녀는 더 이상 아무 말이 없었고, 쌀례 역시 더 이상 신경 쓰지 않기로 마음먹고 단호한 어조로 집주인의 말에 동의를 표했다.

"네. 식모예요."

"아아."

미녀는 남자가 '밥순이'라 부르고 본인은 '식모'라 주장하는 여자의 정체에 더 이상 관심이 없다는 듯이 그제서야 자기 매무새에 신경을 쓰기 시작했다.

한 덩치 하는 남자를 부축하고 오느라 이마에는 땀이 비 오듯 했고, 얼마 전까지도 단정했을, 차이나 드레스에 어울리게 땋아 올린 머리는 헝클어져 있었다.

"나 원, 꼴이 이게 뭐야. 저 사고뭉치랑 다니면 꼭 이렇게 된다니까. 이봐요, 여기 거울 있어요?"

거울. 그러고 보니 저 남자가 애초에 그녀에게 주려 했던 안방에 거대한 경대가 있었다는 사실을 기억하고 쌀례는 미녀를 그 방으로 안

내했다. 전깃불을 켜고 보니 말끔하지만 오래도록 비어 있어 냉기가 흐르는 그 사치스러우나 살풍경한 방 풍경이 눈에 들어왔다.
 원래대로라면 이 집 여주인의 방이어야 할 그 방 풍경이.
 "정말 살림 차린 건 아닌가 보구나."
 오래도록 비어 있었던 듯 보이는 그 방을 보고 미녀는 새삼스런 눈초리로 쌀례에게 말했다.
 '그렇다고 했잖아요. 사람을 어떻게 보고 내가 저런 남자와 살림을 차렸다고 억측하는 건가요!'
 마음속으로는 버럭 그렇게 소리 치고 싶었지만 그도 잠시, 쌀례는 그저 담담한 목소리로 대꾸했다.
 "전, 남편이 있어요."
 시선은 거울에 둔 채로 립스틱을 꼼꼼히 바르던 여자는 거울 속 자신의 등 뒤에 서 있는 쌀례에게 시선을 고정시켰다.
 잠시 후, 빙긋 웃으며 화답하듯이 그녀가 말했다.
 "어머, 나도 남편이 있는데."
 쌀례의 단호함과는 달리 조금은 쓸쓸한 미소를 지으면서 여자는 그리 말했다.
 이제까지 미녀를 찬경의 연인쯤으로 예상했던 쌀례에게 그것은 예상 밖의 일이었다.
 뭐지, 저 두 사람. 유부녀와 독신 악당 — 아마 독신이리라 생각되지만 — 이 야밤에 술을 함께 마시고 서로 얼싸 안으며 부축할 만큼 가까운 사이란 말인가? 아니, 그거야 내 알 바 아니긴 하지만…….
 그러고 보니, 저 여자 여기 말고 다른 곳에서도 저 악당과 같이 있던 모습을 본 것 같기도 하다.

문득 쌀례는 거울 앞에서 립스틱을 다시 바르고 있는 여자의 모습이 어쩐지 눈에 익다는 사실을 깨달았다.

이 여자, 분명 어디선가 본 적이 있다. 영화 포스터에서 여러 번. 그리고 실물로는 얼마 전 미용실에서 한 번.

"백연설 씨군요!"

그녀는 요즘 영화판에서 가장 잘나간다는 유명 여배우였다. 혹은 그날 미용실에 온 찬경과 함께 원장에게 VIP 대접을 받았던 바로 그 여배우이기도 하다. 원래대로라면 원장님이 그녀의 머리를 만졌을 때 내가 보조를 할 수도 있었던 특별한 손님이었는데.

그러고 보니 아침마다 딸 아이 머리를 빗겨 줄 때 말고는 다른 사람의 머리칼을, 저 정도 성인 여자의 머리칼을 만지지 못한 지 백만 년이 훌쩍 지난 것 같았다.

따지고 보면 한 달 정도 지났을 뿐인데.

홀린 듯이 성인 여자의 숱 많은 머리카락을 보고 있는 쌀례의 입에서 자신도 모르게 이런 말이 튀어나왔다.

"머리 좀…… 만져 드릴까요?"

"응?"

거울 속, 자신의 뒤에 선 젊은 여자의 느닷없는 제안에 여배우는 잠시 어리둥절한 표정을 지었다. 자기 목소리가 나간 순간, 쌀례 역시 자신의 제안이 참으로 뜬금없다는 사실은 알았지만, 그래도 그 삼단 같은 머리카락, 마치 자신의 손질을 기다리고 있는 것처럼 적당히 흐트러진 머리카락을 보니 손이 부들부들 떨리는 것은 어쩔 수 없었다.

"제가, 제가 지금은 사정상 식모지만 얼마 전까지만 해도 자격증 딴 미용사였거든요! 그래서…… 그러니까…… 에…… 그 머리, 좀 만져 드려도 되나요?"

전깃불처럼 반짝거리는 눈에 어린 계집아이처럼 뺨을 붉게 물들이고 묻는 자칭 전직 미용사, 현직 식모라는 여자를 여배우는 한동안 지그시 눌러보았다.

잠시 후, 여배우는 시원시원한 어조로 쌀례의 제안을 받아들였다.

"그럼, 부탁 좀 할게요."

살아가면서 종종 믿을 수 없는 재앙이 닥치기도 하지만, 그 반대의 경우도 비슷한 확률로 생기는 것이 아닐까. 신이 나서 일할 때 쓰는 머리빗을 찾으러 자신의 문간방으로 폴짝폴짝 뛰어가면서 쌀례는 그런 생각이 들었다.

처음 쌀례가 미용사를 본 것은 초례 다음날 시어머니 손에 이끌려 간 방에서 시누이 은재의 머리를 말아 주던 이를 본 바로 그때였다.

불에 발갛게 달아오른 쇠 젓가락으로 머리카락을 마니 한순간 머리 익는 노릿한 냄새와 함께 굽슬굽슬 물결 모양으로 변해 버렸다.

막 혼례를 치르고 부인네가 되어 긴 머리를 틀어 올렸던 자신과 달리 동년배 시누이의 경쾌한 단발머리, 곱슬거리는 머릿결의 변신은...... 마법 같았다.

불로 지진 쇠꼬챙이는 마법의 지팡이.

미용사라던 그 사람은 마법사.

그녀도 마법사가 되었고, 지금은 오랜만에 마법을 부리는 시간이었다.

"날이 어둡긴 하지만 이 꼴로 집에 어떻게 가나 실은 걱정했었어. 아가씨 솜씨 괜찮네. 어디서 일했어? 아아, 거기."
 만족스럽다는 듯 거울 속 자신의 얼굴을 이리저리 각도를 달리해 가며 보던 여배우는 머리 값이라며 지폐 몇 장을 건네주었다.
 "이, 이렇게까지 안 하셔도 되는데요. 전 그냥……."
 "받아요. 줄 만하니까 주는 거야. 돈 받고 할 만한 솜씨인데 프로면 프로 값을 받아야지."
 시원시원한 어조로 말하던 미녀는 다시 자신의 핸드백에서 또 다른 지폐 한 장을 더 건네고는 한쪽 눈을 찡긋거렸다.
 "이건 저 주정뱅이 깨어나면 잘 부탁한다는 값이고."
 구겨진 드레스 자락을 탈탈 털어 내면서 하이힐을 챙겨 신고 머리를 꼿꼿이 세우고 여왕님의 포스로 미녀는 집을 나섰다.
 마법의 시간이 끝나고 양 손에 쥐어진 지폐를 멀거니 바라보던 쌀례의 귀에 알코올 기운이 묻어난 누군가의 목소리가 들려온 것은 잠시 후의 일이었다.
 "오지랖 넓은 건 여전하시구만."
 쓰러져 자고 있는 줄 알았던 주정뱅이가 문틀 앞에 기대고 앉아 있었다.
 언제부터 일어나서 보고 있었던 걸까.
 하지만 별로 알고 싶지도, 말을 섞고 싶지도 않아서, 여자는 묵묵히 부엌에서 찬물을 떠 와 남자 앞에 밀어 넣고는 가위와 빗을 챙겨 자기 방으로 발걸음을 돌렸다.
 그런 그녀의 뒤통수에 대고 남자가 말했다.
 "내 머리도 잘라 달라면 잘라 주나?"
 문간방으로 향하던 여자의 시선이 다시 그를 향했다. 거의 한 달 만에 보는 얼굴이다. 방 안에 서 있는 병풍 보듯 그저 그런 눈길로 자신을 보는 여자에게 남자는 히죽 웃어 보이고는 우선 단추가 두 개쯤 풀린 셔츠 깃 사이로 드러난 자기의 목덜미와 머리카락을 번갈아 가리키며 말했다.

"목 말고, 머리카락."

포마드로 단정히 넘겼던 머리들은 마지막 보았을 때보다 더 덥수룩하게 자라 있었다.

뺨과 턱도 푸르른 수염들이 촘촘하게 돋아나 있다. 가지고 싶은 것들은 거의 모두 가졌을 텐데도 지치고 야윈, 까칠한 얼굴을 보고 있자니 여자는 마음이 언짢아짐을 느꼈다.

그랬다. 저 남자를 보고 있으면 마음이 언짢다.

그가 저질렀던 짓들, 그녀가 흘렸던 땀들, 눈물들이 아무것도 아닌 것마냥, 그녀는 여전히 시골에서 갓 올라온 열네다섯 살 어린 쌀레이고 그는 그녀가 좋아했던 '경이 오라버니'인 것마냥, 아무렇지도 않게 웃고 농담을 건네는 그가 언짢았다.

그 언짢음을 담고서 여자는 잠시 후 간단히 대꾸했다.

"남자 머리는 만져 본 적이 없어요. 날 밝으면 이발소 가시던가요."

"아까는 잘도 하더니. 못 한다는 거야, 안 한다는 거야?"

불과 몇 분 전, 다른 사람 머리를 만지려 할 때는 전깃불보다 반짝거리는 눈동자, 발그레 달아오른 뺨을 하고 '머리 좀 만져 드릴까요?' 했던 것과 확연히 다른 여자의 태도에 남자는 마음이 상한 듯했다.

그런 그의 노여움에 여자는 두렵다기보다 마찬가지로 마음이 언짢아졌다.

"해 본 적도 없고, 굳이 하고 싶지도 않아요. 필요하신 것 더 없다면 전 이만 들어가 봤으면 하는데요."

그가 뭐라 하던 상관치 않겠다는 듯이 다시 등을 돌려 자신의 방 쪽으로 걸어가던 여자는 문득 자기 앞에 갑자기 길게 드리워진 그림자에 흠칫 놀라고 말았다.

달빛 아래 긴 그림자를 드리우고 그 남자가 바싹 그녀의 뒤를 쫓았다. 그의 강한 손아귀가 여자의 좁은 어깨를 붙들었다.

"무슨 짓을…… 이것 놔요!"

여자는 반사적으로 오른손에 들고 있던 가위를 치켜들었다.

달빛 아래 좁은 가위 날이 번뜩였다.

그러나 남자는 그따위 것에 관심 없다는 듯이 그녀의 얼굴을 보고 뜬금없이 이렇게 묻는 것이 아닌가.

"나한테서 냄새가 나나?"

"뭐라구요?"

한순간, 가위를 쥐고 있는 손길에서 힘이 빠질 만큼 어처구니없는 질문이었다. 하지만 남자는 진지하기 짝이 없는 얼굴로 다시 물었다.

"나한테서 냄새가 나? 거렁뱅이 머슴이었던 놈 머리 만지는 거, 더럽냐구?"

여자는 순간 속으로 한숨을 내쉬었다.

거렁뱅이는 먹어도 먹어도 배가 고프다면서 약탈을 해서라도 배부르게 포식을 한 사람이 어째서 아직도 저런 얼굴을 하는 건지 그녀는 알 수가 없었다.

그렇게 변해 놓고도 하나도 변하지 않은 아이 같은 얼굴로, 저런 질문을 하면 무어라 답해야 하나.

잠시 후, 여자는 그녀 자신에게 그런 목소리가 숨어 있으리라곤 지금 이전까지 몰랐던 심술궂은 목소리로 남자의 질문에 대답했다.
"냄새나요. 당연히 나지요."
여자의 가차 없는 대답에, 남자의 얼굴이 바위처럼 굳어져 버렸다. 숨 쉬는 것도 잠깐은 잊어버린 듯도 했다. 그리고 그런 변화에 여자는 당황하고 말았다.
결국 그녀는 머뭇거리면서 애초에 그 다음 하려던 말을 마저 했다.
"그렇게 퍼마시고 그럼 아무 냄새도 안 날 거라고 생각했어요? 술 냄새에 여자 지분 냄새로 아주 진동을 해요."
잠깐 남자의 목울대가 움직인다. 그가 다시 숨을 쉬는 것같이 느껴졌다. 눈과 입매에서 표정이 돌아오는 것도 같았다. 바위가 다시 사람이 되었다. 사람의 얼굴로 그가 말했다.
"놀랐잖아."
쌀례도 하마터면 그렇게 말할 뻔했다.
'나야말로, 놀랐잖아요.'
전직 거렁뱅이, 머슴, 해적. 이 사람도 자신의 과거가 마음에 안 들 수 있을 것이다.
하지만 '냄새난다.' 한마디에 그런 얼굴이라니. 마치 칼에 옆구리를 찔린 것처럼 숨 쉬는 것조차 멈추고 그런 바위 같은, 혹은 시체 같은 얼굴을 하다니.
무슨 말을 해야 할지, 시선을 어디에 두어야 할지 몰라서 여자가 눈동자만 이리저리 굴리고 있는데 그 사이 남자가 그녀에게 다가섰다.
잠깐 머뭇거리던 그의 손이 어느새 그녀의 어깨를 잡고 여자가 채 뭐라 저항할 새도 없이 그녀의 얼굴에 바짝 자기 머리를 디밀고 다짐하듯 다시 물었다.

"정말 안 나는 거지?"

얼핏 그녀의 코에 술 내음, 여자 지분 내음, 그의 채취가 풍겨 왔다. 거렁뱅이 냄새 따위, 나지 않았다. 그저 한계치 이상으로 불쑥 가까이 다가선 그 남자 특유의 체취뿐이다.

남자의 그다지 역하지 않은 냄새, 자기 어깨에 닿아 오는 손가락, 가까이 느껴지는 숨결, 그들 두 사람이 서 있어야 할 위치 치고 너무나 가까운 그 간극, 모든 것들이 곤혹스러워서 여자는 재빨리 그에게서 물러서서 도망치듯 등을 돌려 자신의 문간방으로 달아났다.

방에 들어서자마자 방 문고리를 잠그고 한동안 문에 등을 기대고 서 있던 여자가 문득 고개를 돌렸을 때, 문지방 너머로 어쩐지 그 남자가 가까이 있다는 생각이 들었다.

정작 남자 앞에서 휘두르지 않았던 가위를 그제야 여자는 힘주어 잡고 조용히 숨을 가다듬으면서 그가 자신의 방으로 돌아가길 기다렸다.

잠시 후, 남자의 발걸음 소리가 멀어지는 듯했고, 그제야 그녀는 문앞에 주저앉고 말았다. 두려움과 곤혹스러움으로 심장이 미친 듯이 떨렸다.

문득 이 집에 들어서서 처음으로 여자는 그런 생각이 들었다.

'도대체 저 사람은 왜 날 이 집으로 불러들인 걸까? 어째서?'

영화(映畫) 같은 인생
한낮의 활극

"영화가 왜 이따위예요? 웃을 일 없는 사람들이 그걸 보고 웃고
울고 싶은 거 억지로 참는 사람들도 그걸 보고 울어요!"
자그마한 여자의 부르짖음에 촬영장이 고요해졌다.

"무슨 일로 저를 부르셨는지⋯⋯."
그것은 뜬금없는 호출이었다.
영화사 급사라던 소년의 안내로 도착한 그곳은 영화 촬영장이었다.
눈부신 조명이 태양을 대신해서 빛을 발하고 있었다. 그 가짜 태양 아래 목덜미까지 분을 바른 가짜 국군, 가짜 인민군이 자기 촬영 순서를 기다리며 장기를 두고 있었다.
전체적으로는 꽤 넓은 장소였으나 각각의 칸막이를 치고 저쪽 공간은 가짜 술집으로 꾸며졌고, 이쪽 공간은 소파와 가구, 그리고 전선이 끊긴 전화기와 도자기로 장식된 일반 가정집 거실 모양을 하고 있었다.
촬영 중인 곳에선 촬영을 하고 있었고, 촬영하지 않는 곳에선 나이든 배우들이 앉아 꾸벅꾸벅 졸고 있었다.
뚝딱뚝딱 망치로 무대를 손보는 사람도 있었고, 한쪽에서 몸뻬 차림의 젊은 여자가 촬영하는 사람들의 끼니를 준비하는 듯 밥을 짓고 있기도 했다.

'도깨비 소굴이구나, 여기도.'

하지만 흥미로운 도깨비 소굴이기도 하다.

어린 계집아이였을 무렵, 사촌언니들과 읍내 장터에 나갔을 때 인력거를 타고 손수건을 흔들며 장터 사람들에게 연극 구경을 오라고 선전해 대던 유랑 극단을 본 그때처럼 쌀례는 가슴이 설레었다.

그렇게 설레어서 여기저기 거닐고 있는데 쌀례를 이곳으로 부른 '그녀'가 반가운 얼굴로 가까이 오라 손짓하는 모습이 보였다.

"어서 와요. 갑자기 불러내서 미안해. 사정이 급하니까 생각나는 사람이 거기밖에 없어서."

첫 만남에서 주정뱅이를 둘러업고서도 여왕 같은 그 여자는 도깨비 소굴 같은 촬영장에서도 변함없이 시원시원한 미소로 쌀례를 맞았다.

"무슨 일로 절 부르셨는지……."

어리둥절한 얼굴로 묻는 쌀례에게 백연설은 간단히 대꾸했다.

"오늘 내 담당 미용사가 도망을 갔어. 그래서 밥순 씨에게 부탁을 좀 하려고."

"네?"

밥순이라니. 아름다운 여배우 입술에서 나온 호칭에 쌀례는 할 말을 잃었다. 저거, 날 부르는 거 맞아?

"저는, 제 이름은 박성례입니다. 밥순이가 아니라……."

한 자 한 자 똑똑 끊어서 내 이름은 박성례라고 분명하게 알려 주는 쌀례에게 연설은 별 대수롭지 않다는 듯 웃으며 말했다.

"아아, 난 그때 윤 사장이 밥순이라고 하길래 그게 이름인 줄 알았지."

윤 사장. 지금 쌀례가 살고 있는 집주인이자 그녀의 고용주, 또는 박성례 인생의 역병, 재앙, 저주를 뜻하는 그 남자의 또 다른 이름이라는 것을 쌀례가 깨닫는 데는 잠깐의 시간이 필요했다.
그러고 보니 그 인간이 술 취해서 대문 앞에서 부르짖었었지.

─밥순아, 내가 왔다!

언젠가 한번 날 잡아서 호칭을 바로 하라고 해야겠다. 코흘리개 때도 그 남자의 밥순이 소리는 참 싫었는데 하물며 지금은 스물네 살 어른이요, 아기 엄마다. 밥순이라니, 이 무슨 망발인가!
그렇게 혼자 분노를 곱씹고 있던 밥순이의 상념은 여배우의 목소리에 의해 끊어졌다.
"아무튼 그게 중요한 게 아니고, 내 담당 미용사가 내빼 버려서 말이지. 오늘 촬영은 특히 중요한 분량이니까 그걸 그쪽이…… 성례 씨라고? 음, 성례 씨가 좀 해 줬으면 해. 미용실에서 근무했었다고 들은 것 같은데, 할 수 있겠어?"
아, 방금 전 밥순이라고 불렸을 때와 달리 지금은 눈앞 여배우의 목소리가 천사의 목소리처럼 들려왔다. 그렇지 않아도 집에서 잠들고 있는 가위와 빗을 보고 이대로 손이 무뎌지는 건 아닌가 안타까웠는데 요즘 정상을 달리는 여배우의 머리를 맡아서 할 수 있게 되다니. 갑자기 머리 위로 떨어진 행운에 쌀례는 반갑고도 당황스러워 말을 더듬었다.
"하, 할 수 있습니다! 무, 물론 할 수 있어요! 그, 그런데 미용사가 달아났다니, 어, 어째서……."
갑자기 나타난 행운은 반갑다. 하지만 그녀에게 행운이라면 다른 사람에게도 행운일 텐데 선임자는 어째서 도망을 갔다는 걸까. 늘 주장하듯이 박쌀례도 이제 어른이다. 아무리 배가 고파도 허겁지겁 급하게 먹는 것은 좋지 않다는 걸 이제는 알 만큼 나이를 먹었다.

그런 그녀의 의문에 여배우는 아무렇지 않다는 듯, 느긋하기까지 한 어조로 이유를 들려주었다.

"어쩌면, 칼에 맞을지도 모른다고 무섭대. 전쟁 때도 죽지 않고 살아남았는데 이제 와서 칼 맞고 죽기는 싫다나?"

한순간 쌀례는 자신의 귀를 의심했다. 설렘도 사라졌다.

"카, 칼을 맞다니……."

쌀례 자신도 이렇게 노골적으로 놀란 티를 내는 것이 참 싫다고 생각하지만 그래도 어쩔 수 없다. 칼에 맞다니.

아니, 영화배우들이 칼 맞는 척하는 장면을 찍을 수는 있어도 그건 어디까지나 칼 맞는 척이지 칼에 정말 찔리진 않을 텐데 어째서 칼 맞을 걱정을 해야 하나. 그것도 배우가 아닌 미용사가?

그 모든 의문을 차치하고라도 정말 칼 맞을 가능성이 있다면…….

도망간 미용사의 말이 옳다. 그 난리 때도 보존한 목숨을 이제 와서 잃기 싫은 것이 인지상정이다.

문득 여자는 '밥집' 노파에게 맡기고 온 딸아이를 생각하며 지금이라도 발길을 돌려야 하는 거 아닌가 갈등했다. 그때 등 뒤에서 들려오는 누군가의 목소리가 아니었다면, 정말 그랬을 것이다.

"이봐, 밥순이. 그쪽이 왜 여기 있는 거야?"

오늘 아침 그녀가 신경 써서 칼같이 다림질한 양복에 중절모를 쓰고 있는 단정한 차림새의 그 남자. 윤 사장이라는 호칭에 어울리는 그 재수 없는 남자가 '네가 여긴 어쩐 일이냐?'라는 얼굴로 그녀를 보고 있었다.

한순간 방금 전까지의 공포를 잊고 여자는 버럭 소리칠 뻔했다.

'아, 정말! 나 밥순이 아니라니까!'

1954년, 그해 제작되는 영화 수가 열여덟 편이었다.

두 차례 전쟁을 치르던 시기에는 주로 군 홍보 영화나 기록 영화가 대세를 이루었지만 그즈음부터는 이전과 다른 영화들이 제작되기 시작했다.

그래 보아야 전화에 불탄 이 나라를 앞으로 잘 이끌어 보자는 계몽 영화나 전시를 배경으로 한 서스펜스, 범죄물 등등이 대부분이었지만 말이다.

전쟁으로 많은 것들이 불타 없어진 형편에 살기 팍팍해진 사람들이 즐길 만한 유흥거리는 많지 않았고, 영화는 사람들에게 위안을 주는 얼마 안 되는 오락거리 중 하나였다.

제작되는 영화마다 기자들이 취재를 하면서 관심을 표명하는 것은 흔한 일이었지만, 그날따라 촬영장은 평소보다 많은 기자들의 눈이 번뜩였다.

"쯧쯧, 세상이 어떻게 돌아가려고!"

촬영장 한쪽에서 스태프들 밥을 짓는 중년 여자가 혀를 끌끌 찼다. 취재차 들른 기자들은 한 장면도 놓치지 않겠다는 듯 눈에 핏발을 세웠다. 장비를 운반하고 카메라를 점검하는 스태프들 역시 긴장감에 목덜미와 등에서 다량의 진땀을 흘리고 있었다.

영화(映畵) 같은 인생 | 455

활시위처럼 팽팽한 긴장감과 두근거리는 호기심, '세상 말세다.'라며 혀를 차는 냉소까지 온갖 감정들이 그 장소에 뒤엉켰다.

"준비됐나?"

엄숙한 얼굴로 묻는 감독에게 여주인공은 거울로 자기 얼굴을 이리저리 둘러보며 대꾸했다.

"이쪽 웨이브 좀 더 손을 보아야 할 것 같은데…… 아직 시간 여유 있지 않아요? 뭘 그리 보채고 그러시나? 감독님답지 않으세요."

그날 찍는 문제의 영화는 첩보물이었다.

카바레 가수로 위장한 여자 간첩과 일반인으로 위장한 국군 장교가 서로의 신분을 숨긴 채 연애를 하다가 남파 여간첩이 남자 때문에 간첩 짓을 그만둔다는 내용의 첩보 멜로물이었다. 당연히 여주인공은 카바레 가수의 화려한 복장을 하고 있어야 했다.

더구나 여배우는 이 시대 여자들의 유행을 선도하는 길잡이였다. 화면에 최상의 아름다운 모습을 보여야 하는 것이다. 대충대충이라니. 그건 여배우로서 용납할 수 없는 일이었다.

모두들 그녀의 일거수일투족을 주목하는 가운데, 오로지 여왕님만 느긋해 보였다.

"성례 씨, 여기 좀 더 만져 줘야 할 것 같아. 아무래도 가수인데 분위기가 좀 있어야지. 화려하게, 아주 화려하게. 응?"

쏟아지는 스태프들의 시선을 외면하고서 고객의 주문에 따라 쌀례는 묵묵히 빗을 놀렸다.

유행하는 라코로루 스타일로 하기로 결정했다. 정수리 가운데서부터 머리가 사방으로 꽃잎이 활짝 피어나듯 머릿결을 사방으로 퍼뜨리는 화려한 헤어스타일이었다. 공작새 깃털 모양의 반짝이는 자수를 가득 박은 화려한 홍콩 양단으로 지은 무대 의상을 입고 있는 여배우에게 썩 어울리는 머리가 될 것이다.

오랜만에 하는 거라 손이 좀 굼뜬 것도 같지만, 이마에 맺힌 땀방울을 손등으로 닦으며 쌀례는 자신의 작업에 몰입했다. 불쑥 그녀의 코앞에 들이밀어진 누군가의 손수건을 발견하기 전까지.

"적당히 하고, 빨리 나가."

이 남자는 촬영장에서 그녀를 발견한 순간부터 내보내지 못해 안달이었다. 손수건은 본 척도 않고 여자는 묵묵히 빗을 놀렸다.

대답은 다른 쪽에서 나왔다.

"적당히라니. 이 촬영이 어떤 촬영인데 적당히래? 남은 목숨 걸고 하는 거구만. 나 섭섭하려고 한다, 윤 사장."

쌀례에게 자신의 머리카락을 맡기면서 거울을 향해 자기 모습을 살피고 있는 그 여자 백연설에게 찬경은 이맛살을 구기며 대꾸했다.

"중요한 촬영이니까 인원을 최소한으로 줄이겠다는 거야. 가뜩이나 그런 흉흉한 소식까지 퍼진 판국에 쓸데없는 사람까지 왜 불러들인 거지?"

촬영 중 어떤 촬영이 중요하지 않을까마는 그날의 촬영은 특히나 중요했다. 건국 이래 최초로, 완전한 키스신을 선보이는 날이었기 때문이다. 남자 주인공과 여자 주인공이 입술이 닿을까 말까에서 불이 확 꺼지거나 느닷없이 꽃이 사람 얼굴을 가리거나 화면이 전환되는 것이 아닌, 정말 입술과 입술이 마주 닿는 입맞춤 신을 찍을 예정이었다.

영화 홍보를 위해서 대대적으로 기자들을 부르고 촬영에 임하는 제작진이나 배우들의 각오를 인터뷰한 뒤 촬영은 극소수 스태프만을 데리고 재빨리 찍을 예정이었다. 벼락처럼 재빨리, 그리고 은밀하게.

그래야 했다. 왜냐하면 카메라 앞에서 대역 없이 입맞춤을 해야 하는 여자 주인공의 남편이 이 사실을 전해 듣고 격분한 나머지 촬영장에 찾아오겠다고 하고 있기 때문이다. 손에 회칼을 들고서.
"한다면 하는 남자니까 말이지."
자신의 남편 성격을 여배우는 비교적 담담하게 진술했다.
그런 여자에게 제작사 우두머리인 젊은 사장은 떨떠름한 어조로 되물었다.
"이미 지나간 일이니까 어쩔 수 없긴 하지만, 사실은 구라라고 둘러댈 수도 있지 않았나?"
순간 여배우는 새하얀 이를 드러내고 기가 막히다는 듯이 '하!' 하고 짧게 웃었다.
그 비웃음에 남자가 어처구니없어하는 사이, 그때까지 묵묵히 여배우의 머리를 만지고 있던 미용사 여자가 불쑥 이렇게 말했다.
"같이 사는 사람에게 거짓말하라는 건가요? 이렇게 많은 사람들 불러다 광고를 해 놓고서?"
쌀례는 자기 귀를 의심했다.
세상에서 오직 그 한 사람만은 진심으로 대해야 하는 것이 반려다. 그게 혼인한 사람 간의 예다. 그런데 세상 사람들이 다 알아가는 사실에 관해서 가장 믿고 의지해야 할 자신의 짝이 거짓말을 하다니. 그건 무척이나 무섭고 슬픈 일일 것이다.
기가 막혀서, 머리를 손질하던 여자는 경멸을 가득 담고 중얼거렸다.
"저러니까 아직 여자가 없지. 누가 저런 악당을 데리고 살겠어?"
쌍꺼풀 없는 크고 둥근 눈에 언제나처럼 진심을 가득 담은 목소리로, 미용사 여자는 그가 듣기 가장 싫어하는 소리를 하고 있었다.

남자는 코웃음을 치며 대꾸했다.
"나는 데리고 살아 줄 여자 같은 거 필요 없거든?"
이번에는 거짓말이 아니다. 그게 사실이다. 현재 자기 집에 있는 식모 하나만으로도 여자는 벅차다. 하지만 그렇게 말할 수는 없어서 남자는 일부러 그녀의 시선을 피한 채 자신의 손목시계를 내려다보며 뚝뚝한 목소리로 명령했다.
"10분 주지. 그 안에 해결하고 나가. 다시 한 번 말하지만 이 상황에서 쓸데없는 인간까지 신경 쓸 겨를이 없어."
대답은 바로 거부되었다. 머리 만지는 여자와 머리 맡기는 여자 두 사람 모두에게서.
"안 돼요."
"안 돼, 윤 사장."
프로인 너까지 왜 그러느냐는 남자의 시선에 여배우는 피곤한 미소를 지어 보이며 말했다.
"내 머린 10분 안에 끝내선 안 되고, 이러니저러니 해도 내 남자한테 그런 식으로…… 그건 밥순 씨, 아니 성례 씨 말이 맞아. 고지식해서 가끔 골치 아프긴 하지만, 그래도 그 사람에게 내가 그럴 순 없지."
그저 남편의 아름다운 아내, 그 사람의 여자로만 살았을 때는 그녀는 남편의 자랑이었다. 하지만 배우가 되고 그 아름다움이 남자 한 사람만의 것이 아니게 되었을 때, 대중들이 그녀의 아름다움, 그녀의 반짝거림에 감탄하고 다른 남자들이 그녀에게 찬사를 바치면서 그녀는 그의 수치가 되어 버렸다.
그녀가 뿜어내는 빛이 또렷하고 화려해질수록, 그는 어두워지고 말수가 줄어들었다.

따뜻한 웃음이 냉소가 되었다. 그리고 지금 한국 영화 최초로 카메라가 돌아가는 앞에서 남자 배우와 입술을 맞대게 되었다고, 하지만 입술에 투명한 테이프를 바르고 5초 정도 잠깐 닿았다 떨어지기만 할 뿐이라고 양해를 구하는 지금에 와서는 남편의 입술에선 냉소조차 사라져 버렸다.

그는 부들거리는 목소리로 당장 그만두라고 소리쳤다.

사람들이 추켜세워 준다고 네가 정말 대단한 뭐라도 되는 줄 아느냐 착각하지도 말라 했다. 한 남자의 아내라면 그에 맞게 처신해야 한다고도 강변했다. 나를 웃음거리로 만들 거냐고 따졌다.

마지막에 가선 그녀의 다리를 붙들고 울먹이며 사정했다.

—나한테 이러지 마. 이러지 마라, 당신.

자존심 강한 남자가 눈물까지 보였을 때, 여배우는 한순간 그런 생각이 들었더란다.

정말 하지 말까.

하지만 몇날 며칠 생각해 봐도 그건 아닌 것 같았다.

이건 일이다. 도락으로 외간 남자와 입술 마주하는 게 아니다. 이제 와서 그만두어 버리면 이제까지 내가 해 왔던 일이 '일'이 아닌, 언제든 그만두어도 좋을 '놀이', 더 이상 해선 안 되는 부끄러운 짓이 되어 버린다. 그럼 이제까지 열심히 해 왔던 여배우로서의 내 몇 년은 뭐가 되나? 그건 싫었다.

마지막의 마지막으로 당신이 날 이해 좀 해 주면 안 되겠느냐는 아내에게 남자는 눈물을 멈추고 다시 냉소를 지으며 "후회하지 마."라고 했다. 그렇게 해서 진행되는 것이 오늘이었다.

"회칼 들고 촬영장에 쳐들어 와서 이 사악 무도한 짓거리를 응징하겠다고 경고장까지 보내왔단 말이지. 아, 머리 아파. 한다면 하는 사람이지만, 그건 그 사람 스타일이 아닌데."

정말 머리가 아프다는 듯이 관자놀이를 문지르는 여배우를 지켜보던 찬경의 입에서 뚝뚝한 목소리가 흘러나왔다.

"눈앞에 아무것도 안 보일 때가 있지."

그게 여자 때문이든, 자신의 다친 자존심 때문이든, 복수심 때문이든, 눈앞에 보이는 칼 말고는 아무것도 안 보일 때가 있다고, 사내란 족속이, 아니 사람이란 족속이 그런 거라고, 남자는 그런 얼굴을 하고 있었지만 구태여 그걸 입 밖으로 뱉어내진 않았다.

하지만 지금은 눈에 아무것도 안 보일 만큼 미친놈을 이해할 때가 아니었다. 그놈이 미친 짓 하기 전에 빨리 일을 마무리 짓는 게 상수였다.

"그 머리, 오늘 해 지기 전에는 끝나는 건가?"

비꼬는 듯한 남자의 질문에 이제까지 바쁘게 빗질하던 손을 놀리던 여자는 눈에 힘을 주고 대답했다.

"지금 끝났거든요?"

"그럼 일은 이제 시작이로군."

목을 죄고 있는 넥타이를 느슨하게 끄르면서 남자는 덤덤한 얼굴로 일의 개시를 선언했다.

"여기! 백 여사 입술 이중삼중으로 꽉꽉 잘 싸매고! 감독한테 준비 다 됐다고 해! 그리고……."

남자의 시선이 할일을 다 끝내고 한숨 돌리고 있던 미용사 쪽을 향했다.

"거기, 쓸데없는 인간은 무슨 일이 생길 때 재빨리 내 뒤에 숨는다. 그럼 시작!"

남자는 그렇게 자기 할 말만 하고 손뼉을 치고 다른 스태프들 쪽으로 발걸음을 옮겼다. 듣고 있던 여자가 내가 왜 당신 뒤에 서느냐고 말도 안 된다고 반박하기 전에. 마치 그녀의 대답 따윈 들을 필요도 없다는 듯이. 이미 그렇게 결정되었다는 듯이.

촬영이 개시되었다.

딱 5초 만에 역사가 만들어졌다.

"컷! 수고했어!"

침 삼키는 소리까지 다 들릴 만큼 조용한 그 공간에 감독의 목소리가 촬영 종료를 선언했다. 컷 소리가 들리자마자 맞닿아 있던 남녀 주인공의 입술이 단박에 떨어졌다.

"뭐야, 이래서야 재채기라도 하면 눈 깜짝하는 사이에 다 끝나 버리는 거 아냐. 김이 좀 새는구만."

취재 나온 기자 중 아쉽다는 듯이 그렇게 말하는 이들도 있었으나 대부분은 충격을 먹은 듯 이미 촬영이 끝났음에도 침묵은 좀처럼 깨지지 않았다. 그 침묵 속에서 누군가의 중얼거림이 선명하게 들려왔다.

"지, 진짜로 했다……."

재채기 한 번 하고 눈 깜짝할 사이에 끝나긴 했지만 정말로 했다. 검은 머리 한국 사람이 주인공으로 나오는 영화에서 진짜로 남자와 여자가 입을 맞추었다.

 몇 년 전까지 조선이라고 불린 이 나라에서! 수십 년 전만 해도 외국인이 키스하는 장면도 남녀가 함께 나란히 앉아 관람하기 남세스럽다고 남자 좌석, 여자 좌석 성별로 좌석을 가르던 근엄한 이 나라에서! 오, 놀라워라!

 그걸 카메라 필름에 고스란히 담았으니 이제 커다란 스크린을 통해서 수십만 관객들이 보게 되리라. 세상의 많은 남자와 여자가 입을 맞추고 살지만, 남이 입맞춤하는 걸 볼 기회라는 건 좀처럼 없는 이 품행 방정하고 고지식한 세상에서 이건 정말 충격적인 일이었다.

 아직도 촬영장 바깥세상에선 약혼 전에는 입도 맞춰선 안 된다는 주장이 횡횡하고 있는데, 아, 놀라워라!

 "예술의 진일보인가? 말세의 전조인가?"

 "헤드카피는 이 정도가 낫겠지?"

 "그런데 정말 이러다 너도 나도 쪽쪽거리는 거 아냐? 전부 움직이는 춘화 되는 거 아니냐구?"

 취재수첩에 펜으로 기사를 끄적거리는 사람들 사이로 나이 많은 베테랑 기자가 찬경을 향해 누런 이를 드러내며 씨익 웃어 보였다.

 "이렇게 화젯거리가 되었으니 흥행은 따 놓은 당상이겠구료, 윤 사장."

 찬경 역시 능숙하게 사업가의 웃음을 지으며 대꾸했다.

 "많이 도와주십쇼. 워낙 공짜손님이 많아서 어지간하지 않으면 적자거든요."

 경찰, 헌병, 상이군인 등 특수 신분으로 영화 관람료를 깎거나 무료로 몰래 숨어들어가 보겠다는 공짜 관객들이 워낙 많아 그즈음 영화 제작자들의 골머리를 앓게 하고 있었다.

그러나 젊은 제작자의 푸념을 듣는 중년 기자는 고개를 내저으며 의뭉스런 미소를 지어 보였다.
"무슨 그런 우는 소릴. 윤 사장 사업이 이것만도 아닐 텐데."
요 2, 3년 사이 혜성처럼 나타나 막강한 재력을 과시하는 이 젊은 재력가를 기자는 호기심 어린 눈으로 바라보았다. 하늘에서 떨어지거나 땅에서 솟은 것도 아닐 텐데 그전까진 이 남자가 어디서 뭘 하고 살았는지, 저 젊은 나이에 어디서 저런 재력을 갖추었는지 도무지 그의 이력을 알 수가 없었다. 생긴 건 자기가 거느린 영화배우들 쯤 쪄 먹게 생기고 누구도 그전 이력을 알 수 없는 젊은 자산가. 그 때문인지 뒷소문도 무성하다.
"듣기로 따로 하는 사업도 규모가 상당하시다는 소문인데?"
저 화사한 젊은 얼굴을 봐선 상상할 수 없는 일이긴 하지만 그의 본업이 영화 제작이 아니라 무시무시한 조직 세계와 연관된 밀수업이라는 소문이 들리고 있었다.
미국, 일본, 싱가포르, 홍콩에서 들여오는 실크나 사치품 같은 것들의 밀수는 귀여운 수준이고 구하기 어려운 휘발유, 페니실린, 미국에서 원조품으로 보내온 군사용 원면까지 엄청난 규모의 다양한 밀수입 이권에 개입되어 있다는 거였다.
젊은 미남 재력가, 거기다 암흑세계와 연관이 있다? 기삿감으로 최상의 조건 아닌가. 냄새가 나는 건 그냥 넘기지 않는 기자답게 상대방에게 미끼를 던지고 눈치를 보는데 그 상대 역시 만만치 않았다.
"소문은 소문일 뿐이죠. 잘 아시면서 그러십니까."
"아니 땐 굴뚝에 연기가 난단 말이오?"
"가끔은 그렇기도 하더군요. 전 그런 연기는 괘씸해서라도 확실히 꺼 버리곤 합니다만."

젊은 사업가는 하얀 송곳니를 드러내며 씨익 웃었다. 하지만 눈은 절대 웃고 있지 않았다.

매서운 미소에 낚싯대를 들이대던 기자는 서둘러 수습하는 웃음을 지어 보였다. 뭐 기회가 오늘만 있는 건 아니니까, 큰 고기는 조심조심 낚아야 하는 법이지. 그리 마음먹은 듯 중년 사내는 화제를 돌렸다. 오늘 그가 이 촬영장에서 보고 싶었던 가장 결정적인 장면에 관해서.

"오늘 촬영은 이걸로 끝이오? 듣기로 재미있는 거 하나 더 있을 법한데?"

영화 촬영은 공식적으로는 이것으로 끝이었다.

하지만 상대방이 묻는 것이 무언지 찬경은 알고 있었다.

주연 여배우 남편이 칼 들고 찾아오겠다고 경고장을 보낸 것이 이 기자라는 족속들 귀에까지 들어간 모양이다. 진짜 영화보다도 더 영화 같은 활극이 벌어진다고 잔뜩 기대하고 왔는데 5초 정도 좋은 눈요기 한 거 말곤 너무나 얌전하게 상황이 마무리되려 하고 있었다.

그러니 재미난 활극을 구경하러 온 관객은 묻지 않을 수 없었다.

'정말 이걸로 끝이야?'

영화 만드는 쪽에선 재앙인 그 일이 구경하는 관객들에겐 '재미있는' 구경거리다. 이런 썩을 것들 같으니. 염병할. 찬경은 입 밖으로 터져 나오려는 욕설을 간신히 씹어 삼켰다.

양복을 입고 남들이 그 앞에 고개 숙이면서부터는 그 자신도 알아서 하지 말아야 할 것들이 꽤 늘어 버렸다.

빌어먹을. 뻗쳐오르는 살기를 간신히 다독이고, 살기가 묻어 있을 눈빛을 누그러뜨리면서 쓰디쓴 어조로 젊은 자산가는 답했다.

영화(映畵) 같은 인생 | 465

"끝이길 바라야죠. 자리 따로 마련해 뒀으니 가서 한잔하시죠. 애들이 자리를 마련해 뒀을 겁니……."

하지만 모든 일은 늘 생각대로만 되진 않는 법이다.

자신의 말이 채 끝나기도 전에 들려오는 침입자의 목소리를 들으면서 찬경은 그 더럽고 치사한 인생의 법칙을 다시 한 번 떠올리지 않을 수 없었다.

"불의를, 이 더러운 짓거리를 심판하러 왔다!"

촬영이 끝났다고 생각했는데 속편이 시작되려 하고 있었다.

다시 한 번 빌어먹을.

─한다면 하는 남자니까 말이지.

그 아내의 증언대로 여배우의 남편은 한다면 하는 남자였다. 한 손에 신문으로 싼 무언가를, 손에 쥐고 있는 자루 모양을 보아하건대 회칼로 짐작되는 그것을 들고 그는 정말로 촬영장에 모습을 보였다. 거기다 자기 계획을 실천하기 위해 회칼은 말할 것도 없고 일행들까지 끌고 오는 치밀함도 함께 보였다.

"이야, 오랜만이다. 경아. 아니지, 윤 사장이라고 해야 하나?"

여배우 남편의 등 뒤에 선 집채만 한 덩치, 흡사 멧돼지 같은 인상의 그 남자가 찬경에게 반갑게 인사를 하며 손을 내밀었다. 누가 보면 굉장히 절친한 친우를 오랜만에 본 것 같은 표정이고 목소리고 몸짓이었다.

찬경은 자신에게 보내오는 웃음에 마주 웃어 보이고 내밀어진 손을 마주 잡았다. 하지만 서로의 어깨를 두들기면서도 남자들의 눈빛은 얼음처럼 차갑고 돌처럼 무거웠다.

마침내 상대방의 목소리가 서로에게만 들릴 만큼 가까이 섰을 때, 남들에겐 다정해 보이는 그 모습을 유지하면서 냉혹한 목소리로 찬경이 물었다.

"여긴 무슨 일로 기어들어 왔나? 뭘 얻어먹겠다고?"

멧돼지 남자의 얼굴에도 투박하고 살벌한 미소가 떠올랐다.

"얻어먹다니. 누가 누구처럼 거렁뱅이인 줄 아나. 우린 정당히 우리 일로 온 거다. 저 선생께서 협객의 도움이 필요하다시고 일을 의뢰하셔서 말이지."

"대낮에 칼 들고 설쳐 대는 미친놈 일거리 말고 할 일이 없었나? 협객께서는?"

사근한 어조로 상대방 약을 올리면서도 찬경은 머릿속으로 한숨을 내쉬었다. 입구에 미리 앞세워 두었던 그의 수하들은 아마 저 멧돼지에게 두들겨 맞고 길을 터 주었을 것이다. 머리는 그다지 좋다고 할 수 없는 멧돼지이나 저 덩치와 주먹만은 쓸 만한 놈이니까. 입구에 인원을 더 세워 두는 건데, 방심했다. 제기랄. 거기까지 생각하다가 문득 짚이는 것이 있어 찬경은 멧돼지를 다시 보며 물었다.

"정말 여긴 왜 왔나? 내 나와바리라는 건 알고 있었을 텐데."

"당연하지. 혼자만 잘 살겠다고 의리를 헌신짝같이 버리는 거렁뱅이 네놈 구역인 거, 당연히 알고 왔다. 아니면 네놈 말대로 고작 이따위 일거리에 나까지 나설 필요가 있나?"

혼자만 잘 살겠다고 의리를 헌신짝처럼 저버린 놈. 멧돼지가 평한

영화(映畵) 같은 인생 | 467

자신의 인물평에 찬경의 입가에선 쓴웃음이 피어올랐다.
 아직도 저 멧돼지는 황금을 획득한 그날 밤의 분배에 불만을 표시하고 있는 것이다.
 처음부터 저 자식은 자신의 위치를 착각하고 있었다.
 애초에 그들의 관계는 모든 것을 반씩 나누는 동등한 동료가 아니었다.
 모든 일을 계획한 것은 거렁뱅이였다. 총과 장비를 준비하고 배 주인인 악질 상인 영감과 협상하기에 앞서 유용했던 인질들, 그 딸과 며느리까지 획득한 것도, 약탈에 필요한 모든 것을 준비한 것도 거렁뱅이였다.
 하나부터 아홉 반까지 거의 모든 것을 거렁뱅이가 했다. 다만 막판에 혼자 나설 수 없어서 길거리를 헤매는 어깨들을 동원했을 뿐이다. 전쟁터에는 가기 싫고 그 넘쳐나는 힘을 주체할 수 없었던, 돈이 필요한 것들을.
 동료가 아니었다. 지불할 대가를 약속하고 고용했던 주먹이었다.
 약속한 대가는 어김없이 지불했었다. 아니, 성공으로 인해 기분이 째지게 좋았기 때문에 약속했던 것보다 후하게 지불했었다.
 그런데 그게 화근이었다.
 보트에 실었던 자루 셋.
 약속보다 더한 보수. 약탈의 획득물은 자루 셋. 어깨에 자루를 메었을 때 누르는 그 묵직한 무게가 주먹들의 가슴에 쓸데없는 환상을 심어 주었던 모양이다.
 보트가 뭍에 닿고 자루를 땅에 내리면서 그 순간부터 멧돼지는 분배가 잘못되었다고 주장하기 시작했다.

시간이 흐르고 흘러 지금까지.

"옛 친구, 한마디만 하겠네."

찬경은 멧돼지의 귓가에 속삭였다.

"장난은 그만하지. 헛소리 그만하고 저 얼치기 데려가지 않으면 조만간 쓴맛을 보게 될 거야."

그러나 멧돼지는 순순히 물러나지 않았다.

'나 같아도 내 마누라가 어중이떠중이 다 보는 앞에서 딴 놈이랑 입술 박치기 하면 그 입술 가죽을 벗겨 버릴 거야. 내 기준에서 내 고객이 그다지 잘못했다고 봐지지 않네만."

찬경의 시선이 여배우의 남편을 향했다.

선이 가늘고 유약한 인상의 남자.

자신과 멧돼지같이, 한때나마 주먹으로 먹고살 수 있었던 유형의 인간과는 다른 종류의 인간. 한마디로 신문지에 싼 회칼 따위를 들고 있을 인물로는 보이지 않아 지금의 이 상황에 어울리지 않는 남자였다.

역으로, 그렇기 때문에 그 순간 찬경은 한 가지 확실히 깨닫게 된 사실이 있었다.

'이 친구, 지금 눈에 보이는 게 없겠구나.'

이런 유형의 인간, 샌님이 돌면 이건 대책이 없다.

그 대책 없는 인간 손에 지금 칼이 쥐어져 있는 것이다.

"이보십쇼, 선생. 일을 어렵게 만들지 맙시다, 우리."

윤 사장으로 산 요 몇 년 이래 처음으로 찬경은 긴장감에 입이 바싹 말라감을 느꼈다.

길에서 떠돌고 살았을 때부터 목숨을 보전하기 위해 알아야 했던 몇 가지 규칙 중 가장 으뜸가는 것이 있었는데 요약하자면 다음과 같았다.

 칼 든 놈은 건들지 말라.
 그런데 칼까지 든 데다 눈앞에 보이는 것이 없을 만큼 미친놈이라니. 이건 절대 가까이해서는 안 되는 놈 아닌가. 하지만 그 미친놈이 설치고 있는 곳은 바로 그 자신의 나와바리였다. 어떻게든 해결해야 한다.
 "이봐요, 형씨……."
 "댁하곤 볼일 없어."
 자신에게 한 발짝 다가서는 찬경을 외면한 채로 남자는 그렇게만 말했다.
 잠을 못 잤는지 퀭한 얼굴이다. 퀭한 시선으로 남자는 막 입술에서 투명 테이프를 떼어 내고 있는 자기 아내를, 그리고 아내 곁에 서 있는 그녀의 상대역 남자 배우를 노려보고 있었다. 정신을 다른 곳에 팔고 있는 상대의 손에서 저 칼을 어떻게 떨어뜨려야 하나. 가냘픈 체격의, 싸움에 익숙지 않아 보이는 놈이니 어떻게 한 방에 제압할 수 있을 것 같기도 한데.
 찬경이 그렇게 골몰하고 있는 사이 공교롭게도 멧돼지와 그 수하들이 그를 둘러쌌다. 여배우의 남편, 그 퀭한 남자가 하는 짓을 방해하지 못하게 하려는 듯이.
 그리고 바로 그대로, 퀭한 인상의 그 남자는 신문지에 둘둘 말아 들고 있던 그것을 풀어헤치더니 곧 날카롭게 빛나는 칼날을 치켜세우고 앞으로 척척 내달리기 시작했다.
 자신을 붙들고 있는 팔들과 자기 앞을 가리고 있는 어깨와 어깨들의 틈, 사람 장막 사이에서 찬경이 겨우 본 것은 칼끝이 향하는 곳에서 있는 배우들, 그리고 그들 곁에 도구를 챙기고 있던 미용사 여자의 모습이었다.

칼 들고 쫓아온 남자의 1차 목적은 아내의 입술을 더럽힌 상대방 남자 배우였다.

촬영 때문에 얼굴에 새하얀 분을 바르고 있던 남자 배우는 창백하게 질린 얼굴로 온몸을 사시나무 떨 듯 떨다가 '히이익' 흡사 자전거 바퀴에서 공기 빠지는 소리를 내지르고는 재빨리 자신들을 지켜보고 있는 사람들 틈으로 몸을 숨겼다.

본래부터 여배우의 남편은 대낮에 사람 찌르겠다고 칼 들고 설치는 유형의 사람이 아니었다. 익숙지 않은 일을 할 때 많은 사람들이 그러하듯이 그도 지금 자기 앞에 닥친 낯선 상황에 당황하고 헤매고 있었다.

그는 남자 배우가 모습을 감춘 군중 사이를 눈으로 좇으며 버럭버럭 소리를 질렀다.

"나와! 이리 나와! 이 비겁한 자식! 겁쟁이 광대 놈! 나오라니까!"

그때 그렇게 펄펄 뛰는 그의 등 뒤로 차분한 누군가의 목소리가 들려왔다.

"여보, 그만. 이건 당신답지 않아."

그의 아내, 여배우였다.

그런 아내를 돌아보면서 남편도 쓰디쓴 미소를 지으며 대꾸했다.

"나도 당신한테 사정했지. 나한테 이러지 말라고. 당신은 내 말 들은 척도 안 했는데 나는 당신 말 들어 줘야 할 이유가 있나?"

"여보, 제발!"

탄식처럼 아내가 말했다.

"당신 지금 너무 흥분해서 일을 더 어렵게 만들고 있어. 아직 늦지 않았으니까, 지금이라면 아무도 다치지 않았으니까 그것 내려놓고 우리 같이 집에 가자. 응? 제발……."

"끝까지 사람을 가르치려 드는군. 이런 짓을 벌여 놓고…… 잘도……."

손을 내밀며 애원하는 어조로 다가오는 아내에게 남편은 시니컬하게 웃어 보였다.

그런 남편에게 다가서던 아내는 '이런 짓'이란 소리에 걸음을 멈추었다. 그때까지 침착하게 남편을 달래려 했던 그녀의 얼굴에서 일순 노기가 피어올랐다.

"이런 짓? 난 당신한테도 누구한테도 부끄러운 짓 한 적 없어!"

"부끄러운 짓을 한 적이 없어? 너 때문에 나는 죽고 싶은데! 그리고 동우! 애한테 어미가 돼서 이게 할 짓이야? 필름에 그런 걸 박아서 어쩔 거야! 애가 크면 뭐라 그럴 거냐고!"

여배우가 화를 내자 칼 든 그녀의 남편도 도전을 받아들이듯 버럭거리며 성큼성큼 그녀에게 다가섰다.

그때까지 여배우 근처에 서 있던 쌀례는 그들의 목소리가 한 톤씩 올라갈 때마다, 칼 든 남자가 한 걸음씩 다가올 때마다 심장이 쪼그라드는 느낌이었다.

'머리만 해 주고 진작에 갔어야 했는데.'

하지만 막힘없이 차분하게 차곡차곡 진행되는 영화 촬영을 보고 있으면 나쁜 일은 일어날 것 같지는 않았다. 진행되는 영화 촬영도 건국 최초라는 키스신.

돈 주고도 못 볼 진기한 구경이었다.

보는 눈이 여럿인 곳에서의, 치밀한 신호 끝에 감독의 지시하에 벌어지는 키스신은 정말 낭만적이지 못했지만 그래도 홀린 듯이 보고 있다가 이 지경까지 오고 말았다.

그리고 지금은 눈앞에 저 두 사람의 대화 때문에 자리를 뜰 수가 없었다.

"이런 짓? 난 당신한테도 누구한테도 부끄러운 짓 한 적 없어!"

"부끄러운 짓을 한 적이 없어? 애한테 어미가 돼서 이게 할 짓이야?"

남자의 버럭거림을 듣는 순간, 조용히 발뒤꿈치를 들고 그 자리를 벗어나려던 쌀례는 발걸음을 멈추었다.

예전에, 미용사로 나선 지 얼마 안 되었을 때 마침 '밥집' 할머니도 편찮으셔서 아이를 맡길 수 없었을 때, 애를 둘러 업고 출근했다가 직장 입구에 들어가는 순간 저 비슷한 소리를 들은 적이 있었다.

―쯧쯧. 어미가 돼서 저게 할 짓이야? 저 새끼 미용사, 이젠 아예 어린것까지 달고 왔네.

남자 목소리였던 걸로 기억한다. 쌀례를 알아보는 것으로 보아 아마 미용실 근처 가게 점방 주인 정도의 목소리였을 것이다.

이 무렵 미용사는 미용실 출입하는 여자들을 제외하곤 세상에서 거의 공공의 적 수준의 대접을 받고 있었다.

여자가 조신하게 집에서 살림이나 하지 않고 집 밖으로 나와 돈을 번다는 것 자체가 인식이 좋지 못했다. 거기다 머리를 볶는 직업이란 남자와 일자리를 두고 경쟁하는 직업이 아님에도 불구하고 여자들의 사치를 조장한다는 악평에 시달려야 했다. 결정적으로 박쌀례의 공식 신분은 전쟁미망인이었다.

쌀례로선 남편이 죽었다고는 단 일 초도 상상조차 한 적이 없건만 당장 행방을 알 수 없으니 행방불명자의 아내인 그녀는 전쟁미망인으로 분류되었다. 미망인이라는 말 자체가 남편이 죽었는데 따라 안 죽고 아직 살아 있는 여자란 뜻이다.

전쟁미망인에 미용사.

세상에 욕 들어먹고 살기 좋은 자리를 두 가지나 동시에 꿰차고 있는 쌀례로선 평소에 자신을 가자미눈으로 보는 인간들에게 꼭 해 주고 싶던 말이 있었다.

'전 부끄러운 짓을 한 적이 없어요! 그러니까 실눈 뜨고 보지 말아 주세요! 뒤통수에 대고 수군거리지도 말라구요!'

물론 가짜 화장품 파는 순간 그 소리를 할 자격은 좀 사그라진 느낌이 없잖아 있지만 그래도 적어도 미용 기술로 먹고 사는 순간만은 박성례는 떳떳했다. 돌아올 남편에게도, 딸아이에게도 부끄러운 짓은 하지 않았었다.

피땀 흘려 잠 안 자고 익힌 기술로 하루 열 시간 넘게 서서 독한 약, 뜨거운 숯을 만져 가며 손에 지문이 없어질 때까지, 코피 흘릴 때까지 일했다. 그 돈으로 쌀을 사 아이를 먹이고 굶어 죽지 않고 살아남았다.

지금 또 다른 여자가 쌀례 앞에서 소리치고 있었다.

"나는 부끄러운 짓을 한 적 없어!"

그 소리를 듣는 순간, 정말 바보 같지만 그 자리를 떠날 수 없었다.

"부끄러운 짓을 한 적이 없어? 애한테 어미가 돼서 이게 할 짓이야?"

그 소리를 듣는 순간, 자신도 모르게 입 밖으로 튀어나오려는 소리를 누를 수가 없었다.

"서, 선생님, 그건 아니죠!"

개미가 모래 위를 기어가는 듯한, 나뭇가지를 살랑거리는 바람 소리 같은, 있는지도 모를 만큼 자그마한 그 목소리를 처음부터 알아듣는 사람은 아무도 없었다.

잠시 후, 머리 만지는 여자가 다시 입을 열었다. 뱃속에서부터 나오는 듯 단단한 그녀의 목소리가 홍해를 가르듯 공기를 가르고 한창 언쟁 중인 두 남녀 사이를 곧바로 비집고 들어갔다.

"그만하세요! 부끄러워야 할 사람은 칼 들고 설치는 댁이라구요!"

여자의 입술에서 목소리가 떠난 순간, 그 목소리가 새싹처럼 파릇파릇하게 자라서 화살촉처럼 뾰족하게 상대방의 귀에 내리꽂혔다. 한창 얼굴을 맞대고 서로 소리를 지르고 있던 남자가 한순간 딱 고함을 멈추고 그들 곁에 서 있는 또 다른 여자 쪽으로 시선을 돌렸다.

"뭐……라고?"

쌀례는 자신을 보는 그 남자의 퀭한 눈에서 순간 살의를 읽었다.

그냥 발꿈치 세우고 조용히, 찍소리 말고 사라질 걸 괜히 찍소리 냈다가 이게 무슨 꼴이람. 속으로 후회가 되지 않는 것은 아니었지만 여자는 분연히 남자에게 쏘아붙이듯 대꾸했다.

"그렇잖아요. 사모님은 해야 할 일을 성의껏 하신 것밖에 없어요. 누구처럼 남의 일터에 칼 들고 사람 죽이겠다 난동 부리고 남의 일 방해하진 않았다구요!"

"이, 일? 일이라고 했나? 이따위를 일이라고?"

남자 입에서 빚어진 그 하찮음을 보이지 않는 더듬이로 감지한 순간 여자의 목소리가 부들부들 떨려 왔다.

"이따위요?"

그녀의 남편이 그 자리에 있었다면 고개를 절레절레 내저었을, 암호랑이의 기운을 내뿜으며 그녀가 외쳤다.

"취소해요!"

"뭐요?"

"사람 상하게 하는 것! 도둑질, 사기 치는 것 말고 밥 벌어먹는 일은 그 어떤 것도 업신여길 수 없어요! 이따위라뇨! 이따위라뇨! 영화가 왜 이따위예요? 웃을 일 없는 사람들이 그걸 보고 웃고, 울고 싶은 거 억지로 참는 사람들도 그걸 보고 울어요! 그게 얼마나, 얼마나……."

'얼마나 살아가는 데 위로가 되는데요. 웃을 일이 없는 사람에게 잠깐이라도 소리 내서 웃을 수 있다는 것이, 울고 싶어도 눈에 힘을 주고 억지로 참고 있는 사람에게 눈물 내고 소리 내어 울 수 있다는 것이, 얼마나 얼마나 위로가 되는데요. 지금 같은 이런 때, 아기랑 둘이서 울 수도 웃을 수도 없는 나 같은 사람한테도 얼마나 힘이 되는데…….'

거기까지 한 번에 말하기엔 쌀례는 숨이 찼다. 말하다가 눈물이 나올 것도 같았다.

느닷없이 웬 여자가 자기감정에 겨워 장광설을 늘어놓다가 제 풀에 울고 짜고 눈물 콧물 흘리면 얼마나 꼴사나울까. 여자의 목소리는 슬슬 기어들어 가기 시작했다.

"그, 그러니까 그 칼은 좀 내려놓으셨으면…… 조, 좋겠다구요. 선생님……."

슬슬 흥분할 때면 눈앞에서 타올라 주변을 보이지 않게 만들던 불꽃도 눈에서 사그라지고, 이제 쌀례는 주변이 좀 또렷이 보이기 시작했다.

멍한 표정으로 자신을 보는 주변 스태프들, 호기심으로 눈을 반짝이며 이 장면을 기록하고 있는 연예부 기자라는 사람들, 붉어진 눈을 하고 자신을 보는 여배우, 어이없다는 듯, 혹은 겸연쩍다는 듯이 자신을 보고 있는 칼 든 남자.

그리고…… 사람들의, 특히 칼 든 남자의 신경이 이쪽에 쏠리고 있는 틈을 타서 등 뒤에 다가서고 있는 찬경, 그 사람이.

한때 수표교 각설이패 중 제일의 싸움꾼이라 불리던 남자는 고양이처럼 먹잇감을 향해 다가가 새처럼 날았다.

그러고는 목표물을 향해 정확히 주먹을 날리기 시작했다.

침착했고, 아름다운 동작이었다.

한순간이었다. 찬경이 퀭한 남자의 뒤를 덮치고 두 남자가 뒤엉켜 주먹을 주고받기 시작한 것은.

난투극은 눈 깜짝할 사이에 진행되었고, 결말도 비교적 빠르게 났다.

원래 여배우 남편의 직업은 회사원이라고 한다.

회사원 중에도 주먹싸움에 능숙한 사람도 그렇지 않은 사람도 있을 수 있겠지만 여배우의 남편은 후자 쪽이었다.

"애초에 오늘 일 자체가 그 사람하고 어울리지 않는 일이었다니까."

아내인 여배우의 증언대로 평소 회칼이나 주먹질과 거리가 먼 건전하고 조용한 인생의 소유자였던 그는 전직 거렁뱅이 파이터에게 일방적으로 두들겨 맞고 쓰러졌다.

회칼을 그저 들고만 있을 때는 충분히 위협적인 분위기를 낼 수 있었지만 칼을 들고 휘둘렀을 때, 익숙지 않은 것을 다루는 어색함은 어쩔 수가 없었다. 위협적인 모습은 안개처럼 사라지고 남은 것은 어른의 연장을 서툴게 휘두르는 어린아이뿐이었다.

그 자신도 혼자선 사장이라는 저놈을 상대하기 벅차다 생각했던지 때마침 자기 곁에 서 있던 아내 아닌 다른 여자를 엉겁결에 인질로 붙잡고 자신에게 다가오려는 사장이란 놈에게 다시 칼을 휘두르려 했다.

쌀례는 느닷없이 자기 목을 팔로 끌어 누르고 찬경을 향해 칼을 휘두르는 남자에게 비명을 질러대지는 않았다. 그녀는 그저 꺽꺽거리는 목소리로 이렇게만 중얼거릴 뿐이었다.

"이, 이게 이따위보다 더 숭해요. 허윽……."

그 작은 반항에 퀭한 남자는 벼락이라도 맞은 듯이 쌀례를, 그리고 이 모든 상황을 한심하다는 듯이 지켜보고 있는 아내를 응시했다.

그리고 칼 든 인간이 그렇게 잠깐 머뭇거리는 사이, 초반부터 주먹을 날려 기선을 제압했던 찬경은 상대를 먼지 바닥에 쓰러뜨리고 엎치락뒤치락 상대방이 서툴게 휘두르는 칼 뺏기에 주력했다.

싸우고 있는 둘 중 하나의 손에 칼이 쥐어져 있는 데다 퀭한 남자가 데리고 왔던 주먹들의 제지로 누구 하나 그 싸움에 끼어들지 못하고 관객들은 걱정스러운, 혹은 흥미진진한 얼굴로 그 싸움을 지켜보았다.

그러길 얼마 후, 격렬했던 두 남자의 동작이 딱 멈추어졌다.

마침내 찬경이 상대방 손에서 칼을 빼앗아 드는 것이 보였다.

전직 싸움꾼이자 현직 영화사 사장은 으르렁거리듯 말했다.

"맨주먹 대 맨주먹이면 몰라도 맨주먹 상대로 연장 휘두르는 건 이 바닥에서도 저질 중에 상 저질에 속한다. 당신, 저질이야?"

퀭한 남자는 풀이 죽은 얼굴을 하더니 바닥에 큰 대자로 뻗어 버렸다. 그를 제압한 남자는 그제야 천천히 숨을 크게 내쉬고 자리에서 일어섰다. 그의 눈이 사방을 두리번거리며 누군가를 찾고 있었다. 그전까지 불안함으로 미쳐 날뛰던 그의 눈이 누군가를 발견하곤 편안해졌다.

"밥순이."

쌀례는 자신을 부르는 그 목소리에 아무 말도 못 하고 그를 보고만 있었다. 여전히 듣기 끔찍한 그 밥순이 소리에 '나, 밥순이 아니라니까요!'라고 날카롭게 되받아치지도 못했다.

말끔한 것을 좋아하는 남자가 먼지와 땀이 뒤범벅된 모습으로 자신을 보고 있었다. 지친 것 같아 보이기도 하고, 화를 참고 있는 것 같아 보이기도 했다. 늘 비꼬거나 우스갯소리를 하거나 버럭 화를 내거나 불같거나 얼음 같거나 날뛰는 바람 같기만 하던 그가 조용히 자신을 보고 있다.

'그러고 보니 저 남자가 무슨 일이 있으면 자기 뒤에 와서 숨으라고 했었는데.'

말한 대로 따르지 않았다고 그녀가 저 남자에게 미안해야 하거나 죄스러운 느낌을 가질 필요는 없지만, 그래도 저런 먼지와 땀투성이 얼굴로 자길 보고 있는 그를 보고 있자니 여자는 마음이 불편해졌다. 그래서 그가 밥순이라고 부르는데 화도 못 내고 가까이 오라고 손짓하는데 싫다고도 안 하고 쭈뼛쭈뼛 그 앞에 가서 섰다.

그는 자기 눈앞에 선, 방금 전까지 흉기 든 놈의 인질이 되었었던 여자를 이리저리 살펴보았다.

여자가 민망함을 느끼고 시선을 피하는데도 거침없는 눈길로 그녀의 머리끝부터 발끝까지 살피더니 한숨을 내쉬며 말했다.

"오케이, 멀쩡한 것 같군. 됐어. 가 봐."
"네?"
"안 들려? 가라구! 눈앞에서 사람 정신 산만하게 하지 말고!"
짜증 섞인 목소리로 버럭거리는 그 남자를 여자는 어처구니가 없다는 듯이 바라보았다.
사람을 강아지 취급하는 것도 아니고 이게 뭐 하는 짓인가. 내가 칼든 인간에게 붙들려 그 인간 붙잡는 데 지장을 줘서 화가 났나. 하지만 나도 그러고 싶어 그런 건 아닌데.
그녀도 뭐가 뭔지 노엽고 울컥한 마음에 다다다 뭐라 쏘아붙이려 하는데, 문득 여자의 시선이 그의 이마에 머물렀다.
이상하다. 남이 멀쩡한지 아닌지 살펴보면서 정작 저 인간의 안색은 묘하게 멀쩡해 보이지 않았다. 이마에 땀이 비 오듯 했다.
"왜……?"
그때였다. 그녀가 어디 아프냐고 그에게 제대로 묻기도 전에 어디선가 '펑' 불빛이 번쩍거렸다.
놀라서 보니 이제까지 상황을 보고 있는 촬영기자 중 하나가 그들을 향해 카메라를 들이대고 사진을 찍고 있는 것이 아닌가.
"여어, 촬영장 난입자를 제압한 오늘의 히어로! 그리고 인질이 되셨던 숙녀님! 말 그대로 영화네! 자, 기념으로 한 카트 찍읍시다!"
순간 카메라를 노려보는 남녀의 모습이 찍혔다.
내가 왜 이 남자하고 사진을 찍느냐는 듯한 표정으로 떨떠름하게 카메라를 응시하는 여자.
그리고 몹시 귀찮다는 듯이 이마에 땀을 흘리고 있는 남자.
남자는 인상을 있는 대로 쓰고 기어들어 가는 목소리로 중얼거렸다.

"한 카트는 무슨 얼어 죽을……."

말이 채 끝나기도 전에 그 남자가 허물어졌다.

자기 허리를 부여잡고 몸을 숙였다. 그제야 여자는 남자의 와이셔츠 허리 부분에 붉은 꽃이 활짝 피어나듯 둥근 핏자국이 점점 커지는 것을 볼 수 있었다.

여자는 주저앉은 남자 앞에 다급히 무릎을 구부리고 앉아 물었다.

"이봐요…… 이봐요! 이거 왜 이래요?"

"말…… 시키지…… 마……. 아…… 젠장……. 쪽팔리게……."

남자의 이마에 땀이 흐르고 눈에도 땀 비슷한 것이 흐르는 것 같았다. 입을 열 수만 있다면 그는 아마 땀이라고 우길 것이다.

그렇게 먼지와 땀, 땀 비슷한 것이 범벅된 그 남자의 머리가 바로 앞에 마주 보고 앉은 여자의 어깨 위로 무너져 내렸다.

"윤 사장, 저, 저거 칼침 맞은 것 같은데요?"

몇 걸음 떨어진 곳에서, 여배우 남편과 함께 촬영장에 난입한 어깨들이 그들을 지켜보고 있었다. 수하의 입에서 떨어지는 '윤 사장'이라는 호칭에 멧돼지는 발끈하여 주먹을 날렸다.

"마! 윤 사장은 무슨! 흠, 거렁뱅이 놈. 저질러 놓은 짓이 많으니 사방에서 허리 칼침 꽂겠다는 것들이 줄을 서는군. 에잇! 그 배우 년 기둥서방 놈 좀 더 깊숙이 쑤셨어야지! 저 정도론 뒈지지 않을 거야. 퉤!"

작고 가는 멧돼지의 눈이 촘촘히 증오를 담고서 이전 동료인 거렁뱅이 배신자를 노려보았다.

그렇게 보다 보니 그 곁에 쭈그리고 앉아 어쩔 줄 몰라 하는 한 자그마한 여자도 보였다. 어쩐 일로 저 의심 많고 까탈스런 놈이 자그마한 여자 어깨에 몸을 기대고 있나.

"그새 계집이라도 생겼나?"

떨떠름한 어조로 중얼거리는 멧돼지에게 수하가 피식 쓴웃음을 머금었다.

"저놈 낯짝에 요즘 같은 위세에 열 계집인들 대수겠습니까? 그렇잖아도 영화 만든다고 꽃 같은 배우 기집들에 명월관 기생년들까지 아주 줄을 선다는데요."

"훙. 거렁뱅이 벼락출세하더니 팔자가 아주 늘어졌고만."

입으론 거렁뱅이라 하면서도 멧돼지의 작은 눈에는 부러움이 진득하게 배어 있었다.

역시 그때 그놈이 포대 자루를 손에 넣었을 때 바로 결판을 보았어야 했다.

똑같이 목숨 걸고 일을 벌였는데 어째서 그 많은 것들을 저 거렁뱅이 놈이 독차지해야 한단 말인가? 그 금은 내 것이기도 했어! 지금 저놈이 누리는 것 중 일부는 내 몫이어야 했고!

아, 지금도 그날 밤을 생각하면 멧돼지는 피가 끓어올랐다.

먹물 같은 그날 밤.

은백색 보름달 아래 비린 바다 내음, 비린 피 냄새, 갓 찍어 낸 따끈따끈한 비린 돈 냄새, 황금 냄새……. 아, 잊을 수 없는 그 냄새들…….

그런 그의 비릿한 냄새들에 관한 상념은 그때부터 지금까지 그의 곁을 지킨 한 똘마니의 목소리에 의해 깨어졌다.

"그래도 윤 사장, 아니 저 거렁뱅이가 그때 인질 계집들 잡아두지 않았으면 그나마 그때 건진 것도 못 건졌을지도 모르죠."

"뭐?"

유독 흰자위가 넓고 눈동자가 작은, 그래서 눈매를 조금만 일그러뜨려도 충분히 잔인해 보일 수 있는 멧돼지의 눈매가 살짝 일그러지기 시작했다. 이럴 때는 납작 엎드리는 것이 상책이라는 것을 알고 있는 똘마니는 재빨리 납작 엎드렸다.

"이 입이 방정입니다! 용서하십시오! 이놈의 주둥이! 이놈의 주둥이!"

부하는 더 큰 매를 맞기 전에 알아서 자기 손으로 자기 입을 후려쳐 댔지만 두목은 신경 쓰지 않았다. 그의 신경은 아직 몇 걸음 떨어진 곳에 있는 남자와 그 남자 곁에 있는 자그마한 여자에 쏠려 있었던 것이다.

그날 밤, 은백색 보름달 아래 비린 바다 내음, 비린 피 냄새, 갓 찍어낸 따끈따끈한 비린 돈 냄새, 황금 냄새…… 그리고 인질, 인질, 인질들…….

"아."

멧돼지는 모르는 사실이지만 옛날 진리를 발견한 그리스 철학자가 '유레카!'를 외친 그 순간처럼 그의 머릿속에서 한 가지 사실이 반짝 떠오른 것은 그 순간이었다.

저 자그마한 여자, 어디서 본 적이 있다. 분명히.

"너, 알아봐야 할 일이 한 가지 생겼다."

마침내 뒤늦게 찾아온 거렁뱅이 수하들에 의해 실려 가는 거렁뱅이와 그 뒤를 몇 걸음 떨어져 걷는 여자를 보면서 멧돼지의 작은 두 눈이 흥분으로 반짝거리기 시작했다.

들것에 실려 병원으로 향하는 동안 그 남자, 윤찬경이 즐겨 입던 하얀 실크 와이셔츠 허리 부분에 붉은 꽃이 피어오른 듯 핏자국이 피어올랐다.

처음 작은 꽃처럼 보이던 핏자국은 점점 더 큰 꽃으로 바뀌어 갔다.

쌀례는 그 작은 꽃이 큰 꽃으로 바뀌어 가는 것을 처음 얼마 동안은 그저 멍하니 바라만 보았다.

언제나 가무잡잡하던 그 남자의 얼굴은 그때만은 하얗게 탈색되어 가고 있었다.

짧지 않은 전쟁 기간 동안 쌀례는 저렇게 걸치고 있던 옷에 붉은 꽃이 피어나고 얼굴색이 새하얗게 탈색 되다가 숨이 멎어 죽어 간 사람들을 꽤 많이 보아 왔었다.

그럴 때 그녀가 했던 일은 두 가지였다.

죽음이 슬퍼 울던가, 나도 죽을까 공포에 질리던가.

그런데 지금 저 핏빛 꽃들을 보면서 그녀는 울지 않았다.

그의 고통이 슬프지 않았다.

그녀의 남편을 빼앗아 간 원수이지 않은가.

그가 이대로 죽을까 봐 무섭지도 않았다.

그녀의 딸이 아직 아비의 얼굴을 한 번도 보지 못하게 만든 재앙, 역병이니까.

그러면, 그가 이대로 죽어 버리면 마음이 좀 나을까? 후련할까?

의사는 상처가 깊지만 목숨이 위험한 정도는 아니라고 했다.

그 소리를 들었을 때 자신이 느꼈던 감정이 실망이었는지 안도감이었는지 쌀례는 모른다.

그리고 그런 자신의 갈팡질팡하는 마음에 여자는 소스라치게 놀라고 말았다.

하늘님 맙소사. 세상에. 사람이 칼에 찔려 피를 뿌리고 쓰러졌는데 안쓰럽게 느껴지지도 않고 심지어 죽지 않는다는 말에 실망 비슷한 감정까지 느껴지다니.

쌀례는 자신의 바닥을 본 것 같아 씁쓸했다.

나를 꽃같이 보아 주던 남편을 보지 못하고 몇 년을 이 지옥도 같은 세상에 홀로 버티고 살았더니, 나도 지옥도 속 귀신이 되어 가고 있구나.

선재 씨가 지금 내 꼴을 본다면 뭐라고 할까.

그런 그녀의 상념을 어떤 목소리가 깨웠다.

"거, 이마에 땀이라도 좀 닦아 주지. 꿔다 놓은 보릿자루처럼 뭐 하슈?"

고개를 들고 보니 영화사에서부터 여기까지 따라온, 윤찬경의 부하 중 한 사람이었다.

그리고 보니 누워 있는 찬경의 아마에는 땀방울이 가득했다.

반사적으로 그의 이마에 손이 가려고 했다가 문득 노여워져서 여자는 말했다.

"그쪽이 닦아주세요. 그쪽 사장님이시잖아요."

생각보다 자신의 입 밖으로 튀어나오는 목소리가 뾰족하다는 사실에 쌀례는 놀라고 말았다. 하지만 겉으론 아무렇지 않은 척 싸늘한 얼굴로 자신을 노려보는 사내를 마주 노려보았다.

영화(映畵) 같은 인생 | 485

사내는 여자의 뚝뚝한 대답에 어처구니가 없다는 듯이 으르렁거리기 시작했다.

"뭐요? 아니, 이 여자가! 내가 사장님 댁에서 밥하는 걸 몇 번이나 봤는데! 너도 사장님 때문에 밥술 얻어먹고 사는 거잖아! 사람이면 은혜를 알아야지!"

은혜? 하! 실소가 절로 나왔다. 그런 여자의 웃음은 남자의 채찍 같은 목소리로 사그러들었다.

"따지고 보면 사장님이 누구 때문에 칼침 맞았는데! 칼잡이 놈한테 붙들려 있던 네년 구하려고 그렇게 된 거 아니야?"

여자는 문득, 이 병실에 오기 전 상황을 다시 떠올려 보았다.

시간으로 따지면 겨우 한두 시간 전인데도 머릿속 기억은 이상하게도 아득했다.

자신의 목을 누르고 칼을 휘두르던 남자에게 '숭하다.'라고 한마디 했다.

평소 남에게 숭하다는 비난을 들어본 적이 없었던지 칼 든 남자는 한순간 멍한 표정이었고, 그때 찬경이 그를 향해 날아들었다. 다 큰 사내 둘이서 엎치락뒤치락 주먹질을 하다가 어느 순간 모든 동작이 정지되었다.

아마 그때 칼에 찔린 것이리라.

남자는 비명을 지르지 않았다. 그저 조용히 옷에 먼지를 턴 뒤 주변을 둘러보다 그녀를 발견하고 한마디 했었다.

―밥순이.

그녀가 무사히 자신의 두 다리로 서 있음을 확인하고는 굉장히 안심했다는 얼굴로 그렇게 말했던 것 같다.

 —오케이. 멀쩡한 것 같군. 그만 가 봐. 눈앞에서 사람 정신 산만하게 하지 말고.

하얗게 탈색된 얼굴. 감긴 두 눈. 와이셔츠에 핀 붉은 꽃.
그 모든 것을 보고 있자니 쌀례는 불쑥 미운 마음이 치솟았다.
나는 아직 당신이 밉다. 댁이 뭐라고 나를 밥순이라고 불러? 댁이 뭐라고 나를 걱정해? 댁이 뭐라고……. 나는 당신이 싫어. 지긋지긋해. 그 능글맞은 얼굴, 눈앞에서 안 봤으면 좋겠어. 이렇게 죽어 버릴 것 같은 얼굴을 하고 내 앞에 누워 있는 것도 짜증이 나. 싫어.
"구해 달라고 사정한 적 없어요."
"뭐야?"
그래. 그녀가 그에게 마지막으로 사정했던 것은 까마득한 옛날, 이미 수년 전이다.
총을 들고 그들의 배에 난입했던 그에게, 그녀의 남편에게 총구를 들이대던 그에게 사정했었다.

 —우리 서방님 다치게 하지 말아요! 차라리 죽이려거든 날 죽여요!

하지만 이 남자는 그녀의 부탁을 들어주지 않았다. 그녀에게서 남편을 빼앗아 갔다. 그리고는 몇 년이 지나 양심도 없이 혼자 돌아왔다.
그러니 이제 와서 자신을 구해준답시고 칼을 맞았다고 해도, 그녀가 저 재앙, 역병 같은 남자를 걱정하거나 미안해할 필요는 없는 거다.

여자는 마음속 한편에서 '그만해.' 소리가 얼핏 들리는 것도 같았지만, 그래도 증오를 멈추지 않고 계속 퍼부었다.
"싸움을 밥 먹듯이 좋아하는 사람이니까 싸울 건덕지 찾아 나섰을 뿐 아닌가요? 그런데 그걸 고마워해야 해요?"
"이런 개 같은……."
남자의 오른손이 자신의 뺨을 향해 날아오를 때 쌀례는 차라리 안도했다.
'빨리 뺨이나 한 대 맞고 이 참에 방에서 나가자.'
하지만 눈을 감고 한참이 지나도 기대했던 매서운 손바닥은 오지 않았다. 눈을 뜨고 보니 남자의 한쪽 손을 있는 힘껏 붙들고 선 백연설이 보였다.
"그만해요. 아픈 사람 앞에서 뭐 하는 짓들이에요?"
비록 그 서방이 사장님께 칼침을 날리긴 하였으나 영화사 간판 여배우, 거기다 평소 사장과 막역한 사이인 연설에게 사내는 한수 접어 주지 않을 수 없어 손을 내려놓았다. 하지만 아직 분이 가시지 않은 듯 쌀례를 노려보며 하소연했다.
"하지만 백 여사님, 저 뻔뻔한 식모가……."
"그만. 윤 사장이 이 모양 보면 그 성격에 가만있진 않을 텐데."
여배우의 지적은 사실이라 사내는 할 수 없이 병실에서 나가 버렸다. 방에는 두 여자와 침대에 누워 있는 남자뿐이었다.
한동안 어색한 침묵이 감돌았다.
쌀례는 어쩐지 자신의 바닥을 보인 느낌이 들어 계속 연설의 눈길을 받고 있기 불편했다. 그래서 땀 닦을 수건이나 다시 받아오겠다고 나가려는데 연설이 그녀를 불러 세웠다.

"성례 씨."

"네, 네?"

오늘 대한민국 영화사에 길이 남을 첫 키스신을 찍은 여배우, 그리하여 남편이 흉기를 들고 촬영장 난입했다는 초유의 사건 중심에 선 여자답지 않게 매우 덤덤한 목소리로 연설이 말했다.

"나는 남편 때문에 이제 바로 경찰서에 가 봐야 해. 수고스럽겠지만 성례 씨가 윤 사장 옆에 좀 있어 줘요. 의사 말로는 곧 정신이 들 거라니까."

"네…… 네?"

얼떨결에 대답하던 쌀례는 뒤늦게 '윤 사장 옆을 지키라.'는 그 말뜻을 깨닫고 당황하고 말았다. 아니, 내가 왜! 영화사 사람들도 있고 이 인간 부하 같아 보이는 사람들도 있는데 내가 왜 이 역병, 재앙, 원수의 옆을 지켜?

"제, 제가 왜……."

그러자 연설은 별 이상한 질문도 다 듣는다는 듯한 얼굴로 이렇게 말했다.

"같이 살잖아요. 그럼 식구잖아."

식구. 저 남자와 그녀를 묶어 절대로 붙일 수 없는 그 명칭에 쌀례가 한동안 기가 막혀 입만 벙긋벙긋하고 있는 사이, 연설은 남의 옆구리에 칼을 찔러 넣은 남편을 찾아 미련 없이 경찰서로 가 버리고 말았다.

그렇게 병실에는 두 눈 감고 누워 있는 찬경과 그런 그를 어쩔 수 없이 지켜보아야 하는 쌀례, 두 사람만 남게 되었다.

윤찬경 사장의 병실 문 앞에는 '절대 안정'이라는 팻말이 붙었다. 병실 문 앞은 환자의 절대 안정을 위하여 윤 사장 휘하 청년들이 사람 장막을 치고 있었다.

"쥐새끼 한 마리 얼씬 못 하게 똑바로 지켜. 우리 나와바리에서 우리 사장님이 칼침을 맞다니! 그것도 멧돼지 새끼가 데려온 얼뜨기 칼에! 이건 우리 얼굴에 먹칠을 한 거나 마찬가지라구!"

겉으로는 영화사 부장이라는 명함을 가지고 있으나 실상 미스터리한 윤 사장의 행동 대장쯤으로 보이는 중년 남자는 두 눈을 번뜩이며 그렇게 말했다.

이렇게 되어 병실은 철옹성이 되었다. 그 누구도 그들의 허락을 받지 않고는 들어올 수 없었다. 마찬가지로 안에서 나갈 수도 없었다. 이건 집에 가봐야 하는 쌀레로선 곤란한 문제였다.

"아이를 맡겨 두고 왔어요. 내일 아침에 다시 올 테니 나가게 해 줘요."

뱃속에서 울컥울컥 올라오는 분노를 눌러 참으며 사정했지만 소용없었다. 부장이라는 남자는 단호하게 쌀레의 요구를 무시했다.

"집에는 못 간다고 사람을 보내 소식을 전할 테니 딴소리 말고 시중이나 드시우."

지금 이 순간 이전까지 자신이 집에 못 갈 거라 생각한 적이 없었던 여자가 악을 썼다.

"난 식모지 간호부가 아니라구요!"

"사장님 명이라니까."

쌀례의 날카로운 시선이 누워 있는 남자를 향했다.
칼 맞고 기절했던 저 남자가 처음 병원에서 눈을 떴을 때 열 때문에 쉬어 버린 목소리로 쥐어짜듯 말했었다.

―저 식모 말곤 다 내보내.

원래부터 제멋대로인 인간이었지만 칼침을 맞고 나서 그 정도가 더 심해졌다. 통증 때문에 끙끙거리고 열이 오르락내리락하는 걸 보고 잠깐 불쌍하게 여긴 것이 여자는 무척이나 후회가 되었다.
'뭐 저런 인간이 다 있담? 이제 돈도 많으면서 따로 간병인을 구하면 될 것을!'
벌써 하루 밤낮 이 병실에 저 원수랑 단둘이 갇혀 있자니 오가는 의료진들 앞에 보호자로, 더 정확히 표현하자면 저 원수의 아내로 보이는 이 상황도 민망하기 짝이 없었다. 밥집에 맡겨두고 온 딸아이 얼굴이 보고 싶었다.
"나는 나가야……."
"밥도 끼니때마다 시켜 줄 거고, 화장실도 이 안에 있고, 아이한테는 사람을 보내 줄 거요."
자기네 사장의 말이 세상의 율법이라도 되는 것처럼, 부장은 자기 할 말만 하고 나가 버렸다.
문은 다시 닫혔다.
강제로 유폐된 여자는 화가 치밀어 한자리에 있지 못하고 씩씩거리며 온 병실을 헤집고 다니다 불쑥 눈 감고 침대 위에 누워 있는 남자에게 다가갔다.

핏기 없는 얼굴, 열 때문에 갈라진 입술, 속눈썹 그늘을 드리우고 잠들어 있는 모습이 악당 윤찬경답지 않게 천진하기까지 하다. 그 가증스럽게 평온하고 선량해 보이는 모습이 더더욱 여자의 울화를 돋우었다.

"이봐요! 윤찬경 사장님! 당신, 영화사 사장이라면서요?"

앙칼진 목소리로 여자는 눈 감고 누워 있는 남자에게 따졌다.

"그런데 문 밖에서 뭘 어쩌고 살았길래 이 모양이에요! 밖에는 사람 장벽 치고 안에선 이렇게 문 닫고 꽁꽁 숨어서……"

하지만 속눈썹 그늘을 드리우고 누워 있는 남자는 늘 그렇듯이 한 마디 답도 해 주지 않았다.

혼자 따지기도 맥이 풀려 버린 여자는 그 침대 앞 의자에 앉아 한숨을 내쉬었다.

하늘님, 맙소사.

'절대 안정'이라고 써 붙인 그 철옹성 앞에 키 큰 남자가 느린 걸음으로 다가왔다. 한쪽 다리의 움직임이 다른 쪽보다 조금 느린 듯 보였지만 그의 움직임은 물이 흐르듯 침착했다. 하얀 가운을 걸친 모습에서 알 수 있듯이 한눈에 보아도 그는 의사였다.

하지만 일단 위에서 이 문 앞을 지나가는 모든 사람을 철저히 살피라고 한 만큼 아무리 의사라도 그냥 보낼 수는 없었다. 커다란 마스크로 얼굴 절반쯤을 가린 이런 수상한 의사는 더더욱.

문을 열고 들어가려는 그 젊은 의사를 제지하면서 문지기 중 하나가 물었다.
"무슨 일이요. 선생? 회진이라면 아까 다녀가셨는데?"
그렇다. 환자를 위한 특진 교수가 벌써 상태를 보고 간 지 한 시간도 되지 않았다. 그러니 아무리 하얀 가운이 어울리는 인간이라도 검문 받아 마땅하다.
상대방의 취조에 의사는 침착한 목소리로 대꾸했다.
"상처 드레싱입니다."
목소리로 보아 젊은 남자였다. 그래서 더더욱 문지기의 경계심이 피어올랐다.
"드, 드레싱? 뭐야, 그게?"
문지기들은 잠깐 당황했다. 몇 년 전까지 왜놈들 말도 알아듣기 힘들었는데 그것보다 더 알아들을 수 없는 양코배기들의 말 따위, 질색이었다.
마스크 위로 노출된 청년 의사의 눈동자가 반쯤 미소 지었다.
"상처 소독입니다. 화농되지 않게. 항생제 주사도 특별히 놓아 드리라는 말씀이 있었습니다만."
"커험, 그럼 그렇다고 처음부터 알아듣기 쉽게 이야길 하지. 들어가 보슈."
의사의 답변은 그럴듯했으므로 문지기는 가로막고 있는 문에서 한 발짝 비켜서서 그에게 통행을 허가해 주려 했다.
순간 '절대 안정'이라는 표시판이 달려 있는 그 굳세게 닫힌 문이 자신 앞에 열리리라 예감한 젊은 의사의 눈동자에 광채가 서렸다.
'드디어!'
저 문 안에 누워 있는 그 유명한 인간을, 온갖 풍문이 무성한 그 낯짝을 보게 된 것이다.

윤찬경. 전후에 갑자기 나타난 젊은 재력가. 겉가죽은 수완 좋은 영화사 대표. 그 뒤에 수많은 검은 소문을 달고 다니는 사내.

마치 1953년 7월 이후 하늘에서 떨어졌거나 땅에서 갑자기 솟아난 것처럼, 그 이전에 그가 어디에서 태어났는지 뭘 해서 먹고 살았는지 알 길이 없는 의문의 남자.

그에게 술 접대를 받은 사람들 말로는 전쟁통에 보급품을 취급했더라는 확인할 수 없는 정보만 들릴 뿐, 도무지 실체를 알 수 없는 그를 드디어 눈으로 보게 되는 것이다.

'그 얼굴을 봐야지. 보고 나서……'

하지만 젊은 의사의 그 광채는 바로 옆자리에서 들려오는 목소리에 의해 한순간 사라졌다.

"정승규 선생?"

문 앞을 지키고 선 문지기들보다 한층 세련된, 적어도 드레싱 소리를 듣고 '그게 뭐야?'라고 되묻진 않을 것 같아 보이는 인상의 중년 남자가 젊은 의사의 가운에 붙은 명찰을 보고 확인하듯 물었다.

"그렇습니다만?"

"그 마스크 좀 벗어주시겠습니까?"

침착했던 마스크 위 눈동자가 조금 흔들렸다. 하지만 그도 잠시, 젊은 의사는 곧 물처럼 고요한 시선으로 상대방을 눌러보며 말했다.

"왜 그러시죠? 감기 때문에 쓴 건데 무작정 벗어 보이라니, 좀 불쾌하군요."

지금처럼 환자가 면역력이 떨어진 상황에선 이렇게 마스크를 하고 있는 쪽이 병균으로부터 안전하다는 젊은 의사의 주장에 중년 남자는 씨익 넉살 좋은 미소를 내보였다.
 "병균으로부터 안전 좋지요. 하지만 우린 그보다 더한 안전에 신경을 써야 하거든."
 칼날처럼 매서운 미소를 지어 보이며 부장이 덧붙였다.
 "까놓고 말해 형씨가 진짜 의사 선생인지 멧돼지네서 보낸 자객인지 우리가 알 방도가 있나. 우리 애들이 몸 상하면 여기 선생들한테 신세 진 지가 꽤 되었으니 나도 외과 선생들 얼굴은 어지간히 알거든."
 그 순간 마스크 위 눈동자에서 서늘한 한기가 느껴졌다.
 "지금, 저보고 깡패……냐고 물어보신 것, 맞습니까?"
 젊은 남자에게서 뿜어져 나오는 얼음 같은 한기, 혹은 기백에 부장은 한순간 당황했지만 곧 모자를 벗어들고 여유로운 어조로 다시 청했다.
 "아니라면 내 사과드리지. 하지만 일단은 벗어 주셔야겠소. 나도 밥줄이 걸린 문제라. 양해해 주시오."
 양해해 달라는 말이 채 끝나기도 전에 부장의 손이 불쑥 의사의 마스크를 향했다. 곧 저 침착한 목소리 주인공의 얼굴이 벗겨지리라.
 하지만 예상은 빗나가 마스크를 향하던 부장의 손은 젊은 의사에 의해 붙들렸다. 호리호리한 체구, 조용한 목소리에 비해 그 손길만은 완강했다.
 뜻밖에 힘으로 밀리게 되자 부장은 처음에 당황했고 그다음에는 확신에 찬 표정으로 매섭게 물었다.
 "너, 의사 아니지?"
 "맞습니다만."
 이 상황에서도 얄밉게도 침착한 대답에 부장은 쓴웃음을 머금었다.

"배짱은 사 주겠지만 냄새가 난다구. 의사 선생, 야! 이거 붙들어!"
 주변 문지기들이 부장의 부름에 막 그 젊은 의사를 붙들려는 순간…… 그때였다. 뒤쪽에서 다급한 목소리가 들려온 것은.
 "정승규 선생! 뭐 하고 있나? 응급실에 환자가 밀려오고 있는데…… 빨리 와!"
 그 소리에 부장의 명령으로 의사를 붙잡으려던 손길들이 정지되었다. 그들 주위를 감싸고 있던 긴장감이 증발되었다. 멋쩍은 부장에게 젊은 의사는 그저 이렇게만 말할 뿐이었다.
 "사과는 받은 것으로 하죠. 드레싱은 급하지 않으신 것 같으니 다음에……."
 잠깐 동안 젊은 의사의 시선이 '절대 안정' 팻말이 붙은, 굳게 닫혀 있는 문을 향했다.
 하지만 곧 그는 몸을 돌려 자신을 부르고 있는 또 다른 의사를 향해 걷기 시작했다. 느리고 무거운 걸음걸이로.

 "자네, 제정신인가! 갑자기 내 가운 훔쳐 입고 간다는 곳이…… 거긴 우리 과장님도 함부로 못 들어가는 병실이라구! 문 앞에 그 어깨들 좀 봐! 내가 제때 안 불렀으면 어쩔 뻔했어? 아마 그 주먹에……."
 상상만 해도 오싹하다는 듯, 본래 가운 주인은 몸을 떨었지만 마스크 위 눈동자는 그저 씁쓸한 미소를 지어 보일 뿐이었다.
 "어쭈? 웃음이 나와?"
 입으로 타박은 했지만 이 친구가 미소 비슷한 걸 짓는 것도 오랜만이라 가운의 본래 주인공은 내심 반가웠다. 그래서 조금쯤 누그러진 목소리로 물었다.
"이제 와서 검사 옷 벗고 의사 가운 입으려는 건 아닐 테고. 무슨 일인가? 남의 가운 걸치고 얼굴까지 가려가며. 자네답지 않은데."
"그렇게 해서라도 봐야 할 얼굴이 있어서."
마스크 위 눈동자가 차갑게 빛났다. 돌처럼 완고하고 창끝처럼 새파란 눈빛이다.
문득 의사는 친구의 고집스런 표정에 호기심을 느꼈다.
"누구? 그 특실 주인? 영화사 대표라더니 아는 사람인가?"
"그럴 수도. 아닐 수도."
확인할 수 있었는데 확인할 기회를 놓쳤다. 갑자기 하늘에서 떨어졌다는 그 엄청난 자산가는 그 엄청난 자금력으로 영화를 제작하거나 비밀스런 사업을 한다거나 세상에 무수한 화젯거리를 뿜어내고 있다.
그런데 정작 그 인기 스타님은 자기 얼굴을 매스컴에 노출하지 않고 있다. 그의 뒤를 쫓기 시작한 지 아직 얼마 되지 않았지만 번번이 타이밍을 놓쳤다.
"그 비싼 얼굴을 볼 수 있는 기회였는데."
그 비밀에 싸인 재력가의 이름이 윤찬경. 바로 자신이 알고 있는 그 자와 같다는 것을 안 뒤로 남자는 윤찬경이 바로 그 윤찬경인지 확인하고 싶었다. 그러던 와중에 다니던 병원에 그가 실려 왔다는 소식을 듣고 이곳에서 의사로 근무하는 친구의 가운을 빌려 입고 앞뒤 안 가리고 돌진했었는데, 이번에도 실패라니. 아쉽다. 정말 아쉽다.
그리고 그렇게 아쉬워하는 친구를 그의 친구인 의사는 별 꼴 다 본다는 시선으로 보고 있었다.

'저 친구, 난리통에 몇 년 동안 험한 일 겪더니 사람이 변했군. 저렇게까지 뭔가에 집착하는 인간이 아니었는데.'

검사 노릇 몇 년에 사람 찾기 몇 년 하더니 이젠 건달 형님들과도 맞서는 강단의 소유자가 되어 버렸다. 무엇이 이 친구를 그답지 않게 악착같이 만드는 걸까.

문득 의사 정승규의 시선이 아직 친구의 얼굴을 가리고 있는 마스크를 향했다.

"아, 그 마스크 좀 그만 벗게. 답답해 보여. 치료도 시작해야지."

친구의 명령에 남자는 마스크를 벗어 내렸다. 곧 도자기처럼 희고 단정한 그의 얼굴이 드러났다.

"비싼 얼굴로 치면 자네 얼굴도 만만치 않아. 벌써부터 자네가 물리치료 오는 날을 우리 병원 간호부들이 손꼽아 기다리고 있다구, 이 친구야."

순간 남자의 짙은 눈썹이 살짝 일그러졌다. 그것이 아픈 다리에 닿는 의사의 손길 때문인지, 아니면 그 대화 내용 때문인지 모르겠지만 잠시 후 돌처럼 딱딱한 그 대답을 미루어 보건대 후자 쪽인 모양이었다.

"난 아내가 있다고 전해 주게."

의사는 내심 한숨을 내쉬었다. 사람은 역시 변하지 않는다. 이 자식은 옛날부터 유머감각이 없었다. 그리고 여자라곤 제 마누라밖에 모르는 것도 똑같았.

전쟁통에 헤어진 그 자그마한 여자.

"그래서, 마나님 찾는 일에 진척은 있고? 검찰청 일에 마누라 찾기까지. 자네 다리가 잘 낫지 않는 것도 다 내가 능력이 없어서가 아니라 자네가 너무 무리해서야."

그 한결같은 마음으로, 전쟁터에서 다리가 부서졌던 그 남자는 느린 걸음걸이로 쉬지 않고 아내를 찾아 다녔다.

그들이 초례를 치렀던 안국동 집은 말할 것도 없고, 신혼살림을 차렸던 보광동, 아내의 학교가 있던 종로까지. 한 걸음 한 걸음 애타는 마음으로.

"찾아야지. 내 아내도 날 찾아다니고 있을 텐데."

'해가 동쪽에서 뜬다'는 진리를 말하고 있는 것처럼 단호하게 말하는 친구를 승규는 복잡한 표정으로 바라보았다.

짠하고, 대견하고, 답답하고, 짠하다.

그 답답함을 담아 친구는 말했다.

"왜 제수씨는 안국동 집에도 나타나지 않는 걸까. 주변이 폭격 당했다고 해도 그 집은 멀쩡하지 않았나?"

승규는 가까스로 그다음에 나올 말을 삼켰다.

'자네 아내, 살아 있긴 한 걸까?'

하지만 이 질문은 두 사람 사이에 절대적 금기어(禁忌語)였다.

아내를 찾아 헤매고 있는 친구, 한선재는 절대로 그 아내 박쌀례가 '죽었을지도 모른다.'라는 가정 자체를 거부하고 있기 때문이다.

아내는, 쌀례는 살아 있다. 그리고 우린 곧 만날 것이다.

"찾아낼 거야. 꼭. 반드시."

방금 전, 그 닫힌 문 너머로 그 아내가 있었다는 사실을 모른 채로 선재는 말했다.

산다는 것은
은빛 물결과 꿀꿀이죽

"굶어 죽지도 않았고, 혼자 아기 낳다가 죽을 수도 있었지만 죽지 않았고,
이렇게 살아 있어요. 평생 할 일도 찾았고, 이만하면 세상과 한판승에서 내가 이긴 거죠."
고생담을 무용담처럼 늘어놓는 그 여자가 찬경은 눈부셨다.

찬경은 바닷물이 반짝이며 일렁이는 꿈을 꾸었다.

일본이 전쟁에서 지고 조선으로 돌아오던 길, 인천에 일본군이 남긴 화학약품 따위를 밀수하려는 중국 밀수꾼의 배를 얻어 타고 돌아온 무렵 배 위에서 보았던 그 바닷물이다. 전쟁터로 끌려갈 무렵에도 바다 한가운데 물의 일렁거림을, 그 반짝이는 빛을 보았지만 그땐 '곧 죽을 수도 있겠구나.'라는 압박에 물빛의 일렁거림, 그 반짝임이 생각보다 곱구나, 하는 감상 따위를 느낄 여유가 없었다.

하지만 살아서 돌아가는 길에 다시 보게 된 그 반짝임은 보고 눈물이 날 만큼 아름다웠었다.

그때 그 물결을 보고 그는 생각했다.

―조선으로 돌아가면, 약속된 목숨 값 받으러 안국동에 돌아가게 되면, 그 작은아씨 마님에게 저 물빛 이야기를 해 주어야지.

그 물결을 꿈에서 또다시 보게 되다니. 꿈을 꾸면서도 이게 꿈이라는 걸 알고 있던 찬경은 대체 왜 이런 꿈을 또 꾸게 되는 걸까 의아했다.

그 물결을 다시 보는 것이 싫은 건 아니다.

그 반짝거림은 정말 고왔다.

누군가에게 보여 주고 싶다고 생각할 만큼, 적어도 그런 고운 것이 있었노라고 이야기해 주고 싶을 만큼 고왔다.

그 물결을 지나서 조금쯤 두근거리는 마음으로 안국동에 다다랐었다. 목숨 값을 받기 위해, 혹은 보고프던 누군가를 보기 위해.

오랜만에 그 집 대문을 다시 보니 더더욱 위압적이라 그는 차마 대문을 두들길 수 없었다. 그래서 한때 밖으로 데리고 나가 달라던 작은 아씨를 데리고 나갈 때 쓰던 비밀스런 통로, 담벼락 개구멍을 통해 그 집에 들어갔었다.

지나다니는 머슴들, 하녀들, 고용인들 눈길을 피해 들어갔던 별당, 밥순이 작은아씨 마님의 처소로 들어섰을 때 처음 그의 눈길을 끈 것은…….

"그새 여기에 꽃밭을 만들었구나."

못 보던 꽃밭이었다. 그가 없는 사이 못 보던 꽃밭이 만들어지고 낯선 꽃들이 피어올라 있었다. 그리고 밥순이 아씨 마님이 그 꽃밭에서 잡초를 뜯고 꽃에 비료를 주고 있었다.

이상한 일이지만, 몇 년 만에 보는 것이고 꽤 떨어진 곳에서 봤는데도 한눈에 알아볼 수 있었다.

쪽 찐 머리 대신 단발머리에 치마저고리 대신 진달래색 블라우스에 발목까지 오는 스커트 차림이었지만, 그래도 알아볼 수 있었다.

이마에 땀이 나는지 밥순이 아씨 마님은 손등으로 이마를 연신 찍어 대면서 흙을 토닥거렸다.
'내가 왔어.'라고 인사를 하면 아마도 활짝 웃어 줄지도 모른다. 그래 볼까 잠시 생각도 했었지만, '여어.'라고 말을 붙이기 전, 다른 사람의 그림자가 그 계집아이 옆에 섰다.
여전히 단정한 인상의 도련님 녀석.
전보다 훨씬 부드러운 얼굴로 쌀알 같은 그 계집아이를 보고 있었다.
찬경이 이 집을 나가 있는 사이 집은 그대로였고, 혹은 많은 것이 달라져 있었다.
꽃밭, 단발머리, 진달래색 블라우스, 도련님 자식의 미소.
기분이 이상해져서 찬경은 돌아왔다고 작은아씨에게 아는 척하기를 그만두었다.
'여어, 나 왔어.'라던 인사말은 입 속으로 다시 삼켰다.
좀 더 번듯한 꼴로 다시 보고 싶어서 영감을 만나 돈을 받고 새 옷이라도 걸치고 다시 보고 싶었다.
해가 떨어지길 기다려 영감을 찾아갔을 때 돈을 주겠다고 모처에서 기다리라 했던 영감은 돈 대신 덩치 큰 사내놈들을 보냈고, 돈 대신 옆구리에 칼침을 박아 넣어서 그마저도 실패했지만.
다시 눈앞에 반짝거리는 물결이 일렁거린다.
옆구리는 몇 년이 지나도 욱신거리는데, 길에서 마주친 아무것도 모르는 쌀알 같은 계집아이가 속없이 그에게 말했었다.
"하, 한번 안국동 집으로 오세요. 모두 반가워할 텐데요."
그 소리를 듣는 순간, 그는 터져 나오려는 헛웃음을 억지로 눌러 삼키느라 힘이 들었다.

사람이란 결국 자신이 보고 싶은 것, 볼 수 있는 것만 본다. 자기가 반갑다고 생각하니까 다른 사람도 반가울 거라고, 그 순진한 계집아이는, 아니 그때 이미 여자의 모습을 하고 있던 그 여자는 그렇게 생각했던 게다.

그래. 그 여자 하나만 반가워해 주었다.

밥은 먹었느냐고, 굶지는 않았느냐고 물어봐 주었다.

그렇지만, 그 여자는 빨간 삐딱구두를 신고 그놈에게 가려 했다.

다시 전쟁이 터지고 다들 서울이라는 불지옥에서 빠져나오려 했을 때, 발걸음은 나도 모르게 그 계집애가 제 서방과 산다던 하숙집으로 향했었다.

지금 생각해 보면 웃기는 짓이었다.

제 서방하고 어련히 잘 피했을까 봐.

부산에서 다시 만났을 때, 사실은 그런 어둡고 비린 밤바다 같은 것, 그 여자에게 보여 주고 싶지 않았다.

다치게 하고 싶지 않았다. 울리고 싶지도 않았다.

그저 나 같은 목숨도 목숨이라는 것, 그러니 빚진 내 목숨 값, 허리에 칼침 맞은 대가를 받아내려고 한 것뿐이지 널 울리려던 것이 아니었는데.

너는 그놈을 치느니 자길 죽이라 애원했었다.

진심으로 그때 작은아씨 널 죽여 버릴까 고민했다.

굳이 사람 새끼가 아닌 내가 사람 흉내 내듯이 너에게 연연하는 것도 우스웠고, 너 때문에 나는 약해졌는데 너는 아랑곳하지 않고 다른 놈만 쳐다보는 것도 싫었다.

그래서 심술이 나서 네게서 그놈을 빼앗았다.

지금도 그게 잘못한 일이라곤 생각하지 않는다.

하지만…… 그 때문에 네가 바다에 뛰어들 줄은, 머리끝부터 발끝까지 물에 흠뻑 젖은 주제에도 그놈을 놓지 않을 줄은, 보름달 같던 네가 초승달처럼 야위어 버릴 줄은 몰랐다.

너는 이제 나를 보고 웃지 않는다.

밥을 먹었느냐고 물어봐 주지도 않는다.

그런데…… 이상도 하지.

나는 때때로 꿈에서 눈 뜨고 있을 때와는 다른 너를 본다.

내가 보여 주고 싶었던 반짝이는 물결을 보고 웃음 짓는 너를.

그 물결 같이 보는 건 나다.

그래. 이런 꿈이라면 꿈도 무섭진 않을 텐데.

그때였다. 물결을 보고 웃고 있던 그녀가 그를 돌아보며 차분한 얼굴로 물었다.

"저기, 그 사람이 있을까요?"

"뭐?"

"가 봐야겠어요. 혼자 보내면 안 되거든요."

여자는 물결처럼 반짝거리는 미소를 지으면서, 반짝이는 물결 속으로 뛰어들었다.

그가 잡아채기도 전에 그녀가 물결 위로 뛰어들면서 물보라가 튀고 찬 물방울이 얼굴을 때렸다. 진저리 치게 차가운 물의 감촉에 찬경은 소스라쳐 잠에서 깨어났다.

눈을 뜨고 보니 누군가 자신을 내려다보고 있었다.

딱 주먹만 한, 작고 동그란 얼굴, 그가 아는 누군가와 꼭 닮은 동그란 눈동자가 그를 내려다보고 있었다.

고사리 같은 작은 손에 물 컵을 위태위태하게 들고 있었는데 물이 흘러넘쳐 그의 얼굴에 튀었던 모양이다.

"너는……."

눈을 뜨고 자신을 올려다보는 그에게 아이는 쌀알 같은 작은 이를 씨익 드러내며 미소 지었다.

"아, 아빠아."

'응? 아빠?'

그 느닷없는 소리에 남자는 불시에 턱을 한 방 맞은 것처럼 어리둥절해졌다.

그리고 그가 얼떨떨해 있는 사이, 맞은편 문 쪽에서 여자의 당황스런 목소리가 들려왔다.

"아가! 이리 와! 아저씨 귀찮게 하지 말고!"

수건과 물 대야를 들고 방에 들어선 여자 역시 당황한 듯 아이에게 소리쳤다.

여자는 대야를 내려놓고 잘게 부순 얼음덩어리들을 물에 부어 찬물을 만들더니 거기에 수건을 적셔서 찬 물수건을 만들어 그에게 내밀었다.

"의사 선생님이 열을 식혀 주랬어요. 여기 약은 식사 후에 세 번씩 먹고요."

그러고 보니 몸이 나른하다. 머리가 뜨거운 느낌도 나고, 옆구리, 그 빌어먹을 옆구리는 죽을 만큼 먹먹하니 아팠다.

방금 전 꿈속에서와는 다른 냉랭한 얼굴로 자신에게 물수건을 내미는 여자 얼굴을 지금은 바로 보는 것이 부담스러웠다. 저 차갑고 커다란 눈을 마주 대한다면, 방금 전 무슨 꿈을 꾸었는지까지 다 들통이

나 버릴 것만 같다. 그래서 남자는 여자로부터 시선을 돌리고 퉁명스런 목소리로 대꾸했다.

"그쪽도 귀찮기는 마찬가지니까, 둘 다 나가."

여자 역시 퉁명스런 목소리로 그에게 대꾸했다.

"나도 귀찮아요. 의사 선생님하고 연설 언니가 지키고 있으라 부탁하지 않았다면 누가……."

"연설 언니?"

"그분이 앞으론 그렇게 부르라 하시던데요."

여배우 남편의 일로 경찰서에 함께 출두해야 해서 길게 이야기를 나눌 새는 없었지만, 급하게 자리를 뜨는 와중에 연설은 쌀례에게 고마움을 표시했다.

"밥순 씨, 아니 성례 씨 덕분에, 이 일을 주욱 해 나갈 마음이 들었어."

요즘 내가 제대로 제 갈 길 가고 있나, 부쩍 생각이 많았었는데 웃을 일 없는 사람들이 그걸 보고 웃고 울고 싶은 거 억지로 참는 사람들도 그걸 보고 운다는 성례 씨의 말에 생각이 바뀌었다고 했다. 덕분에 일에 대해서도, 가정에 대해서도 남편과 다시 대화를 해 볼 기운을 얻었노라고, 고맙다 말한 그녀는 마지막으로 자신의 남편에게 칼을 맞은 사장씨를 부탁한다는 말을 남기고 총총히 촬영장을 떠났다.

병원에 가면 간호사가 붙어 시중을 들겠지 안심했던 것이 실수였다고 쌀례는 내심 한숨을 내쉬었다. 열 바늘 넘게 바늘로 상처를 꿰매고 나서 당사자인 환자는 퇴원을 하겠다고 부득부득 우겨 대는 것이었다.

"여기 누워 있다는 건, 내가 그만큼 크게 당했다고 사방에 광고하는 거나 매한가지야. 나는 누구한테도 당해선 안 돼. 아니, 당했다는 사실이 새어 나가선 안 돼. 그것도 그런 샌님한테…… 그건 안 돼. 절대로."

열에 들떠 쉬어 버린 목소리로 그렇게 말하고 까무러친 찬경을 보고 쌀례는 기가 막혔다.

도대체 그동안 어떻게, 얼마나 흉악하게 살았길래, 병원에 마음 놓고 누워 있지도 못하는 정도인 걸까.

아무튼, 그래서 그들은 집으로 돌아왔다.

대문과 집 주변에 무장을 한 건장한 남자들이 진을 치고 있을지언정, 집 안에는 허리에 칼침 맞고 누워 있는 남자와 식모, 그리고 그녀의 딸, 단 세 사람뿐이다.

환자가 먹을 수 있게 죽을 끓여 상을 차리고, 얼음물과 물수건을 준비하면서 눈을 감고 누워 있는 남자를 바라보며 여자는 생각했다.

'어디 한번 죽을 만큼 아파 봐요. 댁은 그래도 싸.'

딱 거기까지였다.

죽을만큼 아프길 바라지만 죽기까지 바라진 않았다.

어릴 때 낭군 따라 처음 갔던 성당에서 들었던 소리처럼 왼쪽 뺨을 맞는다면 오른쪽 뺨도 내밀라는 소리에 동의한다는 건 아니었다. 그저 저 남자가 미움 때문에 망가지는 걸 지켜보면서 한 가지 확실히 알게 된 것이 있을 뿐이다.

'저 남자처럼, 똑같은 귀신이 되긴 싫다.'

사람이 죽길 바라는 귀신이 되긴 싫었다. 선재 씨가 돌아왔을 때 귀신의 모습으로 그를 맞이할 순 없었다. 아기에게도 그런 모습을 보일 수는 없었다.

그리고…… 저 남자가 온전히 자길 위해 칼 든 상대와 맞서 싸운 건 아닐지라도, 그때 칼 든 남자와 가장 가까이 서 있는 건 쌀례 자신이었다.

결과적으로 다시 한 번 그에게 도움받은 것이다. 여전히 미운 인간이긴 하지만, 용서할 수도, 용서하지도 않을 거지만, 적어도 배은망덕하진 말자. 귀신은 되지 말자.

그런 마음으로 여자는 열에 들떠 누워 있는 남자 곁을 지켰다.

그가 정신을 잃고 있는 사이에 불같은 이마에 얼음물로 적신 물수건을 덮어 주었다. 바짝 말라 갈라진 입술을 물수건으로 찍어 주었다.

그러다가 간혹 그의 입술에서 나오는 소리를 들었다. 그는 눈 뜨고 제정신일 때는 한 번도 하지 않았던 소리들을 신음처럼 내뱉었다.

"엄마. 엄마아. 죽지 마아……."

"나는, 아니야! 내가 왜! 내가……."

"죽인다! 가만 안 둘 거야! 개 같은 영감쟁이! 널 살려 두면 난 사람 새끼가 아니다!"

'엄마'를 부르는 소리에는 저 무서운 남자가 오랜만에 측은하게 느껴진다. 혹은, 눈을 감고 정신을 잃은 순간에도 누군가를 끊임없이 미워하고 저주하는 그 모습이 혐오스럽게도 보였다. 밉고 딱하고 혐오스러웠다. 그렇게 오만가지 감정으로 그를 보고 있는데 그 순간, 또 다른 이름이 그의 마른 입술에서 새어 나왔다.

"쌀레……야……."

왜 저 사람에게서 자기 이름이 나오는 건지, 여자는 알 수 없었다.

왜 당신이 그 이름으로 날 부르는 거지?

그 이름으로 날 부를 수 있는 사람은 세상에 단 하나뿐인데.

아니, 왜 지금처럼 정신 잃은 상황에서 그쪽이 내 이름을 부르는 거지?

남자를 깨워서 따지고 싶기도, 혹은 못 들은 것으로 해야 할 것 같기도 하다.
그녀가 그렇게 엉거주춤하고 있는 사이, 아이가 그에게 다가와 찬물을 뿌리고, 남자는 눈을 떴다.
"그쪽도 귀찮기는 마찬가지니까, 둘 다 나가."
역시나 제정신의 그는 그녀의 어릴 적 이름 같은 건 부르지 않는 현명한 사람이었다. 어쩌면 그 잠꼬대 같은 소리 자체가 그녀가 잘못 들은 것일 수도 있었다. 다행이다.
다행이라서 그녀도 똑같이 퉁명스런 목소리로 대꾸할 수 있었다.
"나도 귀찮아요. 의사 선생님하고 연설 언니가 지키고 있으라 부탁하지 않았다면 누가……."
귀신은 되지 말자. 그저 저이 다친 것에 나도 일조를 했고, 그렇게 다친 사람이 정신을 잃고 누워 있는데 아무것도 안 할 순 없어서 곁에 있었던 것뿐이야. 딱 거기까지만이야. 그렇다고 생각했는데, 혼자선 땀을 닦을 수도, 상처의 붕대를 갈 수도 없는 그 꼴을 보니 거기서 일이 끝나진 않았다.
"따로 간병인 구해요. 나도 밥만 하는 게 그나마 편하거든요."
여자가 내민 수건과 셔츠를 그저 보기만 하면서 남자는 피식 쓴웃음을 머금었다.
"차라리 내가 뒈지길 바라진 않았어? 나라면 그럴 텐데."
그 소리에 여자의 크고 맑은 눈이 그를 향했다. 잠시 후 그녀가 되물었다.
"차라리 내가 감옥에 가게 내버려 두지 그랬어요? 나라면 그랬을 텐데요."

"그냥, 예전 상전이라 부르던 것한테 밥이나 시켜 볼까 했을 뿐이야. 그쪽은 모르겠지만, 의외로 짜릿하거든."

"그럴 줄 알았어요."

날카롭게 찌르고 들어오는 여자의 눈초리, 딱딱한 목소리에 남자는 묵묵히 그녀가 내민 수건과 셔츠를 받아 들었다. 그리고 당장 입고 있던 셔츠를 벗어 버리고 서툰 손짓으로 몸에 흐르는 땀을 닦아 내기 시작했다.

순간 자기 앞에 확 드러난 그의 쇄골, 그의 벗은 상반신을 보고 여자는 당황해서 재빨리 고개를 돌렸다.

다 갈아입으면 다시 부르라고 말하고 방 밖으로 나가려던 그때 남자의 뚝뚝한 목소리가 들려왔다.

"거실 벽장에서 술병 하나만 가져와. 될수록 도수 높은, 독한 걸로."

"약 먹고 있는데 술이라고요?"

자신도 모르게 여자의 시선이 다시 남자를 향했다. 순간 벌거벗은 상반신 여기저기에 찍힌 흉터들이 그녀의 눈을 찌르고 들어왔다. 어깨, 팔, 등, 허리…… 살아 있는 뱀을 휘감고 있는 것처럼 그의 가무잡잡한 살결에 흉터들이 선명하게 꿈틀거리고 있었다. 성한 곳은 단 한 군데도 없었다. 더구나 허리에는 지금 상처 말고 이미 묵은 흉터 하나가 더 찍혀 있었다.

허리…… 흉터…….

그러고 보니 예전, 그 끔찍했던 밤에 들은 듯도 한데.

―허리에 칼침 한 번 맞으니 세상이 달리 보입디다. 고맙수. 신세계를 보여 줘서.

설마, 정말로 아버님이 그런 일을 저지르신 것은 아니겠지.

문득 여자가 하얗게 질린 얼굴로 자신의 몸을, 흉터를 보고 있다는 사실을 깨닫고 쑥스러웠던지, 남자는 서둘러 새 셔츠로 자기 몸을 가리며 성가시다는 듯한 목소리로 대꾸했다.

"그게 내 약이야. 독할수록 소독도 되고, 마시면 아픈 건 잊어버리고 잘 수 있으니까."

여자는 기가 막혔다.

"그게 무슨 말도 안 되는……."

그녀의 어이없다는 얼굴에 그 역시 짜증스럽다는 듯이 으르렁거리며 말했다.

"말이 되건 안 되건 그냥 가져와! 그쪽이 내 마누라라도 되냐? 무슨 상관이야!"

온몸에 휘감겨진 흉터, 술 없이는 잘 수 없는 불면의 밤들.

그녀가 굳이 죽길 소원하지 않아도 저 남자는 이미 반쯤은 죽어 있는 것은 아닌가, 여자는 그런 생각이 들었다.

기쁘다. 그러나 조금쯤은 씁쓸하다. 딱하다. 하지만 밉다.

이럴 거면, 다 빼앗아 가고도 만족하지 못하고 저런 얼굴로 망가질 거면, 애초에 남의 꽃밭을 망치지나 말지. 그녀 자신도 이름 붙일 수 없는 종류의 노여움이 불끈 치솟아 그 남자에게 소리쳤다.

"망가지고 싶으면 내가 모르게 혼자 조용히 망가져 버려요! 난 더 이상 사람이 죽고! 망가지고! 사라져 버리는 것 보기 신물이 난단 말이에요! 내키는 대로 다 빼앗아 갔으면 잘 먹고 잘 살거나 하지! 이 모양 될 거면서 그 난리를 떨었어요?"

"내 모양이 어때서?"

서릿발 같은 여자의 비난에 남자는 온몸에 들러붙던 열이 확 떨어지는 느낌이었다.
자신을 세상에서 가장 한심한 놈으로 보는 듯한 저 여자의 눈빛은 참을 수 없었다.
나는 더 이상 추운 겨울날 네게 동냥질하던 거렁뱅이가 아니다. 너를 아씨 마님이라 부르던 머슴도 아니다. 네게서 남편을 빼앗아 간 도둑놈도 아니다.
"난 망가지지 않았어! 너 같은 멍청한 계집애는 잘 모르는 모양인데, 너 빼고 다른 것들은 나보고 윤 사장이라 부르고 굽신거려! 밑천은 너희 늙은 악질 한가한테 뜯어냈지만, 내가 그걸 몇 배로 불렸는지 넌 모르지? 난 충분히 잘 먹고 잘 살고 있어! 세상이 다 내 거야! 너 빼곤 모두 그걸 알아! 그런데 뭐? 이 모양 될 거면서 그 난리 떨었냐고? 내 모양이 뭐가 어때서!"
온몸을 파르르 떨면서 버럭거리는 남자를 향해 여자는 차분한 목소리로 대꾸했다.
"술 없이는 잠도 못 자는 한심한 모양새죠."
인정머리라곤 눈곱만치도 없는 답변이었다. 더 이상 뺄 것도 더할 것도 없는 날것 그대로의 진실이기도 했다. 그래서 더더욱 아프고 화가 치밀어 오르게 만드는 소리이기도 하다.
그렇게 말로 한 방 먹인 여자와 한 방 먹은 남자가 서로를 죽일 듯이 노려보고 있던 그때 이제까지 조금 떨어진 곳에서 그들을 지켜보고 있던 또 한 사람의 목소리가 툭, 그들 사이로 비집고 들어왔다.
"엄마아, 아빠아 많이 아파?"
조그만 얼굴에 제법 걱정스럽다는 듯이 아이는 묻고 있었다. 그리고 그런 아이의 질문에, 아니 더 정확히 말하자면 그 남자를 칭하는 '아빠'라는 그 호칭에 여자는 아연실색한 표정이 되었다.
"저 사람, 아빠 아니야. 엄마가 아니라고 했잖아!"
자신과 아이를 물끄러미 바라보는 남자의 시선을 느끼면서 쌀례는 곤혹스러움을 넘어 화가 나려 하고 있었다. 아빠라니. 말을 배우기 시작하면서 아이는 어른 남자를 보면 누구에게나 '아빠' 소리를 자주 해서 엄마를 당황하게 만들었다.
출근 때 맡겨 두곤 하던, 근처 공장에 일하러 가는 엄마들의 아이를 여럿 거둬 돌봐 주는 아주머니의 남편이라든지, '밥집' 노파의 밥 손님으로 오는 근처 시장통에서 장사하는 남자, 구두닦이, 시발택시 기사, 순경들 등등 아버지가 될 법한 연령대의 남자들을 보면 곧잘 가리지 않고 '아빠'라고 부르곤 했다.
하지만 엄마가 아니라고 하면 같은 사람에게 두 번 '아빠'라곤 부르지 않는 아이였다.
그런데 그저 지나가던 다른 아저씨들과 달리 계속 한집에 머물고 있기 때문인지 저 남자에게만은 아니라고 몇 번을 일렀는데도 고집스레 '아빠'라고 부르고 있다.
이제까진 저 남자 가까이 오지 못하게 했기 때문에 그가 들을 일이 없어 다행이었지만 남자가 의식을 잃은 채 실려 오고 그녀 자신은 물이니 수건이니 챙기느라 정신없는 사이, 금지 구역이 해제되었음을 재빨리 간파한 아이가 그에게 다가가 또다시 그 말을 하고 말았다.
"아빠아, 아파요? 많이 아파요? 아기가 호…… 해 줄까?"
결국 여자는 아이에게 소리를 지르고 말았다.
"아빠 아니라니까!"

원래대로라면 이 방에 그들과 함께 있어야 하는 사람은 저 남자가 아니라 아이의 아빠, 바로 그 사람이었다. 저 남자만 아니었다면 그녀가 낯선 곳에서 혼자 아이를 낳는 그 끔찍하고 외로운 경험을 하지 않아도 되었을 것이다.

아이한테도 아버지가 지어 준 이름이 있었을 것이다. 이 수년 동안 그를 보고 싶다는, 손을 잡고, 뺨을 쓸어 보고, 뛰고 있는 심장 고동 소리를 듣고 싶다는 그 욕망이 좌절되어 느끼는 절망감 따위, 모르고 살았을 것이다.

저 남자만 아니었다면.

남자의 온몸에 뱀처럼 휘감긴 흉터 때문에 느꼈던 측은함이 아이의 입에서 나온 '아빠' 소리에 증오로 바뀌었다.

'귀신이 되지 말자.'

마음속 주문을 다시 외워도 마음이 널뛰는 것은 어쩔 수 없었다. 미친 것처럼 어지러운 마음을 그에게 들킬세라 눈을 깔고 여자는 이제까지 조용히 아이와 자신을 보고만 있던 남자에게 서둘러 말했다.

"한창 말 배우는 중이라 아무한테나 하는 소리예요. 마당에 있는 나무한테도 하는 소리니까 신경 쓰지 말아요."

"신경은 그쪽이 쓰고 있는 것 같은데?"

그녀가 숨기고 싶은 널뛰는 마음, 귀신이 되지 말자, 혹은 죽어 버렸으면 좋겠어, 측은하다, 혹은 밑다를 다 알고 있다는 듯이 그렇게 말하는 남자를 한순간 노려보던 여자는 서둘러 아이를 안아 들고 방을 나섰다.

그들의 안식처, 문간방에 들어서자마자 여자는 종이와 펜을 꺼내 다급한 동작으로 큼직하게 무언가를 써내려 갔다.

한 선 재

 "아가, 봐. 이게 네 아버지야. 알았지? 저 방 저 아저씨가 아니고."
 하지만 아이는 종이에 쓰인 글자보다 건넌 방에 있는 사람에게 마음이 쏠리는 듯했다.
 "아빠아, 아파?"
 답답하고, 슬프고, 노엽고, 무서워서 여자는 딸아이를 무릎에 엎어 놓고 손바닥으로 엉덩이를 거세게 연이어 후려쳤다.
 "엄마가 아빠 아니랬지! 네 아빠가 얼마나 좋은 사람인데! 어딜 저런 악당을 아빠라고! 왜 그리 말귀를 못 알아들어? 차라리 마당에 있는 대추나무를 보고 아빠라고 해!"
 "으, 으아아아아! 아파아! 엄마아아, 아기 아파아아아아!"
 아이는 울고, 아이를 마주 보던 여자도 울음을 터뜨리고 말았다. 엄마가 왜 화를 내는지, 왜 자기 엉덩이를 두들겨 대는지, 왜 우는지 모른 채로 불안한 듯 자기를 바라보는 딸아이를 끌어안고 그녀는 거듭거듭 중얼거렸다.
 "미안하다, 아가. 엄마가 잘못했다. 엄마가 잘못했어. 우리 아기, 미안하다……."
 입으론 아이에게 속삭이면서, 마음속으론 그 자리에 없는, 종이 위에 글자로만 존재하는 남편에게 속삭였다.
 '미안해요, 선재 씨. 우리 아기, 당신 아기, 내 아기, 우리 아기한테 내가 손을 댔어요. 우리 아기가, 우리를 괴롭힌 그 남자에게 아빠라고 불렀어요. 그 귀한 이름을 당신 아닌 사람에게 불렀어요. 그 악당을, 잠깐이나마 측은하다고 내가 생각했었어요. 다 내 잘못이에요. 다 내 탓이에요. 여보, 나 눈물이 나요. 속이 상해서, 당신이 보고 싶어서, 나도 우리 애하고 같이 울고 있어요. 당신, 지금 도대체 어디 있어요? 언제 돌아와요? 나는, 당신이 이름 지어 줄 우리 아기는, 이렇게 당신을 기다리고 있는데…….'

한참 후, 자기 품에서 울다 지쳐 잠든 아기를 내려다보며 여자는 결심했다.

'이 집에서 나가야 해. 가능한 빨리.'

옛날, 어느 눈 내리던 겨울 날 거렁뱅이 소년은 굉장히 커다란 기와집 앞에서 들어가지도, 돌아서지도 못하고 망설이고 있었다.

저 집에 산다는 교복 입은 학생 녀석이 찾아오라고 했고, 어쩌면 그가 긴 시간 찾아 헤매던 아버지라는 사람의 집일지도 모르는데, 족히 아흔아홉 칸은 되어 보이는 으리으리한 저택은 그가 함부로 대문을 두들기기 두려운 무언가가 있었다.

큰마음 먹고 문을 두들기고 그 집 청지기에게 구걸하러 왔으면 뒷문으로나 들어올 것이지 거렁뱅이 주제에 재수 없게 대문을 두들기냐고 야단을 맞고 있는데, 그 청지기 등 뒤로 누군가 반가운 목소리로 그를 맞았다.

―아아, 오라버니 오셨군요! 어서 와요! 그렇잖아도 언제 오시나 했는데!

오라버니라니. 그 이전에도, 그 이후에도 들어 본 적이 없는 소리였다.
아직 어린 주제에 쪽 찐 머리에 어머니가 물려주셨다는 그 은비녀를 하고, 동그란 얼굴에 동그란 눈동자, 추위에 발갛게 달아오른 콧방울까지, 머리끝부터 발끝까지 모든 것이 동글동글한 그 계집아이는 티 없이 밝은 얼굴로 거리낌 없이 그에게 말했었다. 오라버니라고.
그의 이름을 알게 된 이후로는 경이 오라버니라고 불렀었고, 그 소리를 들을 때마다 소년은 얼굴이, 그리고 심장이 간질거리는 느낌이었다. 세월이 흘러서 그 계집아이는 여자가 되었고, 저와 똑 닮은 작은 계집아이를 낳았다.
제 어미와 똑같이 생겨서 둘이 나란히 있는 걸 보면 자신도 모르게 웃음이 나오는 걸 억지로 참게 된다. 빨간 머리끈으로 양쪽으로 쫑쫑 묶은 머리, 동그란 눈동자, 발그레한 두 뺨, 웃을 때는 양쪽 눈이 감기고 쌀알같이 작고 하얀 이를 씨익 드러낸다.
그 작은 계집아이가 이전 제 어미처럼 그가 들어보지 못한 호칭으로 그를 부르고 있었다.

―아빠…….

굳이 그 어미가 펄쩍 뛰지 않아도, 그도 말도 안 되는 소리라고 생각한다.
그 영감 핏줄이고, 그 아들놈인 도련님 녀석의 딸이다. 어미가 고슴도치처럼 끼고 경계할 만큼 어린것에게 해코지를 하겠다는 유치하기 짝이 없는 생각은 없지만, 그래도 원수네 혈족이라는 걸 잊지는 않았다. 아빠라니, 어처구니가 없어서.

그런데 누구에게도 털어놓지 못할 일이지만, 그는 말도 안 되는 그 호칭이 놀랍기는 했지만 듣기에 거슬리진 않았다.
왜 그런지 이유는 모르겠지만 정말 그랬다.
그래서 꼭 그 이유 때문은 아니어도 몸이 어느 정도 회복되고 다시 출근을 하게 되었을 무렵, 집에 돌아온 그의 손에는 자신도 모르게 어린아이가 먹을 만한 것들이 들려 있었다. 센베이, 초콜릿, 드롭스 캔디 같은 것들이.
'이걸 뭐라고 하고 주나.'
어린 꼬마들은 단걸 좋아하니까. 요즘같이 단걸 구하기 어려운 때 지나가는 미군들에게 손을 내밀고 "할로, 할로. 기브 미 초콜릿또."를 부르짖는 세상인데 이 정도면 싫다곤 안 하겠지.
사고 나서부터 고민스러웠지만, 그래도 봉투를 안아 들고 집 안에 들어설 때까지 남자는 조금쯤 마음이 설레었다. 적어도, 그 애가 제 어미 말고 다른 여자들 사이에서 재롱을 떨고 있는 모습을 발견하기 전까지는 그랬다.
마루를 비롯해 집 여기저기에 머리 수건을 두르고 있거나 순서를 기다리며 잡지 만화를 뒤적거리는 여자들이 삼삼오오 앉아 있었다.
그중 몇몇은 그의 눈에도 낯이 익은 얼굴들이었다.
"어머, 사장님! 오셨어요?"
그가 스카우트했던 여배우들을 비롯해 영화사 여직원들 몇몇이 '사장님'을 알아보고 인사를 건넸다. 그리고 그 머릿수건을 두른 여자들 가장 안쪽에 이 모든 소동의 원인, 식모 여자가 한창 다른 여자의 머리에 종이를 말고 있는 모습이 눈에 띄었다.
"아, 벌써 왔어요?"

집주인 남자는 하마터면 손에 들고 있던 과자 봉지를 떨어뜨릴 뻔했다.

"뭐라고?"
"돈 갚는 방법을 좀 바꿨으면 좋겠다구요."
미간을 구기면서 험악한 어조로 이게 대체 어찌된 일이냐고 묻는 남자에게 쌀례는 담담한 얼굴로 방금 전 자신이 했던 말을 되풀이했다.
사실 공책에 미리 해야 할 말을 적어 두고 거울을 보고 몇 차례나 연습을 하긴 했지만, 이런 종류의 이야기를 하는 것은 힘든 일이었다.
그렇다. '돈' 이야기는 누구와 언제 나누어도 대화 주제로는 껄끄럽기 짝이 없는 것이었다. 그것도 저 남자와는 더더욱. 하지만 말해야 한다. 기죽지 말고, 긴장하지 말고.
"이 집도 이제 사람 사는 집 모양은 된 것 같고, 그쪽 상처도 아물어 가니까, 굳이 제가 여기 길게 있어야 할 이유도 없잖아요. 생각해 봤는데…… 다른 방법으로 내가 그쪽에게 빌린 돈을 갚을 수도 있을 것 같아요."
"호오, 그래? 내 집을 도깨비 소굴 같은 미장원으로 만들어서?"
마치 어린 계집아이의 재롱을 보는 듯한 남자의 느물스런 태도에 여자는 빈정이 상했지만 아쉬운 건 그녀 쪽이었다.
"이 집은 원래 도깨비 소굴이었어요. 그걸 사람 살 집으로 만든 건 나고요."
"내 집에서 장사는 안 돼. 더구나 이런…… 기가 막히는군. 저 여자들은 여길 어떻게 알고 온 거야?"
 소개를 해 준 것은 연설이었다. 어떻게든 일을 해서 돈을 벌어야 한다고, 그것도 가급적 상당한 액수를 벌어야 하는데 집 밖으론 잘 나갈 수 없다는 쌀례의 하소연에 연설은 영화사 신인 여배우나 여직원들을 소개해 주었다.

 ―윤 사장이 생활비를 안 줘? 그럴 짠돌이는 아닌데?

 의외라는 듯이 묻는 연설에게 쌀례는 그 남자는 자신의 남편이 아닌 고용주라는 사실을 다시 한 번 강조해야 했다.
 고용주이니 식모에게 생활비는 확실히 지급했다. 그것도 넘치게 지급했다.
 하지만 그건 그녀의 돈이 아니었다.
 그녀에겐 자신이 번 돈, 그에게 빚진 금액을 상환할 수 있을 만큼의 돈이 필요했다.
 돈을 벌자면 일을 해야 하고, 일을 할 수 있는 직장이 필요했다.
 그런데 그 망할 남정네의 망할 수하들이 집 안팎을 감시하고 있어서 여유시간이 나더라도 바깥에 나가 일자리를 구할 수가 없었다.

 ―그럼 안에서 하면 되지. 머리는 집 안에서도 할 수 있으니까.

 손님이 힘들여 찾아가야 하니 요금은 좀 덜 받고 실력을 확실히 보여 주면 된다는 연설의 조언에 쌀례는 큰 절을 올리고 싶은 심정이었다.
 한 번 결정하니 일사천리였다. 쌀례는 중고시장에서 도구와 약품을 구하고 – 일부는 이전에 일했던 미용실에 사용료를 지불하기로 하고 – 연설이 소개해 준 손님을 조금씩 받기 시작했다.

그렇게 해서 속칭 '야메' 미용실이 탄생된 것이다. 완벽했다. 남자가 집에 있는 동안에는 식모로 일하고 그가 나가 있는 동안은 집으로 찾아오는 손님들 머리를 만져 주고, 두 가지 일로 두 곱의 돈을 번다. 완벽했다. 모든 것이 완벽했다.

집주인인 저 남자가 저렇게 험악하게 인상을 쓰면서 '안 돼.' 소리만 하지 않는다면.

"대체 왜 안 된다는 거예요? 애초에 그쪽이 반대한 대로 양공주들 머리 해 주는 것도 아니고 그렇다고 식모 일을 소홀히 하는 것도 아닌데! 나는 일하고 싶어요! 일해야 하고요!"

한 푼이라도 빨리 벌어서 돈을 갚고 이 집에서 나가야 한다.

아이가 정말 이 집을 자기 집으로 오해하고 저 남자를 아버지라고 오해하기 전에.

자신의 손끝이 무뎌지고 바깥에서의 생활 전쟁을 하지 않고 하루하루 식모로서의 나름 평온한 일상에 길들여지기 전에.

"그쪽 집에서 내가 장사하는 게 영 내키지 않으면, 차라리 제가 이 집을 나가 국밥집으로 다시 가서 거기서 머물면서 미용일을 하면 되지 않겠어요? 미용실이든 출장이든, 그쪽이 그렇게 질색하는 위험한 일은 하지 않고 머리 만지는 일만 열심히 할게요. 그럼 한 달에 한 번 정도 그쪽이 사람 보내서 빚진 돈을 얼마씩 받아가면 돼요. 그러니까…… 그래요! 시장에서 돈놀이 하는 사람들이 일수 찍듯이!"

필사적으로 자신을 설득하려 하는 여자를 남자는 떨떠름한 얼굴로 그저 바라만 보았다.

남자의 굳은 얼굴을 본 여자는 한 가지 그가 생각할 법한 부정적인 가능성을 떠올리며 다시 열정적으로 주장하기 시작했다.

"절대로, 이 집에서 나가서 돈 떼먹겠다고 야반도주하거나 그런 일은 없을 거예요! 앞서도 말했지만 나랑 우리 아기, 원래 있던 '밥집' 할머니 살림집으로 갈 거거든요. 돈은 꼬박꼬박 제 날짜에 갚겠어요! 저 신용 없는 사람 아니에요! 아, 제발! 그렇게 멀뚱히 보고만 있지 말고 뭐라고 속 시원히 대답 좀 해 봐요!"

남자는 혼자 다급해하고, 혼자 애가 끓고, 혼자 절실한 그 여자를 알 수 없다는 얼굴로 보고, 또 보기만 했다. 잠시 후 그가 물었다.

"갑자기 왜 그렇게 여길 나가지 못해서 안달이신가? 여기가 마음에 안 들어?"

그 순간 여자는 맥이 풀렸다. 그는 그녀의 말을, 그녀의 생각을 전혀 이해하지 못하고 있었다.

그녀가 이제까지 읊었던 그 애절한 청원은, 어떻게든 스스로 돈을 벌어 자립해야겠다는 소리는 이 남자에게 있어 알아들을 수 없는 외국어였던 것이다.

문득 여자는 눈앞의 남자와는 달리 집 안에만 갇혀 사는 여자는 되지 말라 했던 남편이 떠올랐다.

―글을 배워서, 언젠가 여기서 나가고도 친정집에 갇혀 살지 않을 수 있는 똑똑하고 근사한 어른이 되어 봐.

그 말을 처음 들었을 때는 무슨 뜻인 줄 모르고 그저 그의 곁에 있기 위해서 글을 배웠다.

하지만 어른이 되고 난 후, 그녀는 배우는 것이 무언지 모르던 자신을 책상 앞으로 인도한 그 사람에게 감사했다.

배우는 것을 무서워하지 않게 된 덕에, 그녀는 그 난리통에 많은 젊은 여자들이 굶어 죽지 않기 위해 선택해야 했던 것과 다른 방법으로 살아갈 수 있었다.

그러므로 그 사람에게 배운 그대로 살면서 그를 기다리고 싶었다.

여자는 불퉁한 얼굴로 자신을 보고 있는 남자에게, 자신의 집에 그녀를 가두려고 하고 있는 남자에게 말했다.

"마음에 들든 들지 않든 상관없어요. 내 집이 아니니까."

완고한 눈동자, 완고한 마음, 완고한 여자.

그 모든 것에 집주인 남자는 내심 치를 떨었다.

하지만 겉으로는 아무렇지 않은 듯, 자신이 들고 있던 과자 봉투를 조심스레 보이지 않는 곳에 놓아두고 침착한 어조로 그는 말했다.

"좋아. 그렇게 돈을 빨리 갚고 싶다면, 방법을 알려 주지."

"댁이 알려 주는 방법 같은 거 이젠 신물이 나요. 내 방법으로도 충분하다구요."

"결정하는 건 돈 있는 자의 몫이지. 내가 몇 번이고 말하지 않았나?"

그랬지. 저 남자는 몇 번이고 말했었다.

돈이면 다 되는 세상이라고.

입술을 깨물고 자신을 노려보는 여자에게 남자는 씨익 송곳니를 드러내며 위험한 미소를 지었다.

"억울하면 돈을 벌어서 부자가 되렴. 그래서 내 코를 눌러 버리라고, 아씨 마님."

"'내 돈 갚아요.'를 뭐라고 한다고?"
"Please pay me back my money."
"끝내준다!"
"That's really cool. '멋지다'는 Wonderful. 훌륭하다, Great."
 실로 오랜만에 그들은 종이와 펜을 앞에 두고 마주 앉아 글자를 공부하고 있었다.
 과거와 다른 점이 있다면 치마저고리에 쪽 진 머리 소녀가 자청해서 가르쳤던 것이 한글이라면, 과거 그녀의 학생이었던 남자가 강요하여 배우겠다고 한 지금의 언어는 꼬부랑글자라는 점. 글자나 문법 자체보다 말하기 회화에 중점을 두고 있다는 정도일 것이다.
 쌀례는 찬경이 요구한 문장들을 종이에 적어내려 가며 한숨을 내쉬었다.
 주로 그 지긋지긋한 돈, 혹은 누군가를 추켜세울 때 쓰는 문장들이었다.
 "정말 이런 것들로 되겠어요?"
 "요즘은 영어 열 마디만 알면 돈 버는 데 엄청나게 도움된다는 세상 이야. 그 정도만 알면 적당하겠지. 나머지는 눈치로 때려잡는 거고."
 그의 말은 부분적으론 사실이었다. 광복 이후 미 군정이 들어서면서 영어는 생명의 양식이었다. 6·25 이후에는 그 현상이 더더욱 심해졌다. 단어 열 몇 마디만 알고 있는 미군 부대 근무자가 각종 이득을 누리노라 하는 이야긴 이제 거의 정설이 되어 버렸다.
 남자는 일정 시대 때는 일본어 열 마디 정도로 몇 년 잘 버텨 왔고 그 뒤로는 중국어, 이제 영어를 써먹게 되었다고 난세를 그럭저럭 잘 헤쳐 나왔다는 자부심을 숨기지 않았다.

"중국어? 중국에 갔었어요?"

"처음 끌려간 곳이 거기, 항주였어. 돌아오면서 그쪽 밀수선을 얻어 타고 인천에서 내리기도 했고."

태평양 전쟁이 끝나고 나서도 일본군이 남기고 간 약품 같은 것들을 거래하기 위해 중국 밀수선이 인천 근처에 들어오기도 했었다고 한다. 그들은 약품을 가져가고 자신들이 홍콩이나 싱가포르 등지에서 구입한 고가의 양단, 실크 같은 것을 내놓았었단다. 비단을 내려놓으며 윤찬경도 같이 내려놓았노라고, 그는 쓴웃음을 지어 보였다.

처음이었다. 그와 떨어져 있던 그 수년 동안 저 남자가 어떻게 살아왔었는지 듣게 된 것은.

그저 어디에 있던지 굶지 말라고 밥 한 공기 따로 덜어 두기만 했을 뿐이었는데, 그는 그 세월을 그렇게 살아냈었던 거다. 그가 하는 외국어는 엉터리라고 하더라도, 그가 살아낸 세월은 진짜겠지.

여자는 그 세월을 들으면서 기묘한 감동을 느꼈다.

언젠가 남편이 돌아오면, 그 사람도 그동안 겪었던 이야기를 내게 들려줄 거야.

그런 그녀의 상념은 남자의 목소리에 의해 깨어졌다.

"……머리 하는 건 어떻게, 왜 배우게 된 거야?"

과거 털어놓기 시간인가. 여자는 담담한 목소리로 대꾸했다.

"먹고 살아야 해서요."

'그게 다야?'라는 얼굴로 자신을 보는 남자에게, 여자는 잠시 머뭇거리다 다시 말했다.

"부산에서 당장 혼자 있게 되니, 굉장히 막막한 거예요. 처음에는 혼자라는 게 무서웠는데 나중에는 배가 고픈 게 참 무서워졌어요. 원래부터 내가 잘 먹긴 했지만 그때는 눈에 보이는 모든 게 먹을 걸로 보였어요. 아마 두 몫이라 그랬겠지만요. 미군 부대에서 나온 음식 찌꺼기로 죽을 쒀서 꿀꿀이죽이라고 파는데 그 냄새가 어찌나 기가 막히던지, 비싸서 사 먹진 못하고 그 앞에서 냄새만 맡았는데 먹고 싶어서 울 뻔했다니까요."

남자의 시선이 종이 위에서 여자의 얼굴을 향했다. 참혹한 이야기를 여자는 꽤 담담하게 읊고 있었다.

"생각다 못해 국제시장에서 고향에 편지 써 주는 일로 근근이 푼돈 벌어먹고 살다가, 거기서 마침 부산으로 피난 온 미용실 원장님을 만났어요. 어릴 때 생각도 나고 반갑고 신기했어요. 그래서 무작정 일하게 해 달라고 졸랐드랬죠."

"어릴 때?"

"그런 게 있어요."

어린 계집아이 적 품고 있던 환상을 이 거친 남자에게 털어놓기는 좀 쑥스러웠다. 혼인하고 다음 날, 시어머니 손에 이끌려 들어간 그 화려한 방, 자개 장식이 된 번쩍거리는 가구들과 세상에 태어나서 처음 보는 굉장히 큰 경대 앞에 목에 수건을 두르고 앉아 있는 같은 또래의 시누이, 그 시누이 곁에 달궈진 쇠꼬챙이를 든 여자가 있었다.

그녀가 힘들이지 않고 쇠꼬챙이를 움직일 때마다 곧은 머리가 구불구불 물결 모양으로 변해 버렸다. 노리끼리하게 머리칼 타는 냄새는 역했지만, 그 모양만으로 본다면 꼭 마법을 부리는 것 같았다. 마술봉 대신 쇠꼬챙이를 들고 마법을 부리는 여자. 쌀례가 처음 본 미용사란 마법사였다.

　춥고, 배고프고, 외로운 그때, 미용사라는 이름의 마법사가 다시 그녀 앞에 나타났다. 고대기를 마법 지팡이처럼 휘두르며 여자들 머리를 물결 모양으로 만들어 주고 쌀을 살 수 있는 돈을 번다. 그녀도 그런 마법사가 되고 싶었다. 진정 그것은 마법이었다.

　"먹고 살기도 곽곽한데 여자들 머리 볶는 사치 부리는 일 한다고 미용실 앞에서 모르는 남자들한테 악담도 들어 보고 별별 일 다 겪긴 했지만 난 이 일이 좋아요. 언젠가 돈 모아서 내 가게도 꼭 낼 거예요."

　짧고도 긴 이야기를 들으면서 남자는 어지간한 일에는 꿈쩍도 하지 않는 그의 심장이 먹먹해져 옴을 느꼈다. 그저 모든 것이 그림처럼 그의 머릿속에서 떠올랐다. 동산만큼 부른 배를 하고 시장통에서 파는 꿀꿀이죽을 멍하니 보고 있는 여자의 모습이.

　"고생했구나."

　"고생했어요. 몰랐으니까 했지, 두 번은 못 할 거 같아요."

　"그래서 다시 본 뒤로 날 보는 표정이 내내 험악했구만."

　밥하는 걸 좋아하는 여자, 자신이 한 밥 먹기를 좋아하는 여자를 그가 배고프게 만들고 두렵게 만들고 외롭게 만들었다. 후회해도 별 뾰족한 수가 없다는 걸 알면서도 남자는 회한의 늪에서 허우적거렸다. 자신의 그런 마음이 들통 날세라 눈을 내리깔고 그가 중얼거렸다.

　"미용실, 자리 하나 봐 준다면…… 어떨까."

　순간 여자의 목소리에 찬바람이 스며들었다.

　"그게 무슨 소리예요? 자기 집에서 잠깐 하는 것도 싫다고 질색하는 사람이."

　"마음이 바뀌었어. 아무리 피도 눈물도 없는 나 같은 놈도 이럴 때도 있는 법이지. 그러라고 고생한 거 말한 것 아닌가."
"그건 아니에요."
그럼 뭐냐는 듯한 시선으로 자신을 보는 남자를 보면서 그녀 역시 잠깐 생각해 보았다.
왜 하필 그 모든 이야기를 이 남자에게 한 걸까. 두 번은 못 겪을 것 같은 그 끔찍한 때를.
외국 군인들이 먹다 버린 쓰레기로 만든 죽도 돈 주고 사 먹을 수가 없어서 직접 쓰레기장을 뒤져야 했던 그때를. 미용실 바닥에 떨어진 머리카락을 빗자루로 쓸고 손님들 신발 챙기고 하루 열 시간 이상 부은 발로 동동거려야 했지만, 그나마도 잘릴까 밤잠 설치며 두려워하던 그때를.
어쩌면 남편을 두 번 다시 볼 수 없을지도 모른다고 절망하며 눈을 감고, 그래도 오늘은 어제와 다를 거라고 희망하지 않으면 눈 뜰 수 없었던 그때를, 왜 하필 이 남자에게.
잠시 동안 사전을 뒤적거리다가 그 답을 찾은 듯이 여자는 말했다.
"고생했다고 하소연하는 거 아니에요. 자랑하는 거예요."
"자랑? 죽도록 고생한 게?"
"그래도 결국에는 내가 이겼잖아요."
이해할 수 없다는 듯이 자신을 보는 남자에게 여자는 담담하게 웃어 보였다.
"굶어 죽지도 않았고, 혼자 아기 낳다가 죽을 수도 있었지만 죽지 않았고, 이렇게 우리 아기랑 살아 있어요. 평생 할 일도 찾았고, 이만하면 나쁠 건 없다고 생각해요."
전쟁터에서, 전쟁터 같은 세상에서 죽지 않고 살아 버텨 냈다고, 최후 승자는 나라고 하는 남자에게 여자 역시 말하고 있었다.
 남자들이 일으킨 전쟁으로 많은 여자들이 하룻밤 새 생리를 멈추고, 남편을 잃고, 굶어 죽거나 굶어 죽지 않기 위해 몸을 팔아야 하던 그 시절을 나도 악착같이 버텨 냈다고. 이겨 냈다고.
 그건 하소연이 아니었다. 자랑이었다. 무용담이었다. 혹은 경고였다.
 '나는 강해. 그러니 돈으로 휘두를 생각은 하지 말아요.'
 "선재 씨만 돌아와 주면 그쪽에게 더 이상 나쁜 마음 품고 싶지도 않고요. 그러니 가게를 해 주겠다든지 그런 황당한 생각 하지 마세요. 그럴 필요 없어요."
 거기까지 말하던 여자는 문득 눈앞의 종이와 연필, 영어 사전을 보고 눈살을 찌푸렸다.
 "정 미안하면 내 말대로 빌린 돈이나 내 방식으로 갚게 해 줘요. 이런 뜬금없는 일 말고요. 돈도 많다면서 차라리 통역을 쓰지 원……."
 남자는 투덜거리며 영어 사전을 뒤적거리는 여자를 보고 또 보았다.
 그녀의 고생에 심장이 조이고, 그녀의 자긍심에 눈이 부시고, 그녀의 거절이 조금은 섭섭하다.
 하지만 그가 말한 대로 눈치로 요동치는 세월을 버텨 냈던 그 남자는 여자의 경고를 알아들었다.
 '조심하자.'
 이 여자를 보면서 심장이 조이고, 눈이 부시고, 섭섭해하고 있다는 걸 그녀가 눈치채면 안 된다. 지금 당장은.
 그래서 남자는 그저 그런 얼굴로 말했다.
 "돈이 많다고 낭비해야 하는 건 아니지. 차라리 그쪽이 하는 건 어때?"

"네?"

"통역 말이야. 열 마디만 할 줄 알면 대박이라니까. 대박 한번 맞아 보라구. 오늘 밤에."

동그란 눈으로 자신을 보는 여자를 향해, 남자는 오랜만에 해사한, 혹은 위험한 미소를 지어 보였다.

꽃잎이 녹아내리듯 화사한 연분홍 실크에 크림과 은색실로 정교하게 자수가 놓인 옷을 쌀례는 한동안 멍하니 보고만 있었다.

"이게 뭐예요?"

"보면 모르나. 옷이잖아."

상자를 내미는 남자의 퉁명스런 목소리에 여자는 한순간 울컥했다. 옷인 걸 누가 모르나.

"왜 이런 걸…… 저도 옷 있어요."

여자의 새침한 목소리에 남자는 피식 쓴웃음을 머금었다.

"이봐, 지금 가야 할 곳은 중요한 자리야. 문 앞에서 쫓겨나기는 싫다구."

"통역이라면서 이렇게까지 해야 해요? 이건 꼭……"

"꼭, 뭐?"

남자는 성가시다는 표정으로 다그쳤고, 여자는 반짝이는 실크 드레스를 보면서 한번 숨을 삼키고는 말을 이어 갔다.

"통역이 아니고…… 다른 일 하는 여자들 옷 같아요."

에둘러 말하는 여자에게 남자는 가차 없는 어조로 되물었다.
"술이라도 따르라고 할까 봐서?"
그가 노골적으로 물으니 그녀 역시 노골적으로 대답하기로 작정했다.
"아니라곤 못 하겠어요. 미리 말해 두겠는데 혹시라도 그런 거라면 목에 칼이 들어와도 그런 짓은 안 해요."
그녀로선 마땅한 말이라고 생각했다. 그런데 그 말을 듣고 남자의 얼굴은 한순간 바위가 되었다. 남자는 바위처럼 굳은 얼굴로 그녀를 보더니, 입술을 조금 움직여 '하!' 하고 바람 빠지듯 웃는 소리를 냈다. 눈은 조금도 웃고 있지 않은 채로.
"뭐, 내가 나쁜 놈이라고 그쪽에게 여러 번 가르쳐 준 게 나긴 하지만, 이거 듣고 보니 웃기는군. 그러니까, 내가 다른 놈들한테 술 따르는 일에 널 써먹으려 한다 그거냐?"
여자는 입을 다물었다. 긍정을 뜻하는 침묵에 남자는 기가 막히다는 듯이 그녀를 본다.
어처구니가 없다는 듯이, 혹은 기분이 상한 듯한 얼굴에 여자는 잠깐 미안한 마음도 들었지만 경계는 풀지 않았다. 예전에 그가 자신을 나쁜 놈이라 자처했을 때 여자는 부정했었다. 하지만 지금은 자긴 그렇게까지 나쁜 놈은 아니라는 저 남자의 말을 부정하고 있다.
그런 여자를 보면서 남자는 어처구니없어하다가 픽 쓴웃음을 날리더니 그 웃음소리는 킥킥 비웃음으로 번져 갔다.
"아씨 마님, 내가 아무리 말종이긴 합니다만, 나도 보는 눈이라는 게 있다오."
보는 눈? 그게 무슨 소리지? 그렇게 어리둥절해 있는 여자에게 비웃음을 가득 담고서 남자는 말했다.

"술 따르는 것도 그럴 만한 여자가 해야 약발이 먹힌단 말씀이지. 그쪽은 어디로 보나 그런 용도 아니니까 마음 놓으시라구."

그래도 반짝이는 비단을 여자는 냉큼 받아 들지 못했다. 불안한 듯 옷 상자를 그저 내려다만 보고 있는 여자에게 남자도 인내에 한계가 온 모양이다.

"슬슬 지겨워지려 하고 있으니까 이쯤에서 결정을 봅시다. 갈 거요, 말 거요?"

여자는 결국 옷 상자를 받아 들었다.

고운 옷을 입고 가서 서툰 영어 몇 마디 해 주고 꽤 많은 빚을 탕감 받을 수 있다는 것이 좀 미심쩍긴 하지만 여자는 이 집에서 한시라도 빨리 나갈 수만 있다면 무슨 일이든 할 각오가 되어 있었다.

술을 따르진 않는다니까.

그저 그녀가 할 수 있는 일을 하는 것뿐이라니까.

아직 저 남자 말을 믿는다는 것이 어리석게도 느껴지지만, 지금은 그럴 수밖에 없으니까.

이 집에 들어온 이후 나나 아이에게 해코지한 적은 없는 사람이니까.

마음에서 불쑥불쑥 치밀어 오르는 의문을 그렇게 다독이면서 여자는 거울 앞에 서서 오랜만에 화장을 했다.

성냥을 태워서 눈썹을 그리는데 이것이 영 까다로웠다.

미용실에서 손님들 메이크업을 해 줄 때는 척척 해 나가는 편이었는데 자신의 눈썹을 그리는 것은 힘이 든다. 후들거리는 손으로 조심스럽게 눈썹을 그리고 입술연지를 칠한다.

남편을 다시 만나는 줄 알고 칠하다가 그가 알아보지 못하면 어쩔까 지웠던 그날 이후, 처음으로 하는 화장이었다.
 수전증이 걸린 것마냥 손이 자꾸만 떨렸다.
 눈썹에 이어 입술연지도 여러 번 고쳐 칠해야 했다.
 "엄마 입술, 너무 붉지 않니?"
 여자는 몇 걸음 떨어진 곳에서 인형을 가지고 놀고 있는 아이에게 물었다.
 평소와 달리 분을 발라 하얀 얼굴, 붉은 입술을 한 엄마를 아이는 낯선 듯 물끄러미 쳐다보았다. 역시나 입술이 너무 붉은 모양이다.
 쌀례에게 붉은색은 너무 어려운 색이었다.
 아니, 쌀례뿐 아니라 그 시절 양장을 하고 다니는 여자들에게 다루기 몹시 까다로운 색이었다.
 홀로 있으면서 양장을 하고 입술을 선홍색으로 붉게 물들이는 여자는 자칫 양공주로 오해를 받을 수가 있기 때문이다.
 문득 여자는 수년 전 빨간색으로 겪었던 봉변을 떠올렸다.
 그때는 붉은 구두를 신었다고 빨갱이로 오해를 받았고, 지금은 빨간 입술연지를 바르면 양공주로 오해를 받는 세상이었다.
 "기막혀. 망할 놈의 세상."
 거울 속에서 분을 발라 하얀 얼굴, 붉은 입술을 한 여자가 신경질적인 어조로 욕을 하고 있다. 자신의 그런 모습에 여자는 한순간 움찔했다.
 목이 깊게 파지고 팔과 다리가 드러나는 연분홍 실크 드레스에 구불거리는 머리칼, 하얀 분, 붉은 입술연지를 바른 얼굴.
 거울 속 그 여자는 지독히도 불안하고, 울적하고, 화사하고, 천하고, 그만큼 낯설어 보였다.

'도깨비 소굴에서 도깨비랑 살다 보니 나도 도깨비 꼴이 되어 가나 보다.'

문 밖에선 집주인 남자가 기다리고 있을 것이다. 이 모양을, 한껏 젊은 여자처럼 꾸민 이 기묘한 몰골을, 그녀의 아이조차 낯설게 보는 이 모습을, 그 남자를 비롯한 바깥사람들에게 보이기가 쌀례는 갑자기 두려워졌다.

"아직 멀었나?"

문 밖에서 재촉하는 소리가 들려왔다.

여자는 서둘러 입술연지를, 그 선홍색 얼룩을 지우고 아기를 안아 들고 방문을 열었다.

문 밖에서 기다리고 서 있던 남자의 시선이 그녀를 향했다.

잠깐, 아주 잠깐, 그의 입술 끝이 조금 올라간 것도 같지만 그것이 비웃음인지 아닌지 그녀는 알 수가 없었다.

아이를 '밥집' 노파에게 잠시 부탁하고 그들은 남자의 자가용 뒷좌석에 나란히 앉았다.

좌석에 앉고 난 직후부터 여자는 자신을 찬찬히, 마치 물건 감상하듯 훑어보는 남자의 시선을 참고 견뎌야 했다.

"내 얼굴에 뭐 묻었어요?"

"평소에도 화장 좀 하지 그래? 그러고 있으니 식모 말고 그럴듯한 젊은 여자 같아 보여."

그의 시선이 그녀의 분칠한 얼굴을, 실크 드레스 사이로 뽀얗게 드러나는 목덜미, 팔과 포개 앉은 하얀 다리로 향했다. 머리끝부터 발끝까지 향기롭고 신선하고 아름다운 젊은 여자의 모든 것들을. 노골적인 시선을 온몸으로 느끼면서 여자는 치맛자락을 끌어내려 자신의 다리를 가리려 애를 쓰고는 쓰디쓴 어조로 대답했다.
"그래서 안 된다는 거예요. 내가 지금 그럴듯한 젊은 여자로 보여서 뭐하겠어요?"
한때 그녀도 한 남자 앞에서 여자로 보이길 소원한 적도 있었다. 오로지 그 단 한 사람의 눈에 세상에서 제일 고운 여자로 보이길.
하지만 그가 없는 지금, 여자는 자신이 젊은 여자라는 사실이 번거로웠다.
매끄러운 피부, 윤기 나는 검은 머리칼, 둥근 어깨와 봉긋한 가슴을 가진 여자라는 사실은 지금 세상에서는 저주였다.
남자들이 많이 죽고 살아남은 남자들은 살아남은 여자들을 약간의 돈, 혹은 쌀만 있으면 얼마든지, 누구든지 품에 안을 수 있다고 하는 세상이었다.
남편 없는 젊은 여자, 애 딸린 과부는 가책 없이 희롱할 수 있는 존재였다.
아름답게 보이고 싶은 단 한 사람, 그 팔에 머리 베고 누워 잠들고 싶은 남자가 부재중인 지금, 여자는 그가 돌아올 때까지 자신이 젊은 여자라는 사실을 무시하려 애썼다.
그런 그녀에게 또 다른 남자는 말하고 있었다.
"남 꾸며 주는 일을 하고 싶으면 본인부터 멋을 부릴 줄 알아야지. 촌닭에게 누가 자기 머리나 얼굴을 맡기러 오겠나."
지당하신 말씀. 하지만 현실은 녹록지 않다. 그리고 촌닭이라니.

"그 정도까진 아니에요. 촌닭이라니."

정말 간만에 듣는 칭호지만 반갑지 않은 말이다. 발끈한 여자를 보면서 남자는 물끄러미 바라본다.

하얀 분가루를 바른 얼굴, 선홍색 입술, 연분홍 꽃잎이 녹아든 듯한 눈부신 실크를 두르고 있는 여자.

눈이 부신 젊은 여자의 모습을 하고 있으면서도 젊은 여자로 보여선 곤란하다 하는 여자를 보고, 보고, 또 본다.

"그래."

마치 어린 날, 쌀례라는 아이 적 이름이 싫다면서 내 이름은 성례라고 또박또박 말하던 쌀알 같은 계집아이를 바라보던 그때처럼, 남자는 전보다 부드러운 얼굴로 그녀에게 말했다.

"지금은 봐 줄 만해. 예뻐."

예뻐. 과장되지도, 빈정거리지도 않고 그저 사실을 말하는 묵묵한 목소리로 남자는 그렇게 말했다.

뺄 것도 더할 것도 없다는 듯이, 물처럼 단순한 어투로 그저 그렇게 '예뻐.'라고.

공기를 타고 귓가에 꽂히는 갑작스런 찬사에 여자가 당황하는 사이, 조용히 길 위를 헤엄쳐 가던 승용차가 멎었다.

찬경이 차를 세운 곳은 서울 시내에서 가장 유명한 호텔이었다.

소공동(小公洞). 원래 작은 공주의 땅이라 이름 붙였던 이곳은 광무황제가 대한제국 초대 황제로 즉위식을 치른 곳이었다.

아득히 먼 옛날 임진왜란 때 적군이 머물던 곳이었고, 수백 년 뒤 그 후손들이 대륙을 침략하기 위한 철도를 깔기 시작할 때 우연의 일치인지 바로 그 자리에 호텔을 세웠다고 한다.

전쟁 첫해인 1950년 여름에는 서울을 점령했던 인민군이 인공기를 내걸었던 곳이고, 몇 달 뒤 가을에는 미군, 다시 다음 해 초에는 중공군, 그 뒤에는 국군이 탈환한 사연 많은 곳이기도 하다.

정부 소유 건물이었지만 대통령은 참전한 미군에게 사의를 표하기 위해 이 호텔을 선물했다.

전쟁 마지막 해에는 미국의 유명 여배우 마릴린 먼로가 이 호텔에서 공연을 가진 장소로도 유명했다.

서울 한복판의 미군 영역. 오늘 그곳에서 또 다른 파티가 벌어지려 하고 있는 것이다.

조선 총독부 건물을 설계한 독일 건축가의 작품답게 4층짜리 건물은 독일식 외양을 갖추고 있었다.

세월에도, 전쟁 중의 폭격에도 살아남아 이제 또 다른 지배자의 안식처가 된 그곳을 쌀례는 차 안에서 얼떨떨하게 올려다보았다.

'별천지다.'

아직도 전쟁 중에 폭격을 맞아 뼈대만 남은 건물들이 곳곳에 서 있는데, 포탄에 팔 다리가 날아간 사람들이 지팡이에 의지해 구걸로 목숨을 연명하고 있는데 이곳만은 별천지였다.

안쪽에서 이미 파병중인 장병들을 위무하기 위해 미국에서 특별히 불러왔다는 밴드가 흥겨운 재즈를 연주하고 있었다.

미군이 입다 버린 군복이 아니라 처음부터 자기 몫으로 맞춘 실크 양복을 갖춰 입은 부류한 남자들, 그 남자들 옆에 찰싹 달라붙은 양단 차림 여자들이 짝을 맞춰 호텔 안으로 입장하고 있었다.

호텔 정문에는 그들이 타고 온 자동차들이 꼬리에 꼬리를 물고 줄을 서고 있었다.

그중 가장 눈에 띄는 것은 바로 윤찬경 사장의 차였다.

길가에 흔하게 볼 수 있는, 군용 짚차나 드럼통을 망치로 펴서 미군 짚차와 비슷한 외형으로 만든 시발 택시가 아닌, 미국에서 공수한 반짝반짝한 벤츠는 좌중을 압도했다.

그 고래 등만 한 벤츠가 호텔 문 앞에서 멈추자 이제까지 벤츠 주변을 따라 달리던 아이들이 큰 소리로 외치기 시작했다.

"기브 미 초콜리또! 기브 미 초콜리또!"

이렇게 좋은 차를 타고 있는 사람이라면 필시 초콜릿을 가지고 있는 미군이라고 짐작했던지 꼬마들은 차를 둘러싸고 노래를 부르듯 외쳤다. 차 유리창에 다닥다닥 붙은 야윈 얼굴들을 보고 찬경은 혀를 찼다.

"나 원, 이래서야 내릴 수가 없잖아. 시간도 없는데."

짜증 섞인 사장의 목소리에 운전기사 노릇을 하던 그의 수하가 재빨리 나가 새떼 쫓듯 아이들을 쫓아내기 시작했다.

"이것들아! 비켜! 쪼꼬레또 좋아하네! 아, 저리 안 비켜! 이 차가 뉘 찬 줄 알고!"

남자의 사나운 몸짓에 야위어 눈만 커다란 아이들은 움츠러들었다. 몇몇은 약올라 침을 뱉기도 했지만 겁에 질려 울먹거리는 아이들도 있었다.

그때 차 뒷좌석 문이 열리고 안에 있던 여자가 다급하게 말했다.

"그만둬요! 애들한테 무슨 짓이에요?"

못 먹어 얼굴 가득 버짐이 피어 올라 있는 얼굴, 올챙이처럼 툭 튀어 오른 배를 하고 있는 아이들을 보고 난감해하던 여자는 서둘러 들고 있던 작은 핸드백을 열어 무언가를 꺼냈다.

"아가, 이거."

야윈 얼굴의 아이는 여자가 내미는 그것을 어리둥절한 얼굴로 쳐다보았다.

'기브 미 초콜리또!'를 외쳤는데 손바닥 위 그것은……

"엿이다."

작은 쌀례가 간혹 칭얼거리면 설탕 뿌린 누룽지를 안겨 줄 형편이 안 될 때 급하게 입에 넣어 주던 엿을 쌀례는 아이들에게 나눠주었다. 미군들에게서 받은 적 있던 초콜레또만큼 입이 아리도록 달진 않았지만 입 안 가득 녹아 내리는 그 은은한 단맛에 아이들은 잠시 조용해졌다.

하지만 겨우 대여섯 개 가지고 있던 엿은 금세 사라졌고, 아이들은 입맛을 다시며 쌀례의 치마폭 주변을 바싹 에워쌌다.

"더 줘요. 이거밖에 없어요? 에이, 마나님이 뭐 이래?"

뼈마디 앙상한 작은 손아귀들이 일제히 그녀를 향했다. 꼬마들의 입에서 나오는 '마나님' 소리도 겸연쩍고 작은 손마다 뭔가 쥐여주고 싶지만 쌀례는 더 이상 내놓을 게 없었다.

그렇게 여자는 당황하고 아이들은 자신들과 달리 고운 옷을 입고 있는 그녀에게 선망과 기대, 심술이 섞여 막 여자의 꽃잎색 고운 치마 자락에 지저분한 손도장을 찍어 대려 하고 있던 순간이었다.

그때였다.

가까운 곳에서 휘파람 소리가 들려왔다.

소리를 듣고 고개를 돌린 아이들의 시선 끝에는 이 고래 등 같은 벤츠의 주인, 실크 양복을 걸치고 있는 훤칠한 체격의 남자가 보였다.
"꼬마들."
남자의 손에는 어느새 그가 수하를 시켜 근처 점방에서 사온 듯 보이는 과자, 사탕 부스러기와 땅콩 봉지가 들려 있었다.
그는 팔을 휘둘러 그것들을 아이들 머리 위로 던져 주었다.
그것은 돈벼락이 아니라 과자 벼락이었다.
아이들은 자기 머리 위로 쏟아지는 사탕 과자 벼락에 환호했다.
"우아아아……."
그렇게 아이들의 주위가 과자 벼락으로 돌려진 사이, 남자는 어리둥절하게 그 모습을 보고 있던 여자의 팔을 붙들고 그들이 들어가야 할 호텔 쪽으로 이끌었다.
"하여간 오지랖은. 어린것들이라고 만만하게 보지 마. 길바닥에 구르는 것들이라구. 먹을 것 달라고 꼬리치다 신통치 않으면 사람 할퀴는 건 한순간이야."
남자의 말은 경험에서 우러나온 진실이었다. 그런데 그 말을 듣고 여자는 무언가 생각하는 듯하더니 그저 이렇게만 말했다.
"배가 고파서 그런 거잖아요. 나쁜 애들은 아닐 거예요."
어렸을 때, 성례가 아닌 쌀례였을 때 그녀는 배고픈 것이 세상에서 가장 슬픈 일인 줄 알았었다.
하지만 살고 보니 그보단 엄마 동생과 헤어져 사는 것이 더 슬펐고, 남편과 생이별하는 것이 또 슬펐다.
그래도 배고픈 것은 여전히 슬픈 일이다. 배가 고파서 처음 보는 사람에게 먹을 것을 조르고, 떼를 쓰고, 울먹거리는 저 아이들을 여자는 나무랄 수 없었다. 그녀 역시 얼마 전까지 갓난아이를 포대기에 둘러업고 주린 배를 움켜쥐어야 했기 때문에.

그렇게 안쓰러운 얼굴로 아이들을 보고 있는 여자에게 남자는 피식 쓴웃음을 머금으며 빈정거렸다.

"어련하시겠수. 아씨 마님 너한테 나쁜 사람이 어디 있겠니. 나 같은 망나니 빼고."

문득 쌀례는 이 사람을 처음 만났던 때를 떠올렸다.

지금 저 아이들처럼 야위고, 남루한 차림새를 하고 있던 거지 소년. 하지만 그런 차림새라도 처음 보는 어린 소녀를 위해 다른 거지떼들과 맞서 싸워 준 착한 사람이었다.

"그쪽도 옛날에는……."

"뭐?"

요즘 여자의 얼굴에서 보기 힘들었던 부드러운 표정에 망나니 남자는 잠깐 설레었다. 그래서 반 발짝 더 다가가 그녀의 목소리에 귀를 기울이려 했다.

하지만 곧 그녀의 얼굴에 나타났던 부드러운 표정은 사라지고 여자의 두 눈동자에는 '경악'이라고 이름 붙여도 좋을 표정이 떠올랐다.

"왜 그래?"

여자의 입술에서 억눌린 목소리가 새어 나왔다.

"선……."

쌀례는 분명히 보았다.

헤어졌던 그날보다 머리카락이 좀 짧아진 것을 제외하고 변함없이 단정한 옆얼굴. 땅바닥에 구르는 사탕 조각을 줍고 있는 아이들을 굽어보는 그 모습.

그건 분명 그녀가 기억하는 남편의 모습이었다.

하루를 일 년처럼 기다려 온 그 사람의 모습을 그녀가 잘못 볼 리가 없었다.

목이 메이고 다리가 후들거렸지만 쌀례는 한 걸음 한 걸음 선재가 있는 그곳으로 발걸음을 옮겼다.

목소리가 나와 주었다면 이름을 부를 텐데.

그럼 저 사람이 나를 볼 수 있을 텐데.

그런데 그녀가 막 그의 이름을 부르려 하던 그 순간, 뒤에서 강하게 그녀의 손을 잡아 끄는 누군가의 손길이 느껴졌다. 울컥 화가 나서 뒤돌아 보니 찬경이 그녀의 손목을 틀어쥐고 있었다.

"어딜 가는 거야?"

"놔요! 선재 씨예요! 우리 선재 씨예요!"

잠깐 찬경의 눈빛이 흔들렸다. 하지만 곧 그의 눈빛은 차분해지고 입술에는 비웃음이 서렸다.

"무슨 헛소릴 하는 거야? 네 선재 씨가 어떻게 여기 있다는 거냐구? 너, 여기는 아무나 올 수 있는 곳인 줄 아는 거야?"

모른다. 한쪽에선 누더기를 걸친 아이들이 먹을 걸 구걸하고 다른 한쪽에선 비단을 입고 으스대는 사람들이 몰려드는 이 괴상한 곳이 어딘지 그녀는 모른다.

저 사람들이나 눈앞의 이 남자가 어떻게 이 가난한 시기에 배불리 먹고 살 수 있는지도 그녀는 모른다. 아는 것이라곤 그저 눈앞에 남편이 보인다는 것뿐이다.

"놓으라니까! 이 나쁜 놈아!"

여자는 남편에게 가려는 자신을 막는 남자의 손아귀에 살의를 느꼈다. 방금 전까지 유순했던 그녀와 동일인물인가 의심이 갈 만큼 여자는 눈동자에 증오를 품고 욕설을 내뱉으며 자신을 막는 남자의 다리를 신고 있던 구둣발로 날카롭게 걷어찼다.

그리고 마침내 악당 남자의 손에서 벗어나는 순간, 그녀는 한걸음에 남편이 있는 쪽으로 뛰어갔다.

"선재 씨! 나 여기 있어요!"

《쌀례 이야기》 2권으로 이어집니다.

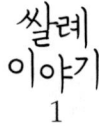

초판 1쇄 발행 2011년 9월 22일
신판 1쇄 발행 2015년 2월 26일

지은이 지수현 | 펴낸이 강성욱 | 책임 기획 전주에 | 기획 디자인 이선영 | 기획 편집 송진아
마케팅 손주영 | 로고 김미현 | 교정 안진숙, 류주영
펴낸곳 테라스북 | 등록 제25100-2013-000012호
주소 (134-826) 서울특별시 강동구 동남로 65길 13, 2층
전화 070-4794-5826 | 팩스 0505-911-5826
블로그 http://terracebook.blog.me | 전자우편 terracebook@naver.com
ISBN 978-89-94300-45-0 (04810)
　　　978-89-94300-44-3 (전2권)

ⓒ 지수현 2011 Printed in Korea

테라스북은 오름미디어의 임프린트 브랜드입니다.

잘못된 책은 구입하신 곳에서 바꾸어 드립니다.
이 책의 전부 또는 일부 내용을 재사용하려면 사전에 저작권자와 오름미디어의 동의를 받아야 합니다.

이 도서의 국립중앙도서관 출판시도서목록(CIP)은 e-CIP 홈페이지(http://www.nl.go.kr/ecip)에서
이용하실 수 있습니다. (CIP제어번호: CIP2015003666)